STEPHEN KING

ALPTRÄUME

Nightmares and Dreamscapes

Aus dem Englischen
von Joachim Körber

WILHELM HEYNE VERLAG
MÜNCHEN

HEYNE ALLGEMEINE REIHE
Nr. 01/9369

Titel der Originalausgabe
NIGHTMARES AND DREAMSCAPES
erschienen 1993 im Verlag Viking, New York

10. Auflage

2. Teil der Erzählungen

Copyright © 1993 by Stephen King
Copyright © 1993 der deutschen Ausgabe
by Wilhelm Heyne Verlag GmbH & Co. KG, München
Printed in Germany 1998
Umschlaggestaltung: Atelier Ingrid Schütz, München
Gesamtherstellung: Elsnerdruck, Berlin

ISBN: 3-453-50338-4

Zur Erinnerung an
THOMAS WILLIAMS (1926–1991),
den Dichter, Romancier und
großen amerikanischen Erzähler

Inhalt

Vorwort
Mythen, Glauben, Überzeugung
und *Ripley's unglaublich, aber wahr!*
9

Dolans Cadillac
18

Das Ende des ganzen Schlamassels
79

Kinderschreck
110

Der Nachtflieger
125

Popsy
168

Es wächst einem über den Kopf
184

Klapperzähne
204

Zueignung
244

Der rasende Finger
294

Turnschuhe
336

Verdammt gute Band haben die hier
367

Hausentbindung
418

Anmerkungen
452

VORWORT

Mythen, Glauben, Überzeugung
und *Ripley's Unglaublich, aber wahr!*

Als ich ein Kind war, glaubte ich alles, was mir gesagt wurde, was ich las, und jede Ausgeburt meiner übersteigerten Phantasie. Das genügte zwar für mehr als nur ein paar schlaflose Nächte, aber es erfüllte die Welt, in der ich lebte, mit Farben und Formen, die ich nicht für ein ganzes Leben voll geruhsamer Nächte eingetauscht hätte. Sehen Sie, ich wußte schon damals, daß es Menschen auf der Welt gab – sogar zu viele –, deren Phantasie entweder verkümmert oder abgestorben war, die in einem geistigen Zustand lebten, der völliger Farbenblindheit nahekam. Sie taten mir immer leid; ich hätte mir nie träumen lassen (jedenfalls damals nicht) daß viele dieser phantasielosen Typen mich entweder bemitleideten oder verächtlich auf mich herabsahen – nicht nur, weil ich unter einer Vielzahl irrationaler Ängste litt, sondern auch, weil ich in fast jeder Hinsicht zutiefst und rückhaltlos leichtgläubig war. »Das ist ein Junge«, müssen einige von ihnen gedacht haben (von meiner Mutter weiß ich es ganz sicher), »der die Brooklyn Brigde nicht nur einmal kaufen wird, sondern immer wieder, sein ganzes Leben lang.«

Das traf damals sicher zu, schätze ich, und wenn ich ganz ehrlich sein will, dann ist auch heute noch etwas Wahres daran. Meine Frau erzählt den Leuten noch heute mit größtem Vergnügen, daß ihr Mann im zarten Alter von einundzwanzig Jahren bei seiner ersten Präsidentschaftswahl für Richard Nixon gestimmt habe. »Nixon sagte, er hätte einen Plan, wie wir uns aus Vietnam zurückziehen können«, sagte sie, gewöhnlich mit einem vergnügten Funkeln in den Augen, »*und Steve hat ihm geglaubt!*«

Das stimmt; Steve hat ihm geglaubt. Und das ist längst nicht alles, was Steve im Verlauf seiner manchmal exzentrischen fünfundvierzig Lebensjahre geglaubt hat. Beispielsweise war ich der letzte Junge in unserem Viertel, der sich zu der Auffassung bekehren ließ, die vielen Nikoläuse an jeder Straßenecke bedeuteten nur, daß es keinen *echten* Nikolaus gab (ich zweifle immer noch an der Logik dieses Gedankengangs; es ist, als sagte man, eine Million Schüler seien der Beweis dafür, daß es keinen Lehrer gibt). Ich zweifelte nie an der Behauptung meines Onkels Oren, daß man den Schatten eines Menschen mit einem stählernen Zeltering abtrennen konnte (das heißt, wenn man genau am Mittag hineinstach), oder an der Theorie seiner Frau, daß jedesmal, wenn man fröstelte, eine Gans über die Stelle lief, an der man einmal sein Grab haben würde. Wenn ich dabei an *mein* Leben denke, so heißt das, daß es mein Schicksal ist, hinter Tante Rhodys Scheune draußen in Goose Wallow, Wyoming, begraben zu werden.

Außerdem glaubte ich alles, was mir auf dem Schulhof erzählt wurde; ich schluckte kleine Fische genau so arglos wie Brocken, so groß wie Wale. Ein Junge erzählte mir einmal im Brustton der Überzeugung, wenn man ein Zehncentstück auf die Eisenbahnenschienen legte, würde der nächste Zug darauf entgleisen. Ein anderer Junge brachte mir bei, wenn man ein Zehncentstück auf die Eisenbahnschienen legte, würde es vom nächsten Zug, der des Weges kam, total plattgedrückt werden, und wenn der Zug vorbei war, könnte man eine flexible und beinahe durchsichtige Münze von der Schiene nehmen, so groß wie ein Silberdollar. Ich war der Meinung, daß beides zutraf: die Zehncentstücke wurden auf den Schienen total plattgequetscht, bevor sie die Züge zum Entgleisen brachten, die das Plattquetschen besorgt hatten.

Andere faszinierende Schulhoftatsachen, die ich in den Jahren an der Center School in Stratford, Connecticut, und der Durham Elementary School in Durham, Maine, in mich aufnahm, betrafen so grundverschiedene Dinge wie Golfbälle (innen giftig und ätzend), Fehlgeburten (die manchmal lebend, als mißgebildete Monster, zur Welt kamen und von medizinischen Angestellten, die geheimnisvoll als »spezielle Krankenpfleger« bezeichnet wurden, getötet werden mußten), schwarze Katzen (wenn einem eine über den Weg lief, mußte man sofort das Zeichen gegen den bösen Blick machen, andernfalls riskierte man den fast sicheren Tod vor Sonnenuntergang) und Risse auf dem Gehsteig. Ich denke, ich muß nicht ausdrücklich erklären, welche gefährlichen Zusammenhänge zwischen letzteren und den Wirbelsäulen vollkommen unschuldiger Mütter bestehen.

Eine der Hauptquellen für wunderbare und erstaunliche Tatsachen waren damals die Taschenbuchausgaben von *Ripley's Unglaublich, aber wahr*, die Pocket Books herausbrachte. Durch *Ripley's* fand ich heraus, daß man einen starken Sprengstoff herstellen konnte, indem man das Zelluloid von den Rückseiten von Spielkarten schabte und das Zeug dann in ein Stück Rohr steckte; daß man sich ein Loch in den Kopf bohren und dann eine Kerze hineinstecken konnte, wodurch man zu einer Art menschlichem Nachttischlicht wurde (die Frage, warum jemand so etwas machen sollte, kam mir erst Jahre später); daß es wirklich Riesen gab (ein Mann war über zwei Meter vierzig groß), wirklich Elfen (eine Frau war kaum größer als fünfunddreißig Zentimeter) und UNGEHEUER, SO SCHRECKLICH, DASS MAN SIE NICHT BESCHREIBEN KONNTE ..., aber in *Ripley's* wurden sie alle beschrieben, genüßlich, in allen Einzelheiten, und gewöhnlich sogar mit Bild (selbst wenn ich hundert Jahre alt werden sollte, werde ich nie das von dem Mann vergessen, der eine Kerze mitten in seinem rasierten Schädel stecken hatte).

Diese Taschenbuchreihe war – jedenfalls für mich – die wunderbarste Kuriositätenschau der Welt, die ich in der Gesäßtasche herumtragen und mit der ich mich an Regentagen beschäftigen konnte, wenn keine Baseballspiele stattfanden und alle von Monopoly die Nase voll hatten. Gab es all die sagenhaften Kuriositäten und menschlichen Monster von *Ripley's* wirklich? Das scheint in diesem Zusammenhang kaum wichtig zu sein. Für *mich* gab es sie, und das ist wahrscheinlich das Entscheidende – in den Jahren von sechs bis elf, in denen die menschliche Phantasie weitgehend geformt wird, gab es sie *tatsächlich*. Ich glaubte daran, so wie ich glaubte, daß man mit einem Zehncentstück einen Zug entgleisen lassen konnte und daß einem der weiche Glibber in der Mitte eines Golfballs die Hand vom Arm ätzen würde, wenn man unachtsam war und etwas davon abbekam. Durch *Ripley's Unglaublich aber wahr*, sah ich zum erstenmal, wie schmal die Grenze zwischen dem Sagenhaften und dem Schwindel manchmal sein konnte, und mir wurde klar, daß der Vergleich von beidem ebensosehr dazu beitrug, die gewöhnlichen Aspekte des Lebens wie die gelegentlichen Ausbrüche des Unheimlichen zu erhellen. Vergessen Sie nicht, wir sprechen hier vom *Glauben*, und Glauben ist die Wiege von Mythen. Was ist mit der Wirklichkeit, fragen Sie? Nun, soweit es mich betrifft, kann die Wirklichkeit sich einpökeln lassen. Ich habe nie auch nur einen Dreck auf die Wirklichkeit gegeben, zumindest in meinen Büchern nicht. Sie ist für die Phantasie nicht selten das, was Pfähle für Vampire sind.

Ich glaube, Mythen und Phantasie sind in Wirklichkeit fast austauschbare Konzepte, und Glaube ist der Ursprung von beiden. Glaube woran? Ich finde, das spielt eigentlich keine besonders wichtige Rolle, um die Wahrheit zu sagen. An einen Gott oder viele. Oder daran, daß ein Zehncentstück einen Güterzug entgleisen lassen kann.

Meine Gutgläubigkeit hatte nichts mit religiösem Glauben zu tun; das jedenfalls sollte eindeutig klar sein. Ich wurde methodistisch erzogen und halte mich noch so weit an die fundamentalistischen Lehren meiner Kindheit, daß ich glaube, ein solcher Anspruch wäre bestenfalls anmaßend und schlimmstenfalls regelrecht blasphemisch. Ich glaubte diese ganzen unheimlichen Geschichten, weil ich *dazu geschaffen* war, sie zu glauben. Manche Menschen gewinnen Rennen, weil sie geschaffen wurden, schnell zu laufen; oder sie spielen Basketball, weil Gott sie einen Meter neunzig groß geschaffen hat; oder sie lösen lange, komplizierte Gleichungen an der Wandtafel, weil sie geschaffen wurden, die Stellen zu sehen, wo die Zahlen zusammenpassen.

Und doch kommt auch der Glaube an irgendeiner Stelle ins Spiel, und ich glaube, diese Stelle hat etwas damit zu tun, daß man immer und immer wieder dasselbe macht, obwohl man im Grunde seines Herzens der Überzeugung ist, man kann es nie besser machen, als es schon ist, und wenn man unbedingt weiterdrängt, kann es eigentlich nur bergab gehen. Wenn man seinen ersten Versuch an der *Piñata* unternimmt, hat man eigentlich nichts zu verlieren, aber beim zweiten (und dritten ... und vierten ... und vierunddreißigsten) riskiert man Versagen, Depressionen und im Falle eines Geschichtenerzählers, der innerhalb eines fest umrissenen Genres arbeitet, Selbstparodie. Aber wir machen weiter, die meisten jedenfalls, und es wird immer schwieriger. Ich selbst hätte das vor zwanzig Jahren nicht geglaubt, nicht einmal vor zehn, aber es stimmt. Es wird schwieriger. An manchen Tagen denke ich, daß dieser alte Wang-Textcomputer vor fünf Jahren aufgehört hat, elektrischen Strom zu verbrauchen; daß er von *Stark – The Dark Half* an nur noch mit Glauben läuft. Aber das ist schließlich egal, wenn nur die Worte auf dem Bildschirm erscheinen, richtig?

Der Einfall zu jeder einzelnen Geschichte in diesem Buch kam mir in einem Augenblick des Glaubens, und sie wurden in einer Aufwallung von Glauben, Glücksgefühl und Optimismus geschrieben. Freilich haben diese positiven Empfindungen ihre dunklen Kehrseiten, und die Angst vor dem Versagen ist bei weitem nicht die schlimmste. Die schlimmste – jedenfalls für mich – ist die nagende Spekulation, ich könnte schon alles gesagt haben, was ich zu sagen hatte, und daß ich dem Quaken meiner eigenen Stimme nur noch zuhöre, weil die Stille, wenn sie verstummt, zu unheimlich ist.

Der Glaubenssprung, der erforderlich ist, um Geschichten zustande zu bringen, ist mir in den letzten Jahren immer besonders schwergefallen; heutzutage kommt es mir vor, als wollte alles ein Roman werden, und jeder Roman schätzungsweise viertausend Seiten lang. Darauf haben eine Menge Kritiker hingewiesen, gewöhnlich nicht wohlwollend. In Kritiken jedes langen Romans, den ich geschrieben habe, von *The Stand* bis zu *In einer kleinen Stadt*, wurde mir vorgeworfen, ich schriebe zu ausufernd. In manchen Fällen ist die Kritik berechtigt; in anderen Fällen handelt es sich nur um das übellaunige Gekläff von Männern und Frauen, die die literarische Appetitlosigkeit der letzten dreißig Jahre mit einem (für meine Begriffe) erstaunlichen Mangel von Diskussion und Widerspruch akzeptiert haben. Diese selbsternannten Kirchenvorsteher der amerikanischen Literatur der Letzten Tage scheinen Großzügigkeit mit Argwohn, Stil mit Widerwillen und jeden größeren literarischen Treffer mit regelrechtem Haß zu betrachten. Die Folge ist ein seltsames und unfruchtbares literarisches Klima, in dem eine harmlose Fingertrübung wie Nicholson Bakers *Vox* zum Gegenstand faszinierter Debatten und Analysen wird, während man einen wahrhaft ambitionierten amerikanischen Roman wie Greg Matthews *Heart of the Country* dagegen praktisch ignoriert.

Aber das alles ist müßig; es geht nicht nur am Thema vorbei, sondern klingt auch ein bißchen weinerlich. Hat es je einen Schriftsteller oder eine Schriftstellerin gegeben, die nicht geglaubt hätten, von den Kritikern schlecht behandelt zu werden? Bevor ich mich zu dieser Abschweifung verführen ließ, wollte ich eigentlich nur sagen, daß der Akt des Glaubens, der einen Augenblick der Gutgläubigkeit in einen echten Gegenstand verwandelt – z. B. eine Erzählung, die die Leute tatsächlich lesen wollen –, für mich in den letzten Jahren immer ein bißchen schwerer aufzubringen war.

»Nun, dann schreib eben keine mehr«, könnte jetzt jemand sagen (zumeist ist es eine Stimme, die ich in meinem eigenen Kopf höre, wie Jessie Burlingame in *Das Spiel*). »Das Geld, das sie dir einbringen, brauchst du doch sowieso nicht mehr.«

Das ist schon richtig. Die Zeiten, in denen der Scheck für ein rund viertausend Worte langes Wunder dazu verwendet wurde, Penicillin für die Ohrentzündung eines der Kinder oder die Miete zu bezahlen, sind längst vorbei. Aber die Logik ist mehr als falsch, sie ist gefährlich. Denn sehen Sie, das Geld, das die *Romane* einbringen, brauche ich eigentlich auch nicht mehr. Wenn es nur um Geld ginge, könnte ich das Trikot an den Nagel hängen und duschen gehen ... oder den Rest meines Lebens auf einer Karibikinsel verbringen, Sonne tanken und herausfinden, wie lang ich meine Fingernägel wachsen lassen kann.

Aber es geht *nicht* um das Geld, was die Regenbogenpresse auch immer schreiben mag, und auch nicht um den Ausverkauf, wie die arroganteren Kritiker tatsächlich zu glauben scheinen. Das Grundsätzliche gilt immer noch, obwohl die Zeit vergeht, und für mich hat sich das Thema nicht geändert. Die Aufgabe besteht nach wie vor darin, zu *Ihnen* durchzudringen mein Dauerleser, Sie an den kurzen Haaren zu packen und, hoffentlich, so sehr zu ängstigen, daß Sie nicht schlafen können, wenn im Badezimmer kein Licht brennt. Es geht immer noch darum, erstmal das Unmögliche zu sehen ... und es sogar auszusprechen. Es geht immer noch darum, Sie glauben zu machen, was ich glaube, zumindest für eine Weile.

Ich spreche nicht oft darüber, weil es mir peinlich ist und weil es anmaßend klingt, aber ich sehe in Erzählungen immer noch etwas Hervorragendes, etwas, das das Leben nicht nur verbessert, sondern tatsächlich rettet. Und ich meine das auch nicht im übertragenen Sinn. Gute Literatur – gute *Stories* – sind der Schlagbolzen der Phantasie, und der Zweck der Phantasie ist es, glaube ich, uns Trost und Zuflucht vor Situationen und Lebensabschnitten zu bieten, die sich andernfalls als unerträglich erweisen würden. Natürlich kann ich da nur aus eigener Erfahrung sprechen, aber mir hat die Phantasie, die mich als Kind so oft wach und in Angst und Schrecken gehalten hat, als Erwachsenen durch eine Vielzahl von schrecklichen Anfällen tobsüchtiger Wirklichkeit hindurchgeholfen. Wenn die Geschichten, die dieser Phantasie entspringen, dasselbe bei einigen Leuten bewirken, die sie gelesen haben, dann bin ich vollauf zufrieden und rundum glücklich – Empfindungen, die man meines Wissens weder mit noch so üppigen Filmgeschäften noch mit Multi-Millionen-Dollar-Buchverträgen kaufen kann.

Nichtsdestoweniger ist die Erzählung eine schwierige und herausfordernde literarische Form, und gerade deshalb war ich so erfreut – und so überrascht –, daß ich genug für einen neuen Geschichtenband beisammen hatte. Er kommt überdies zu einem günstigen Zeitpunkt: denn etwas, woran ich als Kind felsenfest glaubte (wahrscheinlich habe ich es auch in *Ripley's Unglaublich, aber wahr* aufgeschnappt), ist, daß sich die Menschen alle sieben Jahre vollkommen erneuern: jedes Gewebe, jedes Organ, jeder Muskel wird von völlig neuen Zellen ersetzt. Ich habe *Alpträume* im Sommer des Jahres 1992 zusammengestellt, sieben Jahre nach der Veröffentlichung von *Skeleton Crew**, meiner letzten Geschichtensammlung, und *Skeleton Crew* wurde sieben Jahre nach *Nachtschicht* veröffentlicht, meinem ersten Storyband. Das schönste daran ist die Gewißheit, daß ich es immer noch kann, auch wenn es schwerer geworden ist, den notwendigen Glaubenssprung auszuführen, der einen Einfall in etwas Reales umsetzt (wissen Sie, die Sprungmuskeln werden jeden Tag ein bißchen älter). Und das zweitschönste ist die Gewißheit, daß sie immer noch jemand lesen will – das sind Sie, Dauerleser, ob Sie es glauben oder nicht.

Die allergrößte Mühe habe ich mir gegeben, mich von überholten Dingen fernzuhalten, den Stories aus der Truhe, dem Schubladenmaterial. Etwa seit 1980 behaupten einige Kritiker, ich könnte meine Wäscheliste veröffentlichen und würde eine Million Exemplare davon verkaufen, aber das sind überwiegend Kritiker, die glauben, daß ich sowieso nichts anderes mache. Die Leute, die meine Bücher zum Vergnügen lesen, sind da offensichtlich anderer Meinung, und ich habe beim Zusammenstellen dieses Buches in erster Linie an die Leser gedacht, nicht an die Kritiker. Das Ergebnis ist, wie ich finde, ein Buch, das eine Trilogie vollendet, deren erste Bände *Nachtschicht* und *Skeleton Crew* sind. Jetzt liegen alle guten Geschichten gesammelt in Buchform vor; die schlechten habe ich, soweit ich konnte, unter den Teppich gekehrt, und da sollen sie auch bleiben. Sollte es je einen neuen Erzählungenband geben, so wird er ausschließlich aus Geschichten bestehen, die bis jetzt weder geschrieben noch ausgedacht sind, und ich glaube, er wird erst in einem Jahr das Licht der Welt erblicken, das mit einer Zwei anfängt.

---

* Deutsche Titel: Im Morgengrauen (Heyne Tb. 01/6553), Der Gesang der roten /Heyne Tb. 01/6705), Der Fernit (Heyne Tb. 01/6888)

Bis dahin haben wir hier diese zwölf zum Teil *sehr* sonderbaren Geschichten. Jede enthält etwas, woran ich eine Zeitlang gedacht habe. Ich weiß, einiges davon – der Finger, der aus dem Ausguß ragt, die menschenfressenden Kröten, die hungrigen Zähne – ist ein wenig furchteinflößend, aber ich denke, wenn wir zusammenbleiben, wird uns nichts geschehen. Wiederholen Sie vorher noch den Katechismus mit mir:

Ich glaube, daß ein Zehncentstück einen Güterzug zum Entgleisen bringen kann.

Ich glaube, daß im Abwassersystem der Stadt New York Alligatoren hausen, ganz zu schweigen von Ratten, so groß wie Shetlandponies.

Ich glaube, daß man jemandem mit einem stählernen Zelthering den Schatten abreißen kann.

Ich glaube, daß es wirklich einen Nikolaus gibt, und daß all die Typen in roten Anzügen, die man um die Weihnachtszeit sieht, nur seine Gehilfen sind.

Ich glaube, daß es eine unsichtbare Welt um uns herum gibt.

Ich glaube, daß Tennisbälle voller Giftgas sind, und wenn man einen aufschneidet und einatmet, was herauskommt, bringt es einen um.

Vor allem aber *glaube* ich an Gespenster, ich *glaube* an Gespenster, ich *glaube* an Gespenster.

Okay? Fertig? Hier, nehmen Sie meine Hand. Wir gehen jetzt. Ich kenne den Weg. Sie müssen sich nur gut festhalten – und *glauben*.

6. November 1992   Bangor, Maine

Dolans Cadillac

*Rache ist ein Gericht,
das man am besten kalt genießt.*

SPANISCHES SPRICHWORT

Ich wartete und beobachtete sieben Jahre lang. Ich sah ihn kommen und gehen – Dolan. Ich sah ihn teure Restaurants betreten, stets im Smoking, stets mit einer anderen Frau am Arm, stets von zwei Leibwächtern behütet. Ich sah, wie sich sein Haar von Stahlgrau zu einem modischen Silberfarbton wandelte, während meines über der Stirn zurückwich, bis ich kahl wurde. Ich sah, wie er Las Vegas zu seinen regelmäßigen Pilgerfahrten an die Westküste verließ; ich sah ihn zurückkehren. Bei zwei oder drei Anlässen beobachtete ich aus einer Seitenstraße, wie sein Sedan DeVille, der dieselbe Farbe hatte wie sein Haar, auf der Route 71 nach Los Angeles vorbeibrauste. Und bei einigen seltenen Gelegenheiten sah ich, wie er seine Villa in den Hollywood Hills im selben grauen Cadillac verließ und nach Las Vegas zurückkehrte – aber nicht oft. Ich bin Lehrer. Lehrer und schwerreiche Ganoven haben nicht dieselbe Bewegungsfreiheit; das ist eine wirtschaftliche Tatsache des Lebens.

Er wußte nicht, daß ich ihn beobachtete – ich kam ihm nie so nahe, daß er es hätte bemerken können. Ich war vorsichtig.

Er hat meine Frau umgebracht oder umbringen lassen; das läuft so oder so auf dasselbe hinaus. Wollen Sie die Einzelheiten wissen? Sie werden sie von mir nicht erfahren. Wenn Sie sie wissen wollen, dann schlagen Sie sie in alten Ausgaben der Zeitungen nach. Sie hieß Elizabeth. Sie unterrichtete an derselben Schule, an der ich unterrichtete und noch unterrichte. Sie unterrichtete die Erstkläßler. Die liebten sie, und ich glaube, manche haben ihre Liebe bis heute nicht vergessen, obwohl sie inzwischen schon Teenager sind. *Ich* habe sie auf jeden Fall geliebt und liebe sie noch. Sie war keine Schönheit, aber sie war hübsch. Sie war still, aber sie konnte lachen. Ich träume von ihr. Von ihren braunen Augen. Für mich hat es keine andere Frau mehr gegeben. Und es wird keine mehr geben.

Er machte einen Fehler – Dolan. Mehr brauchen Sie nicht zu wissen. Und Elizabeth war zur falschen Zeit am falschen Ort und sah den Fehler. Sie wurde zur Polizei geschickt, die Polizei schickte sie zum FBI, dort wurde sie verhört, und sie sagte ja, sie würde aussagen. Sie versprachen, sie zu beschützen, aber sie machten entweder einen Fehler oder unterschätzten Dolan. Vielleicht beides. Wie auch immer, sie stieg eines Abends in ihr Auto, und das Dynamit, das mit dem Zündschloß verbunden war, machte mich zum Witwer. Er machte mich zum Witwer – Dolan.

Da es keine Zeugin mehr gab, wurde er freigesprochen.

Er kehrte in seine Welt zurück, ich in meine. Er in sein Penthouseapartment in Vegas, ich in das leere Reihenhaus. Für ihn wunderschöne Frauen in Pelzmänteln und paillettenbesetzten Abendkleidern, eine nach der anderen, für mich das Schweigen. Die grauen Cadillacs, vier im Lauf der Jahre, für ihn, für mich den rostenden Buick Riviera. Sein Haar wurde silbern, meines ging einfach aus.

Aber ich beobachtete ihn.

Ich war vorsichtig – o ja! Sehr vorsichtig. Ich wußte, was er war, was er fertigbringen konnte. Er konnte mich zertreten wie einen Käfer, wenn er sah oder spürte, was ich für ihn bedeutete. Deshalb war ich vorsichtig.

Vor drei Jahren folgte ich ihm in den Sommerferien (in sicherer Entfernung) nach Los Angeles, wo er sich des öfteren aufhielt. Er wohnte in seiner Villa und gab Parties (ich verfolgte das Kommen und Gehen aus einem sicheren Schatten am Ende des Blocks und zog mich zurück, wenn ein Polizeiauto seine regelmäßige Patrouille fuhr). Ich wohnte in einem billigen Hotel, wo die Leute die Radios zu laut stellten und Neonlicht von der Oben-ohne-Bar gegenüber zum Fenster hereinschien. In jenen Nächten schlief ich ein und träumte von Elizabeths braunen Augen, ich träumte, daß alles nie passiert wäre und wachte manchmal auf, während die Tränen noch auf meinem Gesicht trockneten.

Ich war drauf und dran, die Hoffnung aufzugeben.

Sie müssen wissen, er wurde ausgezeichnet bewacht. Er ging nie aus, ohne daß ihn die beiden schwerbewaffneten Gorillas begleitet hätten, und der Cadillac war schußfest gepanzert. Die großen Reifen, auf denen er fuhr, waren von der Machart, wie sie Diktatoren in kleinen, unruhigen Ländern bevorzugen.

Dann, beim letzten Mal, sah ich, wie es bewerkstelligt werden konnte – aber ich sah es erst, nachdem ich einen gehörigen Schrecken eingejagt bekommen hatte.

Ich folgte ihm nach Las Vegas zurück, wobei ich immer eine Meile zwischen uns ließ, manchmal zwei, manchmal drei. Während wir durch die Wüste fuhren, war sein Auto manchmal nicht mehr als eine Sonnenspiegelung am Horizont, und ich mußte an Elizabeth denken und wie sich die Sonne in ihrem Haar gespiegelt hatte.

Bei der Gelegenheit lag ich weit hinter ihm. Es war Mitte der Woche, kaum Verkehr, und wenn kaum Verkehr herrscht, wird es gefährlich, jemanden zu verfolgen – das weiß selbst ein Grundschullehrer. Ich kam an einem orangefarbenen Schild mit der Aufschrift UMLEITUNG 5 MEILEN vorbei und blieb noch weiter zurück. In der Wüste zwingen Umleitungen den Verkehr zum Schrittempo, und ich wollte das Risiko nicht eingehen, plötzlich unmittelbar hinter dem grauen Cadillac zu fahren, während der Chauffeur ihn über eine holprige Nebenstraße lenkte.

UMLEITUNG 3 MEILEN stand auf dem nächsten Schild, und darunter: SPRENGZONE VORAUS – BITTE FUNKGERÄTE AUSSCHALTEN.

Ich mußte an einen Film denken, den ich vor Jahren gesehen hatte. In diesem Film hatte eine Bande bewaffneter Verbrecher einen Panzerwagen in die Wüste gelockt, indem sie falsche Umleitungsschilder aufstellten. Als der Fahrer auf den Trick hereingefallen und auf eine abgelegene Schotterstraße in der Wüste abgebogen war (davon gibt es Tausende in der Wüste, Viehwege und Ranchwege und alte Regierungswege, die ins Nichts führen), hatten die Diebe die Schilder wieder entfernt und damit gewährleistet, daß sie ungestört blieben. Dann hatten sie den Panzerwagen einfach belagert, bis die Wachen ausgestiegen waren.

Sie töteten die Wachen.

Daran kann ich mich noch erinnern.

Sie töteten die Wachen.

Ich kam zu der Umleitung und bog ab. Die Straße war so schlecht, wie ich es mir vorgestellt hatte – festgefahrener Sand, zwei Fahrspuren breit, voller Schlaglöcher, in denen mein alter Buick schwankte und ächzte. Der Buick brauchte neue Stoßdämpfer, aber Stoßdämpfer verursachen Kosten, die ein Schullehrer manchmal einfach aufschieben muß, selbst wenn es sich um einen Witwer ohne Kinder und ohne Hobbies handelt, abgesehen von seinem Traum von der Rache.

Während der Buick dahinholperte und schwankte, kam mir eine Idee. Wenn Dolans Cadillac das nächste Mal von Vegas nach L. A. oder von L. A. nach Vegas startete, würde ich ihm nicht folgen, sondern ihn statt dessen überholen – ihm vorausfahren. Ich würde eine falsche Umleitung aufstellen, wie in diesem Film, und ihn auf diese Weise in die Wüste locken, die stumm und von Bergen umgeben westlich von Las Vegas liegt. Dann würde ich die Schilder entfernen, wie die Diebe in dem Film ...

Ich kehrte unvermittelt in die Wirklichkeit zurück. Dolans Cadillac stand vor mir, *direkt vor mir*, an der Seite des staubigen Weges. Einer der Reifen hatte einen Platten. Nein – nicht nur das. Er war halb von der Felge gerissen. Ursache dafür war wahrscheinlich ein scharfkantiger Felsbrocken, der im festgefahrenen Sand steckte wie eine winzige Panzerfalle. Einer der beiden Leibwächter klemmte gerade einen Wagenheber unter das vordere Ende. Der zweite – ein Troll mit Schweinsgesicht, dem der Schweiß unter dem Bürstenhaarschnitt hervorlief – stand schützend neben Dolan selbst. Sie sehen, selbst in der Wüste gingen sie kein Risiko ein.

Dolan stand an der Seite, schlank, in offenem Hemd und dunkler Hose, und der Wüstenwind wehte ihm das silberne

Haar um den Kopf. Er rauchte eine Zigarette und sah den beiden Männern zu, als befände er sich anderswo, in einem Restaurant oder einem Ballsaal oder möglicherweise im Wohnzimmer seiner Villa.

Er sah mir durch die Windschutzscheibe hindurch direkt in die Augen, doch dann wandte er sich ab, ohne mich zu erkennen, obwohl er mich schon einmal vor sieben Jahren (als ich noch Haare hatte!) bei einer Vorverhandlung gesehen hatte, wie ich neben meiner Frau saß.

Mein Erschrecken, daß ich den Cadillac eingeholt hatte, wich rasender Wut.

Ich überlegte mir, ob ich mich zur Seite beugen, das Beifahrerfenster herunterkurbeln und hinausschreien sollte: *Wie kannst du es wagen, mich zu vergessen? Wie kannst du es wagen, mich zu übersehen?* Aber das wäre die Tat eines Wahnsinnigen gewesen. Es war *gut,* daß er mich vergessen hatte, es war *ausgezeichnet,* daß er mich nicht erkannte. Lieber eine Maus hinter der Sockelleiste sein, die an den Leitungen nagte. Lieber eine Spinne hoch droben unter dem Giebel, die ihr Netz spann.

Der Mann, der sich schwitzend mit dem Wagenheber abmühte, winkte mir zu, aber Dolan war nicht der einzige, der jemanden übersehen konnte. Ich sah gleichgültig an dem Winkenden vorbei und wünschte ihm einen Herzinfarkt oder einen Schlaganfall oder am besten beides zusammen. Ich fuhr weiter – aber mein Kopf pulsierte und pochte, und einen Augenblick lang schienen sich die Berge am Horizont zu verdoppeln und sogar zu verdreifachen.

Wenn ich eine Waffe hätte! dachte ich. *Wenn ich doch nur eine Waffe hätte! Ich hätte seinem elenden Leben gleich hier und jetzt ein Ende machen können, wenn ich nur eine Waffe hätte!*

Meilen später kam ich wieder zur Vernunft. Wenn ich eine Waffe gehabt hätte, dann hätte ich mit ziemlicher Sicherheit nur eines geschafft: nämlich selbst umgebracht zu werden. Wenn ich eine Waffe gehabt hätte, hätte ich an den Straßenrand fahren können, als der Mann mit dem Wagenheber mir zugewinkt hatte, hätte aussteigen und wie ein Wilder Kugeln in die Wüstenlandschaft ballern können. Möglicherweise hätte ich jemanden verwundet. Dann hätten sie mich getötet und in einem flachen Grab verscharrt, und Dolan hätte auch weiterhin wunderschöne Frauen begleitet und mit seinem silbernen Cadillac Pilgerfahrten zwischen Las Vegas und Los Angeles unternommen, während die Tiere der Wüste meine Gebeine ausgegraben und unter dem kalten Mond um meine Knochen gekämpft hätten. Es hätte keine Rache für Elizabeth gegeben – überhaupt keine.

Die Männer, die mit ihm reisten, waren fürs Töten ausgebildet. Ich war ausgebildet, Drittkläßler zu unterrichten.

Dies war kein Film, führte ich mir vor Augen, als ich auf den Highway zurückkehrte und an dem Schild mit der Aufschrift ENDE DER BAUSTELLE – DER STAAT NEVADA DANKT IHNEN! vorbeifuhr. Und wenn ich jemals den Fehler beging, die Wirklichkeit mit einem Film zu verwechseln, wenn ich mich der Täuschung hingab, ein kahler, kurzsichtiger Drittkläßlerlehrer könnte anderswo als in seinen eigenen Tagträumen Dirty Harry sein, würde es keine Rache geben, niemals.

Aber *konnte* es je Rache geben? *Konnte* es sie geben?

Mein Einfall, eine falsche Umleitung aufzustellen, war so romantisch und unrealistisch wie die Vorstellung, ich könnte aus meinem alten Buick springen und die drei mit Kugeln niedermähen – ich, der seit meinem sechzehnten Lebensjahr kein Gewehr mehr abgefeuert hatte, und noch nie eine Faustfeuerwaffe.

So etwas wäre ohne eine ganze Gruppe von Mittätern gar nicht möglich – das hatte selbst der Film, den ich gesehen hatte, deutlich gemacht, so romantisch er auch gewesen war. Es waren acht oder neun in zwei verschiedenen Gruppen gewesen, die mittels Walkie-Talkies miteinander in Verbindung standen. Ein Mann kreiste sogar in einem Flugzeug über dem Highway und stellte sicher, daß der Panzerwagen hinreichend isoliert war, als er sich der vereinbarten Stelle auf dem Highway näherte.

Eine Handlung, die sich zweifellos ein übergewichtiger Drehbuchautor ausgedacht hatte, der mit einer Piña Colada in der einen und einem Kugelschreiber Marke Pentel in der anderen Hand am Swimmingpool saß. Und selbst dieser Bursche hatte eine kleine Armee gebraucht, um seinen Einfall in die Tat umzusetzen. Ich war allein.

Es würde nicht klappen. Wieder ein vorübergehender falscher Schein, wie viele andere im Lauf der Jahre – etwa der Einfall, eine Art Giftgas in Dolans Lüftungssystem einströmen zu lassen, eine Bombe in seinem Haus in Los Angeles zu verstecken oder vielleicht eine richtig tödliche Waffe zu kaufen – sagen wir einmal eine Bazooka – und damit seinen verfluchten silbernen Cadillac in einen Feuerball zu verwandeln, wenn er auf dem 71 in Richtung Osten nach Vegas oder in Richtung Westen nach L. A. raste.

Am besten, ich vergaß es wieder.

Aber ich konnte es nicht vergessen.

Isoliere ihn, flüsterte die Stimme in mir, die für Elizabeth sprach. *Isoliere ihn, wie ein erfahrener Schäferhund ein Mutterschaf aus der Herde isoliert, wenn sein Herr darauf deutet. Leite ihn in die Einsamkeit um und töte ihn. Töte sie alle.*

Es würde nicht klappen. Auch wenn ich keinen Sachverhalt gelten lassen wollte, einem konnte ich mich nicht entziehen: wenn jemand so lange am Leben blieb wie Dolan, mußte er über einen ausgeprägten Überlebensinstinkt verfügen – möglicherweise bis zum Punkt der Paranoia ausgeprägt. Er und seine Männer würden den Umleitungstrick auf Anhieb durchschauen.

Aber sie sind heute dieser Umleitung gefolgt, antwortete die Stimme, die für Elizabeth sprach. *Sie haben nicht einmal gezögert. Sie sind ihr gefolgt wie Marys kleines Lamm.*

Doch ich wußte – ja, irgendwie wußte ich es! –, daß Männer wie Dolan, Männer, die mehr Ähnlichkeit mit Wölfen als mit Menschen haben, eine Art sechsten Sinn entwickeln, wenn es um Gefahr geht. Ich könnte echte Umleitungsschilder aus einem Schuppen der Straßenwacht stehlen und an den richtigen Stellen postieren; ich könnte sogar fluoreszierende Kegel und einige leere Öltonnen aufstellen. Das alles könnte ich tun, aber Dolan würde trotzdem den nervösen Schweiß meiner Hände an den Kulissen riechen. Er würde ihn durch die kugelsicheren Fenster riechen. Er würde die

Augen zumachen und Elizabeths Namen tief unten in der Schlangengrube hören, die sein Verstand ist.

Die Stimme, die für Elizabeth sprach, verstummte wieder, und ich dachte schon, sie hätte für heute aufgegeben. Doch dann, als Vegas tatsächlich schon in Sicht kam – blau und dunstig und wabernd am fernen Rand der Wüste –, meldete sie sich erneut zu Wort.

Dann versuch erst gar nicht, ihn mit einer falschen Umleitung zu täuschen, flüsterte sie. *Täusche ihn mit einer* richtigen.

Ich steuerte den Buick an den Straßenrand und kam schlingernd, mit beiden Füßen auf der Bremse, zum Stehen. Ich sah mir im Rückspiegel selbst in die aufgerissenen, verblüfften Augen.

In meinem Inneren fing die Stimme, die für Elizabeth sprach, an zu lachen. Es war ein wildes, irres Lachen, aber einige Augenblicke später lachte ich mit ihr.

Die anderen Lehrer lachten über mich, als ich dem Ninth Street Health Club beitrat. Einer von ihnen wollte wissen, ob mir jemand Sand ins Gesicht gekickt hätte. Ich lachte mit ihnen. Die Leute betrachten einen Mann wie mich nicht mit Mißtrauen, solange er mit ihnen lacht. Und warum sollte ich nicht lachen? Meine Frau war seit sieben Jahren tot, oder nicht? Sie bestand nur noch aus Staub und Haar und ein paar Knochen in ihrem Sarg. Also warum sollte ich nicht lachen? Erst wenn ein Mann wie ich aufhört zu lachen, fragen sich die Leute, ob etwas mit ihm nicht stimmt.

Ich lachte mit ihnen, obwohl meine Muskeln den ganzen Herbst und Winter lang wehtaten. Ich lachte, obwohl ich ständig Hunger hatte – keinen Nachschlag mehr, keine Mitternachtssnacks, kein Bier, kein Gin Tonic mehr vor dem Essen. Aber jede Menge rotes Fleisch und Gemüse, Gemüse, Gemüse.

Ich schenkte mir einen Heimtrainer zu Weihnachten.

Nein – das stimmt nicht ganz. *Elizabeth* schenkte mir einen Heimtrainer zu Weihnachten.

Ich sah Dolan nicht mehr so häufig; ich war zu sehr damit beschäftigt zu trainieren, meinen Schmerbauch loszuwerden, meine Arme und Beine und die Brust zu härten. Aber es gab Zeiten, da war mir als könnte ich nicht weitermachen, als wäre es mir unmöglich, so etwas wie körperliche Fitneß wiederzuerlangen, als könnte ich ohne Nachschlag oder Kuchen oder ab und zu einem Schlag Sahne in meinem Kaffee nicht leben. In solchen Augenblicken parkte ich gegenüber einem seiner Lieblingsrestaurants oder besuchte einen Club, den er bevorzugte, und wartete dort, bis er sich sehen ließ, bis er mit einer arroganten, eiskalten Blondine oder einer lachenden Rothaarigen am Arm aus dem nebelgrauen Cadillac stieg. Da war er dann, der Mann, der meine Elizabeth getötet hatte, da war er, und die goldene Rolex an seinem Handgelenk funkelte im Licht des Nachtclubs. Wenn ich müde und mutlos war, ging ich zu Dolan wie ein Mann mit schrecklichem Durst, der in der Wüste eine Oase sucht. Ich trank sein vergiftetes Wasser und war erfrischt.

Im Februar fing ich an, täglich zu laufen, und die anderen Lehrer lachten über meinen kahlen Kopf, der sich schälte und rosa wurde und sich wieder schälte und wieder rosa wurde, soviel Sonnenmilch ich auch daraufschmierte. Ich lachte von Herzen mit ihnen, als wäre ich nicht zweimal fast ohnmächtig geworden und hätte am Ende meiner Läufe nicht lange, zitternde Minuten mit Krämpfen in den Beinmuskeln verbracht.

Im Sommer bewarb ich mich um einen Job beim Highway Department von Nevada. Der städtische Bedienstete stempelte die Genehmigung meines Antrags nur zögernd ab und schickte mich zu einem Bezirksvorarbeiter namens Harvey Blocker. Blocker war ein großer Mann, den die Sonne von Nevada fast schwarz gebrannt hatte. Er trug Jeans, staubige Arbeiterstiefel und ein blaues T-Shirt mit abgeschnittenen Ärmeln. BAD ATTITUDE – SCHLECHTES BENEHMEN – verkündete das T-Shirt. Seine Muskeln waren gewaltige, rollende Wülste unter der Haut. Er las mein Stellengesuch. Dann sah er mich an und lachte. Das zusammengerollte Antragsformular sah in seiner riesigen Faust winzig aus.

»Das muß ein Witz sein, mein Freund. Also wirklich! Wir haben es hier mit Wüstensonne und Wüstenhitze zu tun – nicht mit dieser Solariumsscheiße für Yuppies. Was sind Sie in Wirklichkeit, mein Junge, Buchhalter?«

»Lehrer«, sagte ich. »Dritte Klasse.«

»Oh, *Süßer*«, sagte er und lachte wieder. »Verschwinden Sie aus meinem Blickfeld, okay?«

Ich besaß eine Taschenuhr – Erbstück von meinem Urgroßvater, der am letzten Abschnitt der großen transkontinentalen Eisenbahn mitgearbeitet hatte. Der Familienlegende zufolge war er dabei, als sie den goldenen Bolzen hineinschlugen. Ich holte die Uhr heraus und ließ sie an der Kette vor Blockers Gesicht baumeln.

»Sehen Sie die?« sagte ich. »Die ist sechs-, vielleicht siebenhundert Dollar wert.«

»Soll das ein Bestechungsversuch sein?« Blocker lachte wieder. Was war er doch für ein Scherzbold. »Mann, ich habe schon gehört, daß Leute Geschäfte mit dem Teufel machen, aber Sie sind meines Wissens der erste, der durch Bestechung in die Hölle hinein will.« Jetzt sah er mich mit so etwas wie Mitgefühl an. »Sie *glauben* vielleicht zu wissen, auf was Sie sich da einlassen, aber ich muß Ihnen sagen, Sie haben nicht die geringste Ahnung. Im Juli hatten wir hier draußen, westlich von Indian Springs, schon siebenundvierzig Grad. Da weinen selbst die stärksten Männer. Und Sie sind keiner von den stärksten, Väterchen. Ich muß Sie nicht ohne Hemd sehen, um zu wissen, daß Sie nichts am Leib haben außer ein paar Yuppie-Fitneßstudio-Muskeln, und die nützen Ihnen in der Großen Leere gar nichts.«

Ich sagte: »An dem Tag, an dem Sie entscheiden, daß ich Schluß machen muß, lasse ich den Job sausen. Sie behalten die Uhr. Kein Streit.«

»Sie sind ein verdammter Lügner.«

Ich sah ihn an. Er erwiderte den Blick eine Zeitlang.

»Sie sind *kein* verdammter Lügner.« Er sagte es in einem erstaunten Tonfall.

»Nein.«

»Würden Sie Tinker die Uhr zur Verwahrung geben?« Er deutete mit dem Daumen auf einen hünenhaften Farbigen in Batikhemd, der in der Nähe in der Kabine einer Planierraupe saß, einen Obstkuchen von McDonalds aß und zuhörte.

»Ist er vertrauenswürdig?«

»Darauf können Sie Gift nehmen.«

»Er kann sie nehmen, bis Sie mir sagen, ich soll verduften, oder bis ich im September wieder in die Schule muß.«

»Und was setze *ich* dagegen?«

Ich deutete auf das Antragsformular in seiner Faust. »Sie unterschreiben das«, sagte ich. »Das setzen Sie dagegen.«

»Sie sind verrückt.«

Ich dachte an Dolan und Elizabeth und sagte nichts.

»Sie müßten mit der Scheißarbeit anfangen«, warnte mich Blocker. »Heißen Asphalt vom Laster in Schlaglöcher schaufeln. Nicht weil ich Ihre verfluchte Uhr will – obwohl ich sie selbstverständlich mit dem größten Vergnügen nehmen würde –, sondern weil alle damit anfangen.«

»Einverstanden.«

»Wenn Sie nur wissen, was Sie tun.«

»Weiß ich.«

»Nein«, sagte Blocker. »Sie wissen es nicht. Aber Sie werden es erfahren.«

Und damit hatte er recht.

An die ersten zwei Wochen kann ich mich so gut wie überhaupt nicht erinnern – ich weiß nur noch, daß ich heißen Asphaltsplitt schaufelte, feststampfte und mit gesenktem Kopf hinter dem Lastwagen hertrottete, bis dieser am nächsten Schlagloch hielt. Manchmal arbeiteten wir auf dem Strip; ich konnte in den Spielcasinos die Jackpot-Glocken läuten hören. Manchmal denke ich, daß ich mir die Glocken nur eingebildet habe. Wenn ich aufschaute, sah ich Harvey Blocker, der mich mit einem seltsam mitfühlenden Blick musterte; sein Gesicht flimmerte in der Hitze, die von der Straße aufstieg. Und manchmal sah ich Tinker, der unter dem Segeltuchbaldachin saß, mit dem die Kabine seiner Planierraupe abgedeckt war, die Uhr meines Urgroßvaters an der Kette hochhielt und sie schwingen ließ, so daß Sonnenstrahlen darauf blitzten.

Die größte Anstrengung bestand darin, nicht ohnmächtig zu werden, bei Bewußtsein zu bleiben, koste es, was es wolle. Ich hielt den ganzen Juni und die erste Juliwoche durch, dann setzte sich Blocker in der Mittagspause neben mich, während ich mit zitternden Händen ein Sandwich aß. Manchmal zitterte ich bis zehn Uhr nachts. Wegen der Hitze. Entweder zittern oder ohnmächtig werden; doch wenn ich an Dolan dachte, gelang es mir irgendwie, weiterzuzittern.

»Sie sind immer noch nicht kräftig, stimmt's«, sagte er.

»Nein«, sagte ich. »Aber Sie hätten einmal sehen sollen, womit ich angefangen habe.«

»Ich rechne immer damit, daß ich mich einmal umdrehe und Sie bewußtlos auf der Straße liegen sehe, und Sie tun mir den Gefallen nicht. Aber Sie werden.«

»Nein.«

»O doch. Wenn Sie weiter mit der Schaufel hinter dem Laster hertraben, werden Sie.«

»Nein.«

»Der heißeste Teil des Sommers liegt noch vor uns, ist das klar? Tink nennt es Treibhauswetter.«

»Ich komme zurecht.«

Er zog etwas aus der Tasche. Es war die Uhr meines Urgroßvaters. Er warf sie mir in den Schoß. »Nehmen Sie das Scheißding«, sagte er voll Widerwillen. »Ich will es nicht.«

»Sie haben eine Vereinbarung mit mir getroffen.«

»Ich widerrufe sie.«

»Wenn Sie mich feuern, gehe ich mit Ihnen vors Arbeitsgericht«, sagte ich. »Sie haben mein Gesuch unterschrieben. Sie ...«

»Ich werde Sie nicht feuern«, sagte er und wandte sich ab. »Ich werde dafür sorgen, daß Tink Ihnen beibringt, wie man einen Frontlader fährt.«

Ich sah ihn lange an und wußte nicht, was ich sagen sollte. Mein Schulzimmer der dritten Klasse, so kühl und angenehm, schien nie weiter entfernt zu sein. Und ich hatte immer noch keine Ahnung, wie ein Mann wie Blocker dachte oder was er meinte, wenn er etwas sagte. Ich wußte, er bewunderte und verachtete mich gleichzeitig, hatte aber keine Ahnung, warum er so empfand. *Und das kann dir auch egal sein,* meldete sich Elizabeth plötzlich in meinem Kopf zu Wort. *Dolan ist dein Ziel. Vergiß Dolan nicht.*

»Warum sollten Sie das tun?« fragte ich schließlich.

Da sah er mich an, und ich stellte fest, daß er wütend und erheitert zugleich war. Aber ich glaube, die Wut überwog. »Was ist los mit Ihnen, Junge? Wofür halten Sie mich?«

»Ich weiß nicht ...«

»Glauben Sie, ich will Sie wegen Ihrer Scheißuhr umbringen? Denken Sie das von mir?«

»Tut mir leid.«

»Ja. Sie sind der mitleidigste kleine Pisser, den *ich* je gesehen habe.«

Ich steckte die Uhr meines Urgroßvaters ein.

»Sie werden *nie* kräftig werden, mein Alter. Manche Menschen und Pflanzen gedeihen in der Sonne. Manche verdorren und sterben. Sie sterben. Das wissen Sie, und trotzdem wollen Sie nicht in den Schatten. Warum tun Sie Ihrem Körper das an?«

»Ich habe meine Gründe.«

»Klar, jede Wette. Und Gott stehe jedem bei, der sich Ihnen in den Weg stellt.«

Er stand auf und ging weg.

Tink kam grinsend herüber.

»Glauben Sie, Sie können einen Frontlader fahren?«

»Ich denke, ja«, sagte ich.

»Glaube ich auch«, sagte er. »Old Blockhead mag Sie – er weiß nur nicht, wie er es sagen soll.«

»Ist mir auch schon aufgefallen.«

Tink lachte. »Sie sind ein zäher kleiner Kerl, was?«

»Ich hoffe es«, sagte ich.

Den Rest des Sommers fuhr ich den Frontlader, und als ich im Herbst zur Schule zurückkehrte, fast so schwarz wie Tink, hörten die anderen Lehrer auf, über mich zu lachen. Manchmal sahen sie mir aus den Augenwinkeln nach, wenn ich vorbeigegangen war, aber sie hörten auf zu lachen.

Ich habe meine Gründe. Das hatte ich zu ihm gesagt. Und so war es. Ich verbrachte diesen Sommer nicht nur aus einer Laune heraus in der Hölle. Sehen Sie, ich mußte mich in Form bringen. Vielleicht sind nicht unbedingt so drastische Vorarbeiten nötig, um ein Grab für einen Mann oder eine

Frau zu schaufeln, aber ich dachte nicht nur an einen Mann oder eine Frau.

Ich wollte diesen verdammten Cadillac begraben.

Im April des folgenden Jahres war ich im Postverteiler der *State Highway Commission*. Ich bekam jeden Monat ein Mitteilungsblatt mit dem Titel *Nevada Road Signs*. Den größten Teil des Materials überblätterte ich einfach, da es meist nur um anstehende Gesetzesvorschläge zur Verbesserung der Highways, gekaufte und verkaufte Straßenbaumaschinen und Aktivitäten der staatlichen Legislative auf Gebieten wie Sanddünenkontrolle und neuen Antierosionstechniken ging. Was mich interessierte, stand immer auf der letzten oder vorletzten Seite. In diesem Teil mit dem schlichten Titel »Kalender« wurden Datum und Ort von Straßenbauprojekten des kommenden Monats aufgelistet, gefolgt von einer einfachen Abkürzung: NEAS. Das bedeutete Neuasphaltierung, und meine Erfahrungen bei Harvey Blockers Bautrupp hatten mir gezeigt, daß diese Ausbesserungen am häufigsten Umleitungen erforderlich machten. Aber nicht *immer* – wahrlich nicht. Einen Straßenabschnitt zu sperren ist ein Schritt, den die Highway Commission nur unternimmt, wenn es gar keine andere Möglichkeit mehr gibt. Aber früher oder später, dachte ich mir, würden diese vier Buchstaben Dolans Ende besiegeln. Nur vier Buchstaben, aber es gab Zeiten, da sah ich sie in meinen Träumen: NEAS.

Nicht, daß es leicht wäre oder gar bald soweit sein würde – ich wußte, möglicherweise würde ich Jahre warten müssen, und bis dahin erledigte vielleicht ein anderer Dolan. Er war ein böser Mensch, und böse Menschen leben gefährlich. Vier Bedingungen, die in lockerem Zusammenhang standen, mußten zusammentreffen wie eine seltene Planetenkonstellation: Dolan mußte reisen, ich mußte Ferien haben, es mußte ein nationaler Feiertag sein, und wir mußten ein verlängertes Wochenende haben.

Möglicherweise Jahre. Vielleicht nie. Aber ich verspürte eine Art Gewißheit – eine Überzeugung, *daß* es passieren würde, und wenn, dann würde ich vorbereitet sein. Und schließlich passierte es auch. Nicht in diesem Sommer, nicht im Herbst und nicht im darauffolgenden Frühling. Aber im Juni letzten Jahres schlug ich *Nevada Road Signs* auf und sah folgenden Eintrag im Kalender:

> 1. JULI–22. JULI (VORAUSS.):
> U. S. 71 MI 440–472 (WESTL. RCHTG.) NEAS

Mit zitternden Händen schlug ich im Terminkalender auf meinem Schreibtisch den Juli auf und sah, daß der 4. Juli auf einen Montag fiel.

Damit hatte ich drei meiner vier Bedingungen, denn im Verlauf einer derart umfangreichen Ausbesserungsarbeit würde es mit Sicherheit einmal eine Umleitung geben.

Aber Dolan ... was war mit Dolan? Was war mit der vierten Bedingung?

Ich wußte noch, daß er früher dreimal in der Woche des 4. Juli nach L. A. gefahren war – eine Woche, die zu den wenigen ruhigen in Vegas gehört. Dreimal, auch das wußte ich, fuhr er anderswohin – einmal nach New York, einmal nach Miami, einmal sogar nach London –, und ein viertes Mal war er schlicht und einfach in Vegas geblieben.

Wenn er fuhr ...

Gab es eine Möglichkeit, das herauszufinden?

Ich dachte lange und gründlich darüber nach, aber zwei Visionen drängten sich immer wieder dazwischen. In der ersten sah ich Dolans Cadillac in der Dämmerung auf der U. S. 71 nach L. A. rasen, wobei er einen langen Schatten warf. Ich sah ihn an Schildern mit der Aufschrift UMLEITUNG vorbeifahren, deren letztes CB-Funker ermahnte, ihre Geräte abzuschalten. Ich sah ihn an reglosen Straßenbaumaschinen vorbeifahren – Planierraupen, Motorwalzen, Schaufelbaggern. Reglos – nicht nur, weil Feierabend war, sondern auch wegen des Wochenendes, des verlängerten Wochenendes.

In der zweiten Vision war alles genau so, nur die UMLEITUNG-Schilder waren nicht mehr da.

Sie waren nicht mehr da, weil ich sie weggenommen hatte.
Am letzten Schultag wurde mir plötzlich klar, wie ich es herausfinden konnte. Ich wäre beinahe eingedöst, mein Verstand war eine Million Meilen von der Schule und von Dolan entfernt, als ich plötzlich senkrecht emporschnellte und dabei eine Vase (voll hübscher Wüstenblumen, die mir meine Schüler zum letzten Schultag geschenkt hatten) von meinem Pult herunterwarf, so daß sie auf dem Boden zerschellte. Einige meiner Schüler, die *auch* am Dösen gewesen waren, schnellten ebenfalls in die Höhe, und möglicherweise machte mein Gesichtsausdruck ihnen angst, denn ein kleiner Junge namens Timothy Urich brach in Tränen aus; ich mußte ihn beruhigen.

Laken, dachte ich, während ich Timmy tröstete. *Laken und Kissenbezüge und Bettwäsche und Tafelsilber, die Teppiche; der Garten. Alles muß »einfach so« aussehen. Er will, daß alles »einfach so« aussieht.*

Natürlich. Daß alles »einfach so« war, gehörte ebenso zu Dolan wie sein Cadillac.

Ich fing an zu lächeln, und Timmy Urich lächelte zurück, aber ich lächelte nicht Timmy zu.

Ich lächelte Elizabeth zu.

In diesem Jahr war die Schule am 10. Juni zu Ende. Zwölf Tage später flog ich nach Los Angeles. Ich mietete ein Auto und nahm ein Zimmer im gleichen billigen Hotel, das ich schon bei anderen Anlässen besucht hatte. An den drei darauffolgenden Tagen fuhr ich regelmäßig in die Hollywood Hills und beobachtete Dolans Haus. Ich konnte es nicht *ständig* beobachten; das wäre aufgefallen. Die Reichen stellen Leute ein, die auf Herumtreiber achten, weil die sich allzu häufig als gefährlich erweisen.

Wie ich.

Zuerst sah ich nichts. Das Haus war nicht vernagelt, der Rasen nicht zu hoch gewachsen – Gott behüte! –, das Wasser im Pool zweifellos sauber und chloriert. Dennoch sah es aus, als wäre es unbewohnt und leer – Jalousien heruntergezogen, keine Autos in der Einfahrt, niemand schwamm im

Pool, den ein junger Mann mit Mozartzopf jeden Morgen reinigte.

Ich kam zur Überzeugung, daß es vergebliche Liebesmüh war. Dennoch blieb ich und hoffte auf die letzte Bedingung.

Am 29. Juni, als ich mich fast damit abgefunden hatte, daß ich noch ein Jahr beobachten und warten und trainieren und im Sommer für Harvey Blocker den Frontlader fahren mußte (das heißt, wenn er mich wieder einstellen würde), fuhr ein blaues Auto mit der Aufschrift LOS ANGELES SECURITY SERVICE vor das Tor von Dolans Haus. Ein Mann in Uniform stieg aus und öffnete mit einem Schlüssel das Tor. Er fuhr mit dem Auto hinein und um die Ecke. Einen Augenblick später kam er zu Fuß zurück, machte das Tor zu und schloß es wieder ab.

Das war immerhin eine Unterbrechung der Routine. Ich verspürte einen vagen Funken Hoffnung.

Ich fuhr weg und schaffte es, mich fast zwei Stunden von dem Anwesen fernzuhalten. Dann kehrte ich zurück und parkte am Anfang des Blocks statt am Ende. Fünfzehn Minuten später hielt ein blauer Lieferwagen vor Dolans Grundstück. Auf der Seite stand der Schriftzug BIG JOE'S PUTZKOLONNE. Mein Herz schlug schneller. Ich sah in den Rückspiegel, und ich weiß noch, wie sich meine Hände um das Lenkrad des Mietwagens krampften.

Vier Frauen stiegen aus dem Wagen, zwei Weiße, eine Schwarze und eine Chicana. Sie waren weiß gekleidet, wie Kellnerinnen, aber sie waren selbstverständlich keine Kellnerinnen; sie waren Putzfrauen.

Als eine von ihnen am Tor läutete, erschien der Wachmann und schloß es auf. Die fünf unterhielten sich miteinander und lachten. Der Wachmann versuchte, eine der Frauen zu kneifen, aber sie schlug seine Hand lachend weg.

Eine der Frauen kehrte zum Lieferwagen zurück und fuhr ihn auf die Einfahrt. Die anderen folgten zu Fuß und schwatzten miteinander, während der Wachmann das Tor zumachte und wieder abschloß.

Schweiß lief mir übers Gesicht; er fühlte sich an wie Schmieröl. Mein Herz pochte wie ein Preßlufthammer.

Sie verschwanden aus dem Bereich, den ich mit dem Rückspiegel einsehen konnte. Ich ging das Risiko ein und drehte mich um.

Ich sah, wie die Hecktüren des Lieferwagens nach außen schwangen.

Eine trug einen Stapel Laken hinein; eine andere hatte Handtücher; wieder eine schleppte zwei Staubsauger.

Sie drängten sich vor der Tür, und der Wachmann ließ sie hinein.

Ich fuhr weg und schlotterte so sehr, daß ich kaum das Auto lenken konnte.

Sie bereiteten das Haus vor. Er kam.

Dolan wechselte seinen Cadillac nicht jedes Jahr, nicht einmal alle zwei Jahre – der graue Sedan DeVille, den er fuhr, als dieser Juni dem Ende entgegenging, war drei Jahre alt. Ich kannte seine Abmessungen genau. Ich hatte an General Motors geschrieben und vorgegeben, ich wäre Wissenschaftsjournalist. Sie hatten mir die Bedienungsanleitung und die technischen Daten des betreffenden Modells geschickt. Sie schickten sogar den adressierten, frankierten Umschlag mit zurück, den ich beigelegt hatte. Große Firmen wahren augenscheinlich die Höflichkeit auch dann, wenn sie in den roten Zahlen sind.

Dann hatte ich drei Zahlen zusammengestellt – die Breite des Cadillac an seiner breitesten Stelle, die Höhe an seiner höchsten und die Länge an der längsten, und war damit zu einem Freund gegangen, der an der Las Vegas High School Physik unterrichtet.

Ich schilderte ihm das Problem als rein hypothetisch. Ich sagte ihm, ich hätte vor, eine Science Fiction-Story zu schreiben, und ich wollte die Zahlen genau richtig haben. Ich dachte mir sogar ein paar plausible Handlungsbruchstücke aus – mein Erfindungsreichtum setzte selbst mich in Erstaunen.

Mein Freund wollte wissen, wie schnell mein außerirdisches Aufklärungsfahrzeug fahren würde. Das war eine Frage, mit der ich nicht gerechnet hatte; ich fragte ihn, ob das eine Rolle spielte.

»Selbstverständlich spielt das eine Rolle«, sagte er. »Es spielt eine große Rolle. Wenn du willst, daß das Erkundungsfahrzeug in deiner Geschichte direkt *in* die Falle fällt, muß die Falle genau die richtige Größe haben. Die Zahl, die du mir genannt hast, beträgt fünf Meter zehn mal einen Meter achtzig.«

Ich machte den Mund auf, um ihm zu sagen, daß das nicht ganz stimmte, aber er hielt schon die Hand hoch.

»Nur eine Schätzung«, sagte er. »Das macht es leichter, die Fallkurve auszurechnen.«

»Die was?«

»Die Fallkurve«, wiederholte er. Das war ein Ausdruck, in den ein auf Rache versessener Mann sich verlieben konnte. Er hörte sich dunkel und unheilschwanger an. *Die Fallkurve.*

Ich war davon ausgegangen, wenn ich die Grube so tief ausheben würde, daß der Cadillac hineinpaßte, dann *würde* er hineinpassen. Mein Freund legte mir dar, daß sie, bevor sie als Grab dienen konnte, erst einmal als Falle dienen mußte.

Auch die Form war wichtig, sagte er. Die rechteckige Grube, an die ich gedacht hätte, funktionierte vielleicht gar nicht. Tatsächlich waren die Chancen, daß es schiefgehen würde, größer als die, daß es klappen konnte. »Wenn das Fahrzeug nicht haargenau den Anfang der Grube erwischt«, sagte er, »dann fällt es vielleicht überhaupt nicht ganz hinein. Es könnte schräg daran entlangschlittern, und wenn es stehenbliebe, könnten deine Außerirdischen zur Beifahrertür herausklettern und deinen Helden mit Strahlenwaffen abmurksen.« Die Lösung, sagte er, bestand darin, das Eingangsende breiter zu machen und dem Ganzen die Form eines Trichters zu geben.

Dann war da das Problem der Geschwindigkeit.

Wenn Dolans Cadillac zu schnell fuhr und das Loch zu klein war, würde er darüber hinwegfliegen und dabei ein wenig sinken, und die Reifen oder der Rahmen würden auf der gegenüberliegenden Seite aufprallen. Er würde sich überschlagen und auf dem Dach landen – aber ohne in das Loch zu fallen. Fuhr der Cadillac dagegen zu langsam und das Loch war zu lang, dann landete er vielleicht mit dem

Kühler auf dem Boden statt mit den Reifen, und das ging nicht. Man kann einen Cadillac nicht zuschaufeln, wenn die letzten sechzig Zentimeter und die Heckstoßstange herausragen – ebensowenig, wie man einen Mann begraben könnte, dessen Beine über das Grab vorstehen:

»Also, wie schnell soll dein Aufklärungsfahrzeug fahren?«

Ich rechnete hastig nach. Auf der freien Landstraße fuhr Dolans Fahrer zwischen sechzig und fünfundsiebzig Meilen. An der Stelle, wo ich zuschlagen wollte, würde er wahrscheinlich etwas langsamer fahren. Ich konnte die Umleitungsschilder entfernen, aber ich konnte weder die Baumaschinen noch die Spuren der Ausbesserungsarbeiten verschwinden lassen.

»Etwa zwanzig Rull«, sagte ich.

Er lächelte. »Übersetzt, bitte?«

»Sagen wir, fünfzig Erdenmeilen die Stunde.«

»Ah-ha.« Er machte sich sofort mit dem Rechenschieber an die Arbeit, während ich neben ihm saß, mit glänzenden Augen strahlte und an diese wunderbare Formel denken mußte. *Die Fallkurve.*

Er sah unvermittelt auf. »Weißt du«, sagte er, »du solltest darüber nachdenken, die Dimensionen des Fahrzeugs zu ändern.«

»Ach? Warum sagst du das?«

»Fünf Meter zehn mal einen Meter achtzig ist ziemlich groß für ein Aufklärungsfahrzeug.« Er lachte. »Das ist fast so groß wie ein Lincoln Mark IV.«

Ich lachte auch. Wir lachten beide.

Nachdem ich beobachtet hatte, wie die Frauen mit Laken und Handtüchern ins Haus gegangen waren, flog ich nach Las Vegas zurück.

Ich sperrte mein Haus auf, ging ins Wohnzimmer und griff zum Telefon. Meine Hand zitterte ein wenig. Sieben Jahre hatte ich gewartet wie eine Spinne im Giebel oder eine Maus hinter der Fußleiste. Ich hatte Dolan nie merken lassen, daß sich Elizabeths Mann immer noch für ihn interessierte – der nichtssagende Blick, mit dem er mich betrachtete, als ich auf dem Rückweg nach Vegas an seinem liegengebliebenen Cadillac vorbeifuhr, so wütend er mich damals gemacht hatte, war meine gerechte Belohnung.

Aber jetzt mußte ich ein Risiko eingehen. Ich mußte es eingehen, weil ich nicht an zwei Orten gleichzeitig sein konnte, und ich mußte unbedingt wissen, ob Dolan kommen würde und *wann* ich die Umleitung vorübergehend verschwinden lassen mußte.

Während ich im Flugzeug nach Hause flog, hatte ich einen Plan entworfen. Ich dachte, daß er funktionieren würde. Ich würde *dafür sorgen*, daß er funktionierte.

Ich rief die Auskunft von Los Angeles an und bat um die Nummer von Big Joe's Putzkolonne. Ich bekam sie und rief dort an.

»Hier spricht Bill von Rennies Partyservice«, sagte ich. »Wir haben am Samstagabend eine große Party im Aster Drive 1121 in Hollywood Hills. Ich wollte nur wissen, ob eines Ihrer Mädchen im Schrank über dem Herd nach Mr. Dolans großer Bowle sehen könnte. Könnten Sie das für mich tun?«

Ich wurde gebeten zu warten, was ich auch tat, aber mit jeder Sekunde wuchs meine Überzeugung, daß er den Braten gerochen hatte und auf einer anderen Leitung die Telefongesellschaft anrief, während er mich warten ließ.

Nach einer Weile – einer langen, *langen* Weile – meldete er sich wieder. Er hörte sich verärgert an, aber das machte nichts. Ich wollte ja, daß er sich so anhörte.

»*Samstag* abend?«

»Ja, ganz recht. Aber ich komme an keine Bowle heran, die so groß ist, wie sie sie wollen; ich müßte in der ganzen Stadt herumtelefonieren, und ich glaube mich zu erinnern, daß er selber eine besitzt. Ich wollte mich nur vergewissern.«

»Hören Sie, Mister, auf meinem Terminplan steht, daß Mr. Dolan erst am *Sonntag*nachmittag um fünfzehn Uhr zurückerwartet wird. Ich lasse gerne eines meiner Mädchen nach der Bowle sehen, aber vorher möchte ich das hier klären. Mr. Dolan gehört nicht zu den Typen, die man verscheißert, wenn Sie meine Ausdrucksweise verzeihen wollen ...«

»Ich bin voll und ganz ihrer Meinung«, sagte ich.

»... und wenn er einen Tag früher hier aufkreuzt, muß ich sofort noch ein paar Mädchen hinschicken.«

»Lassen Sie mich noch einmal nachsehen«, sagte ich. Das Lesebuch für die dritte Klasse, mit dem ich arbeite, *Roads to Everywhere*, lag neben mir auf dem Tisch. Ich nahm es und blätterte ein paar Seiten dicht neben dem Telefon durch.

»O Mann«, sagte ich. »Das war mein Fehler. Er hat die Leute auf *Sonntag*abend eingeladen. Es tut mir wirklich leid. Verpfeifen Sie mich?«

»Natürlich nicht. Hören Sie, bleiben Sie noch mal dran – ich hol eines der Mädchen und laß sie nach der ...«

»Wenn es sich um den *Sonntag* handelt, ist das nicht mehr nötig«, sagte ich. »Unsere große Bowle kommt am Sonntagvormittag von einem Hochzeitsempfang in Glendale zurück.«

»Okay. Keine Panik.« Gemütlich. Arglos. Die Stimme eines Mannes, der sich nicht unnötig Gedanken machen würde.

Hoffte ich.

Ich legte auf, blieb still sitzen und dachte nach, so gründlich ich konnte. Wenn er um drei in L. A. sein wollte, mußte er Vegas gegen zehn Uhr am Sonntagvormittag verlassen. Und er würde zwischen elf Uhr fünfzehn und elf Uhr dreißig in der Gegend der Umleitung auftauchen, wenn ohnehin praktisch kein Verkehr herrschte.

Ich beschloß, daß es Zeit wurde, mit dem Träumen aufzuhören und mit dem Handeln anzufangen.

Ich studierte die Kleinanzeigen, telefonierte ein wenig herum und sah mir dann fünf Gebrauchtwagen an, die im Rahmen meiner finanziellen Möglichkeiten lagen. Ich entschied mich für einen klapprigen Ford-Lieferwagen, der in dem Jahr vom Band gerollt war, als Elizabeth ermordet wurde. Ich zahlte bar. Danach blieben mir nur noch zweihundertsiebenundfünfzig Dollar auf dem Sparkonto, aber das kümmerte mich nicht im geringsten. Auf dem Heimweg fuhr ich an einem Maschinenverleih vorbei und mietete einen tragbaren Kompressor, wobei ich meine Master-Card als Zahlungsmittel bemühte.

Freitag am Spätnachmittag belud ich den Lieferwagen: Hacken, Schaufeln, Kompressor, Hammer, Werkzeugkasten,

Fernglas und ein geliehener Preßlufthammer des Highway Department mit einer Anzahl pfeilförmiger Meißel, um Asphalt aufzureißen. Ein großes Stück sandfarbenen Segeltuchs, dazu eine lange Rolle Segeltuch sowie einundzwanzig dünne Dachlatten, jede zwei Meter lang. Und nicht zuletzt eine große Industrieheftmaschine.

Am Rand der Wüste hielt ich vor einem Einkaufszentrum, stahl ein Paar Nummernschilder und brachte sie an meinem Lieferwagen an.

Sechsundsiebzig Meilen westlich von Vegas sah ich das erste orangefarbene Schild: BAUSTELLE – WEITERFAHREN AUF EIGENE GEFAHR. Dann, etwa eine Meile weiter, sah ich das Schild, auf das ich gewartet hatte, seit ... nun, seit Elizabeth gestorben war, nehme ich an, auch wenn ich es nicht immer gewußt hatte.

UMLEITUNG 6 MEILEN.

Die Dämmerung ging in Dunkelheit über, als ich eintraf und die Situation begutachtete. Es hätte besser sein können, wenn ich es geplant hätte, aber nicht viel.

Die Umleitung führte zwischen zwei Hügelkuppen nach rechts. Sie sah wie ein alter Feldweg aus, den das Highway Department geglättet und verbreitert hatte, damit er vorübergehend Raum für den dichten Verkehr bot. Sie wurde von einem blinkenden Pfeil markiert, gespeist von einer summenden Batterie in einer Stahlkiste mit Vorhängeschloß.

Hinter der Umleitung, wo die Straße zur Kuppe des zweiten Hügels anstieg, war die Straße mit einer doppelten Reihe Kegel abgesperrt. Dahinter (falls man so unwahrscheinlich dumm war, erstens den blinkenden Pfeil zu übersehen und zweitens über die zwei Reihen Kegel hinwegzufahren, ohne es zu merken – was meiner Meinung nach auf einige Autofahrer durchaus zutreffen konnte) stand ein orangefarbenes Schild, fast so groß wie eine Reklametafel, auf der stand: STRASSE GESPERRT – BENUTZEN SIE DIE UMLEITUNG.

Aber der Anlaß für die Umleitung war von hier aus nicht zu erkennen, und das war gut. Ich wollte nicht, daß Dolan auch nur die geringste Chance hatte, die Falle zu riechen, bevor er hineintappte.

Ich sputete mich, weil ich nicht gesehen werden wollte, stieg aus dem Lieferwagen, sammelte hastig ein Dutzend der Kegel ein und schuf so eine Durchfahrt, die für den Lieferwagen breit genug war. Ich zog das STRASSE GESPERRT-Schild nach rechts, rannte zum Lieferwagen zurück, stieg ein und fuhr durch die Lücke.

Und dann hörte ich näherkommenden Motorenlärm.

Ich ergriff die Kegel wieder und stellte sie so schnell ich konnte auf. Zwei rutschten mir aus den Händen und rollten in den Graben. Ich lief ihnen keuchend nach. In der Dunkelheit stolperte ich über einen Stein, fiel hin, stand schnell wieder auf und hatte Staub im Gesicht und Blut an einer Handfläche. Das Auto war jetzt näher; gleich würde es über den letzten Hügel vor der Umleitung kommen, und dann würde der Fahrer im Licht der Scheinwerfer einen Mann in Jeans und T-Shirt sehen, der versuchte, Kegel wieder aufzustellen, während sein Lieferwagen im Leerlauf in einem Sperrbereich parkte, wo kein Fahrzeug etwas zu suchen hatte, das nicht dem Highway Department des Staates Nevada gehörte. Ich stellte den letzten Kegel auf und rannte zu dem Schild zurück. Ich zog zu heftig. Es schwankte und wäre um ein Haar umgekippt.

Als die Scheinwerfer des näherkommenden Fahrzeugs die Kuppe im Osten beleuchteten, war ich plötzlich überzeugt, daß es sich um einen Polizisten, einen Nevada State Trooper, handeln mußte.

Das Schild stand wieder dort, wo es gestanden hatte – und wenn nicht, doch immerhin nahe genug. Ich sprintete zum Lieferwagen, stieg ein und fuhr zur nächsten Kuppe. Als ich gerade darüber hinwegfuhr, schienen die Scheinwerfer über die Anhöhe hinter mir.

Hatte er mich ohne Licht in der Dunkelheit gesehen?

Ich glaubte es nicht.

Ich lehnte mich mit geschlossenen Augen an den Sitz und wartete, bis mein Herz wieder langsamer schlug. Was erst geschah, als das Auto sich rumpelnd und holpernd auf der Umleitung entfernte.

Ich war da – wohlbehalten hinter dem Umleitungsschild.

Es wurde Zeit, mit der Arbeit anzufangen.

Jenseits der Anhöhe fiel die Straße zu einer langgestreckten, flachen Ebene hin ab. Nach zwei Dritteln des Weges auf diesem flachen Abschnitt hörte die Straße einfach auf zu existieren – sie wurde ersetzt von Sandbergen und einem langen, breiten Schotterstreifen.

Würden sie das sehen und anhalten? Umkehren? Oder würden sie weiterfahren und sich darauf verlassen, daß es einen gangbaren Weg geben mußte, weil sie keine Umleitungsschilder gesehen hatten?

Jetzt war es zu spät, sich darüber Gedanken zu machen.

Ich entschied mich für eine Stelle etwa zwanzig Meter im Inneren der Ebene, aber immer noch rund eine Viertelmeile vor der Stelle, an der die Straße aufhörte. Ich fuhr an den Straßenrand, zwängte mich in den hinteren Teil des Lieferwagens und machte die Hecktüren auf. Ich legte zwei Dielen hinauf und schaffte die Ausrüstung hinaus. Dann ruhte ich mich aus und sah zu den kalten Sternen der Wüste hinauf.

»Jetzt geht es los, Elizabeth«, flüsterte ich ihnen zu.

Mir war, als spürte ich eine kalte Hand, die mir über den Nacken strich.

Der Kompressor gab einen gräßlichen Lärm von sich, und der Preßlufthammer war noch viel schlimmer, aber daran ließ sich nichts ändern – ich konnte nur hoffen, daß ich bis Mitternacht den ersten Teil der Arbeit hinter mir hatte. Sollte es länger dauern, würde ich sowieso Probleme bekommen. Ich hatte nur eine begrenzte Menge Benzin für den Kompressor.

Vergiß es. Denk nicht daran, wer dich hören und sich fragen könnte, welcher Idiot mitten in der Nacht mit einem Preßlufthammer arbeitet; denk an Dolan. Denk an den grauen Sedan DeVille.

Denk an die Fallkurve.

Ich zeichnete zuerst die Abmessungen des Grabes auf, wobei ich weiße Kreide, das Maßband aus dem Werkzeugkasten und die Zahlen benutzte, die mir mein Physiker ausgerechnet hatte. Als ich fertig war, zeichnete sich ein ungefähres Rechteck, nicht ganz zwei Meter breit und zwölf

Meter lang, in der Dunkelheit ab, das sich zum vorderen Ende verbreiterte. In der Düsternis sah diese Verbreiterung nicht wie ein Trichter aus, wie ihn mein Freund, der Mathematiker, auf das Millimeterpapier gezeichnet hatte. In der Düsternis sah er aus wie ein klaffendes Maul. *Damit ich dich besser fressen kann*, dachte ich und lächelte in der Dunkelheit.

Ich zog noch zwanzig Linien über die Fläche und schuf so rund sechzig Zentimeter breite Längsstreifen. Zuletzt zog ich eine Querlinie in der Mitte, wodurch ein Gitter mit zweiundvierzig fast rechteckigen Feldern entstand. Das dreiundvierzigste Segment bildete der schaufelförmige Trichter am vorderen Ende.

Dann krempelte ich die Ärmel hoch, ließ den Kompressor an und machte mich an die Arbeit.

Die Arbeit ging zügiger vonstatten, als ich hoffen durfte, aber nicht so schnell, wie ich es mir gewünscht hätte – ist es je anders? Es wäre besser gegangen, hätte ich das schwere Gerät benutzen können, aber das kam später. Als erstes mußte ich den Asphaltbeton aufbrechen. Ich war um Mitternacht noch nicht fertig, und um drei Uhr morgens auch noch nicht, als das Benzin für den Kompressor ausging. Ich hatte vorausgesehen, daß das passieren würde, und einen Siphon für den Benzintank des Lastwagens mitgebracht. Ich schaffte es gerade noch, den Tankdeckel aufzuschrauben, aber als mir der Benzingestank entgegenschlug, schraubte ich ihn einfach wieder fest und legte mich flach auf die Ladefläche des Lastwagens.

Heute nacht nichts mehr. Ich konnte nicht. Obwohl ich Arbeitshandschuhe getragen hatte, waren meine Hände von Wasserblasen übersät, von denen viele schon näßten. Mein ganzer Körper schien im unerbittlichen Rhythmus des Preßlufthammers zu vibrieren, und meine Arme fühlten sich an wie amoklaufende Stimmgabeln. Ich hatte Kopfschmerzen. Die *Zähne* taten mir weh. Mein Rücken peinigte mich; die Wirbelsäule schien mit Glassplittern gefüllt zu sein.

Ich hatte achtundzwanzig Rechtecke herausgeschnitten.

Achtundzwanzig.

Blieben noch vierzehn.

Und das war erst der Anfang.
Niemals, dachte ich. *Es ist unmöglich. Ich schaffe es nicht.*
Wieder die kalte Hand.
Doch, Liebste. Doch.

Das Klingeln in meinen Ohren ließ ein wenig nach; ab und zu hörte ich einen Automotor, der näher kam ... und sich dann wieder entfernte, der Umleitung folgend, der Schleife, die das Highway Department angelegt hatte, um die Baustelle zu umgehen.

Morgen war Samstag ... Entschuldigung, heute. *Heute* war Samstag. Dolan kam am Sonntag. Nicht genügend Zeit.

Doch, Liebste.

Die Explosion hatte sie in Stücke gerissen.

Sie war in Stücke gerissen worden, weil sie der Polizei die Wahrheit über das gesagt hatte, was sie sah, weil sie sich nicht einschüchtern ließ, weil sie tapfer war. Und Dolan fuhr immer noch in seinem Cadillac herum und trank zwanzig Jahre alten Scotch, während seine Rolex am Handgelenk funkelte.

Ich werde es versuchen, dachte ich. Dann fiel ich in einen traumlosen Schlaf, der dem Tod gleichkam.

Als ich erwachte, schien mir die Sonne ins Gesicht, schon um acht Uhr sengend heiß. Ich setzte mich auf und schrie, dann griff ich mit schmerzenden Händen an den Rücken. Arbeiten? Noch vierzehn Stücke herausschneiden? Ich konnte nicht einmal *gehen*.

Aber ich konnte gehen, und ich ging.

Ich bewegte mich wie ein uralter Mann auf dem Weg zu einem Boulespiel, als ich zum Handschuhfach ging und es öffnete. Dort hatte ich eine Packung Empirin für den Morgen danach bereit gelegt.

Hatte ich geglaubt, ich wäre in Form? *Allen Ernstes?* Nun! Wirklich komisch, oder etwa nicht?

Ich nahm vier Empirin mit Wasser, wartete fünfzehn Minuten, damit sie sich in meinem Magen auflösen konnten, dann schlang ich ein Frühstück aus Dörrobst und kalten Pop-Tarts hinunter.

Ich sah zu Kompressor und Preßlufthammer, die auf mich

warteten. Die gelbe Verkleidung des Kompressors schien in der Morgensonne zu dampfen.

Ich wollte nicht dorthin gehen und den Preßlufthammer aufheben. Ich mußte an Harvey Blocker denken, wie er gesagt hatte: *Sie werden nie kräftig werden. Manche Menschen und Pflanzen gedeihen in der Sonne. Manche verdorren und sterben. Sie werden sterben ... Warum tun Sie Ihrem Körper das an?*

»Sie wurde in Stücke gerissen«, krächzte ich. »Ich habe sie geliebt, und sie wurde in Stücke gerissen.«

Als Ansporn konnte das nie »Los, Bears!« oder »Laß knacken!« ersetzen, aber mich rüttelte es auf. Ich saugte Benzin aus dem Tank des Lieferwagens, würgte bei dem Geschmack und Gestank und hielt mein Frühstück nur durch reine Willenskraft unten. Ich fragte mich kurz, was ich tun würde, sollten die Leute vom Straßenbautrupp den Dieselkraftstoff aus den Tanks der Maschinen abgelassen haben, bevor sie ins verlängerte Wochenende aufbrachen, verdrängte den Gedanken aber rasch aus meinem Kopf. Es war sinnlos, mir über etwas den Kopf zu zerbrechen, auf das ich keinen Einfluß hatte. Ich kam mir immer mehr wie ein Mann vor, der mit einem Regenschirm in der Hand statt mit einem Fallschirm auf dem Rücken aus einer B-52 gesprungen ist.

Ich trug den Benzinkanister zum Kompressor und füllte den Tank. Dabei mußte ich mit der linken Hand die Finger der rechten um den Griff des Starterkabels am Kompressor krümmen. Als ich daran zog, platzten weitere Wasserblasen auf; als der Kompressor ansprang, sah ich dickflüssigen Eiter aus meiner Faust tropfen.

Ich werde es nie schaffen.
Bitte, Liebste.

Ich ging zum Preßlufthammer und ließ ihn wieder an.

Die erste Stunde war die schlimmste, dann schien das konstante Rütteln des Preßlufthammers in Verbindung mit dem Empirin alles zu betäuben – meinen Rücken, meine Hände, meinen Kopf. Um elf hatte ich den letzten Asphaltblock herausgeschnitten. Nun wurde es Zeit, festzustellen, wieviel ich noch von Tinkers Lektionen wußte, wie man Straßenbaumaschinen kurzschloß.

Ich ging stolpernd und schwankend zum Lieferwagen zurück und fuhr eineinhalb Meilen die Straße entlang bis zu der Stelle, an der die Maschinen standen. Ich sah meine Maschine fast auf der Stelle: einen großen Bagger von Case-Jordan mit Grabschaufel und Greifarm am Heck. Ein fahrbarer Untersatz für hundertfünfunddreißigtausend Dollar. Für Blocker hatte ich ein kleineres Gerät gefahren; aber das hier dürfte weitgehend dasselbe sein.

Hoffte ich.

Ich kletterte ins Führerhaus und studierte den Plan auf dem Knauf des Schalthebels. Der sah genau so aus wie der meines Frontladers. Ich ging das Schema einmal oder zweimal durch. Anfangs bemerkte ich etwas Widerstand, weil Staub ins Getriebegehäuse gelangt war – der Bursche, der dieses Baby fuhr, hatte die Sandklappen nicht heruntergelassen, und sein Vorarbeiter hatte es nicht überprüft. Blocker hätte es überprüft. Und dem Fahrer fünf Dollar abgeknöpft, langes Wochenende oder nicht.

Einerlei. Dies war nicht der Augenblick, an Harvey Blocker zu denken; dies war der Augenblick, an Elizabeth zu denken. Und an Dolan.

Eine Sisalmatte lag auf dem Boden. Ich hob sie hoch und suchte nach dem Zündschlüssel. Selbstverständlich lag keiner da.

Tinks Stimme in meinem Kopf: *Scheiße, ein kleines Kind könnte eines dieser Babies kurzschließen, Bleichgesicht. Ist doch nichts dabei. Jedes Auto hat ein Zündschloß. Sieh her. Nein, nicht dahin, wo der Schlüssel hingehört, du hast keinen Schlüssel, warum solltest du nachsehen, wo der Schlüssel hingehört? Schau hier unten. Siehst du, wo diese Drähte runterhängen?*

Jetzt schaute ich nach unten und sah die Kabel herunterhängen, genau wie damals, als Tinker sie mir gezeigt hatte: rot, blau, gelb und grün. Ich löste einen Zentimeter der Isolierung an jedem, dann holte ich ein Stück Kupferdraht aus der Gesäßtasche.

Okay, Bleichgesicht, hör jetzt gut zu, weil's später vielleicht mal das A und O ist, kapiert? Du schließt den Roten und den Grünen kurz. Sollteste nich' vergessen, weil's wie Weihnachten ist. Damit ist deine Zündung versorgt.

Ich benutzt meinen Draht, um die freigelegten Kabel der Zündung des Case-Jordan zusammenzuhalten. Der Wüstenwind heulte dünn, als bliese jemand über den Rand einer Minerwalwasserflasche. Schweiß rann mir am Hals hinunter ins Hemd, wo er aufgehalten wurde und kitzelte.

Jetzt hast du nur noch den Blauen und den Gelben. Die mußt du nicht verbinden, nur zusammenhalten und zusehn, daß du dabei keinen blauen Draht berührst, wenn du dir nicht elektrisch geheiztes Wasser in die Unterhose machen willst, Mann. Der Blaue und der Gelbe sind für den Anlasser. Und los gehts. Wenn du meinst, du bist lange genug rumgefahren, ziehst du einfach den roten und den grünen Draht auseinander. Als würdest du den Schlüssel rumdrehen, den du nicht hast.

Ich hielt den blauen und den gelben Draht zusammen. Ein großer gelber Funke sprang über, ich zuckte zurück und schlug mir den Kopf an einer Metallstrebe in der Kabine an. Dann beugte ich mich nach vorne und hielt sie wieder gegeneinander. Der Motor sprang an und stotterte, der Bagger machte einen krampfhaften Satz nach vorne. Ich wurde gegen das Armaturenbrett geschleudert und stieß mir das Gesicht am Steuer an. Ich hatte vergessen, das Scheißgetriebe auf Leerlauf zu stellen und deswegen beinahe ein Auge verloren. Ich konnte Tink förmlich lachen hören.

Ich erledigte es und hielt die Kabel noch einmal zusammen. Der Motor drehte durch, immerzu. Einmal hustete er und blies eine schmutzigbraune Rauchwolke in die Luft, die vom Wind verweht wurde, dann röchelte der Motor einfach weiter. Ich redete mir ein, daß die Maschine nur in schlechtem Zustand war – schließlich konnte ein Mann, der vergaß, die Sandklappen herunterzulassen, auch alles andere vergessen –, aber ich kam mehr und mehr zur Überzeugung, daß sie den Dieseltank geleert hatten, wie befürchtet.

Und dann, als ich gerade aufgeben und nach etwas suchen wollte, womit ich den Inhalt des Treibstofftanks des Baggers messen konnte *(damit ich die schlechten Nachrichten besser lesen kann)*, erwachte der Motor ratternd zum Leben.

Ich ließ die Kabel los – die blanke Stelle am blauen rauchte – und gab Gas. Als der Motor gleichmäßig lief, legte ich den ersten ein, wendete und fuhr zu dem langen braunen Rechteck, das ich fein säuberlich aus der Spur des Highway herausgeschnitten hatte.

Der Rest des Tages war eine einzige Hölle aus dröhnendem Motor und sengender Sonne. Der Fahrer des Case-Jordan hatte vergessen, die Sandklappen herunterzulassen; aber er hatte daran gedacht, seinen Sonnenschirm mitzunehmen. Nun, ich schätzte, manchmal lachen die alten Götter eben doch. Ohne Grund. Einfach so. Und ich glaube, die alten Götter haben einen besonderen Sinn für Humor.

Es war fast zwei Uhr, bis ich alle Asphaltblöcke im Straßengraben hatte; mit dem Greifer umzugehen wollte gelernt sein. Und das trichterförmige Stück am Anfang mußte ich in zwei Teile schneiden und jedes Stück dann von Hand in den Straßengraben schleppen. Ich hatte Angst, wenn ich den Greifer benutzen würde, würde ich ihn kaputt machen.

Als alle herausgebrochenen Stücke im Straßengraben lagen, fuhr ich den Bagger zu den anderen Baumaschinen zurück. Der Treibstoff wurde knapp. Ich ging zum Lastwagen, nahm den Schlauch ... und betrachtete fasziniert den großen Wasserkanister. Ich ließ den Siphon vorerst liegen und kroch ins Heck des Lastwagens. Ich schüttete mir Wasser auf Gesicht und Hals und jauchzte vor Lust. Ich wußte, wenn ich trank, würde ich mich erbrechen, aber ich mußte trinken. Also trank ich und erbrach mich, wobei ich nicht einmal aufstand, sondern einfach nur den Kopf zur Seite drehte und danach wie eine Krabbe so weit von der Schweinerei wegkroch, wie ich konnte.

Dann schlief ich wieder, und als ich aufwachte, stand die Dämmerung kurz bevor, und irgendwo heulte ein Wolf den Neumond an, der am purpurfarbenen Himmel aufging.

Im kargen Licht sah die Vertiefung, die ich geschaffen hatte, wirklich wie ein Grab aus – das Grab eines mythischen Trolls. Möglicherweise Goliaths.

Niemals, sagte ich zu dem langen Loch im Asphalt.

Bitte, flüsterte Elizabeth zurück. *Bitte ... für mich.*

Ich holte vier Empirin aus dem Handschuhfach und schluckte sie.

»Für dich«, sagte ich.

Ich parkte den Case-Jordan so, daß sich der Treibstofftank dicht neben dem Tank der Planierraupe befand, und brach mit einem Stemmeisen die Tankdeckel von beiden herunter. Ein Raupenfahrer kam vielleicht ungeschoren davon, wenn er vergaß, die Sandklappen herunterzulassen; aber wenn er vergaß, den Tankdeckel abzuschließen, wo Diesel heutzutage einen Dollar fünfzig kostet? Niemals.

Ich ließ den Treibstoff von der Planierraupe in den Bagger laufen und wartete, während ich versuchte, nicht zu denken, und zusah, wie der Mond immer höher und höher stieg. Nach einer Weile fuhr ich zu der Lücke im Asphalt zurück und fing an zu graben.

Bei Mondschein mit dem Bagger zu arbeiten war einfacher als mit dem Preßlufthammer unter der sengenden Wüstensonne, aber die Arbeit ging dennoch langsam vonstatten, weil ich entschlossen war, dem Boden meiner Grube genau die richtige Schräge zu geben. Deshalb benutzte ich häufig die Wasserwaage. Das hieß, ich mußte den Bagger anhalten, hinuntersteigen, Maß nehmen und wieder auf den Fahrersitz hinaufklettern. Normalerweise kein Problem, aber um Mitternacht war mein ganzer Körper steif und jede Bewegung erzeugte stechende Schmerzen in Knochen und Muskeln. Am Rücken war es am schlimmsten; ich fürchtete allmählich, daß ich mir einen schwerwiegenden Schaden zugezogen hatte.

Aber darum konnte ich mich – wie um alles andere – später kümmern.

Wäre ein Loch erforderlich gewesen, das nicht nur einen Meter achtzig breit und zwölf Meter lang, sondern obendrein noch einen Meter achtzig tief gewesen wäre, dann wäre es selbstverständlich *wirklich* unmöglich gewesen, Bagger hin oder her – ich hätte genausogut versuchen können, ihn ins Weltall zu schießen oder das Taj Mahal auf ihn fallen zu lassen. Bei diesen Abmessungen hätte ich weit über achtundzwanzig Kubikmeter Erde bewegen müssen.

»Du mußt einen Trichter bilden, der deine bösen Außerirdischen einsaugt«, hatte mein Physiker gesagt, »und dann mußt du eine schiefe Ebene konstruieren, die im großen und ganzen der Fallkurve entspricht.«

Er zeichnete eine auf ein anderes Stück Millimeterpapier.

»Das bedeutet, deine intergalaktischen Rebellen, oder was immer sie sind, müssen nur *halb* soviel Erde bewegen, wie die Zahlen eigentlich andeuten. In diesem Fall ...« Er kritzelte etwas auf ein Schmierblatt und strahlte. »Vierzehneinhalb Kubikmeter. Kinderleicht. Das könnte ein Mann allein schaffen.«

Das hatte ich auch einmal geglaubt, aber ich hatte die Hitze ... die Blasen ... die Erschöpfung ... die konstanten Rückenschmerzen nicht mit eingerechnet.

Mach einen Moment Pause, aber nicht zu lange. Miß die Schräge der Grube aus.

Es ist gar nicht so schlimm, wie du gedacht hast, oder, Liebling? Zumindest ist es Straßenbett und kein festgewalzter Wüstensand ...

Ich bewegte mich langsamer an der Länge des Grabens entlang, als das Loch tiefer wurde. Meine Hände, mit denen ich die Kontrollen bediente, bluteten mittlerweile. Ich drückte den Baggerhebel zurück und drückte den, der die Armatur mit hydraulischem Heulen ausfuhr. Ich sah zu, wie das glänzende, geölte Metall aus dem schmutzigen orangefarbenen Gehäuse herauskroch und die Schaufel in den Sand grub. Ab und zu flogen Funken, wenn die Schaufel über einen Granitbrocken strich. Dann hob ich die Schaufel, drehte sie, ein dunkler, länglicher Umriß vor den Sternen (versuch, nicht auf die konstanten, pochenden Schmerzen im Hals zu achten, so wie du nicht auf das schlimmere Pochen der Schmerzen im Rücken achtest) und ließ den Sand in den Straßengraben fallen, wo er die Asphaltbrocken zudeckte, die dort lagen.

Laß gut sein – du kannst die Hände verbinden, wenn es vorbei ist. Wenn er erledigt ist.

»Sie wurde in Stücke gerissen«, krächzte ich und brachte die Schaufel wieder an Ort und Stelle, damit sie wieder zweihundert Pfund Sand und Kies aus Dolans Grab schaufeln konnte.

Wie doch die Zeit vergeht, wenn man sich amüsiert.

Augenblicke nachdem ich das erste schwache Leuchten im Osten gesehen hatte, ging ich nach unten und maß die Schräge der Grube noch einmal mit der Wasserwaage. Es ging tatsächlich dem Ende entgegen; langsam glaubte ich, daß ich es schaffen könnte. Ich kniete nieder, und dabei spürte ich, wie in meinem Rücken etwas riß. Es riß mit einem dumpfen, kurzen Schnappen.

Ich stieß einen kehligen Laut aus, brach auf dem schmalen, schrägen Boden der Grube zusammen, rollte mich auf die Seite, fletschte die Zähne und drückte die Hände auf den verlängerten Rücken.

Mit der Zeit ließen die schlimmsten Schmerzen nach, und ich konnte wieder aufstehen.

Na gut, dachte ich. Das war's. Es ist vorbei. Guter Versuch, aber es ist vorbei.

Bitte, Liebling, flüsterte Elizabeth zurück – früher wäre es mir unmöglich gewesen, so etwas auch nur für möglich zu halten, aber diese Stimme bekam langsam einen häßlichen Unterton in meinem Denken: sie hatte etwas monströs Unerbittliches an sich. *Bitte gib nicht auf. Bitte mach weiter.*

Weitermachen? Ich weiß nicht einmal, ob ich gehen kann!

Aber es ist nur noch so wenig zu tun! wimmerte die Stimme – es war nicht mehr nur die Stimme, die für Elizabeth *sprach*, wenn sie das je gewesen war; es *war* Elizabeth. *Nur noch so wenig zu tun, Liebling!*

Ich betrachtete in der zunehmenden Helligkeit meine Aushebung und nickte langsam. Sie hatte recht. Der Bagger war nur noch anderthalb Meter vom Ende entfernt; höchstens zwei. Aber es waren selbstverständlich die *tiefsten anderthalb oder zwei Meter; die mit dem meisten Sand.*

Du kannst es, Liebling – ich weiß es. Sanft aufmunternd.

Aber im Grunde genommen war es nicht ihre Stimme, die mich veranlaßte, weiterzumachen. Der eigentliche Auslöser war, daß ich mir Dolan vorstellte, wie er in seinem Penthaus schlief, während ich mit zerfetzten und zerschundenen Händen neben einem stinkenden Schaufelbagger in diesem Loch stand. Wie Dolan in der Hose seines Seidenpyjamas schlief, neben sich eine seiner Blondinen, die nur das Oberteil hatte.

Unten, in der verglasten Chefsektion der Tiefgarage, stand der Cadillac, bereits mit Gepäck beladen und fahrbereit.

»Nun gut«, sagte ich. Ich kletterte langsam wieder auf den Sitz des Baggers und legte den Gang ein.

Ich machte weiter bis neun Uhr, dann hörte ich auf – es blieb noch viel zu tun, und meine Zeit wurde knapp. Mein schräges Loch war elfeinhalb Meter lang. Das mußte genügen.

Ich fuhr den Bagger wieder an seine ursprüngliche Stelle. Ich würde ihn noch einmal brauchen, was bedeutete, noch einmal Diesel nachzufüllen, aber dafür war jetzt keine Zeit. Ich wollte mehr Empirin, aber es waren nicht mehr viele in der Flasche, und die würde ich später dringender brauchen. Und morgen. O ja, morgen – Montag, der ruhmreiche vierte Juli.

Statt Empirin ruhte ich mich fünfzehn Minuten aus. Ich konnte mir den Zeitverlust kaum leisten, zwang mich aber dennoch dazu. Ich lag mit verkrampften und zuckenden Muskeln im Lastwagen auf dem Rücken und dachte an Dolan.

Gerade eben würde er gewiß in letzter Minute einige Sachen für die Reise in eine Tasche packen – einige Dokumente, die er durchsehen wollte, einen Kulturbeutel, vielleicht ein Taschenbuch oder ein Kartenspiel.

Und wenn er dieses Mal fliegt? flüsterte eine heimtückische Stimme tief in meinem Inneren, und ich konnte nicht anders – ein Stöhnen entrang sich mir. Er war bisher noch nie nach L. A. geflogen – stets mit dem Cadillac gefahren. Ich dachte mir, daß er vielleicht nicht *gerne* flog. Aber manchmal flog er doch – er war einmal nach London geflogen –, und so blieb mir der Gedanke im Gedächtnis, pochend und juckend wie ein Stück schuppiger Haut.

Es war halb zehn, als ich die Segeltuchrolle und den großen Industrietacker und die Dachlatten auspackte. Der Tag war verhangen und etwas kühler – manchmal hat Gott eben doch ein Einsehen. Bisher hatte ich wegen schlimmerer Schmerzen meinen kahlen Kopf vergessen, aber als ich jetzt mit den Fingern darüberstrich, zog ich sie mit einem Zischen des Schmerzes wieder weg. Ich betrachtete die Glatze im Seitenspiegel der Beifahrerseite und stellte fest, daß sie dunkelrot war – fast eine Farbe wie Pflaumen.

In Las Vegas würde Dolan jetzt seine allerletzten Telefonate erledigen. Sein Fahrer würde mit dem Cadillac vorfahren. Nur noch siebendundfünfzig Meilen lagen zwischen mir und dem Wagen, und der Cadillac würde diese Strecke mit einer Geschwindigkeit von sechzig Meilen die Stunde überbrücken. Ich hatte keine Zeit, herumzustehen und wegen Sonnenbrand auf der Glatze zu jammern.

Ich liebe deine Glatze auch mit Sonnenbrand, sagte Elizabeth neben mir.

»Danke, Beth«, sagte ich und schleppte die Dachlatten zu dem Loch.

Verglichen mit dem Ausheben, ging die Arbeit leicht vonstatten, und die fast unerträglichen Schmerzen in meinem Rücken wurden zu einem schwachen Pochen.

Aber was ist später? fragte die einschmeichelnde Stimme. *Was wird später, ja?*

Um das Später würde ich mich später kümmern, so einfach war das. Es sah aus, als wäre die Falle tatsächlich bereit; und das war das Entscheidende.

Die Latten überspannten das Loch und standen auf beiden Seiten gerade so weit über, daß ich sie fest an den Seiten des Asphalts verankern konnte, der die oberste Schicht meiner Aushebung bildete. Das wäre nachts schwieriger gewesen, wenn der Asphalt hart war, aber jetzt, vormittags, war er zäh und formbar; es war, als bohrte ich Bleistifte in abkühlende Karamelcreme.

Als ich sämtliche Latten festgesteckt hatte, sah das Loch aus wie meine ursprüngliche Kreidezeichnung, ohne die Strebe in der Mitte. Ich legte die schwere Segeltuchrolle vor das flache Ende der Grube und nahm die Seile ab, mit denen sie zusammengebunden war.

Dann rollte ich zwölf Meter der Route 71 aus.

Aus der Nähe war die Illusion nicht perfekt – so, wie Bühnenschminke und Kulissen von den ersten drei Reihen aus nie perfekt wirken. Aber schon aus einer Entfernung von wenigen Schritten merkte man praktisch keinen Unterschied. Es handelte sich um einen dunkelgrauen Streifen, der haargenau der Oberfläche der Route 71 entsprach.

Ich rollte die Segeltuchplane über das Lattengitter, dann schritt ich langsam daran entlang und heftete die Plane mit dem Tacker an den Latten fest. Meine Hände wollten die Arbeit nicht tun, aber ich zwang sie dazu.

Als ich die Plane gesichert hatte, ging ich zum Lastwagen zurück, setzte mich ans Lenkrad (das Hinsetzen bewirkte wieder einen kurzen, aber schmerzhaften Muskelkrampf) und fuhr zur Kuppe der Anhöhe zurück. Dort saß ich eine volle Minute und betrachtete die wunden, offenen Hände in meinem Schoß. Dann stieg ich aus und sah fast beiläufig die Route 71 entlang. Ich wollte mich nicht auf etwas Bestimmtes konzentrieren; ich wollte das ganze Bild in mich aufnehmen. Ich wollte die Szene so sehen, wie sie sich Dolan und dessen Männern darbieten würde, wenn sie über die Anhöhe kamen.

Was ich sah, machte einen besseren Eindruck, als ich zu hoffen gewagt hatte.

Die Straßenbaumaschinen am Ende der geraden Strecke rechtfertigten die Erdhaufen, die von meiner Ausgrabung stammten. Die Asphaltstücke im Graben waren weitgehend zugedeckt. Manche waren noch zu sehen – der Wind nahm zu und wehte den Sand fort –, aber sie sahen aus wie die Überreste einer alten Asphaltierung. Der Kompressor, den ich im Lastwagen hergebracht hatte, unterschied sich nicht vom Gerätepark des Highway Department.

Und von hier aus war die Illusion der Segeltuchplane perfekt – die Route 71 schien da unten vollkommen unberührt zu sein.

Am Freitag hatte dichter Verkehr geherrscht, und am Sonntag war er auch noch vergleichsweise dicht gewesen – fast unablässig war das Dröhnen von Motoren zu hören gewesen, die der Umleitung folgten. Heute morgen dagegen herrschte so gut wie überhaupt kein Verkehr; die meisten

Leute waren schon dort, wo sie den vierten zu verbringen gedachten, oder sie fuhren auf der vierzig Meilen südlich gelegenen Interstate dorthin. Mir war das nur recht.

Ich parkte den Lastwagen hinter der Hügelkuppe, so daß er nicht zu sehen war, und blieb bis Viertel vor elf auf dem Rücken liegen. Dann, nachdem ein großer Milchlieferwagen langsam die Umleitung entlanggetuckert war, setzte ich mit dem Laster zurück, machte das Heck auf und warf sämtliche Kegel hinein.

Der blinkende Pfeil war eine kniffligere Angelegenheit – zuerst wußte ich nicht, wie ich ihn von der verschlossenen Batteriekiste lösen sollte, ohne einen Stromschlag zu bekommen. Dann sah ich den Stecker. Er war zum größten Teil von einem Vollgummiring an der Seite des Schildergehäuses verborgen – eine kleine Rückversicherung gegen Vandalen und Scherzbolde, die es witzig fanden, den Stecker eines Warnzeichens herauszuziehen, vermutete ich.

Ich fand Hammer und Meißel in meinem Werkzeugkasten; vier feste Schläge reichten, den Vollgummiring zu sprengen. Ich riß ihn mit einer Zange herunter und legte das Kabel frei. Der Pfeil hörte auf zu blinken. Ich stieß die Batteriekiste in den Straßengraben und vergrub sie. Es war seltsam, dazustehen und sie unter dem Sand summen zu hören. Aber ich mußte dabei an Dolan denken, und das brachte mich zum Lachen.

Ich glaubte nicht, daß Dolan summen würde.

Er *schrie* vielleicht, aber daß er *summen* würde, glaubte ich nicht.

Vier Schrauben hielten den Pfeil an einem niederen Stahlrohrgerüst. Ich schraubte sie, so schnell ich konnte, auf und spitzte die Ohren, ob ich noch einen Motor hören konnte. Es wurde Zeit für einen – aber sicher noch nicht für den von Dolan.

Das rief wieder den inneren Pessimisten auf den Plan.

Und wenn er geflogen ist?

Er fliegt nicht gerne.

Und wenn er fährt, aber einen anderen Weg nimmt? Wenn er zum Beispiel die Interstate benutzt? Heute scheinen alle anderen dort unterwegs zu sein ...

Er fährt immer auf der 71.

Ja, aber wenn ...

»Sei still«, zischte ich. »Sei still, verdammt, sei einfach *still!*«

Ruhig, Liebste – ruhig! Alles wird gut.

Ich verstaute den Pfeil im hinteren Teil des Lastwagens. Dort stieß er gegen die Seitenwand; einige Glühbirnen zerplatzten. Noch mehr zerschellten, als ich das Gestänge hinterherwarf.

Nachdem das erledigt war, fuhr ich zu der Anhöhe zurück, stoppte oben und drehte mich um. Ich hatte die Kegel und den blinkenden Pfeil weggeräumt. Blieb nur noch das große orangefarbene Schild: Straße gesperrt – benutzen Sie die Umleitung.

Ein großes Auto kam näher. Ich überlegte mir, wenn Dolan früher kam, wäre alles umsonst gewesen – der Ganove am Steuer würde einfach der Umleitung folgen und mich hier draußen in der Wüste wahnsinnig werden lassen.

Es war ein Chevrolet.

Mein Herzschlag wurde wieder langsamer. Ich hatte keine Zeit für Nervenzusammenbrüche.

Ich fuhr zu der Stelle, wo ich geparkt hatte, um meine Tarnung zu betrachten, und parkte wieder dort. Ich griff in das Durcheinander auf der Ladefläche und holte den Wagenheber hervor. Dann pumpte ich das Heck des Wagens hoch, wobei ich meine Rückenschmerzen verbissen ignorierte, lockerte die Schrauben des Hinterreifens, den sie sehen würden, wenn

(falls)

sie kamen, und warf den Reifen auf die Ladefläche. Noch mehr Glühbirnen zerbrachen, und ich konnte nur hoffen, daß der Reifen keinen Schaden genommen hatte. Ich hatte keinen Ersatzreifen dabei.

Ich holte das alte Fernglas aus dem Führerhaus und ging zu Fuß zur Umleitung zurück. Ich wanderte, so schnell ich konnte, daran vorbei auf die Kuppe der nächsten Anhöhe – zu dem Zeitpunkt schaffte ich allerdings nur noch ein hinkendes Schlurfen.

Auf der Kuppe richtete ich das Fernglas nach Osten.

Mein Sehbereich betrug drei Meilen, und darüber hinaus konnte ich noch bis zu zwei Meilen östlich Ausschnitte der Straße einsehen. Sechs Fahrzeuge waren momentan unterwegs, gleich wahllosen Perlen auf einer langen Schnur. Das erste war ein Datsun oder Subaru, glaube ich, keine Meile entfernt. Danach kam ein Pritschenwagen, und hinter dem Pritschenwagen einer, der wie ein Mustang aussah. Die anderen bestanden vorerst nur aus Wüstensonne, die sich auf Glas und Chrom spiegelte.

Als das erste Auto näher kam – es war ein Subaru –, stand ich auf und hielt den Daumen hoch. Wie ich aussah, rechnete ich nicht damit, daß ich mitgenommen werden würde, und ich wurde nicht enttäuscht. Die Frau mit der übertrieben toupierten Frisur am Steuer warf mir einen entsetzten Blick zu, dann wurde ihr Gesicht so verschlossen wie eine Gefängnistür. Sie fuhr bergab und folgte der Umleitung.

»Nimm erst mal ein Bad, Kumpel!« rief mir der Fahrer des Lastwagens eine halbe Minute später zu.

Der Mustang entpuppte sich als Escort. Ihm folgte ein Plymouth, dem Plymouth ein Winnebago, der sich anhörte, als wäre er vollgestopft mit Kindern, die eine Kissenschlacht veranstalteten.

Keine Spur von Dolan.

Ich sah auf die Uhr. 11:25. Wenn er kam, mußte er bald auftauchen. Es wurde höchste Zeit.

Die Zeiger meiner Uhr rückten langsam auf 11:40 vor, und immer noch war keine Spur von ihm zu sehen. Nur ein altmodischer Ford und ein Leichenwagen, schwarz wie eine Regenwolke.

Er kommt nicht. Er fährt über die Interstate. Oder er fliegt.

Nein. Er wird kommen.

Auf keinen Fall. Du hast Angst gehabt, er würde die Falle riechen, und das hat er. Deshalb ist er von seiner Gewohnheit abgewichen.

Wieder war in der Ferne ein Funkeln von Sonnenlicht auf Chrom zu sehen. Ein großer Wagen. Groß genug für einen Cadillac.

Ich lag auf dem Bauch, stützte die Ellbogen in den Staub der Kuppe und hielt das Fernglas an die Augen. Der Wagen verschwand hinter einer Steigung ... tauchte wieder auf ... fuhr um eine Kurve ... kam wieder zum Vorschein.

Es war ein Cadillac, schon richtig, aber er war nicht grau – seine Farbe war ein dunkles Mintgrün.

Es folgten die quälendsten dreißig Sekunden meines Lebens; dreißig Sekunden, die dreißig Jahre zu dauern schienen. Ein Teil von mir kam auf der Stelle ohne Zweifel und unumstößlich zu der Überzeugung, daß Dolan seinen alten Cadillac gegen einen neuen eingetauscht hatte. Das wäre nicht das erste Mal gewesen; auch wenn er noch nie einen grünen genommen hatte, gab es kein Gesetz dagegen.

Die andere Hälfte sprach sich ausdrücklich dafür aus, daß Cadillacs mit Sicherheit dutzendweise auf den Highways und Nebenstraßen zwischen Las Vegas und L. A. unterwegs sein würden, und die Chancen, daß es sich bei dem grünen Caddy um Dolans Wagen handelte, hundert zu eins standen.

Schweiß lief mir in die Augen, meine Sicht verschwamm, ich nahm das Fernglas weg. Es würde mir sowieso nicht helfen, dieses Dilemma zu lösen. Bis ich die Insassen sehen konnte, würde es zu spät sein.

Es ist jetzt schon fast zu spät! Geh runter und nimm das Umleitungsschild weg! Du wirst ihn verpassen!

Ich will dir sagen, was du in deiner Falle fangen wirst, wenn du das Schild jetzt wegnimmst: zwei reiche alte Leute auf dem Weg nach L. A., um ihre Kinder zu besuchen und die Enkel nach Disneyland zu bringen.

Los doch! Er ist es! Noch eine Chance wirst du nicht bekommen!

Ganz recht. Die einzige Chance. Also vermassle sie nicht, indem du die falschen Leute fängst.

Es ist Dolan!

Er ist es nicht!

»Aufhören!« stöhnte ich und hielt mir den Kopf. »Aufhören, aufhören!«

Jetzt konnte ich den Motor hören.

Dolan.

Die alten Leute.
Die Dame.
Der Tiger.
Dolan.
Die alten ...
»Elizabeth, hilf mir!« stöhnte ich.
Liebling, der Mann hat in seinem ganzen Leben noch keinen grünen Cadillac besessen. Er würde sich nie einen zulegen. Selbstverständlich ist er es nicht.

Meine Kopfschmerzen verzogen sich. Ich konnte aufstehen und den Daumen hochhalten.

Es waren keine alten Leute, und es war auch nicht Dolan. Es sah aus, als drängten sich im Inneren zwölf Tingeltangelmädchen aus Vegas mit einem ältlichen Mann, der den größten Cowboyhut und die dunkelste Foster-Grant-Brille trug, die ich je gesehen hatte. Eines der Tingeltangelmädchen zeigte mir den Vogel, als der Cadillac auf die Umleitung schwenkte.

Langsam und vollkommen ausgelaugt hob ich das Fernglas wieder.

Und sah ihn kommen.

Diesen Cadillac, der am gegenüberliegenden Ende des uneingeschränkt einsichtigen Straßenabschnitts um die Kurve kam, konnte man nicht verwechseln – er war so grau wie der Himmel droben, hob sich aber erstaunlich deutlich von den dunkelbraunen Hügeln im Osten ab.

Er war es – Dolan. Die vielen Momente des Zweifels und der Unentschlossenheit schienen binnen eines Augenblicks weit entfernt und albern zu sein. Es war Dolan, und ich brauchte den grauen Cadillac nicht zu sehen, um das zu wissen.

Ich wußte nicht, ob er mich riechen konnte, aber *ich* konnte *ihn* riechen.

Als ich wußte, daß er kam, fiel es mir leichter, die schmerzenden Beine in Bewegung zu setzen und zu laufen.

Ich rannte zu dem großen Schild UMLEITUNG zurück und stieß es mit der Rückseite nach oben in den Straßengraben; ich deckte ein sandfarbenes Stück Segeltuch darüber, dann häufte ich Sand um die Stützen. Die Wirkung war nicht ganz so gut wie bei dem getarnten Straßenabschnitt, aber ich dachte, es würde genügen.

Dann lief ich zur zweiten Anhöhe, wo ich den Lastwagen abgestellt hatte, der sich jetzt nahtlos ins Bild einfügte – ein Fahrzeug, das vorübergehend von seinem Besitzer im Stich gelassen worden war, während dieser anderswo einen neuen Reifen suchte oder einen alten flicken ließ.

Ich stieg in den Wagen und streckte mich mit klopfendem Herzen auf dem Sitz aus.

Wieder schien sich die Zeit zu dehnen. Ich lag da und horchte nach dem Motorenlärm, aber dieser Lärm kam und kam und kam nicht näher.

Sie sind abgebogen. Er hat Wind von der Sache bekommen ... ihm oder einem seiner Männer kam etwas faul vor ... und sie sind abgebogen.

Ich lag auf dem Sitz, mein Rücken pochte in langen, langsamen Wogen, und kniff die Augen fest zu, als könnte mir das irgendwie helfen, besser zu hören.

War das ein Motor?

Nein, nur der Wind, der jetzt so stark wehte, daß gelegentlich Sand gegen die Seite des Lieferwagens prasselte.

Er kommt nicht. Ist abgebogen oder umgekehrt.

Nur der Wind.

Ist abgebogen oder umg ...

Nein, es war *nicht* nur der Wind. Es war ein Motor, dessen Geräusch langsam lauter wurde, und Sekunden später brauste ein Fahrzeug – ein einziges Fahrzeug – an mir vorbei.

Ich richtete mich auf und umklammerte das Lenkrad – ich mußte *etwas* umklammern – und sah durch die Windschutzscheibe hinaus, wobei mir die Augen aus den Höhlen quollen und ich mit den Zähnen auf die Zunge biß.

Der graue Cadillac schwebte mit fünfzig oder etwas mehr den Hügel hinab zu der ebenen Strecke. Die Bremsleuchten flackerten nicht einmal auf. Nicht einmal am Ende. Sie sahen es nicht; sie hatten nicht die geringste Ahnung.

Folgendes geschah: der Cadillac schien mit einemmal *durch* die Straße zu fahren statt *auf* ihr. Die Illusion war so überzeugend, daß ich vorübergehend ein Schwindelgefühl verspürte, obwohl ich die Illusion selbst geschaffen hatte. Dolans Cadillac verschwand bis zu den Radkappen in der Route 71, dann bis zur Türkante. Mir kam ein bizarrer Gedanke: wenn General Motors Luxusunterseeboote bauen würde, dann würden sie beim Abtauchen so aussehen.

Ich konnte leise, knirschende Laute hören, als die Dachlatten, die die Plane trugen, unter der Last des Wagens brachen. Ich konnte das Segeltuch flattern und reißen hören.

Alles spielte sich binnen dreier Sekunden ab, aber es waren drei Sekunden, die ich in meinem ganzen Leben nicht vergessen werde.

Ich hatte den Eindruck, als führe der Cadillac weiter, während nur noch das Dach und die letzten zehn Zentimeter der getönten Scheiben zu sehen waren. Dann waren ein gewaltiger Aufprall und das Klirren von splitterndem Glas zu hören. Eine große Staubwolke stieg in die Luft, aber der Wind verwehte sie.

Ich wollte hingehen – wollte sofort hingehen –, aber vorher mußte ich die Umleitung wieder herstellen. Ich wollte ja nicht, daß wir gestört wurden.

Ich stieg aus dem Lastwagen, lief nach hinten, holte den Reifen heraus, hob ihn auf die Radnabe und schraubte nur mit den Fingern die sechs Schrauben, so schnell ich konnte, fest. Später konnte ich es gründlicher nachholen; vorerst mußte ich den Wagen ja nur bis zu der Stelle zurücksetzen, wo die Umleitung vom Highway 71 abzweigte.

Ich ließ den Wagenheber herunter und hinkte zum Fahrerhaus. Dort hielt ich einen Moment inne und lauschte.

Ich konnte den Wind hören.

Und aus dem langen, rechteckigen Loch in der Straße konnte ich jemanden rufen hören ... oder möglicherweise schreien.

Grinsend stieg ich in den Wagen.

Ich setzte rasch auf der Straße zurück, wobei der Wagen wie betrunken hin und her schwankte. Ich stieg aus, öffnete die Heckklappe und stellte die Kegel wieder auf. Ich spitzte die

Ohren, ob ich weiteren Verkehrslärm hören konnte, aber der Wind war so stark geworden, daß es sich nicht lohnte. Bis ich ein näherkommendes Fahrzeug hören würde, wäre es praktisch schon bei mir.

Ich stieg in den Graben, rutschte aus, landete auf der Kehrseite und schlitterte hinunter. Ich schlug das sandfarbene Stück Segeltuch beiseite und zerrte das Umleitungsschild wieder hoch. Als ich es aufgestellt hatte, ging ich zum Wagen und schlug die Hecktür zu. Ich hatte nicht die Absicht, den blinkenden Pfeil wieder aufzustellen.

Ich fuhr über die nächste Autobahn, hielt an der alten Stelle, die von der Umleitung aus nicht zu sehen war, stieg aus und zog die Schrauben an der Radnabe des Lastwagens fest, diesmal mit dem Kreuzschlüssel. Das Rufen hatte aufgehört, aber am Schreien konnte kein Zweifel mehr bestehen; es war jetzt viel lauter.

Ich ließ mir Zeit beim Festziehen der Schrauben. Ich machte mir keine Sorgen, daß sie herauskommen und entweder über mich herfallen oder in die Wüste flüchten würden. Sie konnten nicht heraus. Die Falle hatte perfekt funktioniert. Der Cadillac stand jetzt am hinteren Ende der Grube auf den Reifen, auf beiden Seiten waren kaum zehn Zentimeter Zwischenraum. Die drei Männer im Inneren konnten die Tür nur so weit öffnen, daß sie bestenfalls einen Fuß herausbekamen – wenn überhaupt. Die Fenster konnten sie nicht öffnen, weil sie batteriebetrieben waren, und die Batterie dürfte mittlerweile nur noch aus Plastik- und Metalltrümmern und Säure irgendwo unter der zerquetschten Motorhaube bestehen.

Fahrer und Beifahrer waren möglicherweise ebenfalls zerquetscht worden, aber das bekümmerte mich nicht; ich wußte, daß *irgendjemand* da drinnen noch am Leben war, und ich wußte auch, daß Dolan immer auf dem Rücksitz fuhr und wie jeder anständige Bürger stets den Sicherheitsgurt anlegte.

Nachdem ich die Schrauben festgezogen hatte, fuhr ich den Lieferwagen zum breiten, flachen Ende der Falle und stieg aus.

Die meisten Latten waren verschwunden, aber ich konnte

die zersplitterten Enden von einigen sehen, die noch aus dem Teer ragten. Die »Segeltuchstraße« lag zerrissen und zusammengeknüllt auf dem Boden. Sie sah aus wie eine abgestreifte Schlangenhaut.

Ich schritt zum tiefen Ende, und da war Dolans Cadillac.

Das vordere Ende war völlig eingedrückt. Die Haube hatte es wie einen zerfetzten Fächer nach oben gefaltet. Das Motorgehäuse bestand aus einem Durcheinander von Metall und Gummi und Schläuchen, alles von Sand und Erde bedeckt, die nach dem Aufprall hinabgestürzt waren. Ein Zischen war zu hören. Der Geruch von Alkohol und Frostschutzmittel hing durchdringend in der Luft.

Ich hatte mir Sorgen wegen der Windschutzscheibe gemacht. Es war möglich, daß sie nach innen platzte und Dolan so eine Möglichkeit bot, sich herauszuwinden. Aber allzu großes Kopfzerbrechen hatte mir das nicht bereitet; ich hatte ja schon immer gewußt, daß Dolans Cadillac nach Maßgaben gesichert war, wie sie für Diktatoren von Bananenrepubliken und despotischen Militärbefehlshabern galten. Das Glas durfte nicht brechen, und es war nicht gebrochen.

Die Heckscheibe des Caddy war noch stabiler, weil nicht so groß. Dolan konnte sie nicht einschlagen – jedenfalls nicht in der Zeit, die *ich* ihm lassen würde, und er würde es nicht wagen, sie zu zerschießen. Wenn man aus nächster Nähe auf eine kugelsichere Scheibe schießt, ist das eine andere Form von russischem Roulette. Die Kugel würde nur einen kleinen weißen Fleck auf der Scheibe hinterlassen und dann als Querschläger durch das Auto schwirren.

Ich bin sicher, er hätte einen Weg gefunden, sich zu befreien, wenn ich ihm Zeit genug gelassen hätte, aber jetzt war ich da und würde ihm keins von beiden geben.

Ich kickte einen Geröllhagel auf das Dach des Cadillac.

Die Reaktion erfolgte augenblicklich.

»Wir brauchen Hilfe, bitte. Wir sitzen hier fest.«

Dolans Stimme. Er klang unverletzt und auf unheimliche Weise ruhig. Aber ich spürte die Angst dahinter, die eisern in Schach gehalten wurde, und da tat er mir so leid, wie es mir nur eben möglich war. Ich konnte mir vorstellen, wie er auf dem Rücksitz des eingedrückten Cadillac saß, einer seiner Männer verletzt und stöhnend, wahrscheinlich vom Motorblock eingeklemmt, der andere entweder tot oder bewußtlos.

Ich stellte mir die Szene vor und verspürte einen kribbeligen Augenblick lang etwas, das ich nur als mitfühlende Klaustrophobie bezeichnen kann. Ein Druck auf die Scheibenöffner – nichts. Ein Versuch an den Türen, obwohl man sehen kann, daß diese sich bestenfalls einige Zentimeter öffnen lassen.

Dann hörte ich auf, mir Gedanken zu machen. Schließlich hatte er es ja so gewollt, oder nicht? Ja. Er hatte es gewollt und nicht anders verdient.

»Wer ist da?«

»Ich«, sagte ich, »aber ich bin nicht die Hilfe, auf die Sie warten, Dolan.«

Ich kickte noch einen Hagel Sand und Kiesel auf das Dach des grauen Cadillac. Als die Ladung Geröll über das Dach schlitterte, legte der Schreihals wieder los.

»Meine Beine! Jim, meine Beine!«

Dolans Stimme klang plötzlich argwöhnisch. Der Mann draußen, der Mann über ihm, kannte seinen Namen. Was bedeutete, er befand sich in einer außerordentlich gefährlichen Situation.

»Jimmy, ich kann die Knochen in meinen Beinen sehen!«

»Halt den Mund«, sagte Dolan kalt. Es war unheimlich, ihre Stimmen von unten heraufdringen zu hören. Ich nehme an, ich hätte auf die Kofferraumhaube des Cadillac klettern und durch die Heckscheibe sehen können, aber ich hätte nicht viel gesehen, selbst wenn ich das Gesicht direkt dagegengepreßt hätte. Das Glas war getönt, wie ich vielleicht schon gesagt habe.

Außerdem wollte ich ihn nicht sehen. Ich wußte, wie er aussah. Weshalb sollte ich ihn sehen wollen? Um festzustellen, ob er seine Rolex und die Designerjeans trug?

»Wer sind Sie, Kumpel?« fragte er.

»Ich bin niemand«, sagte ich. »Nur ein Niemand, der guten Grund hatte, Sie in die Lage zu bringen, in der Sie sich jetzt befinden.«

Dann sagte Dolan beängstigend und plötzlich: »Heißen Sie Robinson?«

Mir war, als hätte mir jemand in den Magen geschlagen. Er hatte die Verbindung so schnell herstellen können, indem er alle halbvergessenen Gesichter und Namen durchgegangen war und exakt den richtigen gefunden hatte. Hatte ich ihn für ein Tier mit den Instinkten eines Tieres gehalten? Ich hatte die Wahrheit nicht einmal annähernd getroffen; und das war gut so, denn wenn ich es geahnt hätte, hätte ich nie den Mut aufgebracht, mein Vorhaben in die Tat umzusetzen.

Ich sagte: »Mein Name tut nichts zur Sache. Aber Sie wissen, was jetzt passiert, oder nicht?«

Der Schreihals legte wieder los – lautstarke, blubbernde, verschleimte Laute.

»Bring mich hier raus, Jimmy! Bring mich hier raus! Beim barmherzigen Gott! Meine Beine sind gebrochen!«

»Sei still«, sagte Dolan. Und dann zu mir: »Ich kann Sie nicht hören, Mann, so wie der schreit.«

Ich ließ mich auf Hände und Knie nieder und beugte mich nach unten. »Ich sagte, Sie wissen, was ...«

Plötzlich sah ich ein Bild des Wolfs vor mir, der sich als Großmutter verkleidet hatte und zu Rotkäppchen sagte: *Damit ich dich besser hören kann ... komm ein wenig näher.* Ich schnellte zurück, und gerade noch rechtzeitig. Die Schüsse waren schon aus meiner Warte laut, im Wageninnern müssen sie ohrenbetäubend gewesen sein. Vier schwarze Augen taten sich im Dach von Dolans Cadillac auf, und ich spürte, wie etwas Zentimeter von meiner Stirn entfernt durch die Luft schwirrte.

»Habe ich dich erwischt, Wichser?« fragte Dolan.

»Nein«, sagte ich.

Der Schreihals war zur Heulsuse geworden. Er saß auf dem Vordersitz. Ich sah seine Hände, bleich wie die Hände eines Ertrunkenen, die kraftlos gegen die Windschutzscheibe klatschten, und ich sah den Leichnam an seiner Seite. Jimmy mußte ihn hier rausschaffen, er verblutete, die Schmerzen waren schlimm, die Schmerzen waren *schrecklich*, die Schmerzen waren mehr, als er ertragen konnte, beim barmherzigen Gott, es tat ihm leid, er bereute seine Sünden von ganzem Herzen, aber dies war mehr als er ...

Es folgten zwei weitere Schüsse. Der Mann auf dem Vordersitz hörte auf zu schreien. Die Hände verschwanden von der Windschutzscheibe.

»So«, sagte Dolan mit einer fast gleichgültigen Stimme. »Jetzt hat er keine Schmerzen mehr, und wir können hören, was wir einander zu sagen haben.«

Ich sagte nichts. Plötzlich fühlte ich mich benommen und unwirklich. Er hatte gerade eben einen Menschen getötet. *Getötet.* Wieder stellte sich bei mir das Gefühl ein, daß ich ihn unterschätzt hatte und von Glück sagen konnte, daß ich noch am Leben war.

»Ich will Ihnen einen Vorschlag machen«, sagte Dolan.

Ich blieb ganz ruhig ...

»Mein Freund?«

... und blieb es noch etwas länger.

»He! Sie da!« Seine Stimme zitterte unmerklich. »Wenn Sie noch da oben sind, sprechen sie mit mir! Was kann das schaden?«

»Ich bin hier«, sagte ich. »Ich habe mir gerade überlegt, daß Sie sechsmal geschossen haben. Ich dachte mir, vielleicht wünschen Sie sich früher oder später, Sie hätten eine für sich selbst aufgehoben. Aber vielleicht sind ja acht Schuß im Magazin. Oder Sie können nachladen.«

Jetzt war es an ihm, zu schweigen. Dann:

»Was haben Sie vor?«

»Ich glaube, das haben Sie schon erraten«, sagte ich. »Ich habe die letzten sechsunddreißig Stunden damit verbracht, das längste Grab der Welt zu schaufeln, und jetzt werde ich Sie in Ihrem verfluchten Cadillac begraben.«

Die Angst in seiner Stimme war immer noch beherrscht. Ich wollte, daß diese Beherrschung zerbrach.

»Möchten Sie vorher meinen Vorschlag hören?«

»Ich werde ihn anhören. In ein paar Augenblicken. Vorher muß ich noch etwas holen.«

Ich ging zum Lastwagen zurück und holte meine Schaufel.

Als ich zurückkam, sagte er: »Robinson? Robinson? Robinson?« – wie ein Mann, der in die tote Leitung eines Telefons spricht.

»Ich bin hier«, sagte ich. »Reden Sie. Ich höre zu. Und wenn sie fertig sind, mache ich Ihnen einen Gegenvorschlag.«

Als er weitersprach, klang er zuversichtlicher. Da ich von einem Gegenvorschlag redete, war ich zu einer Abmachung bereit. Und wenn ich zu einer Abmachung bereit war, war er schon so gut wie draußen.

»Ich biete Ihnen eine Million Dollar, wenn Sie mich hier rauslassen. Aber ebenso wichtig …«

Ich warf eine Schaufel Geröll auf das Heck des Cadillacs. Kieselsteine prallten klirrend auf die Heckscheibe. Sand rieselte in den Spalt des Kofferraumdeckels.

»Was machen Sie da?« Seine Stimme klang schneidend vor Schrecken.

»Müßiggang ist aller Laster Anfang«, sagte ich. »Ich dachte mir, ich beschäftige mich ein bißchen beim Zuhören.«

Ich stieß wieder ins Erdreich und warf noch eine Schaufel hinunter.

Jetzt sprach Dolan schneller, mit drängender Stimme.

»Eine Million Dollar und meine persönliche Garantie, daß keiner Ihnen je etwas anhaben wird – ich nicht, meine Männer nicht, und auch sonst niemand.«

Meine Hände taten nicht mehr weh. Erstaunlich. Ich schaufelte weiter, und nach kaum fünf Minuten war das Heck des Cadillacs tief im Sand vergraben. Auffüllen, und sei es mit der Hand, war entschieden leichter als Ausheben.

Ich machte eine Pause und stützte mich einen Moment auf die Schaufel.

»Sprechen Sie weiter.«

»Hören Sie, das ist Wahnsinn«, sagte er, und jetzt konnte ich schrille Untertöne der Panik in seiner Stimme hören. »Im völligen Ernst, *Wahnsinn*.«

»*Da* haben Sie recht«, sagte ich und schaufelte weiter.

Er hielt länger durch, als ich es bei einem anderen Menschen für möglich gehalten hätte, redete, argumentierte, beschwor

– aber es wurde immer zusammenhangloser, je höher der Sand das Heckfenster bedeckte; er wiederholte sich, verhaspelte sich, fing an zu stottern. Einmal ging die Tür auf, so weit es ging, und wurde gegen die Wand der Grube gerammt. Ich sah eine Hand mit schwarzen Haaren auf den Knöcheln und einem großen Rubinring am Mittelfinger. Rasch warf ich einige Schaufeln Sand in die Öffnung. Er kreischte Flüche und schlug die Tür wieder zu.

Wenig später brach er zusammen. Ich glaube, das Geräusch des fallenden Sandes hat ihn schließlich fertiggemacht. Mit Sicherheit. Im Inneren des Cadillac muß das Geräusch sehr laut gewesen sein. Sand und Steine, die auf das Dach polterten und an den Scheiben hinabrieselten. Zuletzt muß ihm klar geworden sein, daß er in einem gepolsterten Sarg mit Achtzylinder-Einspritzmotor saß.

»*Lassen Sie mich raus!*« kreischte er. »*Bitte! Ich halte das nicht aus! Lassen Sie mich raus!*«

»Sind Sie bereit für den Gegenvorschlag?« fragte ich.

»*Ja! Ja! Herrgott! Ja! Ja! Ja!*«

»Schreien Sie. Das ist mein Gegenvorschlag. Das will ich. Schreien Sie für mich. Wenn Sie laut genug schreien, lasse ich Sie raus.«

Er schrie gellend.

»Das war *gut!*« sagte ich und meinte es ernst. »Aber längst nicht gut genug.«

Ich fing wieder an zu schaufeln und warf eine Ladung nach der anderen über das Dach des Cadillac. Zerbröselnde Klumpen rutschten an der Windschutzscheibe hinab und füllten den Schlitz der Scheibenwischer.

Er schrie noch einmal, noch lauter, und ich fragte mich, ob es möglich war, daß man sich beim Schreien den Kehlkopf zerreißen konnte.

»Nicht schlecht«, sagte ich und verdoppelte meine Anstrengungen. Ich lächelte trotz meines schmerzenden Rückens. »Sie schaffen es vielleicht, Dolan – doch, im Ernst.«

»Fünf Millionen.« Das waren seine letzten zusammenhängenden Worte.

»Ich glaube nicht«, entgegnete ich, lehnte mich auf die

Schaufel und wischte mir mit dem schmutzigen Handrücken das Gesicht ab. Die Erde bedeckte das Dach inzwischen fast von einer Seite zur anderen. Sie sah wie ein Stern aus oder wie eine riesige braune Hand, die Dolans Cadillac umklammerte.
»Aber wenn sie es schaffen, einen Schrei von sich zu geben, der so laut ist wie, sagen wir, acht Stangen Dynamit, die an das Zündschloß eines 1968er Chevrolet angeschlossen sind, dann lasse ich Sie raus, darauf können Sie sich verlassen.«

Also schrie er, und ich schaufelte weiter Erde auf den Cadillac. Eine Zeitlang schrie er tatsächlich sehr laut, aber ich würde doch sagen, er schrie nie lauter als zwei Stangen Dynamit, die an das Zündschloß eines 1968er Chevrolet angeschlossen sind. Höchstens drei. Und als die letzten Chromleisten des Cadillac bedeckt waren und ich ausruhte und auf den Hügel hinabsah, brachte er nicht mehr als eine Reihe heiserer, abgehackter Grundlaute zustande.

Ich sah auf die Uhr. Ein paar Minuten nach eins. Meine Hände bluteten wieder, der Stiel der Schaufel war schlüpfrig. Körniger Sand flog mir ins Gesicht, ich schreckte zurück. Starker Wind in der Wüste erzeugt ein besonders unangenehmes Geräusch – ein langes, konstantes Heulen, das nie aufhört. Wie die Stimme eines schwachsinnigen Gespensts.

Ich beugte mich über das Loch. »Dolan?«
Keine Antwort.
»Schreien Sie, Dolan.«
Zuerst keine Antwort – dann eine Reihe heiserer Beller.
Wie gut!

Ich ging zum Lieferwagen zurück, ließ ihn an und fuhr die anderthalb Meilen zur Baustelle zurück. Unterwegs stellte ich den Sender WKXR Las Vegas ein, den einzigen, den ich mit dem Radio des Wagens empfangen konnte, Barry Manilow verriet mir, daß er Songs schriebe, die die ganze Welt zum Singen brachten, eine Behauptung, die ich mit einiger Skepsis zur Kenntnis nahm; dann kam der Wetterbericht. Sturm wurde vorhergesagt; auf allen Hauptstraßen zwischen Vegas und Kalifornien waren Hinweisschilder aufgestellt worden. Wegen Flugsand sollte es zu Sichtbehinderungen kommen, sagte der Diskjockey, aber besonders aufpassen sollte man wegen der Windböen. Ich wußte, was er meinte, weil ich spüren konnte, wie der Wind am Lieferwagen zerrte.

Da stand mein Schaufelbagger von Case-Jordan; ich betrachtete ihn schon als meinen eigenen. Ich stieg ein, wobei ich die Melodie von Barry Manilow summte, und hielt die blauen und gelben Kabel aneinander. Der Bagger sprang problemlos an. Dieses Mal hatte ich daran gedacht, den Gang rauszunehmen. *Nicht schlecht, Bleichgesicht*, konnte ich Tink im Geiste sagen hören. *Du lernst dazu.*

Ja. Ich lernte ständig.

Ich saß eine ganze Minute da, sah mir an, wie Sandschleier über die Wüste geweht wurden, lauschte dem Rumoren des Baggermotors und fragte mich, was Dolan wohl treiben würde. Immerhin war dies seine große Chance. Vielleicht versuchte er, die Heckscheibe einzuschlagen, oder er kroch auf den Vordersitz und versuchte sein Glück an der Windschutzscheibe. Ich hatte mehrere Schaufeln Sand über beide geschüttet, dennoch wäre es möglich gewesen. Es kam ganz darauf an, wie verrückt er mittlerweile war, und das konnte ich unmöglich wissen; deshalb machte ich mir darüber auch keine nennenswerten Gedanken. Es gab Wichtigeres.

Ich legte den Gang des Baggers ein und fuhr auf der Straße zurück zur Grube. Dort angekommen, stapfte ich vorsichtig hin, sah hinab und rechnete fast damit, ein mannsgroßes Maulwurfsloch zu sehen, wo Dolan eine Scheibe eingeschlagen hatte und herausgeklettert war.

Mein aufgeschütteter Sand war unberührt.

»Dolan«, sagte ich meiner Meinung nach hinreichend fröhlich.

Ich bekam keine Antwort.

»Dolan!«

Keine Antwort.

Er hat sich umgebracht, dachte ich und verspürte bittere Enttäuschung. *Hat sich irgendwie umgebracht oder ist vor Angst gestorben.*

»Dolan?«

Gelächter drang aus dem Loch herauf; ein schrilles, unbeherrschtes, durch und durch aufrichtiges Gelächter. Ich spürte, wie es mir eiskalt über den Rücken lief. Es war das Gelächter eines Mannes, der den Verstand verloren hat.

Er lachte mit seiner heiseren Stimme immer weiter. Dann schrie er; dann lachte er wieder. Zuletzt machte er beides zusammen.

Eine Zeitlang lachte ich mit ihm, oder schrie, oder was auch immer, und der Wind kreischte und lachte mit uns beiden.

Dann ging ich zum Case-Jordan zurück, ließ die Schaufel herunter und fing an, ihn richtig zu begraben.

Nach vier Minuten war nicht einmal mehr der Umriß des Cadillacs zu sehen. Nur eine Grube, die mit Sand aufgefüllt wurde.

Ich bildete mir ein, ich könnte etwas hören, aber durch den Lärm des Windes und das konstante Brummen des Baggermotors war es schwer zu sagen. Ich ließ mich auf die Knie nieder; dann legte ich mich in ganzer Länge hin und ließ den Kopf in die Grube hängen.

Tief unten, unter dem Sand, lachte Dolan immer noch. Die Geräusche, die er von sich gab, erinnerten mich an Comics. *Hi-hi-hi, aah-ha-ha-ha.* Möglicherweise noch ein paar Worte dazu. Es war schwer zu sagen. Aber ich lächelte und nickte.

»Schrei«, flüsterte ich. »Schrei, soviel du willst.« Aber das gedämpfte Gelächter ging einfach weiter und drang durch den Sand herauf wie giftige Dämpfe.

Plötzlich überkam mich schwarzes Entsetzen – Dolan stand hinter mir! Ja, irgendwie war Dolan hinter mich gekommen! Und bevor ich mich umdrehen konnte, würde er *mich* in das Loch stoßen und …

Ich sprang auf, wirbelte herum und ballte die zerschundenen Hände ansatzweise zu Fäusten.

Windgepeitschter Sand wehte mir ins Gesicht.

Sonst war nichts da.

Ich wischte mir mit meinem schmutzigen Taschentuch das Gesicht ab, stieg wieder ins Führerhaus des Baggers und fuhr mit der Arbeit fort.

Ich hatte das Loch schon lange vor Einbruch der Dunkelheit gefüllt. Obwohl der Wind viel fortgeweht hatte, blieb Sand übrig, weil der Cadillac soviel Platz einnahm. Es ging schnell – so schnell.

Meine Gedankengänge waren argwöhnisch, verwirrt und halb im Fieberwahn, als ich den Bagger auf der Straße zurückfuhr, genau über die Stelle, wo Dolan begraben lag.

Ich parkte ihn an der ursprünglichen Stelle, zog das Hemd aus und rieb das gesamte Innere damit ab, um Fingerabdrücke zu entfernen. Ich kann nicht genau sagen, warum ich das getan habe, bis auf den heutigen Tag nicht; schließlich mußte ich an hundert anderen Stellen welche hinterlassen haben. Dann machte ich mich in der stürmischen Dämmerung auf den Weg zum Laster.

Ich machte eine der Hecktüren auf, sah Dolan im Inneren kauern, schrie auf, stolperte rückwärts und schützte das Gesicht mit einer Hand. Ich hatte das Gefühl, als müßte mir das Herz in der Brust zerspringen.

Nichts – niemand – kam aus dem Lastwagen. Die Tür schwang und polterte im Wind wie der letzte Laden eines Spukhauses. Schließlich schlich ich mit klopfendem Herzen zurück und sah hinein. Da war nichts, abgesehen vom Durcheinander der Ausrüstung, die ich dort verstaut hatte – der Pfeil mit den zerbrochenen Glühbirnen, der Wagenheber, mein Werkzeugkasten.

»Du mußt dich zusammenreißen«, sagte ich leise. »Reiß dich zusammen.«

Ich wartete darauf, daß Elizabeth sagen würde: *Alles wird gut, Liebling* ... oder etwas Ähnliches, aber ich hörte nur den Wind.

Ich ging zum Lastwagen zurück, ließ ihn an und fuhr halb zur Grube zurück. Weiter schaffte ich es nicht. Ich wußte, es war vollkommen närrisch, aber ich kam mehr und mehr zu der Überzeugung, daß Dolan im Lastwagen lauerte. Ich sah immer wieder in den Rückspiegel und versuchte, seinen Schatten zu erkennen.

Der Wind wehte heftiger denn je und schaukelte den Laster auf seiner Federung. Im Licht der Scheinwerfer sah der

Staub, der von der Wüste aufgewirbelt und verweht wurde, wie Rauch aus.

Schließlich fuhr ich an den Straßenrand, stieg aus und verschloß sämtliche Türen. Ich wußte, es war Irrsinn, im Freien zu schlafen, aber ich brachte es nicht über mich, da drinnen auszuruhen. Ich konnte es einfach nicht. Ich kroch mit meinem Schlafsack unter den Lastwagen.

Fünf Minuten nachdem ich den Reißverschluß zugezogen hatte, war ich eingeschlafen.

Als ich aus einem Alptraum erwachte, an den ich mich nicht erinnern kann – es waren Hände darin vorgekommen, die nach meinem Hals griffen –, stellte ich fest, daß *ich* lebendig begraben worden war. Ich hatte Sand in der Nase, Sand in den Ohren. Er war in meinem Hals und würgte mich.

Ich schrie und quälte mich hoch, anfangs überzeugt, daß es sich bei dem hinderlichen Schlafsack um Erdboden handelte. Dann stieß ich mir den Kopf am rostigen Getriebegestänge des Lastwagens und sah Rostflecken herabrieseln.

Ich rollte darunter hervor in eine Dämmerung von der Farbe beschlagenen Zinns. Mein Schlafsack wurde in dem Augenblick, als mein Gewicht nicht mehr darauf ruhte, fortgeweht wie verdorrtes Unkraut. Ich stieß einen überraschten Schrei aus und lief ihm zwanzig Schritte nach, aber dann wurde mir klar, daß das der schlimmste Fehler der Welt gewesen wäre. Die Sicht betrug nicht mehr als zwanzig Meter, wahrscheinlich weniger. An manchen Stellen war die Straße überhaupt nicht mehr zu sehen. Ich schaute zum Lastwagen zurück – er sah verwaschen aus, halb verschwunden, die gebräunte Fotografie der Ruinen einer Geisterstadt.

Ich stolperte zu ihm zurück, fand die Schlüssel und stieg ein. Ich spuckte immer noch Sand und hustete trocken. Nachdem ich den Motor angelassen hatte, fuhr ich langsam in die Richtung zurück, aus der ich gekommen war. Es war nicht nötig, auf einen Wetterbericht zu warten; heute morgen redete der Rundfunksprecher von nichts anderem. Der schlimmste Sandsturm in der Geschichte von Nevada. Sämtliche Straßen gesperrt. Bleiben Sie zu Hause, wenn Sie nicht unbedingt raus müssen, und selbst dann bleiben Sie besser daheim.

Der ruhmreiche Vierte.

Bleib drinnen. Du müßtest verrückt sein, da rauszugehen. Du wirst sandblind werden.

Das Risiko würde ich eingehen. Dies war eine goldene Gelegenheit, ein für allemal aufzuräumen – in meinen kühnsten Träumen hätte ich nicht damit gerechnet, daß ich so eine Chance bekommen würde, aber sie war da, und ich nutzte sie.

Ich hatte drei oder vier zusätzliche Decken mitgebracht. Aus einer riß ich einen langen, breiten Streifen heraus und band ihn mir um den Kopf. So, angetan wie ein verrückter Beduine, stieg ich aus.

Ich verbrachte den ganzen Vormittag damit, Asphaltstücke vom Straßengraben zu schleppen und wieder auf die Grube zu legen, wobei ich mich bemühte, so genau wie ein Maurer vorzugehen, der eine Mauer baut oder eine Nische hochzieht. Die Stücke zu holen und zu tragen war nicht übertrieben schwer, auch wenn ich die meisten Asphaltstücke freilegen mußte wie ein Archäologe, der nach Kunstgegenständen sucht, und etwa alle zwanzig Minuten zum Lastwagen zurückschlurfte, um aus dem Sandsturm herauszukommen und meinen brennenden Augen etwas Ruhe zu verschaffen.

Ich arbeitete mich langsam vom flachen Ende der Grube nach Westen vor, und Viertel nach zwölf – ich hatte um sechs Uhr angefangen – hatte ich noch rund viereinhalb Meter vor mir. Inzwischen hatte der Wind nachgelassen, und ich konnte vereinzelte Stellen blauen Himmels über mir erkennen.

Ich schleppte und legte ab, schleppte und legte ab. Jetzt befand ich mich über der Stelle, wo Dolan sein mußte. War er schon tot? Wieviel Kubikmeter Luft faßte ein Cadillac? Wann würde der enge Raum kein Leben mehr ermöglichen, vorausgesetzt, daß keiner von Dolans beiden Begleitern mehr atmete?

Ich kniete auf der bloßen Erde. Der Wind hatte die Spuren des Case-Jordan verweht, aber nicht völlig ausradiert; irgendwo unter diesen schwachen Abdrücken befand sich ein Mann, der eine Rolex trug.

»Dolan«, sagte ich kumpelhaft, »ich hab es mir anders überlegt und werde Sie rauslassen.«

Nichts. Kein Laut. Jetzt war er wirklich tot.

Ich ging zurück und holte wieder ein Stück Asphalt. Ich legte es hin, und als ich mich gerade aufrichtete, hörte ich leises, gackerndes Gelächter durch den Sand heraufdringen.

Ich ließ mich in kauernde Haltung sinken, beugte den Kopf nach vorne – hätte ich noch Haare gehabt, wären sie mir ins Gesicht gehangen – und blieb eine Zeitlang in dieser Haltung, während ich zuhörte, wie er lachte. Das Lachen klang schwach und ohne Timbre.

Als es aufhörte, ging ich das nächste Stück Asphalt holen. Auf ihm befand sich ein Stück der gelben Linie. Ich kniete mich damit nieder.

»Beim barmherzigen Gott!« kreischte er. »Beim barmherzigen Gott, Robinson!«

»Ja«, sagte ich. »Beim barmherzigen Gott.«

Ich plazierte das Stück Asphalt säuberlich neben seinem Nachbarn, und obwohl ich angestrengt lauschte, hörte ich nichts mehr. Ich kam in der Nacht um elf in meine Wohnung in Vegas zurück. Ich schlief sechzehn Stunden, stand auf, ging in die Küche, um Kaffee zu machen, und brach zuckend auf dem Flur zusammen; ein ungeheurer Rückenkrampf schüttelte mich. Ich rieb mir mit einer Hand den verlängerten Rücken und biß auf die andere, um nicht zu schreien.

Nach einer Weile kroch ich ins Bad – ich versuchte einmal aufzustehen, aber das führte nur zu einem erneuten Krampf – und zog mich am Waschbecken so weit in die Höhe, daß ich an das zweite Fläschchen Empirin im Arzneischränkchen gelangen konnte.

Ich schluckte drei und ließ Badewasser ein. Während ich darauf wartete, daß sich die Wanne füllte, lag ich auf dem Boden. Als es soweit war, wand ich mich aus meinem Pyjama und schaffte es, in die Wanne zu kriechen. Dort lag ich fünf Stunden, zumeist dösend. Als ich herausstieg, konnte ich wieder gehen.

Ein bißchen.

Ich ging zu einem Chiropraktiker. Der verriet mir, daß ich

drei verrutschte Bandscheiben und eine schwerwiegende Verschiebung der unteren Wirbelsäule erlitten hatte. Er wollte wissen, ob ich beschlossen hatte, mich als Kraftmax im Zirkus zu betätigen.

Ich sagte ihm, ich hätte im Garten umgegraben.

Er sagte mir, ich müßte nach Kansas City.

Ich ging.

Sie operierten.

Als der Anästhesist mir die Gummischale aufs Gesicht drückte, hörte ich Dolan lachen und wußte, daß ich sterben würde.

Das Aufwachzimmer war hellgrün gekachelt.

»Bin ich noch am Leben?« krächzte ich.

Ein Pfleger lachte. »O ja.« Seine Hand berührte meine Stirn – meine Stirn, die um den ganzen Kopf herumreichte. »Was Sie für einen Sonnenbrand haben! Mein Gott! Hat das wehgetan, oder sind Sie noch zu sehr mit Schmerzmitteln vollgepumpt?«

»Zu vollgepumpt«, sagte ich. »Habe ich geredet, während ich weg war?«

»Ja«, sagte er.

Mir wurde durch und durch kalt. Kalt bis auf die Knochen.

»Was habe ich gesagt?«

»Sie haben gesagt: ›Es ist dunkel hier drinnen. Laßt mich raus!‹« Und er lachte wieder.

»Ach«, sagte ich.

Sie haben ihn nie gefunden – Dolan.

Es lag am Sturm. Dem gottgesandten Sturm. Ich bin ziemlich sicher, daß ich weiß, was sich zugetragen hat; aber Sie haben sicher Verständnis dafür, wenn ich Ihnen sage, daß ich mich nie sehr nachdrücklich darum gekümmert habe.

NEAS – wissen Sie noch? Sie haben neu asphaltiert. der Sturm hatte den Abschnitt der 71, den die Umleitung gesperrt hatte, fast zugedeckt. Als sie wieder zu arbeiten anfingen, machten sie sich nicht die Mühe, die neuen Dünen wegzuschaufeln – warum auch? Sie brauchtens sich ja nicht um den Verkehr zu kümmern. Also pflügten sie den Sand beiseite und rissen gleichzeitig den alten Belag auf. Und falls dem Raupenfahrer auffiel, daß ein Abschnitt des sandverkrusteten Asphalts an einer Stelle – einer etwa zwölf Meter langen Stelle – vor der Schaufel seiner Planierraupe in nahezu geometrische Rechtecke zerbrach, erzählte er es keinem. Vielleicht war er high. Oder vielleicht träumte er nur davon, am Abend mit seiner Puppe zu schlafen.

Dann kamen die Kipplaster mit ihren frischen Geröllmassen, gefolgt von den Walzen. Denen folgten die Tankwagen mit ihren Sprühvorrichtungen und dem Geruch nach heißem Teer, der so große Ähnlichkeit mit dem von schmelzendem Schuhleder hatte. Und als der frische Asphalt erstarrt war, kam die Markiermaschine, deren Fahrer unter dem Segeltuchbaldachin dann und wann zurückschaute, damit die gelbe Linie auch wirklich gerade wurde. Wie sollte er wissen, daß er über einen nebelgrauen Cadillac mit drei Männern fuhr, und daß da unten in der Dunkelheit ein Rubinring und eine goldene Rolex warteten, die wahrscheinlich immer noch die Stunden maß?

Einen normalen Cadillac hätte eines dieser Fahrzeuge mit Sicherheit zerquetscht; es hätte einen Einsturz gegeben, ein Knirschen, und dann hätten einige Männer nachgesehen, was – oder wen – sie gefunden hatten. Aber im Grunde genommen war Dolans Wagen *tatsächlich* mehr ein Panzer als ein Auto, und so war es seiner Vorsicht zuzuschreiben, daß ihn bisher niemand gefunden hatte.

Früher oder später wird der Cadillac selbstverständlich einmal zusammenbrechen, wahrscheinlich unter dem Gewicht eines vorbeifahrenden Lasters. Das nächste Fahrzeug wird eine tiefe Delle in der westlichen Fahrspur sehen, das Highway Department wird verständigt werden, und es wird wieder eine NEAS geben. Aber wenn keine Arbeiter des Highway Department dabeistehen, wenn es passiert, und selbst beobachten können, wie das Gewicht des Lasters einen hohlen Gegenstand unter dem Straßenbelag zerdrückt, werden sie wahrscheinlich davon ausgehen, daß das »Wetterloch« (so nennen sie das) entweder durch Frost oder eine eingestürzte Salzkuppel verursacht wurde oder möglicherweise auch durch ein Wüstenbeben. Sie werden es ausbessern, und das Leben wird weitergehen.

Er wurde als vermißt gemeldet – Dolan.
Ein paar Tränen wurden vergossen.
Ein Reporter der *Las Vegas Sun* äußerte die Vermutung, daß Dolan wahrscheinlich irgendwo mit Jimmy Joffa Domino oder Pool spielte.
Vielleicht ist das gar nicht so weit von der Wahrheit entfernt.

Mir geht es gut.
Mein Rücken ist soweit wiederhergestellt. Ich habe strenge Anweisung, nichts ohne fremde Hilfe zu heben, das mehr als dreißig Pfund wiegt, aber ich habe dieses Jahr eine wunderbare Drittkläßlerschar und mehr Hilfe, als ich brauchen kann.
Ich bin mit meinem neuen Accord mehrmals über den bewußten Straßenabschnitt gefahren. Einmal hielt ich an, stieg aus, vergewisserte mich, daß die Straße in beiden Richtungen frei war, und pißte auf die Stelle, die ich für die richtige hielt. Aber ich bekam keinen ordentlichen Strahl zusammen, obwohl sich meine Blase voll anfühlte, und als ich weiterfuhr, sah ich dauernd in den Rückspiegel – wissen Sie, ich hatte das komische Gefühl, daß er sich vom Rücksitz erheben würde, die Haut zimtfarben verfärbt und über den Schädel gespannt wie die einer Mumie, das Haar voll Sand, Augen und Rolex funkelnd.
Das war in der Tat das *letzte Mal*, daß ich auf der 71 gefahren bin. Heute nehme ich die Interstate, wenn ich nach Westen fahren muß.
Und Elizabeth? Sie ist verstummt, wie Dolan. Ich finde, das ist eine Erleichterung.

Das Ende des ganzen Schlamassels

Ich möchte Ihnen vom Ende des Krieges, vom Niedergang der Menschheit und vom Tod des Messias erzählen – eine epische Gesichte, die Tausende von Seiten und ein ganzes Regal voller Bücher verdient hätte; aber Sie (falls Sie später überhaupt noch existieren und dies lesen können) müssen sich mit der gefriergetrockneten Version begnügen. Die Injektion wirkt äußerst schnell. Ich schätze, ich habe zwischen fünfundvierzig Minuten und zwei Stunden; das kommt auf meine Blutgruppe an. Ich glaube, sie ist A, was mir etwas mehr Zeit lassen dürfte, aber der Teufel soll mich holen, wenn ich mich noch genau daran erinnern kann. Sollte es sich doch um Null handeln, können Sie sich auf eine Menge leerer Seiten gefaßt machen, mein hypothetischer Freund.

Ich denke, ich rechne in jedem Fall mit dem Schlimmsten und arbeite, so schnell ich kann.

Ich benutze die elektrische Schreibmaschine – Bobbys Textcomputer ist schneller, aber der Generator unterliegt selbst mit einem Frequenzunterdrücker solchen Schwankungen, daß man sich nicht drauf verlassen kann. Ich habe hierbei nur einen einzigen Versuch und darf nicht riskieren, den größten Teil aufzuschreiben und dann mit ansehen zu müssen, wie alles wegen eines Ohm-Abfalls im Datenhimmel verschwindet.

Ich heiße Howard Fornoy. Ich war freier Schriftsteller. Robert Fornoy, mein Bruder, war der Messias. Ich habe ihn vor vier Stunden getötet, indem ich ihm einen Schuß seiner eigenen Erfindung verpaßte. Er nannte sie »Pazifin«. Ich finde, »Schwerwiegender Fehler« wäre ein besserer Name gewesen. Aber was geschehen ist, kann nicht mehr ungeschehen gemacht werden, wie die Iren schon seit Jahrhunderten sagen – was *beweist*, was für Arschlöcher sie sind.

Scheiße, solche Abschweifungen kann ich mir nicht leisten.

Nach Bobbys Tod deckte ich ihn mit einer Decke zu. Dann saß ich etwa drei Stunden am Wohnzimmerfenster der Blockhütte und sah in den Wald hinaus. Früher konnte man das orangefarbene Leuchten der Natriumdampflampen von North Conway sehen; jetzt nicht mehr. Jetzt gibt es nur noch die White Mountains, wie dunkle Dreiecke aus Kreppapier, die ein Kind ausgeschnitten hat, und die sinnlosen Sterne.

Ich schaltete das Funkgerät ein, ließ vier Kanäle durchlaufen, fand nur einen einzigen Irren und schaltete wieder ab. Dann saß ich da und überlegte mir eine Möglichkeit, diese Geschichte zu erzählen. Meine Gedanken kreisten immer wieder um diesen meilenweiten dunklen Pinienwald, dieses endlose Nichts. Schließlich wurde mir klar, ich mußte aufhören zu trödeln und mir den Schuß setzen. Scheiße. Ich *konnte* nie ohne einen festen Termin arbeiten.

Und jetzt habe ich bei Gott einen.

Unsere Eltern hatten keinen Grund, etwas anderes zu erwarten, als sie bekamen: kluge Kinder. Dad war Historiker und bekam eine Professur an der Hofstra, als er dreißig war. Zehn Jahre später war er einer von zehn Vizeadministratoren der National Archives in Washington, D. C., und stand in der Schlange für die Spitzenposition. Außerdem war er ein dufter Typ – besaß jede Platte, die Chuck Berry je aufgenommen hatte, und spielte selbst eine verdammt geile Bluesgitarre. Dad archivierte tagsüber und rockte nachts.

Mom machte ihren Abschluß magna cum laude an der Drew. Sie bekam einen Schlüssel von Phi Beta Kappa, den sie manchmal an ihrem exzentrischen Hut trug. Sie wurde eine erfolgreiche CPA in D. C., lernte meinen Dad kennen, heiratete ihn und strich die Segel, als sie mit meiner Wenigkeit schwanger wurde. Ich kam 1980 daher. 1984 machte sie die Steuern für einige Kollegen meines Dad – das nannte sie ihr »kleines Hobby«. Als Bobby 1987 zur Welt kam, kümmerte sie sich um Steuern, Aktienpakete und Immobilien von einem Dutzend mächtiger Männer. Ich könnte ihre Namen aufzählen, aber wen juckt das schon? Sie sind inzwischen entweder tot oder sabbernde Idioten.

Ich glaube, sie hat mit ihrem »kleinen Hobby« im Jahr mehr gescheffelt als mein Dad mit seinem Job, aber das war nie wichtig – sie waren glücklich mit dem, was sie für sich selbst und füreinander waren. Ich habe oft gesehen, wie sie sich gekabbelt haben, aber nie, daß sie sich stritten. Als ich größer wurde, fiel mir nur ein Unterschied zwischen meiner Mom und den Moms meiner Freunde auf, nämlich daß deren Moms lasen oder bügelten oder nähten oder telefonierten, während Seifenopern auf dem Bildschirm liefen, wogegen meine Mom am Taschenrechner arbeitete und Zahlenkolonnen auf große grüne Blätter schrieb, während Seifenopern auf dem Bildschirm liefen.

Ich war keine Enttäuschung für ein Paar mit Mensa Gold Cards in den Brieftaschen. Während meiner ganzen Zeit an öffentlichen Schulen (die Möglichkeit, daß ich oder mein Bruder eine Privatschule besuchen könnten, wurde meines Wissens nie angesprochen) bekam ich immer nur Einsen und Zweien. Außerdem lernte ich früh und mühelos schreiben. Meinen ersten Magazinbeitrag verkaufte ich mit zwanzig – er handelte von dem Winterlager der Continental Army in Valley Forge. Ich verkaufte ihn für hundertfünfzig Dollar an das Magazin einer Fluggesellschaft. Mein Dad, den ich von ganzem Herzen lieb hatte, fragte mich, ob er mir den Scheck abkaufen könnte. Er gab mir einen Scheck von sich und hängte den des Airline-Magazins eingerahmt über seinen Schreibtisch. Ein romantisches Genie, wenn Sie so wollen. Ein romantisches Genie, *das den Blues spielte,* wenn Sie so wollen. Wirklich, einem Kind hätte es weitaus schlechter gehen können. Selbstverständlich haben meine Eltern getobt und sich in die Hosen gepißt, als sie letztes Jahr starben, wie fast alle auf dieser unserer großen, runden Welt, aber ich habe sie trotzdem immer geliebt.

Ich war genau das Kind, mit dem sie rechnen durften – ein

guter Junge mit hellem Verstand, ein begabter Junge, dessen Begabung in einer Atmosphäre der Liebe und des Vertrauens bis in die Pubertät hinein wuchs, ein verläßlicher Junge, der seine Eltern respektierte.

Bobby war anders. *Niemand*, nicht einmal Mensa-Typen wie unsere alten Leute, rechnet *jemals* mit einem Jungen wie Bobby. *Niemals.*

Ich konnte ganze zwei Jahre früher als Bobby aufs Töpfchen gehen, und das ist das einzige, worin ich ihn jemals schlagen konnte. Aber ich war nie eifersüchtig auf ihn; das wäre auf dasselbe hinausgelaufen, als wäre ein mittelprächtiger Werfer der American League auf Nolyn Ryan oder Roger Clemens eifersüchtig gewesen. Nach einer gewissen Zeit hören die Vergleiche, die Eifersucht erzeugen, einfach auf. Ich habe es mitgemacht und kann Ihnen sagen: nach einer Weile tritt man einfach in den Hintergrund und schirmt die Augen vor den Blitzlichtern ab.

Bobby konnte mit zwei Jahren lesen und verfaßte mit dreien kurze Aufsätze (»Unser Hund«, »Ein Ausflug mit Mutter nach Bosten«). Seine Handschrift zeigte die krakeligen, bemühten, eckigen Schnörkel eines Sechsjährigen, was an sich schon bemerkenswert genug gewesen wäre; aber wenn man die Sachen abschrieb, so daß seine noch nicht voll entwickelte motorische Kontrolle ihn nicht verriet, hätte man glauben können, man lese das Werk eines klugen, wenn auch extrem naiven Fünftkläßlers. Er entwickelte sich mit schwindelerregender Schnelligkeit von einfachen Sätzen zu komplexen Sätzen zu Schachtelsätzen und begriff Satzteile, Nebensätze und Paranthesen mit einer Intuition, die unheimlich war. Manchmal war seine Syntax durcheinander und seine eingeschobenen Sätze an der falschen Stelle, aber im Alter von fünf Jahren hatte er solche Schwierigkeiten – die die meisten Schriftsteller ihr ganzes Leben lang plagen – so ziemlich unter Kontrolle.

Er bekam Kopfschmerzen. Meine Eltern fürchteten ein medizinisches Problem – womöglich einen Gehirntumor – und brachten ihn zu einem Arzt, der ihn gründlich untersuchte und meinen Eltern dann eröffnete, daß Bobby keine Probleme hatte – außer Streß: er befand sich in einem Zustand außerordentlicher Frustration, weil seine Schreibhand nicht so schnell funktionierte wie sein Gehirn.

»Sie haben ein Kind, das versucht, einen geistigen Nierenstein zu vermeiden«, sagte der Arzt. »Ich könnte ihm etwas gegen die Kopfschmerzen verschreiben, aber ich glaube, das Mittel, das er wirklich braucht, ist eine Schreibmaschine.« Und so schenkten Mom und Dad Bobby eine IBM. Ein Jahr später schenkten sie ihm einen Commodore 64 mit WordStar zu Weihnachten, und Bobbys Kopfschmerzen hörten auf. Bevor ich mich anderen Themen zuwende, möchte ich nur sagen, daß er noch drei Jahre danach glaubte, Santa Claus hätte ihm den Textcomputer unter den Baum gelegt. Jetzt glaube ich, daß ich ihn in noch einem Punkt geschlagen habe: Ich war früher von Santa Claus entwöhnt.

Ich könnte Ihnen so vieles über die ersten Jahre erzählen, und ich glaube, ich sollte es eigentlich auch, aber ich muß mich sputen und kurz fassen. Der Termin. Ah, der Termin. Ich habe einmal eine komische Story mit dem Titel »*Vom Winde verweht* kurz gefaßt« gelesen, die ungefähr folgendermaßen ging:

»›*Ein Krieg?*‹ *lachte Scarlett.* ›*Oh, fiddle-di-dii!*‹

Bumm! Ashley zog in den Krieg. Atlanta brannte! Rhett kam und ging wieder!

›*Fiddle-di-dii*‹, *sagte Scarlett unter Tränen.* ›*Morgen will ich über all das nachdenken. Schließlich, morgen ist auch ein Tag.*‹«

Als ich das damals las, lachte ich herzlich darüber; jetzt, da ich etwas Ähnliches machen muß, wirkt es nicht mehr so komisch. Aber jetzt los:

»*Ein Kind mit einem IQ, der durch keinen bekannten Test gemessen werden kann?*« *sagte India Fornoy lächelnd zu ihrem Ehemann Richard.* »*Fiddle-di-dii! Wir sorgen für eine Atmosphäre, in der sich sein Intellekt – ganz zu schweigen von dem seines nicht gerade dummen älteren Bruders – entwickeln kann. Und wir ziehen beide als ganz normale amerikanische Jungen auf, was sie ja auch sind.*«

Bumm! Die Brüder Fornoy wuchsen auf. Howard besuchte die University of Virginia, machte seinen Abschluß cum laude *und begann eine Laufbahn als freier Schriftsteller. Verdiente sich einen ansehnlichen Lebensunterhalt. Ging mit vielen Frauen aus und mit nicht wenigen davon auch ins Bett. Schaffte es, sexuellen wie pharmakologischen sozialen Krankheiten aus dem Weg zu gehen. Kaufte sich eine Stereoanlage von Mitsubishi. Schrieb mindestens einmal pro Woche nach Hause. Veröffentlichte zwei Romane, die sich nicht schlecht verkauften. »Fiddle-di-dii«, sagte Howard, »das ist mein Leben!«*

Und so war es, jedenfalls bis zu dem Tag, an dem Bobby unerwartet (ganz in der Tradition eines verrückten Wissenschaftlers) mit seinen beiden Glaskästen, in einem ein Bienenstock, im anderen ein Wespennest, bekleidet mit einem T-Shirt mit der Aufschrift Mumford Phys Ed zur Tür hereinspazierte, im Begriff, die menschliche Intelligenz zu zerstören, und sich so wohlfühlte wie eine Miesmuschel bei Flut.

Typen wie mein Bruder Bobby kommen, glaube ich, nur alle zwei oder drei Generationen einmal vor – Typen wie Leonardo da Vinci, Newton, Einstein, vielleicht auch Edison. Sie scheinen eines gemeinsam zu haben: sie sind wie riesige Kompasse, die lange Zeit rastlos hin und her schwingen und nach einem Nordpol suchen, auf den sie sich dann mit erschreckender Heftigkeit einpendeln. Bis das passiert, geraten solche Typen meistens einmal bis zum Hals in die Scheiße. Bobby war da keine Ausnahme.

Als er acht und ich fünfzehn war, kam er einmal zu mir und sagte, er hätte ein Flugzeug erfunden. Ich kannte Bobby schon so gut, daß ich ihn nicht einfach mit einem Fußtritt aus dem Zimmer beförderte und »Blödsinn« sagte. Ich ging mit ihm in die Garage, wo dieser komische Sperrholzapparat auf dem roten American Flyer stand. Sah ein bißchen wie ein Kampfflugzeug aus, aber die Tragflächen waren nach vorne gekrümmt statt nach hinten. In der Mitte hatte er mit zwei Bolzen den Sattel seines Schaukelpferdes festgeschraubt. An der Seite befand sich ein Hebel. Einen Motor gab es nicht. Er sagte, es wäre ein Segelflieger. Er wollte, daß ich ihn Carrigan's Hill hinab anschieben sollte. Das war der steilste Hügel im Grand Park in D. C., mit einem betonierten Weg für die alten Leute in der Mitte. Das, sagte Bobby, würde seine Startbahn sein.

»Bobby«, sagte ich, »du hast bei diesem Ding die Flügel falsch angeschraubt.«

»Nein«, sagte er. »Sie sollen so sein. Ich habe in *Im Reich der wilden Tiere* etwas über Falken gesehen. Die stoßen auf ihre Beute hinab, und wenn sie wieder steigen, kehren sie die Flügel um. Sie haben doppelte Gelenke, kapiert? Auf die Weise bekommt man einen besseren Start.«

»Und warum baut die Air Force sie dann nicht so?« fragte ich und wußte natürlich nicht, daß sowohl die amerikanische wie die sowjetische Luftwaffe Pläne für Kampfflugzeuge mit solchen nach vorne gerichteten Tragflächen auf den Reißbrettern hatten.

Bobby zuckte nur die Achseln. Er wußte es auch nicht, und es war ihm auch egal.

Wir gingen zu Carrigan's Hill, wo er auf den Schaukelpferdsattel kletterte und den Hebel ergriff. »Gib mir einen *ganz festen* Schubs«, sagte er. In seinen Augen tanzte das irre Licht, das ich so gut kannte – du lieber Gott, so hatten seine Augen manchmal schon in der Wiege geleuchtet. Aber ich schwöre bei Gott, ich hätte ihn nie so fest den Hügel hinuntergeschoben, wenn ich geglaubt hätte, daß das Ding tatsächlich funktionieren würde.

Aber ich wußte es *nicht*, und darum gab ich ihm einen Wahnsinnsschubs. Er sauste den Hügel hinab und johlte dabei wie ein Cowboy, der gerade von einem Viehtreck zurückkommt und auf dem Weg in die Stadt ist, um ein paar kalte Biere zu trinken. Eine alte Dame mußte ihm aus dem Weg springen, und einen Tattergreis, der sich auf einen Krückstock stützte, verfehlte er nur knapp. Auf halbem Weg zog er an dem Hebel, und ich sah mit großen Augen und blöd vor Angst und Staunen, wie sich das splittrige Sperrholzflugzeug von dem American Flyer löste. Zuerst schwebte es nur Zentimeter darüber, und einen Moment sah es aus, als würde es zurücksinken. Dann kam eine Windbö, und

Bobbys Flugzeug hob ab, als zöge es jemand an einem unsichtbaren Kabel. Der American Flyer rollte vom Weg ins Gebüsch. Plötzlich war Bobby drei Meter hoch in der Luft, dann sechs, dann fünfzehn. Er schwebte mit seinem Flugzeug, das konstant höher stieg, über den Grand Park und johlte fröhlich.

Ich rannte hinter ihm her und schrie zu ihm hinauf, er solle herunterkommen; ich sah schon erschreckend deutlich vor mir, wie er von diesem dummen Schaukelpferd rutschte und sich auf einen Baum oder einer der zahlreichen Statuen im Park pfählte. Ich stellte mir die Beerdigung meines Bruders nicht nur vor; ehrlich gesagt: *ich war dabei.* »*Bobby!*« kreischte ich. »*Komm runter!*«

»*Jucheeeeeee!*« schrie Bobby mit schwacher, aber eindeutig ekstatischer Stimme zurück. Erschrockene Schachspieler, Fresbeewerfer, Bücherwürmer, Liebespärchen und Jogger hielten samt und sonders in ihrem Treiben inne und sahen zu.

»*Bobby, das Scheißding hat keinen Sicherheitsgurt!*« kreischte ich. Soweit ich mich erinnern kann, war das das erste Mal, daß ich das schlimme Wort in den Mund nahm.

»*Alles ooooo-keeeeeh ...*« Er schrie, so laut er konnte; aber ich stellte zu meinem Entsetzen fest, daß ich ihn kaum verstand. Ich rannte Carrigan's Hill hinunter und kreischte dabei die ganze Zeit. Ich weiß nicht mehr, was ich gekreischt habe, aber am nächsten Tag konnte ich nur noch flüstern. Aber an einen jungen Mann im konservativen dreiteiligen Anzug, der am Fuß des Hügels neben der Statue von Eleanor Roosevelt stand, *kann* ich mich erinnern. Er sah mich an und sagte im Plauderton: »Ich will dir was sagen, mein Freund, ich hab einen teuflischen Acid-Flashback.«

Ich sehe noch den seltsam ungeschlachten Schatten vor mir, der über den grünen Rasen des Parks glitt und sich verzog und verzerrte, wenn er Parkbänke, Abfalleimer und die staunenden Gesichter der Zuschauer streifte. Ich weiß noch, wie ich ihn verfolgt habe. Ich weiß noch, wie die Gesichtszüge meiner Mutter entgleisten und sie zu weinen anfing, als ich ihr erzählte, wie Bobbys Flugzeug, das von vornherein überhaupt nicht hätte fliegen dürfen, sich in einer plötzlichen Windbö drehte und Bobby seine kurze, aber brillante Laufbahn auf dem Pflaster der D-Street beendete.

Aus heutiger Sicht wäre es für alle besser gewesen, wenn es sich tatsächlich so ergeben hätte: aber leider war es nicht so.

Statt dessen schwenkte Bobby wieder in Richtung Carrigan's Hill; er hielt sich nonchalant am Heck seines Flugzeugs fest, damit er nicht von dem verdammten Ding runterfiel, und steuerte es auf den kleinen Teich in der Mitte des Grand Park zu. Er sauste anderthalb Meter darüber durch die Luft, dann einen Meter zwanzig ... und dann glitt er mit den Turnschuhen auf der Wasseroberfläche entlang, so daß er einen Doppelstreifen Kielwasser hinter sich herzog, scheuchte die verdrossen quakenden, gewöhnlich abgeklärten (und überfütterten) Enten vor sich her und meckerte sein fröhliches Lachen. Er landete auf der gegenüberliegenden Seite, genau zwischen zwei Parkbänken, die die Tragflächen seines Flugzeugs abrissen. Er flog aus dem Sattel, stieß sich den Kopf und fing an zu plärren.

So war das Leben mit Bobby.

Nicht alles war so spektakulär – tatsächlich glaube ich, daß *nichts* es war –, zumindest bis zum Pazifin. Ich habe Ihnen diese Geschichte trotzdem erzählt, weil ich zumindest in diesem Fall glaube, daß die Ausnahme die Regel bestätigt: das Leben mit Bobby war ein ständiger Gehirnfick. Mit neun Jahren besuchte er an der Georgetown University Vorlesungen über Quantenphysik und höhere Mathematik. Eines Tages legte er jedes Radio und Fernsehgerät in unserer Straße – und den umliegenden vier Blocks – mit seiner eigenen Stimme lahm; er hatte einen alten tragbaren Fernseher auf dem Dachboden gefunden und ihn in einen Breitband-Radiosender umgebaut. Ein alter Schwarzweißfernseher von Zenith, viereinhalb Meter Hifi-Kabel, ein Kleiderbügel, den er auf dem Giebel unseres Hauses befestigte, und presto! Ungefähr zwei Stunden lang konnten vier Blocks in Georgetown nur WBOB empfangen, wobei es sich um meinen Bruder handelte, der einige meiner Kurzgeschichten las, idiotische Witze erzählte und erklärte, daß der hohe Schwefelgehalt in gebackenen Bohnen der Grund dafür war, daß unser Dad sonntagmorgens in der Kirche so oft furzte. »Aber die meisten kann er ziemlich leise ziehen lassen«, erzählte Bobby seiner aus rund dreitausend Menschen bestehenden ergriffenen Zuhörerschaft, »und die richtigen Dröhner hält er zurück, bis der Psalm gesungen wird.«

Mein Dad, der darüber alles andere als selig war, mußte fünfundsiebzig Dollar FCC-Strafe bezahlen, die er Bobby im Lauf des folgenden Jahres vom Taschengeld abzog.

Das Leben mit Bobby ... und jetzt sehen Sie, ich muß weinen. Ich frage mich, ist das aufrichtige Rührung oder der Anfang? Ersteres, glaube ich – Gott allein weiß, wie gern ich ihn gehabt habe. Aber ich glaube, ich sollte mich trotzdem ein bißchen beeilen.

Bobby hatte praktisch mit zehn Jahren die High School abgeschlossen, aber er bekam nie ein Diplom, ganz zu schweigen von einem Doktortitel. Das lag an dem großen, mächtigen Kompaß in seinem Kopf, der sich hin und her drehte und nach einem Nordpol suchte.

Er machte eine Physikerperiode durch, eine kürzere Zeit, in der er ganz verrückt nach Chemie war; aber letzten Endes hatte er so wenig Geduld mit der Mathematik, daß keines der beiden Gebiete ihn halten konnte. Er beherrschte sie, aber im Grunde langweilten sie ihn – wie alle sogenannten exakten Wissenschaften.

Als er fünfzehn war, war Archäologie angesagt – er durchstreifte die Vorgebirge der White Mountains rings um unser Sommerhaus in North Conway und rekonstruierte die Geschichte der Indianer, die dort gelebt hatten, anhand von Pfeilspitzen, Feuersteinen und sogar von Kohlemustern längst erloschener Lagerfeuer in den mesolithischen Höhlen des mittleren New Hampshire.

Aber auch das verging, und er fing an, sich in Geschichte und Anthropologie zu vertiefen. Als er sechzehn war, gaben mein Vater und meine Mutter widerwillig ihre Erlaubnis, als

Bobby darum bat, eine Gruppe Anthropologen aus Neu England bei einer Expedition nach Südamerika begleiten zu dürfen.

Fünf Monate später kehrte er zurück, zum erstenmal in seinem Leben richtig braungebrannt; außerdem war er zwei Zentimeter größer, fünfzehn Pfund leichter und viel ruhiger. Er war immer noch fröhlich, aber die Überschwenglichkeit des kleinen Jungen, manchmal ansteckend, manchmal nervtötend, aber stets gegenwärtig, war verschwunden. Er war erwachsen geworden. Und ich weiß noch, daß er damals zum erstenmal von den Nachrichten sprach – ich meine, wie schlimm es in der Welt aussah. Das war 2003, das Jahr, in dem eine Splittergruppe der PLO mit Namen *Söhne des Dschihad* (ein Name, der sich, wie ich fand, so anhörte wie der einer Gruppe katholischer Gemeindediener im westlichen Pennsylvania) eine Minibombe in London zündete, die Stadt zu sechzig Prozent verseuchte und den Rest außerordentlich ungesund für Leute werden ließ, die Kinder haben oder älter als fünfzig werden wollten. Im gleichen Jahr hatten wir versucht, die Philippinen abzuriegeln, nachdem die Regierung Cedeño eine »kleine Gruppe« rotchinesischer Berater (rund fünfzehntausend nach den Ermittlungen unserer Nachrichtensatelliten), ins Land gelassen hatte, und zogen uns erst zurück, als außer Zweifel stand, daß a) die Rotchinesen aus allen Rohren feuern würden, wenn wir uns nicht zurückzögen, und b) das amerikanische Volk sich als nicht gerade versessen darauf erwies, um der Philippinen willen Massenselbstmord zu begehen. Es war auch das Jahr, als eine andere Gruppe irrer Wichser – ich glaube, es waren Albanier – versuchten, das AIDS-Virus über Berlin auszusprühen.

Solche Sachen deprimierten alle, aber Bobby deprimierten sie tödlich.

»Warum sind die Menschen so gottverdammt böse?« fragte er mich eines Tages. Wir waren in unserem Sommerhaus in New Hampshire, es war Ende August, und unsere Sachen waren zum größten Teil in Kartons und Koffern verstaut. Die Blockhütte hatte das traurige, verlassene Aussehen wie immer, wenn wir kurz davor standen, wieder unserer getrennten Wege zu gehen. Für mich hieß das zurück nach New York, und für Bobby hieß es zurück nach – ausgerechnet – Waco, Texas. Er hatte den ganzen Sommer über Bücher über Soziologie und Geologie gelesen – ist das nicht total abgefahren? – und sagte, er wolle da unten einige Experimente durchführen. Er sagte es auf eine beiläufige, nebensächliche Art, aber mir war aufgefallen, daß meine Mutter ihn während der letzten gemeinsamen Wochen, die wir verbrachten, besonders eindringlich beobachtet hatte. Weder Dad noch ich ahnten etwas, aber ich glaube, meine Mom wußte, daß Bobbys Kompaßnadel endlich aufgehört hatte, ziellos herumzuwirbeln, und daß sie auf etwas zu deuten begann.

»Warum sie so böse sind?« fragte ich. »Soll ich dir darauf eine Antwort geben?«

»*Irgendwer* sollte mir eine geben«, sagte er. »Und zwar möglichst bald, so, wie die Lage sich entwickelt.«

»Sie entwickelt sich wie immer«, sagte ich, »und ich glaube, das ist so, weil die Menschen geschaffen wurden, um böse zu sein. Wenn du jemandem die Schuld geben willst, dann Gott.«

»Blödsinn. Glaube ich nicht. Schließlich hat sich sogar die Scheiße mit dem Doppel-X-Chromosom als Unfug erwiesen. Und erzähl mir nicht, daß es sich nur um wirtschaftliche Zwänge handelt, um den Konflikt zwischen Besitzenden und Besitzlosen. Das erklärt auch nicht alles.«

»Erbsünde«, sagte ich. »Für mich klingt das plausibel – es hat einen guten Klang, nach dem man tanzen kann.«

»Nun«, sagte Bobby, »vielleicht *ist* es die Erbsünde. Aber was ist das Instrument, großer Bruder? Hast du dich das je gefragt?«

»Instrument? Was für ein Instrument? Ich kann dir nicht folgen.«

»Ich glaube, es ist das Wasser«, sagte Bobby nachdenklich.

»*Was* hast du gesagt?«

»Das Wasser. Etwas im Wasser.«

Er sah mich an.

»Oder etwas, das *nicht* darin ist.«

Am nächsten Tag brach Bobby nach Waco auf. Ich sah ihn erst wieder, als er vor meiner Wohnungstür stand, das Mumford-T-Shirt verkehrt herum am Leibe und eine große Papiertüte in den Armen. Das war drei Jahre später.

»Hallo, Howie«, sagte er, trat ein und versetzt mir einen kumpelhaften Schlag auf den Rücken, als wären erst drei Tage vergangen.

»Bobby!« schrie ich, riß die Arme hoch und umarmte ihn wie ein Bär. Scharfe Kanten schnitten mir in die Brust, und ich hörte ein wütendes Summen.

»Ich freue mich auch, dich zu sehen«, sagte Bobby, »aber du solltest lieber vorsichtig sein. Du machst die Eingeborenen wütend.«

Ich trat hastig zurück. Bobby stellte die große Papiertüte ab und nahm die Umhängetasche von der Schulter. Dann holte er behutsam zwei Glasboxen aus der Papiertüte. In einer befand sich ein Bienenstock, in der anderen ein Wespennest. Die Bienen beruhigten sich schon wieder und gingen den Dingen nach, denen Bienen eben nachgehen; die Wespen dagegen waren eindeutig nicht gerade zufrieden mit ihrer Lage.

»Okay, Bobby«, sagte ich. Ich sah ihn an und grinste. Es schien, als könnte ich gar nicht aufhören zu grinsen. »Was führst du diesmal im Schilde?«

Er machte den Reißverschluß der Umhängetasche auf und holte ein Mayonnaiseglas heraus, das halb mit einer klaren Flüssigkeit gefüllt war.

»Siehst du das?« sagte er.

»Klar. Sieht wie Wasser aus. Oder wie Feuerwasser.«

»Eigentlich ist es beides, ob du es glaubst oder nicht. Stammt aus einem artesischen Brunnen bei La Plata, einer kleinen Ortschaft vierzig Meilen östlich von Waco, und bevor ich es in diese konzentrierte Form brachte, waren es zwanzig Liter. Ich habe eine regelrechte kleine Destillerie da unten laufen, Howie, aber ich glaube nicht, daß mich die Regierung deswegen jemals einsperren wird.« Er grinste, und jetzt wurde das Grinsen noch breiter. »Es ist nur Wasser, und trotzdem ist es der größte Hammer, den die menschliche Rasse je gesehen hat.«

»Ich habe nicht die geringste Ahnung, wovon du sprichst.«

»Das weiß ich. Aber du wirst es schon noch verstehen. Weißt du was, Howie?«

»Was?«

»Wenn diese dumme Menschheit es schafft, noch sechs Monate durchzuhalten, dann hält sie für alle Zeiten durch.«

Er hob das Mayonnaiseglas hoch, dann sah mich ein vergrößertes Bobbyauge durch das Glas hindurch ernst an. »Das ist der Knüller«, sagte er. »Das Heilmittel für die schlimmste Krankheit, die den *Homo sapiens* heimsucht.«

»Krebs?«

»Nein«, sagte Bobby. »Krieg, Kneipenschlägereien. Schießereien. Der ganze Schlamassel. Wo ist denn dein Bad, Howie?«

Als er wieder herauskam, hatte er nicht nur das T-Shirt mit der Aufschrift Mumford richtig herum angezogen, er hatte sich auch das Haar gekämmt – und die Art, in der er das tat, hatte sich, wie ich sah, auch nicht geändert. Bobby hielt den Kopf einfach eine Weile unter den Wasserhahn, dann strich er das Haar mit den Fingern zurück.

Er betrachtete die beiden Glasboxen und verkündete, daß Bienen und Wespen wieder normal wären. »Nicht, daß ein Wespennest sich jemals in einem Zustand befindet, den man auch nur im entferntesten als ›normal‹ bezeichnen könnte, Howie. Wespen sind soziale Insekten, wie Bienen und Ameisen, aber im Gegensatz zu Bienen, die immer normal sind, und Ameisen, die gelegentlich Anfälle von Schizophrenie entwickeln, sind Wespen totale Irre.« Er lächelte. »Genau wie wir guten alten *Homo saps*.« Er nahm den Deckel der Glasbox mit dem Bienenstock ab.

»Ich will dir was sagen, Bobby«, sagte ich. Ich lächelte, aber das Lächeln kam mir viel zu breit vor. »Mach den Deckel wieder zu und *erzähl* es mir einfach, was meinst du dazu? Heb dir die Vorführung für später auf. Ich meine, mein Vermieter ist ein ziemlich dufter Typ, aber die Hausmeisterin ist eine echte Kanone von einer Lesbe, die Oldie-Perode-Zigarren raucht und dreißig Pfund schwerer ist als ich. Sie ...«

»Es wird dir gefallen«, sagte Bobby, als hätte ich überhaupt nichts gesagt – eine Gewohnheit, die mir so gut bekannt ist wie seine Art, die Haare mit zehn Fingern zu kämmen. Er war nie unhöflich, aber häufig völlig gedankenverloren. Hätte ich ihn aufhalten können? Nein, Herrgott nochmal. Es war schön, ihn wieder bei mir zu haben. Ich meine, ich habe glaube ich, schon damals geahnt, daß etwas durch und durch schiefgehen würde, aber wenn ich länger als fünf Minuten mit Bobby zusammen war, hypnotisierte er mich. Er war Lucy, die einen Football hielt und diesmal *ernstlich* versprach, ihn festzuhalten, und ich war Charlie Brown, der über das Spielfeld rannte, um ihn zu kicken. »Wahrscheinlich hast du es sogar schon einmal gesehen – sie zeigen ab und zu Bilder davon in Zeitschriften oder in Tiersendungen im Fernsehen. Es ist eigentlich gar nichts Besonderes, aber es sieht gigantisch *aus*, weil die Leute Bienen gegenüber völlig irrationale Vorurteile haben.«

Und das Unheimlich war, er hatte recht – ich *hatte* es schon einmal gesehen.

Er steckte die Hand zwischen Stock und Glas in das Kästchen. In weniger als fünfzehn Sekunden war seine Hand von einem lebenden schwarzgelben Handschuh bedeckt. Das rief mir einen Moment lang eine Erinnerung ins Gedächtnis zurück: ich saß vor dem Fernseher, trug einen Strampelanzug, drückte meinen Paddington-Bären an mich, es war eine halbe Stunde vor dem Schlafengehen (und bestimmt Jahre bevor Bobby geboren wurde), und verfolgte mit einer Mischung von Grausen, Ekel und Faszination, wie ein Imker duldete, daß die Bienen sein gesamtes Gesicht zudeckten. Anfangs bildeten sie eine Art Henkerskapuze, und dann strich er sie zu einem grotesken lebenden Bart zusammen.

Plötzlich zuckte Bobby zusammen, dann grinste er.

»Eine hat mich gestochen«, sagte er. »Sie sind noch ein wenig durcheinander von der Reise. Ich bin mit der Versicherungslady von La Plata nach Waco geflogen – sie besitzt eine alte Piper Cub – und von dort mit einer kleinen Charterfluggesellschaft, Air Asshole oder so ähnlich, bis nach New Orleans. Mußte schätzungsweise vierzigmal umsteigen, aber ich schwöre bei Gott, die Taxifahrt von LaGarbage hat sie wütend gemacht. Die Second Avenue hat immer noch mehr Schlaglöcher als die Bergstraße nach der deutschen Kapitulation.«

»Weißt du, ich finde wirklich, du solltest die Hand da rausnehmen, Bob«, sagte ich. Ich wartete darauf, daß welche herausfliegen würden – ich konnte mir lebhaft vorstellen, wie ich sie stundenlang mit einer zusammengerollten Zeitschrift jagte und eine nach der anderen zur Strecke brachte wie Ausbrecher in einem alten Zuchthausfilm. Aber keine war entkommen – jedenfalls bis jetzt nicht.

»Entspann dich, Howie. Hast du je gesehen, daß eine Biene eine Blume gestochen hätte? Oder auch nur davon gehört, was das betrifft?«

»Du siehst nicht wie eine Blume aus.«

Er lachte. »Scheiße, glaubst du etwa, *Bienen* wissen, wie eine Blume aussieht? Auf keinen Fall, Mann! Die wissen so wenig, wie eine Blume aussieht, wie du und ich wissen, wie sich eine Wolke anhört. Sie wissen, daß ich süß bin, weil ich mit meinem Schweiß Sucrose-Dioxin aussondere – zusammen mit siebenunddreißig anderen Dioxinen, und das sind nur die, von denen wir wissen.«

Er machte eine nachdenkliche Pause.

»Allerdings muß ich gestehen, daß ich heute abend absichtlich besonders süß bin. Ich habe im Flugzeug eine ganze Packung Schokokirschen gegessen ...«

»O Bobby, mein Gott!«

»... und ein paar MallowCremes im Taxi auf dem Weg hierher.«

Er streckte die andere Hand aus und strich die Bienen langsam und sorgfältig weg. Kurz bevor er die letzte entfernt hatte, sah ich ihn noch einmal zusammenzucken, und dann verringerte er meine Nervosität erheblich, indem er die Box wieder sorgfältig verschloß. Ich sah rote Schwellungen an seinen beiden Händen: eine in der linken Handfläche, die andere weit oben an der rechten, in der Nähe der Stelle, die Handleser als Glückslinie bezeichnen. Er war gestochen worden, aber ich begriff dennoch, was er mir vorführen wollte. Mindestens vierhundert Bienen hatten ihn untersucht. Nur zwei hatten gestochen.

Er holte eine Pinzette aus der Tasche seiner Jeans, kam zu meinem Schreibtisch, schob den Manuskriptstapel neben dem Wang Micro, den ich damals benutzte, beiseite und richtete meine Schreibtischlampe auf die Stelle, an der der Stapel gelegen hatte – wobei er sich so lange daran zu schaffen machte, bis ein greller Spot auf das Kirschholz gerichtet war.

»Was Gutes geschrieben, Bow-Wow?« fragte er beiläufig, und ich konnte spüren, wie sich meine Nackenhärchen aufrichteten. Wann hatte er mich zum letztenmal Bow-Wow genannt? Als er vier war? Sechs? Scheiße, Mann, keine Ahnung. Er bearbeitete seine linke Hand behutsam mit der Pinzette. Ich konnte sehen, daß er ein winziges Etwas, das wie ein Nasenhaar aussah, herauszog und in meinen Aschenbecher fallen ließ.

»Etwas über Kunstfälschung für *Vanity Fair*,« sagte ich. »Bobby, verdammt, was heckst du jetzt wieder aus?«

»Könntest du mir den anderen rausziehen?« fragte er und streckte mir freundlich lächelnd die Pinzette und die rechte Hand hin. »Ich denke mir immer, wenn ich schon so verdammt schlau bin, müßte ich doch auch beidhändig sein, aber meine linke Hand hat immer noch einen IQ von etwa sechs.«

Der gute alte Bobby.

Ich setzte mich neben ihn, nahm die Pinzette und zog den Bienenstachel aus der roten Schwellung neben den Linien, die man in seinem Fall Linien des Untergangs hätte nennen sollen. Dabei erzählte er mir von den Unterschieden zwischen Bienen und Wespen, dem Unterschied zwischen dem Wasser in La Plata und dem Wasser in New York, und wie alles mit seinem Wasser und meiner Hilfe gut werden würde.

Und Scheiße, am Ende rannte ich natürlich auf den Football zu, während mein lachender, hochintelligenter Bruder ihn ein letztes Mal hielt.

»Bienen stechen nur, wenn es sich gar nicht vermeiden läßt; sie sterben nämlich dabei«, sagte Bobby sachlich. »Weißt du noch, damals in North Conway, als du gesagt hast, daß wir uns wegen der Erbsünde gegenseitig umbringen?«

»Ja. Halt still.«

»Nun, *wenn* es so etwas gibt, wenn es einen Gott gibt, der uns so liebt, daß er seinen eingeborenen Sohn für uns am Kreuz opfert, uns aber gleichzeitig mit dem Raketenschlitten in die Hölle schickt, nur weil eine gewisse Dame in den falschen gebissen hat, dann sieht der Fluch einfach folgendermaßen aus: Er hat uns wie Wespen statt wie Bienen gemacht. Verdammt, Howie, was machst du denn da?«

»Halt still«, sagte ich, »dann kriege ich ihn raus. Wenn du noch weiter rumfuchteln möchtest, warte ich.«

»Okay«, sagte er, und danach hielt er vergleichsweise still, während ich den Stachel herauszog. »Bienen sind die Kamikazepiloten der Natur, Bow-Wow. Schau in die Glasbox, dann siehst du die beiden, die mich gestochen haben, tot am Boden liegen. Ihre Stacheln haben Widerhaken, wie Angelhaken. Sie bohren sich mühelos rein. Aber wenn sie sie wieder herausziehen, weiden sie sich selbst aus.«

»Toll«, sagte ich und ließ den zweiten Stachel in den Aschenbecher fallen. Ich konnte die Widerhaken nicht sehen, aber ich hatte auch kein Mikroskop.

»Das bestimmt natürlich ihr Verhalten«, sagte er.

»Kann ich mir denken.«

»Wespen dagegen haben glatte Stachel. Sie können dich so oft stechen, wie sie wollen. Nach dem dritten oder vierten Stich haben sie das Gift verbraucht, aber Löcher machen können sie trotzdem noch, was sie gewöhnlich auch tun. Besonders Mauerwespen, wie ich sie hier habe. Man muß sie betäuben. Das Mittel heißt Noxon. Offenbar kriegen sie einen Scheißkater davon, denn wenn sie aufwachen, sind sie wütender denn je.«

Er sah mich ernst an, und ich bemerkte zum erstenmal die dunkelbraunen Ränder der Müdigkeit unter seinen Augen und stellte fest, daß mein kleiner Bruder erschöpfter war, als ich ihn je erlebt hatte.

»*Darum* kämpfen die Menschen, Bow-Wow. Immer und immer wieder. Wir haben glatte Stachel. Und jetzt paß auf.«

Er stand auf, ging zu seiner Umhängetasche, kramte darin und holte eine Tropfpipette heraus. Er schraubte das Mayonnaiseglas auf, tauchte die Pipette ein und zog einen winzigen Tropfen seines destillierten Wassers aus Texas hoch.

Als er ihn zu der Glasbox mit dem Wespennest trug, fiel mir auf, daß der Deckel davon anders war – er war mit einem kleinen Plastikbecher versehen. Er brauchte es mir nicht zu erklären: Bei den Bienen war er bereit, den Deckel zu öffnen. Bei den Wespen ging er kein Risiko ein.

Er drückte auf den schwarzen Gummiball. Zwei Tropfen fielen in das Nest und erzeugten einen flüchtigen dunklen Fleck, der fast sofort wieder verschwand. »Es dauert etwa drei Minuten«, sagte er.

»Was …«

»Keine Fragen«, sagte er. »Wirst schon sehen. Drei Minuten.«

In dieser Zeit las er meinen Artikel über Kunstfälschung, obwohl er fast zwanzig Seiten lang war.

»Okay«, sagte er und legte die Seiten weg. »Ziemlich gut, Mann. Du solltest noch ein bißchen darüber nachlesen, wie Jay Gould den Salonwagen seines Privatzugs mit gefälschten Manets bestückt hat – das ist ein Heuler.« Während er das sagte, nahm er den Deckel der Glasbox mit dem Wespennest ab.

»Gütiger Himmel, Bobby, hör auf mit dem Scheiß!« schrie ich.

»Immer noch der alte Hasenfuß«, lachte Bobby und zog das Nest, das dunkelgrau war und ungefähr so groß wie eine Bowlingkugel, aus der Box. Er hielt es in den Händen. Wespen flogen heraus und ließen sich auf seinen Armen, seinen Wangen und der Stirn nieder. Eine kam zu mir herüber und landete auf meinem Unterarm. Ich schlug darauf, sie fiel tot auf den Teppich. Ich hatte Angst – ich meine richtig Angst. Mein Körper war mit Adrenalin vollgepumpt, und ich spürte, wie mir die Augen aus den Höhlen quollen.

»Nicht töten«, sagte Bobby. »Ebensogut könntest du Babies umbringen, die könnten dir auch nicht mehr Schaden zufügen. *Darum* geht es ja gerade.« Er warf das Nest von einer Hand in die andere, als wäre es ein zu groß geratener Softball. Er wirbelte es in die Luft. Ich sah entsetzt zu, wie die Wespen durch mein Wohnzimmer schlossen wie Kampfflugzeuge auf Patrouille.

Bobby ließ das Nest behutsam wieder in die Box sinken und setzte sich auf mein Sofa. Er klopfte auf den Platz neben sich, und ich ging fast hypnotisiert hin. Sie waren überall; auf dem Teppich, an der Decke, auf den Vorhängen. Ein halbes Dutzend kroch über die Mattscheibe meines Großbildfernsehers.

Bevor ich mich setzen konnte, strich er ein paar beiseite, die auf dem Sofakissen saßen. Sie flogen rasch weg. Sie flogen *alle* problemlos, krabbelten problemlos und bewegten sich schnell. Ihr Verhalten hatte nichts Drogenumnebeltes an sich. Während Bobby erzählte, fanden sie alle den Weg zu ihrem Papier- und Spucke-Haus zurück, wuselten darauf herum und verschwanden schließlich wieder im Inneren.

»Ich war nicht der erste, der sich für Waco interessierte«, sagte er. »Es war einfach nur die größte Stadt in dieser komischen kleinen gewaltfreien Gegend des ansonsten gewalttätigsten Staates der Union. Die Texaner *lieben* es, einander abzuknallen, Howie – echt, wie ein staatenweites Hobby. Die Hälfte der männlichen Bevölkerung läuft bewaffnet herum. Samstagabend in den Bars von Fort Worth ist wie auf einem Schießstand, wo man auf Betrunkene statt auf Tontauben ballert. Es gibt dort mehr Leute mit Waffenschein als Methodisten. Nicht, daß Texas der einzige Ort wäre, wo die Leute sich erschießen, einander mit Rasiermessern aufschlitzen oder die Kinder in den Herd stecken, wenn sie zu lange schreien, damit wir uns da nicht falsch verstehen, aber sie stehen dort eindeutig auf Schußwaffen.«

»Außer in Waco«, sagte ich.

»Oh, die mögen sie dort auch«, sagte er. »Es ist nur so, daß sie sie längst nicht so oft benutzen.«

Herrgott. Ich habe gerade auf die Uhr gesehen und festgestellt, wie spät es ist. Mir ist, als hätte ich erst fünfzehn Minuten geschrieben, aber in Wahrheit ist es schon über eine Stunde. Das passiert mir manchmal, wenn ich mit Volldampf arbeite. Aber ich darf nicht zulassen, daß ich mich so sehr in Einzelheiten verzettele. Ich fühle mich so gut wie eh und je – kein nennenswertes Austrocknen der Schleimhäute im Hals, keine verzweifelte Suche nach Worten, und wenn ich überfliege, was ich geschrieben habe, finde ich nur die üblichen Tippfehler und Auslassungen. Aber ich darf mir nichts vormachen. Ich muß mich beeilen. »Fiddle-di-dii«, sagte Scarlett, und so weiter.

Die Atmosphäre der Gewaltlosigkeit in Waco war schon früher aufgefallen und untersucht worden. Überwiegend von Soziologen. Bobby sagte, wenn man ausreichend statistische Daten über Waco und vergleichbare Gebiete in einen Computer eingab – Bevölkerungsdichte, Durchschnittsalter, durchschnittlicher Vermögensstand, durchschnittliche Bildung und Dutzende weiterer Faktoren –, bekam man eine höchst auffällige Anomalie. Wissenschaftliche Artikel sind selten humorvoll, aber dennoch tauchte in mehreren der über fünfzig, die Bobby gelesen hatte, die ironische Andeutung auf, es könnte an »etwas im Wasser« liegen.

»Ich habe mir überlegt, daß es vielleicht Zeit wurde, den Witz ernst zu nehmen«, sagte Bobby. »Immerhin befindet sich an vielen Orten etwas im Wasser, das Karies verhindert. Man nennt es Fluorid.«

Er war in Begleitung eines Trios von Forschungsassistenten nach Waco gegangen: zwei Soziologiestudenten und einem Professor der Geologie, der zufällig beurlaubt und abenteuerlustig war. Innerhalb von sechs Monaten hatten Bobby und die Soziologen ein Computerprogramm erstellt, das darzustellen vermochte, was mein Bruder als das einzige »Sanftmutsbeben« der Welt bezeichnete. Er hatte einen zerknitterten Ausdruck davon in der Umhängetasche. Den gab er mir. Ich sah eine Reihe von vierzig konzentrierten Kreisen. Waco lag im achten, neunten und zehnten.

»Und jetzt sieh dir das an«, sagte er und legte eine transpa-

rente Folie über den Ausdruck. Noch mehr Kreise; aber in jedem stand eine Zahl. Vierzigster Kreis: 471. Neununddreißigster: 420. Achtunddreißigster: 418. Und so weiter. An manchen Stellen gingen die Zahlen rauf statt runter, aber nur an manchen (und auch nur in unerheblichem Ausmaß).
»Was ist das?«
»Jede Zahl gibt die Häufigkeit von Kapitalverbrechen in jedem Kreis an«, sagte Bobby. »Mord, Vergewaltigung, Tätlichkeiten und Schlägereien, sogar Vandalismus. Der Computer weist eine Zahl nach einer Formel zu, die auch die Bevölkerungsdichte mit einbezieht.« Er deutete mit dem Finger auf den siebenundzwanzigsten Kreis, in dem die Zahl 204 stand. »In dieser Gegend zum Beispiel wohnen nicht einmal neunhundert Menschen. Die Zahl steht für drei oder vier Fälle von Mißhandlung eines Ehegatten, ein paar Kneipenschlägereien, einen Fall von Grausamkeit gegenüber Tieren – ein seniler Farmer war sauer auf ein Schwein und hat ihm, soweit ich weiß, eine Ladung Steinsalz reingeballert – und einen nichtvorsätzlichen Totschlag.«
Ich sah, daß die Zahlen in den inneren Kreisen drastisch fielen: 85, 81, 70, 63, 40, 21, 5. Im Epizentrum von Bobbys Sanftmutsbeben lag die Stadt La Plata. Man könnte sie als verschlafenes Nest bezeichnen.
Die Zahl, die La Plata zugeteilt worden war, war Null.
»Da haben wir ihn, Bow-Wow«, sagte Bobby, beugte sich nach vorne und rieb nervös die langen Hände aneinander, »meinen Kandidaten für den Garten Eden. Hier haben wir eine Gemeinschaft von fünfzehntausend Leuten, vierundzwanzig Prozent davon Mischlinge, gemeinhin Indios genannt. Es gibt eine Mokassinfabrik, ein paar kleine Autowerkstätten, ein paar Farmen. Soviel zur Beschäftigungslage. Zum Vergnügen hätten wir vier Bars, zwei Tanzpaläste, wo man jede Musik hören kann, die man will, solange sie nach George Jones klingt, zwei Autokinos und eine Bowlingbahn.« Nach einer Pause fügte er hinzu: »Und eine Destille. Ich wußte nicht, daß jemand außerhalb von Tennessee so guten Whiskey herstellen kann.«
Kurz gesagt (und eine andere Möglichkeit bleibt mir jetzt

nicht mehr), die Stadt La Plata hätte ein fruchtbarer Nährboden für jene Art von beiläufiger Brutalität sein müssen, über die man tagtäglich unter der Rubrik »Die Polizei berichtet« in der Lokalzeitung lesen kann. Sie hätte es sein müssen, war es aber nicht. In den fünf Jahren vor der Ankunft meines Bruders war in La Plata nur ein einziger Mord vorgekommen, zwei Körperverletzungen, keine Vergewaltigungen, keine bekannten Fälle von Kindesmißhandlung. Vier bewaffnete Raubüberfälle, aber die wurden, wie sich herausstellte, allesamt von Durchreisenden begangen; der Mord und eine der Körperverletzungen übrigens auch. Der dortige Sheriff war ein fetter Republikaner, eine passable Imitation von Rodney Dangerfield. Es war bekannt, daß er manchmal ganze Tage im dortigen Imbiß verbrachte, mit seiner Krawatte hantierte und die Leute bat, doch bitte seine Frau mitzunehmen. Dabei handelte es sich, wie mein Bruder sagte, nicht so sehr um kläglichen Humor als mit ziemlicher Sicherheit um ein Frühstadium der Alzheimerschen Krankheit. Sein einziger Deputy war sein Neffe, der, wie Bobby erzählte, eine schlagende Ähnlichkeit mit Junior Samples in der alten *Hee-Haw*-Serie aufwies.

»Würde man die beiden Typen in eine vergleichbare Stadt in Pennsylvania stecken, abgesehen von der geographischen Lage, dann hätten sie schon vor fünfzehn Jahren einen Tritt in den Hintern bekommen. Aber in La Plata bleiben sie im Amt, bis sie sterben – was wahrscheinlich im Schlaf geschieht.«

»Was hast du gemacht?« fragte ich. »Wie bist du vorgegangen?«

»Nun, in der ersten Woche, nachdem wir die statistische Scheiße beisammen hatten, saßen wir nur herum und starrten einander an«, sagte Bobby. »Ich meine, wir waren auf *etwas* vorbereitet, aber nicht auf etwas Derartiges. Nicht einmal Waco kann einen auf La Plata vorbereiten.« Bobby rutschte rastlos hin und her und ließ nervös die Knochen knacken.

»Herrgott, es stinkt mir, wenn du das machst«, sagte ich.

Er lächelte. »Entschuldige, Bow-Wow. Wie dem auch sei,

wir fingen mit geologischen Tests an, dann Mikroskopanalysen des Wassers. Ich erwartete nicht besonders viel; alle in der Gegend haben einen Brunnen, normalerweise einen ziemlich tiefen, und sie lassen ihr Wasser regelmäßig untersuchen, um sicherzustellen, daß sie kein Borax oder sowas trinken. Wenn es etwas Offensichtliches gegeben hätte, würde man es schon vor langer Zeit gefunden haben. Also begaben wir uns auf die submikroskopische Ebene, und da fanden wir ein paar sehr merkwürdige Dinge.«

»Was für merkwürdige Dinge?«

»Brüche in Atomketten, subdynamische elektrische Ströme und eine Art unidentifiziertes Protein. Wasser ist so gut wie nie reines H_2O, weißt du – nicht wenn man Sulfide und Eisenerze und all das dazurechnet, was im Grundwasser einer bestimmten Region enthalten ist. Und dem Wasser von La Plata müßte man eine ebensolange Buchstabenkette zuweisen wie dem Namen eines Professor emeritus.« Seine Augen strahlten. »Aber das Protein war das Interessanteste, Bow-Wow. Soweit wir wissen, findet man es sonst nur noch an *einer* Stelle: im menschlichen Gehirn.«

Oh-ooh.

Jetzt hat es angefangen, zwischen einem Schlucken und dem nächsten: trockener Hals. Noch nicht besonders schlimm, aber schlimm genug, daß ich eine Pause machen und mir ein Glas Eiswasser holen mußte. Ich habe noch etwa fünfundvierzig Minuten. O Gott, dabei habe ich doch noch soviel zu erzählen! Von dem Wespennest, das sie gefunden hatten, mit Wespen, die nicht stachen, von dem Blechschaden, den Bobby und einer seiner Assistenten sahen, bei dem die beiden Fahrer – beide Männer, beide betrunken, beide Mitte Zwanzig (soziologisch gesehen sozusagen Kampfstiere) – ausstiegen, sich die Hände schüttelten und liebenswürdig ihre Versicherungsnummern austauschten, bevor sie in die nächste Bar gingen, um gemeinsam noch einen zu trinken.

Bobby redete stundenlang – länger, als ich jetzt Zeit habe. Das Ergebnis jedenfalls war, schlicht und einfach, das Zeug in dem Mayonnaiseglas.

»Heute haben wir unsere eigene Anlage in La Plata«, sagte er. »Und da brauen wir dieses Zeug, Howie: Pazifistenfeuerwasser. Die Wasserader unter diesem Gebiet von Texas ist tief, aber erstaunlich groß; es ist, als hätte das poröse Sedimentgestein den ganzen Viktoriasee in sich aufgenommen. Das Wasser ist wirksam, aber wir haben das Zeug, das ich auf die Wespen geträufelt habe, noch mehr anreichern können. Wir haben inzwischen an die zwanzigtausend Liter in großen Stahltanks. Ende des Jahres werden wir zweiundvierzigtausend haben, im nächsten Juni hundertzwanzigtausend. Aber das reicht nicht. Wir bauchen mehr, wir brauchen es schneller – und dann müssen wir es transportieren können.«

»Wohin transportieren?« fragte ich ihn.

»Nach Borneo, für den Anfang.«

Ich dachte, ich hätte entweder den Verstand verloren oder mich verhört. Wirklich.

»Paß auf, Bow-Wow ... entschuldige, Howie.« Er kramte wieder in seiner Umhängetasche und holte eine Handvoll Luftaufnahmen heraus, die er mir gab. »Siehst du?« fragte er, während ich sie durchblätterte. »Siehst du, wie scheißperfekt das alles ist? Es ist, als hätte sich Gott persönlich in unser alltägliches Programm eingeschaltet: ›Und jetzt bringen wir eine Sondermeldung! Dies ist eure letzte Chance, Arschlöcher! Und nun wieder zurück zu ›*Days of our Lives*‹.«

»Ich verstehe dich nicht«, sagte ich. »Und ich weiß wirklich nicht, was ich mir da ansehe.« Selbstverständlich wußte ich es; es war eine Insel – nicht Borneo selbst, sondern eine Insel, die westlich von Borneo lag und Gulandio hieß – mit einem Berg in der Mitte und einer Menge schlammiger kleiner Ortschaften an den unteren Hängen. Den Berg konnte man wegen der Wolkendecke kaum erkennen. Ich hatte gemeint, ich wußte nicht, *wonach* ich sehen sollte.

»Der Berg hat denselben Namen wie die Insel«, sagte er. »Gulandio. Im regionalen Dialekt bedeutet das *Gnade* oder *Schicksal* oder *Bestimmung*, wie du willst. Aber Duke Rogers sagt, es handelt sich um die größte Zeitbombe der Welt. Und der Zünder ist so eingestellt, daß er nächstes Jahr im Oktober losgeht. Möglicherweise schon früher.«

Das Verrückte ist, die Geschichte hört sich nur verrückt an, wenn man versucht, sie im Geschwindigkeitsrausch zu erzählen, so wie ich es gerade tue. Bobby wollte, daß ich ihm half, zwischen sechshunderttausend und anderthalb Millionen Dollar für folgendes aufzubringen: erstens, um zweihundert- bis dreihunderttausend Liter der Substanz zu synthetisieren, der er »Pazifin« nannte; zweitens, um dieses Wasser nach Borneo zu fliegen, wo es Landemöglichkeiten gab (auf Gulandio konnte man mit einem Drachenflieger landen, aber das war auch schon alles); drittens, um sie auf diese Insel namens *Gnade* oder *Schicksal* oder *Bestimmung* zu schaffen; viertens, um sie per Lastwagen auf den Vulkan hinaufzubefördern (der, abgesehen von einigen Rauchwölkchen im Jahre 1938, seit 1804 nicht mehr aktiv gewesen war) und sie dort in die schlammige Röhre des Vulkankraters zu schütten. Bei Duke Rogers handelte es sich übrigens um den Geologieprofessor John Paul Rogers. Er behauptete, der Gulandio würde in absehbarer Zeit nicht nur ausbrechen – er würde explodieren wie der Krakatau im neunzehnten Jahrhundert und dabei einen Rumms lassen, gegen den sich die Minibombe, die London vergiftet hatte, wie ein Knallfrosch ausnehmen würde.

Der Schutt vom Ausbruch des Krakatau, erzählte mir Bobby, hatte buchstäblich die ganze Welt umkreist; die beobachteten Folgeerscheinungen bildeten einen wichtigen Bestandteil von Sagans Theorie über den nuklearen Winter. Drei Monate später waren Sonnenauf- und -untergang als Folge der Asche im Jetstrom und in den Van-Allen-Strömungen, die vierzig Meilen unter dem Van-Allen-Gürtel liegen, einen halben Erdball entfernt noch grotesk bunt. Es hatte globale Klimaveränderungen gegeben, die fünf Jahre dauerten; Nipapalmen, die vorher nur in Ostafrika und Mikronesien gewachsen waren, wurden plötzlich in Nord- und Südamerika entdeckt.

»Die Nipas in Nordamerika starben alle vor 1900 wieder aus«, sagte Bobby, »aber südlich vom Äquator wachsen und gedeihen sie. Der Krakatau hat sie dort verteilt und gesät, Howie. Genau so, wie ich das Wasser von La Plata auf der ganzen Erde verteilen möchte. Ich möchte, daß die Leute im Wasser von La Plata spazieren gehen, wenn es regnet – und nach dem großen Knall des Gulandio wird es häufig regnen. Ich möchte, daß sie das Wasser von La Plata trinken, das in ihre Reservoirs fällt; ich möchte, daß sie sich die Haare damit waschen, darin baden, ihre Kontaktlinsen darin spülen. Ich möchte, daß Huren sich damit *duschen*.«

»Bobby«, sagte ich, obwohl ich wußte, daß es nicht stimmte, »du bist verrückt.«

Er schenkte mir ein schiefes, resigniertes Grinsen. »Ich bin nicht verrückt«, sagte er. »Möchtest du die Verrückten sehen? Dann schalt CNN ein, Howie. Da kannst du die Verrückten in Farbe sehen.«

Aber ich brauchte die Nachrichten im Kabelfernsehen (die ein Freund von mir nur noch als »Leierkasten des Untergangs« bezeichnete) nicht einzuschalten, um zu wissen, wovon Bobby sprach. Die Inder und Pakistanis standen Gewehr bei Fuß. Dito die Chinesen und Afghanen. Halb Afrika verhungerte, die andere Hälfte ging an AIDS zugrunde. In den letzten fünf Jahren war es an der Grenze zwischen Texas und Mexiko immer wieder zu Schießereien gekommen, und die Leute bezeichneten den Grenzübergang bei Tijuana in Kalifornien schon als Klein-Berlin – wegen der Mauer. Das Säbelrasseln hatte sich zum ohrenbetäubenden Lärm gesteigert. Am letzten Tag des alten Jahres hatten die Scientists for Nuclear Responsibility ihre schwarze Uhr auf fünfzehn Sekunden vor Mitternacht gestellt.

»Bobby, nehmen wir einmal an, daß es sich bewerkstelligen läßt, und daß alles nach Plan geht«, sagte ich. »Wahrscheinlich ist das nicht, aber gehen wir einmal davon aus. Du hast keine Ahnung, wie die Spätfolgen aussehen könnten.«

Er wollte etwas sagen, aber ich winkte ab.

»Tu nicht so, als wüßtest du es; du weißt es nicht! Du hast Zeit gehabt, dein Sanftmutsbeben zu finden und die Ursache dafür zu isolieren, das will ich dir zugestehen. Aber hast du je von Contergan gehört? Dem netten kleinen Beruhigungsmittel, das bei Schwangeren schwere Mißbildungen der Leibesfrucht auslöste? Erinnerst du dich an das AIDS-Serum von 1997?«

»Howie?«

»*Das* hat die Krankheit wirklich geheilt, aber es hat alle Testpersonen in unheilbare Epileptiker verwandelt, die innerhalb von achtzehn Monaten starben.«

»Howie?«

»Und dann war da ...«

»Howie?«

Ich verstummte und sah ihn an.

»Die Welt«, sagte Bobby und verstummte. Sein Hals bebte. Ich sah, daß er mit Tränen kämpfte. »Die Welt braucht heroische Maßnahmen, Mann. Ich weiß nichts von Spätfolgen, und wir haben keine Zeit mehr, sie zu studieren. Vielleicht könnten wir den ganzen Schlamassel heilen. Oder vielleicht ...«

Er zuckte die Achseln, versuchte zu lächeln und sah mich mit glänzenden Augen an, aus denen langsam zwei Tränen herabrollten.

»Oder vielleicht geben wir einem Patienten mit unheilbarem Krebs Heroin. Wie auch immer, es wird beenden, was jetzt gerade läuft. Es wird das Leid der Welt beenden.« Er breitete die Hände aus, Handflächen nach oben, so daß ich die Stiche sehen konnte. »Hilf mir, Bow-Wow. Bitte hilf mir.«

Und so half ich ihm.

Und wir haben es versaut. Man könnte sogar sagen, wir haben es durch und durch versaut. Und wollen Sie die Wahrheit wissen? Es ist mir scheißegal. Wir haben alle Pflanzen abgetötet, aber wir konnten das Treibhaus retten. Eines Tages wird hier wieder etwas wachsen. Hoffe ich.

Lesen Sie das hier?

Meine grauen Zellen werden ein bißchen träge. Ich muß zum ersten Mal seit Jahren nachdenken, was ich tue. Die motorischen Bewegungen des Schreibens. Hätte mich zu Anfang etwas mehr beeilen sollen.

Vergessen Sie's. Es ist zu spät, noch etwas daran zu ändern.

Natürlich haben wir es getan: das Wasser destilliert, es hingeflogen, nach Gulandio transportiert, einen primitiven Lift – halb Seilwinde und halb Bergbahn – am Hang des Vulkans gebaut und über zwölftausend Zwanzig-Liter-Kanister mit Wasser von La Plata in die rauchigen Tiefen des Vulkankraters geschüttet. Das alles haben wir in nur acht Monaten bewerkstelligt. Es kostete weder sechshunderttausend Dollar noch anderthalb Millionen; es kostete über vier Millionen, was immer noch nur ein Sechzehntel dessen ist, was Amerika in diesem Jahr für die Rüstung ausgegeben hat. Wollen Sie wissen, wie wir das zusammengebracht haben? Ich würde es Ihnen sagen, wenn ich mehr Zeiht hätte, aber mein Kopf ist im Eimer, ist ja auch egal. Ich hab den größten Teil selb aufgebracht, falls Sie das intressiert. Zusammengekratzt wo es ging. Um die Wahrheit zu sagen, wußte selbst nicht, daß ichs kann, bis ichs gemacht hab. Aber wir haben es gemacht und irgendwie hat die Welt durchgehalten und dieser Vulkan – ich weis nicht mehr wie er heißt, kann mich nicht mehr erinnern und hab keine Zeid mehr, das hier durchzulesen – ist genau dann hochgegangen, als er sollte.

Moment

Okay. Bißchen baesser. Digitalin. Gehörte Bobby. Das Herz schlägt wie verrückt, aber ich kann wieder denken.

Der Vulkan – Mount Grace haben wir ihn genannt – ist genau zu der Zeit hochgegangen, wie Doc Rogers es vorhergesagt hat. Alles flog in die Luft und eine Zeihtlang dachte alle Weld nur an den Himmel. Und bimmel-di-dii, sagte Strapless!

Alles ging zimlich schnell wie Sex und Schecks und Spezialeffex und alle wurden wieder gesund. Ich meine

Moment

Lieber Gott hilf mir das fertigzubringen.

Ich meine daß alle abgehalftert haben. Alle wurden ein bißchen ruhiger. Die Welt wurde wie die Wespen in Bobbys Nest das er mir gezeigt hat wo sie nicht gestochen haben.

Drei Jare wie ein Indianersommer. Die Leute versönten sich wie in dem alten Song von weis nicht mehr, wies alle Hippies gewolt haben, Sie wissen schon, Piß und Laff und

wt

Digitalin große Dosis. Mir ist, als käme mir das Herz zu den Ohren raus. Aber wenn ich jedes Bißchen meiner Willenskraft konzentriere, meine *Konzentration* ...

Es war wie ein Indianersommer, das wollte ich sagen, wie drei Jahre lang Indianersommer. Bobby hat mit sein Forschungen weiter gemacht. La Plata. Soziologischer Hintergrund usw. Erinnern Sie sich noch an den Sheriff dort? Fetter alter Republikaner mit guter Rodney Dangerfield Imitation? Wie Bobby sagte er wäre im Frühstadion der Rodneyschen Krankheit?

konzentrier dich, Arschloch

War nicht nur er; stellte sich raus, daß das in dem Teil von Texas verbreitet war. Altheiners Krankheit, meine ich. Drei Jare waren Bobby und ich da unten. Haben ein neues Programm gemacht. Neuen Ausdruck mit Kreisen. Ich sah was los war und kam hier her. Bobby und seine Asistenten sind geblieben. Einer hat sich erschossen hat Bobby gesagt als er hier gewesen ist.
   Moment noch ein Schuß

Also gut. Letztes Mal. Herz schlägt so schnell daß ich kaum admen kan. Der neue Ausdruck, der *letzte* Ausdruck, machte einen schon fertig, wenn man ihn über das Diagramm des Sanftmutsbebens legte. Das Diagramm des Sanftmutsbebens zeigte ein Abnehmen der Gewalt wenn man sich La Plata in der Mitte näherte; das Alzheimerdiagram zeigte eine *Zunahme* verfrühter Ssenilität wenn man sich La Plata näherte. Die Leute dort wurden ziemlich jung ziemlich dumm.
   Ich und Bobo waren die nächsten drei Jahre so vorsichtig

wie wir konnten, tranken nur *aqua dest* und trugen große weite Gummimäntel im Regen, als kein krieg aber alle wurden senil nur wir nicht und ich kam hieher – mein Bruder ich kann mich nicht an sein namen erinnern

Bobby

Als er heute abend herkam weinte er und ich sagte Bobby ich hab dich lieb Bobby zagte tut mir leid Bowwow tut mir leid daß ich die ganze welt voller dummköpfe und schwachsinniger gemacht hab und ich sagte lieber domköpfe und schachsinnige als ein großer schwarzer schlackenhaufn im all und er weinte und ich weinte und er sagte gib mirn schuß von dem Spezialwasser und er sagte schreib alles auf und ich sagte ja aber ich kann mich nicht richtig erinnern ich sehe wörter aber ich weis nicht was sie bedeuten

Ich hab einen Bobby der heißt bruder und siet so aus als wär ich mit schreiben fertig und ich hab ein box wo ichs reintun soll bobby sagt ist luftticht wird ein milion jare halten also lepwoll alle zusamm lepwoll bobby

ich hab dich lib es war niht deine schuld ich hab dich lib

verzei dir	
hab dich lib	gesündigt (für di welt)

Bow

Kinderschreck

Miss Sidley war ihr Name, und Lehrerin war ihr Beruf.

Sie war eine kleine Frau, die sich strecken mußte, um am oberen Rand der Tafel schreiben zu können, was sie gerade tat. Keines der Kinder hinter ihr kicherte oder tuschelte oder mampfte heimlich in hohlen Händen versteckte Süßigkeiten. Sie kannten Miss Sidleys tödliche Instinkte zu gut. Miss Sidley wußte immer, wer im hinteren Teil des Zimmers Kaugummi kaute, wer eine Krampenschleuder in der Tasche hatte, und wer auf die Toilette wollte, um Baseballkarten zu tauschen statt aufs Klo zu gehen. Sie schien, wie Gott, stets alles gleichzeitig zu wissen.

Ihr Haar wurde grau, und das Stützkorsett, das sie trug, um ihren gebrechlichen Rücken zu halten, zeichnete sich deutlich unter dem bedruckten Kleid ab. Eine kleine, stets kränkelnde Frau mit stechendem Blick. Aber sie hatten Angst vor ihr. Ihre Zunge war eine Legende des Schulhofs. Wenn sie den Blick auf jemanden richtete, der gekichert oder geflüstert hatte, wurden die kräftigsten Knie weich.

Während sie die Liste der zu buchstabierenden Wörter an die Tafel schrieb, überlegte sie, daß man den Erfolg ihrer langen Laufbahn als Lehrerin in dieser einen alltäglichen Verrichtung zusammenfassen konnte: sie konnte den Schülern unbesorgt den Rücken zukehren.

»Ferien«, sagte sie und sprach das Wort ebenso aus, wie sie es mit ihrer festen, unerbittlichen Handschrift hinschrieb. »Edward, bitte gebrauche das Wort *Ferien* in einem Satz.«

»Ich war in den Ferien in New York«, flötete Edward. Dann wiederholte er das Wort, wie Miss Sidley es ihnen beigebracht hatte. »Fe-ri-en.«

»Sehr gut, Edward.« Sie begann mit dem nächsten Wort.

Natürlich hatte sie ihre kleinen Tricks; Erfolg, das war ihre feste Überzeugung, hing ebensosehr von kleinen wie von großen Dingen ab. Dieses Prinzip wandte sie ständig im Klassenzimmer an, und es funktionierte immer.

»Jane«, sagte sie leise.

Jane, die verstohlen in ihrem Lesebuch geblättert hatte, sah schuldbewußt auf.

»Du wirst das Buch auf der Stelle zuklappen.« Das Buch wurde zugeschlagen; Jane sah mit blassen, haßerfüllten Augen auf Miss Sidleys Rücken. »Und du wirst noch fünfzehn Minuten an deinem Platz bleiben, wenn es geläutet hat.«

Janes Lippen bebten. »Ja, Miss Sidley.«

Einer ihrer Tricks war der gezielte Einsatz ihrer Brille. Die ganze Klasse spiegelte sich in den dicken Gläsern, und ihre schuldbewußten, furchtsamen Gesichter, wenn sie sie bei ihren garstigen kleinen Streichen ertappte, hatten sie stets amüsiert. Jetzt sah sie einen geisterhaften, verzerrten Robert in der ersten Reihe, der die Nase rümpfte. Sie sagte nichts. Noch nicht. Robert würde schon noch in die Falle gehen, wenn sie ihm genügend Zeit ließ.

»Morgen«, sprach sie deutlich aus. »Robert, würdest du bitte das Wort *Morgen* in einem Satz verwenden.«

Robert runzelte die Stirn über diesem Problem. Das Klassenzimmer lag stumm und verschlafen in der Septembersonne. Die elektrische Uhr über der Tür verkündete Gerüchte vom Ende des Unterrichts um fünfzehn Uhr, in einer halben Stunde, und einzig und allein die stumme Drohung von Miss Sidleys Rücken verhinderte, daß die kleinen Köpfe über den Sprachbüchern einnickten.

»Ich warte, Robert.«

»Morgen wird etwas Schreckliches passieren«, sagte Robert. Die Worte waren vollkommen arglos, aber Miss Sidley, die über den sechsten Sinn aller strengen Lehrer verfügte, gefielen sie ganz und gar nicht. »Mor-gen«, beendete Robert. Er hatte die Hände ordentlich auf dem Tisch gefaltet und rümpfte wieder die Nase. Außerdem hatte er ein verstohlenes, schiefes Lächeln in den Mundwinkeln. Miss Sidley war plötzlich davon überzeugt, daß Robert ihren kleinen Trick mit der Brille durchschaut hatte.

Nun gut; sei es drum.

Sie schrieb das nächste Wort, ohne Robert zurechtzuweisen, und ließ ihre starre Körperhaltung für sich sprechen. Sie beobachtete alles genauestens mit einem Auge. Bald würde Robert die Zunge herausstrecken oder diese abscheuliche Geste mit dem Finger machen, die sie alle kannten (selbst die Mädchen schienen sie heutzutage zu kennen), nur um zu sehen, ob sie tatsächlich alles mitbekam. Dann würde er bestraft werden.

Das Spiegelbild war klein, geisterhaft und verzerrt. Und sie sah das Wort, das sie schrieb, nur aus dem Augenwinkel.

Robert veränderte sich.

Sie sah es nur einen Sekundenbruchteil, fast nur eine Andeutung, wie sich Roberts Gesicht in etwas – anderes verwandelte.

Sie wirbelte mit weißem Gesicht herum und bemerkte die protestierenden Schmerzen im Rücken kaum.

Robert sah sie offen und fragend an. Die Hände hatte er ordentlich gefaltet. Die ersten Spuren einer widerspenstigen nachmittäglichen Locke kräuselten sich an seinem Hinterkopf. Er machte keinen ängstlichen Eindruck.

Ich habe es mir eingebildet, dachte sie. Ich habe nach etwas gesucht, und weil ich nichts gefunden habe, hat sich mein Gehirn eben etwas ausgedacht. Ausgesprochen willfährig von meinem Gehirn. Aber ...

»Robert?« Sie wollte autoritär klingen; ihre Stimme sollte zu einem Geständnis auffordern. Aber das Wort kam nicht so heraus.

»Ja, Miss Sidley?« Seine Augen waren dunkelbraun wie der Schlamm auf dem Grund eines langsam fließenden Bachs.

»Nichts.«

Sie drehte sich wieder zur Tafel um. Ein leises Raunen lief durch die Klasse.

»*Seid still!*« schnappte sie und drehte sich wieder zu ihnen um. »Noch ein Laut, und wir bleiben nach der Schule alle zusammen mit Jane hier!« Sie sprach die ganze Klasse an, musterte dabei aber nur Robert. Er erwiderte den Blick mit kindlicher Unschuld: *Wer, ich? Ich doch nicht, Miss Sidley.*

Sie drehte sich zur Tafel um und fing an zu schreiben, ohne aus den Augenwinkeln durch die Brille zu sehen. Die letzte halbe Stunde zog sich endlos dahin, und es schien, als hätte Robert ihr beim Hinausgehen einen seltsamen Blick zugeworfen. Einen Blick, der zu sagen schien: *Wir haben ein Geheimnis, oder nicht?*

Dieser Blick ging ihr nicht aus dem Sinn. Er setzte sich darin fest wie eine winzige Faser Roastbeef zwischen zwei Backenzähnen – etwas Winziges, das sich wie ein Backstein anfühlt.

Als sie sich um fünf zu ihrem einsamen Abendessen hinsetzte (pochierte Eier auf Toast), dachte sie immer noch darüber nach. Sie wußte, sie wurde älter, und dieses Wissen akzeptierte sie gelassen. Sie hatte nicht vor, eine dieser altjüngferlichen Schulmamsellen zu werden, die am Tag ihrer Pensionierung um sich schlagend und kreischend aus ihrem Klassenzimmer gezerrt werden mußten. Die erinnerten sie an Spieler, die nicht von den Tischen aufstehen konnten, auch wenn sie verloren. Aber *sie* verlor nicht. Sie hatte stets zu den Gewinnern gehört.

Sie sah auf ihre pochierten Eier.

Oder nicht?

Sie dachte an die sauber geschrubbten Gesichter in ihrem Zimmer der dritten Klasse. Roberts Gesicht trat besonders deutlich hervor.

Sie stand auf und schaltete noch ein Licht an.

Später, bevor sie einschlief, schwebte Roberts Gesicht vor ihr und lächelte unangenehm in der Dunkelheit hinter ihren Lidern. Das Gesicht verwandelte sich langsam ...

Aber bevor sie deutlich sehen konnte, in was es sich verwandelte, überkam sie die Dunkelheit.

Miss Sidley verbrachte eine unruhige Nacht und war am nächsten Tag entsprechend gereizt. Sie wartete und hoffte fast auf einen Flüsterer, einen Kicherer, vielleicht sogar einen Spickzettelschreiber. Aber die Klasse war ruhig – ausnehmend ruhig. Alle sahen sie teilnahmslos an, und ihr war, als spürte sie die Last ihrer Blicke auf sich wie blinde, krabbelnde Ameisen.

Hör auf damit! ermahnte sie sich streng. *Du benimmst dich wie eine nervöse Suse, die das Lehrerkolleg gerade abgeschlossen hat!*

Wieder schien sich der Tag hinzuziehen, und als die Schlußglocke läutete, fühlte sie sich erleichterter als die Kinder. Die Kinder stellten sich in ordentlichen Reihen auf, Jungen und Mädchen der Größe nach, und hielten sich brav an den Händen.

»Ihr dürft gehen«, sagte sie und lauschte mißfällig, wie sie kreischend den Flur entlang ins grelle Sonnenlicht stoben.

Was habe ich gesehen, als er sich verwandelte? Etwas Kugelförmiges. Etwas Glänzendes. Etwas, das mich angestarrt hat, ja angestarrt, und es hat gegrinst, und es war überhaupt kein Kind. Es war alt und es war böse und ...

»Miss Sidley?«

Sie hob ruckartig den Kopf, und ein leises *Oh!* entrang sich ihr wie ein Schluckauf.

Es war Mr. Hanning. Er lächelte schuldbewußt. »Ich wollte Sie nicht erschrecken.«

»Schon gut«, sagte sie schroffer als beabsichtigt. Was hatte sie nur gedacht? Was stimmte nicht mit ihr?

»Würden Sie bitte im Waschraum der Mädchen nach den Papiertüchern sehen?«

»Aber gern.« Sie stand auf und drückte die Hände auf den verlängerten Rücken. Mr. Hanning sah sie mitfühlend an. *Spar dir das,* dachte sie. *Die alte Jungfer ist nicht amüsiert. Nicht einmal interessiert.*

Sie drängte sich an Mr. Hanning vorbei und ging den Flur entlang zur Mädchentoilette. Eine Schar Jungen in abgenutzter und zerschrammter Baseballausrüstung verstummte bei ihrem Anblick und schlich schuldbewußt zur Tür hinaus, wo ihr Gejohle wieder einsetzte.

Miss Sidley sah ihnen stirnrunzelnd nach. Sie dachte daran, daß die Kinder zu ihrer Zeit anders gewesen waren. Nicht höflicher – dafür hatten Kinder noch nie Zeit gehabt –

und auch nicht unbedingt respektvoller Älteren gegenüber; es war eine Art Scheinheiligkeit, die sie früher nie bemerkt hatte. Eine lächelnde Stille in Gegenwart von Erwachsenen, die es früher nie gegeben hatte. Eine Art stummer Verachtung, die beunruhigend und nervtötend war. Als würden sie ...

Sich hinter Masken verstecken? Ist es das?

Sie verdrängte den Gedanken und betrat den Waschraum. Es war ein schmaler, L-förmiger Raum mit Milchglasfenstern. die Toiletten reihten sich an der einen Seite des längeren Balkens, die Waschbecken auf beiden Seiten des kürzeren.

Als sie die Behälter der Papierhandtücher überprüfte, sah sie ihr Gesicht in einem der Spiegel und erschrak so sehr, daß sie stehenblieb, um es eingehender zu betrachten. Ihr gefiel nicht, was sie da sah – nicht im geringsten. Da war ein Ausdruck, der vor zwei Tagen noch nicht dagewesen war, ein furchtsamer, argwöhnischer Ausdruck. Von plötzlicher Betroffenheit erfüllt, stellte sie fest, daß Roberts blasses, respektvolles Gesicht in ihr Innerstes eingedrungen war und dort schwärte.

Die Tür ging auf, sie hörte zwei Mädchen hereinkommen, die heimlich über etwas kicherten. Sie wollte gerade um die Ecke herum an ihnen vorbeigehen, als sie ihren eigenen Namen hörte. Sie beugte sich wieder über die Waschbecken und überprüfte die Handtuchspender nochmals.

»Und dann hat er ...«

Leises Kichern.

»Sie weiß es, aber ...«

Wieder Kichern, leise und klebrig wie schmelzende Seife.

»Miss Sidley ist ...«

Aufhören! Hört auf zu kichern!

Sie bewegte sich ein wenig, und nun konnte sie ihre Schatten sehen, verschwommen und unscharf im diffusen Licht, das durch die Milchglasscheiben hereinfiel.

Ein anderer Gedanke ging ihr durch den Kopf.

Sie wußten, daß sie hier war.

Ja. Sie wußten es. Die kleinen Flittchen wußten es.

Sie würde sie schütteln. Schütteln, bis ihre Zähne klapperten und ihr Kichern zu Wimmern wurde, sie würde ihre Köpfe gegen die Fliesen schlagen und sie zwingen, einzugestehen, daß sie es wußten.

Die Schatten veränderten sich. Sie schienen länger zu werden, zu zerfließen wie schmelzendes Fett, und nahmen seltsam bucklige Umrisse an, bei deren Anblick Miss Sidley sich an die Porzellanwaschbecken drückte und glaubte, das Herz müßte ihr zerspringen.

Aber sie kicherten einfach weiter.

Die Stimmen veränderten sich ebenfalls, sie waren plötzlich nicht mehr mädchenhaft, sondern geschlechts- und seelenlos und sehr, sehr böse. Langsame, träge Laute hirnloser Heiterkeit, die wie Brackwasser um die Ecke zu ihr herumflossen.

Sie betrachtete die buckligen Schatten, und plötzlich schrie sie sie an. Der Schrei wollte nicht mehr aufhören, er schwoll in ihrem Kopf, bis ein Unterton von Irrsinn darin mitschwang. Und dann verlor sie das Bewußtsein. Das Kichern folgte ihr, wie das Gelächter von Dämonen, hinab in die Dunkelheit.

Natürlich konnte sie ihnen nicht die Wahrheit sagen.

Miss Sidley wußte es, noch während sie die Augen aufschlug und in die ängstlichen Gesichter von Mr. Hanning und Mrs. Crossen blickte. Mrs. Crossen hielt ihr das Fläschchen Riechsalz aus dem Erste-Hilfe-Kasten der Turnhalle unter die Nase. Mr. Hanning drehte sich um und bat die beiden Mädchen, die Miss Sidley neugierig betrachteten, doch jetzt bitte nach Hause zu gehen.

Beide lächelten ihr zu – ein lasziver Wir-haben-ein-Geheimnis-Lächeln – und gingen hinaus.

Also gut, sie würde ihr Geheimnis bewahren. Eine Weile. Sie würde nicht zulassen, daß die Leute sie für verrückt hielten oder daß die ersten Fühler der Senilität sich vorzeitig nach ihr ausstreckten. Sie würde ihr Spiel mitspielen. Bis sie ihre Verderbtheit bloßstellen und mit der Wurzel ausrotten konnte.

»Ich fürchte, ich bin ausgerutscht«, sagte sie und richtete

sich auf, ohne die gräßlichen Schmerzen im Rücken zu beachten. »Ein nasser Fleck.«

»Es ist schrecklich«, sagte Mr. Hanning. »Furchtbar. Sind Sie ...«

»Haben Sie sich beim Sturz am Rücken weh getan, Emily?« unterbrach ihn Mrs. Crossen. Mr. Hanning sah sie dankbar an.

Miss Sidley stand auf. Ihre Wirbelsäule brannte wie Feuer.

»Nein«, sagte sie. »Der Sturz scheint sogar ein kleines chiropraktisches Wunder ausgelöst zu haben. Mein Rücken hat sich seit Jahren nicht mehr so gut angefühlt.«

»Wir können einen Arzt holen lassen ...«, begann Mr. Hanning.

»Nicht nötig.« Miss Sidley lächelte ihn kühl an.

»Ich rufe Ihnen im Büro ein Taxi.«

»Das werden Sie schön bleiben lassen«, sagte Miss Sidley, ging zur Tür der Mädchentoilette und machte sie auf. »Ich nehme immer den Bus.«

Mr. Hanning seufzte und sah Mrs. Crossen an. Mrs. Crossen verdrehte die Augen und sagte nichts.

Am nächsten Tag ließ Miss Sidley Robert nachsitzen. Er hatte nichts getan, das die Strafe gerechtfertigt hätte, daher schob sie einfach eine falsche Anschuldigung vor. Sie verspürte keine Gewissensbisse; er war ein Monster, kein kleiner Junge. Sie mußte ihn dazu bringen, es einzugestehen.

Ihr Rücken tat weh. Ihr wurde klar, daß Robert das wußte; er ging davon aus, es würde ihm helfen. Aber er täuschte sich. Auch das war einer ihrer kleinen Vorteile. Ihr Rücken schmerzte in den letzten zwölf Jahren konstant, und es war schon häufig so schlimm gewesen – nun, *fast* so schlimm.

Sie machte die Tür zu, so daß sie beide unter sich waren.

Einen Augenblick stand sie still und richtete den Blick auf Robert. Sie wartete darauf, daß er die Augen niederschlagen würde. Was er nicht tat. Er sah sie auch an, und schließlich umspielte die Andeutung eines Lächelns seine Mundwinkel.

»Warum lächelst du, Robert?« fragte sie leise.

»Ich weiß nicht«, sagte Robert und lächelte weiter.

»Bitte sag es mir.«

Robert sagte nichts.

Und lächelte wieder.

Der Lärm der spielenden Kinder draußen klang fern, verträumt. Nur das hypnotische Summen der Uhr an der Wand war real.

»Wir sind ziemlich viele«, sagte Robert plötzlich, als machte er eine Bemerkung über das Wetter.

Nun schwieg Miss Sidley.

»Elf allein an dieser Schule.«

Recht böse, dachte sie erstaunt. *Sehr, unglaublich böse.*

»Kleine Jungen, die Lügen verbreiten, kommen in die Hölle«, sagte sie deutlich. »Ich kenne viele Eltern, die ihre ... ihre *Brut* ... nicht mehr auf diese Tatsache hinweisen, aber ich versichere dir, daß es *wahr* ist, Robert. Kleine Jungen, die Lügen verbreiten, kommen in die Hölle. Kleine Mädchen auch, was das betrifft.«

Roberts Lächeln wurde noch breiter; es wurde wölfisch. »Möchten Sie sehen, wie ich mich verwandle, Miss Sidley? Möchten Sie es wirklich sehen?«

Miss Sidley spürte, wie es ihr kalt über den Rücken lief. »Geh«, sagte sie schroff. »Und bring morgen deine Mutter und deinen Vater mit in die Schule. Wir werden diese Sache aufklären.« Da. Wieder auf festem Boden. Sie wartete darauf, daß sein Gesicht sich verziehen würde, wartete auf die Tränen.

Statt dessen wurde Roberts Lächeln noch breiter – so breit, daß seine Zähne zu sehen waren. »Das wird wie bei ›Show and Tell‹ sein, oder nicht, Miss Sidley? Robert – der *andere* Robert –, der mochte ›Show and Tell‹. Er versteckt sich immer noch in meinem Kopf.« Das Lächeln kräuselte sich in den Mundwinkeln wie verkohltes Papier. »Manchmal läuft er herum ... das juckt. Er möchte, daß ich ihn rauslasse.«

»Geh weg«, sagte Miss Sidley wie betäubt. Die Uhr summte ungewöhnlich laut.

Robert verwandelte sich.

Sein Gesicht zerfloß plötzlich wie schmelzendes Wachs, die Augen wurden flach und breiteten sich aus wie angeschnittene Eidotter, die Nase wurde platt und klaffend, der Mund verschwand. Der Kopf zog sich in die Länge, das Haar war mit einemmal kein Haar mehr, sondern ein zuckendes, schlängelndes Gewächs.

Robert fing an zu kichern.

Das träge, hallende Geräusch kam aus seiner ehemaligen Nase, aber diese Nase fraß sich gerade in die untere Gesichtshälfte, die Nasenlöcher verengten sich zu einer einzigen Schwärze wie ein riesiger, schreiender Mund.

Robert stand immer noch kichernd auf, und hinter seiner Maske konnte sie die letzten zerfetzten Überbleibsel des anderen Robert erkennen, des echten kleinen Jungen, den dieses fremde Ding übernommen hatte, der in manischem Entsetzen heulte und kreischte, er wolle hinausgelassen werden.

Sie flüchtete.

Sie flüchtete schreiend den Flur entlang, und die wenigen verspäteten Schüler sahen sie mit großen, verständnislosen Augen an. Mr. Hanning riß die Tür seines Zimmers auf und sah, wie sie gerade zu der breiten Glastür hinausstürzte, eine panisch fuchtelnde Vogelscheuche, deren Silhouette sich vor dem hellen Septemberhimmel abzeichnete.

Er lief mit hüpfendem Adamsapfel hinter ihr her. »Miss Sidley! *Miss Sidley!*«

Robert kam aus dem Klassenzimmer und verfolgte alles mit seltsamem Blick.

Miss Sidley hörte und sah ihn nicht. Sie rannte die Stufen hinunter, über den Gehweg und auf die Straße, und ihre Schreie hallten hinter ihr her. Eine laute, plärrende Hupe ertönte, dann ragte der Bus über ihr auf, und das Gesicht des Busfahrers war eine verzerrte Maske der Angst. Druckluftbremsen zischten und knirschten wie wütende Drachen.

Miss Sidley fiel hin, und die riesigen Reifen kamen qualmend nur fünfzehn Zentimeter vor ihrem zerbrechlichen, korsettgepanzerten Körper zum Stillstand. Sie lag schlotternd auf dem Asphalt und hörte, wie sich die Menge um sie herum versammelte.

Sie drehte sich um, und die Kinder sahen auf sie herab. Sie standen in einem engen Kreis, wie Tauernde um ein offenes

Grab. Und am Kopfende des Grabes stand Robert, ein kleiner, ernster Totengräber, bereit, die Schaufel Erde auf ihr Gesicht zu schütten.

Aus weiter Ferne das schockierte Brabbeln des Busfahrers: »... verrückt oder was ... mein Gott, noch fünfzehn Zentimeter ...«

Miss Sidley sah die Kinder an. Ihre Schatten fielen über sie. Ihre Gesichter waren gleichgültig. Manche lächelten heimlich in sich hinein, und Miss Sidley wußte, daß sie gleich wieder zu schreien anfangen würde.

Dann drängte sich Mr. Hanning in den engen Kreis, scheuchte sie fort, und Miss Sidley fing leise an zu schluchzen.

Sie kehrte einen Monat lang nicht in ihre dritte Klasse zurück. Sie sagte Mr. Hanning, sie wäre nicht sie selbst gewesen, und Mr. Hanning schlug ihr vor, einen angesehenen Arzt aufzusuchen und sich mit ihm über das Problem zu unterhalten. Miss Sidley stimmte zu, daß das die einzig vernünftige und logische Möglichkeit wäre. Sie sagte auch, wenn der Schulrat ihre Kündigung wollte, würde sie sie unverzüglich einreichen, auch wenn es ihr sehr weh tun würde. Mr. Hanning, der unbehaglich dreinsah, entgegnete, das würde wahrscheinlich nicht nötig sein. Schließlich lief alles darauf hinaus, daß Miss Sidley Ende Oktober wieder zurückkam und das Spiel erneut spielen mußte, aber jetzt wußte sie, wie sie es spielen mußte.

In der ersten Woche ließ sie alles laufen wie gehabt. Es schien, als musterte die ganze Klasse sie jetzt mit feindseligen, fast blicklosen Augen. Robert lächelte ihr von seinem Platz in der ersten Reihe distanziert zu, und sie brachte nicht den Mut auf, ihn dranzunehmen.

Einmal, als sie die Schulhofaufsicht hatte, kam Robert zu ihr; er hielt einen Prellball und lächelte. »Inzwischen sind wir so viele, das können Sie sich gar nicht vorstellen«, sagte er. »Und auch kein anderer.« Er verblüffte sie, indem er ihr verschlagen zublinzelte. »Sie wissen schon – wenn Sie versuchen würden, es ihnen zu sagen.«

Ein Mädchen auf der Schaukel sah über den Spielplatz direkt in Miss Sidleys Augen und lachte ihr zu.

Miss Sidley lächelte nachsichtig auf Robert hinab. »Aber Robert, was meinst du denn?«

Aber Robert lächelte nur weiter und kehrte zu seinem Spiel zurück.

Miss Sidley brachte die Waffe in der Handtasche mit in die Schule. Sie hatte ihrem Bruder gehört; er hatte sie kurz nach Beginn der Ardennenoffensive einem gefallenen Deutschen abgenommen. Jim war inzwischen schon zehn Jahre tot. Die Schachtel mit der Waffe hatte sie seit mindestens fünf Jahren nicht mehr aufgemacht, aber sie war immer noch da, matt glänzend. Auch die Munition war noch da, und sie lud die Waffe mit aller Sorgfalt, so, wie Jim es ihr gezeigt hatte.

Miss Sidley lächelte ihrer Klasse freundlich zu; besonders Robert. Robert lächelte zurück, und sie konnte die trübe Fremdartigkeit unter seiner Haut wabern sehen, schmutzig, voller Dreck.

Sie hatte keine Ahnung, was jetzt unter Roberts Haut lebte, und es war ihr auch einerlei; sie hoffte nur, daß der echte kleine Junge inzwischen nicht mehr in ihm steckte. Sie wollte keine Mörderin sein. Sie kam zu dem Schluß, daß der wahre Robert gestorben oder wahnsinnig geworden sein mußte, weil er in diesem schmutzigen, kriechenden Ding leben mußte, das im Klassenzimmer über sie gekichert und sie schreiend auf die Straße gejagt hatte. Selbst wenn er noch am Leben war, wäre es ein Akt der Barmherzigkeit, ihn aus diesem Elend zu erlösen.

»Heute machen wir einen Test«, sagte Miss Sidley.

Die Klasse stöhnte nicht, sie regte sich nicht abweisend auf den Stühlen; sie sahen sie nur an. Sie konnte ihre Blicke wie Gewichte auf sich spüren. Schwer; erdrückend.

»Einen ganz besonderen Test. Ich werde euch nacheinander ins Kopierzimmer bitten und ihn euch dort geben. Dann bekommt ihr eine Süßigkeit und dürft für den Rest des Tages nach Hause gehen. Ist das nicht schön?«

Sie lächelten leer und sagten nichts.

»Robert, würdest du als erster mitkommen?«

Robert stand auf und lächelte sein verhaltenes Lächeln. Er sah sie unverhohlen naserümpfend an. »Ja, Miss Sidley.«

Miss Sidley nahm ihre Handtasche, dann gingen sie gemeinsam den verlassenen, hallenden Flur entlang, am verschlafenen Murmeln der Klassen vorbei, die hinter geschlossenen Türen lagen. Das Kopierzimmer befand sich am Ende des Flurs, hinter den Toiletten. Er war vor zwei Jahren schalldicht isoliert worden; die große Hektographiermaschine war sehr alt und sehr laut.

Miss Sidley machte die Tür hinter ihnen zu und sperrte sie ab.

»Niemand kann dich hören«, sagte sie gelassen. Sie holte die Waffe aus der Handtasche. »Dich oder das hier.«

Robert lächelte unschuldig. »Aber wir sind viele. Viel mehr als hier.« Er legte eine kleine, sauber geschrubbte Hand auf die Papierablage der Hektorgraphiermaschine. »Möchten Sie noch einmal sehen, wie ich mich verwandle?«

Bevor sie etwas sagen konnte, zerfloß Roberts Gesicht zu dem grotesken Ding darunter, und Miss Sidley schoß auf ihn. Einmal. In den Kopf. Er fiel gegen die Regale mit dem Papier und glitt daran zu Boden, ein kleiner toter Junge mit einem runden schwarzen Loch über dem rechten Auge.

Er sah ausgesprochen bemitleidenswert aus.

Miss Sidley stand keuchend über ihm. Ihre Wangen waren blaß.

Es war ein Mensch.

Es war Robert.

Nein!

Du hast dir alles nur eingebildet, Emily. Alles nur eingebildet.

Nein! Nein, nein, *nein!*

Sie ging ins Klassenzimmer zurück und führte sie nacheinander her. Sie tötete zwölf und hätte alle getötet, wäre Mrs. Crossen nicht gekommen, um eine Packung Schreibpapier zu holen.

Mrs. Crossens Augen wurden sehr groß; sie schlug eine Hand vor den Mund. Dann fing sie an zu schreien und schrie immer noch, als Miss Sidley zu ihr trat und ihr eine

Hand auf die Schulter legte. »Es mußte sein, Margaret«, sagte sie zu der schreienden Mrs. Crossen. »Es ist schrecklich, aber es mußte sein. Sie sind alle Monster.«

Mrs. Crossen betrachtete die buntgekleideten Leichen im Kopierzimmer und schrie weiter. Das kleine Mädchen, dessen Hand Miss Sidley hielt, fing unablässig und monoton an zu weinen: »*Wääh ... wääh ... wääh.*«

»Verwandle dich«, sagte Miss Sidley. »Verwandle dich für Mrs. Crossen. »Zeig ihr, daß es sein mußte.«

Das Mädchen weinte weiter, verständnislos.

»Verdammt, *verwandle dich!*« kreischte Miss Sidley. »Elendes Flittchen, elendes, kriechendes, schmutziges, unnatürliches *Flittchen!* Verwandle dich! Gottverdammt, *verwandle dich!*« Sie hob die Waffe. Das kleine Mädchen zuckte zusammen, und dann sprang Mrs. Crossen sie an wie eine Katze, und ihr Rücken versagte den Dienst.

Kein Prozeß.

Die Zeitungen schrien danach, trauernde Eltern stießen hysterische Verwünschungen gegen Miss Sidley aus, und die Stadt war gelähmt wie im Schock, aber schließlich behielten vernünftige Stimmen die Oberhand, und es gab keine Gerichtsverhandlung. Die staatliche Legislative verlangte strengere Eignungsprüfungen für Lehrer, die Summer Street School blieb eine Woche wegen Trauer geschlossen, und Miss Sidley wurde in aller Stille nach Juniper Hill in Augusta gebracht. Dort unterzog man sie einer Analyse, verabreichte ihr die modernsten Medikamente und teilte sie zu täglichen Arbeitstherapiesitzungen ein. Ein Jahr später verordnete man Miss Sidley eine experimentelle Begegnungstherapie unter streng kontrollierten Bedingungen.

Buddy Jenkins war sein Name, und Psychiater war sein Beruf.

Er saß hinter einem einseitig durchsichtigen Spiegel, hielt einen Notizblock in der Hand und sah in ein Zimmer, das als Kinderzimmer eingerichtet war. An der gegenüberliegenden Wand sprang eine Kuh über den Mond, und eine Maus lief an der Standuhr hinauf. Miss Sidley saß im Rollstuhl und hatte ein Märchenbuch aufgeschlagen, umgeben von einer Gruppe vertrauensseliger, sabbernder, lächelnder, geistig behinderter Kinder. Sie lächelten ihr zu und sabberten und stupsten sie mit nassen Fingern an. Im Nebenzimmer warteten Pfleger auf die ersten Anzeichen aggressiven Verhaltens.

Eine Zeitlang fand Buddy, daß sie gut reagierte. Sie las laut vor, strich einem Mädchen über den Kopf und tröstete einen kleinen Jungen, der über einen Bauklotz gestolpert war. Dann schien sie etwas zu sehen, das sie beunruhigte; sie runzelte die Stirn und wandte sich von den Kindern ab.

»Bitte bringen Sie mich weg«, sagte Miss Sidley leise und tonlos in den Raum.

Und so brachten sie sie weg. Buddy Jenkins beobachtete die Kinder, die ihr mit großen, leeren, aber irgendwie unergründlichen Augen nachsahen. Eines lächelte, ein anderes steckte den Finger in den Mund. Zwei kleine Mädchen klammerten sich kichernd aneinander.

In dieser Nacht schnitt sich Miss Sidley mit der Scherbe eines zertrümmerten Spiegels die Kehle durch, und von da an beobachtete Buddy Jenkins die Kinder immer eingehender. Zuletzt konnte er sie kaum noch aus den Augen lassen.

Der Nachtflieger

1

Obwohl er selbst eine Fluglizenz besaß, erwachte Dees' Interesse erst nach den Morden auf dem Flughafen von Maryland – dem dritten und vierten Mord der Serie. Erst dann roch er die spezielle Mischung von Blut und Eingeweiden, auf die die Leserschaft von *Inside View* ständig wartete. Verbunden mit einem guten Groschenkrimi wie diesem hier verhieß dieser Drift wahrscheinlich einen explosionsartigen Anstieg der Auflage, und bei der Regenbogenpresse war ein Anstieg der Auflage mehr als nur das Klassenziel; er war der Heilige Gral.

Für Dees freilich hielten sich gute und schlechte Nachrichten die Waage. Die gute Nachricht war, daß er vor dem Rest der Meute auf die Story gekommen war; er war immer noch unbesiegt, immer noch Champion, immer noch der Preiseber im Koben. Die schlechte Nachricht war, daß der Lorbeer in Wirklichkeit Morrison zukam ... bisher jedenfalls. Morrison, der frischgebackene Redakteur, war der verdammten Sache noch nachgegangen, nachdem Dees, der Reporterveteran, ihm versichert hatte, daß dabei außer Schall und Rauch nichts herauskommen würde. Der Gedanke, daß Morrison als erster Blut gerochen hatte, gefiel Dees überhaupt nicht – er stank ihm sogar gewaltig – und darum war er von dem verständlichen Wunsch beseelt, dem Mann eins reinzuwürgen. Und er wußte genau, wie er das anstellen konnte.

»Duffrey, Maryland, hm?«

Morrison nickte.

»Hat sich schon jemand von der seriösen Presse darüber hergemacht?« fragte Dees und stellte erfreut fest, daß Morrison schlagartig der Hut hochging.

»Wenn Sie damit meinen, ob jemand angedeutet hat, die Morde könnten zusammenhängen, ist die Antwort ›nein‹«, sagte er steif.

Aber das wird nicht mehr lange dauern, dachte Dees.

»Aber das wird nicht mehr lange dauern«, sagte Morrison. »Wenn es noch einen gibt ...«

»Geben Sie mir den Vorgang«, sagte Dees und deutete auf den fleischfarbenen Hefter, der auf Morrisons unnatürlich aufgeräumtem Schreibtisch lag.

Der Redakteur mit dem schütteren Haar legte statt dessen die Hand darauf, und da wurde Dees zweierlei klar: Morrison *würde* ihm den Hefter geben, aber erst, nachdem er ihn seiner anfänglichen Ungläubigkeit wegen eine Weile zappeln gelassen hatte ... und weil er ihm gegenüber den überheblichen Veteranen herausgekehrt hatte. Aber das schadete nichts. Möglicherweise mußte man selbst dem Preiseber ab und zu das Ringelschwänzchen langziehen, um ihn daran zu erinnern, welchen Stellenwert er im großen Plan des Lebens innehatte.

»Ich dachte, Sie wollten heute zum Naturkundemuseum rübergehen und mit diesem Pinguintypen reden«, sagte Morrison. Er verzog die Mundwinkel zu einem vagen, aber unbestreitbar gehässigen Lächeln. »Er glaubt, daß sie klüger wären als Menschen *und* Delphine.«

Dees deutete auf den einzigen anderen Gegenstand auf Morrisons Schreibtisch, abgesehen von dem Hefter und dem Bild von Morrisons nett aussehender Frau und seinen drei nett aussehenden Kindern; einen großen Drahtkorb mit der Aufschrift TÄGLICHES BROT. Darin lagen im Augenblick nur ein dünnes Manuskript, sechs oder acht Seiten, mit einer von Dees' eigenen, knallroten Büroklammern zusammengehalten, und ein Umschlag mit der Aufschrift KONTAKTABZÜGE – NICHT KNICKEN.

Morrison nahm die Hand von dem Hefter (und sah aus, als wäre er bereit, sie sofort wieder daraufzulegen, sollte Dees auch nur andeutungsweise danach greifen), machte den Umschlag auf und schüttelte zwei Blätter mit Schwarzweißfotos heraus, nicht größer als Briefmarken. Jedes Foto zeigte eine lange Reihe von Pinguinen, die den Betrachter stumm ansahen. Sie hatten etwas unbestreitbar Unheimliches an sich – Merton Morrison fand, daß sie wie George-Romero-Zombies im Frack aussahen. Er nickte und ließ sie wieder in dem Umschlag verschwinden. Dees hegte aus Prinzip eine Abneigung gegen alle Redakteure, aber er mußte zugeben, daß Morrison immerhin Ehre gewährte, wem Ehre gebührte. Das war eine seltene Gabe, die dem Mann, vermutete Dees, später einmal alle möglichen medizinischen Probleme bescheren würde. Möglicherweise hatte das Problem auch schon angefangen. Da saß er, mit Sicherheit noch keine fünfunddreißig, und mindestens siebzig Prozent seiner Kopfhaut waren haarlos.

»Nicht schlecht«, sagte Morrison. »Wer hat sie gemacht?«

»*Ich*«, sagte Dees. »Ich mache die Bilder zu meinen Artikeln *immer* selbst. Sehen Sie sich denn nie die Fotorechte an?«

»Normalerweise nicht«, sagte Morrison und studierte die Schlagzeile, die Dees über seinen Pinguin-Artikel geschrieben hatte. Libby Grannit vom Layout würde selbstverständlich eine schlagkräftigere, buntere einfallen – immerhin war das ihr Job –, aber Dees' Instinkte funktionierten auch, wenn es um Schlagzeilen ging, und gewöhnlich fand er den richtigen Dreh. AUSSERIRDISCHE INTELLIGENZ AM NORDPOL lautete diese. Pinguine waren selbstverständlich nicht AUSSERIRDISCH, und Morrison glaubte sich zu erinnern, daß sie in Wahrheit am *Südpol* lebten, aber das spielte im Grunde keine Rolle. Die Leser von *Inside View* waren gierig auf das Außerirdische wie auf Intelligenz (wahrscheinlich weil die Mehrheit von ihnen sich wie erstere fühlte und einen ausgeprägten Mangel an letzterem verspürte), und *das* spielte eine Rolle.

»Die Schlagzeile ist ein bißchen lahm«, begann Morrison, »aber ...«

»... dafür ist Libby zuständig«, führte Dees weiter aus. »Also ...«

»Also?« fragte Morrison. Die Augen hinter seiner Nickelbrille waren groß und blau und unschuldig. Er legte die Hand wieder auf den Hefter, sah Dees an und wartete.

»Also, was wollen Sie von mir hören? Daß ich mich geirrt habe?«

Morrisons Lächeln wurde einen Millimeter oder zwei breiter. »Nur, daß Sie sich geirrt haben *könnten*. Das würde genügen, denke ich – Sie wissen ja, wie feinfühlig ich bin.«

»Klar, wem sagen Sie das«, meinte Dees, war aber erleichtert. Ein bißchen Demütigung konnte er ertragen. Was er nicht ausstehen konnte, war, wenn er zu Kreuze kriechen mußte.

Morrison saß da, sah ihn an und ließ die rechte Hand auf dem Hefter liegen.

»Okay, ich könnte mich geirrt haben.«

»Wie großherzig, daß Sie das zugeben«, sagte Morrison und reichte ihm den Hefter.

Dees schnappte ihn gierig, trug ihn zu dem Stuhl am Fenster und schlug ihn auf. Was er las – nicht mehr als eine zusammenhanglose Sammlung von Agenturmeldungen und Ausschnitten aus kleinen ländlichen Wochenzeitungen –, verschlug ihm die Sprache.

Das habe ich vorher nicht gesehen, dachte er, und gleich darauf: *Warum habe ich es nicht gesehen?*

Er wußte es nicht, aber er wußte, er mußte seine Selbsteinschätzung in Frage stellen, wenn er noch mehr Stories wie diese übersah. Und er wußte noch etwas: wenn seine und Morrisons Positionen vertauscht gewesen wären (und er hatte den Chefredakteurssessel von *Inside View* in den letzten sieben Jahren nicht einmal, sondern zweimal abgelehnt), hätte er Morrison auf dem Bauch kriechen lassen wie eine Schlange, bevor er ihm den Hefter gegeben hätte.

Scheiß drauf, sagte er zu sich. Du hättest ihn mit einem Tritt zur Tür hinausbefördert.

Der Gedanke, daß er am Ausbrennen war, ging ihm durch den Sinn. In diesem Geschäft war die Ausbrennrate ziemlich hoch, das wußte er. Man konnte nur eine gewisse Zeit über fliegende Untertassen schreiben, die ganze brasilianische Dörfer verschleppten (Geschichten, die häufig mit unscharf eingestellten Glühbirnen, die an Fäden vor einem schwarzen

Samthintergrund hingen, illustriert wurden), über Hunde, die Taschenrechner bedienen konnten, oder über arbeitslose Väter, die ihre Kinder wie Anmachholz zerhackten. Und eines Tages drehte man dann einfach durch. So wie Dottie Walsh, die eines Abends nach Hause gegangen war, sich einen Plastikbeutel über den Kopf gezogen und dann ein Bad genommen hatte.

Sei nicht albern, sagte er sich, aber mulmig war ihm dennoch zumute. Die Story war da, groß wie das Leben und doppelt so häßlich. Wie um alles in der Welt hatte er sie nur übersehen könnten?

Er sah zu Morrison auf, der in seinem Stuhl lehnte, die Hände auf dem Bauch verschränkt hatte und ihn ansah.

»Nun?« fragte Morrison.

»Ja«, sagte er. »Könnte ein Knüller werden. Und das ist noch nicht alles. Ich glaube, es ist der wahre Jakob.«

»Mir egal, ob es der wahre Jakob ist oder nicht«, sagte Morrison, »so lange es hilft, Zeitungen zu verkaufen. Und wir werden *eine Menge* Zeitungen damit verkaufen. Ist es nicht so, Richard?«

»Ja.« Er stand auf, klemmte den Hefter unter den Arm. »Ich werde der Spur dieses Burschen folgen, angefangen vom ersten Mord, von dem wir wissen, droben in Maine.«

»Richard?«

Er drehte sich unter der Tür um und sah, daß Morrison sich wieder über die Kontaktabzüge beugte. Er lächelte.

»Was halten Sie davon, wenn wir die besten davon neben einem Foto von Danny DeVito in diesem Batman-Film bringen?«

»Mir recht«, sagte Dees und ging hinaus. Plötzlich waren Fragen und Selbstzweifel vergessen; er hatte wieder den alten Geruch von Blut in der Nase, kräftig und auf bittere Weise anziehend, und im Augenblick wollte er nur ihm folgen, ganz bis zum Ende. Das Ende kam eine Woche später, aber nicht in Maine, nicht in Maryland, sondern weiter südlich, in North Carolina.

2

Es war Sommer; das Leben hätte gut und die Baumwolle hoch sein sollen, aber für Richard Dees lief nichts gut, während sich der lange Tag dem Abend entgegendehnte.

Das Hauptproblem – jedenfalls bis jetzt – war, daß er auf dem kleinen Flugplatz von Wilmington, der lediglich von einer größeren Linie, ein paar Pendlerflugzeugen und jeder Menge Privatflugzeugen angeflogen wurde, nicht landen konnte. In der Gegend herrschten schwere Gewitter, und Dees kreiste neunzig Meilen vom Flughafen entfernt, wurde von Turbulenzen durchgeschüttelt, sah auf die Uhr und fluchte. Es wurde 19:45 Uhr, bis er endlich Landeerlaubnis erhielt – ungefähr vierzig Minuten vor dem offiziellen Sonnenuntergang. Er wußte nicht, ob sich der Nachtflieger an die traditionellen Regeln hielt, aber selbst wenn er es tat, würde es verdammt knapp werden.

Und der Nachtflieger *war* da; Dees war ganz sicher. Er hatte den richtigen Platz, die richtige Cessna Skymaster gefunden. Der Mann, den er jagte, hätte sich für Virginia Beach, Charlotte, Birmingham oder einen Punkt noch weiter südlich entscheiden können, aber das hatte er nicht getan. Dees hatte keine Ahnung, wo er sich zwischen dem Start von Duffrey, Maryland, und der Ankunft hier versteckt gehalten hatte, und es war ihm auch einerlei. Es genügte ihm zu wissen, daß seine Eingebung richtig gewesen war. Er hatte eine Menge Zeit darauf verschwendet, alle Flugplätze südlich von Duffrey anzurufen, die für die Maschine des Fliegers in Frage kamen, hatte die Route immer wieder nachgezeichnet, hatte das Tastentelefon in seinem Zimmer im Days Inn Motel strapaziert, bis sein Finger wund war und seine Gesprächspartner ihre Gereiztheit angesichts seiner Hartnäckigkeit zum Ausdruck brachten. Doch letztendlich hatte sich Hartnäckigkeit ausgezahlt, wie so oft.

Privatflugzeuge waren in der Nacht zuvor auf allen in Frage kommenden Flugplätzen gelandet, und Maschinen vom Typ Cessna Skymaster 337 auf allen. Das überraschte nicht, waren sie doch die Toyotas der privaten Luftfahrt. Aber die

Cessna 337, die letzte Nacht in Wilmington gelandet war, war diejenige, nach der er suchte; kein Zweifel. Er war dem Burschen auf den Fersen.

Dicht auf den Fersen.

»N 471 B, Vektor ILS Landebahn 34«, sagte die Stimme in seinem Kopfhörer. »Fliegen Sie Kurs 160. Gehen Sie runter und halten Sie 3000.«

»Kurs 160. Verlasse 6 auf 3000. Roger.«

»Und denken Sie daran, daß wir hier unten immer noch scheußliches Wetter haben.«

»Roger«, sagte Dees und dachte, daß der alte Farmer John da unten in dem Bierfaß das in Wilmington als Kontrollturm diente, doch eindeutig ein verdammter Sportskerl war, ihm das zu sagen. Er *wußte*, daß in der Gegend scheußliches Wetter herrschte; er konnte die Gewitterzellen sehen, in einigen flackerten noch Blitze wie ein gigantisches Feuerwerk, und er hatte die letzten vierzig Minuten oder so mit Kreisen verbracht und das Gefühl gehabt, als säße er in einem Küchenmixer statt in einer zweimotorigen Beechcraft.

Er schaltete den Autopiloten ab, der ihn schon viel zu lange immer über demselben dummen Jetzt-siehst-du-ihn-dann-wieder-nicht-Flecken von Farmland in North Carolina gehalten hatte, und packte den Steuerknüppel mit den Händen. Da unten war keine Baumwolle zu sehen, weder hoch noch sonstwie. Nur ein paar verbrauchte Tabakfelder, von Raps überwuchert. Dees war froh, daß er jetzt Kurs auf Wilmington nehmen und den Landeanflug beginnen konnte, der vom Piloten, von ATC und vom Tower überwacht wurde.

Er griff zum Mikrofon und überlegte, ob er dem alten Farmer John einen Anruf reindrücken und ihn fragen sollte, ob da unten was Unheimliches vor sich ginge – möglicherweise eine «In-dunkler-stürmischer-Nacht-Story«, wie sie die Leser von *Inside View* liebten –, doch dann hakte er das Mikro wieder ein. Es dauerte noch eine Weile bis Sonnenuntergang; er hatte die offizielle Wilmingtoner Zeit auf dem Weg von Washington National hierher abgeglichen. Nein, dachte er, vorerst behielt er seine Fragen besser für sich.

Dees glaubte ungefähr so sehr daran, daß der Nachtflieger

ein echter Vampir war, wie er glaubte, daß es tatsächlich die Zahnfee gewesen war, die ihm als Kind die Vierteldollarstücke unter das Kissen geschoben hatte, aber wenn der Bursche glaubte, daß er ein Vampir war – und das glaubte der Bursche, davon war Dees überzeugt –, würde das vielleicht ausreichen, daß er sich an die Regeln hielt.

Schließlich imitiert das Leben die Kunst.

Graf Dracula mit privater Fluglizenz.

Man mußte zugeben, dachte Dees, das war eindeutig besser als Killerpinguine, die eine Verschwörung zum Sturz der menschlichen Rasse planten.

Die Beech sackte durch, als sie auf ihrem steten Abwärtskurs durch eine dicke Membran von Kumuluswolken stieß. Dees fluchte und fing das Flugzeug ab, das über das Wetter immer unglücklicher zu sein schien.

Wir beide, Baby, du und ich, dachte Dees.

Als er wieder in klare Luft kam, konnte er die Lichter von Wilmington und Wrightsville Beach deutlich erkennen.

Ja, Sir, die Dickerchen, die im 7-Eleven einkaufen, werden diese Story lieben, dachte er, während an der Backbordseite Donner grollte. *Sie werden schätzungsweise siebzig Zillionen Exemplare dieses Babys mitnehmen, wenn sie ihre abendlichen Rationen Twinkies und Bier einkaufen gehen.*

Aber es war mehr daran, das wußte er.

Dies hier konnte ... nun ... so verdammt gut werden.

Dies konnte *legitim* sein.

Es gab eine Zeit, da wäre dir so ein Wort nie in den Sinn gekommen, alter Freund, dachte er. Vielleicht brennst du *doch* aus.

Nichtsdestoweniger tanzten balkengroße Schlagzeilen wie kandierte Früchte in seinem Kopf: REPORTER VON *INSIDE VIEW* STELLT WAHNSINNIGEN NACHTFLIEGER. EXKLUSIVBERICHT, WIE DER BLUTTRINKENDE NACHTFLIEGER GEFASST WURDE. »ICH BRACHTE ES«, BEHAUPTET DER TÖDLICHE DRACULA.

Nicht gerade Große Oper – das mußte Dees zugeben –, aber er war dennoch der Meinung, daß es sang. Er fand, es sang wie eine Sirene.

Schließlich nahm er doch das Mikro und drückte den Knopf. Er wußte, sein Freund von der Blutzunft war noch da unten, aber er wußte auch, er würde erst beruhigt sein, wenn er sich absolut vergewissert hatte.

»Wilmington, dies ist N 471 B. Haben Sie noch eine Skymaster 337 aus Maryland da unten auf dem Vorfeld?«

Unter Störgeräuschen: »Sieht so aus, altes Haus. Kann jetzt nicht reden. Hab' Luftverkehr.«

»Hat sie ein rotes Leitwerk?« beharrte Dees.

Einen Augenblick dachte er, er würde keine Antwort erhalten, dann: »Rotes Leitwerk, Roger. Schluß jetzt, N 471 B, wenn Sie nicht wollen, daß ich nachsehe, ob ich 'ne FCC-Strafe für euch alle bekommen kann. Ich hab heut nacht zu viele Fische zu braten und nicht genug Pfannen.«

»Danke, Wilmington«, sagte Dees in seinem höflichsten Tonfall. Er hängte das Mikro weg und zeigte ihm den Mittelfinger, aber er grinste und ignorierte die Turbulenzen, als er durch eine weitere Wolkenschicht flog. Skymaster, rotes Leitwerk; wenn der Trottel im Tower nicht so beschäftigt gewesen wäre, hätte er ihm auch noch die Hecknummer bestätigen können: N 101 BL.

Eine Woche, bei Gott, eine winzige Woche. Mehr war nicht nötig gewesen. Er hatte den Nachtflieger gefunden, und es war noch nicht dunkel, und so unmöglich es schien, es war keine Polizei am Schauplatz. *Wenn* die Bullen dagewesen wären, und *wenn* sie wegen der Cessna dagewesen wären, dann hätte Farmer John das sicherlich gesagt, dichter Flugverkehr und schlechtes Wetter hin oder her. Es gab Sachen, die waren einfach zu gut, um nicht darüber zu tratschen.

Ich will dein Bild, Dreckskerl, dachte Dees. Jetzt konnte er die Anfluglichter blendendweiß in der Dämmerung erkennen. Mit der Zeit kriege ich deine Geschichte, aber erst das Bild. Nur eins, aber das muß ich haben.

Ja, denn nur das Bild ließ alles wirklich werden. Keine verwackelten, unscharfen Glühbirnen; keine »künstlerischen Freiheiten«; ein solides, eindeutiges Foto in lebensechtem Schwarzweiß. Er drückte steiler hinab und achtete nicht auf den Piepton der Landeanzeige. Sein Gesicht war blaß und verkniffen. Seine Lippen, ein wenig zurückgezogen, entblößten kleine, blendendweiße Zähne.

Im vereinten Licht von Dämmerung und Armaturenbrett sah Richard Dees selbst ein wenig wie ein Vampir aus.

3

Es gab vieles, was *Inside View* nicht war – literarisch, zum Beispiel, oder um die Nuancen der Stories bekümmert, die es brachte –, aber eines war unbestreitbar: es war hervorragend auf das Grauenhafte eingestimmt. Merton Morrison *war* ein kleines Arschloch (wenngleich kein so großes, wie Dees anfangs geglaubt hatte, als er ihm zum erstenmal seine dumme, beschissene Pfeife hatte rauchen sehen), aber Dees mußte ihm eines lassen – er dachte an die beiden Dinge, die *Inside View* so erfolgreich gemacht hatten: Eimer voll Blut und Hände voll Eingeweide.

Oh, es gab immer Bilder niedlicher Babys und jede Menge an hellseherischen Vorhersagen und Diäten mit so ungewöhnlichen Zutaten wie Bier, Schokolade und Kartoffelchips, aber Morrison hatte den Wandel des Zeitgeistes bemerkt und nie an der Richtung gezweifelt, die das Blatt unter seiner Ägide nehmen sollte. Dees vermutete, daß Morrison nur dieses Selbstvertrauens wegen schon so lange dabei war, trotz seiner Pfeife und seiner Tweedjacke von Asshole Brothers in London. Morrison wußte, daß die Blumenkinder der sechziger Jahre zu den Kannibalen der neunziger geworden waren. Zärtlichkeitstherapie, politische Korrektheit und »die Sprache der Gefühle« mochten bei der intellektuellen Oberschicht angesagt sein, aber der kleine Mann auf der Straße interessierte sich immer noch mehr für Massenmorde und verheimlichte Skandale im Leben der Stars und dafür, wie Magic Johnson an AIDS gekommen war.

Dees zweifelte nicht daran, daß es immer noch ein Publikum für das *Schöne und Strahlende* gab, aber das Publikum für *Blut und Scheiße* war wieder im Wachstum begriffen, seit die Woodstock-Generation graue Strähnen im Haar und Falten in den Winkeln ihrer selbstgefälligen Schmollmünder entdeckt hatte. Merton Morrison, in dem Dees mittlerweile eine Art intuitives Genie sah, hatte seinen Standpunkt in einer legendären Hausmitteilung an alle Abteilungen und Mitarbeiter festgelegt, noch bevor er sich und seine Pfeife für eine Woche in dem Eckbüro einquartiert hatte. Halten Sie auf dem Weg zur Arbeit getrost an, und riechen Sie an den Rosen, so lautete die Botschaft dieser Hausmitteilung, aber wenn Sie angekommen sind, dann sperren Sie die Nasenlöcher weit auf und fangen an, nach Blut und Eingeweiden zu schnuppern.

Dees, der dazu *geschaffen* war, Blut und Eingeweide zu riechen, war entzückt gewesen. Und seine Spürnase war der Grund dafür, daß er hier war und nach Wilmington flog. Da unten wartete ein menschliches Monster, ein Mann, der sich für einen Vampir hielt. Dees hatte ihm schon einen Namen gegeben; einen Namen, der ihm auf den Nägeln brannte wie eine wertvolle Münze in der Tasche eines Mannes. Bald würde er die Münze herausholen und ausgeben. Wenn es soweit war, würde dieser Name vom Zeitschriftenregal eines jeden Supermarkts in Amerika strahlen und die Kundschaft in einer unübersehbaren Sechzehn-Punkt-Schrift auf sich aufmerksam machen.

Paßt auf, Ladys und Sensationslüsterne, dachte Dees. Ihr wißt es noch nicht, aber ein sehr böser Mann kommt auf euch zu. Ihr werdet seinen wirklichen Namen lesen und vergessen, aber das macht nichts. Ihr werdet euch an den Namen erinnern, den *ich* ihm gegeben habe, den Namen, der ihn mit Jack the Ripper und dem Cleveland-Torso-Mörder und der Black Dahlia auf eine Stufe stellen wird. Ihr werdet euch an den Nachtflieger erinnern, der bald zu einer Supermarktkasse in eurer Nähe kommen wird. Der Exklusivbericht, das Exklusivinterview ... aber was ich vor allem haben will, ist das *Exklusivbild.*

Er sah wieder auf die Uhr und entspannte sich ein ganz klein wenig (und *mehr konnte* Richard Dees sich auch nicht entspannen). Er hatte immer noch fast eine halbe Stunde Zeit bis zum Einbruch der Dunkelheit, und er würde in nicht einmal fünfzehn Minuten direkt neben der weißen Skymaster mit dem roten Leitwerk (und N 101 BL im selben Rot am Rumpfheck) parken.

Schlief der Flieger in der Stadt oder in einem Motel am Weg in die Stadt? Das glaubte Dees nicht. Einer der Gründe für die Popularität der Skymaster 337, abgesehen von ihrem vergleichsweise günstigen Preis, war der, daß sie als einziges Flugzeug ihrer Größenordnung einen Kofferraum hatte. Er war nicht viel größer als der Kofferraum eines alten VW-Käfers, das stimmte, aber geräumig genug für drei große Koffer oder für kleine – und sicher groß genug für einen Menschen, der schlief oder sich versteckte, vorausgesetzt, er hatte nicht die Größe eines Profi-Basketballspielers. Der Nachtflieger konnte im Kofferraum der Cessna sein, vorausgesetzt, daß er a) in der Haltung eines Embryos schlief, die Knie bis zum Kinn hochgezogen, oder b) verrückt genug war, sich für einen echten Vampir zu halten, oder c) beides zusammen.

Dees setzte sein Geld auf c).

Nun, während sein Höhenmesser von viertausend auf dreitausend Fuß sank, dacht Dees: Für dich kein Hotel oder Motel, mein Freund, habe ich recht? Wenn *du* Vampir spielst, dann bist du wie Frank Sinatra – du machst es auf deine Weise. Weißt du, was ich meine? Ich glaube, wenn sich die Luke dieses Flugzeugs öffnet, werde ich als erstes einen Schwall von Friedhofserde sehen (und wenn nicht, kannst du deine Fangzähne darauf verwetten, daß es so sein *wird*, wenn die Story erscheint). Und was ich dann als zweites sehen werde, wird ein Beinpaar in Frackhosen sein, denn du wirst dich *fein* gemacht haben, nicht? Mein guter Mann, ich glaube, du wirst sogar *herausgeputzt* sein, zum Töten herausgeputzt, könnte man sagen – *dressed to kill* –, und der Auslöser meiner Kamera ist schon gespannt, wenn ich das Cape im Wind flattern sehe ...

Doch da hörte seine Gedankenkette auf; hörte so sauber auf wie ein frisch abgebrochener Zweig. Denn in diesem Augenblick gingen die grellen weißen Lichter an beiden Landebahnen dort unten aus.

4

Ich werde der Spur dieses Burschen folgen, hatte er zu Merton Morrison gesagt, *angefangen vom ersten Mord, von dem wir wissen, droben in Maine.*

Keine vier Stunden später war er auf dem Cumberland County Airport und unterhielt sich mit einem Mechaniker namens Ezra Hannon. Mr. Hannon schien gerade erst aus einer Ginflasche herausgekrochen zu sein, und Dees hätte ihn nicht auf Rufweite an sein eigenes Flugzeug herangelassen, aber er schenkte dem Burschen dennoch seine ungeteilte und höfliche Aufmerksamkeit. Ezra Hannon war das erste Glied einer Kette, die für Dees immer wichtiger wurde.

Cumberland County Airport war ein würdevoller Name für einen Hinterwäldlerflugplatz, der aus zwei Nissenhütten und zwei sich überkreuzenden Rollbahnen bestand. Eine der Rollbahnen war sogar asphaltiert. Weil Dees noch nie auf einer festgestampften Landebahn gelandet war, hatte er die asphaltierte verlangt. Das Hüpfen seiner Beech 55 (um derentwillen er bis zu den Augenbrauen und darüber hinaus verschuldet war) bei der Landung brachte ihn zu dem Entschluß, es beim Start mit der gestampften zu versuchen, und er hatte erstaunt und entzückt festgestellt, daß sie so glatt war wie die Brust einer Studentin. Der Flugplatz verfügte selbstverständlich auch über einen Windsack, und selbstverständlich war er geflickt wie eine von Papas alten Unterhosen. Anlagen wie der CCA hatten *immer* einen Windsack. Das gehörte zu ihrem zweifelhaften Charme, genau wie der alte Doppeldecker, der stets vor dem einzigen Hangar parkte.

Cumberland County war der bevölkerungsreichste Landstrich in Maine, aber darauf wäre man nie gekommen, wenn man seinen Flughafen sah, überlegte Dees – oder Ezra den Erstaunlichen Ginsuff-Mechaniker, was das anbetraf. Wenn Ezra grinste und seine sämtlichen sechs Zähne sehen ließ, sah er aus wie ein Statist aus der Verfilmung von James Dickies *Deliverance.*

Der Flugplatz lag im Bereich der weitaus wohlhabenderen Stadt Falmouth und existierte weitgehend von den Landegebühren der reichen Sommergäste. Claire Bowie, das erste Opfer des Nachtfliegers, war Flugkontrolleur der Nachtschicht des CCA gewesen, ihm gehörte auch ein Viertel der Aktien des Flugplatzes. Außer ihm waren noch zwei Mechaniker angestellt und ein zweiter Bodenkontrolleur (die Kontrolleure verkauften nebenbei Chips, Zigaretten und alkoholfreie Getränke; des weiteren, hatte Dees herausgefunden, hatte der Ermordete einen ziemlich genießbaren Cheeseburger machen können).

Mechaniker und Kontrolleure waren gleichzeitig als Klempner und Hausmeister tätig. Es war nicht ungewöhnlich, daß der Flugkontrolleur aus dem Waschraum hasten mußte, wo er Kloschüsseln geputzt hatte, um Landeerlaubnis zu erteilen und eine Landebahn aus dem Labyrinth von zweien zu vergeben, die ihm zur Verfügung stand. Die Arbeit war dermaßen stressig, daß der Nachtkontrolleur des CCA zwischen Mitternacht und sieben Uhr morgens manchmal nur sechs Stunden Schlaf bekam.

Claire Bowie war fast einen Monat vor Dees' Besuch getötet worden, und das Bild, das der Reporter zusammenfügte, bestand aus den Meldungen in Morrisons dünnem Hefter und den weitaus farbenfroheren Ausführungen von Ezra dem Erstaunlichen Ginsuff-Mechaniker. Doch selbst wenn er Zugeständnisse machen mußte, was seine wichtigste Informationsquelle anbetraf, war Dees sicher, daß sich Anfang Juli auf diesem kleinen Fliegenschiß von einem Flughafen etwas ausgesprochen Merkwürdiges zugetragen hatte.

Die Cessna 337, Hecknummer N 101 BL, hatte sich am Morgen des neunten Juli kurz vor Dämmerung über Funk gemeldet und Landeerlaubnis erbeten. Claire Bowie, der die Nachtschicht des Flugplatzes seit 1954 machte, als Piloten den Anflug manchmal noch unterbrechen mußten (ein Manöver, das damals einfach »hochziehen« hieß), weil auf der damals einzigen Landebahn Kühe herumwanderten, nahm den Funkruf um 4:32 Uhr entgegen. Als Zeitpunkt der Landung trug er 4:49 Uhr ein; er notierte den Namen des Piloten als Dwight Renfield und den Herkunftsort von N 101 BL als Bangor, Maine. Die Zeitangaben waren zweifellos korrekt.

Der Rest war Bockmist (Dees hatte Bangor überprüft und war nicht überrascht gewesen, daß man dort nie von N 101 BL gehört hatte), aber selbst wenn Bowie *gewußt* hätte, daß es Bockmist war, hätte ihn das wahrscheinlich nicht weiter gekümmert; im CCA herrschte eine lockere Atmosphäre, und eine Landegebühr war eine Landegebühr.

Der Name, den der Pilot genannt hatte, war ein bizarrer Witz. Dwight war zufällig der Vorname eines Schauspielers namens Dwight Frye, und Dwight Frye hatte zufällig, neben einer Vielzahl anderer Rollen, die Rolle des Renfield gespielt, eines sabbernden Idioten, dessen Idol der berühmteste Vampir aller Zeiten gewesen war. Doch selbst in einem verschlafenen Nest wie diesem hätte es Argwohn erregt, bei UNI-COM über Funk Landeerlaubnis im Namen des Grafen Dracula zu erbitten, vermutete Dees.

Hätte – sicher war Dees da nicht. Schließlich war eine Landegebühr eine Landegebühr, und »Dwight Renfield« hatte sie unverzüglich und bar bezahlt, wie er auch die Füllung seiner Tanks bezahlt hatte – das Geld war anderntags in der Registrierkasse gefunden worden, zusammen mit einem Durchschlag der Quittung, die Bowie ausgestellt hatte.

Dees wußte, wie sorglos und unbekümmert der private Flugverkehr in den fünfziger und sechziger Jahren auf den kleinen Flugplätzen gehandhabt worden war. Dennoch überraschte ihn die beiläufige Behandlung, die N 101 BL auf dem CCA erfahren hatte. Immerhin war es die Zeit der Drogenparanoia, und der größte Teil des Scheißzeugs, zu dem man einfach nein sagen sollte, kam mit kleinen Booten in kleinen Häfen oder mit kleinen Flugzeugen in kleinen Flughäfen an – Flugzeugen wie der Cessna Skymaster von »Dwight Renfield«. Sicher, eine Landegebühr war eine Landegebühr, aber Dees hätte damit gerechnet, daß Bowie wegen des fehlenden Flugplans einen Funkspruch nach Bangor absetzen würde, und sei es nur, um seinen eigenen Arsch zu decken. Aber er hatte es nicht getan. Da kam Dees zum erstenmal der Gedanke an ein Schmiergeld, aber sein gingetränkter Informant behauptete, daß Claire Bowie so ehrlich gewesen wäre, wie der Tag lang ist, und die beiden Polizisten aus Falmouth, mit denen Dees später redete, bestätigten Hannons Einschätzung.

Nachlässigkeit schien die wahrscheinlichste Lösung zu sein. Doch im Grunde spielte das überhaupt keine Rolle; die Leser von *Inside View* interessierten sich nicht für so esoterische Fragen, wie oder warum etwas passierte. Die Leser von *Inside View* begnügten sich damit, zu erfahren, *was* passiert war, wie lange es gedauert hatte, und ob die fragliche Person noch Zeit gehabt hatte zu schreien. Und natürlich für Bilder. Sie wollten Bilder. Große, fette, detaillierte Schwarzweißbilder, wenn möglich – von der Art, die wie ein Schwarm von Rasterpunkten von der Seite zu springen und sich einem ins Gehirn zu bohren schienen.

Ezra, der Erstaunliche Ginsuff-Mechaniker, sah überrascht und nachdenklich aus, als Dees fragte, wohin Renfield seines Erachtens nach der Landung gegangen sein konnte.

»Kein' Schimmer«, sagte er. »Muß'n Taxi genommen haben, schätz' ich.«

»Sie sind um – was haben Sie gesagt? Um sieben Uhr an diesem Morgen gekommen. Am neunten Juli?«

»Hm-hmm. Kurz bevor Claire nach Hause gegangen ist.«

»Und die Cessna Skymaster war geparkt und vertäut und verlassen?«

»Sicher. Stand genau da, wo Ihr jetzt steht.« Ezra deutete mit dem Finger, worauf Dees ein wenig zurückwich. Der Mechaniker roch nach sehr altem Roquefort, in Gilbey's Gin mariniert.

»Hat Claire gesagt, ob er dem Piloten ein Taxi gerufen hat? Damit es ihn zu einem Motel bringen könnte? Es scheint keine in der Gegend zu geben, die man bequem zu Fuß erreichen könnte.«

»Gibt's auch nicht«, stimmte Ezra zu. »Das nächste wäre das *Sea Breeze*, und das ist zwei Meilen weit weg. Vielleicht mehr.« Er kratzte sich das struppige Kinn. »Aber ich kann mich nicht erinnern, daß Claire was von einem Taxi für den Kerl gesagt hat.«

Dees nickte und nahm sich vor, trotzdem die Taxifirmen in der Umgebung anzurufen. Zu dem Zeitpunkt ging er noch von einer eigentlich durchaus vernünftigen Annahme aus: daß der Bursche, den er suchte, in einem Bett schlief, wie alle anderen auch.

»Was ist mit einem Leihwagen?«

»Nee«, sagte Ezra überzeugter. »Claire hat nichts von einem Leihwagen verlauten lassen, und *das* hätte er gesagt.«

Dees nickte abermals und beschloß, auch die Leihwagenfirmen anzurufen. Außerdem wollte er den Rest des Personals befragen, aber er rechnete nicht mit einer Erleuchtung; der alte Fuselbruder war so ziemlich alles, was da war. Er hatte mit Claire eine Tasse Kaffee getrunken, bevor Claire gegangen war, und eine weitere, als Claire am Abend wieder zum Dienst erschienen war, und es sah so aus, als wäre das das Ende vom Lied. Abgesehen vom Nachtflieger selbst schien Ezra der letzte Mensch gewesen zu sein, der Claire Bowie lebend gesehen hatte.

Der Gegenstand dieser Gedankengänge sah verschlagen in die Ferne, kratzte sich die Wülste unter dem Kinn und richtete dann den Block seiner blutunterlaufenen Augen wieder auf Dees. »Claire hat nichts von einem Taxi oder einem Leihwagen gesagt, aber er hat *was anderes* gesagt.«

»Tatsächlich?«

»Woll«, sagte Ezra. Er machte den Reißverschluß der linken Tasche seines ölverschmierten Overalls auf, holte eine Packung Chesterfield heraus, zündete sich eine an und stieß das widerliche Husten eines alten Mannes aus. Er sah Dees durch den Rauch hindurch mit einem Ausdruck halbausgegorener Verschlagenheit an. »Muß nichts heißen, aber vielleicht doch. Claire kam auf jeden Fall was komisch vor. Muß daran liegen, daß er normalerweise nicht Scheiße sagt, wenn er 'n Mund davon voll hatte.«

»Was hat er denn gesagt?«

»Kann mich nicht genau erinnern«, sagte Ezra. »Wissen Sie, wenn ich was vergesse, dann frischt ein Bild von Alexander Hamilton mein Gedächtnis manchmal ein bißchen auf.«

»Wie wäre es mit einem von Abe Lincoln?« fragte Dees trocken.

Nach einem Augenblick des Nachdenkens – einem *kurzen* Augenblick – stimmte Hannon zu, daß Lincoln den Trick manchmal auch bewirkte, worauf als Folge ein Porträt dieses Herrn von Dees Brieftasche in Hannons leicht zitternde Hand hinüberwechselte. Dees glaubte, daß ein Porträt von George Washington den Trick *wahrscheinlich* auch bewerkstelligt haben würde, aber er wollte sicher sein, daß der Mann rückhaltlos auf seiner Seite stand. Außerdem ging sowieso alles auf das Spesenkonto.

»Schießen Sie los.«

»Claire sagte, der Kerl hat ausgesehen, als ginge er zu 'ner verdammt heißen Party«, sagte Ezra.

»Ach? Warum das denn?« Dees dachte, daß George Washington es vielleicht doch getan hätte.

»Sagte, der Bursche hätte ausgesehen, als käme er gerade aus der Orchestergarderobe. Smoking, Seidenkrawatte und so weiter.« Ezra machte eine Pause. »Claire sagte, der Kerl hätte sogar ein großes Cape umgehabt. Innen rot wie 'n Feuerwehrauto, außen schwarz wie das Arschloch von 'nem Waldmurmeltier. Hat gesagt, wenn es hinter ihm herwehte, hätte es wie 'n gottverdammter Fledermausflügel ausgesehen.«

Plötzlich leuchtete in Dees' Versand ein einziges Wort in grellroten Neonbuchstaben auf, und dieses Wort hieß BINGO.

Du weißt es nicht, mein gingetränkter Freund, dachte Dees, *aber du hast möglicherweise gerade die Worte ausgesprochen, die dich berühmt machen werden.*

»Soviel Fragen über Claire«, sagte Ezra, »und Sie wollen nicht einmal wissen, ob *ich* was Komisches gesehen hab.«

»Haben Sie?«

»Zufällig ja.«

»Und was war das, mein Freund?«

Ezra kratzte sich mit langen, gelben Fingernägeln am Kinn, sah Dees aus den Winkeln seiner blutunterlaufenen Augen listig an und zog wieder an seiner Zigarette.

»Auch ein neues«, sagte Dees, während er noch ein Porträt von Abe Lincoln aus der Tasche zog und sorgfältig darauf achtete, den liebenswürdigen Gesichtsausdruck und die nette Stimme nicht zu verlieren. Seine Instinkte waren mittlerweile hellwach, und sie sagten ihm, daß Mr. Saufaus nicht völlig ausgepreßt war. Jedenfalls noch nicht.

»Irgendwie kommt's mir so vor, als wär da nicht genug für alles, was ich Ihnen erzähle«, sagte Ezra vorwurfsvoll. »Ein reicher Kerl aus der Stadt wie Sie sollte eigentlich mehr locker machen können als zehn Mäuse.«

Dees sah auf die Uhr. »Herrje!« sagte er. »Sehen Sie nur, wie spät es schon geworden ist! Und ich habe noch nicht einmal mit der Polizei von Falmouth gesprochen!«

Bevor er auch nur so tun konnte, als wollte er aufstehen, war der Fünfer zwischen seinen Fingern verschwunden und hatte sich zu seinem Kumpan in der Tasche von Hannons Overall gesellt.

»Nun gut, wenn Sie noch was zu erzählen haben, dann raus damit«, sagte Dees. Jetzt war die Liebenswürdigkeit verschwunden. »Ich muß noch anderswohin, mit anderen Leuten reden.«

Der Mechaniker dachte darüber nach, kratzte seine Wülste und verströmte den Geruch von angegammeltem Käse. Dann sagte er fast widerwillig: »Hab 'n großen Haufen Erde unter dieser Skymaster gesehen. Genau unter dem Kofferraum.«

»Tatsächlich?«

»A-hm. Hab mit 'm Stiefel reingekickt.«

Dees wartete. Das konnte er gut.

»Widerliches Zeug. Voller Würmer.«

Dees wartete. Das waren gute, nützliche Informationen, aber er glaubte nicht, daß der alte Mann schon völlig ausgewrungen war.

»Und Maden«, sagte Ezra. »Da waren auch Maden. Als wär was gestorben.«

Dees blieb in dieser Nacht im Sea Breeze Motel und machte sich anderntags um acht Uhr morgens auf den Weg nach Alderton im Staat New York.

5

Was Dees am Vorgehen seines Opfers nicht verstand, was ihn am meisten überraschte, war die Tatsache, wie *leichtsinnig* der Flieger gewesen war. In Maine und Maryland hatte er sich wahrhaftig *aufgehalten*, bevor er zugeschlagen hatte. Sein einziger Aufenthalt, der nur eine Nacht dauerte, war in Alderton, das er zwei Wochen, nachdem er Claire Bowie umbrachte, besucht hatte.

Der Lakeview Airport in Alderton war noch kleiner als der CCA – eine einzige festgestampfte Landebahn und eine kombinierte Ops/UNICOM-Anlage, die freilich nur aus einem frisch gestrichenen Schuppen bestand. Es gab keine Möglichkeit, nach Instrumenten zu landen, aber es gab eine große Satellitenschüssel, damit keiner der fliegenden Farmer, die hier arbeiteten, *Murphy Brown* oder *Glücksrad* oder etwas ähnlich Wichtiges verpassen mußte.

Eines allerdings gefiel Dees ausgezeichnet: die nichtasphaltierte Landebahn war ebenso spiegelglatt, wie es die in Maine gewesen war. Daran könnte ich mich gewöhnen, dachte Dees, als er die Beech sauber aufsetzte und mit dem Bremsmanöver begann. Kein Holpern über Asphaltblasen, keine Schlaglöcher, in denen man bei der Landung steckenbleibt – ja, daran könnte ich mich mühelos gewöhnen.

In Alderton hatte niemand nach Bildern von Präsidenten oder Freunden von Präsidenten gefragt. In Alderton war die ganze Stadt – eine Gemeinde von knapp unter tausend Seelen – im Schock; nicht nur ein paar Teilzeitkräfte, die den winzigen Flugplatz zusammen mit dem verstorbenen Buck Kendall gewissermaßen aus Barmherzigkeit geführt hatten (und mit Sicherheit in die roten Zahlen). Und es gab niemanden, mit dem man reden konnte, nicht einmal ein Zeuge vom Kaliber Ezra Hannon. Hannon war vulgär gewesen, überlegt Dees, aber man konnte ihn wenigstens zitieren.

»Muß ein kräftiger Mann gewesen sein«, sagte einer der Teilzeitangestellten zu Dees. »Der alte Buck wog zwo-zwanzig und war meistens friedlich, aber *wenn* man ihn reizte, dann sorgte er dafür, daß es einem leid tat. Hab' gesehn, wie er einen Burschen aufgemischt hat, der vor zwei Jahren mit 'ner Jahrmarktsshow durch P'keepsie kam. Natürlich sind solche Kämpfe nicht legal, aber Buck war mit den Raten für seine kleine Piper Cub hintendran, deshalb hat er den Jahrmarktskämpfer auf die Matte gelegt. Er nahm seine zweihundert Dollar und schickte sie der Firma, etwa zwei Tage bevor sie jemanden schickten, um's einzutreiben, schätz' ich.«

Der Teilzeitmann schüttelte aufrichtig betroffen den Kopf, und Dees wünschte sich, er hätte daran gedacht, die Kamera mitzunehmen. Die Leser von *Inside View* hätten dieses lange, gramzerfurchte, trauernde Gesicht verschlungen. Dees beschloß herauszufinden, ob der verstorbene Buck Kendall einen Hund gehabt hatte. Die Leser von *Inside View* verschlangen auch Bilder der Hunde von Toten. Man ließ ihn auf der Veranda vor dem Haus des Verschiedenen Sitz machen und schrieb eine Legende wie BUFFYS LANGES WARTEN HAT BEGONNEN darunter, oder sowas.

»Wirklich schlimm«, sagte Dees mitfühlend.

Der Teilzeitmann seufzte und nickte. »Der Kerl muß ihn von hinten abserviert haben. Anders kann ich's mir nicht erklären.«

Dees wußte nicht, aus welcher Richtung Gerald »Buck« Kendall abserviert worden war, aber er wußte, daß man dem Opfer dieses Mal nicht die Kehle aufgeschlitzt hatte. Dieses Mal waren Löcher da, Löcher, durch die »Dwight Renfield« wahrscheinlich seinem Opfer das Blut ausgesaugt hatte. Aber wie aus dem Gutachten des Gerichtsmediziners hervorging, befanden sich die Einstiche auf entgegengesetzten Seiten des Halses, einer in der Schlagader, der andere in der Drosselader. Das waren weder die diskreten Bißspuren der Bela-Lugosi-Ära noch die etwas blutrünstigeren der Christopher-Lee-Filme. Das Gutachten des Gerichtsmediziners sprach in trockenen Zentimeterangaben, aber Dees konnte hinreichend gut übersetzen, und Morrison hatte die unermüdliche Libby Grannit, die ihm erklären konnte, was die trockene Sprache des Leichenbeschauers nur teilweise preisgab: der Killer hatte entweder Zähne, wie sie der von *Inside View* so heißgeliebte Bigfoot hatte, oder aber er hatte die Löcher in Kendalls Hals auf eine wesentlich prosaischere Weise zustandegebracht: mit Hammer und Nagel.

MÖRDERISCHER NACHTFLIEGER DURCHBOHRTE OPFER UND TRANK IHR BLUT, dachten beide Männer am selben Tag an verschiedenen Orten. *Nicht schlecht.*

Der Nachtflieger hatte kurz nach 22:30 Uhr am Abend des dreiundzwanzigsten Juli um Landeerlaubnis auf dem Lakeview Airport gebeten. Kendall hatte die Erlaubnis erteilt und die Nummer aufgeschrieben, die Dees zu dem Zeitpunkt schon fast auswendig kannte: N 101 BL. Bei »Name des Piloten« hatte Kendall »Dwite Renfield« eingetragen, und bei »Marke und Flugzeugtyp« dann »Cessna Skymaster 337«. Das rote Leitwerk und das wallende Fledermauscape, innen rot wie ein Feuerwehrauto und außen schwarz wie das Arschloch eines Waldmurmeltiers, hatte er selbstverständlich nicht erwähnt, aber Dees war dennoch überzeugt, daß beides übereinstimmte.

Der Nachtflieger war kurz nach halb elf in Alderton gelandet, hatte den Kraftkerl Buck Kendall getötet, sein Blut getrunken und war irgendwann, bevor Jenna Kendall um fünf Uhr morgens gekommen war, um ihrem Mann eine frische Waffel zu bringen, und dabei seinen blutleeren Leichnam gefunden hatte, wieder mit seiner Cessna weitergeflogen.

Als Dees vor dem baufälligen Hangar/Tower des Lakeview stand und über alles nachdachte, kam ihm eine Idee. Wenn man Blut *spendete*, bekam man lediglich ein Glas Orangensaft und ein Dankeschön. Aber wenn man es nahm – speziell, wenn man es *aussaugte*, um präzise zu sein –, bekam man Schlagzeilen. Als er den Rest einer gräßlichen Tasse Kaffee auf den Boden schüttete und zu seinem Flugzeug ging, um nach Süden, nach Maryland, zu fliegen, überlegte sich Richard Dees, ob Gottes Hand nicht vielleicht ein wenig gezittert haben mochte, als Er die angebliche Krone seiner Schöpfung schuf.

6

Jetzt, zwei böse Stunden, nachdem er in Washington National gelandet war, war die Lage noch viel schlimmer geworden, und zwar erschreckend plötzlich. Die Lichter der Landebahn waren erloschen, aber jetzt sah Dees, daß sie nicht allein erloschen waren – halb Wilmington und ganz

Wrightsville Beach waren ebenfalls dunkel. ILS war immer noch da, aber als Dees das Mikro packte und schrie: »Was ist passiert? *Meldet* euch, Wilmington!«, erhielt er als Antwort nichts weiter als Störgeräusche, in denen ein paar Stimmen wie ferne Geister nuschelten.

Er knallte das Mikro zurück und verfehlte die Gabel. Es fiel auf den Cockpitboden, und Dees vergaß es. Es war reiner Piloteninstinkt gewesen, daß er es gepackt und geschrien hatte, nichts weiter. Er wußte so sicher, wie er wußte, daß die Sonne im Westen unterging – und das würde sie jetzt bald tun –, was geschehen war. Ein Blitz mußte eine Umspannstation in der Nähe des Flughafens getroffen haben. Die Frage war, ob er trotzdem landen sollte oder nicht.

»Du hattest Landeerlaubnis«, sagte eine Stimme. Eine andere erwiderte auf der Stelle (und zutreffend), daß das eine beschissene Ausflucht war. Du hast gelernt, was du in einer solchen Situation zu tun hast, als du noch das Äquivalent eines Fahrschülers warst. Die Logik und das Lehrbuch sagen dir, daß du zum nächsten Flughafen ausweichen und die ATC benachrichtigen sollst. Jetzt zu landen, unter gefährlichen Umständen, konnte ihn eine Strafe und ein sattes Bußgeld kosten.

Andererseits, *nicht* zu landen – jetzt *gleich* – konnte bedeuten, daß er den Nachtflieger verlor. Außerdem konnte es jemanden (oder mehrere) das Leben kosten; aber das kalkulierte Dees praktisch nicht ein – bis eine Idee wie ein Blitzlicht in seinem Verstand aufleuchtete, eine Inspiration, die, wie die meisten seiner Inspirationen, als gewaltige Schlagzeile vor ihm auftauchte:

HEROISCHER REPORTER RETTET (hier eine so große Zahl wie möglich einsetzen; sie würde sehr groß sein, wenn man die erstaunlich dehnbaren Grenzen der menschlichen Glaubwürdigkeit betrachtete) VOR WAHNSINNIGEM NACHTFLIEGER.

Nimm *das*, Farmer John, dachte Dees und setzte seinen Anflug auf Landebahn 34 fort.

Plötzlich leuchteten die Landebahnlichter, wie um seinen Entschluß zu billigen, wieder auf, erloschen dann wieder und hinterließen blaue Geisterbilder auf seinen Netzhäuten, die

Sekunden später das kranke Grün verdorbener Avocados annahmen. Dann klärten sich die unheimlichen Geräusche aus dem Lautsprecher, und Farmer Johns Stimme kreischte: »*Backbord, N 471 B! Piedmont: nach Steuerbord! Herrgott, o gütiger Gott, eine Kollision, ich glaube, wir haben eine Kollision ...*«

Dees' Selbsterhaltungsinstinkte waren ebenso ausgeprägt wie diejenigen, die Blut im Gebüsch rochen. Er sah die Positionslichter der Piedmont Airlines 727 nicht einmal. Er war zu sehr damit beschäftigt, so eng nach Backbord zu fliegen, wie es nur irgend ging – und das war so eng wie eine Jungfrauenpflaume, wie er mit Freuden bezeugt hätte, wenn er nur bei lebendigem Leib aus dieser Scheiße herauskam –, noch bevor Farmer John seine Warnung zu Ende gesprochen hatte. Er sah (oder spürte) einen Augenblick etwas, das nur Zentimeter über ihm zu sein schien, etwas Großes wie die Schwingen eins prähistorischen Vogels – und dann bekam die Beech 55 einen Stoß, der ihn die bisherigen Turbulenzen glatt vergessen ließ. Seine Zigaretten flogen ihm aus der Brusttasche und wurden überall verstreut. Die halbdunkle Silhouette von Wilmington war aberwitzig geneigt. Er fühlte sich, als versuchte sein Magen, sein Herz durch den Hals in den Mund zu drängen. Spucke lief ihm über die Wange wie ein Kind, das eine geseifte Rutschbahn herunterschlittert. Karten flogen wie Vögel durcheinander. Draußen hallte die Luft vom Donner der Schubdüsen. Eines der Fenster der viersitzigen Passagierkabine implodierte, ein asthmatischer Wind heulte herein, der alles, was nicht befestigt war, in einen wahren Wirbelsturm riß.

»*Gehen Sie wieder auf Ihre bisherige Flughöhe, N 471 B!*« schrie Farmer John. Dees war sich bewußt, daß er gerade ein Paar Hosen für zweihundert Dollar ruiniert hatte, indem er ungefähr einen Liter heiße Pisse hinein abdrückte, doch ihn tröstete das sichere Gefühl, daß der alte Farmer John seine Jockey-Shorts gerade mit einer Wagenladung frischer Mars-Riegel vollgeladen hatte. Jedenfalls hörte er sich so an.

Dees hatte ein Schweizer Offiziersmesser bei sich. Er holte es aus der rechten Hosentasche, hielt den Steuerknüppel mit der linken Hand fest und schnitt über dem linken Ellbogen durch sein Hemd, bis Blut kam. Dann brachte er sich einen weiteren Schnitt bei, nicht tief, direkt über dem linken Auge. Er klappte das Messer zu und schob es in die dehnbare Kartenklappe an der Pilotentür. Muß ich später saubermachen, dachte er; wenn ich es vergesse, könnte ich tief in der Scheiße sitzen. Aber er wußte, er würde es nicht vergessen, und wenn man in Betracht zog, womit der Nachtflieger durchgekommen war, würde ihm wahrscheinlich nichts passieren.

Die Lichter der Landebahn gingen wieder an, diesmal auf Dauer, hoffte er, aber ihr Pulsieren verriet ihm, daß sie von einem Generator gespeist wurden. Er lenkte die Beech wieder auf Landebahn 34. Blut rann ihm an der linken Wange bis zum Mundwinkel herab. Er saugte etwas davon ein, dann spie er eine rosa Mischung aus Blut und Spucke auf das IVSI. Nie einen Trick auslassen, sich einfach auf die alten Instinkte verlassen – die retteten einem immer wieder Kopf und Kragen.

Er sah auf die Uhr. Nur noch vierzehn Minuten bis Sonnenuntergang. Die ganze Sache wurde langsam knapp.

»*Hochziehen, Beech!*« kreischte Farmer John. »*Sind Sie taub?*«

Dees griff nach der verwickelten Leitung des Mikros, ohne die Landebahnlichter aus den Augen zu lassen. Er zog die Leitung durch die Finger, bis er das Mikro selbst zu fassen bekam. Er preßte es in die Handfläche und drückte den Sendeknopf.

»Hören Sie mir gut zu, Sie Arschloch«, sagte er, und dabei hatte er die Lippen bis zum Zahnfleischansatz zurückgezogen. »Ich werde von dieser 727 beinahe zu Erdbeermarmelade zerquetscht, weil Ihr Scheißgenerator nicht angesprungen ist, als er anspringen sollte; infolgedessen hatte ich kein ATC. Ich weiß nicht, wie viele Passagiere in dieser *Linienmaschine* eben beinahe zu Erdbeermarmelade zerquetscht worden wären, aber ich wette, *Sie* wissen es, und die Cockpit-Crew weiß es auch. Wenn die Leute da drüben noch am Leben sind, so nur, weil der Captain schlau genug war, scharf nach rechts zu ziehen, und weil ich schlau genug war, das auch zu tun. Aber ich habe ernste technische und körperliche Schäden davongetragen. Wenn Sie mir nicht auf der Stelle Landeerlaubnis geben, werde ich trotzdem landen. Und wenn ich ohne Erlaubnis landen muß, werde ich Sie vor eine FAA-Anhörung zerren. Aber vorher werde ich persönlich dafür sorgen, daß Ihr Kopf und Ihr Arschloch die Plätze tauschen. Haben Sie das verstanden, *Boß?*«

Ein langes, von Störgeräuschen erfülltes Schweigen. Dann eine sehr leise Stimme, ganz anders als Farmer Johns bisherige kernige Ansprache, die sagte: »Sie haben Erlaubnis, auf Bahn 34 zu landen, N 471 B.«

Dees lächelte und peilte die Landebahn an.

Er drückte den Mikroknopf und sagte: »Ich wurde wütend und habe geschrien. Tut mir leid. Kommt nur vor, wenn ich fast ums Leben komme.«

Keine Antwort vom Boden.

»Na gut, dann eben nicht«, sagte Dees. Dann setzte er zur Landung an und widerstand dem Impuls, rasch noch einmal auf die Uhr zu sehen.

7

Dees war abgehärtet und stolz darauf, aber es hatte keinen Zweck, sich selbst etwas vorzumachen; was er in Duffrey fand, machte ihn fertig. Die Cessna des Nachtfliegers hatte einen ganzen Tag – den einunddreißigsten Juli – auf dem Vorfeld gestanden, aber damit fing das Unheimliche erst an. Natürlich würde die Leser von *Inside View* nur das Blut interessieren, und genau so sollte es auch sein, Welt ohne Ende, amen, amen, aber Dees begriff mit zunehmender Deutlichkeit, daß Blut (oder im Fall von Ray und Ellen Sarch das *Fehlen* von Blut) erst der Anfang der Story war. Unter diesem Blut lagen dunkle und seltsame Höhlen.

Dees traf am 8. August in Duffrey ein, mittlerweile fast eine Woche nach dem Nachtflieger. Er fragte sich noch einmal, wo sich sein Fledermausfreund zwischen den Morden herumtrieb. Disney World? Busch Gardens? Möglicherweise in Atlanta, um sich die Braves anzusehen? Solche Dinge waren im Augenblick von ziemlich geringer Bedeutung, weil die Jagd noch im Gange war, aber später konnten sie wichtig sein. Sie würden die Reste der Geschichte vom Nachtflieger über ein paar weitere Ausgaben strecken, damit die Leser noch ein bißchen nachschmecken konnten, wenn die größten Brocken rohen Fleisches schon verschlungen waren.

Immer noch *gab* es dunkle Stellen in dieser Geschichte – Höhlen, in die man fallen und in denen man für immer verschwinden konnte. Das hörte sich verrückt an und kitschig zugleich, aber als Dees allmählich begriff, was sich in Duffrey abgespielt hatte, fing er tatsächlich an, es selbst zu glauben, was bedeutete, daß *dieser* Teil der Story nie gedruckt werden würde, und nicht nur, weil er persönlich war. Er verletzte Dees' einzige eiserne Grundregel: Glaube niemals, was du veröffentlichst, und veröffentliche niemals, was du glaubst. Das hatte ihm im Laufe der Jahre ermöglicht, bei Verstand zu bleiben, während alle anderen um ihn herum den ihren verloren.

Er war auf dem Washington National gelandet – zur Abwechslung einmal ein *richtiger* Flughafen – und hatte ein Auto gemietet, um die sechzig Meilen bis Duffrey zu fahren, denn ohne Ray Sarch und seine Frau Ellen *gab* es keinen Flugplatz in Duffrey. Abgesehen von Ellens Schwester Raylene, die ganz gut mit dem Schraubenschlüssel umgehen konnte, waren die beiden das ganze Personal gewesen. Es gab eine einzige gestampfte und geölte Landebahn (geölt, um den Staub zu binden und das Wachstum von Unkraut zu verhindern) und einen Kontrollraum, nicht viel größer als ein Schrank, neben dem Jet-Aire-Wohnwagen, in dem das Ehepaar Sarch hauste. Sie waren beide pensioniert, beide, wie man hörte, hart wie Stahl, beide waren Flieger, und sie liebten einander auch nach fast fünf Jahrzehnten Ehe noch heiß und innig.

Außerdem fand Dees heraus, daß die Sarches den privaten Verkehr auf ihrem Flughafen mit Argusaugen beobachteten; der Kampf gegen die Drogen hatte für sie persönliche Hintergründe. Ihr einziger Sohn war in den Everglades in Florida gestorben, als er versuchte, mit mehr als einer Tonne Acapulco-Gold in einer gestohlenen Beech 18 auf einer anscheinend freien Wasserfläche zu landen. Das Wasser *war* frei – mit Ausnahme eines einzigen Baumstumpfs. Die Beech 18 prallte dagegen, überschlug sich und explodierte. Doug Sarch war herausgeschleudert worden, aber wahrscheinlich noch am Leben, so wenig seine trauernden Eltern das glauben wollten. Er war von Alligatoren gefressen worden, und als die DEA-Leute ihn eine Woche später fanden, waren nur noch ein zerstückeltes Skelett, ein paar von Maden wimmelnde Fleischfetzen, ein verkohltes Paar Calvin-Klein-Jeans und eine Sportjacke von Paul Stuart in New York von ihm übrig. In einer Tasche der Sportjacke befanden sich fast zwanzigtausend Dollar in bar; eine andere enthielt knapp sechzig Gramm fast reines peruanisches Kokain.

»Die Drogen und die Drecksäcke, die damit handeln, haben meinen Sohn umgebracht«, sagte Ray Sarch bei mehreren Anlässen, und Ellen Sarch war bereit, das doppelt und dreifach zu bekräftigen. Ihr Haß auf Drogen und Drogendealer, so wurde Dees mehrfach versichert (über die fast einhellige Meinung in Duffrey, der Mord an den ältlichen Sarches sei eine »Bandenrache« gewesen, konnte er nur lächeln), wurde nur noch von dem Kummer und der Bestürzung übertroffen, daß ihr einziger Sohn sich von eben diesen Leuten hatte verführen lassen.

Nach dem Tod ihres Sohnes hatten die Sarches jeden und alles im Auge behalten, was auch nur im entferntesten wie ein Dorgentransport ausgesehen hatte. Sie hatten die Polizei von Maryland viermal umsonst auf den Flugplatz gerufen, aber das war den Staatspolypen einerlei gewesen, denn die Sarches hatten auch drei kleinere und zwei ziemlich große Lieferungen auffliegen lassen. Die letzte bestand aus siebenundzwanzig Pfund reinstem bolivianischem Kokain. Solche Knüller ließen einen ein paar falsche Alarme vergessen, denn das waren die Knüller, die Beförderungen brachten.

Am späten Abend des 30. Juli kommt also nun diese Cessna Skymaster, deren Nummer und Beschreibung an jedem Flugplatz in Amerika vorlag, einschließlich dem in Duffrey; eine Cessna, deren Pilot sich als Dwight Renfield ausgewiesen hatte, Startflughafen Bayshore Airport, Delaware, ein Flugplatz, der noch nie etwas von »Renfield« oder einer Skymaster mit der Hecknummer N 101 BL gehört hatte; das Flugzeug eines Mannes, der mit fast völliger Sicherheit ein Mörder war.

»Wenn er hier gelandet wäre, dann säße er jetzt im Knast«, hatte einer der Flugleiter in Bayshore Dees am Telefon gesagt, aber Dees hatte Zweifel. Ja. Wirklich große Zweifel.

Der Nachtflieger war um 23:27 Uhr in Duffrey gelandet, und »Dwight Renfield« hatte nicht nur das Logbuch der Sarches unterschrieben, sondern auch Rays Einladung angenommen, mit in den Wohnwagen zu kommen, ein Bier zu trinken und die Wiederholung einer Folge von *Rauchende Colts* auf TNT anzusehen. Das alles hatte Ellen Sarch am darauffolgenden Tag der Inhaberin des Beauty-Shop von Duffrey erzählt. Diese Frau, Selida McCammon, hatte sich gegenüber Dees als eine der engsten Freundinnen von Ellen Sarch bezeichnet.

Als Dees gefragt hatte, welchen Eindruck Ellen gemacht hatte, hatte Selida überlegt und dann gesagt: »Irgendwie verträumt. Wie ein High-School-Mädchen, das sich verknallt hat, siebzig Jahre hin oder her. Sie hatte eine so kräftige Gesichtsfarbe, daß ich es zuerst für Make-up hielt, bis ich mit ihrer Dauerwelle anfing. Dann sah ich, sie war nur ... Sie wissen schon ...« Selida McCammon zuckte die Achseln. Sie wußte, was sie meinte, konnte es aber nicht in Worte fassen.

»Aufgekratzt«, schlug Dees vor, worauf Selida McCammon lachte und in die Hände klatschte.

»Aufgekratzt! Das ist es! Sie sind tatsächlich ein Schriftsteller!«

»Oh, ich schreibe, wie man eben schreibt«, sagte Dees und spendete ihr ein Lächeln, das, wie er hoffte, herzlich und humorvoll wirkte. Das war ein Gesichtsausdruck, den er einst fast ununterbrochen geübt hatte und den er immer noch regelmäßig vor dem Schlafzimmerspiegel seines New Yorker Apartments übte, wie auch vor den Spiegeln der Hotels und Motels, die *wirklich* sein Zuhause waren. Es schien zu funktionieren – Selida McCammon erwiderte das Lächeln mehr als bereitwillig –, aber in Wahrheit hatte sich Richard Dees in seinem ganzen Leben noch nicht herzlich und humorvoll gefühlt. Als Kind und Teenager hatte er geglaubt, daß diese Gefühle überhaupt nicht existierten, daß sie nur eine große Maskerade waren, eine gesellschaftliche Konvention. Später kam er zum Ergebnis, daß er sich damit geirrt hatte; die meisten Empfindungen, die er stets als »*Reader's Digest*-Emotionen« bezeichnet hatte, waren durchaus real, zumindest für die meisten Menschen. Möglicherweise war sogar die Liebe real. Daß er selbst diese Gefühle nicht empfinden konnte, war zwar jammerschade, aber gewiß nicht das Ende der Welt. Da draußen gab es immerhin Leute mit Krebs und AIDS und Leute mit dem Erinnerungsvermögen von hirngeschädigten Wellensittichen. Wenn man es so sah, wurde einem ziemlich schnell klar, daß das Fehlen einiger Herzschmerzemotionen dagegen ziemlich belanglos war. Wenn man die Gesichtsmuskeln ab und zu in die richtige Richtung verziehen konnte, kam man durch. Es tat nicht weh, und es war leicht; wenn man daran denken konnte, den Reißverschluß wieder hochzuziehen, nachdem man gepinkelt hatte, konnte man auch daran denken, zu lächeln und mitfühlend auszusehen, wenn es von einem erwartet wurde. Und ein verständnisvolles Lächeln, hatte er im Lauf der Jahre herausgefunden, war manchmal das beste Hilfsmittel bei einem Interview. Ab und zu fragte ihn eine innere Stimme, was es mit *seinem eigenen* Blick nach innen auf sich hätte, aber Dees *wollte* keinen Blick nach innen. Er wollte nur schreiben und Fotos machen. Beim Schreiben war er besser, das war immer so und würde immer so sein, was er auch wußte, aber Fotos zu machen gefiel ihm trotzdem besser. Er berührte sie gern. Er sah es gern, wenn die Menschen der ganzen Welt ihre wahren Gesichter zeigten oder ihre Masken so deutlich wurden, daß sie sie nicht leugnen konnten. Ihm gefiel, wie die Menschen auf den besten Fotos immer überrascht und entsetzt aussahen. Wie sie ertappt aussahen.

Auf Drängen hin hätte er geantwortet, daß die Fotos den einzigen Blick nach innen boten, den er brauchte, und das Thema wäre hier sowieso unwichtig. Wichtig war nur der Nachtflieger, sein kleiner Fledermausfreund, und wie er vor einer Woche ins Leben von Ray und Ellen Sarch getreten war.

Der Flieger war also aus seiner Maschine ausgestiegen und in ein Büro gegangen, in dem eine rot umrandete FAA-Meldung hing, eine Meldung, derzufolge draußen ein gefährlicher Bursche mit einer Cessna Skymaster, Hecknummer N 101 BL, herumflog, der möglicherweise zwei Menschen ermordet hatte. Dieser Mann, sagte die Meldung weiter, nannte sich möglicherweise Dwight Renfield. Das Flugzeug war gelandet, Dwight Renfield hatte sich eingetragen und mit ziemlicher Sicherheit den ganzen darauffolgenden Tag im Kofferraum seines Flugzeugs verbracht. Und was war mit den Sarches, den beiden wachsamen alten Leutchen?

Die Sarches hatten nichts gesagt; die Sarches hatten nichts *getan*.

Aber das traf nicht ganz zu, wie Dees herausgefunden hatte. Ray Sarch hatte eindeutig etwas getan: er hatte den Nachtflieger eingeladen, mit ihm und seiner Frau eine alte Folge von *Rauchende Colts* anzusehen und ein Bier zu trinken. Sie hatten ihn wie einen alten Freund behandelt. Und am nächsten Tag hatte sich Ellen Sarch einen Termin in der Beauty Bar geben lassen, was Selia McCammon überraschte; normalerweise kamen Ellens Besuche so pünktlich wie ein Uhrwerk, und diesmal kam sie, fast zwei Wochen bevor Selida sie wieder erwartet hätte. Ihre Anweisungen waren ungewöhnlich präzise gewesen; sie hatte nicht nur den üblichen Haarschnitt gewollt, sondern eine Dauerwelle – und außerdem eine Tönung.

»Sie wollte jünger aussehen«, hatte Selida McCammon zu Dees gesagt und sich dann mit dem Handrücken eine Träne von der Wange gewischt.

Aber Ellen Sarchs Verhalten war harmlos, verglichen mit dem ihres Mannes. Der hatte die FAA im Washington National angerufen und gebeten, eine NOTAM-Meldung herauszugeben und Duffrey von der Liste der betriebsbereiten Flugplätze zu streichen, jedenfalls vorläufig. Mit anderen Worten: er hatte die Rollos runtergelassen und den Laden dichtgemacht.

Auf dem Nachhauseweg hatte er an der Texaco-Tankstelle

von Duffrey gehalten und Norm Wilson, dem Besitzer, gesagt, er glaube, er habe sich eine Erkältung geholt. Norm erzählte Dees, daß Ray damit wahrscheinlich recht gehabt hatte – er hatte blaß und kränklich und plötzlich älter ausgesehen, als er tatsächlich war.

Und in dieser Nacht waren die beiden wachsamen Feuerwächter ums Leben gekommen. Ray Sarch war in dem kleinen Kontrollraum gefunden worden. Sein Kopf war abgerissen und in die gegenüberliegende Ecke geschleudert worden, wo er auf seinem zerfetzten Halsstumpf gelegen und mit aufgerissenen, glasigen Augen in die Ecke gestarrt hatte, als gäbe es dort etwas zu sehen.

Seine Frau war im Schlafzimmer des Wohnwagens der Sarches gefunden worden – im Bett. Sie hatte ein Nachthemd an, so neu, daß es wahrscheinlich vor dieser Nacht überhaupt noch nicht getragen worden war. Sie war alt, hatte ein Deputy Dees verraten (mit fünfundzwanzig Dollar war er ein kostspieligerer Informant gewesen als Ezra der Erstaunliche Ginsuff-Mechaniker, aber dennoch sein Geld wert), aber ein Blick hatte genügt, einem zu zeigen, daß sich die Frau fürs Bett zurechtgemacht hatte. Diese Sex-Dreingabe gefiel Dees so gut, daß er sie in seinem Notizbuch festhielt. Von den gewaltigen Löchern an ihrem Hals hatte eines die Drosselader getroffen, das andere die Halsschlagader. Ihr Gesicht war gefaßt gewesen, die Augen geschlossen, die Hände auf der Brust.

Obwohl sie fast jeden Tropfen Blut in ihrem Körper verloren hatte, waren auf dem Kissen unter ihr nur ein paar Flecken zu sehen und ein paar mehr auf dem Buch, das offen auf ihrem Bauch lag: *Der Fürst der Finsternis* von Anne Rice.

Und der Nachtflieger?

Der war irgendwann kurz vor Mitternacht des 31. Juli oder in den frühen Morgenstunden des 1. August einfach weggeflogen.

Wie eine Fledermaus.

8

Dees landete sieben Minuten vor dem offiziellen Sonnenuntergang in Wilmington. Während er das Gas wegnahm und immer noch Blut von dem Schnitt unter dem Auge aus dem Mund spie, sah er einen Blitz herunterfahren, dessen blauweißes Feuer ihn fast blendete. Diesem Blitz folgte der ohrenbetäubendste Donnerschlag, den er je gehört hatte; seine subjektive Meinung über diesen Schlag wurde bestätigt, als ein weiteres Fenster der Kabine, durch den Beinahe-Zusammenstoß mit der Piedmont 727 in Mitleidenschaft gezogen, einen Regen falscher Diamanten ins Cockpit spie.

In dem gleißenden Aufleuchten sah er ein flaches, würfelförmiges Bauwerk an der Backbordseite von Landebahn 34, in das der Blitz einschlug. Es explodierte und schleuderte eine Feuersäule zum Himmel empor, die zwar ebenfalls gleißend war, aber nicht annähernd die Helligkeit des Blitzes erreichte, der sie ausgelöst hatte.

Als wollte man eine Dynamitstange mit einer Atombombe zünden, dachte Dees verwirrt, und dann: der Generator. Das war der Generator.

Die Lichter – alle miteinander, die weißen Lichter, die den Rand der Landebahnen markierten, und die leuchtendroten, die ihr Ende kennzeichneten – waren plötzlich verschwunden, als wären sie nicht mehr als Kerzen gewesen, die ein starker Windstoß ausgeblasen hatte. Mit einemmal raste Dees mit mehr als achtzig Meilen pro Stunde aus der Dunkelheit in die Dunkelheit.

Die Druckwelle der Explosion rammte die Beech wie eine Faust – rammte sie nicht nur, sondern schlug auf sie ein wie ein Hammer. Die Beech, die noch kaum wußte, daß sie wieder zu einem Landlebewesen geworden war, schlitterte erschrocken nach Steuerbord, hob ab und kam wieder herunter, wobei der rechte Reifen über etwas – *vieles* – holperte, das Dees vage als Landelichter identifizierte.

Backbord! kreischte sein Verstand. Nach Backbord, du Arschloch!

Er hätte es fast getan, doch sein Verstand gewann die

Oberhand. Wenn er den Knüppel bei dieser Geschwindigkeit nach Backbord riß, würde er sich mit ziemlicher Sicherheit überschlagen. Wahrscheinlich nicht explodieren, wenn man bedachte, wie wenig Treibstoff noch in den Tanks war; aber es wäre möglich. Oder die Beech würde einfach auseinanderbrechen, und der Richard Dees von den Eingeweiden an abwärts würde sich auf seinem Sitz winden und zappeln, während der Richard Dees von den Eingeweiden an aufwärts sich in eine andere Richtung bewegen, seine abgetrennten Gedärme wie Girlanden hinter sich herziehen und Nieren fallen lassen würde wie übergroße Haufen Vogelscheiße.

Ausrollen lassen! schrie er sich selbst an. Ausrollen lassen, du Hurensohn, ausrollen lassen!

Da explodierte wieder etwas – die Reservetanks des Generators, überlegte er, als er Zeit zum Überlegen hatte – und hämmerte die Beech noch weiter nach Steuerbord, aber das machte nichts, es brachte ihn von den verdammten Landelichtern herunter, und plötzlich rollte er wieder vergleichsweise glatt, der Backbordreifen auf dem Rand von Landebahn 34, der Steuerbordreifen auf dem unheimlichen Streifen zwischen den Lichtern und dem Graben, den er rechts von der Landebahn gesehen hatte. Die Beech holperte immer noch, aber nicht mehr so schlimm, und ihm wurde klar, daß er mit einem Platten fuhr; der Steuerbordreifen war von den Landelichtern, die er zertrümmert hatte, in Fetzen gerissen worden.

Aber er wurde langsamer, nur das zählte, die Beech begriff allmählich, daß sie ein anderes Wesen geworden war, ein Wesen, das wieder dem Boden gehörte. Dees entspannte sich gerade etwas, als er einen großen Lear Jetz vor sich sah, wie ihn die Piloten als Fat Albert bezeichneten, der wahnsinnigerweise quer auf der Landebahn stand, wo der Pilot auf dem Weg zur Startbahn 5 angehalten hatte.

Dees raste darauf zu, sah erleuchtete Fenster, sah Gesichter, die ihn wie Idioten in einem Irrenhaus anstarrten, die ein Zauberkunststück vorgeführt bekommen, dann riß er das Ruder, ohne nachzudenken, voll nach rechts, steuerte die Beech von der Landebahn herunter in den Graben und verfehlte das Heck des Lear schätzungsweise um anderthalb Zentimeter. Er hörte leise Schreie, aber seine Aufmerksamkeit galt nur dem *Jetzt*, als die Beech erneut versuchte, wieder zu einem Geschöpf der Lüfte zu werden – was ihr freilich mit den ausgefahrenen Landeklappen und gedrosselten Motoren nicht gelang, sie aber nicht daran hinderte, es trotzdem zu versuchen. Im sterbenden Licht der zweiten Explosion machte sie einen krampfhaften Sprung und schlitterte über einen Rollweg; und dann sah Dees den General Aviation Terminal, dessen Ecken von batteriebetriebener Notbeleuchtung erhellt wurden, und die geparkten Flugzeuge – eines davon mit ziemlicher Sicherheit die Skymaster des Nachtfliegers – als dunkle Kreppapiersilhouetten vor dem unheilvollen orangefarbenen Licht des Sonnenuntergangs, das nun zwischen den aufreißenden Gewitterwolken durchschien.

Ich werde umkippen! schrie er sich selbst zu, und die Beech versuchte *tatsächlich* zu kippen, die Backbordtragfläche schlug Funken am Rollweg neben dem Terminal, die Spitze brach ab und wirbelte ins Gebüsch davon, wo die Reibungshitze in dem feuchten Gestrüpp ein schwaches Feuer entfachte.

Dann kam die Beech zum Stillstand, die einzigen Laute waren das knisternde Rauschen der Störgeräusche aus dem Funkgerät, das Klappern zerbrochener Flaschen, deren Inhalt auf den Boden der Passagierkabine tropfte und gurgelte, und das wahnsinnige Hämmern von Dees' Herz. Noch bevor er ganz sicher war, daß er noch lebte, hatte er den Sicherheitsgurt geöffnet und nach dem Verschluß der Luke gegriffen.

Was später geschah, daran erinnerte er sich mit visionärer Klarheit; aber von dem Augenblick an, als die Beech mit dem Heck zum Lear und auf eine Seite gekippt auf dem Rollweg zum Halten kam, bis zu dem Augenblick, als er die ersten Schreie aus dem Terminal hörte, war ihm nur erinnerlich, daß er sich umgedreht hatte, um nach seiner Kamera zu suchen. Er konnte das Flugzeug nicht ohne seine Kamera verlassen, die Nikon war für ihn so etwas wie eine Ehefrau.

Er hatte sie mit siebzehn in einem Geschäft in Toledo erstanden und seither immer bei sich gehabt. Er hatte neue Objektive dazugekauft, aber das Gehäuse war noch immer dasselbe wie damals, der einzige Unterschied waren die zahlreichen Kratzer und Dellen, die der Job mit sich brachte. Die Nikon befand sich in der elastischen Tasche hinter seinem Sitz. Er zog sie heraus, sah nach, ob sie unversehrt war, und stellte fest, daß sie es war. Er schlang sich den Trageriemen um den Hals und beugte sich über die Luke.

Er kippte den Griff, sprang hinunter, stolperte, stürzte beinahe und fing seine Kamera auf, bevor sie auf den Beton des Rollwegs aufprallen konnte. Erneutes Donnergrollen ertönte, diesmal wirklich *nur* ein Grollen, fern und ungefährlich. Wind wehte ihm entgegen, im Gesicht wie die zärtliche Berührung einer Hand, aber eiskalt unterhalb der Gürtellinie. Dees verzog das Gesicht. Daß er sich in die Hose gepißt hatte, als seine Beech und die Piedmont einander um Haaresbreite verfehlt hatten, würde auch nicht in seinem Artikel stehen.

Dann ertönte ein schriller, dünner Schrei aus dem General Aviation Terminal – ein Schrei, in dem sich Schmerz und Entsetzen vermischten. Es war, als hätte jemand Dees ins Gesicht geschlagen. Er kam wieder zu sich. Er konzentrierte sich auf sein Ziel. Er sah auf die Uhr. Sie funktionierte nicht. Entweder war sie bei der Landung zu Bruch gegangen, oder sie war stehengeblieben. Es handelte sich um eine jener Antiquitäten, die man aufziehen mußte, und er wußte nicht mehr, wann er das zum letzten Mal getan hatte.

War es Sonnenuntergang? Es war scheißdunkel hier draußen, ja, aber bei den vielen Gewitterwolken über dem Flughafen konnte man schwer abschätzen, ob das etwas zu sagen hatte. *War* es Sonnenuntergang?

Ein weiterer Schrei ertönte – nein, kein Schrei, ein Kreischen – gefolgt vom Klirren berstenden Glases.

Dees entschied, daß ihm der Sonnenuntergang einerlei war.

Er lief und bekam am Rande mit, daß die Ersatztanks des Generators immer noch brannten. Benzindunst lag in der

Luft. Er versuchte, noch schneller zu laufen, aber es schien, als liefe er in nassem Beton. Der Terminal kam näher, aber nicht besonders schnell. Nicht schnell genug.

»*Bitte, nein! Bitte, nein! BITTE NEIN! OH BITTE NEIN!*«

Der Schrei schwoll wie eine Spirale immer schriller an und ging plötzlich in ein schreckliches, unmenschliches Heulen über. Und dennoch *hatte* es etwas Menschliches, und das war das allerschlimmste daran. Im trügerischen Licht der Notbeleuchtung an den Ecken des Terminals sah Dees etwas Dunkles, Ruderndes, das an der den Parkplätzen des Terminals zugekehrten Wand Glas zertrümmerte – die Wand bestand fast vollständig aus Glas – und dann herausgeflogen kam. Es landete mit einem feuchten Plumps auf der Rampe, rollte herum, und Dees sah, daß es ein toter Mann war.

Der Sturm zog weiter, aber es wetterleuchtete noch, und als Dees auf das Parkgelände lief, inzwischen keuchend, sah er endlich das Flugzeug des Nachtfliegers; N 101 BL war kühn auf das Heck gemalt. In diesem Licht sahen die Buchstaben und Ziffern schwarz aus; er wußte, daß sie rot waren, doch das spielte so oder so keine Rolle mehr. Die Kamera war ohnehin nur mit einem Schwarzweißfilm bestückt und mit einem Blitz ausgestattet, der nur dann blitzte, wenn das Licht nicht für die Empfindlichkeit des Films ausreichte.

Die Luke der Skymaster hing auf wie der Mund eines Leichnams. Darunter lag ein großer Erdhaufen, in dem sich Gewürm wand und krümmte. Dees sah es und kam schlitternd zum Stillstand. Jetzt erfüllte nicht mehr nur Angst sein Herz, sondern ein unbändiges, klopfendes Glücksgefühl. Wie gut, daß sich alles so zusammengefügt hatte!

Ja, dachte er, aber nenne es nicht Glück – *wage* es nicht und nenne es Glück. Nenne es nicht einmal eine Eingebung.

Korrekt. Es war kein Glück, daß er sich in dem beschissenen kleinen Motelzimmer mit der scheppernden Klimaanlage herumgedrückt hatte, keine Eingebung – jedenfalls nicht *genau* eine Eingebung – die ihn Stunde um Stunde ans Telefon gefesselt hatte, wo er winzige Flughäfen angerufen und immer wieder die Hecknummer des Nachtfliegers durchgegeben hatte. Das war der reine Reporterinstinkt gewesen, und der zahlte sich nun aus. Nur handelte es sich hier nicht um ein gewöhnliches Auszahlen; dies war der Jackpot, El Dorado, die ganz große Sache.

Er blieb schlitternd vor der klaffenden Luke stehen und versuchte die Kamera hochzubringen. Erdrosselte sich beinahe mit dem Tragriemen. Fluchte. Löste den Riemen. Zielte.

Aus dem Terminal ertönte ein weiterer Schrei – der Schrei einer Frau oder eines Kindes. Dees bemerkte es kaum. Dem Gedanken, daß dort drinnen ein Gemetzel stattfand, folgte der Gedanke, daß Bilder von dem Gemetzel die Story nur noch fetter machen würden, aber beide Gedanken waren vergessen, als er rasch drei Aufnahmen von der Cessna machte und dabei darauf achtete, daß er die klaffende Kofferraumluke und die Nummer auf dem Heck deutlich draufbekam. Der automatische Filmtransport summte.

Dees lief weiter. Noch mehr Glas barst. Ein weiterer dumpfer Aufprall, als ein zweiter Leichnam wie eine Flickenpuppe auf den Beton geschleudert wurde. Dees schaute hin, sah verwirrende Bewegungen, das Aufbauschen von etwas, das ein Cape sein konnte. Doch er war noch zu weit entfernt, um das mit Sicherheit sagen zu können. Er drehte sich um. Schoß zwei weitere Aufnahmen des Flugzeugs, diesmal von vorne. Gedruckt würden die klaffende Luke und der Erdhaufen deutlich und unübersehbar sein.

Dann wirbelte er herum und rannte zum Terminal. Die Tatsache, daß er nur mit einer alten Nikon bewaffnet war, wurde ihm überhaupt nicht bewußt.

Zehn Meter entfernt blieb er stehen. Drei Leichen hier draußen, zwei Erwachsene beiderlei Geschlechts, dazu entweder eine kleinwüchsige Frau oder ein Kind von ungefähr dreizehn Jahren. Es war schwer zu sagen, weil der Kopf fehlte.

Dees hob die Kamera und machte schnell sechs Aufnahmen, wobei das Blitzlicht seine eigenen weißen Blitze erzeugte und der automatische Transport ein zufriedenes Knirschen von sich gab.

Sein Verstand verlor nie den Überblick. Er hatte sechsunddreißig Bilder. Elf hatte er verschossen. Blieben fünfundzwanzig. Ein weiterer Film steckte in den tiefen Taschen seiner Hose, und das war großartig – wenn er die Möglichkeit hatte, ihn einzulegen. Darauf konnte man sich allerdings nie verlassen; bei solchen Fotos mußte man zuschlagen, solange man zuschlagen konnte. Ein reines Schnellimbißbankett.

Dees erreichte den Terminal und riß die Tür auf.

9

Er dachte, er hätte alles gesehen, was es zu sehen gab, aber so etwas hatte er noch *niemals* gesehen. *Niemals.*

Wie viele? jammerte sein Verstand. Wie viele hast du hier? Sechs? Acht? Vielleicht ein Dutzend?

Er konnte es nicht sagen. Der Nachtflieger hatte den kleinen Privatterminal in ein Schlachthaus verwandelt. Überall Leichen und Leichenteile. Dees sah einen Fuß in einem schwarzen Turnschuh Marke Converse; er machte eine Aufnahme. Einen zerfetzten Torso; er machte eine Aufnahme. Hier lag ein Mann im ölverschmierten Overall eines Mechanikers, der noch lebte, und einen unheimlichen Augenblick lang dachte er, es wäre Ezra der Erstaunliche Ginsuff-Mechaniker vom Cumberland County Airport, aber der Bursche hier wurde nicht erst kahl, er war es bereits. Sein Gesicht war von der Stirn bis zum Kinn aufgeschlitzt worden. Die Nase war in zwei Hälften gespalten, wobei Dees aus einem irren Grund an ein gegrilltes Würstchen denken mußte, das aufgeplatzt und bereit für das Brötchen war.

Dees machte eine Aufnahme.

Und plötzlich, einfach so, rebellierte etwas in ihm und schrie mit einer herrischen Stimme, die man unmöglich überhören und der man sich nicht widersetzen konnte: *Aufhören!*

Aufhören, nichts mehr, es ist vorbei!

Er sah einen Pfeil, der an die Wand gemalt war, darunter die Worte ZU DEN WASCHRÄUMEN. Dees lief mit schlenkernder Kamera in die Richtung, in die der Pfeil zeigte.

Die erste Tür, die er fand, war die der Herrentoilette, aber Dees hätte es auch nichts ausgemacht, wenn es die Außerirdischentoilette gewesen wäre. Er weinte mit langgezogenen, abgehackten, heiseren Schluchzlauten; doch daß sie von ihm stammten, nahm er kaum zur Kenntnis. Es war Jahre her, seit er zum letztenmal geweint hatte. Damals war er noch ein Kind gewesen. Er stürzte durch die Tür, schlitterte wie ein Skiläufer in den Raum und hielt sich am Rand des zweiten Waschbeckens in der Reihe fest.

Er beugte sich darüber, und alles kam in einer vollen, stinkenden Flut heraus. Etwas davon spritzte ihm ins Gesicht, etwas landete in braunen Flecken auf dem Spiegel. Er roch das Chicken Creole zum Mitnehmen, das er im Motelzimmer, über das Telefon gebeugt, zu Mittag gegessen hatte; das war, kurz bevor er die Goldader gefunden hatte und zu seinem Flugzeug gerannt war. Und er würgte erneut, wobei er ein lautes, ächzendes Geräusch von sich gab wie eine überlastete Maschine kurz vor dem Auseinanderbrechen.

Mein Gott, dachte er, o mein Gott, das ist kein Mensch, das kann kein Mensch sein ...

Und dann hörte er das Geräusch.

Es war ein Geräusch, das er schon mindestens tausendmal gehört hatte, ein Geräusch, das jeden amerikanischen Mann vertraut war – aber jetzt erfüllte es ihn mit Grauen und einem schleichenden Entsetzen, jenseits seiner sämtlichen Erfahrungen und Überzeugungen.

Es war das Geräusch eines Mannes, der ein Pissoir benutzt.

Doch obwohl er alle drei Pissoirs im Spiegel sehen konnte, sah er niemanden, der davor stand.

Dees dachte: Vampire haben kein Spiegelb ...

Dann sah er die rötliche Flüssigkeit, die sich über das Porzellan des mittleren Pissoirs ergoß, sah sie an dem Porzellan hinabrinnen, sah sie in den Abflußlöchern verschwinden.

Er sah keinen Strahl in der Luft, er sah es erst, wenn es auf das tote Porzellan traf.

Dees war erstarrt. Er stand da, stützte sich mit den Händen auf das Becken, im Mund und Hals und Nase und Stirnhöhle den Geschmack und Geruch von Chicken Creole, und beobachtete den unglaublichen und doch prosaischen Vorgang, der sich hinter ihm abspielte.

Ich sehe, dachte er benommen, einen Vampir beim Pissen.

Irgendwo heulten Sirenen, die näherkamen.

Es schien ewig zu dauern – der blutige Urin spritzte auf das Porzellan, wurde sichtbar und verschwand im Abfluß. Dees stand da, stützte die Hände auf die Ränder des Beckens, in das er sich übergeben hatte, sah das Bild im Spiegel und kam sich vor wie ein festgefressenes Zahnrad in einer gigantischen Maschine.

Ich bin mit ziemlicher Sicherheit tot, dachte er.

Im Spiegel sah er, wie der Chromgriff ganz von selbst herunterging. Wasser gurgelte.

Dees hörte ein Rascheln und ein Flattern und wußte, daß es ein Cape war. Und er wußte auch, daß er das »mit ziemlicher Sicherheit« aus seinem letzten Gedanken streichen konnte, wenn er sich umdrehte. Er blieb stehen, wo er war, und umklammerte mit beiden Händen den Rand des Waschbeckens.

Eine leise Stimme unbestimmbaren Alters ertönte unmittelbar hinter ihm. Der Besitzer dieser Stimme war so nah, daß Dees seinen kalten Atem im Nacken spüren konnte.

»Sie sind mir gefolgt«, sagte die Stimme unbestimmbaren Alters.

Dees stöhnte.

»Doch«, sagte die Stimme unbestimmbaren Alters, als hätte Dees widersprochen. »Wissen Sie, ich kenne Sie. Ich weiß alles über Sie. Und jetzt hören Sie mir gut zu, mein neugieriger Freund, weil ich es nur einmal sage. Folgen Sie mir nicht mehr.«

Dees stöhnte wieder, ein hündischer Laut, und noch mehr Wasser floß in seine Hosen.

»Machen Sie Ihre Kamera auf«, sagte die Stimme unbestimmbaren Alters.

Mein Film! schrie ein Teil von Dees. *Mein Film! Alles, was ich habe! Alles, was ich habe! Meine Bilder!*

Ein weiteres trockenes, fledermausähnliches Flattern des

Capes. Obwohl Dees nichts sehen konnte, spürte er, daß der Nachtflieger näher gekommen war.

»Sofort.«

Sein Film war *nicht* alles, was er hatte.

Er hatte sein Leben.

Wie es war.

Er stellte sich vor, daß er herumwirbelte und sah, was ihm der Spiegel nicht zeigen konnte, zeigen wollte; er stellte sich vor, wie er den Nachtflieger sah, seinen Fledermausfreund, ein groteskes, mit Blut und Fleischfetzen und Haarbüscheln bespritztes Ding; er stellte sich vor, wie er eine Aufnahme nach der anderen machte, während der automatische Filmtransport knirschte – aber es würde nichts zu sehen sein.

Gar nichts.

Weil man sie auch nicht fotografieren konnte.

»Sie sind wirklich«, krächzte er, ohne sich zu bewegen – seine Hände schienen am Beckenrand festgeschweißt zu sein.

»Das sind Sie auch«, rasselte die Stimme unbestimmbaren Alters, und jetzt roch Dees in dem Atem den Duft von Grüften und versiegelten Gräbern. »Zumindest im Augenblick. Dies ist Ihre letzte Chance, mein wißbegieriger Möchtegernbiograph. Machen Sie die Kamera auf – sonst tue ich es.«

Dees öffnete die Nikon mit Händen, die völlig taub zu sein schienen.

Luft strich an seinem kalten Gesicht vorbei; sie fühlte sich wie bewegliche Rasierklingen an. Für einen Augenblick sah er eine lange weiße, blutverschmierte Hand; sah rissige, schmutzige Fingernägel.

Dann nahm sein Film Abschied und spulte sich rückgratlos aus der Kamera.

Noch ein trockenes Flattern. Noch ein stinkender Atemzug. Einen Augenblick dachte er, der Nachtflieger würde ihn trotzdem töten. Dann sah er im Spiegel, wie sich die Tür der Herrentoilette von selbst öffnete.

Er braucht mich nicht, dachte Dees. *Er muß für heute abend satt sein*. Er übergab sich sofort wieder, diesmal direkt auf das Spiegelbild seines eigenen fassungslosen Gesichts.

Die Tür schloß sich quietschend an ihrem pneumatischen Ellbogen.

Dees blieb für die nächsten drei Minuten stehen, wo er war; blieb stehen, bis die Sirenen den Terminal fast erreicht hatten; blieb stehen, bis er das Stottern und Dröhnen eines Flugzeugmotors hörte.

Des Motors einer Cessna Skymaster 337, fast ohne jeden Zweifel.

Dann verließ er die Toilette auf Beinen wie Stelzen, taumelte gegen die gegenüberliegende Wand des Flurs draußen, prallte ab und ging ins Terminalgebäude zurück. Er rutschte in einer Blutlache aus und wäre beinahe gestürzt.

»*Stehenbleiben, Mister!*« schrie ein Polizist hinter ihm. »*Bleiben Sie sofort stehen! Eine Bewegung, und Sie sind tot!*«

Dees drehte sich nicht einmal um.

»Presse, Pißkopf«, sagte er und hielt mit der einen Hand die Kamera und mit der anderen seinen Presseausweis hoch. Er ging zu einem der zertrümmerten Fenster, wobei sein Film wie eine lange braune Luftschlange aus der Kamera baumelte, blieb dort stehen und sah der Cessna nach, die auf Startbahn 5 beschleunigte. Einen Augenblick war sie ein schwarzer Schatten vor dem wabernden Feuer des Generators und der Ersatztanks – ein Schatten, der große Ähnlichkeit mit einer Fledermaus hatte. Dann stieg sie auf, war fort, und der Polizist stieß Dees so heftig gegen die Wand, daß seine Nase blutete, aber das war ihm egal, alles war ihm egal, und als das Schluchzen wieder in seiner Brust aufstieg, machte er die Augen zu, aber sah immer noch den blutigen Urin des Nachtfliegers, der auf das Porzellan spritzte, sichtbar wurde und in dem Abfluß verschwand.

Er glaubte, daß er das für alle Zeiten sehen würde.

Popsy

Sheridan fuhr langsam an der langen, einförmigen Fassade des Einkaufszentrums entlang, als er das Kind sah, das unter dem Leuchtschild mit der Aufschrift COUSINTOWN aus dem Haupteingang herauskam. Es war ein Junge, möglicherweise drei und groß für sein Alter, aber auf keinen Fall älter als fünf. Sein Gesicht war zu einem Ausdruck verzogen, den Sheridan mittlerweile zu deuten gelernt hatte. Er bemühte sich, nicht zu weinen, würde es aber trotzdem bald tun.

Sheridan hielt einen Moment an und verspürte den vertrauten Anflug von Abscheu ... aber jedesmal, wenn er ein Kind aufgriff, wurde das Gefühl etwas erträglicher. Beim ersten Mal hatte er eine ganze Woche nicht schlafen können. Er mußte an den großen, schmierigen Türken denken, der sich Mr. Wizard nannte, und fragte sich, was er mit den Kindern anstellen würde.

»Sie machen eine Bootsfahrt, Mr. Sheridan«, hatte der Türke ihm gesagt, nur hatte es sich bei ihm wie *Zie maken ein' Botzfarrt, Missta Sherrdann* angehört. Der Türke lächelte. *Und wenn du weißt, was gut für dich ist, stellst du besser keine Fragen mehr*, hatte dieses Lächeln gesagt, und zwar unmißverständlich, ohne Akzent.

Sheridan *hatte* keine Fragen mehr gestellt, was aber nicht hieß, daß er sich keine Gedanken machte. Besonders hinterher, wenn er sich im Bett wälzte und sich wünschte, er könnte die Sache noch einmal von vorn anfangen und anders machen, der Versuchung widerstehen. Beim zweiten Mal war es fast ebenso schlimm gewesen ... beim dritten Mal ein bißchen weniger ... und nach dem vierten Mal hörte er fast auf, sich wegen der *Botzfarrt* und dem, was die Kinder an ihrem Ende erwarten mochte, Gedanken zu machen.

Sheridan fuhr den Transporter auf einen der Behindertenparkplätze unmittelbar vor dem Einkaufszentrum. Am Heck des Transporters hatte er eines der speziellen Nummernschilder, die der Staat an Behinderte vergab. Dieses Nummernschild war nicht mit Gold aufzuwiegen, weil es verhinderte, daß die Wachmänner des Supermarkts mißtrauisch wurden, und die Parkplätze lagen günstig und waren fast immer frei.

Du tust immer so, als dächtest du nicht daran, dich auf die Suche zu begeben, aber einen oder zwei Tage vorher beschaffst du dir immer das Behindertennummernschild.

Aber dieser ganze Mist war ihm egal; er steckte in der Klemme, und der Junge dort konnte die Lösung für einige schwerwiegende Probleme sein.

Er stieg aus und ging auf den Jungen zu, der sich in zunehmender Panik umsah. Ja, dachte Sheridan, er war fünf, möglicherweise sogar sechs – nur sehr zierlich. Im grellen Licht der Neonröhren, das zu den Glastüren herausfiel, wirkte der Junge kalkweiß, nicht nur ängstlich, sondern regelrecht krank. Doch Sheridan vermutete, daß er nur zu Tode verängstigt war. Sheridan kannte diesen Ausdruck, wenn er ihn sah; er hatte in den letzten rund eineinhalb Jahren selbst jede Menge Angst gesehen, wenn er in den Spiegel schaute.

Der Junge sah hoffnungsvoll zu den Leuten auf, die ihn umdrängten. Menschen, die das Einkaufszentrum betraten und mit Waren beladen wieder herauskamen – ihre Gesichter benommen, fast wie im Drogenrausch, von einem Gefühl gezeichnet, das sie selbst wahrscheinlich für Befriedigung hielten.

Der Junge, der Tuffskin-Jeans und ein T-Shirt der Pittsburgh Penguins trug, suchte nach Hilfe; er wartete darauf, daß jemand ihn sehen und spüren würde, daß etwas nicht in Ordnung war; er wartete auf jemanden, der die richtige Frage stellte *Hast du deinen Dad verloren, Junge?* würde schon genügen; er suchte nach einem Freund.

Hier bin ich, dachte Sheridan und ging auf ihn zu. *Hier bin ich, Kleiner – ich bin dein Freund.*

Er war fast bei dem Jungen, als er einen Mann vom Wachdienst des Einkaufszentrums langsam durch die Vorhalle zum Eingang schlendern sah. Der Mann griff gerade in die Tasche, wahrscheinlich um eine Schachtel Zigaretten herauszuholen. Er würde herauskommen, den Jungen sehen und damit Sheridans todsichere Chance zunichte machen.

Scheiße, dachte er. Er durfte nicht gesehen werden, wie er mit dem Jungen sprach, wenn der Wachmann herauskam. Das wäre noch schlimmer gewesen.

Sheridan wich ein wenig zurück und kramte übertrieben in den eigenen Taschen, als müßte er unbedingt feststellen, daß er seine Schlüssel noch hatte. Sein Blick wanderte von dem Jungen zum Wachmann und wieder zu dem Jungen zurück. Der Junge hatte angefangen zu weinen. Kein richtiggehendes Plärren, noch nicht, aber große Kullertränen, die im Licht des roten COUSINTOWN-Schildes rosa über seine glatten Wangen hinabflossen.

Das Mädchen an der Information winkte dem Wachmann und sagte etwas zu ihm. Sie war hübsch, dunkelhaarig, um die fünfundzwanzig; er war strohblond und trug einen Schnurrbart. Als der Wachmann sich auf die Ellbogen stützte und ihr zulächelte, fand Sheridan, daß sie wie die Zigarettenwerbung aussahen, die man manchmal auf der Rückseite von Zeitschriften fand. *Salem Spirit. My Lucky.* Er starb hier draußen tausend Tode, und die da drinnen hielten ein Schwätzchen – was machst du denn nach der Arbeit, möchtest du in dem neuen Restaurant was trinken gehn, blah-blah-blah. Jetzt verdrehte sie auch noch die Augen nach ihm. Wie niedlich.

Sheridan beschloß unvermittelt, das Risiko einzugehen. Die Brust des Jungen hob und senkte sich, und sobald er zu plärren anfing, würde ihn jemand bemerken. Es gefiel Sheridan nicht, zu handeln, während ein Wachmann keine zwanzig Meter entfernt war, aber wenn er seine Schulden bei Mr. Reggie nicht binnen der nächsten vierundzwanzig Stunden beglich, würden ihm wahrscheinlich zwei ausgesprochen große Männer einen Besuch abstatten, Stegreifchirurgie an ihm verüben und seine Arme mit ein paar neuen Ellbogengelenken versehen.

Er ging rasch zu dem Jungen, ein großer Mann in einem unauffälligen Van-Heusen-Hemd und Khakihosen, ein Mann mit einem breiten, durchschnittlichen Gesicht, das auf den ersten Blick freundlich wirkte. Er beugte sich über den kleinen Jungen, stützte die Hände oberhalb der Knie auf die Beine, und der Junge wandte das blasse, ängstliche Gesicht zu ihm empor. Seine Augen waren grün wie Smaragde, und die blanken Tränen, die sie füllten, betonten die Farbe noch.

»Hast du deinen Dad verloren, Junge?« fragte Sheridan.

»Meinen *Popsy*«, sagte der Junge und rieb sich die Augen. »Ich ... ich kann meinen P-P-Popsy nicht finden!«

Jetzt fing der Junge *tatsächlich* an zu schluchzen, und eine Frau, die das Zentrum betreten wollte, drehte sich besorgt um.

»Schon gut«, sagte Sheridan zu ihr, worauf sie weiterging. Sheridan legte dem Jungen tröstend einen Arm um die Schultern und zog ihn ein Stück nach rechts – auf den Transporter zu. Dann sah er wieder nach drinnen.

Der Wachmann und das Mädchen steckten inzwischen die Köpfe zusammen. Sah so aus, als würde sich heute nacht noch etwas abspielen. Sheridan entspannte sich. Im Augenblick könnte die Bank am Ende der Eingangshalle überfallen werden, und der Wachmann würde es nicht bemerken. Sah ganz so aus, als würde es wieder ein Kinderspiel werden.

»Ich will zu meinem Popsy!« weinte der Junge.

»Aber sicher doch«, sagte Sheridan. »Und wir werden ihn finden. Hab keine Angst.«

Er zog ihn ein Stück weiter nach rechts.

Der Junge sah plötzlich voller Hoffnung zu ihm auf.

»Können Sie das? Können Sie das, Mister?«

»Na klar!« sagte Sheridan und grinste herzlich. »Verschwundene Popsys zu finden ist – nun, man könnte sagen, das ist eine Art Spezialität von mir.«

»Wirklich?« Jetzt lächelte der Junge tatsächlich ein wenig, obwohl seine Augen immer noch tränten.

»Aber sicher«, sagte Sheridan und sah wieder nach drinnen, um sich zu vergewissern, daß der Wachmann, den er jetzt kaum noch sehen konnte (und der auch Sheridan nicht mehr sehen würde, sollte er zufällig herüberblicken), immer noch beschäftigt war. Er war es. »Was hat dein Popsy denn angehabt, Junge?«

»Er hat seinen Anzug angehabt«, sagte der Junge. »Er hat fast immer seinen Anzug an. Ich habe ihn nur einmal in Jeans gesehen.« Er sagte es, als müßte Sheridan diese Einzelheiten über seinen Popsy samt und sonders wissen.

»Ich wette, es war ein schwarzer Anzug«, sagte Sheridan.

Die Augen des Jungen strahlten. »Sie haben ihn *gesehen!* Wo?«

Er strebte voller Eifer wieder zum Eingang hinüber und hatte die Tränen vergessen, und Sheridan mußte sich zusammenreißen, daß er den blassen kleinen Balg nicht auf der Stelle am Kragen packte. So etwas wäre nicht gut. Er durfte keine Szene machen. Durfte nichts tun, woran sich die Leute später erinnern konnten. Mußte ihn dazu bringen, in den Transporter einzusteigen. Die Scheiben des Transporters bestanden – außer der Windschutzscheibe – aus getöntem Glas; man konnte nur ins Innere sehen, wenn man sich das Gesicht daran plattdrückte.

Als erstes mußte er ihn ins Auto bringen.

Er berührte den Jungen am Arm. »Ich habe ihn nicht da drinnen gesehen, Junge. Ich habe ihn da drüben gesehen.«

Er deutete über den riesigen Parkplatz mit seinen endlosen Autoreihen. Am gegenüberliegenden Ende gab es eine Einfahrt, und dahinter den gelben Doppelbogen eines McDonalds.

»Was hat Popsy denn *da* verloren?« fragte der Junge, als hätte entweder Sheridan oder Popsy – oder womöglich beide – völlig den Verstand verloren.

»Ich weiß nicht«, sagte Sheridan. Sein Verstand arbeitete auf Hochtouren und sauste dahin wie ein D-Zug, wie immer, wenn es zu dem Punkt kam, an dem man aufhören mußte, herumzualbern – in dem man es entweder richtig machte oder mit Pauken und Trompeten vermasselte. Popsy.

Nicht Dad oder Daddy, sondern Popsy. Was das betraf, hatte der Junge ihn verbessert. Vielleicht bedeutet Popsy Großvater, überlegte Sheridan. »Aber ich bin ganz sicher, daß er das war. Älterer Mann im schwarzen Anzug. Weißes Haar ... grüne Krawatte ...«

»Popsy hatte seine blaue Krawatte an«, sagte der Junge. »Er weiß, daß mir die am besten gefällt.«

»Ja, sie könnte auch blau gewesen sein«, sagte Sheridan. »Wer kann das bei diesem Licht schon sagen? Komm schon, hüpf in den Wagen, ich fahr dich rüber zu ihm.«

»Sind Sie *sicher*, daß es Popsy gewesen ist? Ich weiß nämlich nicht, was Popsy da drüben machen sollte, wo sie ...«

Sheridan zuckte die Achseln. »Hör zu, Junge, wenn du sicher bist, daß er es nicht war, solltest du vielleicht allein nach ihm suchen. Vielleicht findest du ihn sogar.« Damit entfernte er sich brüsk und ging zum Transporter zurück.

Der Junge biß nicht an. Sheridan überlegte sich, ob er zurückgehen und es noch einmal versuchen sollte, aber es hatte ohnedies schon zu lange gedauert – entweder reduziert man den Kontakt unter den Augen der Öffentlichkeit auf ein Minimum, oder man bettelte förmlich um zwanzig Jahre im Zuchthaus Hammerton Bay. Er sollte sein Glück besser in einem anderen Einkaufszentrum versuchen. Vielleicht Scoterville. Oder ...

»Warten Sie, Mister!« Es war der Junge, mit panischer Stimme. Das leise Tappen laufender Turnschuhe war zu hören. »Warten Sie! Ich habe ihm gesagt, daß ich Durst habe, und da hat er vielleicht gedacht, er muß da rübergehen, um mir was zu trinken zu holen. Warten Sie!«

Sheridan drehte sich lächelnd um. »Ich wollte dich in Wirklichkeit gar nicht allein lassen, Junge.«

Er führte den Jungen zu dem vier Jahre alten, unauffällig blau lackierten Transporter. Er hielt die Tür auf und lächelte dem Jungen zu, der zweifelnd zu ihm aufsah. Seine grünen Augen schienen in dem blassen kleinen Gesicht zu schwimmen; sie wirkten so riesig wie die Augen eines verirrten Kindes auf einem Ölgemälde von der Art, wie sie in billigen

Boulevardzeitungen wie dem *National Enquirer* oder *Inside View* angepriesen wurden.

»Hinein in die gute Stube«, sagte Sheridan und brachte ein Grinsen zustande, das fast völlig natürlich aussah. Im Grunde genommen war es schon beängstigend, wie gut er darin geworden war.

Der Junge gehorchte, und auch wenn er es nicht wußte, gehörte er in dem Augenblick, als die Beifahrertür zugeschlagen wurde, mit Leib und Seele Briggs Sheridan.

Es gab nur ein Problem in seinem Leben. Weiber waren es nicht, obwohl er natürlich wie jeder Mann gerne das Rascheln eines Rocks hörte oder die rauchige Glätte einer Seidenhose spürte. Es war auch nicht der Fusel, obwohl er bekanntermaßen abends gerne einen oder drei kippte. Sheridans Problem – man könnte sogar von einer fatalen Neigung sprechen – waren die Karten. Jedwede Karten, wenn es sich nur um ein Spiel mit Einsätzen handelte. Er hatte Jobs, seine Kreditkarten und das Haus verloren, das ihm seine Mutter hinterlassen hatte. Er war noch nie im Gefängnis gewesen, jedenfalls bis jetzt noch nicht. Aber als er das erste Mal Ärger mit Mr. Reggie bekam, da dachte er, daß das Gefängnis im Vergleich dazu ein Zuckerschlecken sein würde.

In der Nacht war er ein bißchen durchgedreht. Es war besser, hatte er festgestellt, wenn man von vornherein verlor. Wenn man von vornherein verlor, verlor man den Mut, ging nach Hause, sah sich Letterman im Fernsehen an und schlief ein. Aber wenn man zu Anfang ein bißchen gewann, bekam man das Fieber. Sheridan hatte in der Nacht das Fieber bekommen und siebzehntausend Dollar verloren. Er konnte es kaum glauben; er fuhr benommen, fast erdrückt von der gewaltigen Summe nach Hause. Unterwegs sagte er sich immer wieder, daß er Mr. Reggie nicht siebenhundert, nicht sieben*tausend*, sondern *siebzehntausend* Mäuse schuldete. Jedesmal, wenn er darüber nachdachte, kicherte er und drehte das Radio noch lauter.

Aber am nächsten Tag kicherte er nicht mehr, als die beiden Gorillas – die dafür sorgen würden, daß seine Arme alle erdenklichen neuen und interessanten Gelenke erhielten, falls er nicht zahlte – ihn in Mr. Reggies Büro brachten.

»Ich bezahle«, stammte Sheridan sofort los. »Ich bezahle, hören Sie, kein Problem, ein paar Tage, höchstens eine Woche, allerhöchstens zwei Wochen ...«

»Sie langweilen mich, Sheridan«, sagte Mr. Reggie.

»Ich ...«

»Halten Sie den Mund. Wenn ich Ihnen eine Woche Zeit ließe, glauben Sie, ich weiß nicht, was Sie dann tun würden? Sie würden einen Freund um zweihundert anpumpen, wenn Sie noch einen Freund haben, den Sie anpumpen können. Und wenn Sie keinen Freund finden, überfallen Sie einen Spirituosenladen – wenn Sie genügend Mumm dazu aufbringen. Ich bezweifle es, aber man hat schon Pferde kotzen sehen.« Mr. Reggie beugte sich nach vorn, stützte das Kinn auf die Hände und lächelte. Er roch nach Kölnisch von Red Lapidus. »Und wenn Sie zweihundert zusammenbekämen, was würden Sie damit machen?«

»Ihnen geben«, stammelte Sheridan. Inzwischen war er den Tränen verdächtig nahe. »Ich würde sie Ihnen sofort geben.«

»Nein, das würden Sie nicht«, sagte Mr. Reggie. »Sie würden sich an den Spieltisch setzen und versuchen, mehr daraus zu machen. Für mich hätten Sie nur ein paar faule Ausreden übrig. Dieses Mal stecken Sie bis über die Ohren in der Scheiße, mein Freund. Bis über beide Ohren.«

Da konnte Sheridan die Tränen nicht mehr zurückhalten. Er fing an zu blubbern.

»Diese Burschen da könnten Sie für lange Zeit ins Krankenhaus bringen«, sagte Mr. Reggie nachdenklich. »Mit einem Tropf in jedem Arm und einem Schlauch, der aus Ihrer Nase herauskommt.«

Sheridan blubbert noch lauter.

»Eine Chance will ich Ihnen noch geben«, sagte Mr. Reggie und schob Sheridan ein zusammengefaltetes Papier über den Schreibtisch hinweg zu. »Vielleicht können Sie sich mit diesem Mann einigen. Er nennt sich Mr. Wizard, aber er ist ein Dreckskerl wie Sie. Und nun verschwinden Sie. In einer Woche sind Sie wieder hier, und dann werde ich ihre Schuldscheine auf dem Tisch liegen haben. Entweder kaufen Sie sie zurück, oder meine Freunde nehmen Sie in die Mangel. Und wie Booker T. sagt, wenn sie erstmal angefangen haben, hören sie erst auf, wenn sie völlig zufriedengestellt sind.«

Auf dem gefalteten Blatt Papier stand der richtige Name des Türken. Sheridan ging zu ihm und erfuhr von den Kindern und den Botzfarrten. Mr. Wizard nannte auch eine Summe, die deutlich höher war als die auf den Schuldscheinen von Mr. Reggie. Und so fing Sheridan an, durch die Einkaufszentren zu ziehen.

Er verließ den Hauptparkplatz des Einkaufszentrums Cousintown, achtete auf den Verkehr und fuhr dann über die Straße zur Einfahrt von McDonalds. Der Junge saß ganz vorne auf dem Beifahrersitz, hatte die Hände auf die Knie seiner Tuffskin-Hose gestützt und sah sich mit beängstigend hellen Augen um. Sheridan fuhr auf das Gebäude zu, machte einen Bogen um die Einfahrt herum und fuhr weiter.

»Warum fahren Sie nach hinten?« fragte der Junge.

»Man muß zur anderen Tür rein«, sagte Sheridan. »Bleib auf dem Teppich, Junge. Ich glaube, ich habe ihn da drinnen gesehen.«

»Echt? Haben Sie ihn echt gesehen?«

»Ja, ich bin ziemlich sicher.«

Das Gesicht des Jungen drückte grenzenlose Erleichterung aus, und einen Augenblick tat er Sheridan leid – verdammt, er war kein Monster oder ein Irrer, Herrgott nochmal. Aber seine Schuldscheine stiegen jedesmal ein bißchen im Wert, und dieser Dreckskerl Mr. Reggie hatte nicht die Absicht, ihn vom Haken zu lassen. Diesmal ging es nicht um siebzehntausend oder zwanzigtausend oder gar fünfundzwanzigtausend. Diesmal waren es fünfunddreißigtausend Mäuse, ein ganzer Haufen Kohle, wenn er nächsten Sonntag kein neues Paar Ellbogen wollte.

Er hielt hinten neben der Müllpresse. Niemand sonst parkte hier. Gut. An der Tür war eine elastische Tasche für Karten und dergleichen. Sheridan griff mit der linken Hand hinein und holte ein paar Edelstahlhandschellen Marke Kreig heraus. Die Schellen waren offen.

»Warum halten wir hier, Mister?« fragte der Junge. Seine Stimme hatte wieder einen ängstlichen Unterton, aber diesmal schwang ein neuer Ausdruck darin mit. Plötzlich war ihm klar geworden: daß er im Einkaufszentrum seinen Popsy verloren hatte, war möglicherweise nicht das Schlimmste, das ihm zustoßen konnte.

»Eigentlich halten wir hier nicht, jedenfalls nicht richtig«, sagte Sheridan unbekümmert. Schon beim zweiten Mal hatte er erfahren müssen, daß man nicht einmal einen Sechsjährigen unterschätzen durfte, wenn er in Panik geriet. Der zweite Junge hatte ihm in die Eier getreten und wäre um ein Haar entkommen. »Ich merke nur gerade, daß ich vergessen habe, meine Brille aufzusetzen, als ich losgefahren bin. Dafür könnte ich den Führerschein verlieren. Sie ist in dem Brillenetui da auf dem Boden, auf deiner Seite. Würdest du es mir bitte geben?«

Der Junge bückte sich nach dem Brillenetui, das leer war. Sheridan beugte sich hinüber und legte eine Handschelle um das Handgelenk des Jungen. Und dann ging der Ärger los. Hatte er nicht gerade noch daran gedacht, daß es ein schwerer Fehler war, einen Sechsjährigen zu unterschätzen? Der Balg kämpfte wie ein Wolfsjunges und bot eine Muskelkraft auf, die Sheridan nie für möglich gehalten hätte, hätte er sie nicht am eigenen Leib verspürt. Der Junge wand sich und schlug um sich, hechtete zur Tür, keuchte und stieß unheimliche, vogelähnliche Schreie aus. Er bekam den Griff zu fassen. Die Tür schwang auf, aber das Deckenlicht ging nicht an – bei jenem zweiten Erlebnis hatte Sheridan es zerbrochen.

Sheridan packte den Jungen am Kragen seines Penguins-T-Shirts und zerrte ihn wieder herein. Er versuchte, den anderen Bügel der Handschelle um die Strebe neben dem Beifahrersitz zu schließen, verfehlte sie aber. Der Junge biß ihn zweimal so tief in die Hand, daß Blut floß. Herrgott, er hatte

Zähne wie Rasiermesser. Der Schmerz schoß wie eine Stahlnadel Sheridans ganzen Arm hinauf. Er schlug dem Jungen auf den Mund. Der Junge fiel benommen in den Sitz zurück; Sheridans Blut tropfte von seinem Kinn auf den gerippten Halsausschnitt des T-Shirts. Sheridan schloß die andere Schelle um die Strebe; dann ließ er sich in den Sitz sinken und saugte am rechten Handrücken.

Die Schmerzen waren wirklich schlimm. Er nahm die Hand vom Mund und betrachtete sie im schwachen Licht des Armaturenbretts. Zwei flache, unregelmäßige Risse, jeder etwa fünf Zentimeter lang, verliefen von unterhalb der Knöchel bis zum Handgelenk. Blut quoll daraus hervor. Dennoch verspürte er nicht den Wunsch, den Jungen noch einmal zu schlagen. Das hatte nichts damit zu tun, daß er die Ware des Türken beschädigt hätte, auch wenn ihn der Türke auf seine unklare Weise davor gewarnt hatte – *bescheddige die Ware und du minderst den Werrt,* hatte der Türke mit seinem schmierigen Akzent gesagt.

Nein, er machte dem Kind keinen Vorwurf, daß es sich wehrte – er selbst hätte nicht anders gehandelt. Aber er würde die Wunde so bald wie möglich desinfizieren müssen; eventuell mußte er sogar eine Spritze bekommen; irgendwo hatte er gelesen, daß Bisse von Menschen die gefährlichsten waren. Dennoch bewunderte er den Mut des Jungen, er konnte nicht anders.

Er legte den Gang ein, fuhr um das Hamburgerrestaurant herum, am Autoschalter vorbei und wieder auf die Einfahrt zurück. Dort bog er links ab. Der Türke besaß ein großes Ranchhaus in Taluda Heights am Stadtrand. Sheridan würde auf Nebenstraßen dorthin fahren, um ganz sicher zu gehen. Dreißig Meilen. Vielleicht fünfundvierzig Minuten, vielleicht eine Stunde.

Er passierte das Schild mit der Aufschrift DANKE FÜR IHREN EINKAUF IM WUNDERSCHÖNEN COUSINTOWN-ZENTRUM, bog wieder links ab und beschleunigte den Transporter auf die zulässigen vierzig Meilen. Er fischte ein Taschentuch aus der Gesäßtasche, wickelte es um seine Hand und konzentrierte sich darauf, immer dem Licht der

Scheinwerfer nach zu den vierzig Riesen zu fahren, die ihm der Türke für einen Jungen versprochen hatte.

»Das wird Ihnen noch leid tun«, sagte der Junge.

Sheridan drehte sich ungeduldig um. Der Junge hatte ihn aus einem Tagtraum gerissen, in dem er zwanzig Spiele hintereinander gewonnen hatte und Mr. Reggie sich zur Abwechslung einmal zu *seinen* Füßen wand, Sturzbäche schwitzte und ihn anflehte aufzuhören, was er damit bezweckte, ihn zu ruinieren?

Der Junge weinte wieder, und seine Tränen hatten immer noch diese seltsam rötliche Farbe, obwohl sie das grelle Licht des Einkaufszentrums längst hinter sich gelassen hatten. Sheridan fragte sich zum ersten Mal, ob der Junge vielleicht eine ansteckende Krankheit haben könnte. Dann dachte er sich, daß es wahrscheinlich zu spät war, sich darüber aufzuregen, daher verdrängte er den Gedanken.

»Wenn mein *Popsy* Sie findet, wird es Ihnen leid tun«, bekräftigte der Junge.

»Klar«, sagte Sheridan und zündete sich eine Zigarette an. Er bog von der State Road 28 auf einen namenlosen zweispurigen Weg ab. Links streckte sich ein ausgedehntes Sumpfgebiet, rechts ununterbrochener Wald.

Der Junge zerrte an den Handschellen und gab ein Schluchzen von sich.

»Hör auf. Es nützt dir doch nichts.«

Dennoch zerrte der Junge weiter. Und diesmal gab es ein stöhnendes, protestierendes Geräusch, das Sheridan *ganz und gar nicht* gefiel. Er drehte sich um und sah zu seiner Verblüffung, daß die Metallstrebe neben dem Sitz – eine Strebe, die er selbst angeschweißt hatte – verbogen war. *Scheiße*, dachte er. *Er hat rasiermesserscharfe Zähne, und jetzt stelle ich auch noch fest, daß er kräftig ist wie ein verfluchter Stier. Wenn er in krankem Zustand schon so ist, kann ich von Glück sagen, daß ich ihn nicht an einem Tag erwischt habe, an dem er sich wohl fühlt.*

Er fuhr an den Straßenrand und sagte: »Hör auf!«

»Ich *denk* nicht dran!«

Der Junge zerrte wieder an der Handschelle, und Sheridan sah, daß die Metallstrebe sich noch ein wenig weiter bog. Herrgott, wie konnte ein *Kind* das schaffen?

Panik, beantwortete er seine eigene Frage. *Nur deshalb kann er es.*

Aber keines der anderen Kinder hatte das gekonnt, und die meisten waren in diesem Stadium des Spiels weitaus verängstigter gewesen als dieser Junge.

Er öffnete das Handschuhfach in der Mitte des Armaturenbretts und holte eine Spritze heraus. Der Türke hatte sie ihm gegeben, ihn aber ermahnt, sie nur zu benutzen, wenn es sich auf keine Art vermeiden ließ. Drogen, hatte der Türke gesagt, könnten die Ware *bescheddigen*.

»Siehst du das?«

Der Junge betrachtete die Spritze mit einem tränenfeuchten Blick und nickte.

»Möchtest du sie zu spüren bekommen?«

Der Junge schüttelte hastig den Kopf. Bärenkräfte hin oder her, er hatte wie alle Kinder Angst vor der Spritze, wie Sheridan mit Freuden feststellte.

»Das ist sehr klug. Würde dir das Licht auspusten.« Er verstummte. Er wollte es nicht sagen – verdammt, er war ein netter Kerl, wirklich, wenn er nicht in der Scheiße saß –, aber er mußte es sagen. »Vielleicht wäre es sogar dein Tod.«

Der Junge sah ihn mit bebenden Lippen und vor Angst aschfahlen Wangen an.

»Du hörst auf, an den Handschellen zu ziehen, und ich leg die Spritze weg. Abgemacht?«

»Abgemacht«, flüsterte der Junge.

»Versprochen?«

»Ja.« Der Junge fletschte die Lippen und entblößte weiße Zähne. Einer war mit Sheridans Blut verschmiert.

»Versprichst du es beim Namen deiner Mutter?«

»Ich hab nie eine Mutter gehabt.«

»Scheiße«, sagte Sheridan verdrossen und setzte den Transporter wieder in Bewegung. Er fuhr jetzt ein wenig schneller, aber nicht nur, weil er die Hauptstraße hinter sich gelassen hatte. Der Junge war ihm unheimlich. Sheridan wollte ihn dem Türken übergeben, sein Geld kassieren und verduften.

»Mein Popsy ist echt stark, Mister.«

»Ach ja?« sagte Sheridan und dachte: *Jede Wette, Junge. Der einzige Typ im Altersheim, der sein Bruchband selbst plätten kann, richtig?*

»Er wird mich finden.«

»Aha.«

»Er kann mich riechen.«

Das glaubte Sheridan aufs Wort. Auch *er* konnte den Jungen riechen. Daß Angst einen Geruch besaß, hatte er schon bei seinen früheren Fischzügen festgestellt, aber dies war unwirklich – der Junge roch wie eine Mischung aus Schweiß, Schlamm und langsam köchelnder Batteriesäure. Sheridan kam immer mehr zu der Überzeugung, daß mit dem Jungen etwas ganz und gar nicht stimmte. Aber das würde bald Mr. Wizards Problem sein, nicht seines, und *caveat emptor*, wie die alten Römer schon zu sagen pflegten; *caveat* scheiß *emptor*.

Sheridan kurbelte sein Fenster einen Spalt auf. Links streckte sich endlos das Sumpfgebiet. Mondlicht spiegelte sich auf den stehenden Pfützen.

»Popsy kann fliegen.«

»Klar«, sagte Sheridan, »ich weiß, nach ein paar Flaschen *Night Train* fliegt er wie ein Scheißadler.«

»Popsy ...«

»Hör jetzt auf mit deinem Popsy, Junge – okay?«

Der Junge verstummte.

Vier Meilen weiter verbreiterte sich das Sumpfgebiet zu einem weiten, stillen See. Sheridan bog auf einen festgefahrenen Sandweg ab, der am Nordufer des Sees entlangführte. Fünf Meilen westlich von hier würde er nach rechts auf den Highway 41 abbiegen, und von dort schnurgerade nach Taluda Heights.

Er sah zum See, einer flachen, silbernen Scheibe im Mondlicht. Und dann war das Mondlicht plötzlich verschwunden, verdunkelt.

Über ihnen war ein Flattern zu hören, wie von großen Wäschestücken auf einer Wäscheleine.

»Popsy!« schrie der Junge.

»Sei still. Es war nur ein Vogel.«

Aber plötzlich gruselte es ihn, sogar sehr. Er betrachtete den Jungen. Der Junge hatte wieder die Lippen gefletscht. Seine Zähne waren sehr weiß, sehr groß.

Nein – nicht groß. Groß war nicht das richtige Wort. *Lang* war das richtige Wort. Besonders die beiden an den Seiten. Die – wie nannte man sie noch gleich? Fangzähne.

Plötzlich verselbständigten sich seine Gedanken wieder und rasten dahin, als wäre er auf Speed.

Ich habe ihm gesagt, daß ich Durst habe.

Ich weiß nämlich nicht, was Popsy da drüben machen sollte, wo sie ...

(essen? hatte er essen sagen wollen?)

Er wird mich finden.

Er kann mich riechen.

Popsy kann fliegen.

Etwas landete mit einem schweren, unbeholfenen Plumps auf dem Dach des Transporters.

»Popsy!« schrie der Junge wieder fast im Delirium, und plötzlich konnte Sheridan die Straße nicht mehr sehen – ein riesiger, membranartiger Flügel, in dem Adern pulsierten, bedeckte die Windschutzscheibe von einer Seite zur anderen.

Popsy kann fliegen.

Sheridan schrie, stieg auf die Bremse und hoffte, das Ding auf dem Dach vornüber abwerfen zu können. Rechts von ihm ertönte wieder das protestierende Geräusch von überstrapaziertem Metall, dieses Mal gefolgt von einem kurzen, bitteren Schnapplaut. Einen Augenblick später gruben sich die Finger des Jungen in sein Gesicht und rissen ihm die Wange auf.

»*Er hat mich entführt, Popsy!*« schrie der Junge mit seiner Vogelstimme zum Dach des Transporters hinauf. »*Er hat mich entführt, er hat mich entführt, der böse Mann hat mich entführt!*«

Du verstehst das nicht, Junge, dachte Sheridan. Er tastete nach der Spritze und fand sie. *Ich bin kein böser Mensch, ich sitze nur in der Klemme.*

Dann bohrte sich eine Hand, die mehr Klaue als Hand war, durch das Seitenfenster und riß Sheridan die Spritze aus der Hand – zusammen mit zwei Fingern. Einen Augenblick später riß Popsy die ganze Fahrertür aus dem Rahmen, die Scharniere wurden zu nutzlosen, verbogenen Metallfetzen. Sheridan sah ein gebauschtes Cape, außen schwarz, innen mit roter Seide gefüttert, und die Krawatte der Kreatur ... und obwohl es sich eigentlich um ein Plastron handelte, war sie tatsächlich blau – wie der Junge gesagt hatte.

Popsy riß Sheridan aus dem Wagen und grub ihm die Krallen durch Jackett und Hemd tief ins Fleisch der Schultern; Popsys grüne Augen wurden plötzlich blutrot wie Rosen.

»Wir sind ins Einkaufszentrum gegangen, weil mein Enkel Transformer-Figuren wollte«, flüsterte Popsy, dessen Atem nach verfaultem Fleisch stank. »Wie sie sie immer im Fernsehen zeigen. Alle Kinder wollen sie haben. Sie hätten ihn in Ruhe lassen sollen. Sie hätten *uns* in Ruhe lassen sollen.«

Sheridan wurde durchgeschüttelt wie eine Flickenpuppe. Er schrie und wurde wieder geschüttelt. Er hörte Popsy höflich fragen, ob der Junge immer noch Durst hätte; hörte den Jungen ja sagen, sehr, der böse Mann hätte ihm Angst gemacht, und sein Hals wäre so trocken. Er sah Popsys Daumennagel nur einen Sekundenbruchteil, bevor er unter dem Sims seines Kinns verschwand, einen dicken, unregelmäßigen Daumennagel. Ehe er wußte, wie ihm geschah, schlitzte ihm dieser Daumennagel die Kehle auf, und als letztes, bevor sein Sehbereich schwarz wurde, sah er den Jungen, der die hohlen Hände ausstreckte, um die Flut aufzufangen – so, wie Sheridan selbst als Kind an heißen Sommertagen die hohlen Hände unter den Brunnen im Garten gehalten hatte –, und Popsy, der das Haar des Jungen zärtlich und voll großväterlicher Zuneigung streichelte.

Es wächst einem über den Kopf

Herbst in Neuengland, und an manchen Stellen kann man bereits die dünne Krume zwischen Kreuzkraut und Goldrute erkennen, die auf den Schnee wartet, den es erst in vier Wochen geben wird. Die Rinnsteine sind mit Laub verstopft, der Himmel von immerwährender grauer Farbe, und die Maisstauden stehen in gebeugten Reihen wie Soldaten, die eine fantastische Möglichkeit gefunden haben, im Stehen zu sterben. Kürbisse, faulig eingesunken, liegen aufgeschichtet an dämmerigen Schuppen und riechen wie der Atem kränklicher alter Frauen. Um diese Jahreszeit gibt es weder Hitze noch Kälte, nur schwüle Luft, die nie zur Ruhe kommt und unter weißen Himmeln über die kahlen Felder streift, wo Vögel in Pfeilformation nach Süden fliegen. Der Wind weht Staub von den weichen Böschungen der Nebenstraßen empor wie tanzende Derwische, furcht die abgeernteten Felder wie ein Kamm das Haar und schnuppert in Autowracks auf Hinterhöfen.

Vom Newall-Haus an der Town Road 3 hat man Ausblick auf den Teil von Castle Rock, der als »The Bend« bekannt ist. Irgendwie ist es unmöglich, etwas Gutes an diesem Haus zu spüren. Es sieht irgendwie abgestorben aus, was sich nur teilweise durch den fehlenden Anstrich erklären läßt. Der Vorgarten besteht aus einer Masse vertrockneter Hecken, die der Frost in Kürze zu noch groteskeren Formen erstarren lassen wird. Dünner Rauch kräuselt sich über Brownie's Store am Fuß des Hügels. The Bend war einmal ein wichtiger Teil von Castle Rock, aber das änderte sich ungefähr zu der Zeit, als es in Korea zu Ende ging. Auf dem alten Musikpavillon auf der anderen Straßenseite, gegenüber von Brownie's, schieben zwei kleine Kinder ein rotes Feuerwehrauto zwischen sich. Ihre Gesichter sind müde und ausgelaugt, fast schon die Gesichter von alten Leuten. Ihre Hände scheinen durch die Luft zu schneiden, während sie den Wagen zwischen sich rollen und nur ab und zu einmal stehen bleiben, um sich die ewig tropfenden Nasen abzuwischen.

In dem Laden führt Harley McKissick, korpulent und rot im Gesicht, den Vorsitz, während der alte John Clutterbuck und Lenny Partridge mit hochgelegten Füßen am Ofen sitzen. Paul Corliss lehnt am Tresen. Ein uralter Geruch durchzieht den Laden – der Geruch von Salami und Fliegenpapier und Kaffee und Tabak; von Schweiß und dunkelbraunem Coca-Cola; von Pfeffer und Gewürznelken und O'Dell-Pomade, die wie Sperma aussieht und das Haar zu einer Skulptur erstarren läßt. Ein von Fliegen besudeltes Plakat, das für ein Bohnenessen im Jahre 1986 wirbt, steht immer noch im Schaufenster neben einem anderen, das den Auftritt von »Country« Ken Corriveau anläßlich der Castle County Fair des Jahres 1984 ankündigt. Licht und Hitze von fast zehn Sommern sind über dieses Plakat hinweggegangen, und Ken Corriveau (der seit mindestens fünf Jahren nicht mehr im Country-Music-Geschäft ist und heute in Chamberlain Fords verkauft) sieht verblaßt und gegrillt zugleich aus. Im hinteren Teil des Ladens steht ein großer Glasgefrierschrank, der 1933 von New York hierhergebracht wurde, und über allem hängt der vage, aber durchdringende Geruch von Kaffeebohnen.

Die alten Männer beobachten die Kinder und unterhalten sich leise und planlos. John Clutterbuck, dessen Enkel Andy diesen Herbst damit beschäftigt ist, sich zu Tode zu saufen, hat von der städtischen Müllkippe gesprochen. Im Sommer stinkt sie wie die Pest, sagt er. Niemand widerspricht ihm – es stimmt –, aber es interessiert sich auch niemand dafür – es ist *nicht* Sommer, es ist Herbst, und der große Ölofen verströmt eine Affenhitze. Das Winston-Thermometer hinter dem Tresen zeigt 26 Grad. Clutterbucks Stirn weist über der linken Augenbraue eine tiefe Delle auf, wo er sich 1963 den Kopf bei einem Autounfall gestoßen hat. Kleine Kinder fragen manchmal, ob sie sie anfassen dürfen. Old Clut hat schon eine Menge Geld von Sommergästen gewonnen, die nicht glauben wollten, daß die Delle in seinem Kopf den Inhalt eines mittleren Wasserglases aufnehmen kann.

»Paulson«, sagt Harley McKissick leise.

Hinter Lenny Partridges Diesel ist ein alter Chevrolet aufgefahren. An der Seite des Wagens klebt ein Pappschild: GARY PAULSON/KORBSTÜHLE/ANTIQUITÄTEN AN- UND VERKAUF steht auf dem Schild, und darunter die Telefonnummer, die man anrufen soll. Gary Paulson steigt langsam aus dem Wagen, ein alter Mann in verblichener grüner Hose mit einem großen Lederflicken auf dem Hosenboden. Er zieht einen knorrigen Gehstock hinter sich heraus und hält sich am Türrahmen fest, bis er den Stock richtig aufgestützt hat. Über die dunkle Spitze des Gehstocks ist der weiße Plastikhandgriff von der Lenkstange eines Kinderfahrrads gezogen wie ein Kondom. Er hinterläßt kleine Kreise im leblosen Staub, als Paulson seinen vorsichtigen Fußmarsch vom Auto zur Tür von Brownie's beginnt.

Die Kinder auf dem Pavillon sehen zu ihm auf, dann folgen sie seinem Blick (furchtsam, wie es scheint) zu der windschiefen, baufälligen Ruine des Newall-Hauses auf der Anhöhe über ihnen. Danach wenden sie sich wieder ihrem Feuerwehrauto zu.

Joe Newall war 1904 nach Castle Rock gekommen und hatte Landbesitz bis 1929, aber sein Vermögen machte er in der nahegelegenen Industriestadt Gates Falls. Er war ein hagerer Mann mit einem wütenden, hektischen Gesicht und Augen mit gelber Hornhaut. Er kaufte ein großes Stück Land in The Bend – als es sich noch um ein aufstrebendes Dorf mit einem Sägewerk nebst angeschlossener Möbelfabrik handelte – von der First National Bank of Oxford. Die Bank hatte es von Phil Budreau anläßlich einer von County Sheriff Nickerson Campbell veranlaßten Zwangsvollstreckung erworben. Phil Budreau, der bei seinen Nachbarn beliebt war, aber als Einfaltspinsel betrachtet wurde, machte sich nach Kittery davon und verbrachte die nächsten zwölf Jahre damit, Autos und

Motorräder zu reparieren. Dann ging er nach Frankreich, um gegen die Heinis zu kämpfen, fiel während eines Aufklärungseinsatzes aus dem Flugzeug (so will es jedenfalls die Legende) und kam ums Leben.

Den größten Teil dieser Jahre lag das Budreau-Grundstück einsam und verlassen brach, während Joe Newall in Gates Falls in einem Miethaus wohnte und zusah, wie sein Vermögen wuchs. Bekannt wurde er nicht etwa, weil er eine Fabrik, die 1902, als er sie für ein Butterbrot kaufte, am Rande des Bankrotts gestanden hatte, wieder hochpäppelte, sondern wegen seines Umgangs mit den Angestellten. Die Fabrikarbeiter nannten ihn Rausschmeißer-Joe; wer auch nur eine einzige Schicht versäumte, wurde in die Wüste geschickt; Entschuldigungen wurden weder akzeptiert noch überhaupt nur angehört.

1914 heiratete er Cora Leonard, die Nichte von Carl Stowe. Diese Ehe hatte einen großen Wert – zumindest in Joe Newalls Augen –, weil Cora Carls einzige lebende Verwandte war und ohne jeden Zweifel ein ansehnliches Bündel erben würde, wenn Carl dahinschied (das heißt, solange sich Joe gut mit ihm stellte, aber der dachte natürlich nicht daran, es mit dem alten Burschen zu verderben, der zu seiner Zeit »verdammt gerissen« gewesen war, aber in späten Jahren als »ziemlich schlapp« betrachtet wurde). Es gab noch andere Fabriken in der Gegend, die man für ein Butterbrot kaufen und wieder hochpäppeln konnte – will sagen, wenn man über ein bißchen Kapital als Starthilfe verfügte. Joe verfügte bald über die erforderliche Starthilfe; der reiche Onkel seiner Frau starb binnen eines Jahres nach der Hochzeit.

Die Ehe hatte also einen großen Wert – o ja, kein Zweifel. Cora selbst indessen besaß keinen Wert. Sie war ein Sandsack von einer Frau, mit unglaublich breiten Hüften, einem unglaublich dicken Hintern, aber dafür mit einer Brust, so flach wie die eines Knaben, und einem absurd dünnen Pfeifenreiniger von einem Hals, auf dem ihr übergroßer Kopf nickte wie eine seltsame bleiche Sonnenblume. Ihre Wangen hingen wie Teig herab; ihre Lippen glichen Streifen roher Leber; ihr Gesicht war so nichtssagend wie der Vollmond in einer Winternacht. Sie schwitzte selbst im Februar große dunkle Flecken in die Achselhöhlen ihrer Kleider und war stets von einem feuchten Schweißgeruch umgeben.

Joe begann 1915 mit dem Bau eines Hauses für seine Frau auf dem Budreau-Grundstück, und ein Jahr später schien es fertig zu sein. Es wurde weiß gestrichen, hatte zwölf Zimmer und war auf eine seltsame Art verwinkelt. Joe Newall war nicht beliebt in Castle Rock, was zum Teil daran lag, daß er sein Geld außerhalb der Stadt verdiente, und zum Teil daran, daß Budreau, sein Vorgänger, so ein rundherum netter Kerl gewesen war, aber überwiegend lag es daran, daß er sein verdammtes Haus mit ortsfremden Arbeitskräften baute. Kurz bevor Regenrinnen und Abflußrohre angebracht wurden, wurde mit hellgelber Kreide eine obszöne Zeichnung, begleitet von einem zweisilbigen Schimpfwort, an die verglaste Eingangstür gekritzelt.

1920 war Joe Newall ein reicher Mann. Seine drei Fabriken in Gates Falls gingen wie die Feuerwehr; sie waren mit den Profiten eines Weltkriegs gepolstert und gediehen mit den Aufträgen einer neu entstandenen (oder entstehenden) Mittelschicht. Er baute einen neuen Flügel an sein Haus an. Die meisten Leute in der Stadt hielten das für unnötig – schließlich lebten nur die beiden da oben –, und fast alle waren sich darin einig, daß es ein Haus nur noch häßlicher machte, das ohnehin schon alle als unbeschreiblich häßlich empfanden. Dieser neue Flügel ragte ein Stockwerk über dem Hauptgebäude auf und blickte blind den Hang hinab, der damals noch mit Krüppelfichten bestanden war.

Die Neuigkeit, daß »nur die beiden« bald »nur die drei« werden würden, kam aus Gates Falls. Die Quelle war mit ziemlicher Sicherheit Doris Gingercroft, damals noch Dr. Robertsons Krankenschwester. Daher schien es, als wäre der neue Flügel eine Art Dankopfer. Nach sechs Jahren ehelicher Wonnen und vier Jahren in dem Haus in The Bend, in denen sie nur aus der Ferne gesehen worden war, wie sie über die Schwelle trat oder gelegentlich auf dem Feld vor dem Haus Blumen pflückte – Krokusse, wilde Rosen, wilde Möhren,

Frauenschuh, Kastilea –, nach all der Zeit hatte sich bei Cora Leonard Newall endlich eine Empfängnis eingestellt.

Sie ging nie bei Brownie's einkaufen.Cora erledigte ihre Einkäufe jeden Donnerstagnachmittag im Kitty-Korner-Store im Gates Center.

Im Januar 1921 gebar Cora ein Monster ohne Arme und, wie man behauptete, einem winzigen Bündel perfekter Finger, die aus einer Augenhöhle herausragten. Es starb knapp sechs Stunden nachdem hirnlose Kontraktionen sein rotes, ungestaltes Gesicht ans Tageslicht befördert hatten. Siebzehn Monate später baute Joe Newall eine neue Kuppel an den Flügel an, im späten Frühling des Jahres 1922 (im westlichen Maine gibt es keinen zeitigen Frühling; nur einen späten Frühling und den Winter davor). Er kaufte weiterhin außerhalb des Ortes ein und wollte mit Bill »Brownie« McKissicks Laden nichts zu tun haben. Außerdem setzte er nie auch nur einen Fuß über die Schwelle der Methodistenkirche von The Bend. Das mißgebildete Kind, das dem Schoß seiner Frau entsprungen war, wurde in der Grabstelle der Newalls in Gates beigesetzt statt in Homeland. Die Inschrift auf dem winzigen Grabstein lautete:

SARAH TAMSON TABITHA FRANCINE NEWALL
14. JANUAR 1921
GOTT LASSE SIE IN FRIEDEN RUHEN

Im Laden redeten sie über Joe Newall und Joes Frau und Joes Haus, während Harley, Brownies Junge, noch nicht alt genug, sich zu rasieren, aber alt genug, Gemüse zu stapeln und Kartoffelsäcke zum Stand am Straßenrand zu schleppen, wenn es von ihm verlangt wurde, danebenstand und zuhörte. Meist sprachen sie von dem Haus; es galt als Affront wider die Vernunft und als Beleidigung für das Auge. »Es wächst einem über den Kopf«, pflegte Clayton Clutterbuck manchmal zu sagen. Darauf gab es nie eine Antwort. Es war eine vollkommen sinnlose Bemerkung – und gleichzeitig eine festgeschriebene Tatsache. Wenn man bei Brownie's im Hof stand, möglicherweise nur, um Beeren für den besten

Korb auszusuchen, wenn Beerenzeit war, stellte man fest, daß der Blick früher oder später zu dem Haus auf dem Hügel gelenkt wurde, so wie eine Wetterfahne sich vor einem Märzschneesturm nach Nordost dreht. Früher oder später mußte man hinsehen, und im Lauf der Zeit wurde es bei den meisten Leuten früher. Denn, wie Clayt Clutterbuck sagte, es wuchs einem über den Kopf.

1924 fiel Cora die Treppe zwischen der Kuppel und dem neuen Flügel herunter und brach sich Genick und Rücken. Ein Gerücht ging durch die Stadt (das seinen Ursprung wahrscheinlich im Wohltätigkeitsbasar der Frauen hatte), daß sie zu dem Zeitpunkt splitterfasernackt gewesen wäre. Sie wurde neben ihrer mißgebildeten, kurzlebigen Tochter beerdigt.

Joe Newall – der, wie die meisten Leute inzwischen übereinstimmten, eine Nase für Geschäfte hatte – scheffelte weiter mit vollen Händen Geld. Er baute zwei Schuppen und eine Scheune oben auf dem Hügel, die alle über den neuen Flügel mit dem Haupthaus verbunden waren. Die Scheune wurde 1927 fertiggestellt, und ihr Zweck wurde fast auf der Stelle deutlich – Joe hatte offenbar beschlossen, Gentleman-Farmer zu werden. Er kaufte sechzehn Kühe von einem Mann in Mechanic Falls. Von demselben Burschen kaufte er eine funkelnde neue Melkmaschine. Diejenigen, die auf die Ladefläche des Lieferwagens sahen, als der Fahrer auf ein kaltes Bier bei Brownie's einkehrte, bevor er weiter bergauf fuhr, fanden, sie sähe aus wie ein Oktopus aus Metall.

Nachdem die Kühe und Melkmaschine untergebracht waren, stellte Joe einen Halbidioten aus Motton ein, der sich um seine Investition kümmern sollte. Wie dieser angeblich rauhbeinige und harte Fabrikbesitzer dazu kam, war für alle ein Rätsel, die sich mit der Frage beschäftigten – die einzige Antwort schien zu sein, daß Newall den Verstand verlor –, aber er tat es. Und natürlich gingen die Kühe alle ein.

Der Amtsveterinär des County kam, um sich die Kühe anzusehen, und Joe zeigte ihm eine unterschriebene Bestätigung eines Tierarztes (eines Tierarztes aus *Gates Falls*, betonten die Leute später immer wieder und zogen dabei vielsagend die Brauen hoch), die besagte, daß die Tiere an Rindermeningitis krepiert waren.

»Auf Englisch heißt das Pech«, sagte Joe.

»Soll das ein Witz sein?«

»Das können Sie halten, wie Sie wollen«, sagte Joe. »Mir egal.«

»Warum sagen Sie dem Idioten nicht, daß er aufhören soll?« sagte der Amtsveterinär. Er sah die Einfahrt entlang zu dem Schwachsinnigen, der an der R.F.D.-Box der Newalls lehnte und heulte. Tränen rannen an seinen schmutzigen Pausbacken hinab. Ab und zu zuckte er zurück und klebte sich selbst eine Saftige, als wüßte er, daß alles seine Schuld war.

»Mit dem ist auch alles in Ordnung.«

»Ich finde, hier ist nichts in Ordnung«, sagte der Amtsveterinär. »Am allerwenigsten die sechzehn Kühe, die auf dem Rücken liegen und die Beine hochstrecken wie Zaunlatten. Ich kann sie von hier aus sehen.«

»Gut«, sagte Joe Newall, »näher kommen Sie nämlich nicht ran.«

Der Amtsveterinär warf die Papiere des Tierarztes aus Gates Fall auf den Boden und trat mit einem Stiefel darauf. Er sah Joe Newall an, und sein Gesicht war so rot, daß das Netz der geplatzten Äderchen auf seiner Nase sich purpurn abzeichnete. »Ich will diese Kühe sehen. Schleppen Sie eine her. Das zumindest muß sein.«

»Nein.«

»Sie sind nicht der Herr der Welt, Newall – ich werde einen Gerichtsbeschluß erwirken.«

»Mal sehen, ob Sie das schaffen.«

Der Amtsveterinär fuhr weg. Joe sah ihm nach. Am Ende der Einfahrt lehnte der Halbidiot in einem dungbespritzten Overall aus dem Versandkatalog von Sears und Roebuck immer noch an der Newallschen R.F.D.-Box und heulte. Dort blieb er den ganzen heißen Augusttag lang, heulte, was die Lungen hergaben, und richtete das flache mongoloide Gesicht zum gelben Himmel hinauf. »Hat geblökt wie ein Kalb bei Mondschein«, drückte Gary Paulson es aus.

Amtsveterinär war damals Clem Upshaw aus Sirois Hill. Er hätte die Sache vielleicht auf sich beruhen lassen, nachdem sich sein Thermostat wieder etwas abgekühlt hatte, aber Brownie McKissick, der ihn bei der Wahl zu seinem Amt unterstützt hatte (und der ihn eine ansehnliche Menge Bier zapfen ließ), bedrängte ihn, es nicht zu tun. Harley McKissicks Dad gehörte nicht zu den Männern, die normalerweise Handlanger benutzten – oder darauf angewiesen waren –, aber er wollte Joe Newall einen Denkzettel in Sachen Privatbesitz verpassen. Er wollte Joe Newall klarmachen, daß Privatbesitz etwas Tolles ist, ja, etwas *Amerikanisches*, aber dennoch ist Privatbesitz mit der Stadt verwurzelt, und in Castle Rock glaubten die Leute immer noch, daß die Gemeinde an erster Stelle kam. Und das galt selbst für reiche Leute, die neue Anbauten an ihre Häuser machen konnten, wann immer sie Lust dazu verspürten. Und so fuhr Clem Upshaw nach Lackery, wo sich damals der Sitz der Countyverwaltung befand, und beschaffte sich den Beschluß.

Während er ihn besorgte, fuhr ein großer Lastwagen an dem heulenden Idioten vorbei zu Scheune. Als Clem Upshaw mit seinem Gerichtsbeschluß zurückkehrte, war nur noch eine Kuh da, die ihn mit toten, unter dem Film von Heustaub eingetrübten Augen ansah. Celm bestätigte, daß zumindest diese Kuh an Rindermeningitis verreckt war, dann fuhr er weg. Als er fort war, kam der Lastwagen der Abdeckerei und holte auch die letzte Kuh ab.

1928 begann Joe einen neuen Flügel. Da waren sich die Männer, die sich bei Brownie's versammelten, darin einig, daß der Mann verrückt geworden war. Schlau, ja, aber verrückt. Benny Ellis behauptete, Joe habe seiner Tochter ein Auge ausgestochen, das er in einem Glas voll, wie Benny sich ausdrückte, »Fummaldehyd« auf dem Küchentisch aufbewahrte, zusammen mit den amputierten Fingern, die bei der Geburt des Kindes aus dem anderen Auge herausgeschaut hätten. Benny war ein treuer Leser von Horrorgroschenheften, Magazinen, deren Umschläge nackte Damen zeigten, die von Riesenameisen verschleppt wurden, und ähnlichen Alpträumen, und seine Geschichte über Joe Newalls Glas war eindeutig von seiner Lieblingslektüre beeinflußt. Doch als Folge davon gab es bald in ganz Castle Rock Leute – nicht nur in The Bend –, die behaupteten, daß jedes Wort der Wahrheit entsprach. Manche behaupteten, daß Joe sogar noch unaussprechlichere Dinge in dem Glas aufbewahrte.

Der neue Flügel wurde im August 1929 fertiggestellt, und zwei Nächte später raste eine alte Kiste mit großen Natriumdampflampen heulend durch Joe Newalls Einfahrt, und der stinkende, halbverweste Kadaver eines großen Skunk wurde auf den neuen Flügel geworfen. Der Kadaver zerplatzte an einer der Fensterscheiben und hinterließ einen Blutklecks, der fast an ein chinesisches Schriftzeichen erinnerte.

Im September desselben Jahres verwüstete ein Feuer den Maschinenraum von Joe Newalls Flaggschiff-Fabrik und richtete einen Schaden von fünfzigtausend Dollar an. Im Oktober kam es zum Börsenkrach. Im November erhängte sich Joe Newall an einem Balken in einem der noch nicht fertiggestellten Zimmer – was wahrscheinlich ein Schlafzimmer hätte werden sollen – des neuesten Flügels. Der Harzgeruch des neuen Holzes war noch sehr stark. Er wurde von Cleveland Torbutt gefunden, dem stellvertretenden Direktor von Gates Mills und Joes Partner (munkelte man jedenfalls) bei einer Reihe von Investitionen an der Wall Street, die jetzt nicht mehr die Kotze eines tuberkulösen Cockerspaniels wert waren. Der Leichenbeschauer des County, Clem Upshaws Bruder Noble, schnitt den Leichnam herunter.

Joe wurde am letzten Tag des November neben seiner Frau und seinem Kind begraben. Es war ein strahlender, sonniger Tag, und der einzige aus Castle Rock, der zu der Beerdigung kam, war Alvin Coy, der den Leichenwagen von Hay & Peabody fuhr. Alvin berichtete, eine der Anwesenden sei eine junge, wohlgeformte Dame in Waschbärmantel und einem schwarzen Schleierhut gewesen. Alvin, der im Brownie's saß und eine eingelegte Gurke direkt aus dem Glas aß, lächelte wissend und erzählte seinen Kumpanen, daß sie ein Jazz Baby sein mußte, wenn er je eines gesehen hatte. Sie hatte kein bißchen Ähnlichkeit mit Cora Leonard Newalls

Zweig der Familie, und sie hatte beim Gebet die Augen nicht niedergeschlagen.

Gary Paulson betritt den Laden übertrieben langsam und macht die Tür hinter sich zu.
»Tag«, sagt Harley McKissick so nebenbei.
»Hab gehört, hast am letzten Tag im Grange den Truthahn gewonnen«, sagt Old Clut und schickt sich an, seine Pfeife anzuzünden.
»A-hm«, sagt Gary. Er ist vierundachtzig und kann sich wie die anderen an die Zeit erinnern, zu der es in The Bend um einiges lebhafter zuging als heute. Er hat zwei Söhne in zwei Kriegen verloren – den beiden vor der Katastrophe in Vietnam –, und das waren schwere Schicksalsschläge. Sein dritter, ein guter Junge, starb bei einem Zusammenstoß mit einem Holzlaster in der Nähe von Presque Isle – 1973 ist das gewesen. Irgendwie war das leichter zu verkraften, weiß Gott warum. Gary sabbert manchmal aus den Mundwinkeln und gibt ab und zu Schmatzlaute von sich, wenn er versucht, die Spucke wieder in den Mund zu saugen, bevor sie sich selbständig macht und an seinem Kinn hinabtropft. In letzter Zeit weiß er nicht mehr besonders viel, aber eines weiß er, nämlich daß Altwerden eine beschissene Art und Weise ist, die letzten Jahre seines Lebens zu verbringen.
»Kaffee?« fragt Harley.
»Glaub nicht.«
Lenny Partridge, der sich wahrscheinlich nicht mehr von den Rippenbrüchen erholen wird, die er im Herbst vor zwei Jahren bei einem seltsamen Autounfall erlitt, zieht die Füße zurück, damit der ältere Mann an ihm vorbeigehen und sich vorsichtig auf den Stuhl in der Ecke sinken lassen kann (Gary hat den Sitz dieses Stuhls damals, '82, selbst geflochten). Er schmatzt mit den Lippen, saugt Spucke zurück und faltet die knotigen Hände über dem Griff seines Stocks. Er sieht müde und ausgezehrt aus.
»Wird'n bißchen regnen«, sagt er schließlich. »Hab solche Schmerzen.«
»Schlimmer Herbst«, sagt Paul Corliss.

Dann herrscht Schweigen. Die Hitze des Ofens wärmt den Laden, der schließen wird, wenn Harley stirbt, möglicherweise schon bevor er stirbt, wenn es nach der jüngsten Tochter geht; die Hitze durchdringt den Laden und die Mäntel und Knochen der alten Männer, versucht es jedenfalls, und schnuppert an den schmutzigen Fensterscheiben mit Ausblick auf den Hof, wo Zapfsäulen standen, bis Mobil sie 1977 abgebaut hat. Es sind alte Männer, die zum größten Teil gesehen haben, wie ihre Kinder zu anderen, lohnenderen Orten weggezogen sind. Der Laden macht keinen nennenswerten Umsatz mehr, abgesehen von einigen Einheimischen und vereinzelten Sommertouristen auf der Durchreise, die finden, daß alte Männer, die selbst im Juli in Angoraunterwäsche neben dem Ofen sitzen, nicht mehr ganz beisammen sind. Old Clut hat immer behauptet, daß einmal junge Leute in diesen Teil von Castle Rock ziehen werden, aber in den letzten beiden Jahren war es schlimmer denn je – es scheint, als läge die ganze verdammte Stadt im Sterben.

»Wer baut eigentlich den neuen Flügel an diesem verdammten Newall-Haus?« fragt Gary schließlich.

Sie drehen sich zu ihm um. Einen Augenblick schwebt das Streichholz, das Old Clut gerade angerissen hat, wie durch Zauber über der Pfeife, verbrennt das Holz und färbt es schwarz. Das Schwefelhäubchen am Ende wird grau und krümmt sich. Schließlich hält Clut das Streichholz in die Pfeife und pafft.

»Neuer Flügel?« fragt Harley.

»Ja.«

Ein blaues Rauchwölkchen aus Old Cluts Pfeife kräuselt sich über dem Ofen und breitet sich dort aus wie ein feines Fischernetz. Lenny Partridge hebt das Kinn und strafft die Wülste seines Halses, dann streicht er mit der Hand langsam an der Kehle hinab, ein trockenes Schaben.

»Niemand, den *ich* kenne«, sagt Harley und deutet mit seinem Tonfall irgendwie an, daß das alle nennenswerten Leute einschließt, zumindest in diesem Teil der Welt.

»Sie hatten seit neunzehnhunderteinundachtzig keinen Käufer mehr dafür«, sagte Old Clut. Wenn Old Clut *sie* sagt, dann meint er damit die Southern Maine Weaving und die Bank of Southern Maine, aber er meint noch mehr: er meint die Massachusetts-Itaker. Southern Maine Weaving kaufte Joes drei Fabriken – und Joes Haus auf dem Hügel – etwa ein Jahr nach Joes Selbstmord, aber für die Männer, die sich bei Brownie's um den Ofen versammelt haben, ist dieser Name nur eine Tarnung. Manchmal sprechen sie auch vom »Gesetz«, etwa: *Sie hat eine einstweilige Verfügung gegen ihn erwirkt, und jetzt kann er nicht mal mehr seine eigenen Kinder sehen – wegen dem »Gesetz.«* Diese Männer hassen das »Gesetz« und den Einfluß, den es auf ihr Leben und das Leben ihrer Freunde nimmt, aber es fasziniert sie endlos, wenn sie darüber nachdenken, wie manche Menschen es ausnutzen, nur um ihre eigenen niederträchtigen Geldgeschäfte voranzubringen.

Southern Maine Weaving (oder die Bank of Southern Maine) haben lange und profitable Geschäfte mit den Fabriken gemacht, die Joe Newall vor dem Bankrott gerettet hat; doch daß es ihnen nicht gelungen ist, das Haus an den Mann zu bringen, das fasziniert die alten Männer, die ihre Tage bei Brownie's verbringen. »Es ist wie ein Rotzklumpen, den man nicht vom Finger schnippen kann«, hat Lenny Partridge einmal gesagt, worauf sie alle genickt haben. »Nicht einmal diese Spaghettifresser aus Malden und Revere können sich *diesen* Mühlstein vom Hals schaffen.«

Old Clut und sein Enkel Andy haben sich entzweit, und daran sind die Besitzverhältnisse von Joe Newalls häßlichem Haus schuld – auch wenn es zweifellos andere, persönlichere Gründe gibt, unter der Oberfläche, wie immer. Das Thema kam eines Abends zur Sprache, nachdem Großvater und Enkel – inzwischen beide Witwer – ein recht gutes Spaghettiessen im Haus des jungen Clut in der Stadt hinter sich gebracht hatten.

Der junge Andy, der seinen Job bei der städtischen Polizei noch nicht verloren hatte, versuchte (reichlich überheblich) seinem Großvater zu erklären, daß Southern Maine Weaving seit Jahren nichts mehr mit dem ehemaligen Anwesen der Newalls zu tun hätte; der tatsächliche Besitzer des Hauses sei die Bank of Southern Maine, und die beiden Unternehmen hätten nichts miteinander zu tun. Der alte John sagte Andy, er wäre ein Narr, wenn er das wirklich glaubte; alle wüßten doch, sagte er weiter, daß sowohl die Bank wie die Textilfabrik nur Tarnfirmen der Massachusetts-Itaker wären – die Unterschiede zwischen ihnen wären reiner Formelkram. Sie versteckten die offensichtlichen Zusammenhänge lediglich hinter einem Berg von Papier, erklärte der alte Clut – mit anderen Worten: das »Gesetz«.

Der junge Clut hatte die Stirn, darüber zu lachen. Old Clut wurde rot, warf die Serviette auf den Teller und stand auf. *Lach nur*, sagte er. *Lach nur weiter. Warum auch nicht? Ein Säufer kann nur eines besser, als über etwas lachen, das er nicht versteht, nämlich über etwas weinen, das er nicht weiß.* Das machte Andy wütend, und er sagte, es läge an Melissa, daß er tränke. Daraufhin fragte John seinen Enkel, wie lange er der toten Frau noch die Schuld an seiner Trinksucht in die Schuhe schieben wollte. Andy wurde kalkweiß, als der alte Mann das gesagt hatte, und fuhr ihn an, er solle aus seinem Haus verschwinden. Was John auch tat; seither ist er nicht mehr dort gewesen. Und er will auch nicht hin. Selbst wenn er die bösen Worte vergessen könnte, kann er es nicht ertragen, mit anzusehen, wie Andy langsam vor die Hunde geht.

Spekulationen hin oder her, soviel steht fest: das Haus auf dem Berg steht jetzt seit fast elf Jahren leer, niemand hat jemals lange dort gewohnt, und die Bank of Southern Maine ist für gewöhnlich die Organisation, die versucht, es über eine der hiesigen Maklerfirmen loszuwerden.

»Die letzten, die es gekauft haben, kamen aus New York, oder nicht?« fragt Paul Corliss; er ergreift so selten das Wort, daß sich alle zu ihm umdrehen. Sogar Gary.

»Yessir«, sagt Lenny. »Das war ein nettes Paar. Der Mann wollte die Scheune rot streichen und eine Art Antiquitätenladen daraus machen, richtig?«

»Ja«, sagt der alte Clut. »Und dann bekam ihr Junge das Gewehr in die Finger, das ...«

»Die Leute sind so verdammt *leichtsinnig* ...« wirft Harley ein.

»Ist er gestorben?« fragt Lenny. »Der Junge?«

Auf diese Frage folgt Schweigen. Offenbar weiß es keiner. Schließlich meldet sich – fast widerwillig – Gary zu Wort. »Nein«, sagt er. »Aber er ist blind geworden. Sie sind nach Auburn gezogen. Oder möglicherweise war es Leeds.«

»Das waren tüchtige Leute«, sagt Lenny. »Ich hätte wirklich gedacht, daß sie was draus machen. Aber sie hatten sich nun einmal auf das Haus versteift und glaubten, alle wollten sie auf den Arm nehmen, wenn sie sagten, es brächte Unglück, weil sie von auswärts gekommen sind.« Er macht eine nachdenkliche Pause. »Vielleicht denken sie inzwischen anders – wo sie auch sein mögen.«

Es herrscht Schweigen, während die alten Männer über die Leute aus New York nachdenken oder vielleicht auch über ihre eigenen abgenutzten Organe und Sinne. Im Halbdunkel hinter dem Ofen blubbert Öl. Irgendwo dahinter klappert ein Laden lautstark in der unruhigen Herbstluft.

»Da wird tatsächlich ein neuer Flügel gebaut«, sagt Gary. Er spricht leise, aber nachdrücklich, als hätte einer der anderen seiner Behauptung widersprochen. »Ich hab's gesehen, als ich neulich die River Road entlanggefahren bin. Die Stützbalken stehen zum größten Teil schon. Das verdammte Ding sieht aus, als sollte es dreißig Meter lang und zehn Meter breit werden. Ist mir vorher nie aufgefallen. Sieht nach gutem Ahornholz aus. Woher bekommt man heutzutage so gutes Ahornholz?«

Niemand antwortet. Niemand weiß es.

Schließlich sagt Paul Corliss zögernd: »Du denkst doch nicht etwa an ein anderes Haus, Gary? Könnte doch sein, daß du ...«

»Von wegen, könnte sein«, sagt Gary ebenso leise, aber noch nachdrücklicher. »Es ist das *Newall*-Haus, ein *neuer Flügel* am Newall-Haus, das Gerüst steht schon, und wenn ihr es immer noch nicht glaubt, dann geht einfach raus und seht selber nach.«

Als das gesagt ist, gibt es nichts mehr zu sagen – sie glauben ihm. Aber weder Paul noch sonstjemand geht hinaus, um zu dem neuen Flügel hinaufzuspähen, der am Newall-

Haus angebaut wird. Für sie ist es eine bedeutsame Sache – also etwas, das man nicht überstürzen sollte. Noch mehr Zeit vergeht – Harley McKissick hat schon mehr als einmal gedacht, wenn Zeit Brennholz wäre, dann wären sie alle reich. Paul geht zu der alten wassergekühlten Truhe mit den alkoholfreien Getränken und holt sich einen Orange Crush. Er gibt Harley sechs Cent, und Harley läßt die Registrierkasse klingeln. Als er die Schublade der Kasse wieder zustößt, fällt ihm auf, daß sich die Atmosphäre im Laden irgendwie verändert hat. Es gibt andere Dinge zu diskutieren.

Lenny Partridge hustet, verzieht das Gesicht, drückt die Hände behutsam auf die Stelle, wo die gebrochenen Rippen nie richtig verheilt sind, und fragt Gary, wann die Beerdigung von Dana Roy stattfindet.

»Morgen«, sagt Gary. »Unten in Gorham. Da liegt seine Frau begraben.«

Lucy Roy ist 1968 gestorben; Dana, der bis 1979 Elektriker bei U.S. Gypsum in Gates Falls war, starb vor zwei Tagen an Darmkrebs. Er hatte sein ganzes Leben in Castle Rock verbracht und erzählte den Leuten gern, daß er Maine in seinem achtzigjährigen Leben nur dreimal verlassen hätte – einmal, um eine Tante in Connecticut zu besuchen, einmal, um die Boston Red Sox im Fenway Park spielen zu sehen (»Und sie haben verloren, die Flaschen«, fügte er an der Stelle stets hinzu), und einmal, um an einer Elektrikerversammlung in Portsmouth, New Hampshire, teilzunehmen. »Verdammte Zeitverschwendung«, sagte er immer über diese Versammlung. »Nix als Suff und Weiber, und keine von den Weibern hat auch nur das Anschauen gelohnt, von dem anderen ganz zu schweigen.« Er war ein Busenfreund dieser Männer, und nach seinem Dahinscheiden verspüren sie eine seltsame Mischung aus Trauer und Triumph.

»Sie haben einen Meter von seinen Innereien rausgenommen«, berichtet Gary den anderen Männern. »Hat nichts genutzt. War überall in ihm.«

»Er hat Joe Newall noch gekannt«, sagt Lenny plötzlich. »Er war mit seinem Dad da oben, als sein Dad bei Joe die Kabel verlegt hat – kann nicht älter als sechs oder acht gewesen sein, würde ich sagen. Ich weiß noch, er sagte einmal, Joe hätte ihm einen Lutscher gegeben, aber auf der Heimfahrt hätte er ihn aus dem Wagen geworfen. Hat gesagt, er schmeckte sauer und komisch. Und später, als sie wieder alle Fabriken am Laufen hatten – muß Ende der dreißiger Jahre gewesen sein –, hat er alle Kabel neu verlegt. Weißt du das noch, Harley?«

»Weiß ich.«

Nachdem das Gespräch über Dana Roy wieder auf Joe Newall gekommen ist, sitzen die Männer schweigend da und versuchen sich an Anekdoten über die beiden zu erinnern. Doch als Old Clut schließlich das Wort ergreift, sagt er etwas Erstaunliches.

»Es war Will, Dana Roys großer Bruder, der damals das Stinktier an die Hauswand geworfen hat. Ich bin ziemlich sicher, daß er es war.«

»Will?« Lenny zieht die Brauen hoch. »Will Roy war zu vernünftig, sowas zu tun, das ist meine Meinung.«

Gary Paulson sagt sehr leise. »Tatsächlich, es *war* Will.«

Alle sehen ihn an.

»Und es war die Frau, die Dana einen Lutscher gegeben hat, als er mit seinem Dad dort war«, sagt Gary. »Cora, nicht Joe. Und Dana war auch nicht sechs oder acht. Die Sache mit dem Skunk geschah ungefähr zur Zeit des Börsenkrachs, und da war Cora schon tot. Nein, Dana hat sich vielleicht an einen Teil davon erinnert, aber er kann nicht älter als zwei gewesen sein. War um 1916, als er den Lutscher bekommen hat; 1916 hat Eddie die Leitung im Haus verlegt, seither war er nie wieder da oben. *Frank* – der mittlere Junge, der jetzt seit zehn oder zwölf Jahren tot ist –, *der* muß damals sechs oder acht gewesen sein. Frank hat gesehen, was Cora mit dem Kleinen gemacht hat, soviel weiß ich, aber ich weiß nicht, wann er es Will erzählt hat. Ist auch egal. Schließlich beschloß Will, was dagegen zu unternehmen. Da war die Frau schon tot, also hat Will es an dem Haus ausgelassen, das Joe für sie gebaut hatte.«

»Laß das doch jetzt«, sagt Harley fasziniert. »Was hat sie mit Dana gemacht? Das möchte *ich* wissen.«

Gary spricht ruhig weiter, fast träge. »Frank hat mir eines Nachts, als er ein paar zuviel gehabt hat, erzählt, daß die Frau ihm den Lutscher mit einer Hand gegeben und ihm mit der anderen in die Hose gegriffen hat. Vor dem älteren Jungen.«

»Ist nicht wahr!« sagt Old Clut schockiert.

Gary sieht ihn nur mit seinen alten gelben Augen an und sagt nichts.

Wieder Schweigen, abgesehen vom Wind und dem klappernden Laden. Die Kinder auf dem Musikpavillon haben ihr Feuerwehrauto genommen und sind damit anderswohin gegangen. Und die Untiefen des Nachmittags dehnen sich, das Licht ist wie auf einem Gemälde von Andrew Wyeth, weiß und dennoch voll idiotischer Bedeutungen. Der Boden hat seine karge Frucht aufgegeben und wartet nutzlos auf den Schnee.

Gary würde ihnen gern von dem Krankenzimmer im Memorial Hospital von Cumberland erzählen, wo Dana Roy im Sterben lag, die Nasenlöcher von schwarzem Rotz verklebt, stinkend wie ein Fisch, der in der Sonne gelegen hat. Er würde ihnen gern von den kalten blauen Fliesen erzählen und von Schwestern, die die Haare in einem Netz zurückgesteckt haben, größtenteils junge Dinger mit hübschen Beinen und straffen jungen Brüsten, die keine Ahnung haben, daß 1923 ein echtes Jahr gewesen ist, so echt wie die Schmerzen, die die Knochen alter Männer quälen. Er spürt, daß er gern eine Predigt über das Böse der Zeit halten würde, möglicherweise sogar über das Böse gewisser Orte, und daß er erklären möchte, weshalb Castle Rock heute wie ein schwarzer Zahn ist, der kurz davor ist, auszufallen. Am liebsten möchte er ihnen aber erzählen, daß sich Dana Roy angehört hat, als hätte ihm jemand die Brust mit Heu ausgestopft, und daß er versuchte, durch dieses Heu zu atmen, und daß er aussah, als hätte er schon angefangen zu verwesen. Aber das alles kann er nicht sagen, weil er nicht weiß, wie er es anstellen soll, und so saugt er nur die Spucke zurück und sagt nichts.

»Niemand hat den alten Joe besonders gut leiden mögen«,

sagt Old Clut – und dann strahlt er plötzlich über das ganze Gesicht. »Aber bei Gott, er wuchs einem über den Kopf!«
Die anderen antworten nicht.

Neunzehn Tage später, eine Woche bevor der erste Schnee auf den nutzlosen Boden fällt, hat Gary Paulson einen sexuellen Traum; eigentlich ist es mehr eine Erinnerung.

Am 14. August 1923, als er mit dem Lieferwagen seines Vaters am Haus der Newalls vorbeifährt, sah der dreizehnjährige Gary Martin Paulson plötzlich Cora Leonard Newall, die sich am Ende der Einfahrt von ihrem Briefkasten abwandte. Sie hielt die Zeitung in einer Hand. Als sie Gary sah, griff sie mit der freien Hand nach unten an den Saum ihres Hauskleides. Sie lächelte nicht. Der gewaltige Mond ihres Gesichts war blaß und ausdruckslos, als sie das Kleid hochzog und ihr Geschlecht vor ihm entblößte – es war das erste Mal, daß er dieses Geheimnis sah, über das alle Jungen, die er kannte, so aufgeregt redeten. Sie lächelte immer noch nicht, sondern sah ihn nur ernst an, während sie die Hüften in Richtung seines gaffenden, fassungslosen Gesichts reckte, als er an ihr vorbeifuhr. Im Vorbeifahren ließ er die Hand in den Schoß sinken, und Augenblicke später ejakulierte er in seine Flanellhose.

Es war sein erster Orgasmus. In all den Jahren, die seitdem vergangen sind, hat er mit zahlreichen Frauen Sex gehabt, angefangen mit Sally Oulette unter der Tin Bridge, damals, 1926, und jedesmal, wenn er sich dem Augenblick des Orgasmus näherte – jedes einzelne Mal –, hat er Cora Leonard Newall vor sich gesehen: hat sie unter einem heißen, metallgrauen Himmel neben dem Briefkasten stehen sehen, hat sie das Kleid hochheben und ein fast nicht vorhandenes Büschel ingwerfarbenen Haars unter der sahnigen Wölbung ihres Bauchs entblößen sehen, hat den Schlitz, gleich einem Ausrufungszeichen, mit den roten Schamlippen gesehen, deren Farbton zu einem, wie er weiß, überaus verlockenden, delikaten korallenfarbenen

(Cora)

Rosa wechseln würde. Aber nicht der Anblick der Vagina unter der konturlosen Rundung des Bauchs hat ihn all die

Jahre verfolgt, so daß jede Frau im Augenblick der Erleichterung zu Cora wurde; jedenfalls nicht *nur*. Was ihn jedesmal verrückt machte, wenn er sich erinnerte (und wenn er Sex machte, konnte er nicht anders), war die Art und Weise, wie sie ihm die Hüften entgegengereckt hatte – einmal, zweimal, dreimal. Das und ihr ausdrucksloses Gesicht, eine so durchdringende Ausdruckslosigkeit, daß sie an Schwachsinn grenzte, als wäre sie die Summe allen begrenzten sexuellen Wissens und Begehrens eines jungen Mannes – eine enge und lockende Dunkelheit, nichts weiter, ein begrenztes Eden, das Cora-rosa glühte.

Sein ganzes Sexualleben wurde durch diese Erfahrung freigesetzt und entfesselt – ein fruchtbares Erlebnis, wenn es je eines gab –, aber er hat nie darüber gesprochen, auch wenn er mehr als einmal in Versuchung kam, wenn er zu tief ins Glas geschaut hatte. Er hat es für sich behalten. Und von diesem Erlebnis träumt er jetzt, während sein Penis zum ersten Mal seit fast neun Jahren völlig erigiert ist, als ein dünnes Äderchen in seinem Kleinhirn platzt und ein Gerinnsel bildet, das ihn lautlos tötet und ihm so umsichtigerweise vier Wochen oder vier Monate der Lähmung, Kanülen in den Armen, den Katheder und die lautlosen Schwestern mit den Haarnetzen und den straffen, hohen Brüsten erspart. Er stirbt im Schlaf, sein Penis erschlafft, der Traum verblaßt wie das Nachglühen eines Fernsehbildes, wenn das Gerät im Dunkeln abgeschaltet wird. Seine Freunde allerdings wären verblüfft, wenn sie dabeigewesen wären und die beiden letzten Worte gehört hätten, die er spricht – hinausstöhnt, aber doch deutlich genug:

»*Der Mond!*«

An dem Tag, nachdem er in Homeland zur letzten Ruhe gebettet wird, entsteht auf dem neuen Flügel des Newall-Hauses eine neue Kuppel.

Klapperzähne

Als er in den Schaukasten sah, war ihm zumute, als sähe er durch eine schmutzige Glasscheibe ins mittlere Drittel seiner Kindheit, die Jahre zwischen sieben und vierzehn, als ihn solche Sachen fasziniert hatten. Hogan beugte sich näher hin und vergaß das zunehmende Heulen des Windes draußen ebenso wie das knirschende *Spick-Spack* des Sandes, der gegen das Fenster prasselte. Der Schaukasten war vollgestopft mit unglaublichem Plunder, zweifellos zum größten Teil in Taiwan und Korea hergestellt, aber am Prunkstück der Sammlung konnte nicht der geringste Zweifel bestehen. Es waren die größten Klapperzähne, die ihm jemals unter die Augen gekommen waren. Außerdem wären es die einzigen mit Füßen, die er je gesehen hatte – große, orangefarbene Trickfilmschuhe mit weißen Gamaschen. Ein echter Heuler.

Hogan blickte zu der dicken Frau hinter dem Tresen hinüber. Sie trug ein T-Shirt mit der Aufschrift NEVADA IST GOTTES LAND (die Worte wölbten sich über ihrem enormen Busen) und etwa zwei Hektar Jeans. Sie verkaufte einem blassen jungen Mann, der das lange blonde Haar mit einem Schnürsenkel zu einem Pferdeschwanz gebunden hatte, gerade eine Packung Zigaretten. Der junge Mann, der das Gesicht einer intelligenten Ratte hatte, bezahlte mit Kleingeld, das er umständlich aus der schmutzigen Hand abzählte.

»Verzeihung, Ma'am?« sagte Hogan.

Sie sah kurz zu ihm herüber, dann wurde die Hintertür mit einem Ruck aufgestoßen. Ein schlaksiger Mann mit einem Taschentuch über Mund und Nase kam herein. Der Wind wirbelte Wüstenstaub um ihn herum auf wie eine Windhose und schüttelte die Pin-up-Schöne auf dem Valvoline-Kalender, der mit Reißzwecken an der Wand befestigt war. Der Neuankömmling zog einen Handkarren, auf dem drei Drahtkäfige gestapelt waren. Im obersten saß eine Tarantel. In den beiden Käfigen darunter befanden sich Klapperschlangen. Sie wanden sich hektisch hin und her und ließen aufgeregt ihre Klappern ertönen.

»Mach die Scheißtür zu, Scooter, oder bist du in 'ner Scheune zur Welt gekommen?« bellte die Frau hinter dem Tresen.

Er sah kurz mit vom Sand gereizten und roten Augen zu ihr auf. »Wart's ab, Frau! Siehst du nicht, daß ich alle Hände voll zu tun habe? Hast du keine *Augen* im Kopf? Herrgott!« Er griff über den Karren und schlug die Tür zu. Der tanzende Sand stürzte tot zu Boden, dann zog der Mann immer noch brummend den Karren zum Lagerraum hinüber.

»Sind das alle?« fragte die Frau.

»Alle bis auf Wolf.« Er sprach es wie *Woof* aus. »Den steck' ich in den Schuppen hinter den Zapfsäulen.«

»Von wegen!« erwiderte die dicke Frau. »Wolf ist unsere Hauptattraktion, falls du das vergessen hast. Du bringst ihn hier rein. Im Radio sagen sie, daß es noch schlimmer wird. Viel schlimmer.«

»Was meinst du, wen du damit verarschen kannst?« Der schlaksige Mann (ihr Ehemann, vermutete Hogan) stand da und sah sie mit in die Hüften gestemmten Händen und einer Art resigniertem Trotz an. »Der verdammte Köter ist nichts weiter als ein Koyotenmischling aus Minnesota, wie jeder erkennen kann, der ihn genauer ansieht.«

Der Wind wehte, heulte um die Ecken von Scooter's Lebensmittelladen & Zoo und schleuderte Schwaden trockenen Sandes gegen die Fensterscheibe. Es wurde *tatsächlich* schlimmer, und Hogan konnte nur hoffen, daß es ihm noch gelingen würde, dem Unwetter davonzufahren. Er hatte Lita und Jack versprochen, daß er bis sieben zu Hause sein würde, spätestens acht, und er gehörte zu den Leuten, die ihre Versprechen gern halten.

»Kümmere dich um ihn«, sagte die dicke Frau und drehte sich gereizt wieder zu dem Jungen mit dem Rattengesicht um.

»Ma'am?« sagte Hogan wieder.

»Noch'n Augenblick Geduld, bitte«, sagte Mrs. Scooter. Sie sagte es in einem Tonfall, als ertränke sie förmlich in ungeduldigen Kunden, obwohl in Wahrheit Hogan und der Junge mit dem Rattengesicht die einzigen waren.

»Da fehlen zehn Cent, Sonnyboy«, sagte sie zu dem blonden Jungen nach einem raschen Blick auf die Münzen auf dem Tresen.

Der Junge sah sie mit großen, unschuldigen Augen an. »Ich dachte, Sie würden sie mir anschreiben?«

»Ich glaube nicht, daß der Papst Marlboro raucht, aber wenn, würde ich sie *ihm* nicht anschreiben.«

Der unschuldige Blick verschwand aus den großen Augen. Der Junge mit dem Rattengesicht sah sie einen Moment mit einem mürrischen Ausdruck an (Hogan fand, daß dieser Ausdruck weit besser zum Gesicht des Jungen paßte) und kramte dann noch einmal durch seine Taschen.

Vergiß es einfach und verschwinde von hier, dachte Hogan. *Du schaffst es nie bis acht nach L.A., wenn du dich nicht auf den Weg machst, Sturm oder nicht Sturm. Hier kennen sie nur zwei Geschwindigkeiten – langsam und stop. Du hast dein Benzin, und du hast dafür bezahlt. Also denke einfach, daß du alles erledigt hast, und mach dich auf den Weg, bevor der Sturm noch schlimmer wird.*

Er wäre dem guten Rat seiner linken Gehirnhälfte fast gefolgt – aber dann betrachtete er wieder die Klapperzähne in dem Schaukasten, und die Klapperzähne standen auf ihren großen orangefarbenen Trickfilmschuhen da. Mit weißen Gamaschen. Sie waren ein echter Knüller. *Jack würden sie gefallen*, redete ihm seine rechte Gehirnhälfte ein. *Und um ganz ehrlich zu sein, Bill, alter Kumpel; wenn sich herausstellt, daß Jack sie nicht will, du willst sie auf jeden Fall. Irgendwann in deinem Leben siehst du vielleicht wieder einmal solche Jumbo-Klapperzähne, möglich ist alles – aber welche, die in großen orangefarbenen Schuhen herumspazieren? Nn-nein. Das bezweifle ich wirklich.*

Diesmal hörte er auf seine rechte Gehirnhälfte – und so nahm alles seinen Lauf.

Der Junge mit dem Pferdeschwanz kramte immer noch in seinen Taschen; sein mürrischer Gesichtsausdruck wurde jedesmal noch mürrischer, wenn er nichts fand. Hogan hielt nichts vom Rauchen – sein Vater, Kettenraucher mit zwei Schachteln pro Tag, war an Lungenkrebs gestorben –, aber er stellte sich vor, daß er in einer Stunde noch darauf warten würde, bedient zu werden. »He! Junge!«

Der Junge drehte sich um, und Hogan warf ihm einen Vierteldollar zu.

»Hey! Danke, Mann!«

»Nichts zu danken.«

Der Junge beendete seine Transaktion mit der voluminösen Mrs. Scooter, steckte die Zigaretten in eine Tasche und ließ die verbliebenen fünfzehn Cent in einer anderen verschwinden. Er bot Hogan nicht an, das Wechselgeld zurückzugeben, aber Hogan hatte auch nicht damit gerechnet. Jungen und Mädchen wie dieser waren heutzutage Legion – sie lungerten von einer Küste zur anderen auf den Gehwegen herum und ließen sich herumwehen wie Steppenhexen. Möglicherweise waren sie schon immer dagewesen, aber Hogan fand, daß die gegenwärtige Abart unangenehm und ein wenig furchteinflößend war, wie die Klapperschlangen, die Scooter gerade im Hinterzimmer verstaute.

Die Schlangen in den schäbigen kleinen Zoos am Straßenrand konnten einen nicht töten; ihr Gift wurde zweimal die Woche abgemolken und an Kliniken verkauft, die Medikamente daraus herstellten. Darauf konnte man sich verlassen, wie man sich darauf verlassen konnte, daß Penner sich jeden Dienstag und Donnerstag beim Roten Kreuz sehen ließen, um gegen Bargeld Blut zu spenden. Dennoch konnten einem die Schlangen schmerzhafte Bißwunden zufügen, wenn man ihnen zu nahe kam und sie reizte. Das, überlegte sich Hogan, hatten die heutigen Straßenkinder mit ihnen gemeinsam.

Mrs. Scooter kam am Tresen entlang, und die Worte auf ihrem T-Shirt wabbelten auf und ab und von einer Seite zur anderen. »Was woll'n Sie?« fragte sie. Ihr Tonfall war nach wie vor verdrossen. Der Westen stand immer noch im Ruf besonderer Freundlichkeit, und in den zwanziger Jahren, die Hogan schon hier als Vertreter arbeitete, hatte er die Erfahrung gemacht, daß dieser Ruf in den meisten Fällen gerechtfertigt war; aber die Frau hier war so freundlich wie ein Ladenbesitzer in Brooklyn, der in den letzten zwei Wochen dreimal ausgeraubt worden war. Hogan vermutete, daß Leute ihres Schlages im Westen allmählich ebenso zum Alltag gehörten wie die Straßenkinder. Traurig, aber wahr.

»Wieviel kostet das?« fragte Hogan und deutete durch das schmutzige Glas auf den Gegenstand, den das Etikett als JUMBO-KLAPPERZÄHNE – SIE LAUFEN! bezeichnete. Der ganze Schaukasten war voll von Scherzartikeln – chinesische Fingerzieher, Pferdekaugummi, Dr. Wackys Niespulver, Zigarettenkracher (zum Totlachen! laut Verpackung – Hogan vermutete aber, daß sie wahrscheinlich eine tolle Methode waren, sich die Zähne ausschlagen zu lassen), Röntgenbrillen, Plastikkotze *(so realistisch!)*, Furzblasen.

»Keine Ahnung«, sagte Mrs. Scooter. »Ich weiß nicht, wo die Verpackung geblieben ist.«

Die Zähne waren das einzige Stück in dem Schaukasten, das nicht verpackt war, aber Jumbo waren sie *eindeutig*, dachte Hogan – sogar *super-jumbo*, fünfmal so groß wie die aufziehbaren Gebisse, die ihm als Kind in Maine soviel Spaß gemacht hatten. Wenn man die komischen Füße wegnahm, würden sie wie die Zähne eines biblischen Giganten aussehen – die Mahlzähne waren große weiße Klötze, und die Fangzähne ragten wie Zeltheringe aus dem unwahrscheinlich rosa Plastikzahnfleisch. Die Zähne wurden von einem dicken Gummiband zusammengehalten.

Mrs. Scooter blies den Staub von den Klapperzähnen, dann drehte sie sie um und suchte auf den Sohlen der orangefarbenen Schuhe nach einem Preisschild. Sie fand keines. »*Ich* weiß es nicht«, sagte sie und sah Hogan böse an, als hätte der den Aufkleber selbst entfernt. »So einen Mist kann nur Scooter gekauft haben. Steht schon hier rum, seit Noah aus der Arche ausgestiegen ist. Ich muß ihn fragen.«

Plötzlich hatte Hogan die Frau und Scooter's Lebensmittelladen & Zoo satt. Es waren tolle Klapperzähne, die Jack ohne jeden Zweifel gefallen würden, aber er hatte es versprochen – spätestens um acht.

»Vergessen Sie's«, sagte er. »Es war nur ein ...«

»Die Zähne sollten fünfzehn fünfundneunzig kosten, wenn Sie sich das vorstellen können«, sagte Scooter hinter ihnen. »Sie sind nicht nur aus Plastik – das sind weiß bemalte Metallzähne. Wenn sie funktionieren würden, könnten sie Sie teuflisch beißen. Aber sie hat sie vor zwei, drei Jahren beim Abstauben auf den Boden fallen lassen, und jetzt sind sie kaputt.«

»Oh«, sagt Hogan enttäuscht. »Das ist schade. Wissen Sie, ich habe noch nie welche mit Füßen gesehen.«

»Heute gibt es jede Menge davon«, sagte Scooter. »Sie verkaufen sie in Scherzartikelläden in Vegas und Dry Springs. Aber so große wie die hier habe ich auch noch nie gesehen. War teuflisch komisch, sie auf dem Boden laufen und wie ein Krokodil schnappen zu sehen. Ein Jammer, daß die Alte sie fallen gelassen hat.«

Scooter sah zu ihr, aber die Frau schaute in den wehenden Sand hinaus. Hogan wußte nicht, wie er ihren Gesichtsausdruck deuten sollte – war es Trauer oder Abscheu oder beides?

Scooter sah wieder Hogan an. »Ich könnte sie für drei fünfzig abgeben, wenn Sie sie wollen. Wir machen sowieso Ausverkauf bei den Scherzartikeln. Wir brauchen den Schaukasten für Leihvideos.« Er machte die Tür des Lagerraums zu. Das Taschentuch hatte er jetzt heruntergezogen, es hing über dem schmutzigen Vorderteil seines Hemdes. Das Gesicht war kantig und zu schmal. Unter seiner Wüstenbräune sah Hogan den Schatten einer möglicherweise ernsten Krankheit.

»Das kannst du nicht machen, Scooter!« schnappte die Frau und drehte sich zu ihm um – stürzte sich fast *auf* ihn.

»Halt die Kappe«, antwortete Scooter. »Meine Plomben tun weh, wenn du so kreischst.«

»Ich hab dir gesagt, hol Wolf ...«

»Myra, wenn du ihn da hinten im Lagerraum haben willst, dann geh ihn doch selber holen.« Er ging auf sie zu, und Hogan war überrascht – sogar fast wie vom Donner gerührt –, als sie nachgab. »Ist sowieso nichts anderes als ein Koyotenmischling aus Minnesota. Drei Dollar glatt, mein Freund, und diese Klapperzähne gehören Ihnen. Und wenn Sie noch einen drauflegen, könnten Sie auch Myras Woof mitnehmen. Und für fünf verpachte ich Ihnen die ganze Bude. Seit sie die Umgehungsstraße gebaut haben, ist sie sowieso keinen Hundefurz mehr wert.«

Der langhaarige Junge stand neben der Tür, riß das Zellophan der Zigarettenschachtel auf, die er mit Hogans Hilfe gekauft hatte, und verfolgte die kleine komische Oper mit einem Ausdruck boshafter Heiterkeit. Seine winzigen graugrünen Augen funkelten.

»Hol dich der Teufel«, sagte Myra grantig, und Hogan sah, daß sie den Tränen nahe war. »Wenn du mein Baby nicht holst, dann hol' ich es eben.« Sie drängte sich an ihm vorbei und hätte ihn fast mit einer kürbisgroßen Brust umgestoßen. Hogan stellte sich vor, daß sie den kleinen Mann zu Boden geschmettert hätte, hätte sie getroffen.

»Hören Sie«, sagte Hogan, »ich glaube, ich mache mich einfach auf die Socken.«

»Na gut«, sagte Scooter. »Stören Sie sich nicht an Myra. Ich hab Krebs, und sie ist in den Wechseljahren, und es ist nicht meine Schuld, daß sie nicht damit leben kann. Nehmen Sie die verdammten Zähne. Wette, Sie haben einen Jungen, dem sie gefallen könnten. Außerdem ist wahrscheinlich nur ein Zahnrad verbogen. Ich glaube, ein Mann mit etwas handwerklichem Geschick könnte sie wieder zum Laufen und Schnappen bringen.«

Er drehte sich mit hilflosem und nachdenklichem Ausdruck um. Der Wind draußen schwoll zu einem kurzen, dünnen Kreischen an, als der Junge die Tür öffnete und hinausschlüpfte. Offenbar war er zu dem Ergebnis gekommen, daß die Vorstellung vorbei war. Eine Wolke feiner Staub wirbelte den Mittelgang entlang, zwischen Konservendosen und Hundefutter.

»Früher hätte ich das wahrscheinlich selber geschafft«, weihte Scooter ihn ein.

Hogan antwortete eine ganze Weile nicht. Ihm fiel nichts ein – buchstäblich überhaupt nichts –, das er hätte sagen können. Er sah auf die Jumbo-Klapperzähne, die in dem zerkratzten und verstaubten Schaukasten standen, und suchte verzweifelt nach etwas, um das Schweigen zu unterbrechen (jetzt, da Scooter direkt vor ihm stand, konnte er sehen, daß die Augen des Mannes riesig und dunkel waren und vor Schmerzen und einem starken Schmerzmittel glänzten ... Darvon, möglicherweise Morphin), und so sagte er das erste, das ihm in den Sinn kam: »Nun, sie sehen gar nicht kaputt aus.«

Er nahm die Zähne hoch. Sie bestanden tatsächlich aus Metall – für alles andere waren sie zu schwer –, und als er in den leicht geöffneten Kiefer sah, stellte er erstaunt fest, wie groß die Sprungfeder war, die das Ding betrieb. Er vermutete, daß so eine große erforderlich war, um die Zähne nicht nur zum Zuschnappen, sondern auch noch zum Laufen zu bringen. Was hatte Scooter gesagt? *Wenn sie funktionieren würden, können sie Sie teuflisch beißen.* Hogan zupfte einmal versuchsweise an dem breiten Gummiband, dann zog er es ab. Er studierte immer noch die Zähne, um nicht in Scooters dunkle, schmerzumflorte Augen sehen zu müssen. Er griff nach dem Schlüssel, und dann endlich wagte er aufzusehen. Erleichtert stellte er fest, daß der hagere Mann verhalten lächelte.

»Was dagegen?« fragte Hogan.

»Ich nicht, Pilger – lassen Sie's knacken.«

Hogan grinste und drehte den Schlüssel um. Zuerst schien alles in Ordnung zu sein; eine Reihe ratschender Klicklaute ertönte, und er konnte sehen, wie die Hauptfeder aufgezogen wurde. Dann, nach der dritten Umdrehung, kam ein *sponk!* von innen, und der Schlüssel drehte sich ohne zu greifen im Loch.

»Sehen Sie?«

»Ja«, sagte Hogan. Er stellte die Zähne auf den Tresen. Da standen sie auf ihren grotesken orangefarbenen Füßen und rührten sich nicht.

Scooter stieß die zusammengebissenen Backenzähne der

linken Seite mit einem hornhautüberzogenen Finger an. Die Kiefer klappten auseinander. Ein orangefarbener Fuß hob sich und machte einen verträumten halben Schritt vorwärts. Dann blieben die Zähne stehen, und das ganze Gebilde kippte auf die Seite. Die Klapperzähne blieben auf dem Schlüssel liegen, ein schiefes, körperloses Grinsen, mitten im Niemandsland. Nach einigen Augenblicken klappten die Zähne mit einem langsamen Klick wieder zusammen. Das war alles.

Hogan, der in seinem ganzen Leben noch keine Zwangsvorstellung gehabt hatte, war plötzlich von einer deutlichen Gewißheit erfüllt, die unheimlich und ekelerregend zugleich war. *In einem Jahr wird dieser Mann seit acht Monaten im Grab liegen, und wenn jemand seinen Sarg ausgraben und den Deckel aufbrechen würde, dann würde er Zähne wie diese sehen, die wie eine emaillierte Falle aus dem vertrockneten toten Gesicht ragen.*

Er sah in Scooters Augen, die glänzten wie dunkle Edelsteine in beschlagenen Fassungen, und plötzlich war nicht mehr die Frage, ob er hier weg *wollte*; er *mußte* hier weg.

»Nun«, sagte er (und hoffte panisch, Scooter würde ihm nicht zum Abschied die Hand reichen), »ich muß los. Viel Glück, Sir.«

Scooter streckte *doch* die Hand aus, aber nicht zum Abschied. Statt dessen legte er das Gummiband wieder um die Klapperzähne (Hogan hatte keine Ahnung, warum, da sie ohnedies nicht funktionierten), stellte sie auf ihre komischen Trickfilmfüße und schob sie über die zerkratzte Oberfläche des Tresens. »Herzlichen Dank«, sagte er. »Und nehmen Sie die Zähne. Kostenlos.«

»Oh ... danke, aber – ich kann doch nicht ...«

»Klar können Sie«, sagte Scooter. »Nehmen Sie sie mit, und geben Sie sie Ihrem Jungen. Wird ihm gefallen, wenn sie in seinem Zimmer auf dem Regal stehen, auch wenn sie nicht funktionieren. Ich kenne mich ein bißchen mit Jungen aus. Hab selbst drei großgezogen.«

»Woher wissen Sie, daß ich einen Sohn habe?« fragte Hogan.

Scooter blinzelte. Die Geste war furchterregend und

erbarmenswert zugleich. »Sehe ich Ihrem Gesicht an«, sagte er. »Los doch, nehmen Sie sie.«

Der Wind schwoll wieder an, dieses Mal so heftig, daß die Bretterwände des Hauses ächzten. Der Sand, der gegen die Fenster prasselte, hörte sich an wie feiner Schnee. Hogan hob die Zähne an den Plastikfüßen hoch und stellte wieder überrascht fest, wie schwer sie waren.

»Hier.« Scooter zog eine Papiertüte, die an den Kanten fast so runzlig und zerknittert war wie sein eigenes Gesicht, unter dem Tresen hervor. »Tun Sie es da rein. Sie haben einen echt schönen Mantel an. Wenn Sie die Beißerchen in der Tasche tragen, beulen Sie sie aus.«

Er stellte die Tüte auf den Tresen, als verstünde er, wie ungern Hogan ihn berühren wollte.

»Danke«, sagte Hogan. Er verstaute die Klapperzähne in der Tüte und knüllte das obere Ende zusammen. »Jack dankt Ihnen auch – das ist mein Sohn.«

Scooter lächelte und entblößte dabei Zähne, die ebenso falsch (wenn auch nicht annähernd so groß) waren wie die in der Papiertüte. »War mir ein Vergnügen, Mister. Fahren Sie vorsichtig, bis Sie den Sturm hinter sich gelassen haben. Wenn Sie erst die Vorgebirge erreicht haben, kann Ihnen nichts mehr passieren.«

»Ich weiß.« Hogan räusperte sich. »Nochmals danke. Ich hoffe, daß es Ihnen ... äh ... bald wieder besser geht.«

»Das wäre schön«, sagt Scooter gelassen, »aber ich glaube nicht, daß das für mich in den Sternen steht. Sie?«

»Äh. Nun.« Hogan stellte verdrossen fest, daß er keine Ahnung hatte, wie er diese Begegnung beenden sollte. »Geben Sie auf sich acht.«

Scooter nickte. »Sie auch.«

Hogan wich zur Tür zurück, machte sie auf und mußte sie festhalten – der Wind versuchte, sie ihm aus der Hand zu reißen und gegen die Wand zu schlagen. Feiner Sand prasselte ihm ins Gesicht, er mußte die Augen schließen.

Er ging hinaus, machte die Tür hinter sich zu und zog den Kragen seines echt schönen Mantels über Mund und Nase, als er die Veranda überquerte und zu seinem Dodge-Campingwagen hastete, der gleich hinter den Zapfsäulen parkte. Der Wind zerzauste ihm das Haar, Sand prasselte schmerzhaft gegen seine Wangen. Er ging gerade zur Fahrertür, als ihn jemand am Ärmel zupfte.

»Mister! He, Mister!«

Hogan drehte sich um. Es war der blonde Junge mit dem blassen Rattengesicht. Er duckte sich nur in seinem T-Shirt und den verwaschenen 501-Jeans gegen Wind und Flugsand. Hinter ihm zerrte Mrs. Scooter einen abgemagerten Köter an einem Würgehalsband zur Hintertür des Ladens. Wolf, der Koyotenmischling aus Minnesota, sah wie der halbverhungerte Welpe eines deutschen Schäferhunds aus – und obendrein noch wie der Kümmerling des Wurfs.

»Was?« brüllte Hogan, der genau wußte, was auf ihn zukam.

»Kann ich mitfahren?« schrie der Junge über den Wind hinweg zurück.

Normalerweise nahm Hogan keine Anhalter mit – seit jenem Nachmittag vor fünf Jahren. Da hatte ihn am Stadtrand von Tonopah ein junges Mädchen angehalten. Das Mädchen, das am Straßenrand stand, hatte ausgesehen wie eines dieser traurigen, heimatlosen Geschöpfe auf UNICEF-Plakaten, ein Kind, das aussah, was wären seine Mutter und sein Freund beide letzte Woche beim gleichen Hausbrand ums Leben gekommen. Aber als sie im Auto saß, hatte Hogan die unreine Haut und den irren Blick einer seit langer Zeit Drogensüchtigen erkannt. Da war es freilich schon zu spät. Sie hatte ihm eine Pistole vors Gesicht gehalten und wollte seine Brieftasche. Die Pistole war alt und rostig, der Griff mit zerrissenem Isolierband umwickelt. Hogan hatte bezweifelt, ob sie überhaupt geladen war, und wenn, ob sie losgehen würde. Aber er hatte Frau und Kind in L.A., und selbst wenn er Single gewesen wäre, lohnte es sich, wegen hundertvierzig Dollar sein Leben zu riskieren? Daran hatte er damals schon nicht gedacht, als er gerade in seinem neuen Metier Fuß faßte und hundertvierzig Dollar viel mehr Geld waren als heutzutage. Er gab dem Mädchen seine Brieftasche. Inzwischen hielt auch schon ihr Freund in einem schmutzigen blauen

Chevy Nova neben seinem Wagen (damals war es noch ein Ford Econoline, längst nicht so toll wie der umgebaute Dodge XRT). Hogan hatte gefragt, ob das Mädchen ihm den Führerschein und die Bilder von Lita und Jack lassen würde. »Leck mich, Süßer«, sagte sie und schlug ihm mit seiner eigenen Brieftasche brutal ins Gesicht, bevor sie ausstieg und zu dem blauen Auto rannte.

Aber der Sturm wurde immer schlimmer, und der Junge hatte nicht einmal eine Jacke. Was sollte er ihm sagen? Leck mich, Süßer, kriech mit den anderen Schlangen unter einen Felsen, bis der Sturm nachläßt?

»Okay«, sagte Hogan.

»Danke, Mann! Vielen Dank!«

Der Junge lief zur Beifahrertür, zog am Griff, stellte fest, daß abgeschlossen war, und wartete einfach mit eingezogenen Schultern, bis er einsteigen durfte. Der Wind bauschte sein Hemd wie ein Segel und gab den Blick auf seinen schmalen, pickligen Rücken frei.

Hogan sah noch einmal zu Scooter's Lebensmittelladen & Zoo und ging zur Fahrertür. Scooter stand am Fenster und sah zu ihm heraus. Er hob ernst die Hand, Handfläche nach außen. Hogan grüßte zurück, dann steckte er den Schlüssel ins Schloß und drehte ihn herum. Er machte die Tür auf, drückte die Entriegelung neben dem automatischen Fensteröffner und winkte den Jungen herein.

Der gehorchte, und dann mußte er die Tür mit beiden Händen wieder zuziehen. Der Wind heulte um den Wagen herum und schüttelte ihn sogar ein wenig.

»Mann!« keuchte der Junge und strich sich mit den Fingern heftig durch das Haar (er hatte den Schnürsenkel verloren, das Haar hing ihm strähnig auf die Schultern). »Schöner Sturm, was? Kann sich sehen lassen.«

»Ja«, sagte Hogan. Zwischen den beiden Vordersitzen – Sitzen, wie sie in den Prospekten gern als »Kapitänssessel« bezeichnet werden – befand sich eine Konsole, und Hogan legte die Papiertüte in einen der Dosenhalter. Dann drehte er den Zündschlüssel. Der Motor sprang sofort mit gutmütigem Brummen an.

Der Junge drehte sich auf seinem Sitz herum und sah bewundernd ins Heck des Wagens. Dort gab es ein Bett (das jetzt zu einer Couch zusammengeklappt war), einen kleinen Gasofen, mehrere Staufächer, in denen Hogan seine verschiedenen Muster aufbewahrte, und ganz hinten eine Toilettenzelle.

»Gar nicht so bescheiden, Mann!« sagte der Junge. »Mit allem Komfort.« Er sah wieder zu Hogan. »Wohin fahren Sie?«

»Los Angeles.«

Der Junge grinste. »He, toll! Ich auch!« Er holte das gerade erst erstandene Päckchen Marlboro aus der Tasche und klopfte eine heraus.

Hogan hatte die Scheinwerfer eingeschaltet und den Gang eingelegt. Jetzt schob er den Schalthebel wieder auf Leerlauf und drehte sich zu dem Jungen um. »Eines wollen wir gleich mal klarstellen«, sagte er.

Der Junge sah Hogan mit großen, unschuldigen Augen an. »Klar, Amigo – kein Problem.«

»Erstens, ich nehme normalerweise keine Anhalter mit. Ich hatte vor Jahren ein schlimmes Erlebnis mit einer. Bin ein gebranntes Kind, könnte man sagen. Ich nehme dich mit durch die Santa-Clara-Vorgebirge, aber das ist auch schon alles. Auf der anderen Seite liegt eine Raststätte – Sammy's, nahe an der Autobahn. Da trennen sich unsere Wege. Okay?«

»Okay. Klar. Wie Sie wünschen.« Immer noch mit den großen Augen.

»Zweitens, wenn du unbedingt rauchen mußt, trennen sich unsere Wege gleich hier. Ist *das* auch okay?«

Einen Moment sah Hogan das andere Gesicht des Jungen (und selbst nach der kurzen Bekanntschaft wäre Hogan jede Wette eingegangen, daß der Junge nur zwei drauf hatte), diesen gemeinen, argwöhnischen Ausdruck. Doch dann war er sofort wieder die großäugige Unschuld, ein harmloser Flüchtling aus Wayne's World. Er steckte die Zigarette hinters Ohr und zeigte Hogan die leeren Hände. Als er sie hob, sah Hogan eine handgeschriebene Tätowierung auf dem linken Bizeps des Jungen: DEF LEPPARD 4-EVER.

»Keine Fluppen«, sagte der Junge. »Kapiert.«

»Prima. Bill Hogan.« Er streckte die Hand aus.

»Bryan Adams«, sagte der Junge und schüttelte kurz Hogans Hand.

Hogan legte den Gang wieder ein und rollte langsam der Route 46 entgegen. Dabei fiel sein Blick kurz auf die Cassette auf dem Armaturenbrett. Es war *Reckless* von Bryan Adams.

Klar, dachte er. *Du bist Bryan Adams, und ich bin in Wirklichkeit Don Henley. Wir haben nur bei Scooter's Lebensmittelladen & Zoo Rast gemacht, um ein bißchen Material für unsere nächsten Platten zu sammeln, richtig?*

Als er auf den Highway einbog, wo er sich bereits anstrengen mußte, um durch den Flugsand sehen zu können, mußte er wieder an das Mädchen denken, das ihm am Stadtrand von Tonopah mit seiner eigenen Brieftasche ins Gesicht geschlagen hatte, bevor sie abgehauen war. Allmählich wurde ihm ungeheuer mulmig zumute.

Dann versuchte eine starke Windböe ihn auf die Fahrspur nach Osten zu drängen, und er konzentrierte sich auf das Fahren.

Sie fuhren eine Weile schweigend weiter. Als Hogan einmal nach rechts sah, stellte er fest, daß der Junge sich mit geschlossenen Augen zurückgelehnt hatte – möglicherweise schlief er, möglicherweise döste er, vielleicht tat er aber auch nur so, weil er sich nicht unterhalten wollte. Das machte nichts; Hogan wollte sich auch nicht unterhalten. Zunächst einmal wußte er nicht, was er mit Mr. Bryan Adams aus Nirgendwo, USA, reden sollte. Jammerschade, daß der junge Mr. Adams nicht in der Branche Etiketten und Lesegeräte für universelle Preiscodes tätig war, denn das war Hogans Beruf. Zum anderen wurde es zunehmend zur Herausforderung, den Wagen auf der Straße zu halten.

Der Sturm nahm zu, wie Mr. Scooter vorhergesagt hatte. Die Straße war ein vages Phantom, in unregelmäßigen Abständen von braunen Sandschleiern bedeckt. Die Verwehungen wirkten wie Bremskuppen und zwangen Hogan, mit höchstens fünfundzwanzig dahinzukriechen. Aber damit konnte er leben. An einer Stelle jedoch hatte sich der Sand völlig glatt über den Straßenbelag ausgebreitet; die Straße war nicht mehr zu sehen, und Hogan mußte auf fünfzehn Stundenmeilen heruntergehen; er orientiert sich nur noch nach dem schwachen Licht seiner Scheinwerfer, das von Katzenaugen am Straßenrand reflektiert wurde.

Ab und zu tauchte ein entgegenkommender Wagen aus dem wehenden Sand auf wie ein prähistorischer Schemen mit runden, blitzenden Augen. Einer davon, ein alter Lincoln Mark IV, so groß wie ein Kabinenkreuzer, fuhr genau auf der Mitte der Straße. Hogan drückte auf die Hupe und schwenkte nach rechts, spürte den Sog des Sandes an den Reifen und spürte, wie er hilflos die Zähne fletschte. Als er schon überzeugt war, das entgegenkommende Fahrzeug würde ihn in den Straßengraben drängen, schwenkte der Lincoln gerade so weit auf seine eigene Fahrbahn zurück, daß Hogan daran vorbeikam. Er glaubte, ein metallisches Schaben zu hören, als seine Heckstoßstange die des Mark IV zum Abschied küßte, aber beim konstanten Heulen des Windes bildete er sich das mit ziemlicher Sicherheit nur ein. Aber den Fahrer, *den* konnte er ganz kurz erkennen – einen alten, kahlen Mann, der stocksteif hinter dem Lenkrad saß und mit einem konzentrierten Blick, der schon ans Manische grenzte, in den Flugsand starrte. Hogan schüttelte die Faust nach ihm, aber der alte Tattergreis sah nicht einmal her. *Hat wahrscheinlich nicht einmal bemerkt, daß ich da war*, dachte Hogan, *geschweige denn, wie nahe er dran war, mich zu rammen.*

Für einige Sekundenbruchteile sah es dennoch verdächtig so aus, als würde er trotzdem von der Straße abkommen. Er merkte, wie der Sand noch heftiger an den rechten Reifen zerrte, und wie der Wagen zu schlingern drohte. Er wollte das Lenkrad instinktiv nach links reißen. Statt dessen gab er Gas und lenkte den Wagen geradeaus, während er spürte, wie Schweiß sein letztes gutes Hemd unter den Achseln tränkte. Schließlich ließ der Sog an den Reifen nach, und er hatte wieder die Kontrolle über das Fahrzeug. Hogan atmete lange und seufzend aus.

»Echt gut gefahren, Mann.«

Er hatte sich so sehr konzentriert, daß er seinen Beifahrer

ganz vergessen hatte, und verriß in seiner Überraschung das Lenkrad fast ganz nach links, was sie wieder in Schwierigkeiten gebracht hätte. Er drehte sich um und stellte fest, daß der blonde Junge ihn beobachtete. Seine graugrünen Augen leuchteten beunruhigend; sie machten ganz und gar keinen verschlafenen Eindruck.

»War nur Glück«, sagte Hogan. »Wenn es eine Stelle gäbe, wo man rechts ranfahren kann, würde ich es tun, aber ich kenne die Strecke. Entweder wir halten bei Sammy's oder gar nicht. Wenn wir das Vorgebirge erreicht haben, wird es besser.«

Er verkniff sich die Bemerkung, daß sie wahrscheinlich drei Stunden brauchen würden, um die siebzig Meilen von hier bis zu Sammy's zurückzulegen.

»Sie sind Geschäftsmann, richtig?«

»Stimmt.«

Er wünschte sich, der Junge würde nicht reden. Er mußte sich aufs Fahren konzentrieren. Weiter vorn tauchten Nebelscheinwerfer wie gelbe Gespenster in der Düsternis auf. Ihnen folgte ein Iroc Z mit einem Nummernschild aus Kalifornien. Der Dodge und der Z krochen aneinander vorbei wie alte Damen auf dem Flur eines Altersheims. Aus dem Augenwinkel sah Hogan, wie der Junge die Zigarette hinter dem Ohr hervorholte und anfing, damit herumzuspielen. Bryan Adams, also wirklich! Warum hatte ihm der Junge einen falschen Namen genannt? Das war wie in einem der alten Filme, die man manchmal noch in der Spätvorstellung sehen konnte, ein Krimi in Schwarzweiß, in dem der Handelsvertreter (wahrscheinlich von Ray Milland gespielt) den harten jungen Burschen mitnimmt (sagen wir, von Nick Adams gespielt), der gerade in Gabbs oder Death oder sonstwo aus dem Gefängnis ausgebrochen ist ...

»Was verkaufen Sie denn, Amigo?«

»Etiketten.«

»Etiketten?«

»Ganz recht. Mit dem universellen Preiscode. Das ist ein kleines Kästchen mit einer bestimmten Anzahl von schwarzen Strichen darauf.«

Der Junge überraschte Hogan, indem er nickte. »Klar – die ziehen sie dann im Supermarkt über ein elektronisches Auge, und dann erscheint der Preis wie durch Zauberei in der Registrierkasse, richtig?«

»Ja. Aber es ist keine Zauberei und kein elektronisches Auge. Es handelt sich um ein Laser-Lesegerät. Die verkaufe ich auch. Die großen und die tragbaren.«

»Tolles Geschäft, Amigo-Schatz.« Der sarkastische Unterton in der Stimme des Jungen war verhalten – aber er war da.

»Bryan?«

»Ja?«

»Mein Name ist Bill, nicht Mann, nicht Amigo und schon gar nicht Amigo-Schatz.«

Er wünschte sich immer mehr, er könnte die Zeit zurückdrehen und auf dem Parkplatz von Scooter's einfach nein sagen, wenn ihn der Junge fragte, ob er mitfahren dürfte. Die Scooters waren keine schlechten Menschen; sie hätten den Jungen bei sich behalten, bis der Sturm zu Ende war. Vielleicht hätte Mrs. Scooter ihm sogar fünf Scheinchen gegeben, damit er auf die Tarantel, die Klapperschlangen und Wolf aufpaßte, den »sensationellen Koyotenmischling aus Minnesota«. Hogan gefielen die graugrünen Augen immer weniger. Er spürte ihr Gewicht auf seinem Gesicht wie kleine Steine.

»Klar – Bill. Bill der Etiketten-Amigo.«

Bill antwortete nicht. Der Junge verschränkte die Finger ineinander und ließ die Knöchel knacken.

»Nun, wie meine alte Mama zu sagen pflegte – ist vielleicht nichts Besonderes, aber man kann davon leben. Richtig, Etiketten-Amigo?«

Hogan grunzte etwas Unverbindliches und konzentrierte sich aufs Fahren. Das Gefühl, einen Fehler gemacht zu haben, war zur Gewißheit geworden. Als er damals das Mädchen mitgenommen hatte, hatte Gott ihn verschont. *Bitte*, betete er. *Noch einmal, okay, lieber Gott? Noch besser – mach doch, daß ich mich in diesem Jungen täusche – bitte mach, daß es nur Paranoia ist, hervorgerufen vom niederen Luftdruck, vom Sturm und vom Zufall eines Namens, der vielleicht gar nicht so ungewöhnlich ist.*

Aus der anderen Richtung kam ein riesiger Truck von Mack, dessen silberne Dogge auf dem Kühler in den Flugsand zu spähen schien. Hogan scherte nach rechts aus, bis er spürte, wie der Sand am Straßenrand wieder gierig an seinen Reifen saugte. Der lange silberne Hänger des Mack verdeckte alles auf Hogans linker Seite. Er war nur fünfzehn Zentimeter entfernt – vielleicht noch weniger – und schien endlos lang zu sein.

Als er schließlich vorbei war, fragte der blonde Junge: »Sieht so aus, als würden Sie nicht schlecht verdienen, Bill – eine Kiste wie die muß Sie mindestens dreißig Riesen gekostet haben. Also warum ...«

»Soviel war es gar nicht.« Hogan wußte nicht, ob »Bryan Adams« den nervösen Unterton in seiner Stimme hören konnte, aber er, *Hogan*, konnte es eindeutig. »Ich habe viel selbst gemacht.«

»Trotzdem machen Sie nicht den Eindruck, als liefen sie hungrig herum. Also warum fliegen Sie nicht und ersparen sich die ganze Scheiße hier unten?«

Das war eine Frage, die sich Hogan manchmal selbst auf den langen, einsamen Strecken zwischen Tempe und Tucson oder Las Vegas und Los Angeles stellte, eine Frage, die man sich stellen *mußte*, wenn man im Radio nichts außer beschissenem Synthipop oder fadenscheinige Oldies finden konnte, wenn man die letzte Cassette des aktuellen Bestsellers von Recorded Books gehört hatte, und wenn es nichts zu sehen gab, außer meilenweit Wüsten und Brachland, die samt und sonders Onkel Sam gehörten.

Er konnte sagen, daß er ein besseres Gefühl für seine Kunden bekam, wenn er durch das Land fuhr, in dem sie lebten und ihre Waren verkauften. Das stimmte zwar, aber es war nicht der Grund. Er konnte sagen, daß die Überprüfung seiner Musterboxen, die so unhandlich waren, daß sie nicht unter einen Flugzeugsitz paßten, ein Ärgernis war. Und darauf zu warten, daß sie am Zielort vom Gepäckförderband rollten, war stets ein Abenteuer (einmal war eine Kiste mit fünftausend Etiketten für alkoholfreie Getränke in Hilo, Hawaii, statt in Hillside, Arizona, ausgeladen worden). Auch *das* stimmte, aber auch das war nicht der Grund.

Der Grund war, daß er sich 1982 an Bord eines Linienflugzeugs der Western Pride befunden hatte, das im Hochland, siebzehn Meilen von Reno entfernt, abgestürzt war. Sechs der neunzehn Passagiere und die beiden Besatzungsmitglieder waren ums Leben gekommen. Hogan selbst hatte einen Wirbelbruch erlitten. Er hatte vier Monate im Bett und weitere zehn in einem schweren Gips verbringen müssen, den seine Frau Lita als Eiserne Jungfrau bezeichnete. Sie (wer immer *sie* sein mochten) behaupteten ja, wenn man von einem Pferd abgeworfen wurde, sollte man sofort wieder aufsteigen. William I. Hogan hielt das für Blödsinn, und abgesehen davon, daß er ein einziges Mal mit zwei Valium im Leibe und mit weißen Knöcheln zur Hochzeit seines Bruders nach Oakland geflogen war, hatte er nie wieder ein Flugzeug betreten.

Er erwachte ruckartig aus diesen Gedanken und stellte zweierlei fest: seit der Mack vorbei war, hatte er die Straße wieder für sich, und der Junge sah ihn immer noch mit diesen beunruhigenden Augen an und wartete darauf, daß er die Frage beantwortete.

»Ich hatte einmal ein schlimmes Erlebnis auf einem Linienflug«, sagte er. »Seitdem halte ich mich an Verkehrsmittel, wo man auf die Standspur gehen kann, wenn der Motor aussetzt.«

»Sie haben wirklich eine Menge schlimme Erlebnisse gehabt, Amigo Bill«, sagte der Junge. Seine Stimme nahm einen gespielten Tonfall des Bedauerns an. »Und es tut mir echt leid, aber jetzt werden Sie wieder eins haben.« Ein schneidendes metallisches Klicken – Hogan drehte sich zur Seite und stellte, ohne überrascht zu sein, fest, daß der Junge ein Klappmesser mit einer funkelnden, zwanzig Zentimeter langen Klinge in der Hand hielt.

O Scheiße, dachte Hogan. Jetzt, da es tatsächlich passiert war, hatte er keine große Angst. Er fühlte sich nur müde. *O Scheiße, und nur vierhundert Meilen von zuhause entfernt. Verdammt.*

»Fahr rechts ran, Amigo Bill. Und schön langsam.«

»Was willst du?«

»Wenn Sie die Antwort darauf nicht wissen, sind Sie noch dümmer, als Sie aussehen.« Ein verhaltenes Lächeln umspielte die Mundwinkel des Jungen. Die selbstgemachte Tätowierung auf dem Arm des Jungen wackelte, als sich die Muskeln darunter bewegten. »Ich will Ihre Knete, und ich schätze, ich will auch Ihr fahrbares Hurenhaus, jedenfalls für eine Weile. Aber machen Sie sich keine Sorgen – nicht weit von hier liegt eine kleine Raststätte. Sammy's. Nahe am Highway. Irgendwer wird Sie mitnehmen. Die Leute, die nicht anhalten, werden Sie natürlich ansehen, als hätten Sie Hundescheiße an den Füßen, und wahrscheinlich werden Sie ein bißchen betteln müssen, aber ich bin sicher, schließlich nimmt Sie doch jemand mit. Und jetzt *fahren Sie rechts ran*.«

Hogan stellte ein wenig überrascht fest, daß er nicht nur Müdigkeit, sondern auch Zorn verspürte. War er auch damals zornig gewesen, als ihm das Straßenmädchen die Brieftasche abgenommen hatte? Er konnte sich wirklich nicht mehr erinnern.

»Komm mir nicht mit der Scheiße«, sagte er und drehte sich zu dem Jungen um. »Ich habe dich mitgenommen, als du darauf angewiesen warst, und ich hab dich nicht betteln lassen. Wenn ich nicht wäre, würdest du immer noch mit ausgestrecktem Daumen Sand schlucken. Also steck das Ding weg. Wir ...«

Plötzlich stieß der Junge mit dem Messer zu, und Hogan verspürte sengende Schmerzen in der rechten Hand. Der Wagen scherte aus und kam ins Schlingern, als er wieder über eine der Bremskuppen aus Sand fuhr.

»*Rechts ran* hab ich gesagt. Entweder gehst du zu Fuß, Etiketten-Amigo, oder du liegst mit durchgeschnittener Kehle und einem deiner Etikettenleser im Arsch im nächsten Straßengraben. Und willst du noch was wissen? Ich werde von hier bis Los Angeles kettenrauchen, und jedesmal, wenn ich mit einer Zigarette fertig bin, drücke ich sie auf deinem Scheißarmaturenbrett aus.«

Hogan betrachtete seine Hand und sah eine diagonale blutige Linie, die sich vom Knöchel des kleinen Fingers bis zum Daumenansatz zog. Und da war wieder der Zorn – aber jetzt war es regelrechte Wut, und falls die Müdigkeit auch noch da war, war sie irgendwo in der Mitte dieses irrationalen roten Auges verborgen. Er versuchte, im Geiste ein Bild von Lita und Jack zu beschwören, bevor ihn dieses Gefühl überwältigte und er etwas Verrücktes tat, aber die Bilder blieben verschwommen und unscharf. Er *hatte* ein klares Bild vor Augen, aber das war das falsche – es war das Gesicht des Mädchens am Stadtrand von Tonopah, des Mädchens mit dem höhnischen Mund unter den traurigen Waisenaugen, des Mädchens, das *Leck mich, Süßer* gesagt hatte, bevor sie ihm mit seiner eigenen Brieftasche ins Gesicht schlug.

Er trat auf das Gaspedal, und der Wagen beschleunigte. Die rote Nadel stieg auf dreißig.

Der Junge sah überrascht aus, dann verwirrt, dann wütend. »Was machst du da? Ich hab gesagt, du sollst rechts ranfahren! Willst du deine Eingeweide auf dem Schoß sehen, oder was?«

»Weiß nicht«, sagte Hogan. Er ließ den Fuß auf dem Gas. Inzwischen zitterte die Nadel dicht über vierzig. Der Wagen rollte über einige Sandverwehungen und schlotterte wie ein Hund mit Fieber. »Was willst *du* denn, Junge? Wie wäre es mit einem gebrochenen Genick? Dazu brauche ich nur das Lenkrad zu drehen. Ich habe *meinen* Sicherheitsgurt angelegt. Wie ich sehe, hast du das vergessen.

Die graugrünen Augen des Jungen waren jetzt riesig, eine Mischung aus Angst und Wut glitzerte darin. Du sollst rechts ranfahren, sagten diese Augen. So läuft das, wenn ich ein Messer habe – *weißt* du das denn nicht?

»Sie werden uns nicht von der Straße steuern«, sagte der Junge, aber Hogan fand, er versuchte, sich selbst zu überzeugen.

»Warum nicht?« Hogan drehte sich wieder zu dem Jungen um. »Schließlich bin ich ziemlich sicher, daß mir nichts passieren wird, und der Wagen ist versichert. Du machst einen Abgang, Arschloch. Wie findest du das?«

»Du ...«, begann der Junge, aber dann riß er die Augen auf und verlor das Interesse an Hogan. »*Paß auf!*« schrie er.

Hogan riß den Kopf herum und sah vier Scheinwerfer, die durch die Staubschleier auf ihn zugerast kamen. Ein Tanklaster, wahrscheinlich voll Benzin oder Propan. Die Hupe plärrte durch die Luft wie eine gigantische, wütende Gans: WONK! WONK! WOOOONK!

Der Wagen war ins Schleudern geraten, während Hogan sich mit dem Jungen beschäftigt hatte, und befand sich jetzt halb auf der Gegenfahrbahn. Er riß das Lenkrad fest nach rechts, obwohl er wußte, es würde nichts nützen, es war schon zu spät. Aber der entgegenkommende Laster wich ebenfalls aus, genau so, wie Hogan ausgewichen war, um den Mark IV durchzulassen. Die beiden Fahrzeuge tanzten durch den wirbelnden Sand, und nicht einmal eine Handbreit Platz war mehr zwischen ihnen. Hogan spürte, wie die rechten Reifen wieder in den Sand gerieten, und wußte, dieses Mal hatte er nicht die geringste Chance, den Wagen auf der Straße zu halten – nicht bei über vierzig Meilen. Als die vage Form des großen Edelstahltanks (CARTERS FARMBEDARF & KUNSTDÜNGER stand auf der Seite) passiert war, spürte er, wie das Lenkrad sich in seinen Händen verselbständigte und weiter nach rechts zog. Und aus dem Augenwinkel sah er, wie sich der Junge mit dem Messer nach vorne beugte.

Was ist los mit dir, bist du verrückt? wollte er den Jungen anschreien, aber das wäre eine dumme Frage gewesen, selbst wenn er Zeit gehabt hätte, sie auszusprechen. Klar war der Junge verrückt – man brauchte nur einen Blick in diese graugrünen Augen zu werfen, um das zu wissen. Hogan selbst mußte verrückt gewesen sein, daß er den Jungen überhaupt mitgenommen hatte. Aber das alles spielte jetzt keine Rolle mehr; er mußte hier mit einer Situation fertig werden, und wenn er sich den Luxus gönnte zu glauben, dies alles könnte ihm nicht zustoßen – wenn er auch nur eine Sekunde zuließ, daß er das dachte –, dann würde man ihn wahrscheinlich morgen oder übermorgen mit durchgeschnittener Kehle und von Bussarden ausgepickten Augen finden. Dies stieß ihm tatsächlich zu; es war die Wirklichkeit.

Der Junge gab sich größte Mühe, Hogan die Klinge in den Hals zu stoßen, aber da kippte der Wagen schon und geriet immer tiefer in den sandgefüllten Graben. Hogan wich der Klinge aus, ließ das Lenkrad ganz los und glaubte, er wäre dem Messer entkommen, bis er spürte, wie die nasse Wärme von Blut seinen Hals tränkte. Das Messer hatte ihm die rechte Wange von der Schläfe bis zum Kiefer aufgeschlitzt. Er fuchtelte mit der rechten Hand und versuchte, das Handgelenk des Jungen zu fassen zu bekommen, und dann prallte der linke Vorderreifen auf einen Felsen, so groß wie eine Telefonzelle, und der Wagen wurde hochgeschleudert wie ein Stuntfahrzeug in einem Film, der diesem entwurzelten Jugendlichen zweifellos gut gefallen hätte. Er flog durch die Luft, alle vier Räder drehten sich und fuhren laut Tacho immer noch vierzig Meilen. Hogan spürte, wie ihm der Sicherheitsgurt schmerzhaft Brust und Bauch einschnürte. Es war, als müßte er den Flugzeugabsturz noch einmal durchleben – und heute wie damals bekam er nicht in den Kopf, daß es tatsächlich passierte.

Der Junge, der noch das Messer hielt, wurde hoch- und vorwärtsgeschleudert. Er stieß sich den Kopf am Wagendach, als Boden und Decke die Plätze tauschten. Hogan sah ihn hektisch mit der linken Hand rudern und stellte zu seiner Verblüffung fest, daß der Junge *immer noch* versuchte, nach ihm zu stechen. Er war wirklich eine Klapperschlange, da hatte Hogan schon recht gehabt, aber niemand hatte ihm die Giftdrüsen gemolken.

Dann prallte der Wagen auf den Wüstenboden, der Dachgepäckträger wurde abgerissen und der Kopf des Jungen stieß wieder gegen das Dach, dieses Mal viel härter. Das Messer fiel ihm aus der Hand. Der Schrank im hinteren Teil des Wagens klappte auf, Musteretiketten und Laserlesegeräte flogen durch den Innenraum. Hogan bekam das unmenschliche Kreischen am Rande mit – das langgezogene, schrille Knirschen, als das Dach des XRT auf der anderen Seite des Straßengrabens über den körnigen Wüstensand rutschte – und dachte: *So muß es sein, wenn man sich in einer Konservendose befindet und jemand den elektrischen Dosenöffner ansetzt.*

Die Windschutzscheibe zerschellte und brach wie ein bröckelndes Schild mit einer Million zickzackförmiger Risse nach innen. Hogan kniff die Augen zu und hob die Hände, um sein Gesicht zu schützen, während der Wagen sich nochmals überschlug und gerade lange genug auf Hogans Seite aufsetzte, daß auch das Seitenfenster barst und ein Hagel Kies und Sand hereingeschleudert wurde, bevor das Fahrzeug sich wieder aufrichtete. Es schwankte, als wollte es nach der Seite des Jungen umkippen – und dann blieb es liegen.

Hogan blieb etwa fünf Sekunden reglos, wo er war, hatte die Augen aufgerissen, umklammerte mit den Händen die Armlehnen seines Sitzes und kam sich vor wie Captain Kirk nach einem Angriff der Klingonen. Er war sich bewußt, daß er eine Menge Sand und Glasscherben im Schoß liegen hatte, und noch etwas, aber was dieses Etwas war, wußte er nicht. Er merkte auch, daß der Wind noch mehr Sand durch die zerschellten Fenster hereinwehte.

Dann raubte ihm kurz ein schneller Gegenstand die Sicht. Bei diesem Gegenstand handelte es sich um fleckige weiße Haut, braunen Sand, aufgeschürfte Knöchel und rotes Blut. Es war eine Faust, die Hogan genau auf die Nase traf. Der Schmerz stellte sich augenblicklich und intensiv ein, als hätte ihm jemand eine Leuchtkugel direkt ins Gesicht geschossen. Einen Moment war sein Sehvermögen völlig dahin, von einem weißen Blitz verschluckt. Es stellte sich gerade wieder ein, als die Hand des Jungen sich plötzlich um seinen Hals krallte und er nicht mehr atmen konnte.

Der Junge, Mr. Bryan Adams aus Nirgendwo, USA, beugte sich über die Konsole zwischen den Vordersitzen. Blut aus einem runden halben Dutzend Kopfverletzungen war ihm über Wangen und Stirn und Nase geflossen wie eine Kriegsbemalung. Die graugrünen Augen sahen Hogan voll starrer, irrer Wut an.

»*Sieh nur, was du getan hast, du Arsch!*« schrie der Junge. »*Sie dir an, was du mit mir gemacht hast!*«

Hogan versuchte zurückzuweichen und bekam halb Luft, als der Griff des Jungen sich für einen Moment lockerte, aber da der Sicherheitsgurt noch geschlossen war – und noch eingerastet, wie es schien –, konnte er nicht ausweichen. Die Hände des Jungen griffen wieder zu, und diesmal lagen die Daumen auf Hogans Luftröhre und drückten sie zu.

Hogan versuchte, selbst die Hände zu heben, aber die Arme des Jungen waren starr wie Gitterstäbe und hinderten ihn. Er versuchte, die Arme des Jungen wegzuschlagen, aber sie gaben nicht nach. Jetzt konnte er noch einen Wind hören – einen schrillen, heulenden Wind in seinem eigenen Kopf.

»*Sieh nur, was du angerichtet hast, du blödes Arschloch! Ich blute!*«

Die Stimme des Jungen, aber weiter entfernt als vorher.

Er bringt mich um, dachte Hogan, und eine Stimme antwortete: *Ganz recht – leck mich, Süßer.*

Das brachte die Wut zurück. Er tastete im Schoß nach dem, was da lag, außer Sand und Glas. Es war eine Papiertüte mit einem unhandlichen Gegenstand darin – Hogan konnte sich nicht genau erinnern, was es war. Hogan schloß die Hand darum und rammte die Faust senkrecht auf den Kiefer des Jungen. Er traf ihn mit einem dumpfen Laut. Der Junge schrie vor Schmerz und Überraschung, und der Druck um Hogan Hals verschwand plötzlich, als er nach hinten kippte.

Hogan holte tief und krampfhaft Luft und hörte ein Geräusch wie einen Teekessel, der auf der Herdplatte pfeift. *Bin ich das, der dieses Geräusch macht? Mein Gott, bin ich das?*

Er holte noch einmal Luft. Sie war voller Flugsand, tat ihm im Hals weh und brachte ihn zum Husten, aber sie kam ihm dennoch vor wie der Himmel. Er blickte auf seine Hände hinab und sah die Umrisse der Klapperzähne deutlich in der braunen Papiertüte.

Und plötzlich spürte er, wie sie sich *bewegten*.

Diese Bewegung hatte etwas so erschreckend Menschliches an sich, daß Hogan aufschrie und die Tüte fallen ließ; es war, als hätte er einen menschlichen Kieferknochen angefaßt, der versuchte, mit seiner Hand zu sprechen.

Die Tüte fiel auf den Rücken des Jungen und polterte dann auf den Teppichboden des Wagens, während »Bryan

Adams« sich benommen auf die Knie aufrichtete. Hogan hörte das Gummiband reißen – und dann das unmißverständliche Klicken und Scheppern der Zähne selbst, die auf- und zuklappten.

Außerdem ist wahrscheinlich nur ein Zahnrad verbogen, hatte Scooter gesagt. *Ich glaube, ein Mann mit etwas handwerklichem Geschick könnte sie wieder zum Laufen und Schnappen bringen.*

Möglicherweise reicht auch nur ein kräftiger Stoß aus, dachte Hogan. *Wenn ich dies überlebe und jemals dorthin zurückkehre, muß ich Scooter sagen, daß man nur sein Auto in den Straßengraben fahren und die Klapperzähne dann benutzen muß, um einen psychopathischen Anhalter damit zu schlagen, der versucht, einen zu erwürgen, damit sie wieder funktionieren; so einfach ist das, selbst ein Kind würde es fertigbringen.*

Die Zähne klapperten und klickten in der zerrissenen braunen Tüte, deren Seiten flatterten, so daß sie aussah wie eine amputierte Lunge, die sich weigerte zu sterben. Der Junge kroch von der Tüte weg, ohne sie auch nur anzusehen. Er kroch in den rückwärtigen Teil des Lieferwagens und schüttelte den Kopf von einer Seite auf die andere, um ihn zu klären. Winzige Blutströpfchen regneten aus seinem verfilzten Haar.

Hogan tastete nach dem Verschluß des Sicherheitsgurts und drückte darauf. Nichts tat sich. Das Quadrat in der Mitte der Schnalle gab keinen Millimeter nach; der Gurt war immer noch fest zugeschnürt wie verkrampft, schnitt in den altersbedingten Rettungsring über dem Hosenbund und zog ihm eine harte Diagonale über die Brust. Er versuchte, sich auf dem Sitz hin und her zu wiegen und hoffte, das würde den Gurt lösen. Der Blutstrom von seinem Gesicht nahm zu, und er spürte, wie seine Wange hin und her klatschte wie ein Streifen abgerissener Tapete; aber das war auch alles. Er spürte Panik, die durch die Fassungslosigkeit seines Schocks dringen wollte, und drehte den Kopf über die rechte Schulter, um festzustellen, was der Junge im Schilde führte.

Wie sich herausstellte, nichts Gutes. Er hatte sein Messer im hinteren Teil des Wagens erspäht, wo es auf einem Haufen von Gebrauchsanweisungen und Broschüren lag. Er ergriff es, schüttelte das Haar aus dem Gesicht und sah seinerseits über die Schulter zu Hogan. Er grinste, und dieses Grinsen hatte etwas an sich, bei dem sich Hogans Eier gleichzeitig zusammenzogen und verschrumpelten, bis es schien, als hätte ihm jemand zwei Pfirsichkerne in die Unterhose gesteckt.

Ah, da haben wir es ja! sagte das Grinsen des Jungen. *Einen oder zwei Augenblicke habe ich mir Sorgen gemacht – richtig Sorgen –, aber jetzt wird doch noch alles gut. Eine Zeitlang haben wir ein bißchen improvisiert, aber jetzt halten wir uns wieder genau ans Drehbuch.*

»Sitzt du fest, Etiketten-Amigo?« fragte der Junge über das konstante Heulen des Windes hinweg. »So ist es, richtig? Ein Glück, daß du dich angeschnallt hattest, richtig? Glück für mich.«

Der Junge versuchte aufzustehen; er hätte es beinahe geschafft, doch dann gaben seine Knie nach. Ein Ausdruck so übertriebener Überraschung, daß er unter anderen Umständen komisch gewirkt hätte, huschte über sein Gesicht. Dann schüttelte er sich wieder das blutige, fettige Haar aus dem Gesicht und kroch auf Hogan zu, mit der linken Hand den imitierten Beingriff des Messers umklammernd. Seine Tätowierung waberte bei jeder Bewegung seines kümmerlichen Bizeps und erinnerte Hogan daran, wie die Worte auf Myras T-Shirt – NEVADA IST GOTTES LAND – geschaukelt hatten, wenn sie sich bewegte.

Hogan packte die Schnalle des Sicherheitsgurts mit beiden Händen und drückte die Daumen so enthusiastisch auf den Druckknopf wie der Junge ihm seine auf die Luftröhre gedrückt hatte. Absolut keine Reaktion. Der Gurt saß fest. Hogan drehte wieder den Kopf und sah zu dem Jungen.

Der Junge war bis zu dem Klappbett gekommen, dort hielt er inne. Der komisch übertriebene, überraschte Ausdruck stand ihm wieder ins Gesicht geschrieben. Er sah starr geradeaus, was bedeutete, er betrachtete etwas auf dem Boden, und Hogan fielen plötzlich wieder die Zähne ein. Sie klapperten immer noch auf dem Boden.

Er sah selbst hin und bekam gerade noch mit, wie die Jumbo-Klapperzähne auf ihren komischen orangefarbenen Schuhen aus der Papiertüte marschierten. Die Backenzähne und Fangzähne und Schneidezähne zuckten hektisch auf und ab und erzeugten ein Geräusch wie Eis in einem Cocktailshaker. Die Schuhe mit ihren blütenweißen Gamaschen schienen förmlich auf dem Boden zu *hüpfen*. Hogan mußte an Fred Astaire denken, der auf der Bühne steppte, Fred Astaire mit einem Stock unter dem Arm und einem keck schräg über ein Auge gezogenen Strohhut.

»O Scheiße!« sagte der Junge halb lachend. »Hast du da hinten *darum* gefeilscht, Etiketten-Amigo? O Mann! Wenn ich dich plattmache, tu ich der Welt einen Gefallen!«

Der Schlüssel, dachte Hogan. *Der Schlüssel an den Zähnen, mit dem man sie aufzieht – der dreht sich nicht!*

Und dann hatte er wieder eine dieser hellseherischen Vorahnungen: er wußte genau, was passieren würde. Der Junge würde danach greifen.

Die Zähne hörten unvermittelt auf zu laufen und zu klappern. Sie standen einfach auf dem leicht schrägen Boden des Wagens, und die Kiefer klafften ein Stück auseinander. Obwohl sie keine Augen hatten, schienen sie fragend zu dem Jungen aufzuschauen.

»Klapperzähne«, sagte Mr. Bryan Adams aus Nirgendwo, USA, staunend. Er streckte den Arm aus und legte die rechte Hand darum, wie Hogan es vorhergesehen hatte.

»Beiß ihn!« kreischte Hogan. »Beiß ihm seine Scheißfinger *ab!*«

Der Junge hob ruckartig den Kopf und sah mit verblüfften graugrünen Augen auf. Er schaute Hogan einen Augenblick fassungslos an – mit dem übertriebenen Ausdruck völliger, ungläubiger Überraschung – und dann fing er an zu lachen. Sein Lachen klang hoch und schrill, ein perfekter Gegensatz zum Wind, der durch den Wagen heulte und die Vorhänge bauschte wie lange Geisterfinger.

»Beiß mich? *Beiß* mich! *Beiß* mich!« sang er, als wäre das die Pointe des komischsten Witzes, den er je gehört hatte. »He, Etiketten-Amigo, ich hab gedacht, *ich* wäre es, der sich den Kopf gestoßen hat!«

Der Junge klemmte den Griff des Klappmessers zwischen seine eigenen Zähne und steckte den Zeigefinger der linken Hand zwischen die Jumbo-Klapperzähne. »*Eiß ich!*« sagte er um das Messer herum. Er kicherte und bewegte den Finger zwischen den zu groß geratenen Kiefern. »*Eiß ich! Los doch, eiß ich!*«

Die Zähne bewegten sich nicht. Ebensowenig die orangefarbenen Füße. Hogans Vorahnung löste sich in Luft auf wie Träume beim Erwachen. Der Junge bewegte noch einmal den Finger zwischen den Klapperzähnen, zog ihn heraus ... und dann schrie er, was die Lungen hergaben. »*O Scheiße! SCHEISSE! Elendes MISTSTÜCK!*«

Einen Augenblick schlug Hogans Herz in der Brust schneller, aber dann wurde ihm klar, der Junge schrie zwar, aber in Wirklichkeit *lachte* er. Lachte ihn aus. Die Zähne waren die ganze Zeit vollkommen reglos geblieben.

Der Junge hob die Zähne hoch, um sie eingehender zu betrachten, während er das Messer wieder ergriff. Er wedelte mit der Klinge vor den Zähnen wie ein Lehrer mit dem Zeigestock vor einem ungezogenen Schüler. »Ihr sollt nicht beißen«, sagte er. »Das ist nicht die feine ...«

Einer der orangefarbenen Füße machte plötzlich auf der schmutzigen Handfläche des Jungen einen Schritt vorwärts. Gleichzeitig klappten die Kiefer auf, und bevor Hogan richtig mitbekam, was da vor sich ging, hatten die Zähne in die Nase des Jungen gebissen.

Dieses Mal war der Schrei von Bryan Adams echt – ein Schrei des Schmerzes und unvorstellbarer Überraschung. Er schlug mit der rechten Hand nach den Zähnen und wollte sie abschütteln, aber sie hatten sich so fest um die Nase des Jungen geschlossen wie der Sicherheitsgurt um Hogans Leibesmitte. Blut und Stränge zerfetzten Knorpels platzten zwischen den Schneidezähnen hervor. Der Junge schnellte wie ein Klappmesser rückwärts, und einen Augenblick konnte Hogan nur seinen stürzenden Körper, rudernde Arme und zappelnde Füße erkennen. Dann sah er das Messer funkeln.

Der Junge schrie wieder und schnellte in eine sitzende Haltung. Das lange Haar war ihm wie ein Vorhang vors Gesicht gefallen; die zusammengebissenen Zähne ragten daraus hervor wie das Ruder eines seltsamen Bootes. Dem Jungen war es irgendwie gelungen, das Messer zwischen die Zähne und die Überreste seiner Nase zu zwängen.

»Töte ihn!« schrie Hogan heiser. Er hatte den Verstand verloren; auf einer Ebene war ihm klar, daß er den Verstand verloren haben *mußte*, aber vorerst spielte das gar keine Rolle. »*Los doch. Töte ihn!*«

Der Junge kreischte – ein langgezogener, schriller Laut – und drehte das Messer. Die Klinge brach, aber zuvor gelang es ihr, die körperlosen Kiefer zumindest teilweise auseinanderzudrücken. Die Zähne fielen vom Gesicht in seinen Schoß. Der größte Teil seiner Nase fiel mit ihnen ab.

Der Junge schüttelte das Haar zurück. Die graugrünen Augen schielten und versuchten, den verstümmelten Stumpf in seinem Gesicht zu sehen. Der Mund war zu einer Grimasse des Schmerzes verzerrt; die Sehnen am Hals standen wie Taue vor.

Der Junge griff nach den Zähnen. Die Zähne wichen behende auf ihren orangefarbenen Trickfilmfüßen zurück. Sie stapften auf und ab, marschierten auf der Stelle und grinsten zu dem Jungen auf, der jetzt mit dem Hintern auf den Waden hockte. Blut tränkte die Vorderseite seines T-Shirts.

Der Junge sagte etwas, das Hogan in seiner Überzeugung bestärkte, daß er, Hogan, den Verstand verloren hatte; nur in einem Alptraum konnten solche Worte gesprochen werden.

»Gib me de *Nache* zurück, du Michtvieh!«

Der Junge griff wieder nach den Zähnen, aber dieses Mal liefen sie unter seiner Hand *vorwärts* und zwischen seine gespreizten Beine, und dann war ein fleischiges *mampf!* zu hören, als sie sich in der Wölbung der verwaschenen Jeans gleich unterhalb des Reißverschlusses verbissen.

Bryan Adam riß die Augen weit auf. Ebenso den Mund. Er hob die Hände bis zur Höhe der Schultern und breitete sie weit aus, so daß er einen Moment wie eine seltsame Imitation von Al Jolson aussah, die sich anschickte, »Mammy« zu singen. Das Klappmesser flog über seine Schulter ins Heck des Wagens.

»Herrgott! Herrgott! Heeaaaa ...«

Die orangefarbenen Füße tappten rapide, als tanzten sie einen Highland Fling. Die rosa Kiefer der Jumbo-Klapperzähne nickten emsig auf und ab, als wollten sie *ja! ja! ja!* sagen, und dann schüttelten sie sich ebenso emsig hin und her, als wollten sie *nein! nein! nein!* sagen.

»... *aaaa*AAAAAAA ...«

Als der Hosenstoff des Jungen riß – und wie es sich anhörte, war das nicht das einzige, das riß –, verlor Hogan das Bewußtsein.

Er kam zweimal zu sich. Das erste Mal mußte nur kurze Zeit später gewesen sein, weil der Sturm immer noch durch den Wagen heulte und das Licht fast unverändert war. Er wollte sich umdrehen, aber unerträgliche Schmerzen schossen ihm durch den Hals. Schnittwunde, natürlich, und wahrscheinlich nicht so schlimm, wie sie hätte werden können – oder morgen sein würde, was das betraf.

Immer vorausgesetzt, er lebte morgen noch.

Der Junge. Ich muß mich vergewissern, daß er tot ist.

Nein, das mußt du nicht. Natürlich ist er tot. Wenn er es nicht wäre, wärst du es.

Dann hörte er ein neues Geräusch hinter sich – das unablässige Klacker-Klicker-Klacker der Zähne.

Sie kommen mich holen. Sie sind mit dem Jungen fertig, aber sie haben noch Hunger, und darum kommen sie mich holen.

Er drückte mit den Händen wieder auf die Schnalle des Sicherheitsgurts, aber der Verschluß klemmte immer noch hoffnungslos, und er hatte ohnehin keine Kraft mehr in den Händen.

Die Zähne kamen immer näher – wie es sich anhörte, waren sie inzwischen direkt hinter dem Sitz angekommen –, und Hogans verwirrter Verstand las einen Reim in ihr unermüdliches Klappern hinein: *Klacker-di-li, klacker-di-la, wir sind die Zähne, und wir sind wieder da! Sieh uns kauen, schau uns zu, wir haben ihn gefressen, und jetzt kommst du!*

Hogan machte die Augen zu.

Das Klappern verstummte.

Jetzt waren nur noch das unablässige Heulen des Windes und das *Spick-spack* des Sands zu hören, der gegen die verbeulte Seite des Wagens prasselte.

Hogan wartete. Nach einer langen, langen Zeit hörte er ein einzelnes Klick, gefolgt vom leisen Geräusch reißender Fasern. Eine Pause, dann wiederholte sich das Klick und das Reißen.

Was machen sie nur?

Als er das Klicken und Reißen zum dritten Mal hörte, spürte er, wie sich die Rückenlehne seines Sitzes ein wenig bewegte, und da begriff er. Die Zähne zogen sich zu ihm hoch.

Hogan dachte daran, wie die Zähne in den Wulst unter dem Reißverschluß der Jeans des Jungen gebissen hatten, und wollte wieder bewußtlos werden. Durch die zertrümmerte Windschutzscheibe wehte Sand herein und kitzelte ihn an Wangen und Stirn.

Klick ... risch. Klick ... risch. Klick ... risch.

Das letzte Mal sehr nahe. Hogan wollte nicht nach unten sehen, aber er konnte nicht anders. Und neben seiner rechten Hüfte, wo das Sitzkissen in die Lehne überging, sah er ein breites, weißes Grinsen. Es bewegte sich quälend langsam nach oben und drückte mit den noch unsichtbaren orangefarbenen Füßen, während es eine kleine Falte grauen Bezugs zwischen den Schneidezähnen zermalmte ... dann ließ der Kiefer los, und die Zähne rückten krampfhaft ein Stück höher.

Danach verbissen sich die Zähne in die Tasche von Hogans Hose, und da verlor er wieder das Bewußtsein.

Als er zum zweiten Mal zu sich kam, hatte der Wind nachgelassen, und es war fast dunkel; ein unheimlicher purpurner Schimmer hing über der Wüste, den Hogan noch nie vorher gesehen hatte. Die Sandwirbel, die jenseits der eingesunkenen Windschutzscheibe durch die Wüste tanzten, sahen aus wie fliehende Geisterkinder.

Einen Augenblick wußte er überhaupt nicht, was vorgefallen war, daß er gestrandet hier lag; seine letzte klare Erinnerung war, daß er auf die Benzinanzeige geschaut hatte, und daß sie auf ein Achtel gesunken war, und dann blickte er auf und sah ein Schild am Straßenrand, auf dem stand: SCOOTER'S LEBENSMITTELLADEN & ZOO – BENZIN/ SNACKS/GEKÜHLTES BIER/SEHEN SIE *LEBENDE* KLAPPERSCHLANGEN!

Er begriff, daß er sich eine Zeitlang an diese Amnesie klammern konnte, wenn er wollte; mit der Zeit würde es seinem Unterbewußtsein vielleicht sogar gelingen, gewisse gefährliche Erinnerungen auf Dauer zu verdrängen. Aber es konnte auch gefährlich sein, sich *nicht* zu erinnern. *Sehr* gefährlich. Weil ...

Der Wind heulte. Sand prasselte gegen die übel eingedrückte Fahrerseite des Wagens. Es hörte sich fast an wie

(Zähne! Zähne! Zähne!)

Die zerbrechliche Oberfläche der Amnesie zerplatzte, und jegliche Wärme verschwand von der Oberfläche von Hogans Haut. Er stieß ein rostiges Krächzen aus, als er sich an das Geräusch erinnerte,

(mampf!)

das die Klapperzähne von sich gegeben hatten, als sie sich um die Hoden des Jungen schlossen, und da hielt er die Hände über den eigenen Schritt und verdrehte die Augen furchtsam in den Höhlen, während er nach dem amoklaufenden Gebiß Ausschau hielt.

Er sah es nicht, aber die Mühelosigkeit, mit der seine Schultern der Bewegung der Hände folgten, war neu. Er sah in den Schoß hinab und nahm langsam die Hände vom Schritt. Der Sicherheitsgurt hielt ihn nicht mehr gefangen. Er lag in zwei Teilen auf dem grauen Teppich. Die Metallzunge der Halterung steckte noch in der Schnalle, aber danach kam nur noch zerfetzter Stoff. Der Gurt war nicht durchgeschnitten worden; er war durchgebissen.

Er sah in den Rückspiegel und stellte noch etwas fest: die Hecktüren des Wagens standen offen, und auf dem grauen Bodenbelag, wo der Junge gelegen hatte, war nur noch ein vager roter Umriß zu sehen. Mr. Bryan Adams aus Nirgendwo, USA, war fort.

Ebenso wie die Klapperzähne.

Hogan stieg langsam aus dem Wagen wie ein alter Mann mit schlimmer Arthritis. Wenn er den Kopf kerzengerade hielt, war es nicht so schlimm – aber wenn er das vergaß und ihn in irgendeine Richtung drehte, fuhren glühende Bolzen durch seinen Hals, die Schultern und die obere Rückenpartie. Selbst der Gedanke, den Kopf einfach zurückzulegen, war unerträglich.

Er ging langsam zum hinteren Ende des Wagens, strich mit der Hand behutsam über die verbeulte Oberfläche und die abblätternde Farbe und hörte und spürte das Glas, das unter seinen Füßen knirschte. Er blieb lange Zeit am hinteren Ende der Fahrerseite stehen. Er hatte Angst, um die Ecke zu gehen. Wenn er es tat, würde er den Jungen vor sich sehen, der auf den Hacken kauerte, das Messer in der linken Hand und dieses leere Grinsen im Gesicht. Aber er konnte nicht einfach stehenbleiben und den Kopf auf dem verkrampften Hals halten wie eine große Flasche Nitroglyzerin, während es um ihn herum dunkel wurde, und so ging Hogan schließlich doch weiter.

Niemand. Der Junge war tatsächlich fort. So schien es jedenfalls auf den ersten Blick. Der Wind schwoll noch einmal böig auf und wehte Hogan das Haar um das wunde Gesicht, dann ließ er nach. Als das geschah, hörte er ein schabendes Geräusch, etwa zwanzig Meter hinter dem Wagen. Er sah hin und erblickte die Sohlen der Turnschuhe des Jungen, die gerade über die Kuppe einer Düne verschwanden. Die Turnschuhe bildeten ein schlaffes V. Sie hörten einen Moment auf, sich zu bewegen, als müßte das, was die Leiche des Jungen zog, etwas ausruhen und neue Kräfte sammeln; dann setzten sie sich wieder in Bewegung.

Plötzlich sah Hogan ein Bild von erschreckender, unerträglicher Klarheit vor seinem geistigen Auge. Er sah die Jumbo-Klapperzähne, die unmittelbar hinter der Düne auf ihren komischen orangefarbenen Füßen standen; in ihren Gamaschen, die so *cool* wirkten, daß die *coolsten* der California Raisins dagegen wie Hinterwäldler aus Fargo, North Dakota, aussahen – in diesem elektrisierenden, purpurnen Licht, das über dem verlassenen Land westlich von Las Vegas lag. Sie hatten sich in eine dicke Strähne vom blonden Haar des Jungen verbissen.

Die Klapperzähne räumten auf.

Die Klapperzähne zerrten Mr. Bryan Adams nach Nirgendwo, USA. Hogan drehte sich in die andere Richtung und ging langsam zur Straße, wobei er seinen Nitrokopf starr und gerade auf dem Hals hielt. Er brauchte fünfzehn Minuten, bis er den Straßengraben überwunden hatte, und weiterhin fünfzehn, bis er jemanden fand, der ihn mitnahm; aber schließlich schaffte er beides. Und während der ganzen Zeit sah er nicht ein einziges Mal zurück.

Neun Monate später, an einem klaren, heißen Sommertag im Juni, kam Bill Hogan zufällig wieder an Scooter's Lebensmittelladen & Zoo vorbei – nur hieß es jetzt »Myra's Raststätte«, und auf dem Schild stand BENZIN/GEKÜHLTES BIER/VIDEOS. Unter dem Schild hing ein Bild von Wolf – oder auch nur Woof –, der den Mond anheulte. Wolf selbst, der erstaunliche Koyotenmischling aus Minnesota, lag in einem Käfig im Schatten der Verandaüberdachung. Er hatte die Hinterbeine weit abgespreizt, und seine Schnauze lag auf den Pfoten. Als Hogan zum Tanken aus dem Wagen stieg, stand er nicht auf. Von den Klapperschlangen und der Tarantel war nichts mehr zu sehen.

»Hi, Woof«, sagte er, als er die Treppe hinaufging. Der Bewohner des Käfigs drehte sich auf den Rücken und ließ die lange rote Zunge lasziv aus dem Maul hängen, während er zu Hogan aufsah.

Im Inneren des Ladens sah es größer und sauberer aus. Zum Teil mochte das daran liegen, daß der Tag draußen nicht so bedrohlich wirkte. Aber das war nicht der einzige Grund. Zunächst einmal waren die Fenster geputzt, und das machte schon viel aus. Die Bretter waren durch Pinienpaneele ersetzt worden, die noch frisch und harzig rochen. Eine Snackbar mit fünf Hockern war hinten angebaut worden. Der Schaukasten war noch da, aber die Scherzartikel, die Knallzigaretten und Dr. Wackys Niespulver waren fort. Der Kasten war mit Videocassetten gefüllt. Auf einem handgeschriebenen Schild stand: FILME FÜR ERWACHSENE IM HINTERZIMMER. »18 JAHRE SONST KEINE WARE.«

Die Frau an der Registrierkasse wandte Hogan das Profil zu, sah auf einen Taschenrechner hinunter und rechnete etwas damit aus. Einen Augenblick war Hogan überzeugt, daß es sich um die Tochter von Mr. und Mrs. Scooter handelte – die weibliche Ergänzung zu den drei Jungen, von denen Mr. Scooter gesprochen hatte. Dann hob sie den Kopf, und Hogan sah, daß es Mrs. Scooter selbst war. Es fiel schwer zu glauben, daß dies die Frau sein könnte, deren Mammutbusen fast die Nähte ihres T-Shirts mit der Aufschrift NEVADA IST GOTTES LAND gesprengt hatte, aber sie war es. Mrs. Scooter hatte fünfzig Pfund abgenommen und sich die Haare glänzend walnußbraun gefärbt. Nur die Sonnenfältchen um Mund und Augen waren dieselben.

»Haben Sie getankt?« fragte sie.

»Hab ich. Für fünfzehn Dollar.« Er gab ihr einen Zwanziger, und sie ließ die Kasse klingeln. »Hat sich viel verändert, seit ich das letzte Mal hier war.«

»Richtig, eine Menge Veränderungen, seit Scooter gestorben ist«, stimmte sie zu und zog einen Fünfer aus der Kasse. Sie hielt ihn ihm hin, sah ihn zum ersten Mal richtig an und zögerte. »Sagen Sie – sind Sie nicht der Mann, der fast ermordert worden wäre, als wir letztes Jahr den Sturm hatten?«

Er nickte und hielt ihr die Hand hin. »Bill Hogan.«

Sie zögerte nicht, sondern griff einfach über den Tresen und schüttelte seine Hand. Der Tod ihres Mannes schien ihre Verfassung verbessert zu haben. Vielleicht lag es aber auch nur daran, daß sie nicht mehr darauf warten mußte.

»Tut mir leid mit Ihrem Mann. Er schien ein anständiger Kerl zu sein.«

»Scoot? Ja, der war'n guter Mann, bevor er krank wurde«, stimmte sie zu. »Und was ist mit Ihnen? Wieder ganz gesund?«

Hogan nickte. »Ich mußte etwa sechs Wochen eine Halskrause tragen – und das nicht zum ersten Mal –, aber jetzt geht es mir wieder gut.«

Sie betrachtete die Narbe auf seiner rechten Wange. »War er das? Der Junge?«

»Ja.«

»Hat sie übel zugerichtet.«

»Ja.«

»Ich hab gehört, er wurde bei dem Unfall schwer verletzt und hätte sich zum Sterben in die Wüste geschleppt.« Sie sah Hogan listig an. »Ist das so richtig?«

Hogan lächelte verhalten. »Kommt hin, schätze ich.«

»J.T. – das ist der Staatspolizist hier – hat gesagt, die Tiere hätten ihn übel zugerichtet. Wüstenratten sind nun mal schrecklich unhöflich.«

Davon verstehe ich nicht besonders viel.«

»J.T. hat gesagt, die Mutter des Jungen würd' ihn nicht wiedererkannt haben.« Sie legte eine Hand auf ihren geschrumpften Busen und sah ihn aufrichtig an. »Ich will umfallen, wenn ich lüge.«

Hogan lachte laut. In den Wochen und Monaten nach dem Sturm tat er das immer öfter. Seit jenem Tag hatte er eine andere Vereinbarung mit dem Leben getroffen.

»Ein Glück, daß er Sie nicht umgebracht hat«, sagte Mrs. Scooter. »Sie sind verdammt knapp davongekommen. Gott muß Sie mögen.«

»Scheint so«, stimmte Hogan zu. Er sah zum Videoschaukasten. »Wie ich sehe, führen Sie keine Scherzartikel mehr.«

»Die scheußlichen alten Dinger? Bewahre! Das war das erste, nachdem ...« Plötzlich wurden ihre Augen groß. »Ach, du liebe Zeit! Ich hab was, das Ihnen gehört. Ich schätze, wenn ich das vergesse, kommt Scooter aus dem Grab und spukt bei mir!«

Hogan runzelte verwirrt die Stirn, aber die Frau verschwand bereits hinter dem Tresen. Sie stellte sich auf Zehenspitzen und holte etwas von einem hohen Regal über dem Zigarettenfach. Es waren, wie Hogan ohne eine Spur von Überraschung feststellte, die Jumbo-Klapperzähne. Die Frau stellte sie neben die Registrierkasse.

Hogan betrachtete das starre, unbekümmerte Grinsen mit einem umfassenden Gefühl von *déjà vu*. Da standen sie, die größten Klapperzähne der Welt, standen auf ihren komischen orangefarbenen Füßen neben der Slim Jim Box, *cool wie eine Gebirgsbrise*, und grinsten zu ihm auf, als wollten sie sagen: *Hallo, du da! Hast du mich vergessen? Ich hab DICH nicht vergessen, mein Freund. Ganz und gar nicht.*

»Ich hab sie am Tag nach dem Sturm auf der Veranda gefunden«, sagte Mrs. Scooter. Sie lachte. »Sieht dem alten Scoot ähnlich, Ihnen was zu schenken und es dann in eine Tüte zu stecken, die ein Loch hat. Ich wollte es wegwerfen, aber er hat gesagt, er hätte es Ihnen geschenkt und ich sollte es irgendwo aufbewahren. Er hat gesagt, ein Handelsvertreter wie Sie würde wahrscheinlich wieder mal hier vorbeikommen. Und da sind Sie.«

»Ja«, stimmte Hogan zu. »Da bin ich.«

Er nahm die Klapperzähne und streckte den Finger zwischen die leicht geöffneten Kiefer. Er strich mit der Fingerkuppe über die Backenzähne und hörte im Geiste den Jungen, Mr. Bryan Adams aus Nirgendwo, USA, singen: *Beiß mich! Beiß mich! Beiß mich!*

Waren die hinteren Zähne immer noch mit dem dunklen Blut des Jungen verschmiert? Hogan glaubte, ganz hinten *etwas* zu sehen, aber möglicherweise war es nur ein Schatten.

»Ich habe es aufgehoben, weil Scooter sagte, Sie hätten einen Jungen.«

Hogan nickte. »Stimmt.« *Und*, dachte er, *dieser Junge hat noch einen Vater. Den Grund dafür halte ich hier in der Hand. Die Frage ist, sind die Zähne auf ihren kleinen Füßen bis hierher zurückgewandert, weil hier ihr Zuhause ist – oder weil sie irgendwie wußten, was auch Scooter wußte? Daß ein Handelsvertreter früher oder später immer wieder dahin zurückkehrt, wo er einmal gewesen ist, so wie ein Mörder angeblich immer wieder den Ort seiner Tat aufsucht?*

»Nun, wenn Sie sie immer noch haben wollen, gehören sie Ihnen«, sagte sie. Einen Augenblick sah sie ernst drein, dann lachte sie. »Scheiße, ich hätte sie wahrscheinlich sowieso weggeworfen, aber ich hab sie vergessen gehabt. Natürlich sind sie immer noch kaputt.«

Hogan drehte den Schlüssel, der aus dem Zahnfleisch ragte. Er drehte sich zweimal und gab das leise Klicken des Aufziehens von sich, dann drehte er sich einfach nutzlos im Loch. Kaputt. Natürlich waren sie kaputt. Und sie würden es bleiben, bis ihnen einfiel, es eine Zeitlang *nicht* zu sein. Und die Frage war nicht, *wie* sie hierher zurückgelangt waren, und die Frage war nicht, *warum* – das war einfach. Sie hatten auf ihn gewartet, auf Mr. William I. Hogan. Sie hatten auf den Etiketten-Amigo gewartet.

Die Frage war: was wollten sie?

Er steckte den Finger noch einmal in das weiße Stahlgrinsen und flüsterte: »Beiß mich – oder willst du nicht?«

Die Zähne standen nur mit ihren supercoolen orangefarbenen Füßen da und grinsten.

»Scheint so, als wollten sie nicht reden«, sagte Mrs. Scooter.

»Nein«, sagte Hogan, der plötzlich an den Jungen denken mußte. Mr. Bryan Adams aus Nirgendwo, USA. Heute gab es eine Menge Kinder wie ihn. Und eine Menge Erwachsene, die ständig bereit waren, einem die Brieftasche zu rauben. *Leck mich, Süßer* zu sagen und wegzulaufen. Man konnte aufhören, Anhalter mitzunehmen (wie er), aber es war dennoch eine grausame Welt, in der Flugzeuge vom Himmel stürzten und die Irren jederzeit überall auftauchen konnten und immer Bedarf für eine kleine Rückversicherung bestand. Immerhin hatte er eine Frau.

Und einen Sohn.

Es wäre schön, wenn Jack die Jumbo-Klapperzähne auf seinem Schreibtisch stehen haben würde. Nur falls etwas passierte.

Für alle Fälle.

»Danke, daß Sie sie aufgehoben haben«, sagte er und hob die Klapperzähne vorsichtig an den Füßen hoch. »Ich glaube, sie werden meinem Jungen gefallen, auch wenn sie kaputt sind.«

»Danken Sie Scoot, nicht mir. Möchten Sie eine Tüte?« Sie grinste. »Ich hab eine aus Plastik. Garantiert ohne Loch.«

Hogan schüttelte den Kopf und steckte die Klapperzähne in die Tasche seines Sportmantels. »Ich nehm sie so mit«, sagte er und grinste zurück. »So habe ich sie griffbereit.«

»Wie Sie wollen.« Als er zur Tür ging, rief sie hinter ihm her: »Schauen Sie mal wieder rein. Ich mache ein verdammt gutes Geflügelsalatsandwich!«

»Das glaube ich Ihnen, und ich komme wieder«, sagte Hogan. Er ging hinaus, die Treppe hinunter und blieb einen Moment lächelnd in der heißen Wüstensonne stehen. Er fühlte sich prächtig. In letzter Zeit fühlte er sich häufig prächtig. Er war zur Überzeugung gekommen, daß man sich genau so fühlen sollte.

Links von ihm stand Woof, der erstaunliche Koyotenmischling aus Minnesota, auf, streckte die Schnauze durch das Gitter seines Käfigs und bellte. In Hogans Tasche klickten die Klapperzähne einmal aufeinander. Das Geräusch war leise, aber Hogan hörte es und spürte die Bewegung. Er strich über die Tasche. »Ruhig, Großer«, sagte er zärtlich.

Er ging rasch über den Hof, setzte sich ans Steuer seines neuen Chevrolet-Transporters und fuhr in Richtung Los Angeles. Er hatte Lita und Jack versprochen, um sieben zuhause zu sein, spätestens um acht, und er gehörte zu den Leuten, die ihre Versprechen gern halten.

Zueignung

Um die Ecke, abseits von den Türstehern, Limousinen, Taxis und Drehtüren am Eingang des Le Palais, eines der ältesten und renommiertesten Hotels in New York, gibt es eine weitere Tür; sie ist klein, unauffällig und – in der Regel – unbeachtet.

Martha Rosewall näherte sich ihr eines Morgens um viertel vor sieben; sie trug ihre blaue Jeanstasche in einer Hand und hatte ein Lächeln im Gesicht. Die Tasche war ungewöhnlich, das Lächeln sah man noch seltener. Sie war mit ihrer Arbeit nicht unzufrieden – Chefin des Zimmerservice in Stock zehn bis zwölf des Le Palais zu sein, war für manche sicher kein wichtiger oder lohnender Job, aber für eine Frau, die als Mädchen in Babylon, Alabama, aus Reis- und Mehlsäcken genähte Kleider getragen hatte, war er durchaus wichtig und lohnend. Doch welchen Job man auch immer ausübt, Mechaniker oder Filmstar, an einem gewöhnlichen Morgen erscheint man mit einem gewöhnlichen Gesichtsausdruck zur Arbeit; einem Ausdruck, der sagt: *Der größte Teil von mir schläft noch,* und noch viel mehr. Aber für Martha Rosewall war es kein gewöhnlicher Morgen.

Seit sie gestern um halb vier von der Arbeit nach Hause gekommen war und das Päckchen vorfand, das ihr Sohn aus Ohio geschickt hatte, war für Martha nichts mehr gewöhnlich gewesen. Das Langerwartete und Langersehnte war endlich eingetroffen. Sie hatte gestern nacht kaum geschlafen – sie hatte immer wieder aufstehen und sich vergewissern müssen, daß das Ding, das er geschickt hatte, kein Traum und immer noch da war. Schließlich hatte sie es zum Schlafen unter ihre Kisten gelegt, wie eine Brautjungfer ein Stück Hochzeitstorte.

Sie schloß die kleine Tür abseits vom Haupteingang des Hotels mit ihrem Schlüssel auf und ging drei Stufen in einen langen, blaßgrün gestrichenen und mit Dandux-Wäschewagen gesäumten Flur hinab. Die Wagen waren mit frisch gewaschenen und gebügelten Bettlaken vollgestapelt. Der Flur war von ihrem sauberen Geruch erfüllt, einem Geruch, den Martha irgendwie stets mit dem Geruch von frischgebackenem Brot in Verbindung brachte. Aus der Halle wehte leise Musik herüber, aber die hörte Martha ebensowenig wie das Summen des Lastenfahrstuhls oder das Klirren des Porzellans in der Küche.

Etwa in der Mitte des Flurs befand sich eine Tür mit der Aufschrift CHEFS DES ZIMMERSERVICE. Sie trat ein, hängte den Mantel auf und ging in das Zimmer, in dem die Chefinnen – es waren insgesamt elf – ihre Kaffeepausen machten, Probleme des täglichen Bedarfs besprachen und versuchten, den endlosen Papierkram zu bewältigen. Hinter diesem Zimmer mit dem riesigen Schreibtisch, dem schwarzen Brett, das über eine ganze Wand reichte, und den ständig überquellenden Aschenbechern lag ein Umkleideraum mit grün getünchten Wänden. Darin standen Bänke, Spinde und zwei lange Stahlrohre mit den befestigten Kleiderbügeln, die man nicht stehlen konnte.

Am gegenüberliegenden Ende der Umkleidekabine führte eine Tür zur Dusche und zum Waschraum. Die Tür ging jetzt auf, und Darcy Sagamore kam herein, in einen flauschigen Bademantel des Le Palais und eine warme Dampfwolke gehüllt. Sie sah Martha nur einmal in das strahlende Gesicht und kam lachend und mit ausgebreiteten Armen auf sie zu. »Es ist gekommen, richtig?« rief sie. »Du hast es bekommen! Es steht dir deutlich im Gesicht geschrieben! Ja, Sir, und ja, Ma'am.«

Martha wußte nicht, daß sie weinen würde, bis die Tränen flossen. Sie umarmte Darcy und preßte das Gesicht in Darcys feuchtes schwarzes Haar.

»Schon gut, Liebste«, sagte Darcy. »Nur zu, laß alles raus.«

»Es ist nur, weil ich so stolz auf ihn bin, Darcy – so *verdammt* stolz.«

»Logisch bist du das. Darum weinst du, und das macht nichts. Ich will es sehen, sobald du aufgehört hast.« Dann grinste sie. »Aber du mußt es selbst halten. Ich glaube, wenn ich auf das gute Stück tropfe, kratzt du mir die Augen aus.«

Und so zog Martha mit der Ehrfurcht, die man heiligen Gegenständen entgegenbringt (was es für Martha Rosewall auch war), den ersten Roman ihres Sohnes aus der blauen Jeanstasche. Sie hatte das Buch sorgfältig in Seidenpapier eingeschlagen und unter ihre braune Nylonuniform gelegt. Jetzt entfernte sie das Seidenpapier vorsichtig, damit Darcy ihren Schatz besichtigen konnte.

Darcy betrachtete den Schutzumschlag. Er zeigte drei Marineinfanteristen, einen davon mit Kopfverband, die einen Hügel hinaufstürmten. *Blaze of Glory*, in rot-orangefarbenen Buchstaben gedruckt, war der Titel. Und unter dem Bild stand: *Roman von Peter Rosewall*.

»Gut, schön, das ist wirklich wunderbar, aber jetzt zeig mir das andere!« Darcy sprach im Tonfall einer Frau, die etwas hinter sich bringen will, was nur interessant ist und vor dem Wesentlichen erledigt werden muß.

Martha nickte und blätterte zögernd zur Widmungsseite weiter, wo Darcy las: »*Dieses Buch ist meiner Mutter MARTHA ROSEWALL zugeeignet. Mom, ohne dich hätte ich es nicht geschafft.*« Unter der gedruckten Widmung war mit einer dünnen, geschwungenen und irgendwie altmodischen Handschrift hinzugefügt worden: »*Und das ist nicht gelogen. Ich liebe dich, Mom! Pete.*«

»Also, ist das nicht allerliebst?« sagte Darcy und strich sich mit dem Handrücken über die Augen.

»Es ist mehr als allerliebst«, sagte Martha. Sie schlug das Buch wieder in das Seidenpapier ein. »Es ist wahr.« Sie lächelte, und in diesem Lächeln sah ihre Freundin Darcy Sagamore mehr als nur Liebe. Sie sah Triumph.

Nach Feierabend, um fünfzehn Uhr, gingen Martha und Darcy ab und zu in die Cafeteria des Hotels, *La Pâtisserie*. Bei selteneren Anlässen besuchten sie auch *Le Cinq*, die kleine Bar abseits der Halle, um etwas Stärkeres zu sich zu nehmen; und dieser Tag bot einen Anlaß für *Le Cinq*, wenn es je einen gegeben hatte. Darcy suchte ihrer Freundin einen angenehmen Platz in einer Nische und ließ sie dort vor einem Körbchen voll Crackers sitzen, während sie kurz mit Ray sprach, der an diesem Nachmittag Barkeeper war. Martha sah, wie er Darcy angrinste, nickte und mit Daumen und Zeigefinger einen Kreis machte. Dann kam Darcy mit zufriedener Miene zur Nische zurück und schlüpfte hinein. Martha musterte sie argwöhnisch.

»Was sollte *das* denn?«

»Wirst schon sehen.«

Ein paar Minuten später kam Ray mit einem silbernen Eiskübel herüber und stellte ihn neben sie. Er enthielt eine Flasche Perrier-Jouet und zwei gekühlte Gläser.

»Was denn!« sagte Martha mit einer Stimme, die halb erschrocken und halb erheitert klang. Sie sah Darcy verblüfft an.

»Psst«, sagte Darcy, und Martha gehorchte.

Ray machte die Flasche auf, legte den Kork neben Darcy und schenkte ihr einen Probeschluck ein. Darcy winkte ab und blinzelte Ray zu.

»Zum Wohl, Ladies«, sagte Ray und warf Martha eine Kußhand zu. »Und gratulieren Sie Ihrem Jungen von mir.« Er entfernte sich, bevor die immer noch fassungslose Martha etwas sagen konnte.

Darcy schenkte beide Gläser voll und hob ihres. Martha folgte ihrem Beispiel. Die Gläser klirrten sanft. »Auf den Anfang der Karriere deines Jungen«, sagte Darcy, und sie tranken. Darcy stieß den Rand ihres Glases ein zweites Mal gegen den von Marthas Glas. »Und auf deinen Jungen selbst«, sagte sie. Sie tranken noch einmal, und Darcy stieß ein drittes Mal mit den Gläsern an, bevor Martha ihres abstellen konnte. »Und auf die Liebe einer Mutter.«

»Amen«, sagte Martha; ihr Mund lächelte, aber ihre Augen nicht – nicht ganz. Nach den ersten beiden Trinksprüchen hatte sie jedesmal nur an dem Champagner genippt. Jetzt trank sie das Glas leer.

Darcy hatte die Flasche Champagner bestellt, um mit ihrer besten Freundin Peter Rosewalls Durchbruch in angemessenem Stil zu feiern; aber das war nicht der einzige Grund. Sie war neugierig, weil Martha gesagt hatte: *Es ist mehr als allerliebst, es ist wahr.* Und sie wollte wissen, was der Ausdruck von Triumph in Marthas Augen bedeutete.

Sie wartete, bis Martha das dritte Glas Champagner getrunken hatte, dann sagte sie: »Was hast du zu der Widmung gemeint, Martha?«

»Was?«

»Du hast gesagt, es wäre mehr als allerliebst, es wäre wahr.«

Martha sah sie so lange schweigend an, daß Darcy schon glaubte, sie würde überhaupt nicht antworten. Dann stieß sie ein so verbittertes Lachen aus, daß es schockierend wirkte – jedenfalls für Darcy. Sie hatte nie geahnt, daß die fröhliche kleine Martha Rosewall derart verbittert sein konnte, trotz des harten Lebens, das sie geführt hatte. Aber dieser Ausdruck des Triumphs war immer noch dabei, ein beunruhigender Kontrapunkt.

»Sein Buch wird ein Bestseller, und die Kritiker werden es schlürfen wie Eiscreme«, sagte Martha. »Davon bin ich überzeugt; nicht nur, weil Pete es sagt – was er selbstverständlich tut. Ich glaube es, weil es bei *ihm* auch so war.«

»Bei wem?«

»Petes Vater«, sagte Martha. Sie faltete die Hände auf dem Tisch und sah Darcy gelassen an.

»Aber ...«, begann Darcy und verstummte wieder. Johnny Rosewall hatte in seinem ganzen Leben kein Buch geschrieben. Ab und zu ein mit Spraydosen an Mauern gekritzeltes *Ich habe deine Mutter gefickt* entsprach mehr Johnnys Stil. Es war fast, als wollte Martha sagen ...

Vergiß das Drumherumgerede, dachte Darcy. *Du weißt genau, was sie sagen will. Sie war vielleicht mit Johnny verheiratet, als sie mit Pete schwanger wurde, aber für den Jungen war ein etwas intellektuellerer Geist zuständig.*

Aber das paßte nicht zusammen. Darcy hatte Johnny nie persönlich kennengelernt, aber sie hatte ein halbes Dutzend

Fotos von ihm in Marthas Alben gesehen, und sie kannte Pete gut – so gut, daß sie ihn während seiner letzten beiden Jahre an der High School und den beiden ersten im College fast wie ihren eigenen Sohn betrachtet hatte. Und die Ähnlichkeit des Jungen, der soviel Zeit in ihrer Küche verbracht hatte, mit dem Mann in den Fotoalben ...

»Nun, Johnny war Petes *biologischer* Vater«, sagte Martha, als hätte sie ihre Gedanken gelesen. »Man muß nur seine Nase und Augen betrachten, um *das* zu sehen. Aber er war nicht sein *natürlicher* Vater ... Hast du noch mehr davon, Liebste? Geht wirklich runter wie Öl.« Inzwischen war sie beschwipst, und der Süden stahl sich wieder in Marthas Tonfall wie ein Kind, das aus einem Versteck hervorkriecht.

Darcy schenkte fast den ganzen Rest Champagner in Marthas Glas. Martha hielt es am Stiel hoch, sah durch die Flüssigkeit und freute sich daran, wie sie das gedämpfte Nachmittagslicht im *Le Cinq* in Gold verwandelte. Dann trank sie einen Schluck, stellte das Glas ab und lachte wieder dieses verbitterte, abgehackte Lachen.

»Du hast nicht die geringste Ahnung, wovon ich rede, oder?«

»Nein, Liebste, ich habe keine ...«

»Gut, ich erzähl es dir«, sagte Martha. »Nach all den Jahren muß ich es jemandem erzählen – und jetzt, wo er den Durchbruch geschafft und sein erstes Buch veröffentlicht hat, worauf er so lange warten mußte, mehr denn je. Weiß Gott, *ihm* kann ich es nicht erzählen – ihm am allerwenigsten. Glückliche Söhne wissen nie, wie sehr ihre Mütter sie lieben und welche Opfer sie bringen, oder?«

»Wahrscheinlich nicht«, sagte Darcy. »Martha, Liebste, vielleicht solltest du noch mal darüber nachdenken, ob du mir wirklich erzählen willst, was ...«

»Nein, sie haben keine Ahnung«, sagte Martha, und Darcy begriff, daß ihre Freundin keines ihrer Worte gehört hatte. Martha Rosewall lebte in einer eigenen Welt. Als ihr Blick wieder auf Darcy fiel, umspielte ein eigenwilliges kleines Lächeln – das Darcy nicht besonders gefiel – ihre Mundwinkel.

»Keine Ahnung«, wiederholte sie. »Wenn du wissen willst,

was das Wort *Zueignung* wirklich bedeutet, mußt du eine Mutter fragen. Was meinst *du* dazu, Darcy?«

Aber Darcy konnte nur den Kopf schütteln; sie wußte nicht, was sie sagen sollte. Martha nickte trotzdem, als hätte Darcy ihr rückhaltlos zugestimmt, und dann fing sie an zu erzählen.

Es war nicht nötig, die grundlegenden Sachverhalte anzusprechen. Die beiden Frauen arbeiteten seit elf Jahren im Le Palais zusammen und waren die meiste Zeit eng befreundet gewesen.

Der grundlegendste dieser grundlegenden Sachverhalte, hätte Darcy gesagt (jedenfalls bis zu diesem Tag im *Le Cinq* hätte sie es gesagt), war der, daß Martha einen Mann geheiratet hatte, der nicht viel taugte, der sich weitaus mehr für seinen Fusel und seinen Stoff interessierte – ganz zu schweigen von jeder Frau, die einen Hüftschwung in seine Richtung machte – als für die Frau, die er geheiratet hatte.

Martha war erst wenige Wochen in New York, als sie ihn kennenlernte, eine Unschuld vom Lande, und sie war im zweiten Monat schwanger, als sie *ja* sagte. Schwanger hin oder her, hatte sie Darcy mehr als einmal erzählt, sie hatte es sich gründlich überlegt, bevor sie Johnny heiratete. Sie war dankbar dafür, daß er bei ihr bleiben wollte (schon damals war sie klug genug, um zu wissen, daß sich viele Männer für Minuten nachdem der Mund der kleinen Lady die Worte »Ich bin schwanger« ausgesprochen hatte, aus dem Staub gemacht hätten), aber sie war nicht blind gegenüber seinen Unzulänglichkeiten. Sie konnte sich gut vorstellen, was ihre Mutter und ihr Vater – besonders ihr Vater – von Johnny Rosewall gehalten hätten; Johnny mit seinem schwarzen T-Bird und seinen spitzen, zweifarbigen Schuhen, die er sich nur gekauft hatte, weil er einmal Memphis Slim gesehen hatte, der genau so ein Paar trug, als er im Apollo auftrat.

Dieses erste Kind hatte Martha im dritten Monat verloren. Nach weiteren fünf Monaten hatte sie beschlossen, Plus und Minus ihrer Ehe aufzurechnen – überwiegend Minus. Es waren zuviel lange Nächte, zuviel halbherzige Ausflüchte, zuviel blaugeschlagene Augen. Johnny, sagte sie, verliebte sich in seine Fäuste, wenn er betrunken war.

»Er hat immer gut ausgesehen«, hatte sie einmal zu Darcy gesagt, »aber ein gutaussehender Dreckskerl ist trotzdem ein Dreckskerl.«

Bevor sie ihre Sachen packen konnte, stellte Martha fest, daß sie wieder schwanger war. Johnny reagierte auf diese Eröffnung sofort und bösartig: Er schlug ihr mit einem Besenstiel in den Magen, damit sie eine Fehlgeburt haben sollte. Zwei Nächte später hatten er und zwei Freunde – Männer, die Johnnys Vorliebe für bunte Kleidung und zweifarbige Schuhe teilten – versucht ein Spirituosengeschäft in der East 116th Street auszurauben. Der Inhaber hatte eine Schrotflinte unter dem Tresen. Er holte sie heraus. Johnny Rosewall zog einen vernickelten 32er, den er sich Gott weiß wo beschafft hatte. Er richtete ihn auf den Inhaber, drückte ab, und der Revolver explodierte. Ein Splitter der Trommel drang durch das rechte Auge in Johnnys Gehirn und tötete ihn auf der Stelle.

Martha hatte bis zum siebten Monat im Le Palais gearbeitet (das war natürlich lange vor Darcy Sagamores Zeit gewesen); dann hatte Mrs. Proulx, die damalige Chefin des Zimmerservice, zu ihr gesagt, sie solle nach Hause gehen, bevor sie das Kind auf dem Flur des zehnten Stocks oder womöglich im Personallift zur Welt brächte. Sie sind eine tüchtige Arbeiterin und können ihren Job später wiederhaben, hatte Roberta Proulx zu ihr gesagt, aber vorerst gehen Sie nach Hause, Mädchen.

Martha gehorchte und brachte zwei Monate später einen sieben Pfund schweren Jungen zur Welt, den sie Peter nannte. Und Peter hatte zu gegebener Zeit einen Roman mit dem Titel *Blaze of Glory* geschrieben, den jeder – darunter auch der Book-of-the-Month-Club und Universal Pictures – für geeignet hielt, Ruhm und ein Vermögen einzubringen.

Das alles hatte Darcy schon gehört. Den Rest – den *unglaublichen* Rest – hörte sie an diesem Nachmittag und Abend, angefangen im *Le Cinq*, als Champagnergläser vor ihnen standen und ein Vorausexemplar von Petes Roman in der Jeanstasche neben Martha Rosewalls Füßen steckte.

»Wir wohnten natürlich in der Innenstadt«, sagte Martha und drehte ihr Champagnerglas zwischen den Fingern. »In der Stanton Street, beim Station Park. Ich war seither noch einmal dort. Es ist schlimmer denn je – viel schlimmer –, aber es war schon damals nicht gerade ein idyllisches Fleckchen Erde.

Am Station-Park-Ende der Stanton Street wohnte eine unheimliche alte Frau – alle nannten sie nur Mama Delorme, und jeder schwor, daß sie eine *Bruja*-Frau war. Ich selbst glaubte nicht an sowas, und einmal habe ich Octavia Kinsolving gefragt, die im selben Haus wohnte wie Johnny und ich, wie die Leute denn in einem Zeitalter, in dem Satelliten um die Erde kreisen und es für praktisch jede Krankheit unter der Sonne ein Heilmittel gibt, noch an einen solchen Unsinn glauben konnten. Tavia war eine gebildete Frau – sie hatte die Juilliard besucht – und wohnte nur am armseligen Ende der 11th, weil sie ihre Mutter und drei jüngere Brüder versorgen mußte. Ich dachte, sie würde mit mir übereinstimmen, aber sie lachte nur und schüttelte den Kopf.

›Willst du mir sagen, du glaubst an *Bruja*?‹ fragte ich sie.

›Nein‹, sagte sie, ›aber ich glaube an *sie*. Sie ist anders. Auf tausend – oder zehntausend, oder eine Million – Frauen, die behaupten, eine Hexe zu sein, kommt eine, die es wirklich ist. Wenn das stimmt, dann ist Mama Delorme diese Frau.‹

Ich habe nur gelacht. Menschen, die *Bruja* nicht brauchen, können darüber lachen, so wie Menschen, die nicht beten müssen, darüber lachen können. Du darfst nicht vergessen, ich spreche vom Anfang meiner Ehe, und damals dachte ich noch, ich könnte Johnny ändern. Verstehst du das?«

Darcy nickte.

»Dann hatte ich die Fehlgeburt. Johnny war der Hauptgrund dafür, daß ich sie hatte, schätze ich, obwohl ich das damals nicht einmal mir selber eingestehen wollte. Er hat mich fast ununterbrochen geschlagen und *ununterbrochen* getrunken. Er nahm das Geld, das ich ihm gab, und dann holte er noch mehr aus dem Geldbeutel. Wenn ich ihm sagte, er solle aufhören, mir Geld aus der Tasche zu stibitzen, tat er beleidigt und behauptete, das hätte er nie getan. Das heißt, wenn er nüchtern war. Wenn er betrunken war, hat er nur gelacht.

Ich habe meiner Mom daheim geschrieben – es tat mir weh, diesen Brief zu schreiben, ich schämte mich und habe geweint, als ich ihn schrieb –, aber ich mußte wissen, was sie dachte. Sie schrieb mir, ich sollte abhauen, sofort verschwinden, bevor er mich ins Krankenhaus brächte oder noch Schlimmeres. Meine ältere Schwester Cassandra (wir haben sie immer Kissy genannt) machte es noch besser. Sie schickte mir eine Busfahrkarte für den Greyhound und schrieb nur zwei Worte mit rosa Lippenstift auf den Umschlag – FAHR SOFORT, stand da.«

Martha trank noch einen winzigen Schluck Champagner.

»Nun, ich bin nicht gefahren. Ich wiegte mich gern in dem Gedanken, ich hätte zuviel Würde. Ich schätze, es war nichts weiter als alberner Stolz. Wie auch immer, es lief auf dasselbe hinaus. Ich blieb. Dann, nachdem ich das Baby verloren hatte, wurde ich wieder schwanger – nur wußte ich es zuerst nicht. Weißt du, mir wurde morgens nicht einmal übel – aber das war beim ersten Mal auch nicht der Fall gewesen.«

»Du bist doch nicht zu dieser Mama Delorme gegangen, weil du schwanger warst?« fragte Darcy. Sie nahm an, daß Martha gedacht hätte, die Hexe könnte ihr etwas geben, das eine Fehlgeburt bewirkte. Oder daß sie sich für eine regelrechte Abtreibung entschieden hätte.

»Nein«, sagte Martha. »Ich ging zu ihr, weil Tavia mir sagte, Mama Delorme könne mir mit Sicherheit sagen, was das Zeug war, das ich in Johnnys Tasche gefunden hatte. Weißes Pulver in einer kleinen Glasflasche.«

»Oh-oh«, sagte Darcy.

Martha lächelte humorlos. »Möchtest du wissen, wie schlimm es werden kann?« fragte sie. »Wahrscheinlich nicht, aber ich sage es dir trotzdem. Schlimm ist, wenn dein Mann trinkt und keine regelmäßige Arbeit hat. *Wirklich* schlimm ist, wenn er trinkt, keinen Job hat und dich verprügelt. Aber noch schlimmer ist es, wenn du in seine Manteltasche greifst und hoffst, du findest einen Dollar, damit du im Sunland Market Toilettenpapier kaufen kannst, und statt dessen eine kleine Glasflasche mit einem Löffel darin findest. Und weißt du, was das allerschlimmste ist? Wenn du dieses kleine Fläschchen ansiehst und nur hoffst, daß es Koks und kein Heroin ist.«

»Du hast es zu Mama Delorme gebracht?«
Martha lachte mitleidig.
»Die *ganze* Flasche? Nein, Sir, *Ma'am*. Das Leben war kein Zuckerschlecken für mich, aber *sterben* wollte ich nicht. Wenn er nach Hause gekommen wäre, wo immer er auch gesteckt haben mochte, und festgestellt hätte, daß das Fläschchen mit zwei Gramm fehlt, dann hätte er mich umgepflügt wie ein Erbsenbeet. Ich habe nur ein bißchen genommen und in das Zellophan einer Zigarettenpackung gewickelt. Dann ging ich zu Tavia, und Tavia riet mir, zu Mama Delorme zu gehen, und das habe ich getan.«
»Wie war sie?«
Martha schüttelte den Kopf, weil sie ihrer Freundin nicht genau schildern konnte, wie Mama Delorme gewesen war, wie seltsam die halbe Stunde in der Wohnung der Frau im dritten Stock gewesen war, und wie sie die aberwitzig verdrehte Treppe beinahe hinuntergerannt war, weil sie meinte, die Frau würde ihr folgen. Die Wohnung war dunkel und stickig gewesen, vom Geruch von Kerzen und alten Tapeten und Zimt und sauer gewordenen Duftkissen erfüllt. An einer Wand hing ein Bild von Christus, an einer anderen eins von Nostradamus.
»Sie war eine merkwürdige Heilige, wenn ich je eine gesehen habe«, sagte Martha schließlich. »Ich habe bis heute keine Ahnung, wie alt sie war; sie hätte siebzig, neunzig oder hundertzehn sein können. Eine rosaweiße Narbe verlief an einer Seite ihrer Nase entlang über die Stirn und bis in den Haaransatz. Hat wie eine Verbrennung ausgesehen. Und das rechte Augenlid hing ein wenig herunter, daß es wie ein Blinzeln aussah. Sie saß in einem Schaukelstuhl und hatte ein Strickzeug im Schoß. Ich trat ein, und sie sagte: ›Ich muß dir dreierlei sagen, kleine Lady. Erstens, du glaubst nicht an mich. Zweitens, die Flasche, die du in der Tasche deines Mannes gefunden hast, ist voll mit Heroin White Angel. Drittens, du bist in der dritten Woche mit einem Jungen schwanger, den du nach seinem natürlichen Vater taufen wirst.‹«

Martha sah sich um und vergewisserte sich, daß niemand an einem der benachbarten Tische Platz genommen hatte, stellte zufrieden fest, daß sie noch allein waren, und beugte sich dann zu Darcy, die sie stumm und fasziniert ansah.

»Später, als ich wieder klar denken konnte, sagte ich mir, daß sie, was die ersten beiden Fragen betraf, nichts getan hatte, was ein guter Bühnenzauberer nicht auch gekonnt hätte – oder einer von diesen Gedankenlesern im weißen Turban. Wenn Tavia Kinsolving die alte Frau angerufen und gesagt hatte, daß ich kommen würde, hatte sie ihr vielleicht auch verraten, *warum* ich kam. Siehst du, wie einfach es hätte sein können? Aber im Grunde ist es einerlei, wie es dazu gekommen war. Und für eine Frau wie Mama Delorme wären solche kleinen Effekte wichtig gewesen, denn wenn man als *Bruja*-Frau *bekannt* werden will, muß man auch wie eine *Bruja*-Frau *handeln*.«

»Das wird wohl so sein«, sagte Darcy.

»Und daß sie mir sagte, ich sei schwanger, das war vielleicht nur eine glückliche Vermutung. Oder ... nun ... manche Frauen *wissen* sowas einfach.«

Darcy nickte. »Ich hatte eine Tante, die war verdammt gut darin, zu wissen, wann eine Frau schwanger war. Manchmal wußte sie es, bevor die Frau selbst es wußte, und manchmal, bevor die Frau *rechtens* schwanger werden konnte, wenn du verstehst, was ich meine.«

Martha lachte und nickte.

»Sie sagte, ihr Geruch veränderte sich«, fuhr Darcy fort, »und manchmal könnte man diesen neuen Geruch schon einen Tag, nachdem die betreffende Frau geschwängert worden war, bemerken, wenn man eine feine Nase hatte.«

»Ja, ja«, sagte Martha. »So etwas habe ich auch schon gehört, aber in meinem Fall traf das alles nicht zu. Sie *wußte* es einfach, und in meinem tiefsten Inneren, unter dem Teil von mir, der glauben wollte, daß alles nur Hokuspokus war, wußte ich auch, daß sie es wußte. Wenn man bei ihr war, glaubte man an *Bruja* – jedenfalls an ihr *Bruja*. Und es verschwand nicht, dieses Gefühl, so wie ein Traum verschwindet, wenn man aufwacht, oder das Vertrauen zu einem guten Schwindler, wenn man nicht mehr unter seinem Einfluß steht.«

»Was hast du gemacht?«

»Nun, gleich neben der Tür stand ein alter Sessel mit durchgesessenem Polster, und ich schätze, das war mein Glück. Denn als sie das sagte, wurde die Welt irgendwie grau für mich, und meine Knie gaben nach. Ich hätte mich so oder so gesetzt, und wenn der Sessel nicht dagewesen wäre, dann eben auf den Boden.

Sie wartete einfach, bis ich meine fünf Sinne wieder beisammen hatte, und strickte derweil. Es war, als hätte sie das alles schon hundertmal vorher erlebt. Hatte sie wohl auch.

Als mein Herz schließlich wieder langsamer schlug, machte ich den Mund auf und sagte: ›Ich verlasse meinen Mann.‹

›Nein‹, antwortete sie sofort, ›er verläßt *dich*. Du wirst ihn gehen sehen, so ist das. Bleib hier, Frau. Wirst etwas Geld bekommen. Du wirst denken, er hat das Baby weggemacht, aber das hat er nicht.‹

›Wie‹, sagte ich, und es schien, als *könnte* ich nicht mehr sagen, daher wiederholte ich es einfach. ›Wie-wie-wie …‹, wie John Lee Hooker auf einer alten Bluesplatte. Selbst heute noch, sechsunddreißig Jahre später, spüre ich den Geruch von alten, abgebrannten Kerzen und Petroleum aus der Küche und den sauren Muff von trockenen Tapeten, wie alter Käse. Ich kann sie sehen, alt und zerbrechlich in ihrem blauen Kleid mit den Tupfen, die einmal weiß gewesen waren, damals aber schon so gelb wie alte Zeitungen. Sie war so *klein*, aber es strömte eine Aura der Macht von ihr aus, wie ein helles, helles Licht …«

Martha stand auf, ging zur Bar, sprach mit Ray und kam mit einem großen Glas Wasser zurück. Sie trank es fast mit einem Zug leer.

»Besser?« fragte Darcy.

»Ja, etwas.« Martha zuckte die Achseln, dann lächelte sie. »Hat wohl keinen Zweck, weiter darüber zu sprechen, schätze ich. Wenn du da gewesen wärst, hättest du es gespürt. Hättest *sie* gespürt.

›Wie ich etwas mache oder warum du diesen Scheißkerl

vom Land geheiratet hast, ist jetzt beides nicht wichtig‹, sagte Mama Delorme zu mir. ›Wichtig ist jetzt nur, daß du den natürlichen Vater deines Kindes findest.‹

Wenn jemand zugehört hätte, hätte er vielleicht denken können, sie wollte damit sagen, ich hätte hinter dem Rücken meines Mannes rumgevögelt. Aber ich kam gar nicht auf den Gedanken, wütend auf sie zu sein; ich war zu verwirrt, um wütend zu werden. ›Was meinen Sie damit?‹ sagte ich. ›*Johnny* ist der natürliche Vater des Kindes.‹

Sie schnaubte nur und winkte mit der Hand ab. ›An *dem* Mann ist nichts natürlich‹, sagte sie.

Dann beugte sie sich näher zu mir, und ich bekam ein wenig Angst. Sie hatte soviel *Wissen* in sich, und ich hatte nicht den Eindruck, als wäre vieles davon gut.

›Jedes Kind, was eine Frau bekommt, schießt der Mann aus dem Pimmel, Mädchen‹, sagte sie. ›Das weißt du doch, oder nicht?‹

In medizinischen Fachbüchern hätten sie das wahrscheinlich anders ausgedrückt, aber ich spürte, wie ich trotzdem mit dem Kopf nickte, als hätte sie mit Händen, die ich nicht sehen konnte, nach meinem Kopf gegriffen und ihn von sich aus bewegt.

›Ganz recht‹, sagte sie und nickte bei sich. ›So hat Gott es gewollt ... wie eine Schaukel. Ein Mann schießt Kinder aus seinem Pimmel, also sind die Kinder seine. Aber eine Frau trägt sie aus und gebärt sie und zieht sie groß, also sind die Kinder *ihre*. Das ist der Lauf der Welt, aber es gibt zu jeder Regel eine Ausnahme, die die Regel *bestätigt*. Der Mann, der dir das Kind macht, ist nicht der natürliche Vater von dem Kind. Er würde es hassen und wahrscheinlich noch vor seinem vierten Geburtstag zu Tode prügeln, weil er riechen würde, daß es nicht seins ist. Ein Mann kann das nicht immer riechen oder sehen, aber er kann es, wenn das Kind anders ist als er ... Und dein Kind wird sich so sehr von dem dummen kleinen Johnny Rosewall unterscheiden wie der Tag von der Nacht. Und jetzt sag mir eins, Mädchen: Wer *ist* der natürliche Vater des Kindes?‹ Und sie beugte sich zu mir.

Ich konnte nur den Kopf schütteln und sagen, daß ich nicht

wußte, wovon sie sprach. Aber ich glaube, ein Teil von mir – der Teil vom Verstand, der nur in unseren Träumen die Chance bekommt, richtig zu denken –, ich glaube, dieser Teil wußte es. Vielleicht bilde ich mir das nur ein, weil ich heute alles weiß, aber das glaube ich nicht. Ich glaube, einen Augenblick oder zwei flackerte *sein* Name tatsächlich durch meinen Kopf.

Ich sagte: ›Ich weiß nicht, was Sie mir sagen wollen – ich weiß nichts über natürliche Väter oder unnatürliche Väter. Ich weiß nicht einmal sicher, ob ich schwanger bin, aber wenn, dann *muß* es von Johnny sein, weil er der einzige Mann ist, mit dem ich geschlafen habe!‹

Nun, sie lehnte sich einen Moment zurück, und dann lächelte sie. Ihr Lächeln war wie Sonnenschein und beruhigte mich ein bißchen. ›Ich wollte dir keine Angst machen, Kleines‹, sagte sie. ›Das hatte ich überhaupt nicht vor. Es ist nur so, daß ich das Zweite Gesicht habe, und manchmal ist es stark. Ich mache uns eine Tasse Tee, die wird dich beruhigen. Der wird dir schmecken. Meine Spezialmischung.‹

Ich wollte ihr sagen, daß ich keinen Tee wollte, aber mir war, als könnte ich es nicht. Es schien eine zu große Anstrengung zu sein, den Mund aufzumachen, und meine ganze Kraft war zu den Beinen hinaus entwichen.

Sie hatte eine fettige kleine Kochnische, in der es fast so dunkel war wie in einer Höhle. Ich saß im Sessel neben der Tür und sah ihr zu, wie sie mit einem Löffel offenen Tee in eine alte, angestoßene Keramikkanne füllte und einen Kessel auf den Gasherd stellte. Ich saß da und dachte nur, daß ich nichts von ihr wollte, das ihre *Spezialmischung* war, und schon gar nichts aus dieser fettigen dunklen Küche. Ich dachte mir, ich würde nur einen kleinen Schluck trinken, um nicht unhöflich zu sein, und dann so schnell wie möglich hinausgehen und nie mehr zurückkommen.

Aber dann brachte sie zwei Porzellantassen, die so sauber wie Schnee waren, und ein Tablett mit Zucker und Sahne und frischgebackenen Brötchen. Sie schenkte den Tee ein, und er roch gut und war heiß und stark. Er weckte mich irgendwie, und ehe ich mich versah, hatte ich zwei Tassen getrunken und auch eines der Brötchen gegessen.

Sie trank eine Tasse und aß ein Brötchen, und wir unterhielten uns über normalere Dinge – wen in der Straße wir kannten; Orte in Alabama, von wo ich kam; wo ich gerne einkaufen ging, und so weiter. Dann sah ich auf die Uhr und stellte fest, daß über anderthalb Stunden vergangen waren. Ich stand auf, aber mir wurde schwindlig, und ich sank einfach wieder auf den Sessel zurück.«

Darcy sah sie mit aufgerissenen Augen an.

»›Sie haben mir Drogen gegeben‹, sagte ich zu ihr und hatte Angst, aber der ängstliche Teil von mir war ganz tief drinnen.

›Mädchen, ich will dir nur helfen‹, sagte sie, ›aber du willst nicht sagen, was ich wissen muß, und ich weiß verdammt genau, daß du nicht tun wirst, was getan werden muß, selbst *wenn* du es gesagt hast – nicht ohne kräftige Schützenhilfe. Deshalb habe ich mich darum bekümmert. Du wirst ein kleines Schläfchen halten, mehr nicht, aber vorher wirst du mir den Namen des natürlichen Vaters deines Babys verraten.‹

Und während ich da auf dem Sessel mit dem durchgesessenen Polster saß und die ganze Stadt draußen vor ihrem Wohnzimmerfenster rumoren hörte, sah ich ihn so deutlich, wie ich dich jetzt vor mir sehe, Darcy. Sein Name war Peter Jefferies, und er war so weiß, wie ich schwarz bin, so groß, wie ich klein bin, so gebildet, wie ich dumm bin. Wir waren so unterschiedlich, wie zwei Menschen es nur sein können – mit einer Ausnahme: wir stammen beide aus Alabama, ich aus Babylon an der Grenze zu Florida, er aus Birmingham. Er wußte nicht einmal, daß es mich gab – ich war nur die Niggerfrau, die die Suite im elften Stock saubermachte, wo er immer wohnte. Und was mich betrifft, ich ging ihm, so gut ich konnte, aus dem Weg, weil ich ihn reden gehört und handeln gesehen hatte und genau wußte, was für ein Mann er war. Nicht nur, daß er ein Glas, aus dem ein Schwarzer getrunken hatte, nur dann benutzte, wenn es ausgespült war; das hatte ich so oft gesehen, daß es mich nicht mehr störte. Es war einfach so, wenn man einen bestimmten Punkt im Charakter dieses Mannes hinter sich gelassen hatte, hatten Schwarz und Weiß nichts mehr damit zu tun, was er war. Er gehörte zum Stamm der Dreckskerle, und bei denen gibt es alle Hautfarben.

Weißt du was? Er war in vieler Hinsicht wie Johnny, oder so, wie Johnny gewesen wäre, wenn er klug gewesen wäre und eine Ausbildung gehabt hätte und Gott daran gedacht hätte, ihm eine große Scheibe Talent mitzugeben, statt nur eine Vorliebe für Stoff und einen Riecher für feuchte Muschis.

Ich dachte nie an ihn, außer, ihm aus dem Weg zu gehen; sonst nichts. Aber als Mama Delorme sich über mich beugte, so nahe, daß ich glaubte, ihr Zimtgeruch, der direkt aus ihren Poren zu kommen schien, würde mich ersticken, da nannte ich seinen Namen, ohne zu zögern. ›Peter Jefferies‹, sagte ich. ›Peter Jefferies, der Mann, der in 1163 wohnt, wenn er nicht unten in Alabama seine Bücher schreibt. Er ist der natürliche Vater. Aber er ist *weiß!*‹

Sie beugte sich dichter zu mir und sagte: ›Nein, das ist er nicht, Süße. Im Inneren, wo das Leben steckt, ist jeder Mann schwarz. Du glaubst mir nicht, aber es stimmt. Im Inneren eines Mannes ist zu jeder Stunde von Gottes Tag schwarze Mitternacht. Aber ein Mann kann die Nacht zum Licht machen, und darum ist das weiß, was aus einem Mann in die Frau kommt, um ein Baby zu machen. Das Natürliche hat nichts mit der Hautfarbe zu tun. Und nun machst du die Augen zu, Kleines, weil du müde bist – *so* müde. Jetzt! Sofort! Jetzt! Wehr dich nicht dagegen! Mama Delorme wird dir nichts tun, Kindchen. Ich hab nur was, das ich dir in die Hand geben muß. Jetzt – nein, nicht hinsehen, einfach die Hand darum schließen.‹ Ich gehorchte und spürte etwas Eckiges. Fühlte sich wie Glas oder Plastik an.

›Wirst dich an alles erinnern, wenn es Zeit ist, daß du dich daran erinnerst. Und jetzt schlaf. Psssst ... schlaf ... pssst ...‹

Und genau das habe ich getan«, sagte Martha. »Als nächstes erinnere ich mich, daß ich die Treppe hinunterlief, als wäre der Teufel hinter mir her. Ich wußte nicht, vor was ich weglief, aber das war einerlei; ich lief trotzdem. Und danach bin ich nur noch einmal dort gewesen, aber da habe ich sie nicht gesehen.«

Martha verstummte, und sie sahen sich beide um wie Frauen, die gerade aus einem gemeinsamen Traum aufgewacht sind. Das *Le Cinq* füllte sich allmählich – es war fast fünf Uhr; Angestellte kamen auf ihre Drinks nach Feierabend herein. Obwohl keine es laut aussprach, wollten beide plötzlich anderswo sein. Sie hatten zwar ihre Uniformen nicht mehr an, aber sie spürten beide, daß sie nicht zu diesen Männern mit ihren Anzügen, Aktentaschen und ihren Unterhaltungen über Aktien, Anlagen und Obligationen gehörten.

»Ich habe zuhause eine Kasserolle und einen Sechserpack Bier«, sagte Martha plötzlich schüchtern. »Ich könnte das eine aufwärmen und das andere kaltstellen ... wenn du den Rest hören möchtest.«

»Liebes, ich glaube, ich *muß* den Rest hören«, sagte Darcy und lachte ein wenig nervös.

»Und ich glaube, ich muß ihn erzählen«, antwortete Martha, aber sie lachte nicht. Sie lächelte nicht einmal.

»Laß mich nur meinen Mann anrufen. Ihm sagen, daß ich später komme.«

»Tu das«, sagte Martha, und während Darcy telefonierte, sah Martha noch einmal in ihre Jeanstasche und vergewisserte sich, daß das kostbare Buch immer noch da war.

Die Kasserolle war aufgegessen – soweit die beiden sie geschafft hatten –, und sie hatten beide ein Bier getrunken. Martha fragte Darcy noch einmal, ob sie sicher war, daß sie den Rest hören wollte. Darcy bejahte.

»Weil vieles nicht besonders schön ist. Das muß ich dir ehrlich sagen. Manches ist schlimmer als die Art von Magazinen, die alleinstehende Männer zurücklassen, wenn sie abreisen.«

Darcy wußte, was für Magazine sie meinte, konnte sich aber ihre saubere kleine Freundin nicht in Verbindung mit den Sachen vorstellen, die darin abgebildet waren. Sie holte für beide ein frisches Bier, dann erzählte Martha weiter.

»Ich war schon wieder zu Hause, als ich richtig wach wurde, und weil ich mich kaum erinnern konnte, was in der Wohnung von Mama Delorme vorgefallen war, beschloß ich, daß es das beste – das sicherste – wäre, alles für einen Traum zu halten. Aber das Pulver, das ich aus Johnnys Fläschchen genommen hatte, war kein Traum. Es steckte immer noch, in das Zellophan der Zigarettenschachtel eingewickelt, in der Tasche meines Kleides. Ich wollte es nur loswerden, alles *Bruja* der Welt hin oder her. Vielleicht war es nicht meine Angewohnheit, Johnnys Taschen zu durchsuchen, aber es war ganz sicher seine Angewohnheit, meine zu durchsuchen, falls ich einen Dollar oder zwei behalten wollte, die er gerade brauchte.

Aber das war nicht das einzige, das ich in meiner Tasche fand – da war noch etwas anderes. Ich holte es heraus und betrachtete es, und da wußte ich ganz sicher, daß ich sie besucht hatte, auch wenn ich mich kaum noch an das erinnern konnte, was sich zwischen uns abgespielt hatte.

Es war ein kleines Plastikkästchen mit einem Deckel, durch den man durchsehen und den man aufmachen konnte. Im Inneren lag nur ein getrockneter, verstümmelter Pilz – und nach allem, was Tavia über die Frau gesagt hatte, dachte ich mir, es könnte vielleicht ein Giftpilz sein, möglicherweise einer, der einem so ein Bauchgrimmen verschafft, daß man sich wünscht, er hätte einen gleich umgebracht, wie das manche tun.

Ich beschloß, ihn sofort im Klo runterzuspülen, zusammen mit dem Pulver, das Johnny in die Nase schnupfte, aber als es so weit war, konnte ich es nicht. Ich hatte das Gefühl, als stünde sie neben mir im Zimmer und sagte mir, es nicht zu tun. Ich hatte Angst, in den kleinen Spiegel zu schauen, weil ich dachte, ich würde sie hinter mir stehen sehen.

Nun, letzten Endes schüttete ich das winzige bißchen Pulver, das ich genommen hatte, in die Spüle in der Küche und stellte das Kästchen in den Schrank über der Spüle. Ich stellte mich auf Zehenspitzen und schob es so weit zurück, wie ich konnte – bis ganz nach hinten, glaube ich. Und da vergaß ich es.«

Sie schwieg einen Augenblick, trommelte mit den Fingern unruhig auf den Tisch und sagte dann: »Ich glaube, ich sollte dir noch etwas mehr über Peter Jefferies erzählen. Das Buch von *meinem* Peter handelt von Vietnam und dem, was er aus eigener Sicht von der Armee wußte; Peter Jefferies' Bücher handelten von dem Krieg, den er immer big Two nannte, wenn er betrunken war und mit seinen Freunden Parties feierte. Das erste schrieb er, als er noch beim Militär war, es wurde 1946 veröffentlicht. Es hatte den Titel *Blaze of Heaven.*«

Darcy sah sie lange wortlos an, schließlich sagte sie: »Tatsächlich?«

»Ja. Vielleicht siehst du schon, worauf ich hinauswill. Vielleicht verstehst du etwas besser, was ich mit natürlichen Vätern meine. *Blaze of Heaven – Blaze of Glory.*«

»Aber wenn dein Peter das Buch dieses Mr. Jefferies gelesen hat, wäre es da nicht möglich, daß ...«

»Natürlich wäre es *möglich*«, sagte Martha und machte die Pah-Geste dieses Mal selbst, »aber es *war* nicht so. Ich werde nicht versuchen, dich davon zu überzeugen. Entweder bist du überzeugt, wenn ich fertig bin, oder nicht. Ich wollte dir nur ein wenig über den Mann erzählen.«

»Dann weiter«, sagte Darcy.

»Ich sah ihn ziemlich oft zwischen 1957, als ich anfing, im Le Palais zu arbeiten, bis 1968, als er Probleme mit dem Herzen und der Leber bekam. So wie der Mann trank und sich aufgeführt hat, war es ein Wunder, daß er nicht schon früher Ärger bekommen hat. 1969 war er nur ein halbdutzend Mal da, und ich weiß noch, wie schlecht er aussah – er war nie dick gewesen, aber da hatte er soviel Gewicht verloren, daß er nur noch ein Strich in der Landschaft war. Trank aber immer weiter, gelbes Gesicht hin oder her. Ich hörte ihn im Bad husten und kotzen und manchmal vor Schmerzen aufschreien, und ich dachte mir: *Gut, das war's; das reicht; er wird einsehen, was er sich selbst antut; jetzt wird er aufhören.* Aber er hat nie aufgehört. 1970 war er nur zweimal da. Hatte einen Mann bei sich, auf den er sich stützte und der sich um ihn kümmerte. Er trank immer noch, obwohl man auf den ersten Blick wußte, er sollte es besser bleiben lassen.

Im Februar 1971 kam er zum letzten Mal. Er hatte einen anderen Mann bei sich; ich nehme an, der erste hatte gekündigt. Da saß er schon im Rollstuhl. Als ich zum Saubermachen ins Zimmer kam, sah ich auch, was im Bad zum Trocknen aufgehängt war – Gummihosen. Er war ein stattlicher

Mann gewesen, aber die Zeiten waren längst vorbei. Die letzten Male, als ich ihm begegnete, sah er einfach ... *verfallen* aus. Verstehst du, wovon ich spreche?«

Darcy nickte. Sie wußte es. Man sah solche Kreaturen manchmal auf der Straße, mit braunen Papiertüten unter dem Arm oder in ihren schäbigen alten Mänteln.

»Er nahm immer Suite 1163, eine der Ecksuiten mit Blick auf das Chrysler Building, und ich habe immer das Zimmer gemacht. Nach einer Weile redete er mich sogar mit meinem Namen an, aber das hatte nichts zu sagen – ich trug ein Namensschild, und er konnte lesen, das war alles. Ich glaube nicht, daß er mich jemals wirklich *gesehen* hat. Bis 1960 ließ er immer zwei Dollar auf dem Fernseher liegen, wenn er abreiste. Dann, bis 1964, waren es drei. Und danach, bis zum Ende, fünf. Für damalige Verhältnisse waren das gute Trinkgelder, aber er gab das Trinkgeld eigentlich nicht mir; er folgte einfach einer Gewohnheit. Gewohnheiten sind wichtig für Leute wie ihn. Er gab aus demselben Grund Trinkgeld, wie er einer Dame die Tür aufgehalten hätte oder wie er als Kind seine Milchzähne unter das Kopfkissen gelegt hat. Der einzige Unterschied bestand darin, daß ich die Reinmachefee, war, nicht die Zahnfee.

Er kam, um mit seinen Verlegern zu sprechen, manchmal mit Leuten von Film oder Fernsehen; oder er rief seine Freunde an – manche waren auch in der Verlagsbranche tätig, andere waren Agenten oder Schriftsteller wie er – und feierte eine Party. Immer eine Party. Ich sah es immer an der Schweinerei, die ich am nächsten Tag saubermachen mußte: Dutzende leerer Flaschen (hauptsächlich Jack Daniels), Millionen Zigarettenstummel, nasse Handtücher in den Waschbecken und in der Badewanne, überall Überreste von dem, was der Zimmerkellner serviert hatte; einmal fand ich eine ganze Platte Shrimps, die ins Klo gekippt worden war. Überall Ränder von Gläsern, und häufig schnarchten Leute auf den Sofas oder auf dem Boden.

So war es meistens, aber manchmal waren die Parties noch im Gange, wenn ich um halb elf vormittags anfing aufzuräumen. Er ließ mich ein, und ich putzte irgendwie um sie herum. Bei diesen Parties gab es keine Frauen, es waren reine Männerrunden, und sie tranken und redeten über den Krieg. Wie sie in den Krieg gekommen waren. Wen sie im Krieg gekannt hatten. Wohin sie im Krieg gegangen waren. Wer im Krieg gefallen war. Was sie im Krieg gesehen hatten, das sie ihren Frauen niemals erzählen konnten (aber es machte nichts aus, wenn ein schwarzes Zimmermädchen etwas davon mitbekam). Manchmal – nicht allzu oft – pokerten sie um hohe Einsätze, aber sie redeten sogar über den Krieg, während sie setzten und erhöhten und blufften und ausstiegen. Fünf oder sechs Männer, deren Gesichter allesamt gerötet waren, wie die Gesichter von Weißen immer werden, wenn sie richtig einen draufmachen, saßen mit offenen Hemden und heruntergelassenen Krawatten um einen Glastisch, und auf dem Tisch lag mehr Geld, als eine Frau wie ich in ihrem ganzen Leben verdient. Und wie sie über ihren Krieg redeten! Sie redeten darüber, wie junge Frauen über ihre Liebhaber und Freunde reden.«

Darcy fand es erstaunlich, daß die Direktion Jefferies nicht einfach hinausgeworfen hatte, berühmter Schriftsteller oder nicht – sie waren heute ziemlich streng, was solche Vorkommnisse anbelangte, und vor ein paar Jahren waren sie noch strenger gewesen, hatte sie jedenfalls gehört.

»Nein, nein, nein«, sagte Martha und lächelte ein wenig. »Du hast einen falschen Eindruck bekommen. Du glaubst, der Mann und seine Freunde hätten sich aufgeführt wie diese Rockgruppen, die Hotelsuiten zertrümmern und Sofas aus dem Fenster schmeißen. Jefferies war kein gewöhnliches Frontschwein wie mein Pete; er war in West Point gewesen, als Lieutenant in den Krieg gegangen und als Major zurückgekehrt. Er hatte *Stil* und entstammte einer der alten Familien aus dem Süden mit großen Häusern voll alter Bilder, auf denen die Leute reiten und nobel aussehen. Er konnte vier verschiedene Krawattenknoten binden und wußte, wie man sich über die Hand einer Dame beugt. Er hatte *Stil*, das kann ich dir sagen.«

Martha verzog ein wenig den Mund, als sie das Wort aussprach; ihr Lächeln war bitter und spöttisch zugleich.

»Ich meine, er und seine Freunde wurden manchmal etwas laut, aber sie wurden selten rüpelhaft – das ist ein Unterschied, auch wenn er schwer zu erklären ist –, und sie verloren *nie* die Kontrolle. Wenn sich jemand im Nachbarzimmer beschwerte – das war immer nur eines, weil er stets die Ecksuite nahm – und jemand von der Rezeption Mr. Jefferies' Zimmer anrufen und ihn und seine Gäste bitten mußte, etwas leiser zu sein, dann wurden sie immer leise. Verstehst du?«

»Ja.«

»Und das ist nicht alles. Ein erstklassiges Hotel kann *für* Leute wie Mr. Jefferies arbeiten. Es kann sie beschützen. Sie können Parties feiern und es sich gutgehen lassen mit ihrem Fusel und ihren Karten und möglicherweise ihren Drogen.«

»Hat er Drogen genommen?«

»Verdammt, ich weiß es nicht. Er hatte am Ende jede Menge Tabletten, weiß Gott, aber sie waren alle vom Arzt verschrieben. Ich will eigentlich nur sagen, daß Stil – und ich spreche jetzt von der Vorstellung, die ein weißer Südstaatengentleman von Stil hat, vergiß das nicht – eben Stil anzieht. Er kam lange Zeit ins Le Palais, und du denkst vielleicht, es war wichtig für die Direktion, daß er ein berühmter Schriftsteller war, aber das denkst du nur, weil du noch nicht so lange im Le Palais arbeitest wie ich. Es *war* wichtig für sie, daß er berühmt war, aber das war nur der Zuckerguß auf dem Kuchen. Noch wichtiger war, daß er schon lange hierher kam, und daß sein Vater, ein Großgrundbesitzer aus Porterville, vor ihm Stammgast gewesen war. Die Leute, die damals das Hotel führten, gaben viel auf Tradition. Oh, ich weiß, die es heute führen, *sagen* das auch, und sie meinen es vielleicht sogar ernst, wenn es ihnen paßt, aber damals gaben sie *wirklich* viel darauf. Wenn sie wußten, daß Mr. Jefferies mit dem Southern Flyer von Birmingham nach New York kam, wurde das Zimmer neben der Ecksuite geräumt, wenn das Hotel nicht gerade bis unters Dach ausgebucht war. Sie haben ihm das leere Zimmer nie berechnet; sie haben nur versucht, ihm die Peinlichkeit zu ersparen, seinen Freunden sagen zu müssen, sie sollten leiser sein.«

Darcy schüttelte langsam den Kopf. »Das ist erstaunlich.«
»Glaubst du es nicht, Liebste?«
»O doch – ich glaube es, aber es ist trotzdem erstaunlich.«
Das verbitterte, spöttische Lächeln erschien wieder auf Martha Rosewalls Gesicht. »Für *Stil* ist nichts zuviel ... für diesen ›Robert E. Lee-Stars'n Stripes‹-*Charme* ... jedenfalls war das früher so. Verdammt, sogar mir war klar, daß er Stil hatte, er gehörte nicht zu der Art von Männern, die *Yee-haw* zum Fenster hinausbrüllen oder ihren Freunden Niggerwitze von Rastus P. Coon erzählen.

Er haßte Schwarze trotzdem, glaub nicht, es wäre anders gewesen. Weißt du noch, wie ich gesagt habe, daß er zum Stamm der Dreckskerle gehörte? Tatsache war, wenn es um Haß ging, war der Mann für Gleichberechtigung. Als John Kennedy starb, war Jefferies zufällig in der Stadt und gab eine Party. Seine sämtlichen Freunde waren da, und sie feierten bis in den nächsten Tag hinein. Ich konnte es kaum ertragen, im Zimmer zu sein, was sie alles sagten – daß die Sache erst perfekt wäre, wenn noch jemand seinen Bruder umlegte, der erst zufrieden sein würde, wenn jedes anständige weiße Kind im Lande Bettgymnastik triebe, während die Beatles über Stereo spielten und die Farbigen (so haben sie Schwarze meistens genannt, ›die Farbigen‹, und ich haßte diesen feigen, zimperlichen Ausdruck, der soviel aussagte) mit einem Fernseher unter jedem Arm wild durch die Straßen zogen.

Es wurde so schlimm, daß ich wußte, ich würde ihn anschreien. Ich sagte mir immer, sei still und mach deine Arbeit und verschwinde, so schnell du kannst; ich ermahnte mich, nicht zu vergessen, daß der Mann der natürliche Vater meines Pete war; ich sagte mir, daß Pete erst drei Jahre alt war, und daß ich diesen Job brauchte und ihn verlieren würde, wenn ich nicht den Mund hielt.

Dann sagte einer von ihnen: ›Und wenn wir Bobby haben, dann schnappen wir uns seinen verdammten kleinen Bruder.‹ Und einer der anderen sagte: ›Und dann schnappen wir uns alle männlichen Kinder und feiern *wirklich* eine Party!‹

›Ganz recht‹, sagte Mr. Jefferies. ›Und wenn wir den letzten Kopf auf der letzten Burgmauer aufgespießt haben, feiern wir so eine große Party, daß ich den Madison Square Garden mieten muß!‹

Da mußte ich gehen. Ich hatte Kopfschmerzen und Magenkrämpfe, so sehr hatte ich mich bemüht, den Mund zu halten. Ich hatte das Zimmer nur halb aufgeräumt, das habe ich weder vorher noch nachher jemals getan; aber manchmal hat es auch seine Vorteile, schwarz zu sein; er bemerkte nicht, daß ich da war, und er bemerkte mit Sicherheit nicht, daß ich weg war. Keiner von ihnen hat es gemerkt.«

Sie hatte wieder das bittere, spöttische Lächeln auf den Lippen.

»Ich begreife nicht, wie du sagen kannst, daß so ein Mann Stil hat«, sagte Darcy, »oder daß du ihn den natürlichen Vater deines Kindes nennen kannst, wie die Umstände auch gewesen sein mögen. Mir scheint, er war ein Tier.«

»Nein«, sagte Martha scharf. »Er *war* kein Tier. Er war ein Mensch. In mancher Hinsicht – in *vieler* Hinsicht – war er ein böser Mensch, aber trotzdem ein Mensch. Und er hatte dieses Etwas, das man ohne ein Grinsen im Gesicht *Stil* nennen kann, auch wenn man es nur in seinen Büchern richtig merkte.«

»Aha!« Darcy sah Martha unter zusammengezogenen Brauen mißfällig an. »Du hast eines von seinen Büchern gelesen, richtig?«

»Liebes, ich habe *alle* gelesen«, sagte Martha. »Als ich Ende '59 mit dem weißen Pulver bei Mama Delorme war, hatte er erst drei geschrieben, aber ich hatte schon zwei davon gelesen. Mit der Zeit holte ich auf, weil er noch langsamer schrieb als ich las.« Sie grinste. »Und das ist ziemlich langsam!«

Darcy sah zweifelnd auf Marthas Bücherregale. Dort standen Bücher von Alice Walker, Rita Mae Brown, *Linden Hills* von Gloria Naylor und *Yellow Back Radio Broke-Down* von Ishmael Reed, aber sonst beherrschten auf den drei Brettern Liebesromane und Krimis von Agatha Christie das Feld.

»Geschichten über den Krieg scheinen kaum deine Sache zu sein, Martha, wenn du weißt, was ich meine.«

»Natürlich weiß ich das«, sagte Martha. Sie stand auf und brachte frisches Bier. »Ich verrate dir etwas Komisches, Dee: Wäre er ein netter Mensch gewesen, hätte ich wahrscheinlich nicht einmal eins davon gelesen. Und ich verrate dir noch etwas Komischeres: Wenn er ein netter Mensch gewesen wäre, wären sie wahrscheinlich gar nicht so gut, wie sie sind.«

»Wovon redest du bloß?«

»Ich weiß es nicht genau. Hör einfach zu, einverstanden?«

»Einverstanden.«

»Nun, ich brauchte nicht bis zur Ermordung Kennedys, um herauszufinden, was für ein Mensch er war. Das wußte ich schon im Sommer '58. Bis dahin hatte ich erfahren, was er von der Menschheit im allgemeinen hielt – nicht von seinen Freunden, für die wäre er gestorben, aber von allen anderen. Alle beteten nur den Mammon an – diesen Ausdruck hat er dauernd gebraucht. Den Mammon anbeten, den Mammon anbeten. Alle wollten nur den Mammon anbeten. Es schien, als wären er und seine Freunde der Meinung, es wäre ziemlich schlimm, den Mammon anzubeten, es sei denn, sie spielten Poker und hatten jede Menge davon vor sich aufgestapelt. Dann schien mir, als beteten sie selber den Mammon an. Mir schien, als beteten sie den Mammon *gehörig* an, er eingeschlossen.

Er hatte viel Häßliches unter der obersten Schicht des Südstaatengentleman – er fand, daß Menschen, die sich bemühten, die Welt zu verbessern, so ziemlich der größte Lachschlager waren, er haßte Schwarze und Juden und war der Überzeugung, wir sollten die Russen mit H-Bomben aus der Welt befördern, bevor sie es mit uns taten. Warum nicht? sagte er. Sie waren Teil dessen, was er als ›Untermenschentum‹ bezeichnete. Dazu gehörten Juden, Schwarze, Italiener, Indianer und überhaupt alle, deren Familien den Sommer nicht auf den Outer Banks verbrachten.

Ich hörte mir an, wie er diese Dummheiten und den hochtrabenden Mist verbreitete, und fragte mich natürlich, *warum* er ein berühmter Schriftsteller war – wie er ein berühmter Schriftsteller *sein* konnte. Ich wollte wissen, was die Kritiker in ihm sahen, aber viel mehr interessierte mich, was kleine

Leute wie ich in ihm sahen – die Leute, die seine Bücher zu Bestsellern machten, sobald sie herauskamen. Schließlich beschloß ich, mich selbst davon zu überzeugen. Ich ging in die öffentliche Bibliothek und holte mir sein erstes Buch, *Blaze of Heaven*.

Ich rechnete damit, es würde so etwas sein wie die Geschichte von des Kaisers neuen Kleidern, aber es war ganz und gar anders. Das Buch handelte von fünf Männern und von dem, was sie im Krieg erlebt hatten. Und von dem, was ihren Frauen und Freundinnen gleichzeitig daheim zustieß. Als ich auf dem Umschlag las, daß es vom Krieg handelte, habe ich die Augen verdreht und gedacht, es wäre wie eine der langweiligen Geschichten, die sie sich gegenseitig erzählten.«

»Nicht?«

»Ich habe die ersten zehn oder zwanzig Seiten gelesen und dachte mir: *Das ist nicht gut. Es ist nicht so schlecht, wie ich erwartet habe, aber es passiert nichts.* Dann las ich noch dreißig Seiten und habe mich irgendwie ... nun, irgendwie festgelesen. Als ich das nächste Mal aufsah, war es Mitternacht, und ich hatte zweihundert Seiten verschlungen. Ich dachte mir: *Du mußt ins Bett, Martha. Du mußt gleich ins Bett, denn es ist bald halb sechs.* Aber ich habe trotz meiner schweren Lider noch dreißig Seiten gelesen, und es war Viertel vor eins, bis ich endlich dazu kam, mir die Zähne zu putzen.«

Martha hielt inne; sie sah zum dunklen Fenster hinüber und in die meilenweite Nacht hinaus; in ihren Augen spiegelten sich Erinnerungen, und ihre Lippen wurden schmal. Sie schüttelte unmerklich den Kopf.

»Ich konnte mir nicht vorstellen, wie ein Mann, der so langweilig war, wenn man ihm zuhörte, so schreiben konnte, daß man das Buch nie zuschlagen wollte und sich wünschte, es würde nie aufhören. Wie so ein böser, kaltherziger Mensch wie er sich so realistische Figuren ausdenken konnte, daß man weinte, wenn sie starben. Als Noah am Ende von *Blaze of Heaven* von einem Taxi angefahren und getötet wurde, als er gerade wohlbehalten aus dem Krieg zurückgekehrt war, da *habe* ich geweint. Ich verstand nicht, wie ein so gemeiner und garstiger Mann wie Jefferies solche Gefühle in einem wecken konnte, um Dinge, die es gar nicht gab – die er sich ausgedacht hatte. Und da war noch etwas in dem Buch ... eine Art Sonnenschein. Es war voller Schmerz und schlimmer Sachen, aber es war auch voller Güte ... und Liebe ...«

Sie erschreckte Darcy, indem sie laut auflachte.

»Damals arbeitete ein Mann namens Billy Beck im Hotel, ein netter junger Mann, der an der Fordham seinen Abschluß in Englisch machte, wenn er nicht als Türsteher arbeitete. Wir haben uns ab und zu unterhalten ...«

»War er ein Bruder?«

»Großer Gott, nein!« Martha lachte wieder. »Bis 1965 gab es keine schwarzen Türsteher im Le Palais. Schwarze Träger und schwarze Liftboys und Garagenpersonal, aber keine schwarzen Türsteher. Wurde als nicht richtig betrachtet. Leuten mit Stil, so wie Mr. Jefferies, hätte es nicht gefallen.

Wie dem auch sei, ich fragte Billy, wie die Bücher eines Mannes so wunderbar sein konnten, wenn er selbst so ein Mistkerl war. Billy fragte mich, ob ich den Witz von dem dicken Diskjockey mit der dünnen Stimme kannte, und ich antwortete, ich wüßte nicht, wovon er spräche. Dann sagte er mir, er wüßte die Antwort auf meine Frage nicht, aber er würde mir etwas erzählen, das einer seiner Professoren einmal über Thomas Wolfe gesagt hatte. Manche Schriftsteller – und Wolfe war einer von ihnen – wären überhaupt nichts Besonderes, bis sie sich hinsetzten und einen Füller in die Hand nahmen. Er sagte, für solche Leute ist ein Füller dasselbe, was eine Telefonzelle für Clark Kent ist. Er sagte, Thomas Wolfe war wie ...« Sie zögerte, dann lächelte sie. »War wie ein göttliches Windglockenspiel. Er sagte, ein Windglockenspiel allein ist nichts Besonderes, aber wenn der Wind hindurch weht, erzeugt es die herrlichsten Töne.

Ich glaube, bei Peter Jefferies war das auch so. Er *hatte* Stil, er war mit Stil erzogen worden und hatte ihn, aber er selbst konnte nichts für diesen Stil. Es war, als hätte Gott ihn auf sein Konto eingezahlt, und er gab ihn einfach aus. Ich will dir etwas sagen, das du mir wahrscheinlich nicht glauben wirst. Als ich ein paar seiner Bücher gelesen hatte, tat er mir leid.«

»*Leid?*«

»Ja. Weil seine Bücher schön waren, aber der Mann, der sie schrieb, war häßlich wie die Sünde. Er war *wirklich* wie mein Johnny, aber Johnny war in gewisser Weise glücklicher dran, weil er nie von einem besseren Leben träumte. Mr. Jefferies träumte davon. Seine *Bücher* waren seine Träume, in denen er sich gestattete, an eine Welt zu glauben, über die er lachte und die er verhöhnte, wenn er wach war.«

Sie fragte Darcy, ob sie noch ein Bier wollte. Darcy sagte, daß sie verzichtete.

»Sag Bescheid, wenn du es dir anders überlegst. Und du überlegst es dir wahrscheinlich anders, denn jetzt kommen wir in trübere Gewässer.«

»Noch etwas zu dem Mann«, sagte Martha. »Er war nicht sexy. Jedenfalls nicht so, wie man einen Mann normalerweise sexy findet.«

»Du meinst, er war ein …«

»Nein, er war kein Homosexueller, kein Schwuler oder wie immer man sie heutzutage nennen soll. Er wirkte nicht sexy auf Männer, aber er wirkte auch nicht besonders sexy auf Frauen. Zweimal, vielleicht dreimal in all den Jahren, in denen ich sein Zimmer aufgeräumt habe, habe ich beim Saubermachen in den Aschenbechern im Schlafzimmer Kippen mit Lippenstift gefunden und Parfüm auf den Kissen gerochen. Einmal habe ich auch einen Lidstift im Bad gefunden – er war unter der Tür durchgerollt. Ich schätze, es waren Call-Girls (die Kissen rochen nie nach einem Parfüm, das eine anständige Frau benutzen würde); aber zwei- oder dreimal in all den Jahren ist nicht viel, was?«

»Sicher nicht«, sagte Darcy und dachte an die vielen Slips, die sie unter Betten hervorgeholt hatte, die vielen Kondome, die sie in nicht gespülten Toiletten schwimmen gesehen hatte, und an die falschen Wimpern, die sie auf und unter Kopfkissen gefunden hatte.

Martha saß ein paar Augenblicke wortlos da und hing ihren Gedanken nach. Dann sah sie auf. »Ich sag dir was!« meinte sie. »Der Mann wirkte auf sich selbst sexy! Das hört sich verrückt an, aber es stimmt. An Saft hat es ihm mit Sicherheit nicht gefehlt – das weiß ich von den vielen Laken, die ich gewechselt habe.«

Darcy nickte.

»Und er hatte immer eine Dose Hautcreme im Bad, oder manchmal auf dem Nachttisch neben dem Bett. Ich glaube, die hat er benutzt, wenn er sich einen runtergeholt hat. Damit er sich die Haut nicht wundrieb.«

Die beiden Frauen sahen einander an und fingen plötzlich an, hysterisch zu kichern.

»Bist du sicher, daß er nicht andersrum war, Liebste?« fragte Darcy schließlich.

»Ich sagte Hautcreme, nicht Vaseline«, sagte Martha, und das war zuviel; die nächsten fünf Minuten lachten die beiden Frauen, bis ihnen die Tränen in die Augen stiegen.

Aber eigentlich war nichts komisch, und das wußte Darcy auch. Und als Martha fortfuhr, hörte sie einfach zu und konnte kaum glauben, was sie hörte.

»Es war etwa eine Woche nach meinem Besuch bei Mama Delorme, vielleicht auch zwei«, sagte Martha. »Ich weiß es nicht mehr. Ist lange her, seit das alles passiert ist. Damals war ich ziemlich sicher, daß ich schwanger war – mir wurde nicht übel oder so, aber ich hatte das *Gefühl*. Nicht an den Stellen, wo man es vermuten sollte. Es ist, als wüßten das Zahnfleisch, die Zehennägel oder der Nasenrücken vor dem Rest des Körpers Bescheid, was los ist. Oder man möchte um drei Uhr nachmittags Chop Suey und sagt nicht: ›Herrje! Was soll *das* denn?‹ Aber man weiß, was es soll. Johnny sagte ich kein Wort – ich wußte, ich würde es ihm irgendwann einmal sagen müssen, aber ich hatte Angst davor.«

»Kann ich dir nicht verdenken«, sagte Darcy.

»Eines Vormittags war ich im Schlafzimmer von Jefferies' Suite, und während ich aufräumte, dachte ich über Johnny nach und wie ich ihm die Neuigkeit von dem Baby beibringen konnte. Jefferies war ausgegangen – wahrscheinlich zu einem Treffen mit seinen Verlegern. Er hatte ein Doppelbett, das auf beiden Seiten zerwühlt war, aber das hatte nichts zu sagen; er schlief immer unruhig. Manchmal war das Laken völlig unter der Matratze hervorgezogen.

Nun, ich zog den Überwurf und die beiden Decken darunter weg – er hatte niederen Blutdruck und deckte sich immer mit allem zu, was er finden konnte –, und dann zog ich das Laken ab und sah es auf der Stelle. Es war sein Saft, zumeist schon angetrocknet.

Ich stand da und sah mir das an ... oh, ich weiß nicht, wie lange. Es war, als wäre ich hypnotisiert. Ich sah ihn, wie er sich hinlegte, nachdem seine Freunde nach Hause gegangen waren; ich sah, wie er sich hinlegte und nur den Rauch roch, den sie zurückgelassen hatten, und seinen eigenen Schweiß. Ich sah ihn vor mir, wie er auf dem Rücken lag und mit Mutter Daumen und ihren vier Töchtern Sex machte. Das sah ich so deutlich, wie ich dich jetzt sehe, Darcy; ich konnte nur nicht sehen, woran er dachte, was für Bilder in seinem Kopf waren ... und wenn ich daran denke, wie er redete und wie er war, wenn er nicht seine Bücher schrieb, bin ich *froh,* daß ich es nicht gesehen habe.«

Darcy sah sie erstarrt an und sagte nichts.

»Als nächstes weiß ich nur noch, wie – dieses Gefühl über mich kam.« Sie verstummte und dachte nach, dann schüttelte sie langsam und nachdrücklich den Kopf. »Es war wie ein *Zwang,* der über mich kam. Es war, als wollte man um drei Uhr nachmittags Chop Suey oder Eis und Essiggurken um zwei Uhr morgens oder ... was hast *du* gewollt, Darcy?«

»Speckschwarte«, sagte Darcy mit so tauben Lippen, daß sie sie kaum spüren konnte. »Mein Mann ist weggegangen, bekam aber keine. Da hat er einfach eine Tüte mit gerösteten Specksnacks gekauft, und die habe ich *verschlungen.*«

Martha nickte. Und fuhr fort. Dreißig Sekunden später stürzte Darcy ins Bad, wo sie kurz mit dem Brechreiz kämpfte, und dann erbrach sie das ganze Bier, das sie getrunken hatte.

Sieh es positiv, dachte sie und tastete kläglich nach der Spülung. *So bekommst du wenigstens keinen Kater.* Und diesem

Gedanken auf den Fersen: *Wie soll ich ihr wieder in die Augen sehen? Wie soll ich das nur machen?*

Wie sich herausstellte, was das kein Problem. Als sie sich umdrehte, stand Martha in der Tür des Badezimmers und betrachtete sie voll gütiger Sorge.

»Alles in Ordnung?«

»Ja.« Darcy versuchte zu lächeln, und zu ihrer grenzenlosen Erleichterung fühlte sich das Lächeln auf ihren Lippen echt an. »Ich ... ich habe nur ...«

»Ich weiß«, sagte Martha. »Glaub mir, ich weiß. Soll ich zu Ende erzählen, oder hast du genug gehört?«

»Zu Ende«, sagte Darcy nachdrücklich und nahm ihre Freundin am Ellbogen. »Aber im Wohnzimmer. Ich will den Kühlschrank nicht einmal mehr *sehen*, geschweige denn, die Tür aufmachen.«

»Amen.«

Eine Minute später saßen sie an entgegengesetzten Enden der schäbigen, aber bequemen Wohnzimmercouch.

»Bist du *sicher*, Liebste?«

Darcy nickte.

»Nun gut.« Aber Martha blieb noch einen Moment schweigend sitzen, betrachtete die schlaffen Hände in ihrem Schoß und sah in die Vergangenheit wie der Kommandant eines Unterseeboots, der feindliche Gewässer betrachtet. Schließlich hob sie den Kopf, drehte sich zu Darcy um und fuhr mit ihrer Geschichte fort.

»*Ich habe den Rest des Tages in einer Art Benommenheit gearbeitet. Es war, als wäre ich hypnotisiert. Leute redeten mit mir, und ich antwortete ihnen, aber es war, als hörte ich sie durch eine Glaswand und spräche auch auf diese Weise mit ihnen. Ich bin tatsächlich hypnotisiert, habe ich gedacht, das weiß ich noch genau. Sie hat mich hypnotisiert. Die alte Frau. Sie hat mir einen dieser posthypnotischen Befehle gegeben, wie wenn ein Hypnotiseur sagt: ›Wenn jemand das Wort Küken zu Ihnen sagt, gehen Sie auf alle Viere hinunter und bellen wie ein Hund‹, und derjenige, der hypnotisiert worden ist, macht das dann die nächsten zehn Jahre, so oft jemand Küken zu ihm sagt.*

Sie hat etwas in den Tee getan und mir gesagt, daß ich das tun soll. Diese wüste Sache.

Mir war auch klar, warum sie es getan hatte. Eine alte Frau, die so abergläubisch ist, daß sie an Wasserkuren glaubt und daran, daß man einen Mann dazu bringen kann, einen zu lieben, wenn man ihm im Schlaf einen Tropfen Regelblut auf die Ferse streicht, und an Wünschelrutengehen und Gott weiß was noch alles ... wenn so eine Frau, die eine fixe Idee von natürlichen Vätern hatte, Hypnose beherrschte und einer Frau wie mir hypnotisch befahl ... nun, das zu tun, was ich getan habe ... ich glaube, dann würde sie genau das tun. Weil sie *selbst* daran glaubt. Und ich hatte ihr seinen Namen genannt, nicht? Wahrhaftig.

Damals dachte ich nicht daran, daß ich mich fast gar nicht an meinen Besuch bei Mama Delorme erinnern konnte, bis ich das in Mr. Jefferies' Schlafzimmer getan hatte. Aber in jener Nacht erinnerte ich mich.

Ich brachte den Tag hinter mich. Ich meine, ich habe nicht geweint oder geschrien oder mich gehen lassen oder so etwas. Meine Schwester Kissy hat sich schlimmer aufgeführt, als sie bei Dämmerung Wasser aus dem alten Brunnen schöpfte und eine Fledermaus herausgeflogen kam und sich in ihren Haaren verfing. Ich hatte nur das Gefühl, als wäre ich hinter einer Glaswand, und ich dachte mir, wenn das alles ist, kann ich damit klarkommen.

Als ich dann zu Hause war, wurde ich plötzlich durstig. Ich wurde durstiger als jemals zuvor in meinem Leben – mir war, als tobte ein Sandsturm in meinem Hals. Ich fing an, Wasser zu trinken. Es war, als könnte ich gar nicht genug trinken. Und ich fing an zu spucken. Ich spuckte und spuckte und spuckte. Dann kam mir der Magen hoch. Ich lief ins Bad und betrachtete mich im Spiegel und streckte die Zunge heraus, ob ich etwas sehen konnte, eine Spur von dem, was ich getan hatte, aber natürlich konnte ich das nicht. Ich dachte mir: *Na also. Geht es dir jetzt besser?*

Aber es ging mir nicht besser, es ging mir schlechter. Ich kniete vor dem Klobecken und machte dasselbe wie du eben, Darcy, nur viel länger. Ich übergab mich, bis ich dachte, ich würde ohnmächtig werden. Ich weinte und flehte zu Gott, er möge mir verzeihen, er möge dafür sorgen, daß ich aufhören konnte, mich zu erbrechen, bevor ich das Baby verlor, wenn ich tatsächlich eines in mir hatte. Und dann erinnerte ich mich, wie ich mit dem Finger im Mund in seinem Schlafzimmer gestanden hatte, ohne darüber nachzudenken, was ich tat – ich sage dir, ich konnte mich *sehen*, wie ich es tat, als sähe ich mich in einem Film. Und dann übergab ich mich wieder.

Mrs. Parker hat mich gehört und kam zur Tür und fragte, ob alles in Ordnung wäre. Das half mir etwas, mich wieder zu fangen, und als Johnny an diesem Abend nach Hause kam, hatte ich das Schlimmste überstanden. Er war betrunken und auf Streit aus. Als ich mich nicht darauf einließ, gab er mir trotzdem eins aufs Auge und ging wieder weg. Ich war beinahe froh, daß er mich geschlagen hatte, weil ich jetzt über etwas anderes nachdenken konnte.

Als ich am nächsten Tag in Mr. Jefferies' Suite kam, saß er im Pyjama im Wohnzimmer und machte sich Notizen auf einem gelben Kanzleiblock. Er hatte immer welche bei sich, mit einem roten Gummiband zusammengehalten, bis zum Ende. Als er das letzte Mal im Le Palais war und ich sie nicht sehen konnte, wußte ich, daß er bereit war zu sterben. Was mir übrigens kein bißchen leid getan hat.«

Martha sah mit einem Ausdruck zum Wohnzimmerfenster, in dem weder Gnade noch Verzeihen waren; es war ein kalter Ausdruck, der nur bedeutete, daß ihr Herz schwieg.

»Als ich sah, daß er nicht ausgegangen war, war ich erleichtert, denn es hieß, daß ich das Aufräumen verschieben konnte. Weißt du, er hatte die Zimmermädchen nicht gerne um sich, wenn er arbeitete, und es kam vor, daß er das Zimmer erst gemacht haben wollte, wenn Yvonne um drei kam.

Ich sagte: ›Ich komme später wieder, Mr. Jefferies.‹

›Machen Sie es jetzt‹, sagte er. ›Sagen Sie einfach nichts. Ich habe teuflische Kopfschmerzen und eine verdammt gute Idee. Eine Kombination, die einen umbringen kann.‹

Ich schwöre, normalerweise hätte er mich gebeten, später wiederzukommen. Mir schien beinahe, als könnte ich die alte schwarze Mama lachen hören.

Ich ging ins Bad und fing an, sauberzumachen. Ich nahm die gebrauchten Handtücher mit und räumte frische hin, wechselte das alte Stück Seife gegen ein neues aus, legte neue Streichhölzer hin, und dabei dachte ich die ganze Zeit: *Man kann niemanden hypnotisieren, der nicht hypnotisiert werden will, alte Frau. Was immer du mir an diesem Tag in den Tee getan hast, was immer du mir befohlen hast und wie oft du es mir befohlen hast, ich bin schlauer als du – schlauer als du, und ich spiele nicht mit.*

Ich ging ins Schlafzimmer und sah das Bett an. Ich dachte mir, es würde für mich aussehen wie ein Schrank für ein Kind, das Angst vor dem Schwarzen Mann hat, aber ich sah, daß es nur ein Bett war. Ich wußte, ich würde nichts tun, und das war eine Erleichterung. Also zog ich es ab, und da war wieder so ein klebriger Fleck, noch feucht, als wäre er erst vor einer Stunde geil aufgewacht und hätte sich dann um die Sache gekümmert.

Ich sah den Fleck an und wartete, ob ich etwas empfinden würde. Nichts. Es waren nur die Spuren eines Menschen mit einem Brief, aber ohne Briefkasten, um ihn einzustecken, wie du und ich es schon hundertmal gesehen haben. Und die alte Frau war ebenso wenig eine *Bruja*-Frau wie ich. Vielleicht war ich schwanger, vielleicht auch nicht, aber wenn, dann war es Johnnys Kind. Er war der einzige Mann, mit dem ich je im Bett gewesen war, und nichts, was ich auf den Laken dieses weißen Mannes finden konnte – oder sonstwo, was das betrifft –, konnte etwas daran ändern.

Es war ein bewölkter Tag, aber in diesem Augenblick sah ich, wie die Sonne hervorkam, als hätte Gott sein endgültiges Amen zum dem Thema gesprochen. Ich kann mich nicht erinnern, daß ich jemals so erleichtert gewesen wäre. Ich stand da und dankte Gott dafür, daß alles in Ordnung war, und während ich dieses Dankgebet sprach, kratzte ich das Zeug vom Laken – jedenfalls alles, was ich bekommen konnte –, steckte es in den Mund und schluckte es hinunter.

Es war wieder, als stünde ich außerhalb meiner selbst und sähe mir zu. Und ein Teil von mir sagte: *Du bist verrückt, daß du das machst, Mädchen, aber noch verrückter, daß du es machst, während er nebenan im Zimmer ist; er könnte jeden Augenblick hereinkommen, um ins Bad zu gehen, und dich sehen. So dick, wie die Teppiche hier sind, würdest du ihn nicht kommen hören. Und das wäre das Ende deines Jobs im Le Palais – und höchstwahrscheinlich in jedem anderen größeren Hotel in New York. Ein Mädchen, das bei so etwas erwischt wird, würde in dieser Stadt nie wieder als Zimmermädchen arbeiten, jedenfalls nicht in einem halbwegs anständigen Hotel.*

Aber das alles war mir einerlei; ich machte weiter, bis ich fertig war – zumindest bis ein Teil in mir zufrieden war –, und dann stand ich einfach eine Weile da und starrte auf das Laken. Aus dem Nebenzimmer war nichts zuhören, und ich bildete mir ein, er stünde hinter mir, direkt unter der Tür. Ich wußte, was für ein Gesicht er machen würde. Als ich noch ein kleines Mädchen war, kam jedes Jahr ein Jahrmarkt nach Babylon, und die hatten einen Mann bei sich – ich *glaube*, daß es ein Mann war –, der nicht zur eigentlichen Show gehörte. Er saß in einem Loch hinter dem Zelt, und jemand erzählte, er wäre das fehlende Glied, kein Mensch, kein Tier, und dann warf er ein Huhn hinunter. Das Monster biß dem lebenden Huhn den Kopf ab. Einmal sagte mein ältester Bruder Bradford – der vor ungefähr zwanzig Jahren in Biloxi bei einem Autounfall gestorben ist –, er wolle hingehen und das Monster sehen. Mein Vater sagte, es täte ihm leid, das zu hören, aber er hat es Brad nicht verboten, weil Brad schon neunzehn und fast ein Mann war. Er ging, und Kissy und ich wollten ihn fragen, wie es gewesen war, aber als wir sein Gesicht sahen, haben wir es gelassen. Ich war sicher, daß ich denselben Ausdruck in Jefferies' Gesicht sehen würde, wenn ich mich umdrehte und er in der Tür stand. Verstehst du, was ich sagen will?«

Darcy nickte.

»Ich *wußte*, daß er da stand, ich wußte es einfach. Schließlich nahm ich allen Mut zusammen und drehte mich um. Ich würde ihn anflehen, dachte ich, es nicht der Chefin vom Zimmerservice zu sagen – ich würde ihn auf Knien anflehen, wenn es sein mußte. Aber er war nicht da. Nur meine Schuldgefühle hatten es mir vorgegaukelt. Ich ging zur Tür und sah, daß er immer noch im Wohnzimmer saß und schneller denn je auf sein Kanzleipapier schrieb. Also ging ich zurück, machte das Bett und räumte das Zimmer auf, wie immer, aber das Gefühl, als wäre ich hinter einer Glaswand, war wieder da, und es war stärker denn je.

Ich kümmerte mich um die gebrauchten Handtücher und fleckigen Bettlaken, wie es sich gehörte – ich trug sie zur Schlafzimmertür hinaus auf den Flur. Als ich im Hotel anfing, lernte ich als erstes, daß man das Bettzeug *nie* durch das Wohnzimmer einer Suite auf den Flur bringt. Dann kam ich wieder in das Zimmer, wo er saß. Ich wollte ihm sagen, daß ich das Wohnzimmer später machen würde, wenn er nicht arbeitete. Aber als ich sah, wie er sich aufführte, war ich so überrascht, daß ich unter der Tür stehenblieb und ihn ansah.

Er ging so schnell im Zimmer auf und ab, daß der gelbe Seidenpyjama um seine Beine flatterte. Er hatte die Hände im Haar und zauste es in alle Richtungen. Er sah aus wie einer dieser versponnenen Mathematiker in den alten Cartoons der *Saturday Evening Post*. Sein Blick war wild, als hätte er einen schlimmen Schock hinter sich. Zuerst dachte ich, daß er doch gesehen haben mußte, was ich getan hatte, und sich so sehr ekelte, daß er halb wahnsinnig geworden war.

Aber wie sich herausstellte, hatte es nichts mit mir zu tun – jedenfalls glaubte *er* das nicht. Es war das einzige Mal, daß er sich mit mir unterhalten hat, abgesehen davon, daß er mich fragte, ob ich noch Schreibpapier oder ein anderes Kissen besorgen oder die Klimaanlage anders einstellen könnte. Er redete mit mir, weil er *mußte*. Etwas war mit ihm geschehen – etwas sehr Großes –, und ich hatte das Gefühl, er mußte mit jemandem darüber reden oder verrückt werden.

›Mein Kopf platzt‹, sagte er.

›Das tut mir leid, Mr. Jefferies‹, sagte ich, ›ich kann Ihnen etwas Aspirin holen ...‹

›Nein‹, sagte er. ›Das ist es nicht. Es ist wegen diesem Einfall. Als wäre ich Forellenfischen gegangen und hätte statt dessen einen Marlin am Haken. Wissen Sie, ich schreibe Bücher, von Beruf wegen. Literatur.‹

›Ja, Sir, Mr. Jefferies‹, sagte ich. ›Ich habe zwei davon gelesen und fand sie sehr gut.‹

›*Tatsächlich*‹, sagte er und sah mich an, als wäre ich verrückt geworden. ›Nun, es ist sehr freundlich, daß Sie das sagen. Ich wachte heute morgen jedenfalls auf und hatte einen Einfall.‹

Ja, Sir, dachte ich bei mir, du hattest wirklich einen Einfall, einen so heißen und frischen, daß du ihn auf das Laken gespritzt hast. Aber das ist nicht mehr da, also mach dir keine Gedanken darüber. Und ich hätte beinahe laut gelacht. Aber weißt du, Darcy, ich glaube, das wäre ihm gar nicht aufgefallen.

›Ich habe ein Frühstück bestellt‹, sagte er und deutete auf den Teewagen neben der Tür, ‹und ich habe beim Essen über diesen kleinen Einfall nachgedacht. Ich dachte mir, es könnte eine Kurzgeschichte werden. Es gibt da eine Zeitschrift, wissen Sie ... *The New Yorker* ... ach, vergessen Sie's.‹ Du verstehst schon, er wollte einer kleinen schwarzen Putze wie mir nicht den *New Yorker* erklären.«

Darcy grinste.

»›Als ich mit dem Frühstück fertig war‹, fuhr er fort, ›dachte ich schon, daß es für eine Novelle reichen würde. Und dann habe ich daran gearbeitet ... ein paar Einzelheiten ausgeweitet ... und jetzt ...‹ Er stieß ein schrilles, kurzes Lachen hervor. ›Ich glaube, ich habe seit zehn Jahren keinen so guten Einfall mehr gehabt. Vielleicht noch nie. Halten Sie es für möglich, daß Zwillingsbrüder – zweieiige, keine eineiigen – im Zweiten Weltkrieg auf verschiedenen Seiten kämpften?‹

›Nun, vielleicht nicht im *Pazifik*‹, sagte ich. Ich glaube nicht, daß ich bei anderen Gelegenheiten überhaupt den Mut aufgebracht hätte, mit ihm zu reden, Darcy – ich wäre einfach nur dagestanden und hätte Maulaffen feilgehalten. Aber ich fühlte mich immer noch wie hinter Glas, oder als hätte ich beim Zahnarzt eine Dosis Novocain bekommen, deren Wirkung noch nicht ganz abgeklungen war.

Er lachte, als wäre das das Komischste, was er gehört hatte, und sagte: ›Ha-ha! Nein, da nicht, da hätte es nicht passieren können. Aber in Europa wäre es möglich gewesen. Und während der Ardennenoffensive begegnen sie einander von Angesicht zu Angesicht.‹

›Nun, möglich ...‹ begann ich, aber da lief er schon wieder im Wohnzimmer herum und wühlte mit den Händen in seinem Haar, so daß es immer zerzauster aussah.

›Ich weiß, es hört sich wie ein Melodram aus dem Orpheum an‹, sagte er, ›ein albernes stück Kolportage, wie *Unter zwei Flaggen* oder *Der rote Schal*, aber das Konzept von Zwillingen ... und man könnte es rational erklären ... ich weiß auch schon wie ...‹ Er wirbelte zu mir herum. ›Hätte das eine dramatische Wirkung?‹

›Ja, Sir‹, sagte ich. ›*Alle* mögen Geschichten über Brüder, die nicht wissen, daß sie Brüder sind.‹

›Auf jeden Fall‹, sagte er. ›Und ich sage Ihnen noch etwas ...‹ Dann verstummte er und bekam einen seltsamen Gesichtsausdruck. Er war seltsam, aber ich wußte, was es bedeutete. Es war, als hätte er gerade gemerkt, daß er etwas Dummes machte, wie ein Mann, der sich das Gesicht eingeseift hat und plötzlich merkt, daß er einen Elektrorasierer in der Hand hält. Er unterhielt sich mit einer Niggerin, einem Zimmermädchen, über den möglicherweise besten Einfall seines Lebens – einer Niggerin, deren Vorstellung von einer guten Geschichte sich wahrscheinlich auf *The Edge of Night* beschränkte. Er hatte vergessen, daß ich zwei seiner Bücher gelesen hatte ...«

»Oder er dachte, es wäre eine Schmeichelei gewesen, um ein besseres Trinkgeld zu bekommen«, murmelte Darcy.

»Ja, das hätte zu seinem Bild von der Menschheit gepaßt wie die Faust aufs Auge. Wie dem auch sei, der Gesichtsausdruck verriet, daß ihm gerade klar geworden war, mit wem er sprach, das ist alles.

›Ich glaube, ich werde diesmal länger hierbleiben‹, sagte er. ›Sagen Sie an der Rezeption Bescheid, ja?‹ Er drehte sich herum und ging wieder auf und ab, wobei er mit dem Bein gegen den Teewagen stieß. ›Und schaffen Sie das Scheißding hier raus, ja?‹

›Möchten Sie, daß ich später wiederkomme und ...‹ begann ich.

›Ja, ja, ja‹, sagte er, ›kommen Sie später wieder und machen Sie, was Sie wollen, aber jetzt seien Sie ein gutes kleines Mädchen und schaffen Sie alles hier raus, einschließlich sich selbst.‹

Das tat ich, und ich war in meinem ganzen Leben noch nie so erleichtert wie in dem Augenblick, als die Zimmertür hinter mir ins Schloß fiel. Ich rollte den Teewagen an die Wand. Er hatte Orangensaft und Rührei und Speck gehabt. Ich wollte gerade weggehen, da sah ich, daß auf seinem Teller ein Pilz lag, den er zusammen mit dem letzten Rest von Eiern und Speck zur Seite geschoben hatte. Ich sah ihn an, und mir war, als ginge in meinem Kopf ein Licht an. Mir fiel der Pilz in dem kleinen Plastikbehälter wieder ein, den *sie* mir gegeben hatte – die alte Mama Delorme. Ich erinnerte mich zum ersten Mal seit jenem Tag daran. Mir fiel wieder ein, wie ich ihn in der Tasche meines Kleides gefunden und wohin ich ihn gestellt hatte. Der auf seinem Teller sah ganz genau so aus – alt und runzlig und vertrocknet, als wäre es ein Giftpilz, von dem einem schrecklich elend werden kann.«

Sie sah Darcy gelassen an.

»Er hatte davon gegessen. Mehr als die Hälfte, würde ich sagen.«

»Mr. Buckley hatte an diesem Tag Dienst an der Rezeption, und ich sagte ihm, daß Mr. Jefferies seinen Aufenthalt verlängern wollte. Mr. Buckley sagte, das dürfte keine Schwierigkeiten machen, obwohl Mr. Jefferies vorgehabt hätte, schon an diesem Nachmittag abzureisen.

Dann ging ich in die Küche, unterhielt mich mit Bedelia Aaronson – hast du Bedelia eigentlich noch gekannt? – und fragte sie, ob sie heute morgen jemanden bemerkt hätte, der nicht hierher gehörte. Bedelia fragte mich, wen ich meinte, und ich sagte, ich wüßte es nicht. Sie sagte: ›Warum fragst du, Marty?‹ Ich antwortete, das würde ich lieber nicht sagen. Sie sagte, es wäre niemand hier gewesen, nicht einmal der Mann vom Lebensmittelhändler, der immer versuchte, mit dem Mädchen anzubändeln, das die Bestellungen aufgab.

Ich wollte gerade gehen, da sagte sie: ›Es sei denn, du meinst diese alte Negerdame.‹

Ich drehte mich um und fragte, was das für eine alte Negerdame gewesen sei.

›Nun‹, sagte Bedelia, ›ich denke, sie kam von der Straße herein und hat die Toiletten gesucht. Das kommt täglich ein- bis zweimal vor. Neger fragen manchmal nicht, weil sie Angst haben, daß das Hotelpersonal sie mit einem Tritt hinausbefördert; auch wenn sie gut gekleidet sind, was nicht selten vorkommt, wie du selbst weißt. Wie dem auch sei, diese arme Seele verirrte sich nach hier unten ...‹ Sie verstummte und sah mich an. ›Alles in Ordnung, Martha? Du siehst aus, als wolltest du ohnmächtig werden.‹

›Ich werde nicht ohnmächtig‹, sagte ich. ›Was hat sie gemacht?‹

›Sie ist einfach herumspaziert und hat sich die Frühstückstabletts angesehen, als wüßte sie nicht, wo sie ist‹, sagte sie. ›Armes altes Ding! Sie war um die achtzig, keinen Tag jünger. Sah aus, als könnte ein starker Wind sie wie einen Drachen zum Himmel wehen ... Martha, komm her und setz dich. Du siehst aus wie das Bildnis des Dorian Gray in diesem Film.‹

›Wie hat sie ausgesehen? Sag es mir!‹

›Ich *habe* dir gesagt, wie sie ausgesehen hat – wie eine alte Frau. Für mich sehen die alle gleich aus. Das einzig Besondere bei ihr war die Narbe im Gesicht. Sie verlief bis zum Haaransatz. Sie ...‹

Aber ich hörte sie nicht mehr, denn da *wurde* ich ohnmächtig.

Sie ließen mich früher nach Hause, und kaum war ich dort, war mir wieder zumute, als müßte ich würgen und viel Wasser trinken und wahrscheinlich wieder vor der Toilette enden und mir die Eingeweide auskotzen. Statt dessen setzte ich mich ans Fenster, sah auf die Straße hinaus und führte ein Selbstgespräch.

Was sie mit mir gemacht hatte, war keine Hypnose; das wußte ich inzwischen. Es war stärker als Hypnose. Ich war nicht sicher, ob ich an Hexerei glaubte, aber sie hatte *etwas* mit mir gemacht, und was immer es war, ich würde damit fertig werden müssen. Ich konnte meine Stelle nicht kündigen, nicht mit einem Mann, der keinen Pfifferling wert war, und möglicherweise einem Baby unterwegs. Ich konnte nicht einmal darum bitten, in einen anderen Stock versetzt zu werden. Ein oder zwei Jahre vorher hätte ich das gekonnt, aber ich wußte, sie überlegten sich, ob sie mich zur stellvertretenden Aufseherin für Stock zehn bis zwölf machen wollten, und das bedeutete mehr Gehalt. Und es bedeutete, daß ich den Job wahrscheinlich wiederbekommen würde, wenn das Baby da war.

Meine Mutter hatte ein Sprichwort: *Was man nicht heilen kann, muß man ertragen.* Ich überlegte mir, ob ich wieder zu der alten schwarzen Mama gehen und sie bitten sollte, es mir wegzumachen, aber irgendwie wußte ich, daß sie das nicht tun würde – sie hatte entschieden, daß es das Beste für mich war, was sie tat, und ich habe im Laufe meines Lebens eines gelernt, Darcy, daß man Leute, die davon überzeugt sind, daß sie einem einen Gefallen tun, niemals umstimmen kann.

Ich saß da, machte mir meine Gedanken und sah auf die Straße hinaus, auf das Kommen und Gehen der Leute, und dabei döste ich irgendwie ein. Kann nicht länger als fünfzehn Minuten gedauert haben, aber als ich wieder aufwachte, wußte ich noch etwas. Die alte Frau wollte, daß ich weiter täte, was ich schon zweimal getan hatte, aber das konnte ich nicht, wenn Peter Jefferies nach Birmingham zurückkehrte. Daher ging sie in die Küche des Zimmerservice, legte ihm den Pilz auf den Teller, und er aß ein Stück davon und hatte diesen Einfall. Es wurde auch ein Monstrum von einem Buch daraus – *Boys in the Mist* heißt es. Es handelt genau von dem, was er mir an jenem Tag erzählt hatte, von Zwillingsbrüdern, einer ist amerikanischer und einer deutscher Soldat, und sie begegnen sich während der Ardennenoffensive. Es wurde sein größter Bestseller überhaupt.«

Nach einer Pause fügte sie hinzu: »Das habe ich in seinem Nachruf gelesen.«

»Er blieb noch eine Woche. Jeden Tag, wenn ich hineinging, saß er im Wohnzimmer am Schreibtisch, immer noch im Pyjama, und schrieb auf sein Kanzleipapier. Ich fragte ihn, ob ich später kommen sollte, und er sagte, ich sollte nur das Schlafzimmer machen, aber leise sein. Er sah beim Sprechen nicht einmal vom Schreiben auf. Jedesmal, wenn ich hineinging, sagte ich mir, daß ich es heute nicht machen würde, und jeden Tag war das Zeug auf dem Laken noch frisch, und jeden Tag waren alle Gebete und Versprechungen, die ich mir selbst gab, einfach vergessen, und ich tat es wieder. Es war *nicht*, als müßte ich gegen einen Zwang ankämpfen, wobei man innere Zwiegespräche führt und schwitzt und zittert; es war vielmehr so, daß ich eine Minute blinzelte und dann feststellte, daß ich es schon getan hatte. Oder gerade *dabei* war. Oh, und jeden Tag, wenn ich zu ihm kam, hielt er sich den Kopf, als würde er ihn umbringen. Wir waren schon ein schönes Paar! Er hatte meine morgendliche Übelkeit und ich seine nächtlichen Alpträume!«

»Was meinst du damit?« fragte Darcy.

»Nachts dachte ich wirklich darüber nach, was ich tat, und ich würgte und trank Wasser und ging aufs Klo und übergab mich ein- oder zweimal. Mrs. Parker machte sich solche Sorgen, daß ich ihr schließlich sagte, ich glaubte, ich wäre schwanger, wollte aber nicht, daß mein Mann davon erführe, bevor ich ganz sicher war.

Johnny Rosewall war ein egoistischer Dreckskerl, aber ich glaube, selbst ihm wäre aufgefallen, daß mit mir etwas nicht stimmte, hätte er nicht seine eigenen Eisen im Feuer gehabt, von denen das größte der Überfall auf den Spirituosenhändler war, den er mit seinen Freunden plante. Aber davon wußte ich natürlich nichts; ich war nur froh, daß er mich in Ruhe ließ. Das machte das Leben ein bißchen leichter.

Dann betrat ich eines Morgens Suite 1163, und Mr. Jefferies war fort. Er hatte die Koffer gepackt und war nach Alabama zurückgekehrt, um sein Buch zu schreiben und über seinen Krieg nachzudenken. Oh, Darcy, ich kann dir gar nicht sagen, wie froh ich war! Ich fühlte mich, wie Lazarus sich gefühlt haben mußte, als er erfuhr, daß er eine zweite Chance bekommen hatte. An diesem Morgen schien mir, als könnte doch noch alles gut werden, wie in einem Märchen – ich würde Johnny von dem Baby erzählen, er würde ein anderer Mensch werden, seinen Stoff wegschmeißen und sich eine feste Anstellung suchen. Er würde mir ein guter Mann und seinem Sohn ein guter Vater werden – ich war schon sicher, daß es ein Junge werden würde.

Ich ging ins Schlafzimmer von Mr. Jefferies' Suite und sah das Bettzeug, das wie immer zerwühlt war, die Decken weggekickt und die Laken zu einem dicken Ball zusammengestrampelt. Ich ging wie in einem Traum hin und zog die Decke zurück. Ich dachte mir: *Na gut, wenn es sein muß ... aber es ist das letzte Mal.*

Aber wie sich herausstellte, hatte ich das letzte Mal schon hinter mir. Er hatte keine Spur auf dem Laken zurückgelassen. Welchen Zauber die alte *Bruja*-Frau auch immer über uns gesprochen haben mochte, es war vorbei. *Das ist gut,* dachte ich mir. *Ich bekomme das Baby, und er bekommt sein Buch, und wir sind die Magie beide los. Ich pfeife auf natürliche Väter, so lange Johnny ein guter Vater für den Kleinen wird, der unterwegs ist.*«

»Ich habe es Johnny noch am selben Abend gesagt«, sagte Martha und fügte dann trocken hinzu: »Er war nicht gerade erfreut darüber, wie du sicher schon weißt.«

Darcy nickte.

»Er hat mich etwa fünfmal mit einem Besenstiel geschlagen, und dann stand er über mir, als ich weinend in der Ecke lag, und schrie: ›Bist du verrückt? Wir bekommen *kein* Kind! Ich glaube, du hast den Verstand verloren, Weib!‹ Dann drehte er sich um und ging hinaus.

Ich lag eine Weile da, dachte an meine erste Fehlgeburt und hatte eine Heidenangst, die Schmerzen würden jeden Augenblick einsetzen, und ich würde wieder eine haben. Ich dachte an meine Momma, die mir geschrieben hatte, ich sollte ihn verlassen, bevor er mich ins Krankenhaus brachte, und an Kissy, die mir die Fahrkarte für den Greyhound geschickt und FAHR SOFORT auf den Umschlag geschrieben hatte. Als ich sicher war, daß ich das Baby nicht verlieren würde, stand ich auf, um einen Koffer zu packen und mich schleunigst aus dem Staub zu machen – auf der Stelle, bevor er zurückkam. Aber ich hatte kaum die Schranktür aufgemacht, da mußte ich wieder an Mama Delorme denken. Mir fiel ein, ich hatte ihr gesagt, ich würde Johnny verlassen, und sie hatte geantwortet: ›Nein – er verläßt *dich*. Du wirst ihn gehen sehen, so ist das. Bleib. Wirst etwas Geld bekommen. Du wirst denken, er hat das Baby weggemacht, aber das wird er nicht.‹

Es war, als wäre sie persönlich da und würde mir sagen, was ich suchen und was ich machen sollte. Ich ging an den Schrank, aber ich suchte nicht mehr nach meiner Kleidung. Ich wühlte seine durch und fand ein paar Sachen in dem verfluchten Mantel, in dem ich das Fläschchen *White Angel* gefunden hatte. Es war sein Lieblingsmantel, und ich glaube, er verriet schon alles, was man über Johnny Rosewall wissen mußte. Er war aus buntem Satin und sah billig aus. Ich verabscheute ihn. Dieses Mal fand ich kein Fläschchen Stoff. Ich fand in einer Tasche ein Rasiermesser und in der anderen einen billigen kleinen Revolver. Ich nahm die Waffe heraus und betrachtete sie, und dasselbe Gefühl wie in Mr. Jefferies Schlafzimmer kam über mich – als täte ich etwas, nachdem ich gerade aus tiefem Schlaf erwacht war.

Ich ging mit der Waffe in der Hand in die Küche und legte sie auf die kleine Arbeitsplatte neben dem Herd. Dann machte ich das Schränkchen darüber auf und tastete hinter den Gewürzen und der Teedose herum. Zuerst konnte ich nicht finden, was sie mir gegeben hatte, und eine schreckliche, lähmende Panik kam über mich. Ich hatte Angst, so wie man in Träumen Angst hat. Dann ertastete ich den Plastikbehälter und holte ihn heraus.

Ich machte sie auf und holte den Pilz heraus. Es war ein häßliches Ding, zu schwer für seine Größe und *warm*. Es war, als hielte man ein Stück Fleisch, das noch nicht ganz gestorben war. Was ich in Mr. Jefferies' Schlafzimmer gemacht habe, diese ekelhafte Sache? Ich will dir eines sagen: Ich würde lieber das noch zweihundertmal machen, als nur noch einmal diesen Pilz anzufassen.

Ich nahm ihn in die rechte Hand und hob mit der linken den billigen kleinen 32er hoch. Dann drückte ich mit der

Rechten, so fest ich konnte, und spürte, wie der Pilz darin zerquetscht wurde; es hörte sich an – nun, ich weiß, das ist beinahe unglaublich –, aber es hörte sich an, als hätte er geschrien. Glaubst du, das wäre möglich?«

Darcy schüttelte langsam den Kopf. Sie hätte nicht sagen können, ob sie es glaubte oder nicht, sie wußte nur eines mit völliger Gewißheit: daß sie es nicht glauben *wollte*.

»Nun, ich glaube es auch nicht. Aber so hat es sich angehört. Und noch etwas, das du nicht glauben wirst, im Gegensatz zu mir, weil ich es gesehen habe. Er blutete. Dieser Pilz blutete. Ich sah einen Blutstrahl aus meiner Faust kommen und auf die Waffe spritzen. Aber das Blut verschwand, sobald es den Lauf berührte.

Nach einer Weile hörte es auf. Ich öffnete die Hand und rechnete damit, daß sie voll Blut sein würde, aber da war nur der zerquetschte Pilz, in den die Abdrücke meiner Finger gepreßt waren. Kein Blut auf dem Pilz, meiner Hand, der Waffe, nirgends. Und als ich gerade dachte, ich hätte mir alles nur eingebildet, zuckte das verdammte Ding in meiner Hand, und einen Augenblick sah er gar nicht wie ein Pilz aus; er sah aus wie ein winzig kleiner Penis, der noch am Leben war. Ich dachte an das Blut, das zwischen meinen Fingern hervorgequollen war, als ich ihn drückte, und mir fiel ein, wie sie gesagt hatte: ›Jedes Kind, was eine Frau bekommt, schießt der Mann aus dem Pimmel, Mädchen.‹ Er zuckte wieder – ich schwöre dir, daß es so war –, und da schrie ich und warf ihn in den Müll. Dann hörte ich Johnny die Treppe heraufkommen, schnappte die Waffe, rannte ins Schlafzimmer und steckte sie ihm wieder in die Manteltasche. Dann ging ich vollständig angezogen ins Bett, sogar mit den Schuhen, und zog die Decke bis zum Kinn hoch. Er kam herein, und ich sah, daß er nichts Gutes im Schilde führte. Er hatte einen Teppichklopfer in der Hand. Ich weiß nicht, woher er ihn hatte, aber ich wußte, was er damit wollte.

›Wirst kein Baby bekommen, Weib‹, sagte er. ›Komm hierher.‹

›Nein‹, sagte ich, ›ich werde kein Baby bekommen. Du brauchst das Ding nicht, also leg es wieder weg. Du hast dich schon um das Baby gekümmert, du wertloser Scheißkerl.‹

Ich wußte, es war gefährlich, ihn so zu nennen; er hätte wütend werden und erneut über mich herfallen können, aber ich dachte mir, vielleicht glaubte er mir gerade deshalb ... und so war es. Statt mich zu schlagen, grinste er breit. Ich kann dir sagen, ich habe ihn nie so sehr gehaßt wie in diesem Augenblick.

›Weg?‹ sagte er.

›Weg‹, sagte ich.

›Wo ist die Schweinerei?‹ fragte er.

›Was denkst du denn?‹ sagte ich. ›Wahrscheinlich schon auf dem halben Weg zum East River.‹

Da kam er herüber und versuchte mich zu küssen, um Gottes Willen. Mich *küssen!* Ich drehte mich weg, und er schlug mir auf den Kopf, aber nicht fest.

›Wirst schon sehen, daß ich es besser weiß‹, sagte er. ›Wir haben später noch genug Zeit für Kinder.‹

Dann ging er wieder weg. Zwei Nächte später haben er und seine Freunde versucht, den Spritladen zu überfallen, und sein Revolver explodierte ihm ins Gesicht und tötete ihn.«

»Du glaubst, daß du die Waffe verhext hast, nicht?« sagte Darcy.

»Nein«, sagte Martha ruhig. »*Sie* hat es getan – mit mir als Werkzeug, könnte man sagen. Sie sah, daß ich mir nicht selbst helfen würde, also hat sie mich *gezwungen*, mir selbst zu helfen.«

»Aber du *glaubst*, daß die Waffe verhext war.«

»Das *glaube* ich nicht nur«, sagte Martha gelassen.

Darcy ging in die Küche, um ein Glas Wasser zu holen. Ihr Mund war plötzlich völlig trocken.

»Das ist wirklich das Ende«, sagte Martha achselzuckend. »Johnny starb, und ich bekam Pete. Erst als ich in der Schwangerschaft nicht mehr arbeiten konnte, wurde mir klar, wie viele Freunde ich hatte. Hätte ich es gewußt, dann hätte ich Johnny vielleicht schon früher verlassen – vielleicht auch nicht. Wir wissen alle nicht, wie die Welt funktioniert, was wir auch denken oder sagen mögen.«

»Aber das ist noch nicht alles, oder?« fragte Darcy.

»Nun, *zwei* Sachen gibt es noch«, sagte Martha. »Kleinigkeiten.« Aber sie sah nicht aus, als wären es Kleinigkeiten, fand Darcy.

»Etwa vier Monate nach Petes Geburt ging ich noch einmal zu Mama Delorme. Ich wollte nicht, aber ich ging trotzdem. Ich hatte zwanzig Dollar in einem Umschlag. Ich konnte es mir nicht leisten, aber ich wußte irgendwie, daß es ihr zustand. Es war dunkel. Die Treppe wirkte noch schmaler als vorher, und je weiter ich hinaufkam, desto deutlicher konnte ich den Geruch von ihr und ihrer Wohnung wahrnehmen. Verbrannte Kerzen und trockene Tapete und den Zimtgeruch ihres Tees.

Da hatte ich zum letzen Mal das Gefühl, als befände ich mich hinter Glas. Ich ging zur Tür und klopfte. Niemand antwortete, daher klopfte ich noch einmal. Da ich immer noch keine Antwort bekam, kniete ich mich hin, um den Umschlag unter der Tür durchzuschieben. Da erklang ihre Stimme *direkt auf der andern Seite,* als hätte sie sich auch niedergekniet. Ich hatte in meinem ganzen Leben keine solche Angst wie damals, als ihre brüchige Stimme unter dem Türspalt hervorkam – es war, als hörte man eine Stimme aus einem Grab.

›Wird ein prächtiger Junge werden‹, sagte sie. ›Wird wie sein Vater werden. Sein *natürlicher* Vater.‹

›Ich habe Ihnen etwas mitgebracht‹, sagte ich. Ich konnte meine eigene Stimme kaum hören.

›Schieb es unter der Tür durch‹, flüsterte sie. Ich schob den Umschlag halb durch, sie zog ihn vollends hinüber. Ich hörte, wie sie ihn aufriß, und ich wartete. Wartete nur.

›Das ist genug‹, flüsterte sie. ›Geh jetzt, Kleines, und komm nie wieder zu Mama Delorme zurück, hast du verstanden?‹

Ich stand auf und lief, so schnell ich konnte, hinaus.

Martha ging zum Bücherregal und kam einige Augenblicke später mit einem Buch zurück. Darcy fiel sofort die Ähnlichkeit des Schutzumschlags mit dem von Peter Rosewalls Buch auf. Es war *Blaze of Heaven* von Peter Jefferies, und der Umschlag zeigte ein paar GIs, die eine feindliche Stellung stürmten. Einer hatte eine Granate in der Hand, der andere feuerte mit einem M-I.

Martha kramte in der blauen Jeanstasche, holte das Buch ihres Sohnes heraus entfernte das Seidenpapier, in das es eingewickelt war, und legte es behutsam neben Jefferies' Buch. *Blaze of Heaven – Blaze of Glory*. Man konnte die Gemeinsamkeiten kaum übersehen.

»*Das* war das andere«, sagte Martha.

»Ja«, sagte Darcy zweifelnd. »Sie *sehen* ähnlich aus. Was ist mit den Geschichten? Sind sie ...? Nun ...?«

Sie verstummte einigermaßen verwirrt und blickte Martha unter den Lidern hervor an. Zu ihrer Erleichterung sah sie, daß Martha lächelte.

»Du willst wissen, ob mein Junge das Buch dieses häßlichen Weißen abgeschrieben hat?« fragte Martha ohne die geringste Spur Verdrossenheit.

»Nein«, sagte Darcy möglicherweise etwas zu heftig.

»Abgesehen davon, daß beide Bücher vom Krieg handeln, haben sie nichts gemeinsam«, sagte Martha. »Sie sind so verschieden wie – nun, wie schwarz und weiß.« Nach einer Pause fügte sie hinzu: »Aber ab und zu haben sie etwas an sich, das gemeinsam zu sein scheint – etwas, das man fast greifen kann. Es ist dieser Sonnenschein, von dem ich dir erzählt habe – das Gefühl, daß die Welt eigentlich viel besser ist, als sie Leuten vorkommt, die zu klug sind, um gütig zu sein.«

»Ist es dann nicht möglich, daß dein Junge von Peter Jefferies *inspiriert* worden ist – daß er ihn am College gelesen hat ...?«

»Sicher«, sagte Martha, »ich nehme an, Peter hat Jefferies' Bücher gelesen – das ist mehr als wahrscheinlich, auch wenn es sich nur darum handelt, daß gleich und gleich sich gern gesellt. Aber da ist noch etwas, und das ist nicht so leicht zu erklären.«

Sie hob Jefferies' Roman hoch, betrachtete ihn einen Moment nachdenklich und sah Darcy dann wieder an.

»Ich habe dieses Exemplar ungefähr ein Jahr nach Peters Geburt gekauft«, sagte sie. »Es war noch lieferbar, aber der

Buchhändler mußte es beim Verlag bestellen. Als Mr. Jefferies wieder einmal zu Gast war, brachte ich den Mut auf, ihn zu bitten, ob er es für mich signieren würde. Ich glaubte, er könnte mir meine Bitte übelnehmen, aber tatsächlich fühlte er sich geschmeichelt. Schau her.«

Sie schlug die Widmungsseite von *Blaze of Heaven* auf.

Darcy las das Gedruckte und verspürte ein unheimliches Gefühl von déja vu. *Dieses Buch ist meiner Mutter ALTHEA DIXMONT JEFFERIES zugeeignet, der besten Frau, die ich je gekannt habe.* Und darunter hatte Jefferies mit schwarzer Tinte, die schon zu verblassen begann, geschrieben: »*Für Martha Rosewall, die meine Unordnung aufräumt und sich nie beschwert.*« Darunter hatte er unterschrieben und *August '61* vermerkt.

Die Worte der handgeschriebenen Widmung kamen Darcy zuerst verächtlich vor – und dann unheimlich. Aber bevor sie darüber nachdenken konnte, hatte Martha im Buch ihres Sohnes, *Blaze of Glory*, gleichfalls die Widmungsseite aufgeschlagen und neben Jefferies' Buch gelegt. Darcy las die gedruckte Widmung noch einmal: *Dieses Buch ist meiner Mutter MARTHA ROSEWALL zugeeignet. Mom, ohne dich hätte ich es nicht geschafft.* Darunter hatte er mit einem Kugelschreiber geschrieben: *Und das ist nicht gelogen. Ich liebe dich, Mom! Pete.*

Aber das las sie eigentlich nicht, sie sah es nur an. Ihr Blick wanderte zwischen der Widmungsseite vom August 1961 und der vom April 1985 hin und her, hin und her.

»Siehst du es?« fragte Martha leise.

Darcy nickte. Sie sah es.

Die dünne, schräggeneigte, irgendwie altmodische Handschrift war in beiden Büchern genau dieselbe, ebenso die Unterschriften, wenn man die Abweichungen außer acht ließ, die Liebe und Vertrautheit bewirkt hatten. Nur im Tonfall unterschieden sich die beiden handschriftlichen Zeilen, dachte Darcy, aber da waren die Unterschiede so deutlich wie die zwischen Schwarz und Weiß.

Der rasende Finger

Als das Kratzen anfing, saß Howard Mitla allein in seinem Apartment in Queens, wo er mit seiner Frau lebte. Howard war einer der wenigen bekannten vereidigten Buchprüfer in New York. Violet Mitla, eine der weniger bekannten Zahnarzthelferinnen in New York, hatte gewartet, bis die Nachrichten vorbei waren, bevor sie in den Laden an der Ecke gegangen war, um einen Becher Eis zu holen. Nach den Nachrichten kam *Risiko,* eine Serie, die ihr überhaupt nicht gefiel. Sie sagte, es läge daran, daß Alex Trebec wie ein bösartiger Sektenprediger aussähe, aber Howard kannte die Wahrheit: wenn sie *Risiko* ansah, kam sie sich dumm vor.

Das Kratzen kam aus dem Bad an dem kurzen Flur, der zum Schlafzimmer führte. Howard erstarrte, als er es hörte. Es konnte kein Einbrecher oder Junkie sein; nicht bei den dicken Drahtgittern, die er vor zwei Jahren auf eigene Kosten vor allen Fenstern angebracht hatte. Hörte sich mehr an wie eine Maus im Waschbecken oder in der Wanne. Vielleicht sogar eine Ratte.

Während der ersten Fragen wartete er und hoffte, das Kratzen würde von allein wieder aufhören; aber es hörte nicht auf. Als die Werbespots anfingen, erhob er sich widerwillig von seinem Sessel und ging zur Badezimmertür. Sie stand einen Spalt offen, und von hier aus konnte er das Kratzen noch besser hören.

Mit ziemlicher Sicherheit eine Maus oder eine Ratte. Kleine Krallen, die auf dem Porzellan klickten.

»Verdammt«, sagte Howard und ging in die Küche.

In dem schmalen Zwischenraum zwischen Gasherd und Kühlschrank standen Putzgeräte – ein Mop, ein Eimer voll

alter Lappen, ein Besen, an dessen Stiel eine Kehrschaufel hing. Howard nahm den Besen in die eine und die Kehrschaufel in die andere Hand. Auf diese Art bewaffnet, schritt er widerwillig wieder zurück durch das kleine Wohnzimmer zur Tür des Bads. Er beugte den Kopf nach vorne. Horchte.
Kratz, kratz, kritz-kratz.
Ein leises Geräusch. Wahrscheinlich keine Ratte. Und doch beschwor sein Verstand immer wieder dieses Bild. Nicht nur eine Ratte, sondern eine *New Yorker* Ratte, ein häßliches, struppiges Ding mit winzigen schwarzen Augen, langen drahtigen Schnurrhaaren und spitzen Zähnen, die unter der V-förmigen Oberlippe hervorstanden. Eine Ratte von besonderer Art.

Das Geräusch war leise, fast unhörbar, aber trotzdem ...
Hinter ihm sagte Alex Trebec: »Dieser russische Wahnsinnige wurde erschossen, vergiftet und erwürgt – und alles in einer Nacht.«
»War es Lenin?« antwortete einer der Kandidaten.
»Es war *Rasputin*, Spatzenhirn«, murmelte Howard Mitla. Er nahm die Kehrschaufel in die Hand, mit der er den Besen hielt, dann tastete er mit der freien Hand ins Bad und machte das Licht an. Er trat ein und schritt rasch zur Wanne in der Ecke unter dem schmutzigen, drahtvergitterten Fenster. Er haßte Ratten und Mäuse, haßte alle pelzigen Tiere, die piepsten und wuselten (und manchmal bissen); aber als Junge, der in Hell's Kitchen aufgewachsen war, hatte er die Erfahrung gemacht, wenn man eine loswerden wollte, mußte man rasch handeln. Es würde ihm nichts nützen, im Sessel zu sitzen und so zu tun, als hörte er nichts; Vi hatte während der Nachrichten zwei Bier getrunken, und wenn sie nach Hause kam, würde sie zuerst das Bad aufsuchen. Wenn dann eine Maus in der Wanne saß, würde sie kreischen, daß sich das Dach hob, und dann verlangen, daß er seiner Mannespflicht nachkam. Er mußte die Maus wegschaffen, so oder so. Schnellstens.

Die Wanne war leer bis auf die Dusche; der Schlauch lag auf dem Email wie eine tote Schlange.

Das Kratzen hatte aufgehört, als Howard das Licht angemacht und den Raum betreten hatte, aber jetzt fing es wieder an. Hinter ihm. Er drehte sich um, ging drei Schritte auf das Waschbecken zu und hob dabei den Besen.

Die Faust, die er um den Stiel gekrallt hatte, kam bis zur Höhe des Kinns, dann hielt er inne. Howard bewegte sich nicht mehr. Der Kiefer klappte ihm herunter. Hätte er sich in dem zahnpastaverschmierten Spiegel über dem Waschbecken betrachtet, hätte er funkelnde Speichelfäden, fein wie Spinnweben, zwischen einer Zunge und dem Gaumen sehen können.

Aus dem Abflußloch des Waschbeckens ragte ein Finger.

Der Finger eines Menschen.

Er erstarrte für einen Augenblick, als hätte er bemerkt, daß er entdeckt worden war. Dann bewegte er sich wieder und tastete wie ein Wurm über das rosa Porzellan. Er kam zu dem weißen Gummistöpsel, wand sich darüber hinweg und ließ sich wieder auf das Porzellan nieder. Das Kratzen stammte nicht von den winzigen Krallen einer Maus. Es stammte von dem Nagel am Ende des Fingers, der beim Herumtasten über das Porzellan schabte. Howard gab einen heiseren, bestürzten Laut von sich, ließ den Besen fallen und stürzte zur Badezimmertür. Er verfehlte sie, prallte mit den Schultern gegen die Fliesen und versuchte es noch einmal. Diesmal schaffte er es hinaus, schlug die Tür hinter sich zu, blieb einfach stehen, drückte den Rücken dagegen und atmete keuchend. Sein Herzschlag war ein harter, tonloser Morsecode hoch oben an der Innenseite seines Halses.

Er konnte nicht lange so dagestanden haben – als er sein Denken wieder unter Kontrolle hatte, moderierte Alex Trebec seine drei Kandidaten immer noch durch die Einzelrunde von *Risiko* –, aber während er dastand, hatte er kein Gefühl für die verstreichende Zeit oder dafür, wo er sich befand und wer er war.

Was ihn wieder zu sich brachte, war der elektronische Pfeifton, der eine Risikofrage ankündigte. »Es geht um den Themenbereich Luft- und Raumfahrt«, sagte Alex. »Sie haben im Augenblick siebenhundert Dollar, Mildred – wieviel möchten Sie riskieren?« Mildred, die nicht wie der Quizmaster über ein Mikrofon verfügte, murmelte eine unverständliche Antwort.

Howard ging auf Beinen, die sich wie Pogostelzen anfühlten, von der Tür weg und ins Wohnzimmer zurück. Die Kehrschaufel hielt er immer noch in der Hand. Er betrachtete sie einen Moment, dann ließ er sie auf den Teppich fallen. Sie schlug mit einem staubigen kleinen Plumps auf.

»Das habe ich nicht gesehen«, sagte Howard Mitla mit zitternder Stimme und ließ sich in seinen Sessel fallen.

»Gut, Mildred – für fünfhundert Dollar: Dieses Testgelände der Air Force hieß ursprünglich Miroc Proving Ground.«

Howard sah zum Bildschirm hinüber. Mildred, eine unscheinbare kleine Frau, ein Hörgerät von der Größe eines Radioweckers im Ohr, dachte verbissen nach.

»Das habe ich *nicht* gesehen«, sagte er nicht mehr ganz so nachdrücklich.

»Ist es – der Luftwaffenstützpunkt Vandenbergh?« fragte Mildred.

»Es ist der Luftwaffenstützpunkt *Edwards*, Spatzenhirn«, sagte Howard. Und als Alex Trebec bestätigte, was Howard Mitla längst wußte, wiederholte Howard: »Das habe ich *ganz bestimmt nicht* gesehen.«

Aber Violet würde gleich zurückkommen, und er hatte den Besen im Bad gelassen.

Alex Trebec informierte die Kandidaten – und das Publikum an den Bildschirmen –, daß das Spiel noch längst nicht entschieden sei; sie würden in Nullkommanichts wiederkommen und die zweite Runde beginnen, in der sich die Einsätze *wirklich* veränderten. Dann erschien ein Politiker auf dem Bildschirm, der die Gründe dafür aufzählte, ihn wiederzuwählen. Howard stand widerwillig auf. Seine Beine fühlten sich jetzt wieder etwas mehr wie Beine und etwas weniger wie Pogostelzen mit Abnutzungserscheinungen an, aber er wollte trotzdem nicht ins Bad zurück.

Hör zu, sagte er zu sich, *es ist ganz einfach. Wie immer bei solchen Dingen. Du hast eine vorübergehende Halluzination gehabt. Das passiert den Leuten wahrscheinlich alle naselang. Man hört nur deshalb nicht öfter davon, weil die Leute nicht gern über so etwas reden. Es ist peinlich, wenn man Halluzinationen hat. Wenn sie darüber reden, dann fühlen sich die Leute so, wie du dich fühlen wirst, wenn der Besen immer noch da drinnen auf dem Boden liegt und Vi zurückkommt und dich fragt, was du damit machen wolltest.*

»Hören Sie zu«, sagte er Politiker im Fernsehen mit zuversichtlicher Stimme. »Wenn man der Sache auf den Grund geht, ist es ganz einfach. Entweder möchten Sie, daß ein ehrlicher, kompetenter Mann die Finanzbehörde von Nassau County leitet, oder Sie möchten einen Mann von außerhalb des Staates, einen Söldner, der noch nie ...«

»Ich wette, es war Luft in den Röhren«, sagte Howard, und obwohl sich das Geräusch, das ihn ins Bad lockte, ganz und gar nicht wie Luft in den Röhren angehört hatte, reichte der Klang seiner Stimme – vernünftig, wieder unter Kontrolle – schon aus, daß er sich mit etwas mehr Selbstvertrauen bewegte.

Und außerdem – Vi würde bald wieder hier sein. Jeden Moment.

Er stand vor der Tür und lauschte.

Kratz, kratz, kratz. Es hörte sich an, als tastete der kleinste Blinde der Welt da drinnen mit seinem Stock auf dem Porzellan herum, um die Gegend zu erkunden.

»Luft in den Röhren!«, sagte Howard mit fester Stimme und riß kühn die Badezimmertür auf. Er bückte sich, ergriff den Besenstiel und zog ihn zur Tür hinaus. Er brauchte dazu nicht mehr als zwei Schritte in den kleinen Raum mit dem verblaßten, ausgetretenen Linoleumboden und dem trostlosen Ausblick durch den Maschendraht in den Luftschacht zu machen, und er sah entschlossen nicht ins Waschbecken.

Dann war er wieder draußen und horchte.

Kratz, kratz, kritz-kratz.

Er brachte Besen und Kehrschaufel in die kleine Nische zwischen Herd und Kühlschrank zurück, dann ging er wieder ins Wohnzimmer. Dort blieb er einen Moment stehen und sah zur Badezimmertür. Sie stand einen Spaltbreit offen, so daß ein Keil gelben Lichts in den schmalen Flur fiel.

Du solltest besser das Licht ausmachen. Du weißt, was für einen Zirkus Vi immer wegen so etwas aufführt. Dazu brauchst du nicht einmal reinzugehen. Greif einfach zur Tür hinein und dreh den Schalter.

Was aber, wenn etwas nach seiner Hand griff, während er sie nach dem Schalter ausstreckte?

Was, wenn ein anderer Finger *seinen* Finger berührte?

Was wäre *dann*, Leute?

Er konnte das Geräusch immer noch hören. Es hatte etwas schrecklich Unerbittliches an sich. Es war nervtötend.

Kratz. Kritz. Kratz.

Im Fernsehen erläuterte Alex die Spielregeln der zweiten Runde. Howard ging hinüber und drehte den Ton lauter. Dann ließ er sich wieder in seinen Sessel fallen und redete sich ein, daß er nichts aus dem Bad hörte, nicht das geringste.

Abgesehen von ein wenig Luft in den Röhren.

Vi Mitla gehörte zu den Frauen, die sich mit so zaghafter Präzision bewegen, daß sie fast zerbrechlich wirken. Aber Howard war seit einundzwanzig Jahren mit ihr verheiratet und wußte, daß sie ganz und gar nicht zerbrechlich war. Sie aß, trank, arbeitete, tanzte und machte Sex auf die gleiche Art: *con brio*. Sie kam wie ein Westentaschenwirbelsturm in das Apartment. Sie drückte eine braune Papiertüte an die rechte Seite ihres Busens und trug sie, ohne stehenzubleiben, in die Küche. Howard hörte die Tüte knistern, hörte die Kühlschranktür aufgehen und wieder zuschlagen. Als sie zurückkam, warf sie Howard den Mantel zu. »Hängst du ihn für mich auf, ja?« fragte sie. »Ich muß Pipi machen. Und wie! Yeah!«

Yeah! war eines ihrer Lieblingsworte. Es reimte sich auf »bäh«, ein Kinderwort für etwas Widerliches.

»Klar, Vi«, sagte Howard und stand mit Vis dunkelblauem Mantel auf den Armen langsam auf. Er ließ sie nicht aus den Augen, als sie zur Tür des Badezimmers eilte.

»Das E-Werk findet es toll, wenn du das Licht anläßt, Howard«, rief sie über die Schulter zurück.

»Hab ich mit Absicht gemacht«, sagte er. »Ich wußte, daß du als erstes da reingehen würdest.«

Sie lachte. Er hörte ihre Kleider rascheln. »Du kennst mich zu gut – die Leute werden sagen, wir wären verliebt.«

Du solltest es ihr sagen – sie warnen, dachte Howard, aber er wußte, daß er es nicht fertigbringen würde. Was hätte er sagen sollen? Paß auf, Vi, da kommt ein Finger aus dem Abfluß des Waschbeckens, sieh zu, daß dir der Typ, dem er gehört, nicht ins Auge sticht, wenn du dich drüberbeugst und ein Glas Wasser vollaufen läßt?

Außerdem war es ohnehin nur pure Einbildung, hervorgerufen von zuviel Luft in den Röhren und von seiner Angst vor Ratten und Mäusen. Nachdem inzwischen ein paar Minuten vergangen waren, kam ihm das fast plausibel vor.

Dennoch stand er mit Vis Mantel auf dem Arm da und wartete ab, ob sie schreien würde. Und nach zehn oder fünfzehn endlosen Sekunden schrie sie tatsächlich.

»Mein Gott, Howard!«

Howard zuckte zusammen und drückte den Mantel fester an die Brust. Sein Herzschlag, der sich gerade wieder beruhigt hatte, fing wieder mit dem Morsecode an. Er wollte etwas sagen, aber sein Hals war wie zugeschnürt.

»Was?« brachte er schließlich heraus. *»Was ist denn, Vi? Was ist denn?«*

»Die Handtücher! Die Hälfte liegt auf dem Boden! Puh! Was ist denn hier passiert?«

»Ich weiß nicht«, rief er zurück. Sein Herz schlug heftiger denn je, und es war unmöglich zu sagen, ob das elende Gefühl in seinem Magen von Erleichterung oder Grauen herrührte. Er vermutete, daß er die Handtücher bei seinem ersten Versuch, aus dem Bad zu fliehen, vom Regal gestoßen hatte, als er gegen die Wand geprallt war.

»Hier müssen Kobolde gewesen sein«, sagte sie. »Und ich will ja nicht nörgeln, aber du hast wieder vergessen, die Brille runterzuklappen.«

»Oh – tut mir leid«, sagte er.

»Yeah, das sagst du immer«, erwiderte ihre Stimme. »Manchmal glaube ich, du möchtest, daß ich reinfalle und ertrinke. Im *Ernst!*« Ein Klappern ertönte, als sie die Brille selbst runterklappte. Howard wartete mit rasendem Herzschlag und drückte unablässig ihren Mantel an die Brust.

»Er hält den Rekord für die meisten Schläge bei einem einzigen Spiel«, las Alex Trebec vor.

»War das Tom Seaver?« antwortete Mildred wie aus der Pistole geschossen.

»Roger Clemens, du Dumpfkuh«, sagte Howard.

Pfffschschsch! Die Spülung. Und der Augenblick, auf den er gewartet hatte (das war Howard gerade klar geworden), stand nun bevor. Die Pause schien endlos zu dauern. Dann quietschte der Wasserhahn mit dem roten Punkt (er wollte den Griff längst auswechseln und vergaß es immer wieder), Wasser floß in das Becken, dann wusch sich Vi eifrig die Hände.

Keine Schreie.

Natürlich nicht, weil es keinen Finger *gab.*

»Luft in den Röhren«, sagte Howard und ging, den Mantel seiner Frau aufzuhängen.

Sie kam heraus und rückte ihren Rock zurecht. »Ich hab Eis mitgebracht«, sagte sie. »Kirsch-Vanille, wie du es gewollt hast. Aber bevor wir es probieren, könntest du ein Bier mit mir trinken, Howie. Es ist eine neue Marke. *American Grain* heißt sie. Hab noch nie davon gehört, aber sie war im Angebot, darum hab ich mal einen Sechserpack mitgebracht. Vielleicht ist es ja der grainzenlose Genuß.«

»Ha-ha«, sagte er und rümpfte die Nase. Vis Hang zu Kalauern hatte er süß gefunden, als er sie kennenlernte, aber im Laufe der Jahre war es doch etwas schal geworden. Trotzdem, nachdem er seine Angst überwunden hatte, schien ein Bier genau das richtige zu sein. Aber als Vi in die Küche ging, um ihm ein Glas von dem neuen Bier zu bringen, wurde ihm klar, daß er seine Angst noch nicht überwunden hatte. Er überlegte, ob es besser war, eine Halluzination zu haben oder einen richtigen Finger aus dem Abfluß des Waschbeckens im Bad ragen zu sehen, einen Finger, der lebte und herumkroch, aber beides war nicht gerade ermutigend.

Howard setzte sich wieder in seinem Sessel. Als Alex Trebec den letzten Themenkreis der Sendung verkündete – es waren die sechziger Jahre –, mußte er an die zahlreichen Fernsehsendungen denken, in denen behauptet wurde, daß jemand, der unter Halluzinationen litt, entweder a) Epilepsie oder b) einen Gehirntumor hatte. Er stellte fest, daß er sich an eine ganze Menge erinnern konnte.

»Weißt du«, sagte Vi, die mit zwei Biergläsern ins Zimmer zurückkam, »ich mag die Vietnamesen nicht, denen das Geschäft gehört. Ich glaube nicht, daß ich sie *jemals* mögen werde. Ich finde, sie sind hinterhältig.«

»Hast du sie jemals bei etwas Hinterlistigem *erwischt*?« fragte Howard. Er selbst fand, daß die Lahs ganz ordentliche Leute waren; aber heute abend war ihm das so oder so egal.

»Nein«, sagte Vi, »das hab ich nicht. Aber das macht mich erst recht mißtrauisch. Außerdem *lächeln* sie ständig. Mein Vater hat immer gesagt: ›Traue nie einem Lächler.‹ Und er hat auch gesagt ... Howard, fühlst du dich wohl?«

»*Das* hat er gesagt?« meinte Howard – ein eher kläglicher Versuch zu scherzen.

»*Très amusant, cheri*. Du siehst leichenblaß aus. Brütest du etwas aus?«

Nein, wollte er antworten. *Ich brüte nichts aus – das wäre wohl zu milde ausgedrückt. Ich glaube, ich habe Epilepsie oder vielleicht sogar einen Gehirntumor. Würdest du da etwa von Ausbrüten reden?*

»Nur ein bißchen überarbeitet, glaube ich«, sagte er. »Ich habe dir doch von der neuen Steuerprüfung erzählt. St. Anne's Hospital.«

»Was ist damit?«

»Das ist ein Rattennest«, sagte er und mußte sofort wieder an das Badezimmer denken – an das Waschbecken und den Abfluß. »Man sollte Nonnen nicht erlauben, Buchführung zu machen. Um ganz sicher zu gehen, müßte das eigentlich in der Bibel stehen.«

»Du läßt dich von Mr. Lathrop zu sehr herumkommandieren«, erklärte Vi ihm nachdrücklich. »Wenn du dich nicht einmal wehrst, wird das immer so weitergehen. Möchtest du einen Herzanfall haben?«

»Nein.« *Und ich will auch keine Epilepsie und keinen Gehirntumor. Bitte, lieber Gott, mach, daß es etwas Einmaliges war, okay? Nur ein geistiger Rülpser, der einmal vorkommt und dann nie wieder. Okay? Bitte? Ganz arg bitte? Mit ein bißchen Zucker drauf?*

»Auf gar keinen Fall«, sagte sie grimmig. »Arlene Katz hat erst gestern gesagt, wenn Männer unter Fünfzig einen Herzanfall haben, kommen sie nur in den seltensten Fällen wieder aus dem Krankenhaus. Und du bist erst einundvierzig. Du mußt dich wehren, Howard. Hör auf, so ein Duckmäuser zu sein.«

»Du hast wohl recht«, sagte er verdrossen.

Alex Trebec erschien wieder im Bild und forderte die letzte *Risiko*-Antwort: »Diese Gruppe Hippies durchquerte mit dem Schriftsteller Ken Kesey die Vereinigten Staaten in einem Bus.« Die Abspannmusik setzte ein. Die beiden männlichen Kandidaten schrieben emsig. Mildred, die Frau mit dem Radiowecker im Ohr, schaute ratlos drein. Schließlich kritzelte sie etwas. Sie tat es sichtlich ohne Begeisterung.

Vi trank einen kräftigen Schluck. Es war nichts Besonderes, aber es war immerhin naß und kühl. Es beruhigte ihn.

Keiner der männlichen Kandidaten kam auch nur in die Nähe. Mildreds Antwort war ebenfalls falsch, traf den Kern aber wenigstens teilweise. »Sind es die Merry Men?« hatte sie geschrieben.

»Merry *Pranksters*, du Träne«, sagte Howard.

Vi sah ihn bewundernd an. »Du weißt alle Antworten, Howard, ja?«

»Wenn es nur so wäre«, sagte Howard und seufzte.

Howard machte sich nicht besonders viel aus Bier, aber an diesem Abend trank er trotzdem drei Dosen von Vis neuer Entdeckung. Vi konnte sich eine Bemerkung nicht verkneifen und sagte, wenn sie gewußt hätte, daß es ihm so schmecken würde, wäre sie noch in die Apotheke gegangen und hätte ihm einen Tropf samt Kanüle gekauft. Auch ein von der Zeit geadelter Vi-Kalauer. Er quälte sich ein Lächeln ab. Eigentlich hoffte er, nach dem Bier gut einschlafen zu können. Er fürchtete, ohne ein wenig Hilfe würde er ziemlich lange wach liegen und über das nachdenken, was er im Bad gesehen – nein, sich eingebildet – hatte. Aber wie Vi oft zu sagen pflegte, Bier war voll von Vitamin P, und gegen halb neun, als sie sich schon ins Schlafzimmer zurückgezogen hatte, ging er widerwillig ins Bad, um sich zu erleichtern.

Zuerst ging er zum Waschbecken und zwang sich hineinzusehen.

Nichts.

Das war zwar köstlich (schließlich war eine Halluzination besser als ein richtiger Finger, auch wenn sie möglicherweise auf einen Gehirntumor hindeutete), aber er sah trotzdem nicht gern in den Abfluß. Das Messingkreuz, das Haare und hinuntergefallene Haarnadeln festhalten sollte, war schon vor Jahren verschwunden; der Abfluß bestand nur noch aus einem dunklen Loch, von einem Ring aus angelaufenem Stahl umgeben. Sah aus wie eine Augenhöhle.

Howard nahm den Gummistöpsel und steckte ihn in den Abfluß.

Schon besser.

Er trat zurück, klappte die Klobrille hoch (Vi beschwerte sich bitterlich, wenn er vergaß, sie runterzuklappen, wenn er fertig war, hielt es aber nie für nötig, sie wieder hochzuklappen, wenn *sie* fertig war) und stellte sich über die Kloschüssel. Er gehörte zu den Männern, die nur dann gleich pinkeln können, wenn der Druck sehr stark ist (und die in öffentlichen Toiletten überhaupt nichts zustandebringen – der Gedanke an die Männer, die hinter ihm Schlange standen, machte einfach sämtliche Schotten dicht), und jetzt tat er, was er in den wenigen Sekunden zwischen dem Zielen mit dem Instrument und dem tatsächlichen Beginn der Zielübung fast immer tat: er rezitierte im Geist Primzahlen.

Er war bei dreizehn angelangt und ließ schon fast laufen, als er plötzlich ein Geräusch hinter sich hörte: *plupp!* Seine Blase erkannte das Geräusch des Gummistöpsels, der mit Wucht aus dem Abfluß gedrückt wurde, noch vor seinem Gehirn und versagte sofort (und reichlich schmerzhaft) ihren Dienst.

Einen Augenblick später begann das Geräusch wieder –

das Geräusch des Fingernagels, der leicht auf dem Porzellan kratzte, während der suchende Finger sich wand und schlängelte. Howards Haut wurde kalt und schien zu schrumpfen. Ein einziger Tropfen Urin fiel in die Schüssel, bevor Howards Penis buchstäblich in der Hand zu schrumpfen schien und sich zurückzog wie eine Schildkröte in den Schutz ihres Panzers.

Howard ging langsam und unsicher zum Waschbecken. Er sah hinein.

Der Finger war wieder da. Es war ein sehr langer Finger, aber sonst schien er normal zu sein. Howard konnte den Nagel sehen, der weder abgebissen noch abnorm lang war, und die ersten beiden Knöchel. Der Finger zuckte vor seinen Augen und tastete in dem Waschbecken herum.

Howard bückte sich und schaute unter das Becken. Die Leitung, die aus dem Fußboden kam, hatte keinen größeren Durchmesser als sieben Zentimeter. Nicht groß genug für einen Arm. Außerdem hatte sie einen doppelten Knick, wo der Siphon saß. Also woran war der Finger befestigt? Woran *konnte* er befestigt sein?

Howard richtete sich wieder auf, und einen beängstigenden Augenblick war ihm, als löste sein Kopf sich einfach vom Hals und flöge davon. Kleine schwarze Punkte tanzten vor seinen Augen.

Ich werde ohnmächtig! dachte er. Er griff an sein Ohrläppchen und zog einmal heftig daran, fest, so wie ein ängstlicher Passagier, der eine Gefahr erkennt, an der Notbremse eines Eisenbahnwaggons ziehen würde. Das Schwindelgefühl ließ nach; aber der Finger war immer noch da.

Es war *keine* Halluzination. Wie konnte es eine sein? Er konnte einen winzigen Wassertropfen auf dem Fingernagel erkennen, und darunter einen kleinen weißen Streifen – Seife, mit größter Wahrscheinlichkeit Seife. Vi hatte sich die Hände gewaschen, nachdem sie auf der Toilette war.

Es konnte *aber trotzdem eine Halluzination sein. Wäre doch möglich. Du siehst Seife und Wasser darauf, aber heißt das unbedingt, daß du es dir nicht einbilden kannst? Und hör gut zu, Howard – wenn du ihn dir nicht einbildest, was hat er dann hier zu suchen? Und wie ist er überhaupt hierhergekommen? Und wie kommt es, daß Vi ihn nicht gesehen hat?*

Dann ruf sie doch – ruf sie herein! forderte sein Verstand, widerrief die Forderung aber schon in der nächsten Mikrosekunde. *Nein! Mach das nicht! Denn wenn du ihn weiterhin siehst und sie nicht ...*

Howard kniff die Augen fest zu und lebte einen Moment in einer Welt, in der es nur rote Lichtblitze gab und seinen eigenen rasenden Herzschlag.

Als er sie wieder aufschlug, war der Finger immer noch da.

»Was bist du?« flüsterte er mit straff gespannten Lippen. »*Was* bist du? Und was machst du hier?«

Der Finger hörte augenblicklich mit seinem blinden Umhertasten auf. Er drehte sich – und deutete direkt auf Howard. Howard stolperte einen Schritt rückwärts und schlug die Hände vor den Mund, um einen Schrei zu unterdrücken. Er wollte die Augen von dem elenden, verfluchten Ding abwenden, wollte schnellstens aus dem Bad flüchten (ganz egal, was Vi denken oder sagen oder sehen mochte) – aber einen Augenblick war er wie gelähmt und konnte den Blick nicht von dem weißrosa Glied abwenden, das jetzt genau wie ein organisches Periskop aussah.

Dann krümmte sich der Finger am zweiten Knöchel. Das Ende des Fingers bog sich, berührte das Porzellan und fuhr mit seinen tastenden Erkundungen fort.

»Howie?« rief Vi. »Bist du reingefallen?«

»Komme gleich!« rief er mit irrsinnig fröhlicher Stimme.

Er spülte den einzelnen Tropfen Pipi, der in die Schüssel gefallen war, hinunter, dann ging er zur Tür, wobei er einen großen Bogen um das Waschbecken machte. Aber diesmal *sah* er sich im Spiegel; seine Augen waren riesig, die Haut leichenblaß. Er kniff sich einmal kräftig in jede Wange, bevor er das Badezimmer verließ, das im Verlauf von einer Stunde zum schrecklichsten und unerklärlichsten Ort geworden war, den er in seinem ganzen Leben je betreten hatte.

Als Vi in die Küche kam, um nachzusehen, was ihn aufhielt, sah sie, wie Howard in den Kühlschrank schaute.

»Was suchst du da?« fragte sie.

»Eine Pepsi. Ich glaube, ich geh runter zu den Lahs und hol mir eine.«

»Zu den drei Bier und der Schüssel Kirsch-Vanille-Eis? Du wirst *platzen*, Howard.«

»Nein, keine Sorge«, sagte er. Aber wenn es ihm nicht gelang abzuladen, was sich in seinen Nieren staute, vielleicht doch.

»Bist du *sicher*, daß alles in Ordnung ist?« Vi betrachtete ihn kritisch, aber jetzt klang ihre Stimme sanfter und aufrichtig besorgt. »Du siehst nämlich schrecklich aus. Wirklich.«

»Nun«, sagte er zögernd, »im Büro grassiert die Grippe. Ich fürchte ...«

»*Ich* werde dir das verdammte Zeug holen, wenn du es unbedingt brauchst«, sagte sie.

»Nein, das wirst du nicht«, wandte Howard hastig ein. »Du bist schon im Nachthemd. Sieh her – ich brauche nur den Mantel anzuziehen.«

»Wann hast du dich das letzte Mal gründlich untersuchen lassen, Howard? Ist schon so lange her, daß ich es vergessen habe.«

»Ich sehe morgen nach«, sagte er und ging in die kleine Diele, wo ihre Mäntel hingen. »Muß in einem der Versicherungsordner stecken.«

»Das *solltest* du auch! Und wenn du schon darauf bestehst, dich albern zu benehmen, nimm wenigstens meinen Schal mit!«

»Okay. Gute Idee.« Er zog den Mantel an und kehrte ihr beim Zuknöpfen den Rücken zu, damit sie nicht sah, wie seine Hände zitterten. Als er sich umdrehte, verschwand Vi gerade wieder im Bad. Er blieb einige Augenblicke in fasziniertem Schweigen stehen und fragte sich, ob sie diesmal schreien würde, aber dann hörte er Wasser ins Becken fließen. Dem folgte das Geräusch, mit dem Vi ihre Zähne üblicherweise putzte: *con brio.*

Er blieb noch einen Moment stehen, und dann verkündigte sein Verstand plötzlich das Urteil mit drei nüchteren Ohne-Scheiß-Worten: *Ich werde verrückt.*

Möglich. Aber das änderte nichts an der Tatsache, daß ihm ein peinliches Mißgeschick passieren würde, wenn es ihm nicht bald gelang, eine Stange Wasser abzustellen. Immerhin war das ein Problem, das er lösen konnte – eine Tatsache, die in gewisser Weise tröstlich war. Er machte die Tür auf und wollte hinaus, aber dann hielt er noch einmal inne und zog Vis Schal vom Haken.

Wann hast du vor, ihr von dieser jüngsten faszinierenden Entwicklung im Leben von Howard Mitla zu erzählen? wollte sein Verstand plötzlich wissen. Howard verdrängte den Gedanken und konzentrierte sich darauf, die Enden des Schals in den Mantelkragen zu stopfen.

Das Apartment der Mitlas befand sich im dritten Stock eines achtstöckigen Hauses in der Hawking Street. Rechts, einen halben Block entfernt, an der Ecke Hawking Street und Queens Boulevard, lag Lahs rund um die Uhr geöffneter Imbiß und Lebensmittelmarkt. Howard wandte sich nach links und ging zur Ecke des Gebäudes. Dort führte eine schmale Gasse zum Luftschacht hinter dem Haus. Mülleimer standen auf beiden Seiten der Gasse. Dazwischen gab es Nischen voll Abfall, in denen Obdachlose – manche, aber keineswegs alle, Wermutbrüder – manchmal ihre unbequemen Zeitungsbetten aufschlugen. Heute abend schien sich niemand in der Gasse eingerichtet zu haben, wofür Howard ausgesprochen dankbar war.

Er trat zwischen die erste und zweite Mülltonne, zog den Reißverschluß auf und ließ einen Sturzbach los. Zuerst war die Erleichterung so groß, daß er sich trotz der Prüfungen des Abends fast gesegnet fühlte; doch als der Strahl schwächer wurde und Howard sich wieder Gedanken über seine Lage machte, stellte sich auch die Angst wieder ein.

Seine Lage war, mit einem Wort ausgedrückt, unerträglich.

Hier stand er nun und pißte an die Wand eines Hauses, in dem er eine warme, behagliche Wohnung hatte, und sah dabei ständig über die Schulter, ob er beobachtet wurde. Wenn sich ein Junkie oder Straßenräuber anschliche, solange er sich in dieser hilflosen Position befand, so wäre das schon schlimm genug, aber er wußte nicht, ob die Ankunft von jemandem, den er kannte – zum Beispiel den Fensters von 2C oder den Dattlebaum von 3F –, nicht noch schlimmer sein würde. Was konnte er sagten? Und was würde die Klatschbase Alicia Fenster Vi alles erzählen?

Als er fertig war, machte er den Reißverschluß zu und ging zum Ende der Gasse zurück. Nach einem gründlichen Blick in beide Richtungen ging er weiter die Straße entlang zu den Lahs und kaufte eine Pepsi bei der lächelnden, olivenhäutigen Mrs. Lah.

»Sie sehen heute abend blaß aus, Mr. Mit-ra«, sagte sie mit ihrem eingefrorenen Lächeln. »Füh-ren Sie sich wohl?«

»Ich glaube, ich habe mir am Waschbecken einen Virus eingefangen«, sagte er. Sie runzelte über dem Lächeln die Stirn, und erst da ging ihm auf, was er gesagt hatte. »Im Büro, meine ich.«

»Besser warm einpacken«, sagte sie. Die Runzel war wieder von ihrer beinahe ätherischen Stirn verschwunden. »Radio sagt kaltes Wetter voraus«.

»Danke«, sagte er und ging. Auf dem Rückweg zur Wohnung machte er die Pepsi auf und goß sie auf den Gehsteig. Angesichts der Tatsache, daß sein Bad offensichtlich zu feindlichem Territorium geworden war, waren Getränke das allerletzte, was er brauchen konnte.

Als er das Apartment wieder betrat, konnte er Vi im Schlafzimmer sanft schnarchen hören. Die drei Bier hatten sie rasch und ohne Umschweife erledigt. Er stellte die leere Dose auf den Tresen in der Küche, dann blieb er vor der Badezimmertür stehen. Einen oder zwei Augenblicke später legte er den Kopf an das Holz.

Kratz-kratz. Kritz-kritz-kratz.

»Elender Bastard«, flüsterte er.

Er ging zum ersten Mal ins Bett, ohne die Zähne zu putzen, seit er mit zwölf zwei Wochen Ferien im Camp High Pines verbracht und seine Mutter vergessen hatte, ihm seine Zahnbürste einzupacken.

Und lag wach neben Vi im Bett.

Er konnte das Geräusch des Fingers hören, der im Waschbecken seine unermüdlichen forschenden Runden drehte und dabei mit dem Nagel klickte und steppte. Er konnte es nicht *richtig* hören, weil beide Türen geschlossen waren, und das wußte er auch, aber er *bildete sich ein*, es zu hören, und das war genau so schlimm.

Nein, ist es nicht, sagte er zu sich. *Wenigstens weißt du, daß du es dir einbildest. Was den Finger selbst betrifft, bist du da nicht so sicher.*

Aber das war nur ein schwacher Trost. Er konnte trotzdem nicht einschlafen, und der Lösung seines Problems war er auch nicht nähergekommen. Er wußte nur, er konnte *nicht* für den Rest seines Lebens Ausreden erfinden, nur um hinauszugehen und in die Gasse neben dem Gebäude pinkeln zu können. Er bezweifelte, daß ihm das auch nur noch achtundvierzig Stunden gelingen würde. Und was würde passieren, Freunde und Nachbarn, wenn er das nächste Mal ein großes Geschäft zu erledigen hatte? *Das* war ein Frage, die er noch nie in einer Runde von *Risiko* gehört hatte, und er hatte keine Ahnung, wie die Antwort darauf lauten mochte. Jedenfalls nicht in der Gasse – das zumindest wußte er ganz genau.

Vielleicht, schlug die Stimme in seinem Kopf zaghaft vor, *gewöhnst du dich an das verdammte Ding.*

Nein. Die Vorstellung war irrsinnig. Er war seit einundzwanzig Jahren mit Vi verheiratet und konnte immer noch nicht aufs Klo gehen, wenn sie auch im Bad war. Sie konnte fröhlich auf der Schüssel sitzen, pinkeln und über ihren Tag bei Dr. Stone reden, während er sich rasierte, aber für ihn war das unmöglich. Dafür war er einfach nicht geschaffen.

Wenn dieser Finger nicht von allein wieder weggeht, solltest du dich lieber auf ein paar Veränderungen einstellen, sagte die Stimme zu ihm. *Ich glaube, daß du einige grundlegende Modifikationen vornehmen mußt.*

Er drehte den Kopf und sah auf die Uhr auf dem Nachttisch. Es war Viertel vor zwei Uhr morgens. Und dann stellte er erschrocken fest, daß er schon wieder pinkeln mußte.

Er stand vorsichtig auf, schlich aus dem Schlafzimmer,

ging an der geschlossenen Badezimmertür vorbei, hinter der es immer noch unablässig kratzte, und marschierte in die Küche. Er schob den Fußschemel vor die Spüle, stieg darauf und zielte sorgfältig ins Becken, während er ständig die Ohren spitzte, ob Vi aus dem Bett stieg.

Es gelang ihm schließlich – aber erst, als er in der Reihe der Primzahlen bei dreihundertsiebenundvierzig angelangt war. Das war ein einsamer Rekord. Er stellte den Schemel wieder an seinen Platz, schlurfte ins Bett zurück und dachte: *Ich kann so nicht weitermachen. Nicht mehr lange. Ich kann es einfach nicht.*

Er fletschte die Zähne, als er an der Badtür vorbeiging.

Als der Wecker am nächsten Morgen um halb sieben läutete, wankte er aus dem Bett, schlurfte zum Bad und ging hinein.

Das Waschbecken war leer.

»Gott sei Dank«, sagte er mit leiser, zitternder Stimme. Eine Sturmbö der Erleichterung – so groß, daß sie ihm wie eine heilige Offenbarung vorkam – wehte durch ihn hindurch. »O Gott sei D ...«

Der Finger kam emporgeschnellt wie ein Jack-in-the-Box, als hätte der Klang von Howards Stimme ihn gerufen. Er wirbelte dreimal schnell herum, dann duckte er sich, steif wie ein irischer Setter vor der Beute. Und er deutete direkt auf Howard.

Howard wich zurück und fletschte die Oberlippe zu einem unbewußten Fauchen.

Dann krümmte sich die Fingerspitze auf und ab, auf und ab, als wollte der Finger ihm winken. Guten Morgen, Howard, wie schön, daß wir alle wieder hier sind.

»Verpiß dich«, murmelte er. Er drehte sich zur Toilette um und bemühte sich resolut, Wasser zu lassen – nichts. Er verspürte eine plötzliche Aufwallung von Wut, einen Drang, sich einfach umzudrehen und auf den garstigen Eindringling im Waschbecken einzuschlagen, ihn aus seiner Höhle zu reißen, ihn auf den Boden zu werfen und mit bloßen Füßen auf ihm herumzutrampeln. Dann klopfte es an der Tür.

»Howard?« fragte Vi verschlafen. »Bist du bald fertig?«

»Ja«, sagte er und gab sich große Mühe, mit normaler Stimme zu sprechen. Er drückte die Klospülung.

Es war deutlich, daß Vi nicht besonders darauf achtete, ob seine Stimme normal klang oder nicht, und sie interessierte sich auch kaum dafür, wie er aussah. Sie litt an einem unvorhergesehenen Kater.

»Nicht der schlimmste, den ich je hatte, aber schlimm genug«, murmelte sie, als sie an ihm vorbeiging, das Nachthemd hob und sich auf die Kloschüssel sinken ließ. Sie stützte die Stirn auf eine Hand. »*Das* trinken wir nie wieder, schönen Dank auch. American Grain, im Arsch. Jemand hätte diesen Süßen sagen sollen, daß man den Kunstdünger auf den Hopfen gibt, *bevor* er wächst, nicht hinterher. Kopfschmerzen von drei lausigen Bier! Mann! Nun – billigen Mist gekauft, billigen Mist bekommen. Besonders wenn diese merkwürdigen Lahs ihn einem verkaufen. Sei lieb und bring mir ein Aspirin, ja, Howie?«

»Klar«, sagte er und näherte sich vorsichtig dem Becken. Der Finger war wieder verschwunden. Es sah aus, als hätte Vi ihn verscheucht. Er holte das Aspirin aus dem Arzneischränkchen und nahm zwei heraus. Als er die Flasche zurückstellen wollte, sah er die Fingerspitze aus dem Abfluß ragen. Er kam nicht weiter als einen Zentimeter heraus. Wieder schien er kurz zu winken, bevor er sich erneut zurückzog.

Ich werde dich los, mein Freund, dachte er plötzlich. Dieser Gedanke wurde von einem Gefühl der Wut begleitet – reiner, unverhohlener Wut –, das ihn entzückte. Das Gefühl brach in seinen mitgenommenen, bestürzten Verstand ein wie einer dieser riesigen sowjetischen Eisbrecher, die sich fast mühelos ihren Weg durch dickes Packeis bahnen. *Ich krieg dich. Ich weiß noch nicht, wie ich es anstelle, aber ich krieg dich.*

Er gab Vi ein Aspirin und sagte: »Moment – ich bring dir ein Glas Wasser.«

»Keine Umstände«, sagte Vi verdrossen und zerbiß die Tabletten mit den Zähnen. »So wirken sie schneller.«

»Aber ich wette, du verdirbst dir den Magen damit«, sagte Howard. Er stellte fest, daß es ihm überhaupt nichts ausmachte, im Bad zu sein, solange Vi bei ihm war.

»Mir egal«, sagte sie noch verdrossener. Sie spülte die Toilette. »Wie geht es dir heute morgen?«

»Nicht gut«, sagte er wahrheitsgemäß.

»Hast du auch einen?«

»Einen Kater? Nein. Ich glaube, es ist das Grippevirus, von dem ich dir erzählt habe. Mein Hals tut weh, und ich glaube, ich habe Finger.«

»Was?«

»*Fieber*«, sagte er. »Fieber wollte ich sagen.«

»Dann solltest du lieber zu Hause bleiben.« Sie ging zum Waschbecken, nahm ihre Zahnbürste vom Halter und schrubbte *con brio*.

»*Du* vielleicht auch«, sagte er. Aber er wollte nicht, daß Vi zu Hause blieb; er wollte sie an der Seite von Dr. Stone haben, während Dr. Stone Plomben setzte und Wurzelbehandlungen durchführte; aber es wäre gefühllos gewesen, nicht zumindest *etwas* zu sagen.

Sie sah im Spiegel zu ihm auf. Ihre Wangen bekamen bereits wieder etwas Farbe, ihre Augen funkelten. Vi erholte sich auch *con brio*. »An dem Tag, an dem ich mich wegen eines Katers krankmelde, an dem Tag höre ich auf zu trinken«, sagte sie. »Außerdem braucht mich der Doc. Wir ziehen einen kompletten Satz Zähne am Oberkiefer. Eine schmutzige Arbeit, aber jemand muß sie machen.«

Sie spuckte direkt in den Abfluß, und Howard dachte fasziniert: *Wenn er das nächste Mal raufkommt, hat er Zahnpasta an sich. Herrgott!*

»Du bleibst daheim und hältst dich warm und trinkst viel Flüssigkeit«, sagte Vi. Sie sprach jetzt in ihrem Oberschwesterntonfall, dem Tonfall, der sagte: *Wenn du dich nicht daran hältst, geht es dir schlecht.* »Lies etwas. Und zeig diesem Mr. Großkotz Lathrop gleich einmal, was alles nicht läuft, wenn du nicht da bist. Damit ihm endlich mal die Augen aufgehen.«

»Keine schlechte Idee«, sagte Howard.

Sie gab ihm im Vorbeigehen einen Kuß und zwinkerte ihm zu. »Deine kleine Violet weiß eben ab und zu auch mal was«, sagte sie. Als sie eine halbe Stunde später ging, um ihren Bus noch zu erreichen, sang sie fröhlich und hatte ihren Kater schon vergessen.

Nachdem Vi gegangen war, trug Howard als erstes den Schemel wieder zur Spüle und pinkelte noch einmal ins Becken. Weil Vi nicht zu Hause war, fiel es ihm leichter, schon bei dreiundzwanzig, der neunten Primzahl, kam er zur Sache.

Nachdem er *dieses* Problem aus der Welt geschafft hatte – zumindest für die nächsten paar Stunden –, ging er in den Flur zurück und steckte den Kopf zur Badezimmertür hinein. Er sah den Finger sofort, und das stimmte nicht. Es war *unmöglich,* weil er ganz hier drüben war, und das Becken hätte den Finger verdecken müssen. Aber es verdeckte ihn nicht, und das bedeutete ...

»Was machst du, du Dreckstück?« krächzte Howard, und der Finger, der sich hin und her gedreht hatte, als wollte er die Windrichtungen prüfen, drehte sich zu ihm um. Es war Zahnpasta daran, wie Howard es vorhergesehen hatte. Der Finger beugte sich in Howards Richtung – aber jetzt krümmte er sich an *drei* Stellen, und das war auch unmöglich, vollkommen unmöglich, denn wenn man zum dritten Knöchel jedes beliebigen Fingers kam, war man schon am Handrücken.

Er wird länger, stammelte sein Verstand. *Ich weiß nicht, wie das passieren kann, aber es ist so – wenn ich ihn von hier aus über den Rand des Beckens hinweg sehen kann, dann muß er mindestens neun Zentimeter lang sein – wenn nicht länger!*

Er machte die Badezimmertür leise zu und taumelte ins Wohnzimmer zurück. Seine Beine hatten sich wieder in funktionsuntüchtige Pogostelzen verwandelt. Der geistige Eisbrecher war fort, unter einer gewaltigen Last von Panik und Bestürzung zerquetscht. Dies war kein Eisberg; es war ein ganzer Gletscher.

Howard Mitla setzte sich in den Sessel und schloß die Augen. Er hatte sich in seinem ganzen Leben noch nie so allein, so desorientiert und so hilflos gefühlt. So blieb er eine ganze Weile sitzen, und schließlich entkrampften sich seine um die

Armstützen des Sessels gekrallten Finger wieder. Er hatte fast die ganze Nacht hellwach verbracht. Und nun döste er einfach ein, während der wachsende Finger in seinem Bad kratzte und kreiste, kreiste und kratzte.

Er träumte, er wäre Kandidat bei *Risiko* – nicht bei der neuen Version, bei der es um viel Geld ging, sondern in der ursprünglichen Nachmittagssendung. Statt Computermonitoren hielt ein Statist hinter dem Spielbrett einfach eine Karte hoch, wenn ein Kandidat eine bestimmte Antwort wollte. Statt Alex Trebac agierte Art Fleming auf der Bühne, mit seinem pomadisierten Haar und dem irgendwie zimperlichen Armer-Junge-auf-der-Party-Lächeln. Die Frau in der Mitte war immer noch Mildred; sie hatte immer noch einen Radiowecker im Ohr, aber nun hatte sie das Haar zu einer Jacqueline-Kennedy-Frisur hochtoupiert, und anstelle ihrer Nickelbrille trug sie ein Katzenaugengestell.

Und alles in Schwarzweiß, auch er selbst.

»Okay, Howard«, sagte Art und deutete auf ihn. Sein Zeigefinger war ein groteskes Gebilde, gut und gerne dreißig Zentimeter lang; er ragte aus der locker geballten Faust wie der Zeigestock eines Lehrers. Getrocknete Zahnpasta klebte auf dem Nagel. »Und nun wählen Sie.«

Howard sah auf das Spielbrett und sagte: »Ich hätte gern Plagen und Vipern für einhundert, Art.«

Das Quadrat auf der Aufschrift $ 100 wurde entfernt, und es erschien eine Antwort, die Art nun vorlas: »Die beste Methode, störende Finger im Badezimmerwaschbecken loszuwerden.«

»Was ist …« sagte Howard, und dann setzte es bei ihm aus. Ein schwarzweißes Studiopublikum sah ihn stumm an. Ein schwarzweißer Kameramann kam zu einer Großaufnahme seines schweißüberströmten Schwarzweißgesichts auf ihn zu. »Was ist … hm …«

»Beeilen Sie sich, Howard, Ihre Zeit ist fast abgelaufen«, drängte Art Fleming und winkte Howard mit dem grotesk verlängerten Finger zu; aber Howards Kopf war völlig leer. Er würde die Frage nicht beantworten, die hundert Dollar würden von seinem Guthaben abgezogen werden, er würde ins Minus geraten, er würde ein totaler Verlierer sein, wahrscheinlich würden sie ihm nicht einmal die beschissene Ausgabe von *Groliers Encyclopedia* geben ...

Ein Lieferwagen unten auf der Straße hatte eine laute Fehlzündung. Howard fuhr mit einem Ruck in die Höhe, der ihn beinahe vom Sessel gekippt hätte.
»*Was ist ein flüssiger Abflußreiniger?*« schrie er. »*Was ist ein flüssiger Abflußreiniger?*«
Das ist natürlich die Lösung. Die *richtige* Lösung.
Er fing an zu lachen. Fünf Minuten später, als er den Mantel überstreifte und zur Tür hinausging, lachte er immer noch.

Howard betrachtete die Plastikflasche, die der zahnstocherkauende Verkäufer im »Happy Heimwerker«-Hardwareladen am Queens Boulevard gerade auf den Tresen gestellt hatte. Auf der Vorderseite sah er die Karikatur einer Hausfrau mit Schürze. Sie hatte eine Hand in die Hüfte gestemmt und schüttete mit der anderen einen Schwall Abflußreiniger in etwas, bei dem es sich entweder um ein großindustrielles Becken oder das Bidet von Orson Welles handeln mußte. ABFLUSS-FREI stand auf dem Etikett. *DOPPELT so wirksam wie die meisten herkömmlichen Marken! Macht Waschbecken, Duschen und Abflüsse innerhalb von MINUTEN wieder frei. Löst Haare und organische Rückstände auf!*
»Organische Rückstände«, sagte Howard. »Was genau soll das heißen?«
Der Verkäufer, ein kahler Mann mit zahlreichen Warzen auf der Stirn, zuckte die Achseln. Der Zahnstocher, der zwischen seinen Lippen herausragte, rollte von einem Mundwinkel in den anderen. »Essensreste, schätze ich. Aber ich würde die Flasche nicht neben die Flüssigseife stellen, wenn Sie verstehen, was ich meine.«
»Würde es einem Löcher in die *Hände* fressen?« fragte Howard und hoffte, daß er sich entsetzt genug anhörte.
Der Verkäufer zuckte wieder die Achseln. »Ich schätze, es

ist nicht so stark wie das Zeug, das wir früher verkauft haben – das Zeug, in dem Lauge drin war –, aber das ist inzwischen verboten worden. *Glaube* ich jedenfalls. Aber Sie sehen ja, was draufsteht, oder nicht?« Er klopfte mit einem Wurstfinger auf das GIFT-Zeichen – Totenkopf und gekreuzte Knochen. Howard betrachtete den Finger sehr eingehend. Auf dem Weg zum »Happy Heimwerker« waren ihm schon eine Menge Finger aufgefallen.

»Ja«, sagte Howard. »Ich sehe es.«

»Nun, das drucken sie nicht drauf, weil es besonders hübsch aussieht. Wenn Sie Kinder haben, sehen Sie zu, daß sie es nicht in die Finger kriegen. Und gurgeln Sie nicht damit.« Er prustete vor Lachen, und der Zahnstocher wippte auf seiner Unterlippe auf und ab.

»Nein«, sagte Howard. Er drehte die Flasche herum und las das Kleingedruckte. *Enthält Natriumhydroxid und Kaliumhydroxid. Verursacht schwere Verätzungen bei Kontakt.* Nun, das war genau richtig. Er wußte nicht, ob es ausreichen würde, aber es gab eine Möglichkeit, es herauszufinden, richtig?

Die Stimme in seinem Kopf meldete sich zweifelnd zu Wort. *Und wenn du ihn nur wütend machst, Howard? Was dann?*

Nun ... na und? Schließlich steckte er im Abfluß, oder nicht?

Ja – aber er scheint zu wachsen.

Dennoch – hatte er eine andere Wahl? Zu diesem Thema schwieg sich die Stimme aus.

»Ich dränge Sie nur ungern bei so einem wichtigen Einkauf«, sagte der Verkäufer, »aber ich bin heute vormittag ganz allein hier und muß noch ein paar Rechnungen durchgehen, also ...«

»Ich nehme es«, sagte Howard und griff nach seiner Brieftasche. Dabei fiel sein Blick auf etwas anderes – eine Auslage unter einem Schild mit der Aufschrift RÄUMUNGSVERKAUF.»Was ist das?« fragte er. »Da drüben?«

»Das?« fragte der Verkäufer. »Elektrische Heckenscheren. Wir haben letzten Juni zwei Dutzend bestellt, aber sie sind überhaupt nicht gegangen.«

»Ich nehme eine«, sagte Howard Mitla. Er fing an zu lächeln, und der Verkäufer erzählte später der Polizei, daß ihm dieses Lächeln nicht gefallen hätte. Ganz und gar nicht.

Howard legte seine Einkäufe auf den Küchentisch, als er nach Hause kam, schob die Schachtel mit der elektrischen Heckenschere aber beiseite und hoffte, daß es nicht *so weit* kommen würde. Sicher nicht. Dann las er die Gebrauchsanweisung des ABFLUSS-FREI gründlich durch.

Gießen Sie ein Viertel des Inhalts langsam in den Abfluß, und lassen Sie es fünfzehn Minuten einwirken. Wiederholen Sie den Vorgang, falls erforderlich.

Aber *so weit* würde es sicher auch nicht kommen – oder?

Um ganz sicherzugehen, beschloß Howard, *die Hälfte* der Flasche in den Ausguß zu schütten. Vielleicht sogar ein bißchen mehr.

Er mühte sich mit dem Sicherheitsverschluß ab und schaffte es schließlich, ihn abzuschrauben. Dann ging er durch das Wohnzimmer in den Flur, die weiße Plastikflasche in der Hand, und einen grimmigen Ausdruck – den Ausdruck eines Soldaten, der weiß, daß er jeden Moment den Befehl bekommt, aus dem Schützengraben zu springen – auf seinem sonst so gutmütigen Gesicht.

Moment mal! rief die Stimme in seinem Kopf, als er nach dem Türknauf griff. *Das ist doch Wahnsinn! Du WEISST, daß es Wahnsinn ist! Du brauchst keinen Abflußreiniger, du brauchst einen Psychiater! Du mußt dich irgendwo auf eine Couch legen und jemanden erzählen, du bildetest dir ein – ganz recht, das ist genau der richtige Ausdruck, du BILDEST DIR EIN –, daß ein Finger in deinem Waschbecken steckt, ein Finger, der wächst!*

»O nein«, sagte Howard und schüttelte nachdrücklich den Kopf. »Auf gar keinen Fall.«

Er konnte sich nicht – überhaupt nicht – vorstellen, daß er diese Geschichte einem Psychiater erzählte oder sonst jemandem. Angenommen, Mr. Lathrop bekam Wind davon? Was nicht ausgeschlossen war, möglicherweise durch Vis Vater. Bill DeHorne hatte der Firma Dean, Green und Lathrop dreißig Jahre als vereidigter Buchprüfer angehört. Er hatte Howard zu seinem Vorstellungsgespräch bei Mr. Lathrop verholfen, hatte ihm begeisterte Empfehlung geschrieben, hatte sozusagen alles getan, außer ihm den Job persönlich zu geben. Mr. DeHorne war inzwischen pensioniert, aber er und John Lathrop sahen sich noch oft. Wenn Vi herausfand, daß ihr Howie einen Seelenklempner besuchte (und wie sollte er so etwas vor ihr geheimhalten?), würde sie es ihrer Mutter erzählen – Vi erzählte ihrer Mutter *alles* –, und Mrs. DeHorne würde es selbstverständlich ihrem Mann berichten. Und Mr. DeHorne ...

Howard versuchte sich die beiden Männer vorzustellen – seinen Schwiegervater und seinen Boss –, wie sie in diesem oder jenem sagenhaften Club in Ledersesseln saßen, die mit kleinen goldenen Nieten verziert waren. In seiner Vision sah er sie Sherry schlürfen; die Karaffe aus geschliffenem Bleikristall stand auf einem kleinen Tischchen rechter Hand von Mr. Lathrop. (Howard hatte keinen der beiden Männer je Sherry trinken sehen, aber in diesem morbiden Hirngespinst ging es einfach nicht anders.) Er sah Mr. DeHorne – der inzwischen Ende siebzig war und soviel Diskretion besaß wie eine Stubenfliege –, wie er sich vertraulich nach vorn beugte und sagte: *Sie werden nie darauf kommen, was mein Schwiegersohn jetzt wieder treibt, John. Er ist in psychiatrischer Behandlung! Er bildet sich ein, daß aus seinem Waschbecken im Bad ein Finger herauskommt, wissen Sie. Glauben Sie, daß er Drogen nimmt oder so etwas?*

Irgendwie glaubte Howard nicht, daß es so weit kommen würde. Er glaubte, daß es zwar möglich war – wenn nicht genau so, dann doch so ähnlich –, aber wenn nicht? Er konnte *immer* noch nicht glauben, daß er zu einem Psychiater gehen würde. Etwas in ihm – zweifellos ein enger Verwandter des Dinges, das es ihm unmöglich machte, ein öffentliches Pissoir zu benutzen, wenn andere Männer hinter ihm Schlange standen – glaubte einfach nicht daran. Er würde sich nicht auf eine Couch legen und so etwas sagen wie *Aus dem Waschbecken in meinem Bad ragt ein Finger*, damit ein Seelenklempner mit Ziegenbärtchen ihn mit Fragen bombardieren konnte. Das wäre wie *Risiko* in der Hölle.

Er griff wieder nach dem Knauf.

Dann ruf einen Klempner! schrie die Stimme verzweifelt. *Mach wenigstens das! Du mußt ihm ja nicht sagen, was du siehst! Sag ihm einfach, der Abfluß ist verstopft! Oder sag ihm, der Ehering deiner Frau ist reingefallen! Sag ihm IRGENDWAS!*

Aber der Gedanke war in gewisser Weise noch sinnloser als der, einen Seelenklempner zu konsultieren. Dies hier war New York, nicht Des Moines. Man konnte den Hope-Diamanten in seinem Abfluß verlieren und würde trotzdem eine Woche warten müssen, bis ein Klempner vorbeikam. Er hatte nicht die Absicht, die nächsten sieben Tage in Queens herumzuschleichen und Tankstellen zu suchen, an denen der Tankwart ihm, Howard Mitla, für fünf Dollar das Privileg gewährte, in einer schmutzigen Herrentoilette unter dem diesjährigen Bardahl-Kalender seine Notdurft zu verrichten.

Dann mach es schnell, sagte die Stimme und gab auf. *Mach es wenigstens schnell.*

Darauf verschmolzen die zwei Seelen in Howards Brust wieder miteinander. In Wahrheit fürchtete er, wenn er nicht rasch handelte – und bei der Sache blieb –, würde er überhaupt nicht handeln.

Und überrasche ihn, wenn du kannst. Zieh die Schuhe aus.

Howard fand, daß das eine ausgesprochen nützliche Idee war. Er setzte sie auf der Stelle in die Tat um, indem er erst den einen und dann den anderen Slipper abstreifte. Er wünschte sich, er hätte an Gummihandschuhe gedacht, falls etwas herausspritzte, und fragte sich, ob Vi noch ein Paar unter der Spüle aufbewahrte. Nicht so wichtig. Er war zum Zerreißen gespannt. Wenn er jetzt aufhörte und die Gummihandschuhe holen ging, verließ ihn vielleicht der Mut – vielleicht vorübergehend, vielleicht für immer. Er öffnete leise die Badezimmertür und schlich hinein.

Das Badezimmer der Mitlas war nie ein Raum gewesen, in dem man auf fröhliche Gedanken kam, aber um diese Tageszeit, kurz vor Mittag, war es zumindest einigermaßen hell. Die Sicht stellte kein Problem dar – aber von dem Finger war keine Spur zu sehen. Jedenfalls noch nicht. Howard schlich auf Zehenspitzen durch das Bad und hielt die Flasche fest in der rechten Hand. Er beugte sich über das Waschbecken und sah in das runde schwarze Loch in der Mitte des verblichenen rosa Porzellans.

Aber es war *nicht* dunkel. Etwas kam durch diese Schwärze heraufgeschnellt, etwas schoß durch das enge, glibberige Leitungsrohr, um seinen guten Freund Howard Mitla zu begrüßen.

»*Nimm das!*« schrie Howard und kippte die Flasche Abflußreiniger über dem Waschbecken aus. Blaugrüne Gallerte quoll heraus und platschte in den Ablauf, als der Finger gerade herauskam.

Die schrecklichen Folgen waren sofort zu sehen. Der Glibber floß über Nagel und Kuppe des Fingers. Der wurde toll, wirbelte wie ein Derwisch in dem engen Leitungsrohr herum und verspritzte winzige blaugrüne Fäden von ABFLUSS-FREI. Mehrere Tropfen landeten auf Howards hellblauem Baumwollhemd und fraßen sofort Löcher hinein. Die Löcher waren an den Rändern ausgefranst, aber das Hemd war ihm zu weit, daher gelangte nichts von dem Zeug auf Brust oder Bauch. Tropfen spritzten auf sein rechtes Handgelenk und die Handfläche, aber die spürte er erst viel später. Sein Adrenalin strömte nicht nur, es durchwogte ihn wie eine Flutwelle.

Der Finger schnellte aus dem Abfluß herauf – ein unmögliches Gelenk nach dem anderen. Er qualmte und roch wie ein Gummistiefel, der auf einem heißen Grill schmort.

»*Nimm das! Das Frühstück ist serviert, du Dreckstück!*« schrie Howard und schüttete weiter, während sich der Finger zu einer Höhe von mehr als dreißig Zentimeter aufrichtete und aus dem Waschbecken aufragte wie eine Kobra aus dem Korb eines Schlangenbeschwörers. Er hatte die Öffnung der Plastikflasche fast erreicht, als er schwankte, zu erschauern schien, plötzlich kehrtmachte und wieder in den Abfluß hinunterschoß. Howard beugte sich weiter über das Becken und sah gerade noch ein schrumpfendes Fleckchen Weiß in der Dunkelheit. Träge Rauchwölkchen schwebten herauf.

Er holte tief Luft, und das war ein Fehler, denn er atmete dabei eine Lunge voll von den Dämpfen des Abflußreinigers ein. Plötzlich wurde ihm sterbenselend. Er übergab sich krampfhaft in das Becken, und dann stolperte er immer noch würgend und hustend zurück.

»*Ich hab's geschafft!*« schrie er wie im Delirium. Der Gestank ätzender Chemikalien und verbrannten Fleisches machte ihn schwindlig. Dennoch verspürte er fast ein Hochgefühl. Er hatte sich dem Feind gestellt und den Feind, bei Gott und allen Heiligen, besiegt. *Besiegt!*

»*He-hoo! He-deidi-hoo! Ich hab's geschafft! Ich ...*«

Das Würgen stieg wieder in ihm hoch. Er kniete halb vor der Toilette, halb fiel er hin, wobei er die Flasche Abfluß-Frei immer noch in der rechten Hand hielt, und merkte zu spät, daß Vi heute morgen sowohl Brille wie auch Deckel heruntergeklappt hatte, als sie vom Thron gestiegen war. Er erbrach sich über den rosa Plüschbezug des Deckels, dann verlor er das Bewußtsein und kippte vornüber in seinen eigenen Sabber.

Er konnte nicht lange bewußtlos gewesen sein, denn im Bad herrschte auch im Hochsommer nicht länger als eine halbe Stunde volles Tageslicht – dann hielten die anderen Häuser den Sonnenschein ab und stürzten den Raum wieder in Halbdunkel.

Howard hob langsam den Kopf und stellte fest, daß er vom Scheitel bis zum Kinn mit einem klebrigen, übelriechenden Zeug besudelt war. Aber etwas anderes nahm er noch deutlicher wahr. Ein klickendes Geräusch. Es kam von hinter ihm und näherte sich langsam.

Er drehte den Kopf, der sich wie ein zu prall gefüllter Sandsack anfühlte, langsam nach links. Dann wurden seine Augen groß.

Der Finger kam auf ihn zu.

Inzwischen war er gut und gern zweieinhalb Meter lang und wurde ständig länger. Er ragte in einem steifen Bogen, der aus rund einem Dutzend Knöcheln bestand, aus dem Becken, krümmte sich zum Boden und bildete dann, wie mit doppelten Gelenken ausgestattet, einen zweiten Bogen. Und jetzt tastete sich der Finger über den Fliesenboden klickend auf ihn zu. Die letzten fünfundzwanzig bis dreißig Zentimeter waren verfärbt und qualmten. Der Nagel hatte eine schwarzgrüne Farbe angenommen. Howard glaubte, unterhalb des ersten Knöchels den weißlichen Schimmer von Knochen zu erkennen. Der Finger wies schlimme Verätzungen auf, war aber alles andere als aufgelöst.

»Geh weg«, flüsterte Howard, und einen Augenblick hielt die ganze groteske Erscheinung mit ihren vielen Gelenken inne. Sie sah aus wie der Partyscherz eines Wahnsinnigen zur Neujahrsfeier. Dann glitt er wieder schnurgerade auf ihn zu. Die letzten sechs Knöchel krümmten sich, und die Fingerspitze wand sich um Howard Mitlas Knöchel.

»Nein!« schrie er, als sich die rauchenden Hydroxidzwillinge – Natrium und Kalium – durch seine Nylonsocken fraßen und seine Haut verätzten. Er zerrte, so fest er konnte, an seinem Fuß. Einen Augenblick lang hielt ihn der Finger fest – er war ziemlich kräftig –, aber dann konnte Howard sich befreien. Er kroch zur Tür, wobei ihm eine dicke, von Erbrochenem verklebte Haarsträhne in die Augen hing. Beim Kriechen versuchte er, über die Schulter zu sehen, konnte aber durch das verkleisterte Haar nichts erkennen. Aber seine Brust funktionierte wieder, und er stieß eine Reihe bellender, ängstlicher Schreie aus.

Er konnte den Finger nicht sehen, jedenfalls momentan nicht, aber er konnte den Finger *hören;* er folgte ihm jetzt schnell, *tiktiktiktiktik*, unmittelbar hinter ihm. Weil er immer noch versuchte, hinter sich zu sehen, prallte er mit der Schulter gegen die Wand neben der Badezimmertür. Die Handtücher fielen wieder vom Regal. Er stürzte der Länge nach hin, und sofort schloß sich der Finger um seine *anderen* Knöchel und krallte sich mit der verätzten, qualmenden Spitze fest.

Er zog ihn in Richtung des Beckens zurück. Er *zog ihn tatsächlich zurück.*

Howard stieß ein tiefes, primitives Heulen aus – einen Laut, wie ihn seine höflichen Buchprüferstimmbänder noch nie von sich gegeben hatten – und tastete nach dem Türrahmen. Er bekam ihn mit der rechten Hand zu fassen und zerrte heftig und voller Panik. Sein Hemd rutschte aus dem Hosenbund, die Naht unter dem rechten Arm riß mit einem leisen Schnurrlaut, aber es gelang ihm, sich zu befreien, und er verlor nur das zerfetzte untere Ende einer Socke.

Er erhob sich stolpernd, drehte sich um und sah, daß der Finger wieder nach ihm tastete. Der Nagel am Ende wies jetzt einen tiefen Riß auf und blutete.

Du brauchst eine Maniküre, alter Freund, dachte Howard und stieß ein mißtöniges Lachen aus. Dann rannte er in die Küche.

Jemand klopfte an die Tür. Kräftig.

»Mitla! He, Mitla! Was geht da drinnen vor?«

Feeney, der weiter unten am Flur wohnte, ein großer, wichtigtuerischer irischer Trunkenbold. Korrektur: Ein großer, wichtigtuerischer, *lärmender* irischer Trunkenbold.

»Nichts, womit ich nicht selbst fertig werde, Sie irischer Moortreter!« rief Howard, und stürmte in die Küche. Er lachte wieder und schüttelte das Haar aus der Stirn. Es verschwand, aber einen Augenblick später fiel die verklebte Strähne wieder nach vorn. »Nichts, womit ich nicht fertig werde, glauben Sie mir! Das können Sie getrost auf die Bank bringen und auf Ihr Konto einzahlen!«

»*Wie* haben Sie mich genannt?« antwortete Feeney. Seine Stimme, die bislang nur erbost gewesen war, klang nun entschieden feindselig.

»Halten Sie die Klappe!« rief Howard. »Ich bin beschäftigt!«

»Hören Sie auf mit dem Geschrei, sonst rufe ich die Polizei!«

»*Hauen Sie ab!*« schrie Howard. Auch ein erstes Mal. Er schüttelte das Haar aus der Stirn, und *klatsch!* fiel es wieder nach vorn.

»Ich muß mir diese Scheiße nicht von Ihnen anhören, Sie elende Brillenschlange!«

Howard fuhr sich mit den Händen durch das verklebte Haar und schüttelte sie dann mit einer seltsam gallischen Geste aus – *et voilà!* schien diese Geste zu sagen. Warmer Saft und formlose Klumpen klatschten auf Vis weiße Küchenschränke. Howard bemerkte es nicht einmal. Der teuflische Finger hatte jeden seiner Knöchel einmal umklammert, und nun brannten sie, als wären sie von Feuerringen umgeben. Auch das war Howard egal. Er griff nach dem Karton mit der elektrischen Heckenschere. Auf der Vorderseite war ein lächelnder Dad mit einer Pfeife im Bart zu sehen, der vor einem villenähnlichen Wohnhaus die Hecke schnitt.

»Feiern Sie eine kleine Drogenparty da drinnen?« wollte Feeney auf dem Flur wissen.

»Sie sollten zusehen, daß Sie verschwinden, Feeney, sonst mache ich Sie mit einem meiner Freunde bekannt!« rief Howard zurück. Das kam ihm ungeheuer schlagfertig vor. Er warf den Kopf zurück und jodelte zur Küchendecke, wobei sein Haar, mit glitzernden Magensäften überzogen, in seltsamen Locken und Strähnen vom Kopf abstand. Er sah aus wie ein Mann, der gerade ein wildes sexuelles Erlebnis mit einer Pomadentube hinter sich hat.

»Okay, das war's«, sagte Feeney, »Das *war's*. Ich rufe die Polizei.«

Howard hörte ihn kaum. Dennis Feeney mußte sich gedulden; auf ihn, Howard, warteten größere Aufgaben. Er hatte die elektrische Heckenschere aus der Verpackung gerissen, untersuchte sie fieberhaft, sah das Batteriegehäuse und zwängte es auf.

»C-Zellen«, murmelte er lachend. »Gut! Das ist gut! Kein Problem!«

Er riß eine der Schubladen links von der Spüle auf, zog aber mit solcher Wucht daran, daß der Stopper abbrach und die ganze Schublade durch die Küche flog, gegen den Herd prallte und endlich scheppernd auf dem Linoleumboden landete. In dem allgemeinen Durcheinander – Zangen, Gemüseschäler, Reibeisen, Fleischermesser und Müllbeutelklammern – fand sich eine kleine Schatztruhe voll von Batterien, überwiegend C-Zellen und rechteckige Neun-Volt-Batterien. Immer noch lachend – es schien, als könnte er gar nicht mehr *aufhören* zu lachen – ließ Howard sich auf die Knie fallen und durchwühlte das Chaos. Es gelang ihm, sich die rechte Handfläche ziemlich schlimm an einem Tranchiermesser aufzuschneiden, bis er zwei C-Zellen gefunden hatte, aber das spürte er ebensowenig wie die Spritzer der Säure. Und weil Feeney nun endlich sein plärrendes irisches Eselsmaul hielt, konnte Howard das Kratzen wieder hören. Es kam aber nicht mehr aus dem Waschbecken, ganz und gar nicht. Der eingerissene Nagel klopfte an die Badezimmertür – oder möglicherweise auf den Boden des Flurs. Erst jetzt fiel Howard ein, daß er vergessen hatte, die Tür zu schließen.

»Wen interessiert das?« fragte Howard, dann schrie er: »WEN INTERESSIERT DAS, HABE ICH GESAGT! ICH BIN BEREIT FÜR DICH, MEIN FREUND! ICH BIN GEKOMMEN UND WÜRDE DIR IN DEN ARSCH TRETEN UND KAUGUMMI DABEI KAUEN, WENN MIR NICHT DAS KAUGUMMI AUSGEGANGEN WÄRE! DU WIRST DIR NOCH WÜNSCHEN, DU WÄRST IM ABFLUSS GEBLIEBEN!«

Er rammte die Batterien in das Fach am Halsgriff der Heckenschere und drückte auf den Startknopf. Nichts.

»Leck mich am Arsch!« murmelte Howard. Er holte eine der Batterien heraus, drehte sie um und steckte sie wieder hinein. Diesmal erwachte die Klinge summend zum Leben, als er den Knopf drückte. Die Schneiden fuhren so schnell hin und her, daß sie nur als Schliere zu sehen waren.

Er ging auf die Küchentür zu, dann schaltete er das Gerät aus und lief zum Tresen zurück. Er wollte keine Zeit damit vergeuden, die Abdeckung des Batteriefachs wieder anzubringen – immerhin war er für die Schlacht gerüstet. Aber das letzte Fünkchen Vernunft in seinem Denken versicherte ihm, daß er keine andere Wahl hatte. Wenn seine Hand abrutschte, während er mit dem Ding beschäftigt war, fielen die Batterien vielleicht aus dem Fach, und was bedeutete das dann? Na klar, daß er der James-Gang mit einem ungeladenen Gewehr gegenüberstand.

Deshalb fummelte er die Abdeckung wieder drauf, fluchte, weil sie nicht paßte, und drehte sie in die andere Richtung.

»Warte ruhig auf mich!« rief er über die Schulter. »Ich komme! Wir sind noch nicht fertig miteinander!«

Endlich rastete die Abdeckung ein. Howard, die Heckenschere im Anschlag, eilte rasch durch das Wohnzimmer zurück. Das Haar stand ihm immer noch in Punk-Rock-Stacheln und Locken vom Kopf ab. Sein Hemd, mittlerweile unter einem Arm zerrissen und an mehreren Stellen verbrannt, flatterte über seinem runden Bauch. Seine bloßen Füße patschten auf dem Linoleum. Die zerfetzten Überreste seiner Nylonsocken umtanzten seine Knöchel.

Feeney brüllte durch die Tür: »Ich hab sie angerufen, Spatzenhirn! Haben Sie verstanden? Ich habe die Polizei gerufen, und ich hoffe, die Polizisten, die sie herschicken, werden auch irische Moortreter sein, so wie ich!«

»Deine Polizisten kannst du dir in deine alte braune Darmflöte schieben!« antwortete Howard, aber im Grunde war Feeney ihm völlig egal. Dennis Feeney lebte in einem anderen Universum; es war nur eine keifende, unwichtige Stimme, die über den Äther hereinkam.

Howard stand neben der Badezimmertür wie ein Polizist in einer Fernsehserie – nur hatte ihm jemand ein falsches Requisit gegeben, und deshalb hielt er statt einer 38er eine Heckenschere in der Hand. Er drückte den Daumen fest auf den hoch am Griff der Heckenschere angebrachten Startknopf. Er holte tief Luft- und die Stimme der Vernunft, zu bloßer Schlacke verbrannt, meldete sich ein letztes Mal zu Wort, bevor sie endlich einpackte.

Bist du sicher, daß du dein Leben einer elektrischen Heckenschere anvertrauen willst, die du im Ausverkauf erstanden hast?

»Ich habe keine andere Wahl«, murmelte Howard, lächelte verkniffen und sprang hinein.

Der Finger war noch da, er ragte immer noch in dieser starren Kurve aus dem Waschbecken, die Howard an einen Silvesterscherzartikel erinnerte, einen von der Art, der ein furzendes, hupendes Geräusch von sich gibt und auf den ahnungslosen Gast zurollt, wenn man hineinbläst. Er hatte einen von Howards Schuhen erwischt und hämmerte damit wütend auf den Fliesenboden. So, wie die auf dem Boden verstreuten Handtücher aussahen, vermutete Howard, daß der Finger versucht haben mußte, mehrere davon zu erwürgen, bevor er den Schuh gefunden hatte.

Plötzlich fühlte sich Howard von einer unheimlichen Freude ergriffen – es war, als wäre das Innere seines schmerzenden, pochenden Kopfes plötzlich von grünem Licht erfüllt.

»*Hier bin ich, du Miststück!*« schrie er. »*Komm doch und hol mich!*«

Der Finger schnellte aus dem Schuh heraus, erhob sich mit einem monströsen Wogen der Gelenke (Howard konnte einige der zahlreichen Knöchel tatsächlich knacken hören) und fuhr blitzschnell durch die Luft auf ihn zu. Howard schaltete die Heckenschere ein, die zu summendem, gierigem Leben erwachte. So weit, so gut.

Die verätzte, blasenübersäte Fingerspitze schwankte vor Howards Gesicht, der eingerissene Nagel bewegte sich drohend hin und her. Howard sprang darauf zu. Der Finger machte ein Finte nach links und glitt um Howards linkes Ohr. Die Schmerzen waren erstaunlich. Howard spürte und hörte das gräßlich fetzende Geräusch, als der Finger versuchte, ihm das Ohr vom Kopf zu reißen. Er sprang nach vorne, packte den Finger mit der linken Faust und schnitt ihn durch. Die Schneiden flirrten langsamer, als die Klinge auf den Knochen stieß, das hohe Summen des Motors wurde zu einem düsteren Knurren, aber die Schere war so konstruiert, daß sie auch kleine Zweige durchtrennen konnte, daher gab es keine Probleme. Überhaupt keine Probleme. Dies war *Risiko*, dies war die zweite Runde, wo die Einsätze *richtig* in die Höhe gingen, und Howard Mitla hatte seine Einsätze gemacht. Blut spritzte wie ein feiner Dunst durch den Raum, und dann zog sich der Stumpf zurück. Howard setzte ihm nach, und die letzten fünfundzwanzig Zentimeter des Fingers hingen einen Augenblick an seinem Ohr wie ein Kleiderbügel, bevor sie herunterfielen.

Der Finger zuckte ihm entgegen. Howard duckte sich, so daß er über seinen Kopf schoß. Der Finger war natürlich blind, und das war Howards Vorteil. Er machte einen Sprung mit der Schere, eine Geste, die fast wie ein Fechtstoß aussah, und schnitt noch einmal siebzig Zentimeter von dem Finger ab. Sie fielen auf die Fliesen und blieben zuckend dort liegen.

Jetzt versuchte der Rest, sich zurückzuziehen.

»O nein, das wirst du nicht«, keuchte Howard. »Das wirst du *ganz und gar* nicht.«

Er rannte zum Waschbecken, rutschte in einer Blutlache aus, wäre um ein Haar gestürzt und konnte gerade noch das Gleichgewicht behalten. Der Finger wich in den Abfluß zurück, Knöchel für Knöchel, wie ein Güterzug, der in einen Tunnel einfährt. Howard packte ihn, versuchte ihn festzuhalten und schaffte es nicht – der Finger rutschte ihm durch die Hand wie ein geöltes, brennendes Stück Wäscheleine. Er stieß dennoch wieder mit der Schere zu, und es gelang ihm, den letzten Meter des Dinges dicht oberhalb der Stelle durchzutrennen, wo es durch seine Faust glitt.

Er beugte sich über das Waschbecken (dieses Mal hielt er den Atem an) und sah in den schwarzen Abfluß hinunter. Wieder konnte er nur eine Andeutung des fliehenden Weiß erkennen.

»*Schau mal wieder rein!*« schrie Howard Mitla. »*Schau nur mal wieder rein! Ich werde hier sein und auf dich warten!*«

Er drehte sich um und atmete keuchend aus. Es roch immer noch nach Abflußreiniger. Das konnte er jetzt nicht gebrauchen, schließlich hatte er noch einiges zu erledigen. Hinter dem Heißwasserhahn lag ein verpacktes Stück Dial-Seife. Howard hob es auf und warf es gegen das Badfenster. Es zerbrach das Glas und prallte von dem Drahtgitter dahinter ab. Er dachte daran, wie er das Drahtgitter angebracht hatte und wie stolz er darauf gewesen war. Er, Howard Mitla, der sanftmütige Buchhalter, hatte SICH UM DIE ALTE HEIMSTATT GEKÜMMERT. Jetzt wußte er, was es wirklich hieß, SICH UM DIE ALTE HEIMSTATT ZU KÜMMERN. Hatte er wirklich einmal Angst davor gehabt, das Bad zu betreten, weil er dachte, es könnte eine Maus in der Wanne sitzen, die er mit dem Besenstiel erschlagen mußte? Er glaubte es, aber diese Zeit – und die frühere Version von Howard Mitla – gehörten der Vergangenheit an.

Er sah sich langsam im Bad um. Ein einziges Durcheinander. Blutlachen und zwei Fingerstücke auf dem Boden. Ein drittes hing schief im Waschbecken. Ein feiner Blutfilm überzog die Wände und verunstaltete den Spiegel. Auch das Becken war mit Blut verschmiert.

»Na gut«, seufzte Howard. »Zeit zum Saubermachen, Jungen und Mädels.« Er schaltete die Heckenschere wieder ein und zerlegte die verschieden langen Teile des Fingers in Stücke, die er bequem die Toilette hinunterspülen konnte.

Der Polizist war jung und *tatsächlich* ein Ire – O'Bannion war sein Name. Als er schließlich vor der verschlossenen Wohnungstür der Mitlas eingetroffen war, stand schon eine kleine Schar von Mietern hinter ihm. Mit Ausnahme von Dennis Feeney, der eine erboste Miene zur Schau stellte, sahen sie alle besorgt drein.

O'Bannion klopfte an die Tür, dann schlug er dagegen, und zuletzt hämmerte er.

»Sie sollten die Tür lieber einschlagen«, sagte Mr. Janvier. »Ich konnte ihn bis in den sechsten Stock hinauf hören.«

»Der Mann ist wahnsinnig«, sagte Feeney. »Hat wahrscheinlich seine Frau umgebracht.«

»Nein«, sagte Mrs. Dattlebaum. »Ich habe sie heute morgen aus dem Haus gehen sehen, wie immer.«

»Heißt das etwa, daß sie nicht wieder zurückgekommen sein könnte, oder?« fragte Mr. Feeney verstockt, und Mrs. Dattlebaum gab auf.

»Mr. Mitter?« rief O'Bannion.

»Es heißt Mitla«, sagte Mrs. Dattlebaum. »Mit einem l.«

»O Scheiße«, sagte O'Bannion und warf sich mit der Schulter gegen die Tür. Die Tür flog auf, und er trat ein, dicht gefolgt von Mr. Feeney. »Sie bleiben hier, Sir«, wies ihn O'Bannion an.

»Von wegen«, sagte Feeney. Er sah in die Küche mit den verstreuten Utensilien auf dem Boden und den Kotzflecken auf den Schränken. Seine Augen waren klein und glänzend und interessiert. »Der Mann ist mein Nachbar. Und schließlich war ich es, der angerufen hat.«

»Es ist mir gleich, ob Sie den Anruf über Ihren privaten

heißen Draht zum Commissioner durchgegeben haben«, sagte O'Bannion. »Machen Sie, daß Sie hier rauskommen, sonst können Sie mich zusammen mit diesem Mittle aufs Revier begleiten.«

»Mit*la*«, sagte Feeney und schlurfte widerstrebend zum Flur zurück, wobei er noch einmal hastig in die Küche blickte.

O'Bannion hatte Feeney hauptsächlich deshalb weggeschickt, damit Feeney nicht bemerkte, wie nervös er war. Das Durcheinander in der Küche war eines. Aber der Gestank in der Wohnung war etwas ganz anderes – ein Gestank wie in einem Chemielabor über allem, aber darunter noch etwas anderes. Er hatte Angst, der Geruch darunter könnte der von Blut sein.

Er drehte sich um und vergewisserte sich, daß Feeney wirklich hinausgegangen war – daß er sich nicht in der Diele herumdrückte, wo die Mäntel hingen. Dann durchquerte er langsam das Wohnzimmer. Als er außer Sichtweite der Schaulustigen war, schnallte er den Gurt über dem Pistolengriff auf und zog die Waffe. Er ging in die Küche und sah sich darin um. Leer. Ein Chaos, aber leer. Und ... was klebte da an den Schränken? Er war nicht sicher, aber der Geruch ...

Ein Geräusch hinter ihm, ein leises Schlurfen, riß ihn aus seinen Gedanken; er fuhr hastig herum und hob die Waffe.

»Mr. Mitla?«

Er bekam keine Antwort, aber das leise Schlurfen ertönte wieder. Aus dem Flur. Das hieß, aus dem Bad oder dem Schlafzimmer. Officer O'Bannion schritt in diese Richtung, hob die Pistole und richtete die Mündung zur Decke. Er hielt sie jetzt fast genau so, wie Howard die Heckenschere gehalten hatte.

Die Badezimmertür stand einen Spaltbreit offen. O'Bannion war ganz sicher, daß das Geräusch von dort gekommen war, und er wußte auch, daß der schlimmste Geruch von dort herüberwehte. Er duckte sich und stieß die Tür mit der Mündung der Waffe auf.

»O mein Gott«, sagte er leise.

Das Bad sah aus wie ein Schlachthaus nach einem betriebsamen Tag. Überall war Blut in scharlachroten Klecksen verspritzt. Blutlachen standen auf dem Boden, ganze Ströme waren innen und außen am Waschbecken hinuntergelaufen; da schien es am schlimmsten zu sein. Er bemerkte ein zerbrochenes Fenster, eine weggeworfene Flasche, bei der es sich um Abflußreiniger zu handeln schien (was den schrecklichen Geruch hier drinnen erklären würde) und ein Paar Herrenslipper, die ein ganzes Stück auseinander lagen. Einer war übel zerfetzt.

Und als die Tür weiter aufschwang, sah er den Mann.

Howard Mitla hatte sich, so weit er konnte, in den engen Zwischenraum zwischen Badewanne und Wand gezwängt, als er mit seiner Aufräumarbeit fertig war. Er hielt die elektrische Heckenschere in einer Hand, aber die Batterien waren verbraucht; Knochen waren noch härter als Zweige, so schien es. Sein Haar sträubte sich immer noch in wilden Strähnen. Wangen und Stirn waren blutverschmiert. Seine Augen waren weit aufgerissen, aber fast völlig leer – eine Ausdruckslosigkeit, die Officer O'Bannion an Speedfreaks und Crackheads denken ließ.

Heiliger Gott, dachte er. *Der Mann hatte recht – er HAT seine Frau ermordet. Irgendjemanden hat er jedenfalls ermordet. Aber wo ist die Leiche?*

Er schaute zur Badewanne, konnte aber nicht hineinsehen. Sie war der wahrscheinlichste Platz, aber auch der einzige Gegenstand, der nicht mit Glibber verschmiert und vollgespritzt war.

»Mr. Mitla?« fragte er. Er hatte die Waffe nicht direkt auf Howard gerichtet, aber die Mündung zeigte auf jeden Fall in seine unmittelbare Nachbarschaft.

»Ja, das ist mein Name«, antwortete Howard mit hohler, liebenswürdiger Stimme. »Howard Mitla, Buchprüfer, stehe zu Ihren Diensten. Sind Sie gekommen, um auf die Toilette zu gehen? Nur zu! Jetzt kann Sie nichts mehr stören. Ich glaube, dieses Problem habe ich aus der Welt geschafft. Vorerst jedenfalls.«

»Äh, würde es Ihnen etwas ausmachen, die Waffe wegzulegen, Sir?«

»Waffe?« Howard sah ihn einen Augenblick verständnislos an, dann schien er zu begreifen. »Die hier?« Er hob die Heckenschere, woraufhin sich die Mündung von Officer O'Bannions Waffe zum ersten Mal direkt auf ihn richtete.

»Ja, Sir.«

»Kein Problem«, sagte Howard. Er warf die Heckenschere gleichgültig in die Wanne. Die Batterieabdeckung fiel scheppernd ab. »Die Batterien sind sowieso leer. Aber ... was habe ich über die Benutzung der Toilette gesagt? Bei genauerem Nachdenken würde ich doch davon abraten.«

»Tatsächlich?« Obwohl der Mann nun entwaffnet war, wußte O'Bannion nicht, wie er weiter vorgehen sollte. Alles wäre viel einfacher gewesen, wenn das Opfer zu sehen gewesen wäre. Er überlegte sich, daß er dem Mann besser Handschellen anlegen und Verstärkung rufen sollte. Mit Sicherheit wußte er nur, er wollte aus diesem stinkenden, unheimlichen Bad heraus.

»Ja«, sagte Howard. »Bedenken Sie schließlich folgendes, Officer: eine Hand hat fünf Finger ... nur *eine* Hand, vergessen Sie das bitte nicht. Und haben Sie sich schon jemals überlegt, wieviel Löcher zur Unterwelt es in einem gewöhnlichen Bad gibt? Das heißt, wenn man die Löcher in den Wasserhähnen mitzählt? Ich bin auf sieben gekommen.« Nach einer Pause fügte Howard hinzu: »Sieben ist eine Primzahl – das heißt eine Zahl, die man nur durch eins und sich selbst teilen kann.«

»Würden Sie bitte die Hände ausstrecken, Sir?« sagte Officer O'Bannion und nahm die Handschellen vom Gürtel.

»Vi sagt, ich wüßte alle Antworten«, sagte Howard, »aber sie irrt sich.« Er streckte langsam die Hände aus.

O'Bannion kniete vor ihm nieder und legte rasch eine Handschelle um Howards rechtes Handgelenk. »Wer ist Vi?«

»Meine Frau«, sagte Howard. Seine leeren, glänzenden Augen sahen direkt in die von Officer O'Bannion. »Sie hatte nie Probleme, aufs Klo zu gehen, wenn jemand im Badezimmer war, wissen Sie. Sie hätte es wahrscheinlich auch tun können, wenn *Sie* dabei sind.«

Da dämmerte Officer O'Bannion eine groteske, aber dennoch schreckliche plausible Möglichkeit: daß dieser seltsame kleine Mann seine Frau mit einer Heckenschere getötet und ihren Leichnam dann irgendwie mit Abflußreiniger aufgelöst hatte – und das alles nur, weil sie ums Verrecken das Badezimmer nicht verlassen wollte, während er versuchte, seine Blase zu entleeren.

Er ließ die andere Handschelle einrasten.

»Haben Sie Ihre Frau umgebracht, Mr. Mitla?«

Einen Augenblick sah Howard ihn fast überrascht an. Dann verfiel er wieder in diesen unheimlichen Zustand von Apathie. »Nein«, sagte er. »Vi ist bei Dr. Stone. Er muß einen kompletten Satz Oberkieferzähne ziehen. Vi sagt, es ist eine schmutzige Arbeit, aber jemand muß sie machen. Weshalb sollte ich Vi umbringen?«

Nachdem er dem Mann die Handschellen angelegt hatte, fühlte sich O'Bannion ein wenig besser, ein wenig mehr Herr der Lage. »Nun, es sieht so aus, als hätten sie *irgendjemanden* abgemurkst.«

»Nur einen Finger«, sagte Howard. Er hielt die Hände immer noch vor sich ausgestreckt. Im Licht funkelte die Kette zwischen den Handschellen wie flüssiges Silber. »Aber eine Hand hat mehr als einen Finger. Und was ist mit dem *Besitzer* der Hand?« Howard sah sich im Badezimmer um, in dem es inzwischen nahezu dunkel war; Schatten machten sich darin breit. »Ich habe ihm gesagt, daß er getrost wiederkommen soll«, flüsterte Howard, »aber ich war hysterisch. Ich bin zu dem Ergebnis gekommen, daß ich … nicht dazu fähig bin. Wissen Sie, er ist gewachsen. Er wuchs, als er an die Luft kam.«

Plötzlich plätscherte etwas in der geschlossen Toilette. Howard sah hin. Ebenso Officer O'Bannion. Das Plätschern ertönte wieder. Es hörte sich an, als wäre eine Forelle darin gesprungen.

»Nein, ich würde die Toilette *ganz entschieden* nicht benutzen«, sagte Howard. »Ich an Ihrer Stelle würde es mir verkneifen. Ich würde es mir verkneifen, solange es geht, und dann in die Gasse neben dem Haus pinkeln.«

O'Bannion erschauerte.

Reiß dich zusammen, Mann, sagte er streng zu sich. *Entweder du reißt dich zusammen, oder du drehst genauso durch wie der Typ da.*

Er stand auf, um in die Toilette zu sehen.

»Dumme Idee«, sagte Howard. »Eine *echt* dumme Idee.«

»Was genau hat sich hier drinnen abgespielt, Mr. Mitla?« fragte O'Bannion. »Und was haben Sie in der Toilette versteckt?«

»Was sich abgespielt hat? Er war wie – wie ...« Howard verstummte, dann fing er an zu lächeln. Es war ein erleichtertes Lächeln, aber sein Blick wanderte immer wieder zum zugeklappten Deckel der Toilette. »Es war wie *Risiko*«, sagte er. »Tatsächlich war es sogar wie die zweite Runde von *Risiko*. Der Themenbereich ist ›Das Unerklärliche.‹ Die letzte Antwort lautet: ›Weil sie es können.‹ Wissen Sie die *Risiko-Frage*, Officer?«

Officer O'Bannion, der fasziniert war und Howard nicht aus den Augen lassen konnte, schüttelte den Kopf.

»Die letzte Frage von *Risiko*«, sagte Howard mit einer Stimme, die vom vielen Schreien brüchig und rauh klang, »die letzte Frage lautet: ›Warum passieren den nettesten Menschen manchmal die schrecklichsten Dinge?‹ *Das* ist die Frage bei *Risiko*. Wird eine Menge Nachdenken erfordern. Aber ich habe viel Zeit. Solange ich von den – von den Löchern fernbleibe.«

Das Plätschern ertönte wieder. Dieses Mal war es lauter. Der mit Erbrochenem verklebte Toilettensitz klapperte auf und ab. Officer O'Bannion stand auf, ging hinüber und beugte sich darüber. Howard sah ihm interessiert zu.

»Letzte Runde von *Risiko*, Officer«, sagte Howard Mitla. »Wieviel riskieren Sie?«

O'Bannion dachte einen Moment darüber nach. Dann ergriff er den Deckel und riskierte alles.

Turnschuhe

John Tell arbeitete gerade etwas über einen Monat in den Tabori Studios, als er die Turnschuhe zum ersten Mal bemerkte. Die Tabori Studios waren in einem Gebäude untergebracht, das einmal den Namen Music City getragen hatte und in den Anfangstagen von Rock and Roll und Top Forty Rhythm und Blues eine Art Mekka gewesen war. Damals hätte man jenseits der Eingangshalle nie ein Paar Turnschuhe gesehen (es sei denn an den Füßen eines Botenjungen). Aber die Zeiten waren vorbei, ebenso wie die großen Hitproduzenten mit ihren Samtaufschlägen und spitzen Schlangenlederschuhen. Turnschuhe gehörten heute zur Music City-Uniform, und als Tell sie zum ersten Mal sah, zog er daraus keine negativen Rückschlüsse auf ihren Besitzer. Nun, einen vielleicht: der Typ hätte gut und gern ein neues Paar brauchen können. Sie waren weiß gewesen, als sie neu waren, aber wie sie aussahen, lag das schon lange zurück.

Mehr fiel ihm nicht daran auf, als er die Turnschuhe zum ersten Mal erblickte – in dem kleinen Raum, in dem man seinen Nachbarn so häufig nach den Schuhen einschätzt, weil man nicht mehr von ihm sieht. Tell erspähte dieses Paar unter der Tür der ersten Kabine der Herrentoilette im dritten Stock. Er ging auf dem Weg zur dritten und letzten Kabine an ihnen vorbei. Ein paar Minuten später kam er wieder heraus, wusch sich die Hände, trocknete sie ab, kämmte sich das Haar und ging wieder ins Studio F, wo er half, ein Album einer Heavy-Metal-Band namens The Dead Beats abzumischen. Zu sagen, daß Tell die Turnschuhe bereits vergessen hätte, wäre eine Übertreibung gewesen: im Grunde waren sie auf seinem geistigen Radarschirm überhaupt nicht erschienen.

Paul Jannings produzierte die Sessions der Dead Beats. Er war keine Berühmtheit, wie es die alten Bebop-Könige von Music City gewesen waren – nach Tells Ansicht war Rock and Roll nicht mehr stark genug, um solche mythischen Adelsgestalten hervorzubringen –, aber er war einigermaßen bekannt, und Tell selbst fand, daß er der beste Produzent von Rock and Roll-Platten war, den es zur Zeit in der Branche gab; nur Jimmy Iovine konnte es mit ihm aufnehmen.

Tell hatte ihn auf einer Party anläßlich der Premiere eines Konzertfilms gesehen; er hatte ihn tatsächlich von der anderen Seite des Saals aus erkannt. Das Haar wurde grau, und die scharfgeschnittenen Züge von Jannings' hübschem Gesicht wirkten fast hager, aber es war unmöglich, den Mann zu verwechseln, der vor fünfzehn Jahren die legendären Tokio Sessions mit Bob Dylan, Eric Clapton, John Lennon und Al Cooper aufgenommen hatte. Abgesehen von Phil Spector war Jannings der einzige Plattenproduzent, den Tell nicht nur vom Sehen, sondern auch am einmaligen Klang seiner Aufnahmen erkannt hätte – kristallklare Akkorde, mit einem so kräftigen Schlagzeug unterlegt, daß einem das Schlüsselbein bebte. Diese Klarheit hatte man zum ersten Mal bei den Aufnahmen der Tokio Sessions gehört, aber wenn man die Höhen einblendete, hörte man den reinen Sandy Nelson durch das Unterholz pulsieren.

Tells natürliche Zurückhaltung wurde von Bewunderung übermannt, und er war quer durch den Raum zu Jannings gegangen, der gerade ungestört dastand. Er hatte sich vorgestellt und bestenfalls mit einem flüchtigen Handschlag und einigen oberflächlichen Worten gerechnet. Statt dessen hatten die beiden eine lange und interessante Unterhaltung angefangen. Sie arbeiteten in derselben Branche und kannten teilweise dieselben Leute, aber schon damals hatte Tell gewußt, daß am Zauber dieser ersten Begegnung mehr daran war als nur das; Paul Jannings gehörte zu den seltenen Mitmenschen, mit denen John Tell ohne Hemmungen reden konnte, und für John Tell grenzte es schon fast an ein Wunder, ohne Hemmungen reden zu können.

Gegen Ende der Unterhaltung hatte Jannings ihn gefragt,

ob er Arbeit suchte. »Haben Sie schon mal einen aus der Branche kennengelernt, der keine suchte?« fragte Tell.

Jannings lachte und bat ihn um seine Telefonnummer. Tell hatte sie ihm gegeben, aber nicht besonders viel in die Bitte hineininterpretiert – wahrscheinlich war es nur eine Höflichkeitsgeste des anderen Mannes, hatte er gedacht. Aber Jannings hatte ihn ein paar Tage später angerufen, ob er nicht zu dem dreiköpfigen Team gehören wollte, das das erste Album der Dead Beats mischte. »Ich weiß nicht, ob man aus Schweinsleder Seidenbörsen machen kann«, hatte Jannings gesagt, »aber solange Atlantic Records die Rechnungen bezahlt, können wir es ja versuchen und es uns dabei gutgehen lassen.« John Tell hatte keinen Grund gesehen, der dagegen sprach, und sich sofort auf das Unternehmen eingelassen.

Ungefähr eine Woche nachdem er die Turnschuhe zum ersten Mal gesehen hatte, sah Tell sie wieder. Es mußte sich um denselben Typ handeln, weil die Turnschuhe an derselben Stelle standen – unter der Tür der ersten Kabine in der Herrentoilette im dritten Stock. Keine Frage, daß es dieselben waren; weiße (weiß gewesene) Hightops mit Schmutz in den tiefen Falten. Er bemerkte eine leere Öse und dachte: *Scheinst die Augen nicht ganz offen gehabt zu haben, als du den geschnürt hast, alter Freund.* Dann ging er weiter zur dritten Kabine (die er irgendwie als »seine« betrachtete). Diesmal sah er die Turnschuhe auch an, als er hinausging, und da bemerkte er etwas Seltsames: eine tote Fliege. Sie lag vorn auf dem linken Turnschuh, dem mit der leeren Öse, und streckte die winzigen Beinchen in die Höhe.

Als er ins Studio F zurückkam, saß Jannings am Mischpult und hatte den Kopf in den Händen vergraben.

»Alles klar, Paul?«

»Nein.«

»Was ist das Problem?«

»Ich. *Ich* bin das Problem. Meine Karriere ist zu Ende. Ich bin ausgelaugt. Im Eimer. Gehöre zum alten Eisen.«

»Wovon reden Sie?« Tell sah sich nach Georgie Ronkler um, konnte ihn aber nirgends finden. Es überraschte ihn nicht. Jannings hatte in gewissen Abständen solche Anfälle, und Georgie verzog sich immer, wenn er einen kommen sah. Er behauptete, sein Karma erlaubte nicht, daß er sich auf heftige Gefühlsausbrüche einließ. »Ich weine schon bei Supermarkteröffnungen«, sagte Georgie.

»Man *kann* aus Schweinsleder keine Seidenbörsen machen«, sagte Jannings. Er deutete mit der Hand auf die Glasscheibe zwischen dem Tonstudio und dem Aufnahmeraum. Dabei sah er aus wie ein Mann, der den alten Nazigruß ausführt. »Jedenfalls nicht mit solchen Schweinen.«

»Bleiben Sie *cool*«, sagte Tell, der genau wußte, daß Jannings recht hatte. Die Dead Beats waren vier dumme Typen und eine dumme Schlampe, menschlich abstoßend und beruflich Stümper.

»Bleiben Sie doch selber *cool*«, sagte Jannings und zeigte ihm den Vogel.

»Herrgott, ich hasse Gefühlsausbrüche«, sagte Tell.

Jannings sah zu ihm auf und kicherte. Einen Augenblick später lachten sie beide. Fünf Minuten später waren sie wieder an der Arbeit.

Das Mischen – wenn man es so nennen konnte – war eine Woche später beendet. Tell bat Jannings um eine Empfehlung und ein Demoband.

»Okay, aber Sie wissen, Sie dürfen das Band erst vorspielen, wenn das Album auf dem Markt ist«, sagte Jannings.

»Ich weiß.«

»Und ich verstehe nicht, wieso Sie das *überhaupt* jemandem vorspielen wollen. Verglichen mit diesen Typen hören sich die Butthole Surfers wie die Beatles an.«

»Kommen Sie schon, Paul. So schlimm sind sie auch nicht. Und selbst wenn, es ist ja vorbei.«

Er lächelte. »Ja. Das ist es. Und sollte ich je wieder in der Branche tätig werden, rufe ich Sie an.«

»Das wäre toll.«

Sie schüttelten sich die Hände. Tell verließ das Gebäude, das einmal Music City geheißen hatte, und verschwendete keinen Gedanken mehr an die Turnschuhe unter der Tür von Kabine eins der Herrentoilette im dritten Stock.

Jannings, der seit fünfundzwanzig Jahren im Geschäft war, hatte ihm einmal gesagt, wenn es darum ginge, Bop zu mischen (er nannte es nie Rock and Roll, immer nur Bop), war man entweder alles oder nichts. Die zwei Monate nach dem Abmischen des Albums der Beats war John Tell nichts. Er hatte keine Arbeit. Er wurde nervös wegen der Miete. Zweimal hätte er Jannings fast angerufen, aber eine innere Stimme sagte ihm, daß das ein Fehler wäre.

Dann starb der Toningenieur eines Films mit dem Titel *Karate Masters of Massacre* an einem massiven Herzanfall, und Tell hatte sechs Wochen Arbeit im Brill Building (das früher, auf dem Höhepunkt des Broadway und des Big-Band-Sound, Tin Pan Alley geheißen hatte), um das Mischen abzuschließen. Es handelte sich größtenteils um rechtsfreie alte Songs aus dem Archiv – und ein paar zirpende Sitars –, aber er konnte die Miete davon bezahlen. Nach dem letzten Arbeitstag hatte Tell seine Wohnung kaum betreten, als das Telefon läutete. Es war Paul Jannings, der ihn fragte, ob er die Pop Charts in der letzten Ausgabe von *Billboard* gesehen hatte. Tell verneinte.

»Kam auf Platz neunundsiebzig.« Es gelang Jannings, angeekelt, erheitert und erstaunt zugleich zu klingen. »Von *null*.«

»Was denn?« Aber er wußte es, sobald er die Frage ausgesprochen hatte.

»›Diving in the Dirt.‹«

Das war der Titel eines Stücks von *Beat It 'Til It's Dead*, dem Album der Dead Beats, das einzige Stück, das Tell und Jannings auch nur entfernt als Single-Material betrachtet hatten.

»Ach, die Scheiße!«

»Stimmt, aber ich habe so eine verrückte Ahnung, es wird die Top Ten schaffen. Haben Sie das Video gesehen?«

»Nein.«

»Ein Lachschlager. Größtenteils Ginger, die Sängerin der Gruppe, die in irgendeinem Bayou Schlammcatchen mit einem Typ spielt, der aussieht wie Donald Trump im Overall. Drückt etwas aus, das meine intellektuellen Freunde gern als

›vermischte kulturelle Botschaft‹ bezeichnen.« Und darauf lachte Jannings so sehr, daß Tell den Hörer vom Ohr weghalten mußte.

Als Jannings sich wieder unter Kontrolle hatte, sagte er: »Wie dem auch sei, das heißt, wahrscheinlich wird das Album in die Top Ten kommen. Vergoldete Scheiße ist immer noch Scheiße, aber eine vergoldete Empfehlung ist durch und durch Gold – verstehen Sie, was ich meine, B'wana?«

»Durchaus«, sagte Tell, zog die Schreibtischschublade auf und vergewisserte sich, ob die Kassette der Dead Beats, ungespielt, seit Jannings sie ihm am letzten Tag des Mischens gegeben hatte, noch da war.

»Was machen Sie im Augenblick?« fragte Jannings ihn.

»Einen Job suchen.«

»Möchten Sie wieder mit mir arbeiten? Ich mache Roger Daltreys neues Album. Fängt in zwei Wochen an.«

»Herrgott, klar doch!«

Das Geld war gut, aber nicht nur das; nach den Dead Beats und sechs Wochen *Karate Masters of Massacre* würde die Arbeit mit dem Ex-Sänger der *Who* sein, als käme man in einer kalten Nacht an einen warmen Ort. Wie er letztlich auch immer als Mensch sein mochte, der Mann konnte wenigstens *singen*. Und es wäre schön, wieder mit Jannings zu arbeiten.

»Wo?«

»Wie gehabt. Tabori, im Music City.«

»Ich bin da.«

Roger Daltrey konnte nicht nur singen, er war obendrein ein hinreichend netter Kerl. Tell glaubte, daß die nächsten drei oder vier Wochen gut sein würden. Er hatte einen Job, er wurde als Coproduzent eines Albums genannt, das Platz einundvierzig der *Billboard*-Charts erreicht hatte (und die Single war auf Platz siebzehn und stieg immer noch), und er machte sich zum ersten Mal, seit er vor vier Jahren aus Pennsylvania nach New York gekommen war, keine Sorgen mehr wegen der Miete.

Es war Juni, die Bäume waren dicht belaubt, die Mädchen trugen Miniröcke, und die Welt war schön. Das empfand

Tell an seinem ersten Arbeitstag mit Paul Jannings bis gegen ein Uhr fünfundvierzig. Dann betrat er die Toilette im dritten Stock, sah die weißen Turnschuhe unter der Tür von Kabine eins, und plötzlich war seine gute Laune dahin.

Es sind nicht dieselben. Es können nicht dieselben sein.

Aber sie waren es. Die einzelne freie Öse war der sicherste Anhaltspunkt, aber alles andere war auch gleich. *Genau* gleich, einschließlich der Stelle, wo sie standen.

Es gab nur einen einzigen Unterschied, den Tell sehen konnte: Jetzt lagen mehr tote Fliegen um sie herum.

Er ging langsam in die dritte Kabine, »seine« Kabine, ließ die Hosen runter und setzte sich. Es überraschte ihn nicht, daß der Drang, der ihn hierhergeführt hatte, verschwunden war. Er blieb dennoch eine Zeitlang ruhig sitzen und lauschte nach Geräuschen. Dem Rascheln einer Zeitung. Einem Räuspern. Verdammt, und wenn es nur ein Furz gewesen wäre.

Kein Ton war zu hören.

Weil ich allein hier drinnen bin, dachte Tell. *Abgesehen von dem Toten in der ersten Kabine.*

Die Tür wurde aufgestoßen. Tell hätte beinahe laut geschrien. Jemand ging summend zu den Pissoirs, und als da draußen Wasser zu plätschern anfing, fiel Tell eine Erklärung ein, und er entspannte sich. Er sah auf die Uhr und stellte fest, es war ein Uhr siebenundvierzig.

Ein Mann mit festen Gewohnheiten ist ein glücklicher Mann, hatte sein Vater immer gesagt. Tells Vater war ein schweigsamer Mensch gewesen, und diese Lebensweisheit (zusammen mit: *Mach erst die Hände sauber und dann den Teller*) war einer seiner wenigen Aphorismen. Wenn feste Gewohnheiten *wirklich* Glück bedeuteten, dann war Tell, schätzte er, ein glücklicher Mann. Sein Drang, aufs Klo zu gehen, kam jeden Tag um die gleiche Zeit, und er vermutete, daß das bei seinem Freund Turnschuh genau so war, nur bevorzugte dieser eben Kabine eins, so wie Tell Kabine drei.

Müßte man an den Kabinen vorbei, um zu den Pissoirs zu gelangen, dann hättest du diese Kabine oft genug leer gesehen, und ebenso oft mit anderen Schuhen unter der Tür. Und wie groß sind die Chancen, daß eine Leiche in der Toilette unentdeckt bleiben kann, und das ...

Er überlegte, wann er zum letzten Mal hier gewesen war.

... etwa vier Monate lang, plus minus?

Unmöglich, das war die Antwort darauf. Er konnte sich vorstellen, daß die Hausmeister nicht allzu scharf darauf waren, die Kabinen zu putzen – das sah man an den vielen toten Fliegen –, aber sie mußten jeden Tag oder jeden zweiten Tag die Toilettenvorräte auffrischen, richtig? Und selbst wenn man das alles unberücksichtigt ließ, fingen Tote nach einer Weile an zu riechen, nicht? Weiß Gott, dies war nicht der Platz mit dem angenehmsten Geruch auf Erden – und wenn der Dicke hier gewesen war, der für Janus Music unten arbeitete, war er beinahe unbetretbar –, aber der Gestank einer Leiche wäre doch sicher viel auffälliger. Viel *spritziger*.

Spritziger? Spritziger? Großer Gott, was für ein Ausdruck! Und woher willst du das wissen? Du hast noch nie in deinem Leben eine verweste Leiche gerochen.

Richtig, aber er war ziemlich sicher, daß er den Geruch erkennen würde. Logik war Logik, und feste Gewohnheiten waren feste Gewohnheiten, und damit basta. Der Busche war wahrscheinlich Bleistiftspitzer bei Janus oder Schreiber bei Snappy Kards auf der anderen Seite des Flurs. Möglicherweise dichtete er gerade eine Grußkarte da drinnen:

> *Veilchen sind blau, und Rosen sind rot!*
> *Gib zu, du dachtest, ich wäre schon tot!*
> *Dabei sitz' ich nur immer, wie du, auf dem Pott!*

Was für ein Mist, dachte Tell und stieß ein schrilles Lachen aus. Der Bursche, der die Tür aufgestoßen und ihn so erschreckt hatte, daß er beinahe geschrien hätte, war zu den Waschbecken gegangen. Jetzt hielt das plätschernde, blubbernde Geräusch, als der draußen sich die Hände wusch, kurz inne. Tell konnte sich vorstellen, wie der Neuankömmling lauschte und sich fragte, wer da in einer der Kabinen lachte, sich fragte, ob es an einem Witz lag, einem schmutzigen Bild, oder ob der Mann einfach nur verrückt war.

Schließlich gab es jede Menge Verrückte in New York. Man sah sie ständig, wie sie mit sich selbst redeten und ohne ersichtlichen Grund lachten – so wie Tell gerade eben.

Tell stellte sich vor, wie Turnschuh ebenfalls lauschte, konnte es aber nicht.

Plötzlich war ihm nicht mehr nach Lachen zumute.

Plötzlich wollte er nur hier raus.

Aber er wollte nicht, daß ihn der Mann am Waschbecken sah. Der Mann würde ihn mustern. Nur einen Moment, aber das würde ausreichen, zu wissen, was er dachte. Leuten, die hinter geschlossenen Toilettentüren lachten, konnte man wahrscheinlich nicht trauen.

Klick-Klack von Schuhen auf den alten weißen, sechseckigen Porzellanfliesen, *wuuuit* der Tür, die aufgerissen wurde, *swisch,* als sie langsam wieder zufiel. Man konnte sie aufstoßen, aber das pneumatische Ellbogengelenk verhinderte, daß sie zuschlug. Das könnte möglicherweise den Mann am Empfang stören, der dort saß und Camel rauchte und die neueste Aufgabe von *Krrrang!* las.

Herrgott, es ist so still hier. Warum bewegt sich der Typ nicht? Wenigstens ein kleines bißchen?

Aber es herrschte nur Stille, schwer und glatt und allumfassend; die Art von Stille, wie sie die Toten in ihren Särgen hören müßten, wenn sie noch hören könnten, und nun war Tell wieder überzeugt, daß Turnschuh tot war, scheiß auf die Logik, er war tot, seit *wer weiß wie lange* schon tot, er saß da drinnen, und wenn man die Tür aufmachte, würde man ein zusammengesunkenes, verwestes Ding sehen, das da saß und die Hände zwischen den Beinen baumeln ließ, man würde sehen ...

Einen Augenblick war er kurz davor zu rufen: *He, Turnschuh! Alles in Ordnung?*

Aber was wäre, wenn Turnschuh antwortete, nicht mit fragender oder erboster Stimme, sondern mit einem froschgleichen, knirschenden Krächzen? Gab es da nicht etwas, von wegen die Toten aufwecken? Von wegen ...

Plötzlich sprang Tell auf, spülte die Toilette, knöpfte die Hose zu und zog den Reißverschluß hoch, als er schon zur

Tür unterwegs war, wohl wissend, daß er sich in ein paar Sekunden albern vorkommen würde, aber das war ihm einerlei. Doch er konnte nicht anders, er mußte einen Blick riskieren, als er an der ersten Kabine vorbeikam. Schmutzige weiße, falsch geschnürte Turnschuhe. Und tote Fliegen. Eine ganze Menge.

In meiner Kabine waren keine toten Fliegen. Und wie kommt es, daß soviel Zeit vergangen ist und er immer noch nicht die leere Öse bemerkt hat? Oder trägt er sie die ganze Zeit so, als eine Art künstlerisches Abzeichen?

Tell schlug die Tür beim Hinausgehen ziemlich heftig zu. Der Mann am Empfang sah ihn mit der kühlen Neugier an, die er für gewöhnliche Sterbliche reserviert hatte (im Gegensatz zu Göttern in Menschengestalt wie Roger Daltrey).

Tell eilte den Flur entlang zu den Tabori Studios.

»Paul?«

»Was?« antwortete Jannings, ohne vom Mischpult aufzusehen. Georgie Ronkler stand daneben, betrachtete Jannings eingehend und nagte an der Nagelhaut – mehr als die Nagelhaut hatte er nicht zum Nagen, die Fingernägel existierten schlichtweg nicht mehr von der Stelle ab, an der sie sich von lebendem Fleisch und empfindlichen Nervenenden verabschiedeten. Er stand dicht neben der Tür. Wenn Jannings zu toben anfing, würde Georgie die Flucht ergreifen.

»Ich glaube, da stimmte was nicht in ...«

Jannings stöhnte. »*Noch was?*«

»Was meinen Sie damit?«

»Ich meine die Schlagzeugspur. Die ist *total* verkorkst, und ich weiß nicht, wie man das ändern kann.« Er drückte auf einen Schalter, worauf Trommeln im Studio ertönte. »Hören Sie das?«

»Sie meinen das Snare?«

Natürlich meine ich das Snare! Es ist meilenweit vom Rest der Percussion entfernt, dabei sollte es *Bestandteil* davon sein!«

»Ja, aber ...«

»Ja aber – *verdammter, elender Mist!* Ich vertrag so eine

Scheiße nicht! Vierzig Spuren hab ich hier – *vierzig gottverfluchte Spuren, um einen simplen Bop-Song aufzunehmen, und ein IDIOT von Techniker* ...«

Aus den Augenwinkeln sah Tell, daß Georgie wie ein kühles Lüftchen verschwand.

»Hören Sie, Paul, wenn Sie den Equalizer runternehmen ...«

»Der EQ hat nichts damit zu tun ...«

»Seien Sie still, und hören Sie einen Moment zu«, sagte Tell beruhigend – etwas, das er zu keinem anderen auf der Welt hätte sagen können – und drückte einen Schalter. Jannings hörte auf zu toben und hörte zu. Er stellte eine Frage. Tell beantwortete sie. Dann stellte er eine, die Tell *nicht* beantworten konnte, aber Jannings konnte sie schließlich selbst beantworten. Und plötzlich tat sich für einen Song mit dem Titel »Answer to You, Answer to Me« ein ganzes Spektrum neuer Möglichkeiten auf.

Nach einer Weile spürte Georgie Ronkler, daß sich der Sturm verzogen hatte, und kam wieder herein.

Und Tell vergaß die Turnschuhe.

Am nächsten Abend fielen sie ihm wieder ein. Er war zu Hause, saß in seinem eigenen Badezimmer auf der Toilette und las *Die Weisheit des Blutes*, während aus den Lautsprechern im Schlafzimmer leise Vivaldi erklang (obwohl sich Tell mit dem Abmischen von Rock und Roll seinen Lebensunterhalt verdiente, besaß er nur vier Rockplatten, zwei von Bruce Springsteen und zwei von John Fogerty).

Er sah einigermaßen verblüfft von seinem Buch auf. Plötzlich war ihm eine Frage von wahrhaft kosmischer Lächerlichkeit gekommen: *Wie lange ist es her, seit du zum letzten Mal abends geschissen hast, John?*

Er wußte es nicht, dachte sich aber, daß er es in Zukunft häufiger tun würde. Es schien, als hätte sich mindestens eine seiner Gewohnheiten geändert.

Als er fünfzehn Minuten später im Wohnzimmer saß und das Buch vergessen im Schoß hielt, fiel ihm noch etwas ein: Er war heute den ganzen Tag nicht in der Toilette im dritten

Stock gewesen. Um zehn waren sie über die Straße gegangen, um einen Kaffee zu trinken, und er hatte auf der Toilette des Donut Buddy gepinkelt, während Paul und Georgie an der Theke saßen, Kaffee tranken und sich über Overdubs unterhielten. In der Mittagspause hatte er im Brew'n Burger eine Pinkelpause gemacht ... und eine weitere am Spätnachmittag im ersten Stock, als er hinuntergegangen war, um Post abzugeben, die er ebensogut in den Briefkasten neben den Fahrstühlen hätte stecken können.

Mied er die Herrentoilette im dritten Stock? Hatte er das den ganzen Tag gemacht, ohne es zu bemerken? Darauf konnte er seine Reeboks verwetten. Er war ihr wie ein ängstlicher Schuljunge aus dem Weg gegangen, der einen ganzen Block Umweg in Kauf nimmt, damit er nicht am östlichen Spukhaus vorbei muß. Hatte es vermieden wie die Pest.

»Na und?« sagte er laut.

Er konnte dieses Na-und nicht präzise in Worte kleiden, aber eines wußte er genau: selbst in New York hatte es etwas Übertriebenes, wenn man sich wegen einem Paar schmutziger Turnschuhe nicht mehr in eine öffentliche Toilette wagt.

Tell sagte laut und sehr deutlich: »Das muß aufhören.«

Aber das war am Donnerstag, und am Freitagabend geschah etwas, das alles veränderte. Da fiel die Tür zwischen ihm und Paul Jannings ins Schloß.

Tell war ein schüchterner Mann, der nicht leicht Freundschaften schloß. In dem ländlichen Ort Pennsylvania, wo er auf die High School gegangen war, hatte eine Laune des Schicksals ihn einmal mit einer Gitarre in der Hand auf die Bühne verschlagen – womit er selbst zu allerletzt gerechnet hätte. Der Bassist einer Gruppe mit Namen The Satin Saturns hatte sich am Tage vor einem gutbezahlten Auftritt eine Salmonellenvergiftung geholt. Der Leadgitarrist, der ebenfalls der Schulband angehörte, wußte, daß John Tell Baß und Rhythmusgitarre spielen konnte. Dieser Leadgitarrist war groß und potentiell gewalttätig. John Tell war klein, zierlich und empfindlich. Der Leadgitarrist ließ ihm die Wahl, entweder das Instrument des erkrankten Bassisten zu spielen oder es sich bis zum fünften Bund in den Arsch rammen zu lassen. Diese Androhung trug erheblich dazu bei, Tells Angst vor einem großen Publikum zu vertreiben.

Am Ende des dritten Stücks hatte er keine Angst mehr. Nach der ersten Runde wußte er, hier war er zu Hause. Jahre nach diesem ersten Auftritt hörte Tell eine Geschichte über Bill Wyman, den Bassisten der Rolling Stones. Die Geschichte berichtete, daß Wyman tatsächlich während eines Auftritts eingeschlafen war – nicht in einem winzigen Club, wohlgemerkt, sondern in einem großen Konzertsaal –, wobei er von der Bühne fiel und sich das Schlüsselbein brach. Wahrscheinlich hielten die meisten Menschen die Geschichte für erfunden, aber Tell vermutete, daß sie der Wahrheit entsprach. Und er befand sich immerhin in der einmaligen Position, begreifen zu können, wie so etwas geschah. Bassisten waren die unsichtbaren Männer der Rock-Welt. Es gab Ausnahmen – Paul McCartney zum Beispiel –, aber die bestätigten nur die Regel.

Möglicherweise, weil der Job so unscheinbar war, herrschte ein chronischer Mangel an Bassisten. Als sich die Satin Saturns einen Monat später auflösten (der Leadgitarrist und der Schlagzeuger hatten wegen eines Mädchens eine Schlägerei gehabt), trat Tell der Band bei, die der Rhythmusmann der Saturns gründete, und so still und leise entschied sich der weitere Verlauf seines Lebens.

Es gefiel Tell, in einer Band zu spielen. Man stand ganz vorne, sah auf alle anderen hinunter und war nicht nur *bei* einer Party, sondern *machte* die Party; man war völlig unsichtbar und gleichzeitig unentbehrlich. Ab und zu mußte man ein wenig Back-up singen, aber niemand erwartete von einem, daß man eine *Rede* hielt oder so etwas.

Dieses Leben – Teilzeitstudent und Vollbandmitglied – hatte er zehn Jahre lang geführt. Er war gut, aber nicht ehrgeizig – in seinem Inneren brannte kein Feuer. Schließlich verdingte er sich in New York als Sessionmusiker, fing an, am Mischpult herumzuspielen, und fand heraus, daß ihm das Leben auf der anderen Seite der Glasscheibe noch besser gefiel. Während dieser ganzen Zeit hatte er nur einen guten

Freund gefunden: Paul Jannings. Das war schnell geschehen, und Tell vermutete, daß die einzigartigen Zwänge des Jobs etwas damit zu tun hatten; aber sie waren nicht der alleinige Grund. Überwiegend, vermutete er, war ein Zusammenwirken zweier Faktoren dafür verantwortlich: seine eigene Einsamkeit und Jannings' Persönlichkeit, so stark, daß man sie fast übermächtig nennen mußte. Und bei Georgie war das nicht viel anders, wie Tell nach den Geschehnissen dieses Freitagabends klar wurde.

Er und Paul tranken etwas an einem der schwarzen Tische in McManus'Pub, unterhielten sich über das Mischen, das Geschäft, die Mets, was auch immer, als Jannings' rechte Hand plötzlich unter dem Tisch war und Tell sanft zwischen den Beinen drückte.

Tell zuckte so heftig zurück, daß die Kerze auf dem Tisch umkippte und Jannings' Weinglas überschwappte. Ein Kellner kam herüber und stellte die Kerze auf, bevor sie das Tischtuch ansengen konnte, dann ging er wieder. Tell sah Jannings mit aufgerissenen und schockierten Augen an.

»Tut mir leid«, sagte Jannings und sah aus, als *täte* es ihm leid – aber er sah auch unbekümmert aus.

»Mein *Gott*, Paul!« Mehr fiel ihm nicht ein, und das hörte sich hoffnungslos unzureichend an.

»Ich dachte, Sie wären bereit, das ist alles«, sagte Jannings. »Ich hätte wohl etwas zartfühlender sein sollen.«

»Bereit?« wiederholte Tell. »Bereit? Was meinen Sie damit? Bereit *wofür?*«

»Zu bekennen. Endlich zu bekennen.«

»Ich bin nicht so«, sagte Tell, aber sein Herz schlug heftig und schnell. Teilweise, weil er bestürzt war, teilweise aus Furcht vor der unumstößlichen Gewißheit, die er in Jannings Augen sah, aber größtenteils einfach vor Mißfallen. Was Jannings getan hatte, schloß ihn aus.

»Lassen wir es, ja? Bestellen wir einfach und tun so, als wäre es nie passiert.« *Bis du es willst,* fügten diese unumstößlich überzeugten Augen hinzu.

Oh, es ist schon passiert, wollte Tell sagen, ließ es aber. Das duldete die praktische Stimme der Vernunft nicht; sie duldete nicht, daß er Gefahr lief, Paul Jannings' berüchtigt cholerisches Temperament zu reizen. Immerhin war dies ein guter Job. Und der Job *an sich* war nicht alles. Er konnte Roger Daltreys Band in seinen Bewerbungsunterlagen noch besser brauchen als das Gehalt für zwei weitere Wochen. Er wäre gut beraten, diplomatisch vorzugehen und seine Zorniger-junger-Mann-Nummer für später aufzuheben. Außerdem – hatte er wirklich einen Grund, böse zu sein? Schließlich hatte Jannings ihn nicht vergewaltigt.

Aber das war eigentlich nur die Spitze des Eisberges. Der Rest lief auf folgendes hinaus: er hielt den Mund, weil er das immer getan hatte. Und er machte den Mund nicht nur zu, er klappte ihn zu wie eine Bärenfalle, und sein ganzes Herz befand sich unterhalb der Bügel dieser Falle, und sein Kopf darüber.

»Na gut«, sagte er. »Es ist nie passiert.«

In dieser Nach schlief Tell schlecht, und das bißchen Schlaf litt unter Alpträumen: einem, in dem Jannings ihn unter dem Tisch bei McManus' anfaßte, folgte ein anderer mit den Turnschuhen unter der Toilettentür. Aber dieses Mal machte Tell die Tür auf und sah Paul Jannings dort sitzen. Er war nackt gestorben, und in einem Zustand sexueller Erregung, der irgendwie auch noch nach dem Tod anhielt, nach der ganzen Zeit. Paul machte mit einem deutlichen Knirschen den Mund auf.

»Ganz recht; ich *wußte*, daß du bereit bist«, sagte der Leichnam und stieß eine Wolke grünlicher, verdorbener Luft aus, und Tell wachte auf, als er ins Laken gewickelt auf den Boden fiel. Es war vier Uhr morgens. Die ersten Spuren Helligkeit waren gerade zwischen den Klüften der Häuser vor dem Fenster zu sehen. Er zog sich an und rauchte eine Zigarette nach der anderen, bis es Zeit wurde, zur Arbeit zu gehen.

Am Samstag gegen elf Uhr – sie arbeiteten sechs Tage pro Woche, damit Daltrey seinen Termin halten konnte –, ging Tell in die Toilette im dritten Stock, um zu pinkeln. Er blieb gleich hinter der Tür stehen, rieb sich die Schläfen und sah schließlich zu den Kabinen hinüber.

Er konnte nichts sehen. Der Winkel stimmte nicht.

Dann vergiß es! Scheiß drauf! Geh pissen und hau wieder ab!

Er ging langsam zu einem Pissoir und machte den Reißverschluß auf. Es dauerte lange, bis etwas kam.

Auf dem Weg hinaus blieb er wieder stehen, neigte den Kopf wie Nipper, der Hund auf den alten Labels von RCA Victor, und drehte sich um. Er ging langsam wieder um die Ecke und blieb stehen, als er gerade unter der Tür der ersten Kabine hindurchschauen konnte. Die schmutzigen weißen Turnschuhe waren immer noch da. Das Gebäude, das einmal als Music City bekannt gewesen war, stand samstagvormittags so gut wie leer, aber die Turnschuhe waren noch da.

Tells Blick fiel auf eine Fliege gerade außerhalb der Kabine. Er beobachtete mit einer Art leerer Gier, wie sie unter der Kabinentür durch auf die schmutzige Zehenspitze eines der Turnschuhe kroch. Dort verharrte sie und fiel einfach tot um. Sie fiel in den wachsenden Berg Insektenleichen rings um die Turnschuhe herum. Tell sah ohne jede Überraschung (jedenfalls verspürte er keine), daß sich zwischen den Fliegen eine große Küchenschabe befand, die wie eine umgekippte Schildkröte auf dem Rücken lag.

Tell verließ die Herrentoilette mit ausgreifenden, schmerzlosen Schritten, und der Rückweg zum Studio kam ihm ausgesprochen seltsam vor; es war als ginge er nicht, sondern als schwebte das Gebäude an ihm vorbei, um ihn herum, wie Stromschnellen um einen Fels.

Wenn ich wieder dort bin, sage ich Paul, daß ich mich nicht wohl fühle, und nehme den Rest des Tages frei, dachte er; aber das würde er nicht tun. Paul war den ganzen Morgen in einer gereizten, unfreundlichen Stimmung gewesen, und Tell wußte, er war teilweise (oder vielleicht ganz) der Grund dafür. Würde Paul ihn aus verschmähter Liebe feuern? Vor einer Woche hätte er über diese Vorstellung gelacht. Aber vor einer Woche hatte er auch noch geglaubt, was man ihm beigebracht hatte, als er heranwuchs: Freunde gab es wirklich, und Gespenster waren nur Einbildung. Jetzt fragte er sich, ob er diese beiden Ansichten nicht irgendwie durcheinandergebracht hatte.

»Der verlorene Sohn kehrt zurück«, sagte Jannings, ohne sich umzudrehen, als Tell die zweite der beiden Studiotüren aufmachte, die »Tote-Luft«-Tür genannt wurde. »Ich dache schon, Sie wären da drinnen gestorben, Johnny.«

»Nein«, sagte Tell. »Ich nicht.«

Es *war* ein Gespenst, und Tell fand am Tag vor dem Abschluß der Daltrey-Abmischung – und seiner Beziehung zu Paul Jannings – auch heraus, wessen Gespenst, aber bevor es soweit war, geschahen noch eine ganze Menge anderer Dinge. Doch im Grunde genommen waren alle nur kleine Meilensteine, so wie die an der Autobahn nach Pennsylvania, die Johns Tell Weg zu einem Nervenzusammenbruch kennzeichneten. Er wußte, daß es geschah, aber er konnte es nicht verhindern. Es war, als würde er nicht selbst auf dieser besonderen Straße fahren, sondern chauffiert werden.

Anfangs hatte sein Vorgehen einfach und logisch ausgesehen: dieser Herrentoilette und sämtlichen Fragen nach den Turnschuhen aus dem Weg zu gehen. Einfach nicht mehr daran denken. Das Thema abschalten.

Aber das konnte er nicht. Das Bild der Turnschuhe fiel ihm in den unpassendsten Augenblicken wieder ein und pochte in ihm wie ein alter Kummer. Er saß zu Hause und sah sich CNN oder eine alberne Talkshow im Fernsehen an, und auf einmal mußte er an die Fliegen denken oder an das, was der Hausmeister, der das Toilettenpapier wechselte, eindeutig nicht sah. Und dann schaute er auf die Uhr und stellte fest, daß eine Stunde vergangen war. Manchmal mehr.

Eine Zeitlang war er überzeugt, daß es sich um einen garstigen Streich handelte. Paul hatte es eingefädelt, und wahrscheinlich der Fettsack von Janus Music – Tell hatte häufig gesehen, wie sie sich unterhielten; und hatten sie nicht einmal zu ihm herübergeblickt und gelacht? Der Typ vom Empfang mit seinen Camels und dem toten, skeptischen Blick kam auch in Frage. Nicht Georgie, Georgie hätte das Geheimnis nicht für sich behalten können, selbst wenn Paul ihn eingeweiht hätte. Aber bei allen anderen war es denkbar. Einen oder zwei Tage dachte Tell sogar über die Möglichkeit nach, daß Roger Daltrey selbst es vielleicht einmal übernommen hatte, diese falsch geschnürten weißen Turnschuhe zu tragen.

Ihm war klar, daß das paranoide Hirngespinste waren, aber sie verschwanden auch nach dieser Erkenntnis nicht. Er befahl ihnen zu verschwinden, beharrte darauf, daß kein von Paul Jannings angeführter Kreuzzug stattfand, um ihm eins auszuwischen, und sein Verstand antwortete: *Klar, okay, klingt logisch,* und fünf Stunden später – vielleicht auch nur zwanzig Minuten – sah er die ganze Bande, wie sie unten in Desmond's Steak House saßen, zwei Blocks entfernt: Paul; der kettenrauchende Mann vom Empfang, der auf Heavy Metal und Gruppen in schwerer Lederkluft stand; vielleicht sogar der Dünne von Snappy Kards; und alle aßen Krabbencocktails und tranken. Und lachten natürlich. Lachten über *ihn*, während die schmutzigen weißen Turnschuhe, die sie der Reihe nach anzogen, in einer zerknüllten braunen Tüte unter dem Tisch standen.

Tell konnte die braune Tüte *sehen*. So schlimm war es geworden.

Aber diese kurzlebigen Hirngespinste waren nicht das schlimmste. Das schlimmste war einfach dies: Die Toilette im dritten Stock übte eine *Anziehungskraft* auf ihn aus. Es war, als wäre da drinnen ein starker Magnet und seine Hosentaschen voller Eisenspäne. Hätte ihm jemand so etwas *erzählt*, hätte er gelacht (vielleicht nur in Gedanken, wenn die Person, die erzählte, ernst gewirkt hätte), aber es war tatsächlich da, ein Gefühl wie Faszination, das er jedesmal hatte, wenn er auf dem Weg ins Studio oder zum Fahrstuhl an der Toilette vorbeikam. Es war ein schreckliches Gefühl, als würde er in einem Hochhaus auf ein offenes Fenster zugezerrt, oder als müßte er hilflos wie von außerhalb seines Körpers mit ansehen, wie er eine Pistole hochhob und den Lauf in den Mund steckte.

Er wollte es noch einmal sehen. Ihm war klar, daß ein einziger Blick ausreichen würde, ihn fertigzumachen, aber das spielte keine Rolle. Er wollte es noch einmal sehen.

Jedesmal, wenn er vorbeiging, diese geistige Anziehung.

In seinen Träumen machte er die Tür immer und immer wieder auf. Nur um einen Blick hineinzuwerfen.

Einen wirklich *guten* Blick.

Und er konnte es niemandem erzählen. Er wußte, es wäre besser, wenn er es erzählen würde; ihm war klar, wenn er jemand anderem sein Herz ausschüttete, würde die Sache ihre Form verändern, vielleicht sogar einen Griff bekommen, an dem er sie festhalten konnte. Er ging zweimal in Bars, wo es ihm gelang, mit den Männern neben sich Gespräche anzufangen. Denn Bars, dachte er, waren die Orte, wo Gespräche am billigsten waren. Tiefstpreise.

Beim ersten Mal hatte er kaum den Mund aufgemacht, als der Mann, den er sich ausgesucht hatte, eine Predigt über die Yankees und George Steinbrenner anfing. Besonders Steinbrenner schien dem Mann auf den Geist zu gehen, und es war unmöglich, den Burschen auch nur einmal auf ein anderes Thema anzusprechen. Tell gab den Versuch bald auf.

Beim zweiten Mal gelang es ihm, ein vergleichsweise beiläufiges Gespräch mit einem Mann anzufangen, der wie ein Bauarbeiter aussah. Sie unterhielten sich über das Wetter, dann über Baseball (aber der Mann war nicht verrückt nach dem Thema) und schließlich darüber, wie schwer es war, in New York einen Job zu finden. Tell schwitzte. Ihm war, als müßte er eine schwere körperliche Arbeit ausführen – vielleicht eine Schubkarre voll Beton eine Schräge hinaufschieben –, aber er hatte auch den Eindruck, als machte er seine Sache ganz gut.

Der Mann, der wie ein Bauarbeiter aussah, trank Black Russians. Tell blieb bei Bier. Er hatte den Eindruck, als würde er es ebenso schnell wieder ausschwitzen, wie er es trank, aber nachdem er dem Mann ein paar Drinks spendiert und dieser ihm ein paar Gläser bezahlt hatte, faßte Tell den Mut, aufs Thema zu kommen.

»Wollen Sie etwas wirklich Seltsames hören?« sagte er.

»Sind Sie schwul?« fragte der Mann, der wie ein Bauarbeiter aussah, bevor Tell ein weiteres Wort sagen konnte. Er drehte sich auf dem Barhocker herum und sah Tell mit liebenswürdiger Neugier an. »Ich meine, mir ist es gleich, ob Sie es sind oder nicht; aber ich glaube, ich spüre solche Schwingungen und dachte mir, ich sage ihnen lieber gleich, daß ich auf sowas nicht stehe. Klare Fronten, verstehen Sie?«

»Ich bin nicht schwul«, sagte Tell.

»Oh. Was ist dann das Seltsame?«

»Ja?«

»Sie sprachen von etwas wirklich Seltsamen.«

»Ach, so seltsam war es im Grund auch wieder nicht«, sagte Tell. Dann sah er auf die Uhr und sagte, daß es spät würde.

Drei Tage vor dem Abschluß der Daltrey-Abmischung verließ Tell Studio F, um zu pinkeln. Neuerdings benutzte er die Toilette im sechsten Stock. Er hatte zuerst die im vierten, dann die im fünften benutzt, aber beide lagen direkt über der im dritten, und er hatte gespürt, wie der Besitzer der Turnschuhe stumm durch die Decken strahlte und an ihm zu saugen schien. Die Herrentoilette im sechsten Stock lag an der anderen Seite des Gebäudes, und das schien die Lösung des Problems zu sein.

Er ging auf dem Weg zum Fahrstuhl an der Empfangsloge vorbei, blinzelte und stand plötzlich in der Toilette im dritten Stock, wo die Tür mit einem leisen *swisch* hinter ihm zufiel, statt in der Fahrstuhlkabine. Er hatte noch nie solche Angst gehabt. Teilweise wegen der Turnschuhe, aber größtenteils, weil er entdeckte, daß ihm gerade drei bis sechs Sekunden seines Gedächtnisses abhanden gekommen waren. Sein Bewußtsein hatte zum ersten Mal in seinem Leben einfach ausgesetzt.

Er hatte keine Ahnung, wie lange er dort stehengeblieben wäre, wäre nicht plötzlich die Tür hinter ihm aufgegangen und ihm schmerzhaft in den Rücken gestoßen. Es war Paul Jannings. »Entschuldigung, Johnny«, sagte er. »Ich hatte keine Ahnung, daß Sie zum Meditieren hierher kommen.«

Er ging an Tell vorbei, ohne eine Antwort abzuwarten (er hätte auch keine bekommen, dachte Tell später; seine Zunge klebte am Gaumen fest). Es gelang Tell, zum ersten Pissoir zu gehen und den Reißverschluß aufzumachen, aber nur, weil er dachte, Paul würde seine Freude daran haben, wenn er kehrtmachte und die Toilette fluchtartig verließ. Vor gar nicht so langer Zeit hatte er Paul als Freund betrachtet – vielleicht als seinen *einzigen* Freund, jedenfalls in New York. Die Zeiten hatten sich eindeutig geändert.

Tell stand etwa zehn Sekunden vor dem Pissoir, dann betätigte er die Spülung. Er drehte sich um, ging zwei leise Schritte auf Zehenspitzen, bückte sich und sah unter der Tür der ersten Kabine hindurch. Die Turnschuhe waren noch da, sie waren mittlerweile von Bergen toter Fliegen umgeben.

Ebenso Paul Jannings' Gucci-Slipper.

Tell sah so etwas wie eine Doppelbelichtung oder einen der billigen Gespenstereffekte aus der alten *Topper*-Serie. Zuerst sah er Pauls Slipper durch die Turnschuhe; dann schienen die Turnschuhe solider zu werden, und er sah sie durch die Slipper, als wäre Paul das Gespenst. Aber selbst wenn er durch sie hindurchsah, bewegten sich Pauls Schuhe ein wenig hin und her, während die Turnschuhe an Ort und Stelle blieben, wie immer.

Tell ging hinaus. Er war zum ersten Mal seit zwei Wochen ruhig.

Am nächsten Tag tat er, was er wahrscheinlich schon von Anfang an hätte tun sollen: er lud Georgie Ronkler zum Essen ein und fragte ihn, ob er jemals seltsame Geschichten oder Gerüchte über das Gebäude gehört hatte, das Music City genannt worden war. Ihm blieb ein Rätsel, warum er nicht früher darauf gekommen war. Er wußte nur, was gestern geschehen war, schien sein Denken irgendwie geklärt zu haben, wie ein heftiger Schlag oder ein Schwall kalten Wassers. Georgie wußte vielleicht nichts, möglicherweise aber doch; er arbeitete seit mindestens sieben Jahren mit Paul und größtenteils im Music City.

»Ach, Sie meinen das Gespenst«, sagte Georgie und lachte. Sie besuchten Cartin's, ein Restaurant an der Sixth Avenue, wo mittägliche Regsamkeit herrschte. Georgie biß in sein Corned-beef-Sandwich, kaute, schluckte und trank etwas Sodawasser mit den beiden Strohhalmen in der Flasche. »Wer hat Ihnen davon erzählt, Johnny?«

»Oh, ich glaube, einer der Hausmeister«, sagte Tell. Seine Stimme klang völlig ruhig.

»Sind Sie sicher, daß Sie es nicht gesehen haben?« fragte Georgie augenzwinkernd. Das war das äußerste an Spott, was Georgie zustande brachte.

»Nein.« Und er hatte es nicht gesehen. Nur die Turnschuhe. Und ein paar tote Fliegen.

»Nun, inzwischen hat es wieder nachgelassen, aber früher hat alle Welt davon geredet – daß der Geist des Burschen spukt. Es hat ihn direkt da oben im dritten Stock erwischt, wissen Sie. Auf dem Klo.« Georgie hob die Hände, flatterte damit neben den flaumigen Pfirsichwangen, summte ein paar Töne der Titelmelodie von *Twilight Zone* und versuche, geheimnisvoll auszusehen. Ein Ausdruck, dessen er nicht fähig war.

»Ja«, sagte Tell. »Das habe ich auch gehört. Aber der Hausmeister wollte mir nicht mehr erzählen; vielleicht hat er auch nicht mehr gewußt. Er hat einfach gelacht und ist weggegangen.«

»Das ist schon passiert, bevor ich mit Paul zusammengearbeitet habe. Paul hat mir davon erzählt.«

»Hat er das Gespenst nie selbst gesehen?« fragte Tell, der die Antwort kannte. Gestern hatte Paul *in* dem Gespenst *gesessen*. Hatte *in ihm geschissen,* um die brutale, vulgäre Wahrheit zu sagen.

»Nein, er hat immer darüber gelacht.« Georgie legte das Sandwich weg. »Sie wissen ja, wie er manchmal sein kann. Ein bißchen b-bösartig.« Wenn er gezwungen war, etwas auch nur annähernd Negatives über jemanden zu sagen, fing Georgie stets leicht an zu stottern.

»Ich weiß. Aber vergessen wir Paul; wer war dieses Gespenst? Was ist mit ihm passiert?«

»Oh, er war nur ein Drogendealer«, sagte Georgie. »Das war 1972 oder 73, schätze ich, als Paul gerade anfing – damals war er selbst nur Mischassistent. Vor der Flaute.«

Tell nickte. Zwischen 1975 und 1980 hatte die Rockmusik-

Industrie lahm in den Roßbreiten gelegen. Die Jugendlichen gaben ihr Geld für Videospiele aus statt für Schallplatten. Zum schätzungsweise fünfzigsten Mal seit 1955 verkündeten die Fachleute den Tod des Rock and Roll. Aber der erwies sich, wie schon bei früheren Gelegenheiten, als ein ausgesprochen lebendiger Leichnam. Videospiele waren plötzlich *out;* MTV erschien auf der Bildfläche; eine neue Welle Stars wurde aus England importiert; Bruce Springsteen veröffentlichte *Born in the U.S.A.;* Rap und Hip-Hop kurbelten Tanzbewegungen und Umsätze an.

»Vor der Flaute lieferten die Bosse der Plattenindustrie vor großen Konzerten persönlich in ihren Aktenkoffern Koks hinter der Bühne ab«, sagte Georgie. »Ich war damals Konzertmischer und habe es selbst gesehen. Es gab da einen Burschen – ich will seinen Namen nicht nennen, w-weil er seit 1978 tot ist, aber Sie würden ihn kennen, wenn ich ihn verriete –, der von seiner Plattenfirma vor jedem Auftritt ein Glas Oliven bekam. Das Glas war immer in hübsches Papier verpackt, mit Schleifchen und Bändern und allem. Aber die Oliven lagen nicht in Wasser, sondern in Kokain. Er tat sie in seine Drinks. Nannte sie A-a-a-abheb-Martinis.«

»Ich wette, das waren sie auch«, murmelte Tell.

»Nun, damals dachten eine Menge Leute, Kokain wäre so etwas wie ein Vitamin«, sagte Georgie. Sie glaubten, es würde einen nicht süchtig machen, so wie Heroin, oder einem den nächsten Tag v-versauen, so wie Fusel. Und dieses Gebäude, Mann, dieses Gebäude war ein regelrechter Schneesturm. Tabletten und Pot und auch Hasch, aber Kokain war der Knüller. Und dieser Bursche ...«

»Wie hieß er?«

Georgie zuckte die Achseln. »Weiß ich nicht. Paul hat es mir nie gesagt, und ich habe es auch nie von jemandem im Haus erfahren – jedenfalls nicht, daß ich mich erinnern könnte. Aber er war a-angeblich wie einer dieser Botenjungen aus den Delikatessengeschäften, die man im Fahrstuhl mit Kaffee und Krapfen und K-kuchen rauf- und runterfahren sieht. Nur, statt Kaffee und so weiter brachte dieser Bursche Stoff. Man sah ihn zwei- oder dreimal die Woche, wie er bis ganz nach oben fuhr und sich dann nach unten vorarbeitete. Er hatte einen Mantel über den Arm und eine Krokoledertasche in der Hand. Den Mantel trug er auch, wenn es heiß war. Damit die Leute die Handschellen nicht sahen. Aber ich schätze, manchmal haben sie sie d-d-doch gesehen.«

»Die *was?*«

»*H-H-H-Handschellen*«, sagte Georgie und spuckte Brotkrümel und Cornedbeef, worauf er sofort knallrot wurde. »Herrje, Johnny, das tut mir leid.«

»Macht nichts. Möchten Sie noch ein Sodawasser?«

»Ja, gern«, sagte Georgie dankbar.

Tell gab der Kellnerin ein Zeichen.

»Er war also ein Botenjunge«, sagte er, hauptsächlich, um Georgie wieder zu beruhigen – Georgie tupfte sich immer noch die Lippen mit der Serviette ab.

»Richtig.« Das frische Sodawasser kam, und Georgie trank davon. »Wenn er im achten Stock aus dem Fahrstuhl kam, war die Aktentasche, die er mit Handschellen am Handgelenk trug, voll Stoff. Wenn er wieder im Erdgeschoß ankam, war sie voll Geld.«

»Der beste Trick seit der Verwandlung von Blei in Gold«, sagte Tell.

»Ja, aber schließlich hat der Zauber versagt. Eines Tages hat er es nur bis zum dritten Stock geschafft. Jemand hat ihn in der Herrentoilette abgemurkst.«

»Erstochen?«

»Ich hab gehört, jemand hat die Tür der Kabine aufgerissen, in der er saß, und ihm einen Bleistift ins Auge gestoßen.«

Tell sah die Szene einen Augenblick so deutlich vor sich, wie er die zusammengeknüllte Papiertüte unter dem Restauranttisch der eingebildeten Verschwörer gesehen hatte: einen Barol Black Warrior, fein zugespitzt, der durch die Luft zischte und dann in den verblüfften Kreis einer Pupille eindrang. Der platzende Augapfel. Er zuckte zusammen.

Georgie nickte. »Schlimm, was? Aber wahrscheinlich stimmt es nicht. Ich meine, das mit dem Bleistift. Wahrscheinlich hat ihn einfach jemand erstochen, Sie wissen schon.«

»Ja.«

»Aber wer es auch getan haben mag, er *muß* einen scharfen Gegenstand bei sich gehabt haben«, sagte Georgie.

»Tatsächlich?«

»Ja. Die Aktentasche war nämlich weg.«

Tell sah Georgie an. Auch das sah er vor sich. Noch bevor Georgie ihm den Rest erzählte, sah er es vor sich.

»Als die Bullen kamen und den Burschen von der Toilette wegholten, fanden sie seine linke Hand in der S-Schüssel.«

»Oh«, sagte Tell.

Georgie sah auf seinen Teller. Es lag immer noch ein halbes Sandwich darauf. »Schätze, ich b-b-bin satt«, sagte er und lächelte unbehaglich.

Auf dem Rückweg zum Studio fragte Tell: »Der Geist dieses Burschen spukt also angeblich noch ... wo? In der Toilette?« Und plötzlich lachte er, denn so gräßlich die Geschichte auch gewesen war, die Vorstellung von einem Gespenst, das in einem Scheißhaus spukte, hatte etwas Komisches.

Georgie lächelte. »Sie kennen ja die Leute. Anfangs haben sie das behauptet. Als ich anfing, mit Paul zu arbeiten, kamen Leute und behaupteten, sie hätten ihn da drinnen *gesehen*. Nicht *ganz*, nur seine Turnschuhe unter der Kabinentür.«

»Nur seine Turnschuhe, hm? Ein echter Heuler.«

»Ja. Darum wußte man, daß es sie es sich ausdachten oder einbildeten, weil man es nur von Leuten hörte, die ihn kannten, als er noch lebte. Von Leuten, die wußten, daß er Turnschuhe trug.«

Tell, der ein unschuldiges Kind gewesen war und im ländlichen Pennsylvania gelebt hatte, als der Mord geschah, nickte. Sie waren beim Music City angekommen. Als sie durch die Halle zu den Fahrstühlen gingen, sagte Georgie: »Aber Sie wissen ja, was für ein Verschleiß in der Branche herrscht. Heute hier, morgen dort. Ich weiß nicht, ob noch jemand hier arbeitet, der damals dabei war, abgesehen vielleicht von

Paul und ein paar H-Hausmeistern, und *die* haben sicher nichts bei dem Burschen gekauft.«

»Kaum.«

»Nein. Deshalb hört man die Geschichte auch kaum noch, und es *sieht* ihn auch keiner mehr.«

Sie standen vor den Fahrstühlen.

»Georgie, warum bleiben Sie bei Paul?«

Obwohl Georgie den Kopf senkte und seine Ohrläppchen purpurrot wurden, schien ihn dieser unvermittelte Themenwechsel nicht zu überraschen. »Warum nicht? Er sorgt für mich.«

Gehst du mit ihm ins Bett, Georgie? Die Frage kam ihm sofort in den Sinn, wahrscheinlich als natürliche Folge der vorherigen Frage, vermutete Tell; aber er würde sie nicht stellen. Würde es nicht *wagen,* sie zu stellen. Weil er überzeugt war, daß Georgie ihm eine ehrliche Antwort geben würde.

Tell, der es kaum über sich brachte, mit Fremden zu reden, und der niemals Freundschaft schloß – von heute vielleicht abgesehen –, umarmte Georgie Ronkler plötzlich. Georgie umarmte ihn ebenfalls, ohne zu ihm aufzusehen. Dann lösten sie sich voneinander, der Fahrstuhl kam, das Mischen ging weiter, und am nächsten Abend um Viertel nach sechs, als Jannings seine Papiere zusammensuchte (und überdeutlich nicht in Tells Richtung sah), betrat Tell die Herrentoilette im dritten Stock, um sich den Besitzer der weißen Turnschuhe anzusehen.

Als er sich mit Georgie unterhielt, hatte er eine plötzliche Offenbarung gehabt – oder vielleicht nannte man etwas so Nachdrückliches auch eine göttliche Eingebung. Es handelte sich um folgendes: Vielleicht konnte man die Geister, die einen im Leben quälten, loswerden, wenn man nur genügend Mut aufbrachte, sich ihnen zu stellen.

Dieses Mal hatte er keine Bewußtseinslücke, und er empfand auch keine Angst – nur ein konstantes, tiefes Trommeln in der Brust. Seine Sinne waren geschärft. Er roch Chlor, die rosa Desinfektionssteine in den Pissoirs, alte Fürze. Er konnte winzige Risse in der Farbe an der Wand erkennen und abgeblätterte Stellen an den Rohren. Er konnte das hohle Klacken seiner Absätze hören, als er zur ersten Kabine ging.

Die Turnschuhe waren inzwischen beinahe unter toten Fliegen und Spinnen begraben.

Zuerst waren es nur eine oder zwei. Weil sie nicht sterben mußten, bevor die Turnschuhe da waren, und die waren erst da, als ich sie gesehen habe.

»Warum ich?« sagte er deutlich in die Stille.

Die Turnschuhe bewegten sich nicht, und keine Stimme antwortete.

»Ich habe dich nicht *gekannt*, ich bin dir nie *begegnet*, ich nehme nicht einmal den Stoff, den du verkauft hast, und habe ihn nie genommen. Also warum ich?«

Einer der Turnschuhe zuckte. Die toten Fliegen raschelten wie Papier. Dann glitt der Turnschuh – es war der falsch gebundene – zurück.

Tell stieß die Kabinentür auf. Eine Angel quietschte auf angemessen gruselige Weise. Und da war er. *Geheimnisvoller Gast, bitte eintreten*, dachte Tell.

Der geheimnisvolle Gast saß auf der Kloschüssel, eine Hand lag schlaff auf seinem Oberschenkel. Er war fast genau so, wie Tell ihn in seinen Träumen gesehen hatte – mit einem Unterschied: er hatte nur eine Hand. Der andere Arm endete mit einem staubigen, scharlachroten Stumpf, an dem auch ein paar tote Fliegen klebten. Erst jetzt wurde Tell klar, daß er Turnschuhs Hosen nie gesehen hatte (und sah man nicht immer, wie sich heruntergelassene Hosen über den Schuhen stauten, wenn man unter der Tür einer Toilettenkabine durchsah? Etwas hilflos Komisches oder einfach Schutzloses oder eines aufgrund des anderen?). Er hatte sie nicht gesehen, weil sie nicht heruntergelassen waren, Gürtel zugeschnallt, Hosenschlitz geschlossen. Es waren Hosen mit weiten Aufschlägen. Er versuchte sich zu erinnern, wann Hosen mit weiten Aufschlägen aus der Mode gekommen waren, konnte sich aber nicht darauf besinnen.

Über der Hose trug Turnschuh ein blaues Flanellhemd mit einem aufgestickten Peace-Zeichen auf jeder Brusttasche. Er hatte das Haar rechts gescheitelt. Tell konnte tote Fliegen auf dem Scheitel erkennen. Am Haken an der Rückseite der Tür hing der Mantel, von dem Georgie ihm erzählt hatte. Auf den eingesunkenen Schultern lagen auch tote Fliegen.

Er hörte ein knirschendes Geräusch, beinahe wie das, das die Tür von sich gegeben hatte. Es waren die Sehnen im Hals des Toten, wurde Tell klar. Turnschuh hob den Kopf. Dann sah er ihn an, und Tell stellte ohne jede Überraschung fest, daß das Gesicht, das ihn ansah, abgesehen von den vier Zentimetern Bleistift, die aus dem rechten Auge ragten, genau dasselbe war wie das, das er jeden Morgen im Rasierspiegel erblickte. Turnschuh war er selbst, und er war Turnschuh.

»Ich *wußte*, daß du bereit bist«, sagte er mit der tonlosen Stimme eines Mannes, der seine Stimmbänder schon lange nicht mehr benützt hat, zu sich selbst.

»Bin ich nicht«, sagte Tell. »Geh weg.«

»Ich meinte, die ganze Wahrheit zu erfahren«, sagte Tell zu Tell, und der Tell unter der Tür sah Ringe weißen Pulvers unter den Nasenlöchern des Tell, der auf dem Klo saß. Er hatte es also selbst genommen und nicht nur gedealt, so schien es. Er war hier hereingekommen, um kurz mal zu schnupfen; jemand hatte die Tür aufgerissen und ihm den Bleistift ins Auge gebohrt. Aber wer verübte einen Mord mit einem Bleistift? Vielleicht nur jemand, der das Verbrechen ...

»Oh, man könnte sagen, impulsiv begangen hat«, sagte Turnschuh mit seiner heiseren, tonlosen Stimme. »Das weltberühmte Verbrechen im Affekt.«

Und Tell – der Tell, der unter der Tür stand – begriff plötzlich ganz genau, was vorgefallen war, was Georgie auch immer denken mochte. Der Mörder hatte nicht unter der Tür durchgesehen, und Turnschuh hatte vergessen, den kleinen Riegel vorzuschieben. Zwei konvergierende Hälften eines Zufalls, die unter gewöhnlichen Umständen nicht mehr als ein »Entschuldigung« und einen hastigen Rückzug zur Folge gehabt hätten. Dieses Mal allerdings war es anders gekommen. Dieses Mal hatte es zu einem Stegreifmord geführt.

»Ich habe nicht vergessen, den Riegel vorzuschieben«, sagte Turnschuh mit seiner tonlosen, heiseren Stimme. »Er war kaputt.«

Ja, meinetwegen, kaputt. Das spielte keine Rolle. Und der Bleistift? Tell war überzeugt, daß der Killer ihn in der Hand gehalten hatte, als er die Tür der Kabine aufstieß – aber nicht als Waffe. Er hatte ihn nur gehalten, weil man ab und zu etwas in der Hand hält – eine Zigarette, einen Schlüsselbund, einen Bleistift oder Kuli, um damit herumzuspielen. Tell nahm an, daß der Bleistift wahrscheinlich in Turnschuhs Auge gesteckt hatte, noch bevor einer von beiden überhaupt wußte, daß der Mörder ihn dort hineinstoßen wollte. Und da der Killer möglicherweise ein Kunde gewesen war, der wußte, was sich in der Aktentasche befand, hatte er die Tür wieder zugemacht, sein Opfer auf der Kloschüssel sitzen lassen, das Gebäude verlassen und – nun, *etwas* geholt ...

»Er ging in ein Eisenwarengeschäft, fünf Blocks entfernt, und kaufte eine Metallsäge«, sagte Turnschuh mit seiner tonlosen Stimme, und Tell merkte plötzlich, daß es nicht mehr *sein* Gesicht war; es war das Gesicht eines Mannes, der um die dreißig war und vage indianisch aussah. Tells Haar war hellblond, und so war das dieses Mannes anfangs auch gewesen, aber jetzt war es pechschwarz und stumpf.

Und plötzlich fiel ihm noch etwas auf – es fiel ihm auf, wie einem Sachen in Träumen auffallen: Wenn Leute Gespenster sehen, dann sehen sie sie *immer* zuerst als sich selbst. Warum? Aus demselben Grund, aus dem Tiefseetaucher auf dem Weg zur Oberfläche Pausen einlegen, weil sie wissen, wenn sie zu schnell auftauchen, bekommen sie Stickstoffbläschen im Blut und leiden oder sterben möglicherweise unter Qualen.

»Die Wahrnehmung verändert sich, wenn man das Natürliche verläßt, oder nicht?« fragte Tell heiser. »Und darum war das Leben für mich in letzter Zeit so unheimlich. Etwas in mir hat sich aufgeladen, um mit – nun, mit *dir* fertigzuwerden.«

Der Tote zuckte die Achseln. Fliegen rieselten trocken von seinen Schultern. »Erzähl weiter, Klugscheißer – du scheinst ja den Kopf dazu zu haben.«

»Klar«, sagte Tell. »*Mach ich.* Er kaufte eine Säge, der Verkäufer wickelte sie ihm in eine Papiertüte, und er kam zurück. Er hat sich überhaupt keine Sorgen gemacht. Wenn jemand dich in der Zwischenzeit gefunden hätte, hätte er es gesehen, vor der Tür hätten sich die Leute gesammelt. Das wird er sich gedacht haben. Vielleicht wären sogar schon die Bullen da gewesen. Wenn alles normal aussah, wollte er hereinkommen und die Aktentasche holen.«

»Er hat zuerst versucht, die Kette durchzusägen«, sagte die heisere Stimme. »Als ihm das nicht gelang, hat er mir die Hand abgesägt.«

Sie sahen einander an. Tell stellte plötzlich fest, daß er den Toilettendeckel und die schmutzigen weißen Kacheln der Wand hinter dem Leichnam sehen konnte – dem Leichnam, der sich schließlich doch in ein echtes Gespenst verwandelte.

»Weißt du es jetzt«, fragte es Tell. »Warum du?«

»Ja. Du mußtest es jemandem erzählen.«

»Ach was – erzählen ist Scheiße«, sagte das Gespenst, und dann lächelte es ein Lächeln von so abgrundtiefer Gemeinheit, daß Tell entsetzt war. »Aber *wissen* ist manchmal ganz gut ... das heißt, wenn man noch am Leben ist.« Es machte eine Pause. »Du hast vergessen, deinen Freund Georgie nach etwas Wichtigem zu fragen, Tell. Etwas, das er vielleicht nicht so offen und ehrlich preisgegeben hätte.«

»Was?« fragte er, war aber nicht mehr sicher, ob er es wirklich wissen wollte.

»Wer damals im dritten Stock mein größter Kunde war. Wer mit über achttausend Dollar bei mir in der Kreide stand. Wer auf dem Trockenen saß. Wer zwei Monate nach meinem Tod eine Entziehungskur auf Rhode Island machte und *clean* wurde. Wer sich heutzutage nicht einmal mehr in die Nähe des weißen Pulvers wagt. Georgie war damals noch nicht hier, aber ich glaube, er kennt die Antwort auf all diese Fragen. Weil er die Leute reden hört. Ist dir schon aufgefallen, wie die Leute in Gegenwart von Georgie reden, als wäre er gar nicht da?«

Tell nickte.

»Und in seinem *Gehirn* stottert er nicht. Ich glaube, er weiß es wirklich. Er würde es nie jemandem sagen, Tell, aber ich glaube, er weiß es.«

Das Gesicht veränderte sich wieder, und jetzt waren die Gesichtszüge, die aus dem urschlammähnlichen Nebel flossen, feminin und fein geschnitten. Paul Jannings' Züge.

»Nein«, flüsterte Tell.

»Er bekam über dreißig Riesen«, sagte der Tote mit Pauls Gesicht. »Damit hat er die Erziehungskur bezahlt – und es blieb genügend übrig für all die Laster, die er *nicht* abgelegt hat.«

Und plötzlich verblaßte die Gestalt auf dem Toilettensitz völlig. Einen Augenblick später war sie verschwunden. Tell sah auf den Boden – auch die Fliegen waren verschwunden.

Er mußte nicht mehr aufs Klo. Er ging in das Aufnahmestudio zurück, sagte Paul Jannings ins Gesicht, daß er ein wertloser Dreckskerl war, verweilte gerade lange genug, um den Ausdruck völliger, betroffener Fassungslosigkeit auf Pauls Gesicht zu genießen, und ging dann zur Tür hinaus. Er würde andere Jobs bekommen; er war so gut in seinen Metier, daß er sich darauf verlassen konnte. Aber daß er es endlich wußte, kam einer Offenbarung gleich. Nicht die erste des Tages, aber eindeutig die beste.

Als er in seine Wohnung zurückkam, ging er direkt durch das Wohnzimmer zur Toilette. Der Drang, sich zu erleichtern, hatte sich wieder eingestellt – war sogar ziemlich dringend geworden –, aber das machte nichts; es gehörte zum Leben. »Ein Mann mit festen Gewohnheiten ist ein glücklicher Mann«, sagte er zu den weiß gekachelten Wänden. Er drehte sich ein wenig um, holte die neueste Ausgabe des *Rolling Stone*, die er auf dem Wasserkasten der Toilette liegengelassen hatte, schlug die Spalte »Aktuelles in Kürze« auf und fing an zu lesen.

Verdammt gute Band haben die hier

Als Mary aufwachte, hatten sie sich verfahren. Sie wußte es, und Clark wußte es auch, obwohl er es zuerst nicht zugeben wollte; er stellte seinen »Ich-bin-stinksauer«-Gesichtsausdruck zur Schau, bei dem sein Mund immer kleiner wurde, bis es so aussah, als verschwände er ganz. Und von »verfahren« würde Clark schon gar nicht reden; sie waren »irgendwo falsch abgebogen« – so würde er sich ausdrücken, und auch das nur widerwillig.

Sie waren am Tag zuvor von Portland aufgebrochen. Clark arbeitete für eine Computerfirma – einen der Branchenriesen –, und es war seine Idee gewesen, daß sie sich einen Teil von Oregon ansehen sollten, der außerhalb von dem freundlichen, aber langweiligen Vorort von Portland lag, in dem sie lebten, und der Software City genannt wurde. »Sie sagen, da draußen im Hinterland wäre es wunderschön«, hatte er zu ihr gesagt. »Möchtest du es dir ansehen? Ich habe eine Woche Zeit, und die ersten Versetzungsgerüchte machen bereits die Runde. Wenn wir uns das wahre Oregon nicht ansehen, werden die letzten sechzehn Monate, glaube ich, nicht mehr sein als ein schwarzes Loch in meiner Erinnerung.«

Sie hatte sich freiwillig darauf eingelassen (die Schule war vor zehn Tagen zu Ende gegangen, und Ferienunterricht war nicht vorgesehen), und sie hatte das angenehm ziellose Catch-as-catch-can-Gefühl der Reise genossen und darüber vergessen, daß spontane Ferienausflüge häufig so endeten: Die Urlauber verfuhren sich auf einer Nebenstraße, die durch den zugewucherten Arsch der Welt führte. Vielleicht war das ein Abenteuer – man konnte es so sehen –, aber sie war im Januar zweiunddreißig geworden und fand, daß man mit zweiunddreißig für solche Abenteuer schon ein bißchen zu alt war. Ihre Vorstellung von einem schönen Urlaub war ein Motelzimmer mit Bademänteln auf den Betten und einem Fön im Badezimmer.

Gestern war es herrlich gewesen, die Landschaft so atemberaubend, daß selbst Clark ab und zu in ein für ihn ungewöhnliches Schweigen verfallen war. Sie hatten die Nacht in einem hübschen Landgasthaus westlich von Eugene verbracht, hatten nicht nur einmal, sondern zweimal miteinander geschlafen (sie war eindeutig noch nicht zu alt, um *daran* ihren Spaß zu haben), waren heute morgen nach Süden aufgebrochen und wollten in Klamath Falls übernachten. Anfangs nahmen sie den Oregon State Highway 58, und *das* war richtig, aber beim Mittagessen in Oakridge hatte Clark vorgeschlagen, nicht auf der Hauptstraße weiterzufahren, die ziemlich mit Geländewagen und Holzlastern verstopft war.

»Ach, ich weiß nicht ...« sagte Mary im zweifelnden Tonfall einer Frau, die schon viele derartige Vorschläge von ihrem Mann zu hören bekommen hat und die Folgen von einigen über sich ergehen lassen mußte. »Ich möchte mich hier draußen nicht verirren, Clark. Sieht reichlich verlassen aus.« Sie klopfte mit einem perfekt manikürten Nagel auf einen grünen Fleck auf der Karte, der die Aufschrift *Wildpark Boulder Creek* trug. »Hier steht *Wild* – und das heißt: keine Tankstellen, keine Toiletten, keine Motels.«

»Ach, komm schon«, sagte er und schob die Reste seines Geflügelschnitzels von sich. Aus der Musicbox sangen Steve Earle and the Dukes »Six Days on the Road«, und draußen, vor den schmutzigen Fenstern, vollführten ein paar gelangweilte Jungs Drehungen und Luftsprünge mit ihren Skateboards. Sie sahen aus, als schlügen sie da draußen nur die Zeit tot und warteten darauf, alt genug zu sein, um aus der Stadt verschwinden zu können, und Mary wußte genau, wie ihnen zumute war.

»Ist doch nichts dabei, Baby. Wir fahren auf dem 58er noch ein paar Meilen nach Osten ... dann biegen wir nach Süden auf die State Road 42 ab ... siehst du sie?«

»Hm-hmm.« Sie sah aber auch, daß der Highway 58 eine dicke rote Linie war, die State Road 42 dagegen nur ein dünner, krakeliger schwarzer Strich. Aber sie war vollgestopft mit Frikadellen und Kartoffelpüree und wollte nicht mit Clark und seinen Pfadfinderinstinkten streiten; im Grund wollte sie nur noch den Sitz ihres reizenden alten Mercedes zurückklappen und ein Nickerchen machen.

»Dann«, drängte er weiter, »haben wir diese Straße hier. Sie trägt keine Nummer, wahrscheinlich ist es eine Landstraße, aber sie führt direkt nach Toketee Falls. Und von da ist es nur noch ein Katzensprung rüber zur U. S. 97. Nun – was meinst du?«

»Daß du uns wahrscheinlich in die Irre führst«, sagte sie – eine vorlaute Bemerkung, die sie später noch bedauern würde. »Aber ich denke, es besteht keine Gefahr, solange du eine Stelle findest, die breit genug ist, daß du die Prinzessin wenden kannst.«

»Amerikanischer Pioniergeist!« sagte er strahlend, zog das fritierte Geflügelschnitzel wieder zu sich heran und fing wieder an zu essen, samt geronnener Soße und allem.

»*Igitt-i-gitt!*« sagte sie, hielt sich eine Hand vor das Gesicht und schnitt eine Grimasse. »Wie *kannst* du nur?«

»Schmeckt gut«, sagte Clark mit so gedämpfter Stimme, daß nur seine Frau ihn verstehen konnte. »Außerdem sollte man nach Landessitte essen, wenn man auf Reisen ist.«

»Sieht aus, als hätte jemand einen Mundvoll Kautabak auf einen steinalten Hamburger gespuckt«, sagte sie. »Ich kann nur sagen: *Igitt-i-gitt!*«

Sie verließen Oakridge in bester Laune, und anfangs hatte alles reibungslos funktioniert. Der Ärger fing erst an, als sie von der S. R. 42 auf die unbezeichnete Landstraße einbogen. Clark war sicher gewesen, daß die sie in Nullkommanichts bis Toketee Falls bringen würde. Anfangs schien alles bestens zu laufen; Landstraße hin oder her, der neue Weg war viel besser als die State Road 42, die selbst im Sommer voller Schlaglöcher und Frostschäden war. Sie waren sogar ausgezeichnet vorangekommen und hatten abwechselnd neue Cassetten in den Recorder am Armaturenbrett eingelegt.

Clark stand auf Leute wie Wilson Pickett, Al Green und Pop Staples. Marys Geschmack ging in eine völlig andere Richtung.

»Was findest du bloß an diesen weißen Jungs?« fragte er, als sie ihren derzeitigen Favoriten einlegte – Lou Reeds *New York*.

»Hab doch einen geheiratet, oder nicht?« sagte sie, und das brachte ihn zum Lachen.

Die ersten Vorboten des Unheils stellten sich fünfzehn Minuten später ein. Sie kamen zu einer Gabelung der Straße. Beide Wege sahen gleichermaßen vielversprechend aus.

»Ach, du Scheiße«, sagte Clark, fuhr rechts ran und klappte das Handschuhfach auf, um die Karte herauszuholen. Er studierte sie eine ganze Weile. »Das ist nicht auf der Karte.«

»O Mann, da geht's schon los«, sagte Mary. Sie war gerade am Eindösen gewesen, als Clark vor der unerwarteten Gabelung angehalten hatte, und jetzt war sie ein bißchen wütend auf ihn. »Möchtest du einen Rat von mir?«

»Nein«, sagte er, und es hörte sich ein wenig wütend an, »aber ich nehme an, ich bekomme ihn trotzdem. Und es *stinkt mir*, wenn du so die Augen verdrehst, falls du es noch nicht weißt.«

»Wie denn, Clark?«

»Als wäre ich ein alter Hund, der gerade unter dem Eßtisch gefurzt hat. Los doch, sag mir, was du denkst. Gib's mir. Das ist deine Chance.«

»Kehr um, solange noch Zeit ist. Das ist mein Rat.«

»Hm-hmm. Wenn du nur noch ein Schild hättest, auf dem BEREUE steht.«

»Soll das komisch sein?«

»Ich weiß nicht, Mare«, sagte er mit verdrossener Stimme, und dann saß er nur noch mürrisch da und sah abwechselnd zu der insektenverklebten Windschutzscheibe hinaus und auf die Karte. Sie waren fast fünfzehn Jahre verheiratet, und Mary kannte ihn gut genug, um zu wissen, daß er darauf bestehen würde, weiterzufahren ... nicht trotz der unerwarteten Gabelung der Straße, sondern gerade *ihretwegen*.

Wenn es um Clark Willinghams Männlichkeit geht, macht er keinen Rückzieher, dachte sie, und dann hielt sie eine Hand vor den Mund und verbarg das Grinsen, das sich dort breit machte.

Aber sie war nicht schnell genug. Clark sah sie mit hochgezogener Braue an, und sie hatte einen plötzlichen, unbehaglichen Gedanken: Wenn sie *ihn* nach der ganzen Zeit so in- und auswendig kannte, dann kannte er sie wahrscheinlich ebensogut. »Ist was?« fragte er, und seine Stimme war etwas zu dünn. In diesem Augenblick – noch *bevor* sie eingeschlafen war, wurde ihr bewußt – war sein Mund schon schmaler geworden. »Möchtest du es mir nicht sagen, Herzblatt?«

Sie schüttelte den Kopf. »Ich hab mich nur geräuspert.«

Er nickte, schob die Brille auf die Stirn und hob die Karte, bis sie fast seine Nasenspitze berührte. »Nun«, sagte er, »es *muß* der linke Weg sein, weil er nach Süden in Richtung Toketee Falls führt. Der andere führt nach Osten. Wahrscheinlich die Zufahrt zu einer Ranch oder so.«

»Eine Straße zu einer Ranch mit einem gelben Mittelstreifen?«

Clarks Mund wurde wieder ein bißchen schmaler. »Du würdest staunen, wie betucht manche dieser Farmer sind«, sagte er.

Sie überlegte, ob sie ihn darauf hinweisen sollte, daß die Tage der Pfadfinder und Pioniere vorbei waren, aber dann fand sie, daß sie viel lieber ein kleines Nickerchen in der Nachmittagssonne machen als mit ihrem Mann streiten wollte, besonders nach der tollen Doppelnummer von gestern nacht. Und schließlich, *irgendwo* mußten sie ja rauskommen, oder nicht?

Mit dieser tröstlichen Vorstellung vor Augen und Lou Reed in den Ohren, der vom letzten großen amerikanischen Wal sang, döste Mary Willingham ein. Während die ungekennzeichnete Straße allmählich immer schlechter wurde, schlief sie unruhig und träumte, sie wären wieder in dem Café in Oakridge, wo sie zu Mittag gegessen hatten. Sie versuchte, einen Vierteldollar in die Musicbox zu stecken, aber der Münzschlitz war mit etwas verstopft, das wie Fleisch aussah. Einer der Jungen, die draußen auf dem Parkplatz herumgetobt hatten, kam mit seinem Skateboard unter dem Arm und seiner Trailblazer-Mütze verkehrt herum auf dem Kopf an ihr vorbei.

Was ist denn mit dem Ding hier los? fragte Mary ihn.

Der Junge kam herüber, warf einen flüchtigen Blick darauf und zuckte die Achseln. *Ach, nichts weiter,* sagte er achselzuckend. *Das ist nur der Kadaver von 'nem Typ, der für dich und für viele dran glauben mußte. Wir geben uns hier nicht mit Kleinigkeiten ab; wir reden von Massenkultur, Honigtörtchen.*

Dann hob er die Hand, zwickte sie in die rechte Brust – und das nicht einmal besonders freundschaftlich – und ging seines Weges. Als sie wieder zu der Musicbox zurückschaute, sah sie, daß sie sich mit Blut gefüllt hatte, in dem Dinge herumschwammen, die verdächtig wie menschliche Organe aussahen.

Vielleicht solltest du diesem Lou-Reed-Album lieber eine Pause gönnen, dachte sie, während in der Blutlache hinter dem Glas eine Schallplatte auf den Plattenteller sank und Lou anfing »Busload of Faith« zu singen.

Während Mary diesen abscheulichen Traum hatte, wurde die Straße ständig schlechter. Die schadhaften Stellen wuchsen zusammen, bis es sich nur noch um *eine einzige* Stelle handelte. Das Album von Lou Redd – ein langes – ging zu Ende und fing wieder von vorn an. Clark bemerkte es nicht. Der freundliche Gesichtsausdruck, mit dem er den Tag begonnen hatte, war gänzlich verschwunden. Sein Mund war zur Größe einer Rosenknospe geschrumpft. Wäre Mary wach gewesen, hätte sie ihn dazu gebracht, umzukehren und meilenweit zurückzufahren. Das wußte er. Und er wußte auch, wie sie ihn ansehen würde, wenn sie jetzt aufwachte und diesen schmalen Streifen verfallenden Asphalts sah – den man nur noch als Straße bezeichnen konnte, wenn man beide Augen zudrückte – und den Pinienwald, der sich auf beiden Seiten so dicht an den Weg drängte, daß der brüchige Teerbelag dauernd im Schatten lag. In der Gegenrichtung war kein Wagen mehr vorbeigekommen, seit sie die State Road 42 verlassen hatten.

Er wußte, er *sollte* umkehren – Mary wurde *stinksauer*, wenn er in so eine Scheiße geriet, und vergaß dabei jedesmal die vielen Ausflüge, bei denen er seinen Weg unbeirrbar auf unbekannten Straßen bis zu ihrem Ziel gefunden hatte (Clark Willingham war einer von den Millionen amerikanischer Männer, die fest davon überzeugt sind, daß sie einen eingebauten Kompaß im Kopf haben). Aber er fuhr weiter, anfangs noch in der störrischen Überzeugung, daß sie in Toketee Falls herauskommen *mußten;* aber zuletzt hoffte er es nur noch. Außerdem hatte er keinen Platz zum Wenden. Wenn er es ohne eine Ausweichstelle versuchte, würde er die Prinzessin bis zu den Radkappen in einem er sumpfigen Straßengräben versenken, die diesen erbärmlichen Abklatsch einer Straße säumten ... und Gott allein mochte wissen, wie lange es dauerte und wie weit man laufen mußte, um einen Abschleppwagen hierher zu bekommen.

Schließlich kam er *doch* an eine Stelle, an der er hätte wenden können – eine weitere Gabelung der Straße –, aber er beschloß, es nicht zu tun. Der Grund war einfach. Der rechte Weg bestand aus einem Schotterpfad, auf dem Gras wuchs. Links dagegen war die Straße wieder breit, sauber asphaltiert und mit einem hellgelben Mittelstreifen versehen. Nach dem Kompaß in Clarks Kopf führte diese Straße schnurstracks nach Süden. Er konnte Toketee Falls förmlich *riechen*. Zehn Meilen, vielleicht fünfzehn, allerhöchstens zwanzig.

Er *überlegte* aber immerhin, ob er umkehren sollte. Als er Mary später davon erzählte, sah er den zweifelnden Blick in ihren Augen, aber es stimmte. Er beschloß weiterzufahren, weil Mary sich zu regen begann, und er war überzeugt, der unebene Straßenabschnitt voller Schlaglöcher, den sie gerade hinter sich gelassen hatten, würde sie aufwecken, wenn er wendete. Und dann würde sie ihn mit ihren großen, wunderschönen blauen Augen ansehen. Nur ansehen. Das würde genügen.

Außerdem, weshalb sollte er anderthalb Stunden damit vergeuden, daß er zurückfuhr, wenn Toketee Falls nur einen

Katzensprung entfernt lag? *Sieh dir diese Straße an,* dachte er. *Glaubst du, so eine Straße hört einfach auf?*

Er legte den Gang wieder ein, nahm die linke Straße, und sie hörte tatsächlich auf. Nach dem ersten Hügel verschwand der gelbe Mittelstreifen. Nach dem zweiten ging der Asphaltbelag zu Ende, sie befanden sich auf einem ausgefahrenen Feldweg, der dunkle Wald drängte sich auf beiden Seiten noch dichter heran, und die Sonne – das bemerkte Clark jetzt zum ersten Mal – sank jetzt auf der falschen Seite des Himmels abwärts.

Der Asphalt hörte so unvermittelt auf, daß Clark nicht mehr bremsen und die Prinzessin behutsam auf die neue Oberfläche befördern konnte; der harte Aufprall, der die Stoßdämpfer überforderte, weckte Mary. Sie fuhr ruckartig in die Höhe und sah sich mit großen Augen um. »Wo ...«, begann sie, und dann, wie um dem Nachmittag die Krone aufzusetzen, wurde die rauchige Stimme von Lou Reed immer schneller, bis er den Text von »Good Evening, Mr. Waldheim« mit der Geschwindigkeit von Alvin und den Chipmunks plapperte.

»*Oh!*« sagte sie und drückte die Eject-Taste. Die Cassette schnellte heraus, gefolgt von einer häßlichen braunen Nachgeburt – Schlingen glänzenden Bandsalats.

Die Prinzessin fuhr in ein fast bodenloses Schlagloch, kippte hart nach links und warf sich wieder in die Höhe wie ein Klipper, der durch eine Sturmwoge schlingert.

»Clark?«

»Keinen Ton«, sagte er mit zusammengebissenen Zähnen. »Wir haben uns nicht verfahren, wir sind nur irgendwo falsch abgebogen. In einer oder zwei Minuten wird daraus wieder eine asphaltierte Straße – wahrscheinlich schon hinter dem nächsten Hügel. *Wir haben uns nicht verfahren.*«

Mary, die immer noch durch ihren Traum verstört war (obwohl sie sich nicht mehr genau daran erinnern konnte), hielt das zerstörte Band auf dem Schoß und trauerte darum. Sie überlegte sich, daß sie ein neues kaufen konnte – aber nicht hier draußen. Sie betrachtete die düsteren Bäume, die sich bis zum Straßenrand zu drängen schienen wie ausgehungerte Gäste bei einem Festbankett, und dachte sich, daß es ein langer Weg bis zum nächsten Musikladen sein würde.

Sie sah Clark an, sah seine geröteten Wangen und den Mund, der schmaler war denn je, und entschied, daß es politisch klüger wäre, die Klappe zu halten, zumindest vorläufig. Wenn sie ruhig blieb und ihm keine Vorwürfe machte, war es wahrscheinlicher, daß er wieder zur Vernunft kam, bevor dieses klägliche Zerrbild von einer Straße in einer Kiesgrube oder einem Triebsandloch endete.

Außerdem könnte ich gar nicht wenden«, sagte er, als hätte sie genau das vorgeschlagen.

»Das sehe ich«, antwortete sie neutral.

Er sah sie an, möglicherweise streitlustig, möglicherweise auch nur verlegen und in der Hoffnung, daß sie nicht allzu wütend auf ihn war – zumindest noch nicht –, und dann schaute er wieder zur Windschutzscheibe hinaus. Jetzt wuchs auch Unkraut mitten auf der Straße, und falls ihnen *nun* ein Auto entgegenkam, würde einer zurückstoßen müssen. Und damit war der Spaß noch nicht zu Ende. Der Boden außerhalb der Spurrillen sah zunehmend unsicherer aus; die verkrüppelten Bäume schienen sich um die besten Plätze am feuchten Erdreich zu streiten.

Weder rechts noch links vom Weg waren Strommasten zu sehen. Fast hätte sie Clark darauf hingewiesen, aber dann überlegte sie sich, daß es besser sein könnte, auch darüber den Mund zu halten. Er fuhr schweigend weiter, bis sie um eine abwärts geneigte Kurve herumkamen. Er hatte wider besseres Wissen gehofft, sie würden auf der anderen Seite eine Veränderung zum Besseren sehen, aber der zugewucherte Feldweg verlief weiter wie gehabt. Dann wurde er noch ein bißchen schmaler und noch ein bißchen undeutlicher und erinnerte Clark allmählich an Straßen in den Fantasy-Romanen, die er so gern las – von Leuten wie Terry Brooks, Stephen Donaldson und natürlich J.R.R. Tolkien, dem geistigen Vater von allen. In diesen Romanen wählten die Figuren (die meistens kleinwüchsig waren und denen Haare aus den spitzen Ohren wuchsen) solche Wege trotz ihrer bösen Vorahnungen, was dann damit endete, daß sie gegen Trolle oder Gnome oder keulenschwingende Skelette kämpfen mußten.

»Clark ...«

»Ich weiß«, sagte er und schlug plötzlich mit der linken Hand auf das Lenkrad – eine knappe, hilflose Geste, die lediglich die Hupe aufquaken ließ. »Ich *weiß*.« Er hielt den Mercedes an, der mittlerweile die ganze Breite der Straße für sich beanspruchte (Straße? Verdammt, *Feldweg* wäre mittlerweile schon geschmeichelt gewesen), rammte das Automatikgetriebe in den Leerlauf und stieg aus. Mary stieg langsamer auf der anderen Seite aus.

Der Balsamgeruch der Bäume war himmlisch, und sie fand, daß die Stille, die von keinerlei Motorenlärm (nicht einmal dem fernen Dröhnen eines Flugzeugs) oder menschlichen Stimmen gestört wurde, etwas Wunderschönes hatte – aber auch etwas Unheimliches. Selbst die Geräusche, die sie hören *konnte* – das *Tu-witt!* eines Vogels im Schatten der Föhren, das Brausen des Windes, das nagelnde Rumoren des Dieselmotors der Prinzessin –, betonten nur die Mauer der Stille, die sie umgab.

Sie sah Clark über das graue Dach der Prinzessin hinweg an, und ihr Blick drückte weder Vorwürfe noch Wut aus, sondern nur ein Flehen: *Bring uns hier raus, ja? Bitte?*

»Tut mir leid, Liebes«, sagte er, und sein besorgter Gesichtsausdruck trug nicht dazu bei, sie zu beruhigen. »Ehrlich.«

Sie versuchte zu sprechen, aber anfangs kam kein Laut aus ihrem trockenen Hals. Sie räusperte sich und versuchte es noch einmal. »Was hältst du davon, zurückzustoßen, Clark?«

Er dachte ein paar Augenblicke darüber nach – der *Tu-witt*-Vogel hatte Zeit, einen Ruf auszustoßen, und bekam von irgendwo tiefer im Wald Antwort –, dann schüttelte er den Kopf. »Nur als allerletzte Möglichkeit. Es sind mindestens zwei Meilen zurück bis zu letzten Gabelung ...«

»Heißt das, da war *noch* eine?«

Er zuckte ein bißchen zusammen, schlug die Augen nieder und nickte. »Zurückstoßen ... nun, du siehst ja, wie schmal die Straße ist und wie schlammig die Gräben sind. Wenn wir da reingeraten ...« Er schüttelte den Kopf und seufzte.

»Also fahren wir weiter.«

»Ich meine ja. Wenn die Straße vollkommen im Arsch ist, *muß* ich es natürlich versuchen.«

»Aber dann sind wir noch tiefer drinnen.« Bis jetzt war es ihr gelungen, und zwar ziemlich gut, fand sie, sich einen vorwurfsvollen Tonfall zu verkneifen, aber es fiel ihr immer schwerer. Sie war sauer auf ihn, sogar stinksauer, aber sie war auch sauer auf sich selbst, weil – weil sie überhaupt erst zugelassen hatte, daß es soweit kam, und weil sie ihm jetzt noch Honig um den Bart schmierte.

»Stimmt, aber ich finde die Aussicht besser, voraus eine breite Stelle zum Wenden zufinden, als die, auf diesem Scheißweg zwei Meilen rückwärts zu fahren. Wenn sich herausstellt, daß wir *doch* zurückstoßen müssen, werde ich es in Etappen machen – fünf Minuten zurückstoßen, zehn ausruhen, wieder fünf zurückstoßen.« Er lächelte kläglich. »Ein echtes Abenteuer.«

»O ja, das ist es«, sagte Mary und überlegte sich wieder, daß ihre Bezeichnung für so etwas nicht *Abenteuer*, sondern *Scheißspiel* sein würde. »Bist du sicher, daß du nicht weiterfahren willst, weil du im Grund deines Herzens sicher bist, daß wir Toketee Falls gleich hinter dem nächsten Hügel finden werden?«

Einen Moment schien sein Mund vollkommen zu verschwinden, und sie wappnete sich für einen rechtschaffenen männlichen Wutausbruch. Dann sanken seine Schultern nach unten, und er schüttelte nur den Kopf. In diesem Augenblick sah sie, wie er in dreißig Jahren aussehen würde, und das machte ihr noch mehr Angst, als am Arsch der Welt auf einem abgelegenen Feldweg festzusitzen.

»Nein«, sagte er. »Ich glaube, Toketee Falls kann ich mir abschminken. Eine der Grundregeln beim Reisen in den Vereinigten Staaten ist, daß Straßen, bei denen nicht auf mindestens einer Seite Leitungsmasten stehen, nirgendwo hinführen.«

Also war ihm das auch aufgefallen.

»Komm schon«, sagte er und stieg wieder ein. »Ich werde versuchen, uns hier rauszubringen. Und das nächste Mal höre ich auf dich.«

Ja, ja, dachte Mary mit einer Mischung aus Heiterkeit und resigniertem Mißfallen. *Das habe ich alles schon einmal gehört.* Aber bevor er den Schalthebel von Leerlauf auf Fahren ziehen konnte, legte sie ihre Hand auf seine. »Das *weiß* ich«, sagte sie und verwandelte seine Worte in ein Versprechen. »Und jetzt bring uns aus diesem Schlamassel raus.«

»Worauf du dich verlassen kannst«, sagte Clark.

»Und sei vorsichtig.«

»Auch darauf kannst du dich verlassen.« Er schenkte ihr ein knappes Lächeln, bei dem es ihr wieder etwas besser ging, dann ließ er die Prinzessin langsam anrollen. Der große, graue Mercedes, der in diesem dunklen Wald mehr als fehl am Platze aussah, kroch weiter den schattigen Weg entlang.

Sie fuhren laut Tacho noch eine Meile, und nichts veränderte sich – außer dem Weg, auf dem sie sich befanden: er wurde noch schmaler. Mary fand, daß die verkrüppelten Fichten jetzt nicht mehr wie hungrige Gäste bei einem Bankett aussahen, sondern wie morbide, neugierige Schaulustige am Schauplatz eines schlimmen Unfalls. Wenn der Weg noch schmaler werden sollte, würden sie die Zweige an den Seiten entlangkratzen hören. Der Boden *unter* den Bäumen war derweil von schlammig in sumpfig übergegangen; Mary konnte in einigen Senken Pfützen stehenden Wassers sehen, in denen Blütenstaub und Fichtennadeln schwammen. Ihr Herz schlug viel zu schnell, und zweimal ertappte sie sich dabei, daß sie an den Nägeln kaute – eine Angewohnheit, die sie in dem Jahr, bevor sie Clark heiratete, endgültig aufgegeben zu haben glaubte. Ihr war klar geworden, wenn sie jetzt steckenblieben, würden sie die Nacht hier draußen in der Prinzessin verbringen müssen. Und es gab Tiere in diesem Wald – sie hatte sie da draußen herumlaufen gehört. Manche waren laut genug, daß es Bären sein konnten. Bei dem Gedanken, sie könnten einem Bären begegnen, während sie ihre hoffnungslos gestrandete Prinzessin betrachteten, mußte sie etwas schlucken, was sich anfühlte und schmeckte wie eine große Staubfluse.

»Clark, ich finde, wir sollten lieber aufgeben und versuchen, zurückzustoßen. Es ist schon nach drei Uhr und ...«

»Sieh mal«, sagte er und deutete nach vorne. »Ist das ein Schild?«

Sie kniff die Augen zusammen. Vor ihnen stieg der Weg zur Kuppe eines dicht bewaldeten Hügels an. Fast auf dem Gipfel stand ein hellblaues Rechteck. »Ja«, sagte sie, »das ist tatsächlich ein Schild.«

»Toll! Kannst du es lesen?«

»Hm-hmm – es steht darauf: WENN SIE BIS HIERHER GEKOMMEN SIND, SITZEN SIE ECHT IN DER SCHEISSE.«

Er warf ihr einen Blick zu, halb verdrossen, halb erheitert. »Sehr komisch, Mary.«

»Danke, Clark. Ich geb mir Mühe.«

»Wir fahren auf den Hügel rauf, lesen das Schild und stellen fest, was auf der anderen Seite liegt. Wenn wir nichts Vielversprechendes sehen, versuchen wir zurückzustoßen. Einverstanden?«

»Einverstanden.«

Er tätschelte ihr Bein, dann fuhr er langsam weiter. Der Mercedes rollte jetzt so langsam, daß sie das leise Rascheln der Gräser am Unterboden hören konnten. Mary konnte die Worte auf dem Schild jetzt wirklich lesen, aber anfangs glaubte sie, sie müßte sich irren – es war einfach zu verrückt. Aber sie kamen immer näher, und die Worte veränderten sich nicht.

»Steht da wirklich, was ich sehe?« fragte Clark.

Mary stieß ein kurzes, bestürztes Lachen aus. »Klar – aber das kann nur ein Witz sein, findest du nicht auch?«

»Ich habe das Denken aufgegeben – es bringt mich immer nur in Schwierigkeiten. Aber ich sehe noch etwas, das *kein* Witz ist. Sieh doch, Mary!«

Sechs bis acht Meter hinter dem Schild – kurz vor der Hügelkuppe – wurde die Straße deutlich breiter, sie war wieder asphaltiert und mit einem Mittelstreifen versehen. Mary spürte, wie ihr ein Stein vom Herzen fiel.

Clark grinste. »Ist das nicht *wunderschön?*«

Sie nickte glücklich und grinste.

Sie kamen zu dem Schild, und Clark hielt an. Sie lasen es noch einmal:

WILLKOMMEN IN
ROCK AND ROLL HEAVEN, OREGON
WIR KOCHEN MIT GAS! DAS WERDEN SIE AUCH!
Jaycees ▪ *Chamber of Commerce* ▪ *Lions* ▪ *Elks*

»Das *muß* ein Witz sein«, wiederholte sie.

»Vielleicht auch nicht.«

»Eine Stadt namens Rock and Roll Heaven? Ich *bitte* dich, Clark.«

»Warum nicht? Es gibt Truth or Consequences, New Mexiko, Dry Shark, Nevada, und in Pennsylvania einen Ort namens Intercourse – Geschlechtsverkehr. Warum also nicht ein Rock and Roll Heaven in Oregon?«

Sie lachte übermütig. Das Gefühl der Erleichterung war unglaublich. »Das hast du erfunden.«

»Was?«

»Intercourse, Pennsylvania.«

»Nein. Ralph Ginzburg hat einmal versucht, eine Zeitschrift mit dem Titel *Eros* von dort auszuliefern. Wegen dem Poststempel. Das FBI hat ihn nicht gelassen. Ich schwöre. Und wer weiß? Vielleicht wurde die Stadt in den sechziger Jahren von einer Gruppe radikaler Zurück-zur-Natur-Hippies gegründet. Sie sind zum Establishment geworden – Lions Club, Elks, Jaycees –, aber der ursprüngliche Name ist geblieben.« Er war völlig eingenommen von dieser Vorstellung, die er komisch und merkwürdig rührend fand. »Davon abgesehen, glaube ich nicht, daß das eine Rolle spielt. Wichtig ist nur, wir haben wieder eine schöne breite Asphaltstraße gefunden, Liebling. Das ist das Zeug, auf dem man fährt.«

Sie nickte. »Dann fahr darauf – aber vorsichtig.«

»Unbedingt.« Die Prinzessin glitt auf die Straße, die nicht aus Asphalt bestand, sondern aus einer glatten Verbundoberfläche ohne einen Flecken oder sichtbare Dehnfugen. »Vorsicht ist mein zweiter Vorname ...«

Dann hatten sie die Hügelkuppe erreicht, und das letzte Wort blieb ihm im Hals stecken. Er trat so heftig auf die Bremse, daß ihre Gurtstraffer einrasteten, dann rammte er den Schalthebel wieder in den Leerlauf.

»Ach, du dickes Ei!« sagte Clark.

Sie saßen mit offenen Mündern in ihrem Mercedes und blickten auf die Stadt hinab.

Es war ein perfektes Juwel von einer Stadt, die sich wie ein Grübchen in ein kleines, flaches Tal schmiegte. Die Ähnlichkeit mit Bildern von Norman Rockwell und Kleinstadtillustrationen von Currier & Ives war zumindest für Mary unübersehbar. Sie versuchte sich einzureden, daß es nur an der Geographie lag; wie sich die Straße in das Tal hinabwand, wie die Stadt von dichtem, dunkelgrünem Wald umgeben war – Legionen alter, dicker Fichten wuchsen in ungebrochenem Übermaß jenseits der umliegenden Felder –, aber es war mehr als nur die Geographie, und sie vermutete, daß Clark es ebensogut wußte wie sie selber. Die Kirchtürme zum Beispiel hatten etwas allzu Gleichmäßiges an sich – einer am nördlichen Ende des Gemeindeplatzes, der andere am südlichen. Das ziegelrote Gebäude abseits im Osten mußte das Schulhaus sein, und das große weiße mit dem Glockenturm auf dem Dach und der Satellitenschüssel an der Seite das Rathaus. Die Wohnhäuser sahen allesamt unvorstellbar sauber und behaglich aus, die Art von Domizilen, wie man sie in den Schöner-wohnen-Anzeigen von Zeitschriften vor dem Zweiten Weltkrieg, etwa der *Saturday Evening Post* oder dem *American Mercury* finden konnte.

Eigentlich müßte sich aus dem einen oder anderen Kamin Rauch kräuseln, dachte Mary, und bei genauerem Hinsehen stellte sie fest, daß es auch so war. Plötzlich fiel ihr eine Geschichte aus Ray Bradburys *Mars-Chroniken* ein; sie hieß »Die dritte

Expedition«, und in ihr hatten die Marsianer das Schlachthaus so geschickt getarnt, daß es wie jedermanns liebreizendster Traum von einer Kleinstadt aussah.

»Kehr um«, sagte sie unvermittelt. »Hier ist es breit genug, wenn du vorsichtig bist.«

Er drehte sich langsam um und sah sie an, und sein Gesichtsausdruck gefiel ihr überhaupt nicht. Er betrachtete sie, als glaubte er, sie hätte den Verstand verloren. »Liebling, was hast du ...«

»Es gefällt mir nicht, das ist alles.« Sie konnte spüren, wie ihr Gesicht warm wurde, blieb aber trotz der Hitze beharrlich. »Es erinnert mich an eine unheimliche Geschichte, die ich als Teenager gelesen habe.« Sie machte eine Pause. »Außerdem muß ich an das Knusperhäuschen in ›Hänsel und Gretel‹ denken.«

Er betrachtete sie immer noch mit seinem patentierten »Das kann ich nicht glauben«-Blick, und ihr wurde klar, daß er die Absicht hatte, hinunterzufahren – es war nur ein anderer Teil desselben vermaledeiten Testosteronschubs, der ihn veranlaßt hatte, von der Hauptstraße abzuweichen. Er wollte die Sache *erforschen*, bei Gott. Und er wollte selbstverständlich ein Souvenir. Ein T-Shirt aus dem Drugstore würde genügen, eines, auf dem etwas Nettes stand, zum Beispiel: ICH WAR IN ROCK AND ROLL HEAVEN, UND EINE VERDAMMT GUTE BAND HABEN DIE DA.

»Liebling –« Es war die sanfte, zärtliche Stimme, die er zustandebrachte, wenn er versuchen wollte, sie für sein Vorhaben einzunehmen oder bei dem Versuch zu sterben.

»Ach, hör auf. Wenn du mir einen Gefallen tun willst, dann kehr um und bring uns zum Highway 58 zurück. Wenn du das machst, kannst du heute nacht wieder etwas Süßes haben. Sogar wieder doppelte Portion, wenn du das schaffst.«

Er stieß einen tiefen Stoßseufzer aus, umkrampfte das Lenkrad und sah starr geradeaus. Schließlich sagte er, ohne sie anzusehen: »Schau über das Tal, Mary. Siehst du die Straße, die auf der anderen Seite bergauf führt?«

»Ja, die sehe ich.«

»Siehst du, wie breit sie ist? Wie glatt? Wie schön asphaltiert?«

»Clark, das ist kaum ...«

»Sieh doch! Ich glaube, da fährt sogar ein wirklicher und wahrhaftiger *Bus* darauf.« Er deutete auf einen gelben Bus, der auf der Straße in Richtung Stadt rollte; seine Metallhaut funkelte heiß im Licht der Nachmittagssonne. »Das ist auch ein Fahrzeug, das wir auf *dieser* Seite der Welt nicht gesehen haben.«

»Trotzdem meine ich ...«

Er nahm die Karte, die auf der Mittelkonsole gelegen hatte, und als er sich damit zu ihr umdrehte, stellte Mary betroffen fest, daß die fröhliche, einschmeichelnde Stimme die Tatsache verborgen hatte, daß er ernstlich sauer auf sie war. »Hör zu, Mary, und hör gut zu, weil es später Fragen geben könnte. Vielleicht kann ich wenden, vielleicht auch nicht – es ist brei*ter*, aber ich bin nicht so sicher wie du, ob es breit genug ist. Und der Boden sieht *immer noch* reichlich morastig aus, finde ich.«

»Clark, bitte schrei mich nicht an. Ich bekomme Kopfschmerzen.«

Er versuchte, seine Stimme zu dämpfen. »*Wenn* wir wenden können, sind es zwölf Meilen bis zum Highway 58 zurück, und zwar auf demselben beschissenen Weg, den wir gerade hinter uns haben ...«

»Zwölf Meilen ist nicht sehr viel.« Sie versuchte, überzeugt zu klingen, und sei es nur in den eigenen Ohren, aber sie konnte spüren, wie sie weich wurde. Zwar war sie wütend auf sich selbst, aber das änderte nichts daran. In ihr keimte der schreckliche Verdacht, daß Männer auf diese Weise fast *immer* ihren Willen durchsetzten – nicht, weil sie recht hatten, sondern indem sie unnachgiebig waren. Sie argumentierten, wie sie Football spielten, und wenn man dabei mitmischte, stand man am Ende der Diskussion fast immer mit blauen Flecken auf der Seele da.

»Nein, zwölf Meilen sind nicht sehr viel«, sagte er mit seiner vernünftigen Ich-versuche-dich-nicht-zu-bevormunden-Stimme, »aber was ist mit den fünfzig, die wir auf uns nehmen müssen, um dieses Waldstück hier zu umfahren, wenn wir wieder auf dem 58er sind?«

»Bei dir hört sich das an, als müßten wir unbedingt einen Zug erwischen, Clark!«

»Ich bin einfach nur sauer, das ist alles. Du wirfst einen Blick auf eine hübsche kleine Stadt mit einem netten Namen und sagst, sie erinnert dich an *Freitag der Dreizehnte, Teil* 20 oder so einen Quark, und du möchtest umkehren. Und die Straße da drüben« – er deutete über das Tal – »führt nach *Süden.* Auf dieser Straße sind es wahrscheinlich nicht einmal zehn Meilen von hier bis Toketee Falls.«

»Das hast du, soweit ich mich erinnere, auch in Oakridge gesagt – bevor wir zum Magical-Mystery-Teil unserer Reise gekommen sind.«

Er sah sie noch einen Augenblick an, dann packte er den Schalthebel. »Scheiß drauf«, fauchte er. »Wir kehren um. Aber wenn wir unterwegs einem Auto begegnen, Mary, nur einem, dann werden wir *rückwärts* nach Rock and Roll Heaven zurückstoßen. Also ...«

Sie legte zum zweiten Mal an diesem Tag ihre Hand auf seine, bevor er den Gang einlegen konnte.

»Fahr zu«, sagte sie. »Du hast wahrscheinlich recht, und ich benehme mich albern.« *Solche Rückzieher zu machen, muß einem ins gottverdammte Mark eingebrannt sein*, dachte sie. *Entweder das – oder ich bin einfach zu müde zum Streiten.*

Sie nahm die Hand weg, aber er zögerte noch einen Moment und sah sie an. »Nur, wenn du ganz sicher bist«, sagte er.

Und das war nun wirklich die Krönung von allem, oder nicht? Einem Mann wie Clark genügte es nicht, zu gewinnen; das Ergebnis mußte auch noch einstimmig sein. Sie hatte diese Einstimmigkeit oft genug bekräftigt, auch wenn ihr im Grunde ihres Herzens nicht besonders einstimmig zumute gewesen war, aber sie stellte fest, diesmal konnte sie es einfach nicht.

»Aber ich bin *nicht* sicher«, sagte sie. »Wenn du mir *zugehört* hättest, statt dich mit mir herumzustreiten, hättest du das gemerkt. *Wahrscheinlich* hast du recht, und *wahrscheinlich* benehme ich mich albern – deine Einstellung erscheint logischer als meine, das will ich gerne zugeben, und ich bin bereit, mich dir anzuschließen –, aber das ändert nichts an meiner Einstellung. Und eben darum wirst du schon entschuldigen müssen, wenn ich mich diesmal weigere, einen kurzen Cheerleaderrock anzuziehen und den ›Los, Clark, los!‹-Gesang anzustimmen.«

»Mein Gott!« sagte er. Sein Gesicht stellte immer noch diesen unsicheren Ausdruck zur Schau, mit dem er so untypisch – und irgendwie abscheulich – knabenhaft aussah. »Hast eine ziemliche Stinklaune, was, Zuckerschnütchen?«

»Kann schon sein«, sagte sie und hoffte, daß er ihr nicht ansah, wie sehr sie dieser Ausdruck verdroß. Schließlich war sie zweiunddreißig und er fast einundvierzig. Sie fühlte sich ein wenig zu alt, für jemanden das Zuckerschnütchen zu sein, und sie fand, Clark war ein bißchen zu alt, eines zu brauchen.

Dann verzog sich der umwölkte Gesichtsausdruck, und der Clark, den sie liebte – mit dem sie, davon war sie überzeugt, die zweite Hälfte ihres Lebens verbringen wollte –, war wieder da. »Du würdest in einem Cheerleaderröckchen aber süß aussehen«, sagte er und tat so, als würde er die Länge ihrer Oberschenkel abmessen. »Echt.«

»Du bist ein Dummkopf, Clark«, sagte sie, und dann mußte sie fast gegen ihren Willen lächeln.

»Ganz recht, Ma'am«, sagte er und legte den Gang der Prinzessin ein.

Die Stadt verfügte über kein Randgebiet, es sei denn, man ließ die wenigen Felder gelten, die sie umgaben. Eben noch fuhren sie eine düstere Allee mit schattigen Bäumen hinab; im nächsten Augenblick erstreckten sich ausgedehnte braune Felder auf beiden Seiten der Straße; im nächsten passierten sie hübsche kleine Häuser.

Der Ort war ruhig, aber alles andere als verlassen. Ein paar Autos fuhren träge auf den vier oder fünf Straßen, die die Innenstadt bildeten, eine Handvoll Fußgänger schlenderten auf den Gehwegen dahin. Clark hob eine Hand und winkte einem dickbäuchigen Mann mit entblößtem Oberkörper zu, der seinen Rasen sprengte und dabei eine Dose Olympia trank. Der Dicke, dessen schmutziges graues Haar ihm bis auf die Schultern hing, sah ihnen nach, hob aber selbst nicht die Hand.

Über den Main Street lag dieselbe unheimliche Normanrockwell-Stimmung – so ausgeprägt, daß sich fast ein Gefühl von *déjà vu* einstellte. Die Gehwege lagen im Schatten gepflegter Eichen, und das war irgendwie genau richtig. Man mußte die einzige Taverne der Stadt nicht sehen, um zu wissen, daß sie *Dew Drop Inn* heißen und daß im Inneren eine beleuchtete Uhr über der Bar Werbung für Budweiser-Bier machen würde. Die Parkplätze waren schräg; vor dem *Cutting Edge* drehte sich eine rot-weiß-blaue Barbierstange; Mörser und Pistill hingen über der Tür der Apotheke, die *Teneful Druggist* hieß. Die Tierhandlung (in deren Schaufenster ein Schild verkündete: WIR FÜHREN SIAMKATZEN) hieß *White Rabbit*. Alles war zum Kotzen spießig. Und am spießigsten war der Stadtpark in der Ortsmitte. Über dem gigantischen Musikpavillon hing ein großes Schild an Drähten, und Mary konnte es mühelos lesen, obwohl sie noch hundert Meter davon entfernt waren. HEUTE ABEND KONZERT stand darauf.

Plötzlich stellte sie fest, daß sie diesen Ort *tatsächlich* kannte – sie hatte ihn schon viele Male spät nachts im Fernsehen gesehen. Sie konnte Ray Bradburys höllische Marsversion oder das Knusperhaus in »Hänsel und Gretel« getrost vergessen; dieser Ort hatte mehr Ähnlichkeit mit der merkwürdigen kleinen Stadt, in der sich die Helden zahlloser Folgen von *Twilight Zone* bewegten.

Sie beugte sich zu Clark und sagte mit leiser, geheimnisvoller Stimme: »Wir reisen nicht durch eine Dimension des Sehens und Hörens, Clark, sondern des *Geistes*. Sieh nur!« Sie deutete auf nichts Bestimmtes, aber eine Frau, die vor der Western-Auto-Filiale der Stadt stand, sah die Geste und warf ihr einen verkniffenen, mißtrauischen Blick zu.

»Was denn?« fragte er. Seine Stimme klang wieder gereizt, und sie vermutete, diesmal lag es daran, daß er *genau* wußte, wovon sie sprach.

»Da vorne steht ein Schild! Wir betreten jetzt die ...«

»Ach, hör schon auf, Mare«, sagte er und fuhr unvermittelt in eine freie Parklücke auf halber Höhe der Main Street.

»*Clark!*« kreischte sie beinahe. »Was *machst* du?«

Er deutete zur Windschutzscheibe hinaus auf ein Etablissement mit dem irgendwie gar nicht niedlichen Namen »Rock-a-Boogie-Restaurant«.

»Ich hab Durst. Ich geh da rein und kauf uns eine große Pepsi für unterwegs. Du brauchst nicht mitzukommen. Bleib nur im Wagen. Sperr alle Türen ab, wenn du willst.« Mit diesen Worten machte er die Fahrertür auf. Aber bevor er die Beine hinausschwingen konnte, hielt sie ihn an den Schultern fest.

»Clark, bitte nicht.«

Er drehte sich zu ihr um, und sie sah, daß sie sich die Bemerkung über die Twilight Zone besser verkniffen hätte – nicht, weil sie falsch, sondern weil sie richtig war. Es war wieder die alte Macho-Nummer. Er hielt nicht an, weil er es okay fand, anzuhalten; er hielt an, weil ihm diese kleine Stadt auch Angst einflößte. Vielleicht ein bißchen, vielleicht sehr, das wußte sie nicht, aber sie wußte *genau:* er würde erst dann weiterfahren, wenn er sich selbst überzeugt hatte, daß er *keine* Angst hatte, kein bißchen.

»Es dauert nur einen Augenblick. Möchtest du ein Ginger Ale oder sowas?«

Sie drückte auf den Knopf, der den Sicherheitsgurt öffnete. »Ich möchte nur nicht allein sein.«

Er warf ihr einen selbstgefälligen Ich-wußte-daß-du-mitkommen-würdest-Blick zu, bei dem sie den Wunsch verspürte, ihm ein paar Büschel Haare auszureißen.

»*Außerdem* möchte ich dir in den Arsch treten, weil du uns in diese Situation gebracht hast«, sagte sie weiter und sah erfreut, wie der selbstgefällige Ausdruck seines Gesichts in einen Ausdruck verletzter Überraschung umschlug. Sie machte die Beifahrertür auf. »Komm schon. Pinkel an den nächsten Hydranten, Clark, und dann ziehen wir Leine.«

»Pinkel ...? Mary, um Gottes willen, wovon *redest* du?«

»*Getränke!*« kreischte sie fast und überlegte sich die ganze

Zeit, daß es erstaunlich war, wie schnell ein guter Ausflug mit einem guten Mann sich in etwas Schlechtes verwandeln konnte. Sie schaute über die Straße und sah zwei langhaarige Jungen, die da standen. Sie tranken Olly und begutachteten die Fremden in der Stadt. Einer trug einen verbeulten Zylinder. Das Plastikgänseblümchen, das im Hutband steckte, nickte in der Brise. Auf den Oberarmen seines Gefährten wimmelte es von verblaßten Tätowierungen. Mary fand, sie sahen aus wie Typen, die nach der dritten Wiederholung der zehnten Klasse von der High School abgegangen sind, um mehr Zeit damit verbringen zu können, über die Freuden von Vergewaltigungen zu meditieren.

Seltsamerweise kamen sie ihr irgendwie bekannt vor.

Sie bemerkten ihren Blick. Der mit dem Zylinder hob die Hand und winkte ihr mit den Fingern. Mary wandte sich hastig ab und sah Clark an. »Laß uns deine kalten Getränke holen und von hier verschwinden.«

»Klar«, sagte er. »Aber du brauchst mich nicht anzuschreien, Mary. Ich meine, ich stehe direkt *neben* dir und ...«

»Clark, siehst du die beiden Typen auf der anderen Straßenseite?«

»Was für Typen?«

Sie drehte sich um und sah gerade noch, wie der Zylinderträger und der Tätowierte den Barbierladen betraten. Der Tätowierte sah über die Schulter, und Mary war zwar nicht ganz sicher, glaubte aber, daß er ihr zublinzelte.

»Sie gehen gerade in den Barbierladen. Siehst du sie?«

Clark schaute hin, sah aber nur die Tür, die wieder ins Schloß fiel und dabei das Sonnenlicht so grell reflektierte, daß einem die Tränen in die Augen traten. »Was ist mit ihnen?«

»Sie kamen mir bekannt vor.«

»Tatsächlich?«

»Tatsächlich. Aber irgendwie kann ich mir nicht vorstellen, daß Leute, die ich kenne, nach Rock and Roll Heaven, Oregon, ziehen, um lohnende, gutbezahlte Jobs als Stadtstreicher anzunehmen.«

Clark lachte und hielt sie am Ellbogen. »Komm schon«, sagte er und führte sie ins Rock-a-Boogie-Restaurant.

Das Rock-a-Boogie trug einiges dazu bei, Marys Befürchtungen zu zerstreuen. Sie hatte eine schmierige Kaschemme erwartet, nicht viel anders als die düstere (und ziemlich schmutzige) Raststätte in Oakridge, wo sie zu Mittag gegessen hatten. Stattdessen betraten sie ein luftiges, sonniges Restaurant mit dem Flair der fünfziger Jahre: blaugekachelte Wände; ein sauberer Parkettboden aus Eichenholz; Ventilatoren mit Holzblättern, die sich träge an der Decke drehten. Zwei Kellnerinnen in hellblauen Kattunkleidern, die Mary an übriggebliebene Kostüme aus *American Graffiti* erinnerten, standen neben der Edelstahldurchreiche vom Restaurant zur Küche. Eine war jung – kaum mehr als zwanzig, wahrscheinlich nicht einmal so alt, und auf eine verwaschene Weise hübsch. Die andere, eine kleine Frau mit dichtem, zottigem rotem Haar, hatte etwas Grelles an sich, das Mary schroff und verzweifelt zugleich vorkam – und noch etwas anderes fiel an ihr auf: Zum zweiten Mal hatte Mary den deutlichen Eindruck, daß sie jemanden in dieser Stadt *kannte*.

Eine Glocke über der Tür läutete, als sie und Clark eintraten, und die beiden Kellnerinnen sahen her. »Hi«, sagte die jüngere. »Komme sofort.«

»Nee; es könnte'ne Weile dauern«, widersprach die Rothaarige. »Wir sind schrecklich beschäftigt. Sehen Sie?« Sie deutete mit dem Arm durch den Raum, der so verlassen war, wie es nur ein Kleinstadtrestaurant sein kann, wenn sich der Nachmittag im Gleichgewicht zwischen Mittag- und Abendessen befindet, und lachte herzlich über ihren eigenen Scherz. Ihr Lachen und ihre Stimme hatten einen heiseren, brüchigen Unterton, den Mary mit Scotch und Zigaretten assoziierte. *Aber ich kenne diese Stimme,* dachte sie. *Ich könnte es beschwören.*

Sie drehte sich zu Clark um und stellte fest, daß er die Kellnerinnen, die ihr Gespräch wieder aufgenommen hatten, wie hypnotisiert anstarrte. Sie mußte ihn am Ärmel zupfen, um ihn auf sich aufmerksam zu machen, und dann noch einmal, als er die Tische an der linken Seite des Restaurants ansteuerte. Sie wollte, daß sie sich an die Theke setzten, ihre verdammten Getränke zum Mitnehmen bestellten und dann gleich wieder verschwanden.

»Was ist denn?« flüsterte sie.

»Nichts«, sagte er. »Glaube ich.«

»Du hast ausgesehen, als hättest du deine Zunge verschluckt oder sowas.«

»Einen Augenblick war mir auch so zumute«, sagte er; doch bevor sie ihn um eine Erklärung bitten konnte, hatte er seine Aufmerksamkeit der Musicbox zugewandt.

Mary setzte sich an die Theke.

»Komme sofort, Ma'am«, wiederholte die jüngere Kellnerin und bückte sich dann, um deutlicher zu hören, was ihre Kollegin mit der Whiskystimme sagte. Als Mary ihr ins Gesicht sah, vermutete sie, daß die jüngere Frau im Grunde gar nicht besonders interessierte, was die ältere zu sagen hatte.

»Mary, das ist eine tolle Musicbox!« sagte Clark. »Nur Sachen aus den Fünfzigern. Die Moonglows ... die Five Satins Shep and the Limelites LaVern Baker! Herrgott, LaVern Baker und ihr Song ›Tweedle Dee‹ Das hab ich nicht mehr gehört, seit ich ein Junge war!«

»Spar dein Geld. Wir wollten nur Getränke zum Mitnehmen, oder?«

»Ja, ja.«

Er warf der Musicbox einen letzten Blick zu, schnaubte irritiert und kam zum Tresen zurück. Mary zog eine Speisekarte aus dem Ständer neben den Salz- und Pfefferstreuern, aber nur, um die Zornesfalte zwischen seinen Augen und die Art, wie er die Unterlippe vorschob, nicht beachten zu müssen. *Hör zu*, sagte dieses Gesicht, *ich habe uns den Weg durch die Wildnis erkämpft, während du geschlafen hast; ich habe den Büffel erlegt, gegen Indianer gekämpft, dich in diese hübsche kleine Oase in der Wüste gebracht und was ist der Dank dafür? Du willst mich nicht einmal »Tweedle Dee« in der Musicbox spielen lassen.*

Vergiß es, dachte sie. *Wir machen uns gleich wieder auf den Weg, also vergiß es.*

Ein guter Rat. Sie befolgte ihn, indem sie ihre Aufmerksamkeit auf die Speisekarte konzentrierte. Sie harmonierte mit den Kattunkleidern, der Neonuhr, der Musicbox und dem allgemeinen Dekor (das man, obwohl bewundernswert dezent, dennoch nur als Jahrhundertmitte-Reebop bezeichnen konnte). Der Hot Dog war kein Hot Dog; er war ein Hound Dog. Der Cheeseburger war ein Chubby Checker, der viertelpfünder Cheeseburger ein Big Bopper. Spezialität des Hauses war eine belegte Pizza; die Speisekarte versprach: »Alles dabei, außer (Sam) Cooke!«

»Witzig«, sagte sie. »Papa-oh-mjam-mjam, und so weiter.«

»Was?« fragte Clark, aber sie schüttelte den Kopf.

Die junge Kellnerin kam herüber und zog den Bestellblock aus der Schürzentasche. Sie schenkte ihnen ein Lächeln, aber Mary fand, es war routinemäßig; die Frau sah müde und kränklich aus. Sie hatte einen Herpes über der Oberlippe, und ihre Augen waren ständig in Bewegung und betrachteten, so schien es, alles im Raum, nur nicht die Gäste.

»Kann ich euch helfen, Leute?«

Clark wollte Mary die Speisekarte aus der Hand nehmen. Sie hielt sie außerhalb seiner Reichweite und sagte: »Eine große Pepsi und ein Ginger Ale. Zum Mitnehmen, bitte.«

»Sie sollten den Kirschkuchen probieren«, rief die Rothaarige mit ihrer heiseren Stimme herüber. Die jüngere Frau zuckte zusammen, als sie die Stimme hörte. »Rick hat ihn gerade gebacken!« Sie sah sie grinsend an und stemmte die Hände in die Hüften. »Nun, Sie *sind* im Himmel – in Heaven –, aber Sie wissen, was ich meine.«

»Danke«, sagte Mary, »aber wir haben es wirklich eilig und …«

»Klar, warum nicht?« sagte Clark mit nachdenklich distanzierter Stimme. »Zwei Stück Kirschkuchen.«

Mary trat ihm gegen den Knöchel, aber Clark schien es nicht zu bemerken. Er starrte wieder die Rothaarige an, und jetzt hing sein Mund offen wie an einer ausgeleierten Sprungfeder. Die Rothaarige bemerkte seinen Blick eindeutig, aber es schien ihr nichts auszumachen. Sie hob die Arme und zerzauste lasziv ihr zotteliges Haar.

»Zwei Getränke zum Mitnehmen, zwei Stück Kuchen für hier«, sagte die junge Frau. Sie schenkte ihnen wieder ein nervöses Lächeln, während ihre rastlosen Augen von Marys Ehering über den Zuckerspender zu einem der Deckenventilatoren wanderten. »Möchten Sie den Kuchen *à la mode?*« Sie bückte sich und legte zwei Gabeln und zwei Servietten auf den Tresen.

»J …« begann Clark, aber Mary sprach rasch und nachdrücklich dazwischen. »*Nein.*«

Der verchromte Schaukasten mit dem Kuchen stand am Ende der Theke. Kaum hatte sich die Kellnerin auf ihn zubewegt, beugte sich Mary zu Clark und zischte. »Warum tust du mir das an, Clark? Du *weißt*, daß ich hier weg will!«

»Diese Kellnerin. Die da hinten steht. Ist sie …«

»Und hör auf, sie anzustarren!« flüsterte Mary nachdrücklich. »Du siehst aus wie ein Junge, der im Klassenzimmer versucht, einem Mädchen unter den Rock zu sehen!«

Er wandte den Blick ab, wenn auch mit äußerster Anstrengung. »Ist sie nun das Ebenbild von Janis Joplin, oder werde ich verrückt?«

Mary warf der Rothaarigen noch einen Blick zu. Sie hatte sich etwas abgewendet, um mit dem Imbißkoch zu sprechen, aber Mary konnte immer noch zwei Drittel ihres Gesichts sehen, und das war genug. Sie spürte ein fast hörbares Klicken in ihrem Kopf, als sie das Gesicht mit dem Gesicht auf den Hüllen von Schallplatten verglich, die sie noch besaß – Vinylalben, die in einem Jahr gepreßt worden waren, als noch niemand einen Sony Walkman besaß und die CD in den Bereich der Science Fiction gehörte; Schallplatten, die sie inzwischen in Pappkartons verpackt und in einem staubigen Dachbodenerker weggestaut hatte; Schallplatten mit Titeln wie *Big Brother and the Holding Company*, *Cheap Thrills* und *Pearl*. Ihr Gesicht, ihr süßes, bezauberndes Gesicht, das zu früh alt und kantig und verletzt geworden war. Clark hatte recht; das Gesicht dieser Frau war das genaue Ebenbild der Gesichter auf diesen Platten.

Aber es war mehr als nur das Gesicht, und Mary spürte plötzlich, wie sich Angst flatternd in ihre Brust stahl und ihr Herzschlag sich auf einmal leicht und stotternd und gefährlich anfühlte.

Es war die *Stimme*.

Im Ohr ihrer Erinnerung hörte sie Janis' schrillen, anschwellenden Schrei am Anfang von »Piece of My Heart«, und sie verglich diesen Bluesschrei mit der Scotch-und-Marlboro-Stimme der Rothaarigen, so wie sie ihr Gesicht mit dem anderen verglichen hatte, und wußte, wenn die Kellnerin jetzt anfangen würde, diesen Song zu singen, würde ihre Stimme genau so klingen wie die des toten Mädchens aus Texas.

Weil sie das tote Mädchen aus Texas ist. Glückwunsch, Mary – du hast warten müssen, bis zu zweiunddreißig warst, aber jetzt hast du es geschafft; du hast endlich dein erstes Gespenst gesehen.

Sie versuchte Einwände gegen diesen Gedanken vorzubringen, versuchte darauf hinzuweisen, daß eine Vielzahl von Faktoren, nicht zuletzt der Streß, weil sie sich verfahren hatten, sie dazu verleitete, zuviel in eine zufällige Ähnlichkeit hineinzudeuteln; aber diese rationalen Gedanken hatten keine Chance gegen die tödliche Gewißheit in ihren Eingeweiden: sie sah ein Gespenst.

Das Leben in ihrem Körper veränderte sich plötzlich und drastisch. Ihr Herz begann zu rasen; es fühlte sich an wie eine aufgeputschte Läuferin, die im olympischen Fieber aus den Startblöcken schnellt. Sie spürte das Adrenalin, das ihren Magen verkrampfte und gleichzeitig das Zwerchfell wärmte wie ein Schluck Brandy. Sie fühlte Schweiß in den Achselhöhlen und Feuchtigkeit an den Schläfen. Aber das erstaunlichste war, wie Farbe in die Welt einzuströmen schien, so daß sich alles – die Neonbeleuchtung der Uhr, die Edelstahldurchreiche zur Küche, die kreisenden bunten Farben hinter der Fassade der Musicbox – unwirklich und *allzu* wirklich zugleich ausnahm. Sie hörte, wie die Ventilatoren über ihr die Luft durchwirbelten, ein leises, rhythmisches Geräusch wie eine Hand, die über Seide streicht; sie roch das Aroma von altem, schmorendem Fleisch, das vom unsichtbaren Grill in der Küche aufstieg. Und gleichzeitig spürte sie, daß sie nahe daran war, das Gleichgewicht auf dem Hocker zu verlieren und ohnmächtig auf den Boden zu stürzen.

Nimm dich zusammen, Frau, ermahnte sie sich. *Du hast einen Anfall von Panik, das ist alles – keine Gespenster, keine Trolle, keine Dämonen, nur ein altmodischer Anfall von Panik, wie du sie früher schon vor wichtigen Abschlußprüfungen am College erlebt hast. Du weißt, was es ist, und du kannst damit fertig werden. Niemand wird hier ohnmächtig, also nimm dich gefälligst zusammen – hast du mich verstanden?*

Sie kreuzte die Zehen in ihren flachen Turnschuhen und drückte sie zusammen, so fest sie konnte, konzentrierte sich auf das Gefühl und benutzte es, sich in die Wirklichkeit zurückzuzwingen, weg von diesem allzu grellen Platz, bei dem es sich, wie sie wußte, um die Schwelle einer Ohnmacht handelte.

»Liebling?« Clarks Stimme kam aus weiter Ferne. »Alles in Ordnung?«

»Ja, klar.« Auch ihre eigene Stimme kam aus weiter Ferne – aber sie wußte, wenn sie vor fünfzehn Sekunden versucht hätte zu sprechen, wäre die Stimme noch weiter entfernt gewesen. Sie kniff die gekreuzten Zehen immer noch fest zusammen, hob die Serviette auf, die die Kellnerin dagelassen hatte, um ihre Beschaffenheit zu ertasten – die Serviette war auch eine Verbindung zur Welt, eine Möglichkeit, dieses panische und irrationale (es *war* irrational, oder nicht? klar doch) Gefühl zu vertreiben, das sie so fest in seinem Griff hatte. Sie hob die Serviette und wollte sich die Stirn damit abwischen, als sie feststellte, daß auf der Unterseite etwas geschrieben stand – die geisterhaften Bleistiftlettern hatten den feinen Zellstoff an manchen Stellen zerrissen. Mary las die Botschaft in krakeligen Großbuchstaben:

VERSCHWINDET, SOLANGE IHR NOCH KÖNNT.

»Mare? Was ist denn?«

Die Kellnerin – die mit dem Herpes und den rastlosen, ängstlichen Augen – kam mit dem Kuchen zurück. Mary legte die Serviette auf den Schoß. »Nichts«, sagte sie ruhig. Als die Kellnerin die Teller vor ihnen abgestellt hatte, zwang sie sich, dem Mädchen direkt in die Augen zu sehen. »Danke«, sagte sie.

»Nichts zu danken«, murmelte das Mädchen und sah Mary nur einen Moment an, dann wanderte ihr Blick wieder rastlos durch den Raum.

»Wie ich sehe, hast du deine Meinung geändert, was den Kuchen angeht«, sagte ihr Mann mit seiner nervtötend überheblichen Clark-weiß-eben-doch-Bescheid-Stimme. *Frauen!* sagte diese Stimme. *Manchmal reicht es einfach nicht aus, sie zur Tränke zu führen – man muß ihnen auch noch den Kopf ins Wasser halten, damit sie begreifen, was anliegt. Gehört alles zum Job. Es ist nicht leicht, ein Mann zu sein, aber ich tue mein Bestes.*

»Sieht wirklich köstlich aus«, sagte sie und staunte selbst über den Tonfall ihrer Stimme. Sie lächelte ihn strahlend an und spürte dabei, daß die Rothaarige, die wie Janis Joplin aussah, sie im Auge behielt.

»Ich komme nicht darüber hinweg, diese Ähnlichkeit mit ...« begann Clark, und diesmal trat Mary ihm so fest sie konnte in die Knöchel, ohne Scheiß. Er sog zischend die Luft ein, und seine Augen quollen aus den Höhlen; doch bevor er etwas sagen konnte, drückte sie ihm die Serviette mit der handgeschriebenen Nachricht in die Hand.

Er neigte den Kopf. Betrachtete sie. Und Mary entdeckte, daß sie betete – wirklich betete – zum ersten Mal seit vielleicht zwanzig Jahren. *Bitte, lieber Gott, laß ihn begreifen, daß es kein Witz ist. Laß ihn begreifen, daß es kein Witz ist, weil diese Frau nicht nur wie Janis Joplin aussieht, sondern weil diese Frau Janis Joplin ist, und ich habe ein schreckliches Gefühl, was diese Stadt betrifft, ein wirklich schreckliches Gefühl.*

Er hob den Kopf, und da verließ sie der Mut. Sein Gesicht drückte Verwirrung aus und Verdruß, aber sonst nichts. Er machte den Mund auf, um etwas zu sagen ... und dann machte er ihn immer weiter auf, bis es aussah, als hätte jemand die Bolzen entfernt, die seine Kiefergelenke zusammenhielten.

Mary folgte der Richtung seines Blicks. Der Imbißkoch, in makelloses Weiß gekleidet und eine kleine Papiermütze schräg über einem Auge, war aus der Küche gekommen und lehnte mit vor der Brust verschränkten Armen an der gekachelten Wand. Er unterhielt sich mit der Rothaarigen, während die jüngere Kellnerin danebenstand und sie mit einer Mischung aus Angst und Resignation ansah.

Wenn sie nicht bald hier rauskommt, wird es nur noch Resignation sein, dachte Mary. *Oder Apathie.*

Der Koch war fast unglaublich schön – so schön, daß Mary sich außerstande sah, sein Alter zu schätzen. Wahrscheinlich zwischen fünfundzwanzig und fünfunddreißig – genauer schaffte sie es nicht. Er kam ihr bekannt vor, wie die Rothaarige. Er blickte zu ihnen herüber, wobei er ein Paar weit auseinanderliegende blaue Augen mit atemberaubend dichten Wimpern sehen ließ, lächelte ihnen kurz zu und konzentrierte sich dann wieder auf die Rothaarige. Er sagte etwas, worauf sie ein rauhes Lachen ausstieß.

»Mein Gott, das ist Rick Nelson«, flüsterte Clark. »Es kann nicht sein, es ist unmöglich, er ist vor sechs oder sieben Jahren bei einem Flugzeugabsturz ums Leben gekommen – aber er *ist* es.«

Sie machte den Mund auf, wollte sagen, daß er sich irren mußte; sie war bereit, allein die Vorstellung als lächerlich abzutun, obwohl sie selbst inzwischen felsenfest davon überzeugt war, daß es sich bei der rothaarigen Kellnerin um niemand anderen handeln konnte, als um die seit zehn Jahren tote Bluesröhre Janis Joplin. Bevor sie etwas sagen konnte, kam das Klicken wieder – das Klicken, das vage Ähnlichkeit in unbestreitbare Identifikation verwandelte. Clark hatte das Gesicht als erster erkennen können, weil Clark acht Jahre älter war, er hatte Radio gehört und *American Bandstand* im Fernsehen gesehen, als Rick Nelson noch Ricky Nelson und Songs wie »Be-Bop-Baby« und »Lonesome Town« aktuelle Hits gewesen waren, keine verstaubten Artefakte, die nur noch von den Oldie-Sendern gespielt wurden. Clark hatte es als erster gesehen, aber jetzt, nachdem er sie darauf aufmerksam gemacht hatte, mußte auch sie es eingestehen.

Was hatte die rothaarige Kellnerin gesagt? *Sie sollten den Kirschkuchen probieren! Rick hat ihn gerade gebacken!*

Dort, keine zwanzig Schritte entfernt, erzählte das Opfer eines Flugzeugabsturzes dem Opfer einer tödlichen Überdosis einen Witz – und wahrscheinlich einen dreckigen Witz, ihren Gesichtern nach zu urteilen.

Die Rothaarige warf den Kopf zurück und bellte wieder

ihr heiseres Lachen zur Decke. Der Koch lächelte, wobei sich die Grübchen an seinen Mundwinkeln auf reizende Weise vertieften. Und die jüngere Kellnerin, die mit dem Herpes und den gequälten Augen, sah zu Clark und Mary herüber, als wollte sie fragen: *Bemerken Sie es? Sehen Sie es?*

Clark musterte den Koch und die Kellnerin immer noch mit diesem beängstigenden Gesichtsausdruck fassungsloser Erkenntnis, und dabei war sein Gesicht so lang und hager, daß es aussah wie in einem Spiegelkabinett.

Das werden sie sehen, wenn sie es nicht schon gesehen haben, dachte Mary, *und dann verlieren wir jede Chance, die wir noch haben, aus diesem Alptraum herauszukommen. Ich finde, du solltest das Kommando über die Situation übernehmen, Mädchen, und zwar schnell. Die Frage ist, was wirst du tun?*

Sie griff nach seiner Hand, wollte sie nehmen und drücken, aber dann wurde ihr klar, daß das nicht ausreichen würde, seine erschlaffte Miene zu verändern. Statt dessen drückte sie ihm die Eier, so fest sie sich traute. Clark zuckte zusammen, als hätte ihm jemand einen Stromschlag verpaßt, und drehte sich so schnell zu ihr um, daß er beinahe von seinem Hocker gefallen wäre.

»Ich habe meine Brieftasche im Wagen gelassen«, sagte sie. Ihre Stimme hörte sich selbst für sie zu spröde und zu laut an. »Würdest du sie mir bitte holen, Clark?«

Sie sah ihn an, lächelte mit den Lippen und schaute ihm konzentriert in die Augen. Sie hatte einmal gelesen – wahrscheinlich in einem Frauenmagazin –, wenn man länger als zehn Jahre mit einunddemselben Mann zusammenlebte, schmiedete man eine telepathische Verbindung mit seinem Partner. Diese Verbindung, so der Artikel, kam einem mächtig gut zupaß, wenn der Mann seinen Boß zum Essen mit nach Hause brachte, ohne vorher anzurufen, oder wenn man wollte, daß er eine Flasche Amaretto vom Spirituosenhändler und einen Karton Schlagsahne vom Supermarkt mitbrachte. Jetzt versuchte sie mit aller Kraft, eine weitaus wichtigere Botschaft zu übermitteln.

Geh, Clark. Bitte geh. Ich gebe dir zehn Sekunden, dann komme ich hinausgerannt. Und wenn du dann nicht am Lenkrad sitzt und den Schlüssel im Zündschloß hast, dann, habe ich das Gefühl, könnten wir hier ernstlich in der Scheiße sitzen.

Und im selben Augenblick sagte eine andere Mary schüchtern: Das ist alles nur ein Alptraum, oder nicht? *Ich meine ... es ist doch einer, oder nicht?*

Clark sah sie an, und in seinen Augen standen Tränen von dem Kniff, den sie ihm verpaßt hatte ... aber wenigstens beschwerte er sich nicht darüber. Sein Blick wanderte noch einmal einen Moment zur der Rothaarigen und dem Imbißkoch, stellte fest, daß die beiden immer noch angeregt in ihre Unterhaltung vertieft waren (jetzt schien *sie* einen Witz zu erzählen), und kehrte dann wieder zu ihr zurück.

»Möglicherweise ist sie unter den Sitz gerutscht«, sagte sie mit ihrer zu lauten, zu spröden Stimme, bevor er etwas sagen konnte. »Es ist die rote.«

Nach einem Augenblick des Schweigens, der ewig zu dauern schien, nickte Clark unmerklich. »Okay«, sagte er, und sie hätte ihn für seinen netten, normalen Tonfall küssen können, »aber wehe, wenn du mir meinen Kuchen wegißt, während ich draußen bin.«

»Wenn du zurückkommst, bevor ich mit meinem fertig bin, keine Gefahr«, sagte sie und schaufelte sich eine Gabel voll Kirschkuchen in den Mund. Sie fand, daß er durch und durch nach nichts schmeckte, aber sie lächelte. Herrgott, ja. Lächelte wie die Miss New York Apple Queen, die sie einmal gewesen war.

Clark wollte gerade aufstehen, als irgendwo draußen eine Reihe verstärkter Gitarrentöne erklangen – keine Akkorde, nur offene Saitenanschläge. Clark fuhr wie von der Tarantel gestochen herum, und Mary streckte eine Hand aus und hielt ihn am Arm fest. Ihr Herzschlag, der sich gerade so schön normalisiert hatte, setzte wieder zu einem beängstigenden Sprint an.

Die Rothaarige und der Koch – sogar die jüngere Kellnerin, die glücklicherweise nicht wie eine Berühmtheit aussah – blickten beiläufig zu den Schaufenstern des Rock-a-Boogie.

»Keine Bange, Schatz«, sagte die Rothaarige. »Sie fangen gerade an, für das Konzert heute abend zu stimmen.«

»Ganz recht«, sagte der Imbißkoch. Er sah Mary mit seinen unvorstellbar blauen Augen an. »Hier in Rock and Roll Heaven ist fast jeden Abend ein Konzert.«

Ja, dachte Mary, *Logisch. Selbstverständlich.*

Eine tonlose und zugleich gottgleiche Stimme hallte über den Stadtpark, so laut, daß sie fast die Fensterscheiben zum Klirren brachte. Mary, die eine Menge Rockkonzerte besucht hatte, konnte sie fast augenblicklich in einen deutlichen Zusammenhang stellen – sie beschwor Bilder von gelangweilten, langhaarigen Roadies herauf, die auf der Bühne herumliefen, bevor die Lichter ausgingen, sich anmutig zwischen den Wäldern von Verstärkern und Mikros bewegten und ab und zu niederknieten, um Stromkabel miteinander zu verbinden.

»*Test!*« rief diese Stimme. »*Test-eins, Test-eins, Test-eins!*«

Wieder ein Gitarrenton, noch kein Akkord, aber fast. Dann ein Trommellauf. Dann ein schnelles Trompetenriff aus dem Refrain von Lennons »Instant Karma«, begleitet von einem leisen Grollen von Bongos. HEUTE ABEND KONZERT hatte auf dem Norman-Rockwell-Schild über dem Norman-Rockwell-Stadtpark gestanden; und Mary, die in Elmira, New York, aufgewachsen war, hatte als Kind eine Menge Open-Air-Konzerte besucht. Das waren *wirklich* Norman-Rockwell-Konzerte gewesen, bei denen die Band (Männer in Uniformen der Freiwilligen Feuerwehr statt der Band-Uniformen, die sie sich nicht leisten konnten) sich durch leicht schräge Versionen von Sousa-Märschen quälte und das lokale Barbershop Quartet (Plus Two) harmonische Stücke wie »Roll On, Shenandoah«, und »I've Got a Gal in Kalamazoo« zum besten gab.

Aber *diese* Open-Air-Konzerte, hatte sie das Gefühl, standen Goya näher als Norman Rockwell.

»Ich hol dir deine Börse«, sagte er. »Iß deinen Kuchen.«

»Danke, Clark.« Sie schob sich noch einen Bissen faden Kirschkuchen in den Mund und sah ihm nach, wie er zur Tür ging. Sein Gang war ein übertriebenes Zeitlupenschlurfen, das ihren fiebrigen Augen absurd und irgendwie gräßlich vorkam: *Ich habe nicht die geringste Ahnung, daß ich mich mit zwei berühmten Leichen im selben Zimmer befinde*, sagte Clarks übertriebener Gang. *Beunruhigt – wer, ich?*

Beeil dich, wollte sie schreien. *Vergiß den Revolvermann-Gang und setz deinen Arsch in Bewegung!*

Die Glocke ertönte, und als Clark gerade nach dem Türknauf griff, ging die Tür auf, und zwei weitere tote Texaner kamen herein. Der eine, der mit der dunklen Brille, war Roy Orbison. Der mit der Hornbrille war Buddy Holly.

All my exes come from Texas – all meine Verflossenen kommen aus Texas –, dachte Mary panisch und wartete darauf, daß sie ihren Mann festhalten und wegzerren würden.

»Tschuldigung, Sir«, sagte der Mann mit der dunklen Brille höflich, und anstatt Clark zu ergreifen, trat er beiseite und machte ihm Platz. Clark nickte, ohne etwas zu sagen – Mary war plötzlich davon überzeugt, daß er nichts sagen *konnte* –, und trat in den Sonnenschein hinaus.

Ließ sie hier drinnen allein mit den Toten. Und dieser Gedanke schien völlig logisch zu einem anderen, noch grauenhafteren zu passen: Clark würde ohne sie weiterfahren. Dessen war sie plötzlich gewiß. Nicht, weil er es wollte, und ganz sicher nicht, weil er ein Feigling war – die Situation reichte weit über die Frage von Tapferkeit oder Feigheit hinaus, und sie vermutete, daß sie beide nur deshalb nicht schlotterten und auf den Fußboden sabberten, weil alles so schnell geschehen war –, sondern weil er einfach außerstande sein würde, etwas anderes zu tun. Das Reptil, das auf dem Grund seines Gehirns lebte und über den Selbsterhaltungstrieb zu bestimmen hat, würde einfach aus seinem Schlammloch herausgekrochen kommen und das Kommando übernehmen.

Du mußt hier raus, Mary, sagte die Stimme in ihrem Verstand – die Stimme ihres eigenen Reptils –, und der Tonfall dieser Stimme machte ihr angst. Sie klang vernünftiger, als sie klingen durfte, wenn man die Situation bedachte, und Mary ahnte, daß vernünftige Argumentation jeden Augenblick Schreien des Wahnsinns weichen würde.

Mary nahm einen Fuß von der Stange unter der Theke, stellte ihn auf den Boden und versuchte, sich dabei im Geiste schon für die Flucht zu wappnen, aber bevor sie den Entschluß fassen konnte, legte sich eine schmale Hand auf ihre Schulter, und sie sah in das lächelnde, wissende Gesicht von Buddy Holly.

Er war 1959 gestorben, daran erinnerte sie sich aus dem Film, in dem er von Gary Busey dargestellt wurde. 1959 lag mehr als dreißig Jahre zurück, aber Buddy Holly war immer noch der schalksige Dreiundzwanzigjährige, der wie siebzehn aussah, dessen Augen hinter der dicken Brille zu schwimmen schienen und dessen Adamsapfel auf und ab hüpfte wie ein Affe auf einem Ast. Er trug ein häßliches, kariertes Jackett und eine Schnurkrawatte, zusammengehalten von einem großen, verchromten Stierschädel. Gesicht und Geschmack eines Bauerntöpels, hätte man sagen können, aber der Zug des Mundes war irgendwie zu altklug, zu *dunkel*, und einen Moment drückte die Hand ihre Schulter so fest, daß sie die harten Schwielen an den Fingerspitzen spüren konnte – Gitarrenschwielen.

»He, Zuckerpuppe«, sagte er, und sie roch süßliches Kaugummi in seinem Atem. Ein haarfeiner silberner Riß zog sich durch das linke Glas der Brille. *Dich* hab ich hier in der Gegend ja noch nie gesehen.«

Kaum zu glauben, daß sie noch eine Gabel voll Kuchen zum Mund führte, und ihre Hand zögerte nicht einmal, als ein Stück der Kirschfüllung auf den Teller zurückfiel. Noch unglaublicher war, daß ihr dabei ein verhaltenes, höfliches Lächeln gelang.

»Nein«, sagte sie. Sie war irgendwie überzeugt, daß sie diesem Mann unmöglich zeigen durfte, daß sie ihn erkannt hatte; wenn er das wußte, wäre jede noch so winzige Chance dahin, aus diesem Alptraum zu entkommen. »Mein Mann und ich sind einfach ... Sie wissen schon, auf der Durchreise.«

War Clark in diesem Augenblick auf der Durchreise, hielt er sich verzweifelt an sämtliche Geschwindigkeitsbeschränkungen, während ihm Schweiß über das Gesicht lief und seine Augen panisch von der Windschutzscheibe zum Rückspiegel und wieder zurück blickten? Ja?

Der Mann im karierten Sportjackett grinste und entblößte Zähne, die viel zu groß und viel zu spitz waren. »Klar, ich weiß genau, wie das ist – ihr habt alle hü gesehen, und jetzt seid ihr auf dem Weg zu hott. Kommt das ungefähr hin?«

»Ich habe gedacht, *dies hier* wäre hott«, sagte Mary spitz, worauf die beiden Neuankömmlinge einander zuerst mit hochgezogenen Brauen ansahen und dann vor Lachen brüllten. Die junge Kellnerin sah mit ängstlichen, blutunterlaufenen Augen von einem zum anderen.

»Gar nicht schlecht pariert«, sagte Buddy Holly. »Du und dein Mann, ihr solltet aber überlegen, ob ihr nicht noch 'ne Weile hier rumhängen wollt. Mindestens bis zum Konzert heute abend. Wir bringen hier eine Wahnsinnsshow auf die Bühne, wenn ich das mal so sagen darf.« Mary entdeckte plötzlich, daß das Auge hinter dem gesprungenen Glas voll Blut war. Als Holly noch breiter grinste und dabei die Augen zu schmalen Schlitzen zusammenkniff, quoll ein Blutstropfen über das untere Lid und rann wie eine Träne an der Wange hinab. »Ist es nicht so, Roy?«

»Ja, Ma'am, das ist so«, sagte der Mann mit der dunklen Brille. »Man muß es sehen, um es zu glauben.«

»Davon bin ich überzeugt«, sagte Mary kläglich. Ja, Clark war fort. Sie war ganz sicher. Clark hatte sich davongemacht wie ein Kaninchen, und bald genug würde das Mädchen mit dem Herpes sie ins Hinterzimmer führen, wo ihr eigenes Kattunkleid und ihr eigener Bestellblock auf sie warteten.

»Von solchen Shows kann man nur träumen«, erzählte Holly ihr stolz. »Und das ist mein *voller* Ernst.« Der Blutstropfen fiel von seinem Gesicht und landete auf dem Hocker, den Clark erst vor kurzem geräumt hatte. »Bleib hier. Du wirst es nicht bereuen.« Er sah um Zustimmung heischend zu seinem Freund.

Der Mann mit der dunklen Brille war zum Koch und den Kellnerinnen gegangen; er legte eine Hand auf die Hüfte der Rothaarigen, die ihre Hand auf seine legte und lächelnd zu ihm aufblickte. Mary sah, daß die Nägel ihrer kurzen Wurstfinger bis zu den Fingerkuppen abgenagt waren. Im offenen Ausschnitt von Roy Orbisons Hemd hing ein Malteserkreuz.

Er nickte und lächelte strahlend. »Sind hocherfreut, Sie bei uns zu haben, Ma'am, und nicht nur für eine Nacht – bleib zu Hause und nähre dich redlich, wie wir daheim immer zu sagen pflegten.«

»Ich werde meinen Mann fragen«, hörte sie sich sagen, und sie vervollständigte den Gedankengang: *Das heißt, wenn ich ihn je wiedersehe.*

»Tu das, Zuckerpuppe!« sagte Holly zu ihr. »Genau das solltest du tun.« Dann drückte er ihr die Schulter ein letztes Mal, ging weiter und gab – war es zu glauben? – den Fluchtweg zur Tür frei. Noch unglaublicher, sie konnte den unverwechselbaren Kühlergrill und den Mercedes-Stern draußen immer noch sehen.

Buddy ging zu seinem Freund Roy und blinzelte ihm zu (wobei wieder eine blutige Träne aus seinem Auge quoll), dann gab er Janis einen Klaps hinten drauf. Sie schrie indigniert auf, und dabei flog ein Schwall Maden aus ihrem Mund. Die meisten klatschten zwischen ihren Füßen auf den Boden, aber einige blieben an ihrer Unterlippe kleben und wanden sich obszön.

Die junge Kellnerin wandte sich mit trauriger, angeekelter Miene ab und hielt sich schützend eine Hand vor das Gesicht. Und für Mary Willingham, die plötzlich begriff, daß sie wahrscheinlich die ganze Zeit nur mit ihr gespielt hatte, wurde die Flucht zu einer ungeplanten instinktiven Reaktion. Sie schnellte wie aus der Pistole geschossen vom Hocker und rannte zur Tür.

»He!« schrie die Rothaarige. »He, Sie haben den Kuchen nicht bezahlt! Und den Kaffee auch nicht! Dies ist kein ›Freß und Flieh‹, du Fotze! Rick! Buddy! Haltet sie!«

Mary ergriff den Türknauf und spürte, wie er ihr durch die verschwitzten Finger rutschte. Hinter sich hörte sie das Trampeln näherkommender Schritte. Sie ergriff den Knauf wieder, konnte ihn diesmal drehen und zog die Tür so heftig auf, daß sie die Glocke darüber abriß. Eine schmale Hand mit Schwielen auf den Fingern packte sie dicht über den Ellbogen. Aber jetzt drückten die Finger nicht, sie kniffen; sie spürte, wie ein Nerv gereizt wurde und der Schmerz sich wie ein dünner Draht von ihrem Ellbogen bis zur linken Seite des Kiefers zog, worauf der ganze Arm taub wurde.

Sie schwang die rechte Faust zurück wie einen kurzen Krocketschläger und traf etwas damit, das sich wie der dünne Beckenknochen über der Lende eines Mannes anfühlte. Sie hörte kurzes, gequältes Schnauben – offenbar konnte die Schmerzen empfinden, tot oder nicht – dann lockerte sich der Griff der Hand, die ihren Arm festhielten. Mary riß sich los, stürzte zur Tür hinaus, und das Haar stand ihr wie eine buschige Korona der Angst vom Kopf ab.

Ihr Blick erfaßte den Mercedes, der noch auf der Straße parkte. Sie segnete Clark dafür, daß er geblieben war. Und er hatte ihre *ganze* telepathische Botschaft verstanden gehabt, denn er saß am Steuer, statt unter dem Beifahrersitz nach der Brieftasche zu suchen, und er ließ den Motor der Prinzessin in dem Augenblick an, als er sie aus dem Rock-a-Boogie kommen sah.

Der Mann mit dem blumengeschmückten Zylinder und sein tätowierter Begleiter standen wieder vor dem Barbierladen und beobachteten ausdruckslos, wie Mary die Beifahrertür aufriß. Sie glaubte jetzt, daß sie den mit dem Zylinder kannte – sie besaß drei Alben von Lynyrd Skynyrd und war ziemlich sicher, daß es sich um Ronnie Van Zant handelte. Kaum war ihr das klar geworden, da wußte sie auch, wer sein illustrer Gefährte war: Duane Allman, der ums Leben kam, als sein Motorrad vor zwanzig Jahren unter einen Sattelschlepper rutschte. Er holte etwas aus der Tasche seiner Jeansjacke und biß hinein. Es überraschte Mary nicht im geringsten, daß es sich dabei um einen Pfirsich handelte.

Rick Nelson kam aus dem Rock-a-Boogie gerannt. Buddy Holly folgte ihm; mittlerweile war seine ganze linke Gesichtshälfte blutüberströmt.

»*Steig ein!*« schrie Clark ihr zu. »*Steig in den verdammten Wagen, Mary!*«

Sie warf sich kopfüber auf den Beifahrersitz, er setzte zurück, bevor sie auch nur einen Versuch unternehmen konnte, die Tür zuzuschlagen. Die Hinterreifen der Prinzessin quietschten, blauer Qualm stieg von ihnen auf. Mary wurde mit halsbrecherischer Wucht nach vorne geschleudert, ihr Kopf prallte gegen das gepolsterte Armaturenbrett. Sie tastete hinter sich nach der offenen Tür, während Clark fluchte und den Schalthebel des Automatikgetriebes auf »Vorwärts« drückte.

Rick Nelson warf sich auf die graue Motorhaube der Prinzessin. Seine Augen leuchteten. Die Lippen teilten sich über unwahrscheinlich weißen Zähnen zu einem diabolischen Grinsen. Die Kochmütze war heruntergefallen, das Haar hing ihm in öligen Strähnen und Locken um die Schläfen.

»Ihr kommt zu dem Konzert!« schrie er.

»*Verpiß dich!*« schrie Clark zurück und trat das Gaspedal bis zum Anschlag durch. Der Dieselmotor der Prinzessin heulte auf, und der Wagen schoß nach vorne. Das Gespenst klammerte sich an der Haube fest, fauchte und grinste zu ihnen hinein.

Schnall dich an!« bellte Clark Mary an, als sie sich aufrichtete.

Sie ließ den Verschluß des Sicherheitsgurts einrasten und sah, wie das Ding auf der Haube die linke Hand ausstreckte und nach dem Scheibenwischer vor ihr griff. Es zog sich langsam daran hoch. Der Scheibenwischer brach ab. Das Ding auf der Haube sah ihn an, warf ihn weg und griff nach dem Scheibenwischer auf Clarks Seite.

Bevor es sich daran festhalten konnte, trat Clark mit beiden Füßen auf die Bremse. Mary wurde nach vorne geschleudert. Der Gurtstraffer rastete ein, und der Gurt schnitt ihr schmerzhaft in die Unterseite der linken Brust. Einen Augenblick hatte sie das schreckliche Gefühl von *Druck* in ihrem Inneren, als würden ihre Eingeweide von grausamer Hand in den engen Tunnel ihres Halses hinaufgepreßt. Das Ding auf der Haube wurde heruntergeschleudert und landete mindestens sechs Meter vor dem Wagen auf der Straße. Mary hörte ein sprödes, knirschendes Geräusch, dann bildete Blut ein sternförmiges Muster von Spritzern um seinen Kopf herum.

Sie drehte sich um und sah die anderen auf das Auto zulaufen. Janis, das Gesicht zu einer Hexenfratze von Haß und Erregung verzerrt, machte den Anfang.

Vor ihnen richtete sich der Imbißkoch so geschmeidig auf wie eine knochenlose Marionette. Das gewaltige Grinsen teilte immer noch sein Gesicht.

»*Clark, sie kommen!*« schrie Mary.

Er sah kurz in den Rückspiegel, dann trat er das Gaspedal wieder bis zum Anschlag durch. Die Prinzessin fuhr mit einem Ruck an. Mary konnte gerade noch sehen, wie der Mann, der auf der Straße saß, einen Arm hob, um sein Gesicht zu schützen, und sie sah noch etwas, etwas Schlimmeres: sie sah, daß er im Schatten seines erhobenen Armes immer noch grinste.

Dann erfaßten ihn zwei Tonnen deutsche Wertarbeit und begruben ihn unter sich. Knisternde Geräusche waren zu hören; sie erinnerten sie an Kinder, die sich in einem Haufen Herbstlaub wälzten. Sie schlug die Hände auf die Ohren – *zu spät, zu spät* – und schrie.

»Mach dir keine Gedanken«, sagte Clark. Er sah grimmig in den Rückspiegel. »Wir können ihn nicht allzu schwer verletzt haben. Er steht wieder auf.«

»*Was?*«

»Abgesehen von der Reifenspur auf dem Hemd ist er ...« Er verstummte unvermittelt und sah sie an. »Wer hat dich geschlagen, Mary?«

»Was?«

»Dein Mund blutet. Wer hat dich geschlagen?«

Sie strich mit einem Finger über den Mundwinkel, betrachtete die rote Schliere darauf und kostete sie. »Kein Blut – Kirschkuchen«, sagte sie und stieß ein schrilles, verzweifeltes Lachen aus. »Bring uns hier weg, Clark, bitte, bring uns hier weg.«

»Worauf du dich verlassen kannst«, sagte er und konzentrierte sich wieder auf die Main Street, die breit und – jedenfalls vorerst noch – menschenleer war. Mary stellte fest, daß es trotz der Ampeln und der elektrischen Gitarren im Stadtpark an der Main Street keine Leitungsmasten ab. Sie hatte keine Ahnung, woher Rock and Roll Heaven seinen Strom bezog (nun, eine *ungefähre* Vorstellung hatte sie vielleicht), jedenfalls nicht vom Elektrizitätswerk von Oregon.

Die Prinzessin beschleunigte wie alle Diesel – nicht schnell, aber mit unerbittlicher Kraft – und ließ eine dunkelbraune Abgaswolke hinter sich zurück. Mary sah verschwommen ein Kaufhaus, eine Buchhandlung und ein Babywarengeschäft mit Namen »Rock and Roll Schlummerlied«. Sie sah einen jungen Mann mit schulterlangen braunen Locken vor der »Rock 'Em and Sock 'Em«-Billardhalle stehen, der die Arme auf der Brust verschränkt und einen Schlangenlederstiefel an die weißgetünchte Fassade gestemmt hatte. Sein Gesicht war auf eine vorwurfsvolle Weise schön, und Mary erkannte ihn sofort.

Clark ebenso. »Das ist der alte Lizard King persönlich«, sagte Clark mit trockener, emotionsloser Stimme.

»Ich weiß. Ich hab ihn gesehen.«

Ja – sie sah, aber die Bilder waren wie trockenes Papier, das unter einem unbarmherzigen, gebündelten Licht, welches ihr ganzes Denken erfüllte, in Flammen aufzugehen schien; es war, als hätte das Ausmaß ihres Grauens sie in ein menschliches Vergrößerungsglas verwandelt, und ihr war klar: Sollten sie jemals hier herauskommen, würde sie keine Erinnerung an diese merkwürdige kleine Stadt behalten; die Erinnerung würde Asche sein, die vom Wind verweht wurde. So lief das selbstverständlich. Niemand konnte derart höllische Bilder sehen, derart höllische *Erlebnisse* haben und geistig gesund bleiben. Deshalb wurde der Verstand zu einem Hochofen und verbrannte jedes Bild im gleichen Augenblick, in dem es erzeugt wurde.

Und daran muß es liegen, daß sich die meisten Menschen noch den Luxus leisten können, nicht an Geister oder Spukhäuser zu glauben, dachte sie. *Wenn der Verstand auf das Irrationale und Grauenhafte gerichtet wird, so wie man das Gesicht eines Menschen der Medusa zuwendet, dann vergißt er. Er muß vergessen. Und, lieber Gott, davon abgesehen, daß ich hier raus will, wünsche ich mir nichts auf der Welt so sehr, als zu vergessen.*

Sie sah eine kleine Gruppe Menschen auf dem Vorplatz einer Cities-Service-Tankstelle an einer Kreuzung am anderen Ende der Stadt stehen. Sie hatten furchtsame, gewöhnliche Gesichter und trugen fadenscheinige, gewöhnliche Kleider.

Ein Mann im ölverschmierten Mechanikeroverall. Eine Frau in Schwesterntracht – früher vielleicht weiß, jetzt ausgewaschen grau. Ein älteres Ehepaar, sie mit orthopädischen Schuhen und er mit einem Hörgerät, so groß wie eine Cocktailtomate, in einem Ohr, aneinandergeklammert wie Kinder, die fürchten, daß sie sich in einem großen, dunklen Wald verirrt haben. Mary wußte, auch ohne daß man es ihr ausdrücklich sagte: Dies waren die *wirklichen* Bewohner von Rock and Roll Heaven, Oregon. Sie waren gefangen worden, wie eine Venusfliegenfalle Insekten fängt.

»*Bitte* bring uns hier weg, Clark«, sagte sie. »*Bitte.*« Etwas kam ihr im Hals hoch, und sie preßte die Hände auf den Mund. Aber statt sich zu übergeben, stieß sie einen lauten Rülpser aus, der ihr im Hals brannte wie Feuer und nach dem Kuchen schmeckte, den sie gerade im Rock-a-Boggie-Restaurant gegessen hatte.

»Es wird alles gut. Beruhige dich, Mary.«

Die Straße – man konnte sie nicht mehr als Main Street betrachten, weil der Ortsrand bereits zu sehen war – führte am Feuerwehrhaus von Rock and Roll Heaven an der linken und der Schule an der rechten Seite vorbei (selbst in ihrem verängstigten Zustand kam ihr eine Zitadelle des Lernens mit Namen »Rock and Roll-Grundschule« ungeheuer überzeugend vor). Drei Kinder standen auf dem Schulhof und beobachteten mit apathischen Blicken, wie die Prinzessin vorbeirauschte. Vorne machte die Straße eine Biegung um eine Bucht herum, in der ein Schild mit der Aufschrift stand: SIE VERLASSEN JETZT ROCK AND ROLL HEAVEN, OREGON. GOOD NIGHT, SWEETHEART, GOOD NIGHT.

Clark raste mit der Prinzessin, ohne abzubremsen, in die Kurve, und auf der anderen Seite versperrte ihnen ein Bus die Straße.

Es war kein gewöhnlicher gelber Schulbus; er flimmerte und waberte in hundert Farben und tausend psychedelischen Schnörkeln, ein zu groß geratenes Andenken an den Sommer der Liebe. Auf den Fenstern drängten sich Abziehbilder von Schmetterlingen und Peace-Zeichen, und noch während Clark aufschrie und auf die Bremse stieg, las sie, ohne überrascht zu sein, die Worte, die auf der Seite emporschwebten wie übervolle Luftschiffe: THE MACIC BUS.

Clark gab sich große Mühe, schaffte es nicht, rechtzeitig zu bremsen. Die Prinzessin fuhr mit zehn bis fünfzehn Stundenmeilen in den Magic Bus, die Räder blockierten, die Reifen qualmten. Ein hoher Knall ertönte, als der Mercedes den buntbemalten Bus mittschiffs rammte. Mary wurde wieder nach vorne in den Sicherheitsgurt geschleudert. Der Bus schwankte ein wenig auf den Stoßdämpfern, aber das war alles.

»Zurückstoßen und wenden!« schrie sie Clark an, aber zugleich erkannte sie, daß jetzt alles vorbei war. Der Motor der Prinzessin hörte sich unregelmäßig an, Mary konnte Dampf unter der eingedrückten Haube hervorkommen sehen; er sah aus wie der Atem eines verwundeten Drachen. Als Clark den Schalthebel in den Rückwärtsgang drückte, hatte der Motor zwei Fehlzündungen, schüttelte sich wie ein alter, nasser Hund und starb ab.

Hinter sich konnten sie eine Sirene hören, die näherkam. Sie fragte sich, wer wohl der Polizeichef sein würde. Nicht John Lennon, dessen Motto Zeit seines Lebens »Mißtraut der Macht« gewesen war, und nicht Lizard King, der eindeutig zu den Billardhallen-Bösewichtern der Stadt gehörte. Aber wer dann? Spielte das überhaupt noch eine Rolle? *Vielleicht*, überlegte sie sich, *entpuppt er sich als Jimi Hendrix.* Das hörte sich verrückt an, aber sie kannte ihren Rock and Roll wahrscheinlich besser als Clark und erinnerte sich, sie hatte einmal gelesen, daß Hendrix bei der 101sten Luftlandedivision gewesen war. Hieß es nicht, daß Exsoldaten die besten Gesetzeshüter wurden?

Du verlierst den Verstand, sagte sie sich, dann nickte sie. Logisch. In gewisser Weise war das eine Erleichterung. »Was jetzt?« fragte sie Clark niedergeschlagen.

Er machte seine Tür auf, wobei er sich mit der Schulter dagegenstemmen mußte, weil sich der Rahmen ein wenig verzogen hatte. »Jetzt laufen wir«, sagte er.

»Und wozu?«

»Du hast sie gesehen; möchtest du wie *sie* werden?«

Das brachte einen Teil der Angst zurück. Sie löste den Verschluß des Sicherheitsgurts und öffnete die Beifahrertür. Clark kam um den Wagen herum und ergriff ihre Hand. Als sie sich wieder zu dem Magic Bus umdrehten, wurde sein Griff um ihre Hand auf schmerzhafte Weise fester, weil er sah, wer dort ausstieg. Ein großer Mann im offenen weißen Hemd, schwarzen Jeans und mit einer Rundum-Sonnenbrille. Das blauschwarze Haar war von den Schläfen zu einer üppigen, makellosen Frisur zurückgekämmt. Kein Zweifel – ein unglaublich, beinahe halluzinatorisch gutaussehender Mann; das konnte nicht einmal die Sonnenbrille verbergen. Die vollen Lippen teilten sich zu einem verhaltenen, zynischen Lächeln.

Ein blau-weißer Streifenwagen mit der Aufschrift *POLIZEI ROCK AND ROLL HEAVEN* kam um die Kurve und hielt mit quietschenden Reifen zwanzig Zentimeter vor der Heckstoßstange der Prinzessin. Der Mann hinter dem Lenkrad war schwarz, aber es war nicht Jimi Hendrix. Mary war nicht hundertprozentig sicher, aber der hiesige Gesetzeshüter mußte Otis Redding sein.

Der Mann mit der Sonnenbrille und den schwarzen Jeans stand inzwischen direkt vor ihnen und hatte die Daumen in die Gürtelschlaufen gehakt; seine Hände baumelten herunter wie tote Spinnen. »Wie geht's uns'n heute?« Auch der träge nuschelnde Memphis-Akzent war unverkennbar. »Möchte euch beide in der Stadt willkommen heißen. Hoffe, ihr könnt'ne Weile bei uns bleiben. Städtchen sieht nicht besonders aus, aber wir sind gute Nachbarn und kümmern uns um unseren Kram.« Er streckte eine Hand aus, an der drei absurd große Ringe funkelten. »Ich bin der Bürgermeister hier. Name ist Elvis Presley.«

Dämmerung eines Sommerabends.

Als sie den Stadtpark betraten, mußte Mary wieder an die Konzerte denken, die sie als Kind in Elmira besucht hatte, und sie spürte, wie sich ein Stich von Nostalgie und Traurigkeit durch den Kokon des Schocks bohrte, in den ihr Verstand und ihre Emotionen sie eingesponnen hatten. So ähnlich ... und doch so anders. Hier gab es keine Kinder, die Wunderkerzen schwenkten; die Kinder, die da waren, rund ein Dutzend, drängten sich so weit wie möglich vom Musikpavillon fort und sahen sich mit verbissenen, argwöhnischen Gesichtern um. Unter ihnen befanden sich auch die Kinder, die sie und Clark bei ihrem fehlgeschlagenen Fluchtversuch auf dem Schulhof gesehen hatten.

Und in fünfzehn Minuten oder einer halben Stunde würde hier auch keine fröhliche Blaskapelle spielen – auf der Bühne (die Mary fast so groß wie Hollywood Bowl vorkam) waren die Instrumente und Geräte der größten – und lautesten, wenn man die Verstärker betrachtete – Rock and roll-Band der Welt aufgebaut, eine apokalyptische Bebopkombination, die voll aufgedreht wahrscheinlich laut genug sein würde, um Fensterscheiben im Umkreis von fünf Meilen zu zertrümmern. Sie zählte ein Dutzend Gitarren auf Ständern, dann hörte sie auf zu zählen. Vier vollständige Schlagzeuge ... Bongos ... Congas ... eine Rhythmusgruppe ... runde Podeste, auf denen die Backgroundsängerinnen stehen würden ... ein wahrer Wald von Mikrofonen.

Im Park selbst waren Klappstühle aufgestellt – Mary schätzte zwischen siebenhundert und tausend –, aber sie sah nicht einmal fünfzig Zuschauer, wahrscheinlich weniger. Sie sah den Mechaniker, der jetzt saubere Jeans und ein PermaPress-Hemd trug, neben einer Frau mit gramzerfurchtem Gesicht, die wahrscheinlich seine Ehefrau war. Die Krankenschwester saß ganz für sich allein in der Mitte einer langen, leeren Reihe. Sie hatte das Gesicht nach oben gewandt und blickte zu den ersten Sternen hinauf, die am Himmel erschienen. Mary wandte sich rasch von der Frau ab; sie glaubte, diese traurige, sehnsüchtige Gesicht zu lange zu betrachten, würde ihr das Herz brechen.

Von den berühmteren Bewohnern der Stadt war vorerst noch nichts zu sehen. Natürlich nicht; sie hatten ihr Tagwerk allesamt hinter sich und waren jetzt hinter der Bühne, wo sie ihre Kostüme anzogen, ihre Einsätze probten und sich auf die tolle Show des heutigen Abends vorbereiteten.

Clark blieb stehen, als er ungefähr ein Viertel des grasbewachsenen Mittelgangs zurückgelegt hatte. Ein Hauch des Abendwinds zerzauste ihm das Haar; Mary fand, daß es so trocken wie Stroh aussah. In Clarks Stirn und um seine Mundwinkel waren Furchen eingegraben, die sie vorher noch nie gesehen hatte. Er sah aus, als hätte er seit dem Essen in Oakridge dreißig Pfund abgenommen. Von dem selbstsicheren Mann war keine Spur mehr zu entdecken, und Mary vermutete, daß er für alle Zeiten verschwunden war. Sie stellte aber auch fest, daß ihr das so oder so völlig gleichgültig war.

Und ganz nebenbei, wie siehst du wohl aus, Zuckerpüppchen?

»Wo möchtest du sitzen?« fragte Clark. Seine Stimme klang dünn und desinteressiert – die Stimme eines Mannes, der immer noch glaubt, daß er träumt.

Mary erspähte die Kellnerin mit dem Herpes. Sie saß vier Reihen weiter unten am Mittelgang und trug eine hellgraue Bluse und einen Baumwollrock. Sie hatte sich einen Pullover um die Schultern geschlungen. »Da«, sagte Mary, »neben ihr.« Clark führte sie ohne Frage oder Widerrede in die angegebene Richtung.

Die Kellnerin drehte sich zu Mary und Clark um, und Mary stellte fest, daß ihre rastlosen Augen sich zumindest heute abend beruhigt zu haben schienen; sie empfand es als Erleichterung. Einen Augenblick später stellte sie auch den Grund fest: das Mädchen war geradezu apokalyptisch high. Mary senkte den Kopf, sie wollte sich nicht mehr diesem staubigen Blick ausgesetzt sehen, und dabei bemerkte sie, daß die linke Hand der Kellnerin in einem dicken Verband steckte. Voll vagen Entsetzens stellte sie fest, daß mindestens ein Finger an der verbundenen Hand des Mädchens fehlte, wahrscheinlich zwei.

»Hi«, sagte das Mädchen. »Ich bin Sissy Thomas.«

»Hallo, Sissy. Ich bin Mary Willingham. Das ist mein Mann Clark.«

»Freut mich, euch kennenzulernen«, sagte die Kellnerin.

»Deine Hand ...« Mary verstummte, weil sie nicht wußte, wie sie fortfahren sollte.

»Das war Frankie.« Sissy sagte es mit der völligen Gleichgültigkeit eines Menschen, der auf einem rosa Pferd die Straße der Träume entlangreitet. »Frankie Lymon. Alle sagen, daß er der netteste Kerl war, als er noch lebte, und erst gemein wurde, nachdem er hierher gekommen war. Er war einer der ersten ... der Pioniere, könnte man sagen. Aber davon weiß ich nichts. Ob er vorher nett war, meine ich. Ich weiß nur, daß er jetzt gemeiner ist als Katzenscheiße. Aber das ist mir egal. Ich wünschte mir nur, ihr wärt entkommen, und ich würde es jederzeit wieder machen. Außerdem kümmert Crystal sich um mich.«

Sissy nickte der Krankenschwester zu, die nicht mehr die Sterne betrachtete, sondern zu ihnen herübersah.

»Crystal kümmert sich wirklich gut um einen. Sie flickt einen zusammen, wenn man will – in dieser Stadt muß man keine Finger verlieren, wenn man high werden will.«

»Meine Frau und ich nehmen keine Drogen«, sagte Clark; er hörte sich irgendwie überheblich an.

Sissy sah ihn einige Augenblicke wortlos an. Dann sagte sie: »Das kommt noch.«

»Wann fängt die Show an?« Mary spürte, wie der Kokon des Schocks sich auflöste, und das Gefühl gefiel ihr ganz und gar nicht.

»Bald.«

»Und wie lange dauern diese Konzerte?«

Sissy antwortete zuerst nicht, und Mary wollte die Frage schon wiederholen, weil sie glaubte, das Mädchen hätte sie entweder nicht gehört oder nicht verstanden. Aber dann sagte sie: »Lange Zeit. Ich meine, die Show wird um Mitternacht zu Ende sein, das ist immer so, aber trotzdem ... sie dauern ziemlich lang. Weil die Zeit hier anders verläuft. Kapiert? Könnte sein ... ach, keine Ahnung. Ich glaube, wenn die Jungs echt in Fahrt kommen, spielen sie manchmal ein Jahr oder noch länger.«

Kalter, grauer Frost kroch an Marys Armen und ihrem Rücken hinauf. Sie versuchte sich ein Rock-Konzert vorzustellen, das ein ganzes Jahr dauerte, aber sie konnte es nicht. *Das ist ein Traum, und du wirst wieder aufwachen*, sagte sie sich, aber der Gedanke, der so überzeugend zu sein schien, als sie im Sonnenlicht vor dem Magic Bus gestanden und Elvis Presley zugehört hatten, verlor allmählich seine Überzeugungskraft und Glaubwürdigkeit.

»Würde euch sowieso nichts nützen, die Straße da langzufahren«, hatte Elvis zu ihnen gesagt. »Führt nirgendwo hin, nur zum Umpqua-Sumpf. Da sind keine Straßen mehr drin, nur 'ne Menge Gewürm. Und Treibsand.« Dann hatte er eine Pause gemacht, und die schwarzen Gläser seiner Sonnenbrille hatten wie dunkle Brennöfen in der Spätnachmittagssonne gefunkelt. »Und noch anderes.«

»Bären«, hatte der Polizist, bei dem es sich um Otis Redding handeln mochte, hinter ihnen gesagt.

»Bären, genau«, stimmte Elvis zu, und dann verzog er die Lippen zu dem allzu wissenden Lächeln, das Mary aus so vielen Fernsehsendungen und Filmen kannte. »Und noch anderes.«

Mary begann: »Wenn wir zu der Show bleiben ...«

Elvis nickte nachdrücklich. »Die Show! O ja, ihr *müßt* zu der Show bleiben! Das ist echter Rock! Überzeugt euch, ob's nicht so ist.«

»Das ist die nackte Wahrheit«, hatte der Polizist bekräftigt.

»Wenn wir zu der Show bleiben ... können wir dann gehen, wenn sie vorbei ist?«

Elvis und der Bulle hatten einen Blick gewechselt. »Nun, wissen Sie, Ma'am«, hatte der einstige King of Rock schließlich gesagt, »wir sind hier ziemlich weit draußen im Hinterland, da ist es nicht leicht, ein Publikum zusammenzukriegen ... selbst wenn *alle* hierbleiben, nachdem sie uns erstmal gehört haben. Irgendwie haben wir gehofft, ihr würdet auch noch 'ne Weile hierbleiben. Ein paar Shows ansehen und unsere Gastfreundschaft genießen.« Er hatte die Sonnenbrille auf die Stirn hochgeschoben und einen Moment lang runzlige, leere Augenhöhlen entblößt. Dann waren Elvis' dunkelblaue Augen wieder da, die sie mit aufrichtigem Interesse betrachteten.

»Ich glaube«, hatte er gesagt, »ihr überlegt euch vielleicht sogar, ob ihr euch nicht hier niederlassen wollt.«

Inzwischen standen noch mehr Sterne am Himmel; es war fast dunkel. Über der Bühne flammten orangefarbene Spots auf, sanft wie nachtblühende Blumen, die nacheinander die Mikrofonständer beleuchteten.

»Sie haben uns Jobs gegeben«, sagte Clark mürrisch. »*Er* hat uns Jobs gegeben. Der Bürgermeister. Der wie Elvis Presley aussieht.«

»Er *ist* Elvis«, sagte Sissy Thomas, aber Clark starrte nur auf die Bühne. Er war noch nicht bereit, daran zu *denken*, geschweige denn, es zu hören.

»Mary soll morgen in der Be-Bop-Beauty Bar zu arbeiten anfangen«, fuhr er fort. »Sie hat das Lehrerdiplom und ein Examen in Englisch, soll aber die nächste Zeit – Gott weiß wie lange – als Friseuse verbringen. Dann hat er mich angesehen und gesagt: ›Wassn mit *Ihn'n*, Sir? Wassn *Ihre* Spezialität?‹« Clark ahmte den Memphis-Akzent des Bürgermeisters übertrieben nach, und jetzt war endlich ein echter Ausdruck in den verschleierten Augen der Kellnerin zu erkennen. Mary hielt es für Angst.

»Sie sollten sich nicht lustig machen«, sagte sie. »Man kann hier Ärger kriegen, wenn man sich lustig macht.« Sie hob langsam die verbundene Hand. Clark sah sie an, seine nassen Lippen bebten, bis sie sich wieder in den Schoß legte. Dann sprach er mit gedämpfter Stimme weiter.

»Ich habe ihm gesagt, ich bin Experte für Computersoftware. Da hat er gesagt, es gibt keine Computer in der Stadt ... obwohl sie es echt zu schätzen wüßten, wenn sie eine Ticketron-Outlet oder zwei haben könnten. Dann hat der andere Typ gelacht und gesagt, unten im Supermarkt würde ein Lagerarbeiter gesucht, und ...«

Ein grellweißer Spot ging auf der Bühne an. Ein Mann in einem so ausgeflippten Sportjackett, daß der Aufzug von Buddy Holly dagegen zahm wirkte, trat in den Lichtkreis und hob die Hände, als wollte er donnernden Applaus eindämmen.

»Wer ist das?« wandte sich Mary an Sissy.

»Ein alter Diskjockey, der eine Menge dieser Shows moderiert hat. Er heißt Alan Tweed oder Alan Breed oder so ähnlich. Wir kriegen ihn kaum je zu sehen, außer hier. Ich glaube, er trinkt. Er schläft den ganzen Tag – *das* weiß ich.«

Kaum hatte das Mädchen diesen Namen ausgesprochen, zerplatzte der Kokon, der Mary beschützt hatte, und ihre letzten Zweifel zerstoben im Wind. Sie und Clark hatte es *tatsächlich* nach Rock and Roll Heaven verschlagen, in den Rock and Roll-Himmel – aber in Wahrheit war es die Rock and Roll-Hölle. Und das war nicht geschehen, weil sie beide böse Menschen waren, es war nicht geschehen, weil die alten Götter sie strafen wollten; es war geschehen, weil sie sich im Wald verirrt hatten, und sich im Wald zu verirren, das hätte jedem passieren können.

»*Heute nacht steht uns eine tolle Show ins Haus!*« röhrte Tweed enthusiastisch in das Mikro. »*Wir haben den Big Bopper ... Marc Bolan von T.Rex, der gerade von einem ausverkauften Konzert in der Albert Hall zurückkommt ... Jim Croce ... meinen Lieblingsstar Jonny Ace ...*«

Mary beugte sich zu dem Mädchen. »Wie lange sind Sie schon hier, Sissy?«

»Ich weiß es nicht. Man verliert leicht das Zeitgefühl. Mindestens sechs Jahre. Vielleicht auch acht. Oder neun.«

»*Keith Moon von den Who ... Brian Jones von den Stones ... die niedliche kleine Florence Ballard von den Supremes ...*«

Mary kleidete ihre schlimmsten Befürchtungen in Worte und fragte: »Wie alt waren Sie, als Sie herkamen?«

»*Cass Elliot ... Janis Joplin ...*«

»Dreiundzwanzig.«

»*King Curtis ... Johnny Burnett ...*«

»Und wie alt sind Sie jetzt?«

»*Slim Harpo ... Bob ›Bear‹ Hite ... Stevie Ray Vaughan ...*«

»Dreiundzwanzig«, sagte Sissy zu ihr, während Alan Tweed auf der Bühne weitere Namen über den fast menschenleeren Stadtpark brüllte und die Stars herauskamen, erst hundert Stars, dann tausend, dann mehr, als man zählen konnte; er leierte die Namen der Drogentoten, der Schnapstoten, der Opfer von Flugzeugabstürzen und der Opfer von Schießereien herunter, die Namen derer, die man in Seitengassen und Swimmingpools gefunden hatte und in Straßengräben, wo ihnen Lenksäulen aus der Brust ragten und die Köpfe von den Schultern gerissen waren; er verkündete die Namen der Jungen und der Alten, aber vorwiegend waren es die Jungen, und als er die Namen Ronnie Van Zant und Steve Gaines aussprach, hörte Mary im Kopf den Text eines ihrer Songs wiederholen – »*Oooh, that smell, can't you smell that smell*«, und gewiß, jede Wette, sie spürte den Geruch; selbst hier draußen in der frischen Luft von Oregon roch sie ihn, und als sie Clarks Hand ergriff, da war es, als ergriffe sie die Hand eines Leichnams.

»*Aaaaaaaaall RIIIIIIGHT!*« kreischte Alan Tweed. Hinter ihm in der Dunkelheit strömten Dutzende von Schatten auf die Bühne, manche ließen sich von Roadies mit Taschenlampen den Weg leuchten. »*Seid ihr bereit für die PAAARTY?*«

Die verstreuten Zuschauer im Stadtpark gaben keine Antwort, aber Tweed schwenkte die Hände und lachte, als raste ein gigantisches Publikum vor Begeisterung. Das fahle Licht des Himmels reichte gerade noch aus, daß Mary sehen konnte, wie sich der alte Mann an den Kopf griff und sein Hörgerät abschaltete.

»*Seid ihr bereit für den BOOOGIE?*«

Diese Mal *bekam* er eine Antwort – das dämonische Kreischen von Saxophonen aus den Schatten hinter ihm.

»*Dann los … DENN ROCK AND ROLL WIRD NIEMALS STERBEN!*«

Und als die Scheinwerfer nacheinander aufleuchteten und die Band den ersten Song des langen, langen Konzerts dieser Nacht anstimmte – »I'll Be Doggone« mit Marvin Gaye als Gesangssolisten –, dachte Mary: *Das fürchte ich auch. Genau das fürchte ich auch.*

Hausentbindung

Angesichts der Tatsache, daß es sich wahrscheinlich um das Ende der Welt handelte, fand Maddie Pace, daß sie ihre Sache gut machte. Sogar *verdammt* gut. Sie fand sogar, sie kam mit dem Ende von allem besser zurecht als alle anderen auf der Welt. Und sie kam eindeutig besser damit zurecht als jede andere *schwangere* Frau auf der Welt.

Kam zurecht.

Ausgerechnet Maddie Pace.

Maddie Pace, die manchmal nicht schlafen konnte, wenn sie auch nur eine einzige Staubfluse unter dem Eßzimmertisch entdeckte. Maddie Pace, die als Maddie Sullivan ihren Verlobten Jack rasend gemacht hatte, wenn sie starr über einer Speisekarte saß und sich manchmal länger als eine halbe Stunde über die Vorspeise Gedanken machte.

»Maddie, warum wirfst du nicht eine Münze?« fragte er sie einmal, nachdem sie es geschafft hatte, die Auswahl auf geschmortes Kalbfleisch oder Lammgeschnetzeltes einzuschränken, sich aber nicht endgültig entscheiden konnte. »Ich habe schon fünf Flaschen von diesem verdammten deutschen Bier getrunken, und wenn du dich nicht schnellstens entscheidest, hast du einen betrunkenen Hummerfischer *unter* dem Tisch, bevor wir etwas zu essen *auf* dem Tisch haben!«

Darauf hatte sie nervös gelächelt, das geschmorte Kalbfleisch bestellt und sich fast während der ganzen Heimfahrt gefragt, ob das Geschnetzelte nicht möglicherweise leckerer und damit besser gewesen wäre, obwohl es etwas teurer war.

Als Jack ihr einen Antrag gemacht hatte, war ihr die Entscheidung freilich nicht schwergefallen; sie hatte den Antrag – und Jack – rasch und mit großer Erleichterung angenommen. Nach dem Tod ihres Vaters hatten Maddie und ihre Mutter auf Little Island vor der Küste von Maine ein zielloses, umwölktes Leben geführt. »Wenn ich den Frauen nicht sagen würde, wo sie sich bücken und die Schultern gegen das Rad stemmen müssen«, hatte George Sullivan immer wieder gesagt, wenn er einen über den Durst getrunken hatte und mit Freunden in Fudgy's Taverne oder im Hinterzimmer von Prouts Barbierladen saß, »wüßte ich nicht, was sie anfangen würden.«

Als ihr Vater an einem schweren Herzanfall starb, war Maddie neunzehn und arbeitete an Werktagen abends für einen Wochenlohn von einundvierzig Dollar und fünfzig Cent in der Stadtbücherei. Ihre Mutter kümmerte sich um das Haus – jedenfalls hatte sie es getan, wenn George sie (manchmal mit einem guten, saftigen Schlag aufs Ohr) daran erinnerte, daß sie ein Haus hatte, um das sie sich kümmern mußte.

Als die Nachricht von seinem Tod eintraf, hatten sich die beiden Frauen von stummen, panischem Mißfallen erfüllt angesehen, zwei Augenpaare, die dieselbe Frage stellten: *Was machen wir jetzt?*

Keine wußte es, aber beide waren der Überzeugung – der unerschütterlichen Überzeugung –, daß er mit seiner Einschätzung recht gehabt hatte: sie brauchten ihn. Sie waren nur Frauen, und sie brauchten ihn nicht nur, damit er ihnen sagte, was sie tun sollten, sondern auch, wie sie es tun sollten. Sie sprachen nicht darüber, weil es ihnen peinlich war, aber es war da – sie hatten nicht die geringste Ahnung, was als nächstes kommen würde. Der Gedanke, daß sie Gefangene der engstirnigen Vorstellungen und Erwartungen von George Sullivan waren kam ihnen gar nicht erst. Sie waren nicht dumm, beide Frauen nicht, aber sie waren Frauen von der Insel.

Geld war kein Problem; George glaubte mit ganzem Herzen an den Sinn von Versicherungen, und nachdem er in *Big Dukes Big Ten* in Machias während des Bowlingturniers der Liga beim entscheidenden Wurf tot umgefallen war, erbte seine Frau mehr als hunderttausend Dollar. Und das Leben auf der Insel war billig, wenn man ein Haus besaß und seinen Garten pflegte und wußte, wie man im Herbst sein eigenes Gemüse erntete. Das *Problem* war, daß sie nichts mehr hatten, worauf sie sich konzentrieren konnten. Das *Problem* war, daß das Zentrum aus ihrem Leben verschwunden zu sein schien, als George in seinem Amoco-Bowlinghemd kopfüber über die Foul-Linie von Bahn neunzehn kippte (und der Teufel sollte ihn holen, wenn er nicht auch noch den Ersatzmann mitgebracht hätte, den seine Mannschaft zum Sieg brauchte). Nach Georges Tod wurde ihrer beider Leben zu einer unheimlich verworrenen Angelegenheit.

Als hätte man sich in dichtem Nebel verirrt, dachte Maddie manchmal. *Aber statt nach der Straße zu suchen, einem Haus, dem Dorf oder einem herausragenden Landschaftsmerkmal, wie etwa der vom Blitz getroffenen Fichte draußen an der Spitze, suche ich nach dem Rad. Wenn ich es finde, kann ich mir vielleicht selbst sagen, daß ich mich bücken und die Schulter dagegenstemmen soll.*

Schließlich fand sie ihr Rad: es war Jack Pace. Frauen heiraten ihre Väter und Männer ihre Mütter, behaupten manche, und wenn auch so ein Klischee nicht immer zutrifft, traf es in Maddies Fall den Kern der Sache doch ziemlich genau. Ihr Vater war von seinen Mitmenschen mit Angst und Bewunderung angesehen worden. »Verarscht George Sullivan nicht, Leute«, sagten sie. »Der schlägt euch die Nase aus dem Gesicht, wenn ihr ihn nur schief anseht.«

Das galt auch zu Hause. Er war herrschsüchtig und manchmal gewalttätig gewesen, aber er hatte auch gewußt, was er gewollt und für was er gearbeitet hatte – den Ford Pickup zum Beispiel, die Motorsäge oder die zwei Morgen Land, die im Süden an ihr Grundstück angrenzten. Pop Cooks Land. George Sullivan hatte Pop Cook bekanntermaßen als einen alten Dreckskerl mit stinkenden Achselhöhlen bezeichnet, aber das Aroma des alten Mannes änderte nichts daran, daß noch eine Menge gutes Hartholz auf diesen zwei Morgen stand. Pop wußte es nicht; er lebte seit 1987 jenseits der Meerenge, als ihm seine Arthritis ernsthaft zu schaffen machte, und George sorgte dafür, daß überall auf Little Tall bekannt wurde, was der Dreckskerl Pop Cook nicht weiß, macht ihn nicht heiß, und daß er jeden, Mann oder Frau, auseinandernehmen würde, der Licht in die Dunkelheit von Pops Unwissenheit brachte. Niemand traute sich, und so bekamen die Sullivans das Land und das Hartholz darauf. Zwar war das gute Holz innerhalb dreier Jahre restlos gefällt, aber das störte ihn nicht – Land machte sich letzten Endes immer bezahlt. Das behauptete George, und sie glaubten ihm, sie glaubten *an* ihn, und sie arbeiteten, alle drei. Ihr müßt die Schultern gegen das Rad stemmen und das Miststück *drücken*, sagte er, ihr müßt drücken, was ihr könnt, weil es sich nicht leicht drehen läßt. Und das taten sie denn auch.

Damals hatte Maddies Mutter einen Stand an der Straße zum East Head, und es kamen immer genügend Touristen, die das Gemüse kauften, das sie anbaute (auf Georges Anweisung, versteht sich), und selbst wenn sie nie »die Familie Gotrocks« waren, wie ihre Mutter sich auszudrücken pflegte, kamen sie über die Runden. Sogar in den Jahren in denen die Hummerfischerei schlecht lief und sie ihr Geld zusammenhalten mußten, um abzahlen zu können, was sie der Bank für Pop Cooks zwei Morgen schuldeten, kamen sie über die Runden.

Jack Pace war sanftmütiger, als es George Sullivan je in den Sinn gekommen wäre, aber auch seine Sanftmut hatte Grenzen. Maddie vermutete, daß auch er mit der Zeit einmal auf sogenannte »erzieherische Maßnahmen« zurückgreifen würde – Armverdrehen, wenn das Essen kalt war, einen Klaps oder ab und zu auch eine regelrechte Tracht Prügel. Ein Teil von ihr schien es sogar zu erwarten. In den Frauenzeitschriften stand, daß Ehen, in denen der Mann das alleinige Sagen hatte, der Vergangenheit angehörten, und daß man einen Mann, der Hand an seine Frau legte, wegen Körperverletzung einsperren sollte, auch wenn es sich bei dem fraglichen Mann um den rechtmäßig angetrauten Gatten der fraglichen Frau handelte. Manchmal las Maddie solche Artikel im Schönheitssalon, aber sie bezweifelte, daß die Frauen, die diese Artikel schrieben, überhaupt eine Ahnung hatten, daß es so etwas wie die Inseln vor der Küste überhaupt gab. Little Tall *hatte* eine Schriftstellerin hervorgebracht, Selena St. George – aber die schrieb zumeist über Politik und war seit Jahren nicht mehr auf der Insel gewesen, von einem einzigen Essen am Thanksgiving Day einmal abgesehen.

»Ich werde nicht mein ganzes Leben lang Hummerfischer sein, Maddie«, sagte Jack ihr in der Woche, bevor sie heirateten, und sie glaubte ihm. Ein Jahr zuvor, als er sie zum ersten Mal eingeladen hatte (sie hatte ja gesagt, noch bevor er alle Worte hatte aussprechen können, und sie war bis zu den Haarwurzeln errötet, weil sie ihren Eifer so unverhohlen zeigte), hatte er gesagt: »Ich *hab nicht vor*, mein ganzes Leben lang Hummerfischer zu sein.« Eine kleine Veränderung – aber ein gewaltiger Unterschied. Er besuchte dreimal in der Woche die Abendschule, wobei er mit der alten *Island Princess* zum Festland und wieder zurück fuhr. Er war hundemüde, wenn er einen Tag lang Reusen geschleppt hatte, aber er ging dennoch hin und blieb gerade lange genug zu Hause, um den strengen Geruch von Hummer und Salzlake abduschen und zwei Tassen heißen Kaffee hinunterspülen zu können. Nach einer Weile, als sie merkte, daß er wirklich fest entschlossen war, machte Maddie ihm heiße Suppe, die er während der Überfahrt auf der Fähre essen konnte. Sonst hätte er nur einen der gräßlichen roten Hot Dogs zu sich genommen, die sie in der Snack Bar der *Princess* verkauften.

Sie wußte noch genau, wie sie ratlos vor den Dosensuppen im Supermarkt gestanden hatte – es gab *so viele*! Ob er Tomatensuppe mochte? Es gab Leute, die mochten keine Tomatensuppe. Tatsächlich *haßten* manche Leute Tomatensuppe, selbst wenn man sie mit Milch statt mit Wasser ansetzte. Gemüsesuppe? Truthahn? Geflügelcreme? Ihre hilflosen Blicke wanderten fast zehn Minuten über das Regal, bis Charlene Nedeau fragte, ob sie ihr behilflich sein könnte – aber Charlene sagte es mit einem sarkastischen Unterton, und Maddie vermutete, sie würde es morgen ihren Freundinnen von der High School erzählen, und sie würden in der Umkleidekabine der Mädchen darüber kichern und genau wissen, was mit ihr los war – die arme unscheinbare Maddie Sullivan, die sich nicht für etwas so Einfaches wie eine Dose *Suppe* entscheiden konnte. Wie es ihr je möglich gewesen war, sich zu entscheiden, den Heiratsantrag von Jack Pace anzunehmen, war allen ein Rätsel – aber sie wußten natürlich nichts von dem Rad, das man finden mußte, und daß man, hatte man es erst einmal gefunden, jemanden brauchte, der einem genau sagte, wann man sich gegen das verdammte Ding stemmen mußte.

Maddie hatte den Laden ohne Suppe, aber mit pochenden Kopfschmerzen verlassen.

Als sie schließlich den Mut aufbrachte, Jack nach seiner Lieblingssuppe zu fragen, sagte er: »Nudelsuppe mit Huhn. Wie man sie in der Dose bekommt.«

Ob er noch andere Sorten besonders mochte?

Die Antwort war nein. Nur Nudelsuppe mit Huhn – wie man sie in der Dose bekam. Mehr Suppe brauchte Jack Pace in seinem Leben nicht, und Maddie brauchte nicht mehr Antworten (zumindest zu diesem speziellen Thema) in ihrem Leben. Hektischen Schrittes und frohen Herzens erklomm Maddie anderntags die ausgetretenen Holzstufen zum Laden und kaufte die vier Dosen Nudelsuppe mit Huhn, die auf dem Regal standen. Als sie Bob Nedeau fragte, ob er noch mehr hätte, antwortete er, er hätte eine ganze verdammte *Kiste* davon im Lager.

Sie kaufte die ganze Kiste, was ihn so verblüffte, daß er sie ihr sogar zum Wagen hinaustrug und völlig zu fragen vergaß, warum sie *soviel* wollte – ein Versäumnis, für das ihn seine naseweise Frau und Tochter am Abend streng zurechtwiesen.

»Du solltest es mir glauben und nie vergessen«, hatte Jack damals gesagt, nicht lange bevor sie die Ringe tauschten (und sie *hatte* es geglaubt und nie vergessen). »Ich will mehr werden als ein Hummerfischer. Mein Dad sagt, ich hab nur Scheiße im Kopf. Er sagt, wenn es für meinen Alten und seinen Alten und alle anderen Alten bis zum beschissenen Garten Eden gut genug war, Reusen zu schleppen, dann wäre es auch für mich gut genug. Ist es aber nicht. Ich will was Besseres werden.« Er sah sie an, und sein Blick war streng, voller Entschlossenheit, aber es war auch ein liebevoller Blick voll Hoffnung und Zuversicht. »Ich will mehr sein als ein Hummerfischer, und du sollst mehr werden als die Frau eines Hummerfischers. Du wirst ein Haus auf dem Festland haben.«

»Ja, Jack.«

»Und ich werde keinen beschissenen Chevrolet fahren.« Er holte tief Luft und nahm ihre Hände in seine. »Ich fahre einen *Oldsmobile*.«

Er sah ihr in die Augen, als wollte er sie herausfordern, über diese übertriebene Wunschvorstellung zu lachen. Natürlich ließ sie das bleiben; sie sagte zum dritten oder vierten Mal an diesem Abend: ja, Jack. Das hatte sie im Verlauf ihres Verlobungsjahres Tausende von Malen zu ihm gesagt, und sie erwartete, daß sie es noch Millionen Male sagen würde, bis der Tod ihre Ehe schied. *Ja, Jack*; hatte es je in der Geschichte der Welt zwei Worte gegeben, die zusammen ausgesprochen so einen wunderbaren Klang hatten?

»Mehr als ein beschissener Hummerfischer, was mein Alter auch denkt, und mag er noch so lachen. Ich werde es schaffen, und weißt du, wer mir dabei helfen wird?«

»Ja«, hatte Maddie ruhig geantwortet. »*Ich.*«

Er hatte gelacht und sie in die Arme genommen. »Bist verdammt klug, meine Süße«, hatte er zu ihr gesagt.

Und so vermählten sie sich, wie es im Märchen heißt, und für Maddie *waren* diese ersten Monate –, in denen sie fast überall mit dem fröhlichen Ruf »Da kommt das junge Paar!« begrüßt wurden – wie ein Märchen. Sie hatte Jack, der ihr Halt gab; Jack, der ihr Entscheidungen abnahm, und das war das beste daran. Die schwierigste Haushaltsentscheidung, die ihr in diesem Jahr abverlangt wurde, war die, welche Vorhänge im Wohnzimmer am besten aussehen würden – man konnte in dem Katalog aus *so vielen* auswählen, und ihre Mutter war ihr eindeutig keine Hilfe. Für Maddies Mutter war es schon schwierig, sich zwischen verschiedenen Sorten Toilettenpapier zu entscheiden.

Aber sonst bestand das Jahr fast nur aus Freude und Sicherheit – die Freude, mit Jack in ihrem tiefen Bett zu schlafen, während der Winterwind über die Insel hinwegstrich wie ein Messer über ein Brotbrett, die Sicherheit, daß Jack ihr sagte, was sie wollten und wie sie es bekommen würden. Der Sex war gut – so gut, daß sie manchmal weiche Knie und ein Flattern im Bauch bekam, wenn sie tagsüber daran dachte –, aber seine instinktive Art, alles zu wissen, und ihr wachsendes Vertrauen in seine Instinkte waren noch besser. Eine Zeitlang *war* es tatsächlich ein Märchen, ja.

Dann starb Jack, und es wurde unheimlich. Aber nicht nur für Maddie.

Für alle.

Kurz bevor dieser unerklärliche Alptraum über die Welt kam, stellte Maddie fest, daß sie das war, was ihre Mutter stets als »trächtig« bezeichnet hatte – ein häßliches Wort, das sich anhörte wie das Geräusch, wenn man einen Hals voll Rotz herauskeuchen mußte (so jedenfalls hörte es sich für Maddie immer an). Da waren sie und Jack schon in das Haus neben dem der Pulsifers auf Gennesault Island gezogen, das von ihren Bewohnern und denen der nahegelegenen Insel Little Tall immer nur Jenny genannt wurde.

Sie hatte eine ihrer quälenden Auseinandersetzungen, als ihre zweite Regel ausblieb, und nach vier schlaflosen Nächten vereinbarte sie einen Termin bei Dr. McElwain auf dem Festland. Im Rückblick war sie froh darüber. Hätte sie gewartet, ob auch die dritte Regel ausbliebe, dann wäre Jack nicht einmal der eine Monat der Freude vergönnt gewesen, und ihr wären die Zuwendungen und kleinen Aufmerksamkeiten entgangen, die er ihr zukommen ließ.

Im Rückblick schien ihre Unentschlossenheit lächerlich zu sein, aber im Grunde ihres Herzens wußte sie, es hatte sie ein außerordentliches Maß an Mut gekostet, den Test machen zu lassen. Sie hätte sich gewünscht, daß ihr vormittags eindeutiger übel gewesen wäre, damit sie sicherer sein konnte; sie hatte sich danach gesehnt, daß die Übelkeit sie aus ihren Träumen reißen würde. Sie vereinbarte den Termin, als Jack bei der Arbeit war, aber es war unmöglich, sich mit der Fähre zum Festland zu *schleichen*; zu viele Leute von beiden Inseln sahen einen. Irgendwer würde Jack gegenüber erwähnen, daß er seine Frau gestern an Bord der *Princess* gesehen hätte, und dann würde Jack wissen wollen, was das zu bedeuten hatte, und wenn das Ganze nur blinder Alarm war, würde sie wie eine dumme Gans dastehen.

Aber es war kein blinder Alarm, sie trug ein Kind in sich (einerlei, daß sich das Wort anhörte, als räusperte sich jemand mit einer schlimmen Erkältung), und Jack Pace blieben gerade noch siebenundzwanzig Tage Zeit, sich auf sein Kind zu freuen, bevor eine hohe Welle ihn vom Deck der *My Lady-Love* spülte, dem Hummerboot, das er von seinem Onkel Mike geerbt hatte. Jack konnte schwimmen, und er war wie ein Korken wieder zur Wasseroberfläche geschnellt, erzählte ihr Dave Eamons kläglich, aber genau in diesem Augenblick kam eine zweite hohe Welle und schleuderte das Boot gegen ihn, und wenn Dave auch nicht mehr sagen wollte, war Maddie als Inselmädchen geboren und großgeworden und wußte Bescheid: Sie konnte das hohle Pochen geradezu *hören*, als das Boot gegen den Kopf ihres Mannes prallte und möglicherweise genau das Stückchen Hirn zertrümmerte, das dafür verantwortlich war, daß er im Dunkel der Nacht immer und immer wieder ihren Namen geflüstert hatte, wenn er in ihr gekommen war.

Jack Pace, mit einem schweren Kapuzenparka und Stiefeln bekleidet, war untergegangen wie ein Stein. Sie hatten auf dem kleinen Friedhof am nördlichen Ende von Jenny Island einen leeren Sarg begraben, und Reverend Johnson (wenn es um Religion ging, hatte man auf Jenny und Little Tall zwei Möglichkeiten: man konnte Methodist sein, und wenn einem das nicht zusagte, konnte man ein abtrünniger Methodist sein) hatte über dem leeren Sarg gepredigt wie über so vielen anderen. Der Gottesdienst ging zu Ende, und Maddie war mit zweiundzwanzig Jahren Witwe, hatte ein Brötchen im Ofen und niemanden mehr, der ihr sagte, wo sich das Rad befand, ganz zu schweigen davon, wann sie die Schulter dagegenstemmen und wie weit sie es drücken mußte.

Anfangs dachte sie daran, nach Little Tall zurückzukehren, zu ihrer Mutter, um die Zeit abzuwarten, aber das eine Jahr mit Jack hatte ihre Perspektive ein wenig zurechtgerückt, und sie wußte, ihre Mutter war hilflos – fast *noch* hilfloser als sie selbst – und deshalb fragte sie sich, ob es so gut wäre, zu ihr zurückzukehren.

»Maddie«, sagte Jack immer wieder zu ihr (er war auf der

Welt tot, aber nicht, so schien es, in ihrem Kopf in ihrem Kopf war er so lebendig wie ein toter Mann es nur sein konnte), »du kannst dich immer nur für eines entscheiden, nämlich, daß du dich nicht entscheiden kannst.«

Und ihrer Mutter ging es nicht besser. Sie unterhielten sich am Telefon, und Maddie hoffte ihre Mutter würde ihr einfach *sagen*, sie solle nach Hause zurückkommen, aber Mrs. Sullivan konnte keinem, der älter als zehn Jahre war, etwas sagen. »Vielleicht solltest du wieder hierher kommen«, hatte sie einmal zögernd gesagt, aber Maddie konnte sich nicht einig werden, ob das *bitte komm nach Hause* heißen sollte oder *bitte nimm kein Angebot von mir an, das ich eigentlich nur der Form halber ausgesprochen habe*. Sie dachte lange schlaflose Nächte darüber nach, was es bedeuten mochte, und brachte sich damit nur noch mehr in Verwirrung.

Dann fingen die unheimlichen Ereignisse an, und die größte Barmherzigkeit war, daß es auf Jenny nur einen kleinen Friedhof (und so viele Gräber mit leeren Särgen) gab; was ihr früher bedauerlich vorgekommen war, schien heute ein wahrer Segen zu sein. Auf Little Tall gab es zwei, beide recht groß, und deshalb schien es bei weitem sicherer zu sein, auf Jenny zu bleiben und abzuwarten.

Sie würde abwarten, ob die ganze Welt starb oder aber überlebte.

Wenn die Welt überlebte, würde sie, Maddie, auf das Baby warten.

Und nun, nach einem Leben passiven Gehorsams und vager Beschlüsse, die normalerweise eine oder zwei Stunden, nachdem sie aufgestanden war, wie Träume verschwanden, *kam sie endlich zurecht*. Sie wußte, es lag teilweise daran, daß sie mit einem schrecklichen Schock nach dem anderen konfrontiert wurde – angefangen mit dem Tod ihres Mannes bis zu einer der letzten Durchsagen, die die Satellitenschüssel der Pulsifers aufgefangen hatte: Ein verängstigter kleiner Junge, der zum Dienst als Reporter von CNN gezwungen worden war, verkündete, daß der Präsident der Vereinigten Staaten, die First Lady, der Außenminister und der Emir von

Kuwait im Ostzimmer des Weißen Hauses von Zombies gefressen worden waren.

»Ich werde es noch einmal wiederholen«, hatte der unfreiwillige Reporter gesagt, und dabei traten die roten Pusteln seiner Akne auf Stirn und Kinn wie Stigmata hervor. Sein Mund fing an zu zucken; seine Hände zitterten unkontrolliert. »Ich wiederhole, daß ein paar Leichen gerade den Präsidenten, seine Frau und eine ganze Menge anderer politischer Großköpfe verschlungen haben, die sich im Weißen Haus aufhielten, um pochierten Lachs und Kirschtorte zu essen.« Dann hatte der Junge irre zu lachen angefangen und »*Los, Yale! Bula-Bula!*« geschrien, so laut er konnte. Schließlich rannte er aus dem Bild und ließ das Nachrichtenpult von CNN zum ersten Mal, seit sich Maddie erinnern konnte, verwaist. Sie und die Pulsifers betrachteten in schockiertem Schweigen, wie das Nachrichtenpult verschwand und ein Werbespot für Boxcar-Willie-Schallplatten begann – nicht im freien Handel erhältlich, Sie bekommen diese erstaunliche Sammlung nur, wenn Sie die Nummer wählen, die am unteren Bildschirmrand eingeblendet wird. Ein Buntstift der kleinen Cheyne Pulsifer lag am Ende des Tisches vor dem Sessel, in dem Maddie saß, und aus irgendeinem Grund nahm sie ihn und schrieb die Nummer auf, bevor Mr. Pulsifer aufstand und den Fernseher wortlos abschaltete.

Maddie sagte ihnen Gute Nacht und bedankte sich für den Fernsehabend und das Popcorn.

»Sind Sie sicher, daß es Ihnen gut geht, Maddie?« fragte Candi Pulsifer sie zum fünften Mal an diesem Abend, und Maddie sagte zum fünften Mal an diesem Abend, es ginge ihr ausgezeichnet. Sie *kam zurecht*, und Candi sagte, das *wüßte* sie, aber sie könne dennoch gerne jederzeit im oberen Schlafzimmer übernachten, das Brian gehört hatte. Maddie umarmte Candi, gab ihr einen Kuß auf die Wange, lehnte mit den zuckersüßesten Dankesworten ab, die ihr einfielen und durfte sich endlich verabschieden. Sie war die windige halbe Meile gelaufen und stand schon in ihrer eigenen Küche, als sie feststellte, daß sie den Zettel, auf den sie die Telefonnummer gekritzelt hatte, immer noch in der Hand hielt.

Sie hatte die Nummer gewählt, aber keine Antwort erhalten. Keine Tonbandstimme sagte ihr, daß im Augenblick sämtliche Anschlüsse besetzt wären oder die Nummer sich geändert hätte; kein piepsendes Freizeichen verkündete, daß die Verbindung unterbrochen war; kein Fiepen oder Tuten oder Klicken. Nur gleichgültige Stille. Da wußte Maddie mit Sicherheit, daß das Ende entweder bevorstand oder schon da war. Wenn man die Nummer nicht mehr anrufen und die Boxcar-Willie-Schallplatten, die es in keinem Geschäft zu kaufen gab, nicht mehr bestellen konnte, wenn zum ersten Mal in ihrem Leben keine Vermittlung zur Stelle war, dann war das Ende der Welt eine unumstößliche Tatsache.

Sie tastete über ihren runden Bauch, als sie vor dem Telefon an der Küchenwand stand und ohne zu merken, daß sie laut sprach, zum ersten Mal sagte: »Es wird eine Hausentbindung werden. Aber das macht nichts, solange du dich vorbereitest und bereit bleibst, Mädchen. Du darfst nicht vergessen, daß es keine andere Möglichkeit mehr gibt. Es *muß* eine Hausentbindung werden.«

Sie wartete auf Angst, aber die stellte sich nicht ein.

»Damit komme ich sicher zurecht«, sagte sie, und diesmal hörte sie sich und ließ sich von der Überzeugung in ihren eigenen Worten trösten.

Ein Baby.

Wenn das Baby kam, würde das Ende der Welt selbst enden.

»Eden«, sagte sie und lächelte. Ihr Lächeln war reizend; das Lächeln einer Madonna. Es spielte keine Rolle, wieviel verwesende Leichen (unter denen sich auch gut und gerne Boxcar Willie befinden konnte) auf dem Antlitz der Erde herumschlurften.

Sie würde ein Baby bekommen, sie würde die Hausentbindung durchstehen, und die Möglichkeit von Eden würde bestehen bleiben.

Die ersten Berichte kamen aus einem australischen Dorf am Rande des Outback, einem Ort mit dem einprägsamen Namen Fiddle Dee. Der Name der ersten amerikanischen Stadt, in der wandelnde Tote gemeldet wurden, war möglicherweise noch einprägsamer: Thumper, Florida. Der erste Artikel darüber erschien in Amerikas beliebtester Boulevardzeitung in den Supermärkten, *Inside View*.

DIE TOTEN IN EINER KLEINSTADT IN FLORIDA ERWACHEN WIEDER ZUM LEBEN! verkündete die Schlagzeile marktschreierisch. Der Artikel begann mit der Rekapitulation eines Films mit dem Titel *Die Nacht der lebenden Toten*, den Maddie nie gesehen hatte, und leitete zu einem anderen über – *Macumba Love* –, den sie auch nie gesehen hatte. Drei Fotos illustrierten den Artikel. Bei dem ersten handelte es sich um ein Standfoto aus *Die Nacht der lebenden Toten*, das eine Gruppe, die aus der Klapsmühle entsprungen zu sein schien, vor einem Farmhaus zeigte. Das zweite aus *Macumba Love* und zeigte eine Blondine, deren Bikinioberteil sich über Brüsten strammte, die so groß waren wie preisgekrönte Kürbisse. Die Blondine hielt die Hände hoch und schrie angsterfüllt in Gegenwart eines Schwarzen mit Maske. Das dritte war angeblich ein Bild, das in Thumper, Florida, aufgenommen worden war. Die unscharfe, körnige Fotografie zeigte eine Person unbestimmbaren Geschlechts, die vor einer Videospielhalle stand. Dem Artikel zufolge war die Gestalt in »die Gewänder des Grabes« gehüllt, aber es hätte sich ebensogut um jemanden handeln können, der in ein schmutziges Laken gewickelt war.

Kein Knüller. Letztes Wochenende BIGFOOT VERGEWALTIGT CHORKNABEN, diese Woche Tote, die wieder auferstanden, nächste Woche ein zwergenhafter Massenmörder.

Kein Knüller, jedenfalls solange sie nicht an anderen Orten wiederkehrten. Kein Knüller bis zum ersten Filmbericht in den Nachrichten (»Vielleicht möchten Sie Ihre Kinder bitten, das Zimmer zu verlassen«, lautete Tom Brokaws ernste Ansage): verweste Monster, unter deren trockener Haut die Knochen zu sehen waren; Opfer von Verkehrsunfällen, bei denen die Schminke des Leichenbestatters abgeblättert war, so daß man die zerfetzten Gesichter und eingedrückten Schädel sehen konnte; Frauen, deren Haar zu schmutzverklebten Bienenstöcken frisiert war, in denen Käfer und Maden herumwimmelten; Gesichter, die entweder ausdruckslos oder von einer berechnenden, idiotischen Intelligenz erfüllt waren. Kein Knüller, bis zu den ersten gräßlichen Fotos in einer Ausgabe der Zeitschrift *People*, die in Plastikfolie eingeschweißt war und mit einem Aufkleber KEIN VERKAUF AN MINDERJÄHRIGE ausgeliefert wurde.

Dann war es ein Knüller.

Wenn man einen verwesten Mann sah, der noch den schlammverklebten Anzug von Brooks Brothers trug, in dem er begraben worden war, wie er die Kehle einer schreienden Frau in einem T-Shirt mit der Aufschrift EIGENTUM DER HOUSTON OILERS zerfetzte, dann wurde einem klar, daß man es mit einem echten Knüller zu tun hatte.

Da fingen auch die Anschuldigungen und das Säbelrasseln an, und drei Wochen lang wurde die Welt vom Spektakel der beiden atomaren Supermächte, die sich auf unentrinnbarem Konfrontationskurs zu befinden schienen, von den Kreaturen abgelenkt, die aus ihren Gräbern entkamen wie groteske Falter aus verseuchten Kokons.

Es gäbe keine Zombies in den Vereinigten Staaten, verkündeten die TV-Kommentatoren in Rotchina; vielmehr handelte es sich um eine Zwecklüge, die einen unverzeihlichen Akt chemischer Kriegsführung gegen die Volksrepublik China kaschieren sollte, eine gräßlichere (und vorsätzliche) Version dessen, was sich in Bhopal in Indien abgespielt hatte. Gegenschläge würden folgen, wenn die toten Genossen, die aus ihren Gräbern auferstanden, sich nicht innerhalb von zehn Tagen wieder tot hinlegten, wie es sich gehörte. Sämtliche amerikanischen Diplomaten wurden des Landes verwiesen, und in mehreren Fällen wurde gemeldet, daß amerikanische Touristen totgeschlagen wurden.

Der Präsident (der bald darauf selbst zum Tagesessen der Zombies werden sollte) reagierte darauf, indem er den Spieß umdrehte. Die US-Regierung, verkündete er dem amerikanischen Volk, verfüge über unumstößliche Beweise dafür, daß die einzigen wandelnden Toten in China absichtlich freigelassen worden seien, und auch wenn der Oberpanda mit unschuldigen Schlitzaugen vor die Öffentlichkeit treten und behaupten mochte, es würden über achttausend Leichen auf der Suche nach dem endgültigen Kollektivismus herumschlurfen, verfügten *wir* über eindeutige Beweise, daß es nicht einmal vierzig waren. Die *Chinesen* hatten einen Akt – einen *heimtückischen* Akt – chemischer Kriegsführung begangen und loyale Amerikaner wieder zum Leben erweckt, die kein anderes Ziel kannten, als andere loyale Amerikaner zu verzehren, und wenn diese Amerikaner – von denen einige gute Demokraten gewesen waren – sich nicht innerhalb der nächsten *fünf* Tage wieder hinlegten und tot blieben, wie es sich gehörte, dann würde Rotchina zu einem einzigen gewaltigen Bombentrichter werden.

NORAD wurde in DEFCON-2 versetzt, als ein britischer Astronom namens Humphrey Dagbolt den Satelliten entdeckte. Oder das Raumschiff. Oder die Kreatur. Oder was auch immer in drei Teufels Namen es war. Dagbolt war nicht einmal ein professioneller Astronom, sondern ein Amateursterngucker aus dem Westen Englands – niemand Besonderes, hätte man gesagt –, und doch rettete er die Welt mit ziemlicher Sicherheit vor einem thermonuklearen Schlagabtausch, wenn nicht vor einem regelrechten Atomkrieg. Alles in allem keine schlechte Arbeit für einen Mann mit einer schiefen Nasenscheidewand und einem schlimmen Fall von Schuppenflechte.

Zuerst hatte es den Anschein, als *wollten* die kampfbereiten politischen Systeme gar nicht glauben, was Dagbolt herausgefunden hatte, selbst nachdem das Royal Observatory in London seine Fotos und Daten für authentisch erklärt hatte. Schließlich jedoch wurden die Raketensilos wieder geschlossen, und die Teleskope überall auf der Welt richteten sich fast widerwillig auf den Stern Wormwood.

Die vereinte amerikanisch-chinesische Weltraummission, die den unwillkommenen Neuling erforschen sollte, startete keine drei Wochen nachdem die ersten Fotos im *Guardian*, veröffentlicht worden waren, von den Lanzhou-Höhen, und jedermanns Lieblingsamateurastronom befand sich an Bord, samt gekrümmter Nasenscheidewand und Schuppenflechte.

In Wahrheit wäre es schwer gewesen, Dagbolt von der Mission auszuschließen – er war weltweit zum Helden geworden, zum angesehensten Briten seit Winston Churchill. Als ihn ein Reporter am Tag vor dem Start fragte, ob er Angst hätte, wieherte Dagbolt sein seltsam rührendes Robert-Morley-Lachen, rieb sich die Seite seiner wahrhaft gigantischen Nase und verkündete: »Ich bin starr vor Angst, Junge! Durch und durch starr vor Angst!«

Und wie sich herausstellte, hatte er allen Grund, starr vor Angst zu sein.

Wie jedermann.

Die letzten einundsechzig Sekunden der Übertragung von Bord der *Xiaoping/Truman* stuften alle drei beteiligten Regierungen als so gräßlich ein, daß man sie nicht veröffentlichen konnte; es gab auch kein offizielles Kommuniqué. Was selbstverständlich keine Rolle spielte; fast zwanzigtausend Techniker des Bodenpersonals hatten den Raumflug überwacht, und es schien, als hätten mindestens neunzehntausend von ihnen Aufzeichnungen davon angefertigt, als die Raumkapsel – nun, gab es wirklich einen anderen Ausdruck dafür? – gestürmt worden war.

Chinesische Stimme: Würmer! Es sieht aus wie ein riesiger Ball von Würmern ...

Amerikanische Stimme: O Gott! Paßt auf! Es kommt auf uns zu!

Dagbolt: Es findet eine Art Ausstoß statt. Das Steuerbordfenster ist ...

Chinesische Stimme: Leck! Leck! In die Raumanzüge, Freunde! (*Unverständliches Durcheinander.*)

Amerikanische Stimme ... und scheint sich hereinzufressen in ...

Weibliche chinesische Stimme (Ching-Ling Sung): Oh haltet es auf, die Augen ...

(*Geräusch einer Explosion.*)

Dagbolt: Explosive Dekompression hat stattgefunden. Ich sehe drei – äh, vier Tote, und da sind Würmer ... überall sind Würmer ...

Amerikanische Stimme: Schutzschild! Schutzschild! Schutzschild!

(Schreie.)

Chinesische Stimme: Wo ist meine Mama? Oh Gott, wo ist meine Mama?

(Schreie. Geräusch, als schlürfe ein zahnloser alter Mann Kartoffelpüree.)

Dagbolt: Die Kabine ist voll von Würmern – jedenfalls scheint es sich um Würmer zu handeln –, was heißen soll, daß es sich *tatsächlich* um Würmer handelt, wie man feststellt –, die sich offenbar vom Hauptsatelliten – für den wir ihn hielten – abgekoppelt haben –, was heißen soll, man denkt, die Kabine sei voller schwebender Leichenteile. Diese Weltraumwürmer sondern offenbar eine Art Säure ab ...

(An dieser Stelle wurden die Schubdüsen gezündet; Dauer der Schubphase ist 7,2 Sekunden. Dies könnte ein Versuch gewesen sein, zu entkommen oder möglicherweise das zentrale Objekt zu rammen. Wie auch immer, das Manöver hat nicht funktioniert. Es scheint wahrscheinlich, daß die Schubdüsen selbst mit Würmern verstopft waren, und Captain Lin Yang – oder wer immer zu dem Zeitpunkt Befehlshaber war – hielt es für wahrscheinlich, daß die Treibstofftanks selbst als Folge dieser Verstopfung explodieren könnten. Deshalb wurde abgeschaltet.)

Amerikanische Stimme: O mein Gott, sie sind in meinem Kopf, *sie fressen mein Ge* ...

(Störgeräusche.)

Dagbolt: Ich glaube, die Vernunft gebietet einen strategischen Rückzug in den Lagerraum; der Rest der Besatzung ist tot. Daran besteht kein Zweifel. Schade. Tapferer Haufen. Sogar der fette Amerikaner, der sich immer in der Nase gebohrt hat. Aber in anderer Hinsicht denke ich nicht ...

(Störgeräusche.)

Dagbolt: ... wirklich tot, denn Ching-Ling Sung – oder besser ausgedrückt, Ching-Ling Sungs abgetrennter Kopf, möchte man sagen, ist gerade an mir vorbeigeschwebt; sie hatte die Augen offen und blinzelte. Sie schien mich zu erkennen und zu ...

(Störgeräusche.)
Dagbolt: ... halte dich ...
(Explosion. Störgeräusche.)
Dagbolt: ... um mich herum. Ich wiederhole, rings um mich herum. Zuckende Wesen. Sie ... weiß irgend jemand, ob ...
(Dagbolt schreit und flucht, dann schreit er nur noch. Wieder Geräusche vom zahnlosen alten Mann.)
(Ende der Übertragung.)

Drei Sekunden später explodierte die *Xiaoping/Truman*. Die Invasion vom Stern Wormwood war während des kurzen und eher jämmerlichen Konflikts von über dreihundert Teleskopen auf der Erde beobachtet worden. Als die letzten einundsechzig Sekunden der Übertragung anfingen, wurde die Raumkapsel von etwas verdeckt, das tatsächlich wie Würmer *aussah*. Am Ende der letzten Übertragung konnte man die Kapsel überhaupt nicht mehr sehen – nur eine wuselnde Masse von Wesen, die sich daran festgesaugt hatten. Augenblicke nach der endgültigen Explosion schoß ein Wettersatellit ein einziges Bild der schwebenden Trümmer, bei denen es sich teilweise sicherlich um Fetzen der Wurmwesen handelte. Ein abgetrenntes menschliches Bein in einem chinesischen Raumanzug, das dazwischen trieb, war eindeutig leichter zu identifizieren.

Und in gewisser Weise spielte nicht einmal das noch eine Rolle. Die Wissenschaftler und politischen Führer beider Länder wußten genau, wo sich der Stern Wormwood befand: über dem wachsenden Loch in der Ozonschicht der Erde. Von da schickte er etwas herunter, und es waren keine Blumensträuße von Fleurop.

Als nächstes kamen Raketen. Der Stern Wormwood wich ihnen mühelos aus und nahm anschließend seine Position über dem Loch wieder ein.

Im Satellitenfernsehen der Pulsifers standen noch mehr Tote auf und wandelten, aber jetzt mit einem gewichtigen Unterschied. Anfangs hatten die Zombies nur lebende Menschen gebissen, die ihnen zu nahe kamen, aber in den Wochen, bevor der High-Tech-Sony der Pulsifers nur noch

Flimmern zeigte, versuchten die Toten *von sich aus*, an die Lebenden heranzukommen.

Es sah aus, als wären sie zu dem Ergebnis gekommen, daß ihnen *schmeckte*, in was sie da bissen.

Die letzte Anstrengung, das Ding zu vernichten, unternahmen die Vereinigten Staaten. Der Präsident genehmigte einen Versuch, den Stern Wormwood mit einer Anzahl Kernwaffen im Orbit zu vernichten, ungeachtet all seiner früheren Zusicherungen, denen zufolge Amerika nie atomare SDI-Waffen im Orbit stationiert hatte und es auch nie tun würde. Alle anderen setzten sich ebenfalls darüber hinweg. Vielleicht waren sie zu sehr damit beschäftigt, für den Erfolg des Unternehmens zu beten.

Es war eine gute Idee, aber unglücklicherweise keine erfolgreiche. Nicht ein einziges Geschoß von einem einzigen SDI-Satelliten zündete. Das machte insgesamt vierundzwanzig Versager.

Soviel zur modernen Technologie.

Dann, nach allen Schocks auf Erden *wie im Himmel*, kam die Sache mit dem kleinen Friedhof hier auf Jenny. Aber auch das schien für Maddie nicht recht zu zählen, denn sie war nicht dabeigewesen. Da das Ende der Zivilisation nun eindeutig bevorstand und die Insel vom Rest des Festlands abgeschnitten war – *glücklicherweise*, wie die Bewohner fanden –, hatten sich die alten Gewohnheiten mit unausgesprochener, aber unbestreitbarer Nachdrücklichkeit gefestigt. Inzwischen wußten alle, wie es weitergehen würde; es war nur eine Frage des Wann. Und daß man bereit war, wenn es so weit kam.

Frauen waren davon ausgeschlossen.

Natürlich war es Bob Daggett, der den Dienstplan für die Wache aufstellte. Das war nur recht und billig, schließlich war Bob seit schätzungsweise tausend Jahren Gemeinderatsvorsitzender auf Jenny. Am Tag nach dem Tod des Präsidenten (der Gedanke, daß er und die First Lady hirnlos durch die Straßen von Washington D. C. schlurften und an Menschenarmen und -beinen nagten wie Leute, die bei einem Picknick Hähnchenschlegel verzehren, kam nicht zur Sprache; das war mehr, als man ertragen konnte, auch wenn der alte Trottel und sein blondes Weibsbild *Demokraten* waren) berief Bob Daggett die erste Stadtratssitzung ausschließlich für Männer seit der Zeit vor dem Bürgerkrieg ein. Maddie war nicht dabei, aber sie hörte davon. Dave Eamons erzählte ihr alles, was sie wissen mußte.

»Ihr Männer kennt die Situation«, sagte Bob. Er sah so gelb wie ein Mann mit Gelbsucht aus, und die Leute erinnerten sich, daß seine Tochter, die noch zuhause lebte, nur eine von vieren war. Die anderen lebten anderswo – was heißen sollte: auf dem Festland.

Aber verdammt, was das betraf, hatten sie *alle* Verwandte auf dem Festland.

»Wir haben hier eine Ruhestätte auf Jenny«, fuhr Bob fort, »und hier ist noch nichts passiert, was aber nicht heißen muß, daß auch nichts passieren *wird*. An vielen Orten ist noch nichts passiert – aber es sieht so aus, wenn's mal passiert, dann passiert es ziemlich schnell.«

Die Männer, die sich in der Turnhalle der Grundschule versammelt hatten, der einzigen Halle, die allen Platz bot, murmelten zustimmend. Alles in allem waren es etwa siebzig, deren Altersspektrum von Johnny Crane, der gerade achtzehn geworden war, bis zu Bobs Großonkel Frank reichte, der achtzig war, ein Glasauge hatte und Tabak kaute. Selbstverständlich stand kein Spucknapf in der Turnhalle, deshalb hatte Frank Daggett sich ein leeres Mayonnaiseglas mitgebracht, in das er den Saft spucken konnte. Das tat er gerade.

»Komm zur Sache, Bobby«, sagte er. »Du bewirbst dich nicht um ein Amt, und die Zeit wird knapp.«

Wieder ertönte ein zustimmendes Murmeln, worauf Bob Daggett errötete. Irgendwie gelang es seinem Großonkel immer, ihn als unfähigen Trottel hinzustellen, und wenn ihm etwas auf der Welt mehr stank, als wie ein unfähiger Trottel dazustehen, dann war es, wenn er Bobby genannt wurde. Herrgott, immerhin war er Grundbesitzer! Und er *unterstützte* den alten Furz – er bezahlte sogar seinen Scheißkautabak!

Aber all das konnte er nicht laut sagen; die Augen des alten Frank waren wie zwei Feuersteine.

»Okay« sagte Bob brüsk. »Folgendes. Wir möchten, daß zwölf Männer Wache halten. In ein paar Minuten werde ich einen Plan aufstellen. Vier Stunden-Schichten.«

»Ich kann verdammt viel länger als vier Stunden Wache stehen!« meldete sich Matt Arsenault zu Wort, und Davey berichtete Maddie später, Bob hätte nach der Versammlung gesagt, daß kein Wohlfahrtsempfänger wie Matt Arsenault es gewagt hätte, sich so dreist zu Wort zu melden, wenn der alte Mann ihn nicht vor allen Männern der Insel Bobby genannt hätte, als wäre er ein kleiner Junge und nicht ein Mann, drei Monate vor dem fünfzigsten Geburtstag.

»Vielleicht, vielleicht auch nicht«, hatte Bobby gesagt, »aber wir haben genug Leute, und keiner soll während der Wache einschlafen.«

»Ich werde nicht ...«

»Ich hab nicht von dir gesprochen«, sagte Bob, aber der Blick, mit dem er Matt Arsenault musterte, sagte deutlich, daß er *doch* von ihm gesprochen haben konnte. »Dies ist kein Kinderspiel. Setz dich und halt den Mund.«

Matt Arsenault machte den Mund auf, um noch mehr zu sagen, dann drehte er sich zu den anderen Männern um – einschließlich des alten Frank – und hielt klugerweise den Schnabel.

»Wer ein Gewehr hat, bringt es mit, wenn er an der Reihe ist«, fuhr Bob fort. Nachdem er Arsenault mehr oder weniger in die Schranken verwiesen hatte, ging es ihm etwas besser. »Es sei denn, es handelt sich um eine Zweiundzwanziger. Wenn ihr nichts Größeres habt, kommt her und holt euch hier eines ab.«

»Wußte gar nicht, daß die Schule eine Waffenkammer hat«, sagte Cal Partridge, woraufhin gelacht wurde.

»Jetzt noch nicht, aber sie wird eine bekommen«, sagte Bob, »weil jeder von euch, der ein Gewehr hat, das größer als eine Zweiundzwanziger ist, es hierher bringen wird.« Er sah John Wirley an, den Rektor. »Einverstanden, daß wir sie in deinem Büro aufbewahren, John?«

Wirley nickte. Neben ihm rang Reverend Johnson geistesabwesend die Hände.

»Ach, Scheiße«, sagte Orrin Campbell. »Ich hab eine Frau und zwei Kinder daheim. Soll ich sie mit nichts, um sich zu schützen, zurücklassen, wenn eine Bande von Leichen zu einem verfrühten Thanksgivingessen kommt, während ich Wache schiebe?«

Wenn du deinen Job auf dem Friedhof erfüllst, kommt es gar nicht dazu«, erwiderte Bob mit steinerner Miene. »Einige von euch haben Pistolen. Die wollen wir nicht. Findet heraus, welche Frauen schießen können und welche nicht, und gebt ihnen die Pistolen. Wir sorgen dafür, daß sie in Gruppen zusammenbleiben.«

»Dann können sie Beano spielen«, gackerte der alte Frank, und Bob lächelte auch. Bei Gott, das war schon besser.

»Nachts sollten wir Lastwagen um den Friedhof postieren, damit wir genug Licht haben.« Er sah zu Sonny Dotson, der Island Amoco betrieb, die einzige Tankstelle auf Jenny. Sonny machte seinen Umsatz nicht mit Autos und Lastwagen – Scheiße, es gab auf der Insel kaum Platz zum Fahren, und man bekam den Sprit auf dem Festland zehn Cent billiger –, sondern mit den Hummerkuttern und den Motorbooten, die er im Sommer von seinem improvisierten Landungssteg aus vermietete. »Lieferst du das Benzin, Sonny?«

»Krieg ich Gutscheine?«

»Du kriegst deinen Arsch gerettet«, sagte Bob. »Wenn die Lage sich wieder normalisiert – falls es je dazu kommt –, wirst du wohl bekommen, was du ausgelegt hast.«

Sonny sah sich um, erntete nur verbissene Blicke und zuckte die Achseln. Er sah ein wenig verdrossen aus, in Wahrheit aber eher verwirrt, wie Davey Maddie am nächsten Tag erzählte.

»Hab nicht mehr als sechzehnhundert Liter Sprit«, sagte er. »Fast nur Diesel!«

»Wir haben fünf Generatoren auf der Insel«, sagte Burt Dorfman (wenn Burt sich zu Wort meldete, hörten alle zu; als einziger Jude auf der Insel wurde er wie ein Orakel betrachtet, das in fünfzig Prozent aller Fälle funktioniert.) »Die laufen alle mit Diesel. Ich kann Scheinwerfer aufstellen, wenn es sein muß.«

Leises Murmeln. Aber wenn Burt sagte, daß er es konnte, dann konnte er es auch. Er war ein jüdischer Elektriker, und auf den Inseln herrschte die unausgesprochene, aber nachhaltige Überzeugung, daß das die besten waren.

»Wir werden diesen Friedhof ausleuchten wie eine verdammte Bühne«, sagte Bob.

Andy Kingsbury stand auf. »Ich habe in den Nachrichten gehört, daß man diesen Kreaturen in die Köpfe schießen kann, und manchmal bleiben sie liegen und manchmal nicht.«

»Wir haben Motorsägen«, sagte Bob eisig, »und was nicht tot bleibt … nun, wir können dafür sorgen, daß es sich lebend nicht allzuweit bewegen kann.«

Das war ziemlich alles, abgesehen vom Aufstellen des Wachplans.

Sechs Tage und Nächte verstrichen, und die Wachtposten rings um den kleinen Friedhof auf Jenny kamen sich schon ein bißchen albern vor (»Ich weiß nicht, ob ich Wache schiebe oder mich zum Trottel mache«, sagte Orrin Campbell eines Nachmittags als ein Dutzend Männer vor dem Friedhofstor standen und Crap spielten), als es passierte – und als es passierte, passierte es schnell.

Dave erzählte Maddie, daß er ein Geräusch wie das Heulen des Windes im Kamin in einer stürmischen Nacht gehört hätte, und dann kippte der Grabstein um, der die letzte Ruhestätte von Mr. und Mrs. Fourniers Sohn Michael schmückte, der mit siebzehn an Leukämie gestorben war (schlimme Sache war das gewesen, wo er doch ihr einziger Junge war, und sie waren so nette Leute). Einen Augenblick später wühlte sich eine verweste Hand mit einem moosbedeckten Siegelring der Yarmouth Academy an einem Finger aus dem Boden und krallte sich durch das hohe Gras. Dabei war der Mittelfinger abgebrochen.

Die Erde bebte (wie der Bauch einer schwangeren Frau, die dabei ist, ihre Ladung loszuwerden, hätte Dave fast gesagt; er überlegte es sich aber in aller Hast anders) wie eine große Welle, die in eine schmale Bucht rollt, und dann richtete sich der Junge auf, nur konnte man ihn praktisch nicht mehr erkennen, nicht nach zwei Jahren unter der Erde. Aus den Überresten seines Gesichts ragten Holzsplitter, sagte Davey, und Fetzen blauen Stoffs hingen in seinem Haar. »Sargfütterung«, sagte Dave zu ihr, während er auf seine unablässig knetenden Hände hinabsah. »Das weiß ich so genau, wie ich meinen eigenen Namen weiß.« Nach einer Pause fügte er hinzu: »Gott sei Dank hatte Mikes Dad nicht diese Schicht.«

Maddie hatte genickt.

Die Männer der Wache, die nicht nur eine Scheißangst hatten, sondern sich auch ekelten, eröffneten das Feuer auf den wiederauferstandenen Leichnam des einstigen Schachchampion der High School und zweiten All-Star Baseman und schossen ihn in Fetzen. Andere, in nackter Panik abgegebenen Schüsse sprengten Splitter von dem Marmorgrabstein weg, und es war ein Glück, daß sich die bewaffneten Männer zu einer Gruppe zusammengefunden hatten, als die Festivitäten begannen; hätten sie sich in zwei Gruppen aufgestellt, Bob Daggetts ursprünglichem Vorschlag folgend, hätten sie sich wahrscheinlich gegenseitig erschossen. So wurde kein einziger Inselbewohner verletzt, nur Bud Meechum fand am nächsten Tag ein verdächtiges Loch im Ärmel seines Hemdes.

»War wahrscheinlich nur'n Brombeerdorn«, sagte er. »Davon gibt's jede Menge an dem Ende der Insel, wißt ihr.« Niemand widersprach, aber die Rußspuren um das Loch herum erweckten in seiner verängstigten Frau den Verdacht, daß das Hemd von einem Brombeerdorn von ziemlich großen Kaliber zerrissen worden war.

Der junge Fournier fiel um, der größte Teil blieb reglos liegen, andere Teile von ihm zuckten noch. Aber dann fing der gesamte Friedhof an zu zucken, als wütete dort ein Erdbeben – aber *nur* dort, sonst nirgends.

Das alles hatte sich etwa eine Stunde vor Einbruch der Dämmerung zugetragen.

Burt Dorfman hatte eine Sirene mit einer Traktorbatterie verbunden, und Bob Daggett drückte auf den Knopf. Innerhalb von zwanzig Minuten hatten sich die meisten Männer der Insel auf dem Friedhof eingefunden.

Und es war verdammt knapp, wie Dave Eamons sich ausdrückte, denn einige der Toten wären um ein Haar entkommen. Der alte Frank Daggett, noch zwei Stunden von dem Herzanfall entfernt, der ihn erledigen sollte, als sich die Aufregung gerade langsam wieder legte, organisierten die neu angekommenen Männer, damit sie sich nicht gegenseitig erschossen, und die letzten zehn Minuten hörte sich der Friedhof von Jenny wie ein Schießstand an. Am Ende der Festivitäten war der Pulverdampf so dicht, daß einige der Männer würgen mußten. Der saure Geruch von Erbrochenem war fast stärker als der Geruch von Pulverdampf – und er hielt sich länger.

Und dennoch wanden einige von ihnen sich noch wie Schlangen mit gebrochenem Rücken – überwiegend die frischen.

»Burt«, sagte Frank Daggett, »hast du die Motorsägen?«

»Klar«, sagte Burt, und dann kam ein langer, ächzender Ruf aus seinem Mund, ein Laut, als fräße sich eine Grille in Baumrinde hinein, als er trocken würgte. Er konnte die zuckenden Leichen, die umgestürzten Grabsteine, die klaffenden Gruben, aus denen die Toten aufgestanden waren, nicht aus den Augen lassen. »Im Wagen.«

»Vollgetankt?« Blaue Venen standen an Franks uraltem, haarlosem Kopf hervor.

»Ja.« Burt legte eine Hand auf den Mund. »Tschuldigung.«

»Von mir aus kannst du dir die Därme rauskotzen, solange du willst«, sagte Frank schroff, »aber mach dich dabei nützlich und hol die Sägen. Und du ... du ... du ... du ...«

Mit dem letzten »du« meinte er seinen Großneffen Bob.

»Ich kann nicht, Onkel Frank«, sagte Bob kläglich. Er drehte sich um und sah sechs seiner Freunde und Nachbarn im hohen Gras liegen. Sie waren nicht gestorben, sie waren umgekippt. Die meisten hatten ihre eigenen Verwandten aus der Erde kriechen sehen. Buck Harkness, der da drüben neben einer Espe lag, hatte zu dem Schützenkommando gehört, das seine verstorbene Frau in Fetzen geschossen hatte; er war ohnmächtig geworden, als er ansehen mußte, wie ihr verwestes, wurmzerfressenes Gehirn als widerlich grauer Matsch aus ihrem Hinterkopf gequollen war. »Ich kann nicht. Ich ka ...«

Franks Hand, von Arthritis verkrümmt, aber hart wie Stein, schlug ihm klatschend ins Gesicht.

»Du kannst und du wirst, Freundchen«, sagte er.

Bob ging mit den anderen Männern.

Frank Daggett sah ihnen grimmig nach und rieb sich die Brust, von der pochende Wogen des Schmerzes den linken Arm hinunter bis in den Ellbogen liefen. Er war alt, aber nicht dumm; er konnte sich ziemlich gut vorstellen, was das für Schmerzen waren, und er wußte genau, was sie bedeuteten.

Er sagte mir, daß er einen Herzschlag kriegen würde, und dabei klopfte er sich auf die Brust«, fuhr Dave fort und legte die Hand auf den Muskelwulst über der linken Brustwarze, um es vorzuführen.

Maddie nickte, um zu zeigen, daß sie verstand.

»Er sagte: ›Wenn mir was passiert, bevor dieser Schlamassel überstanden ist, Davey, dann müssen du und Burt und Orrin übernehmen. Bobby ist ein guter Junge, aber ich glaube, daß er vorübergehend den Mumm verloren hat – und du weißt ja, wenn ein Mann seinen Mumm verliert, kriegt er ihn manchmal nicht wieder zurück.‹«

Maddie nickte wieder und überlegte sich, wie dankbar sie war – wie unendlich dankbar – daß sie kein Mann war.

»Und dann haben wir es getan«, sagte Dave. »Wir haben den Schlamassel aufgeräumt.«

Maddie nickte wieder, aber dieses Mal mußte sie dabei einen Laut von sich gegeben haben, denn Dave sagte ihr, er würde aufhören, wenn sie es nicht ertragen konnte; er würde mit Vergnügen aufhören.

»Ich kann es ertragen«, sagte sie leise. »Du wärst überrascht, wenn du wüßtest, wieviel ich ertragen kann, Davey.«

Er sah sie rasch und neugierig an, als sie das sagte, aber Maddie hatte die Augen abgewandt, bevor er das Geheimnis darin lesen konnte.

Dave kannte das Geheimnis nicht, weil es niemand auf Jenny kannte. So wollte Maddie es, und dabei würde sie es bewenden lassen. Früher hatte sie wahrscheinlich in der blauen Dunkelheit ihres Schocks, so getan, als käme sie zurecht. Doch dann geschah etwas, das sie *zwang*, zurechtzukommen. Vier Tage bevor der Friedhof der Insel seine Toten ausspuckte, sah sich Maddie Pace vor eine einfache Entscheidung gestellt: entweder zurechtkommen oder sterben.

Sie hatte im Wohnzimmer gesessen und ein Glas von dem Blaubeerwein getrunken, den sie und Jack im August des vergangenen Jahres angesetzt hatten – eine Zeit, die jetzt unendlich fern erschien –, und etwas so Abgedroschenes getan, daß es geradezu lächerlich wirkte. Sie hatte Babysachen gestrickt. Schühchen. Aber *was sonst* hätte sie tun sollen? Es sah aus, als würde ziemlich lange niemand mehr zum Wee-Folks-Babyladen im Einkaufszentrum von Ellsworth auf dem Festland fahren.

Etwas hatte ans Fenster gepocht.

Eine Fledermaus, dachte sie und sah auf. Aber die Stricknadeln erstarrten in ihren Händen. Es schien, als hätte sich da draußen in der stürmischen Dunkelheit etwas Größeres bewegt. Die Petroleumlampe war jedoch hochgedreht und spiegelte sich so sehr in den Scheiben, daß sie nicht sicher sein konnte. Sie wollte sie gerade kleiner stellen, als das Pochen sich wiederholte. Die Scheiben bebten. Sie hörte das leise Prasseln trockenen Kitts, der auf die Fensterbank fiel. Jack hatte diesen Herbst alle Fenster neu verglasen wollen, fiel ihr dabei ein, und dann dachte sie: *Vielleicht ist er deshalb zurückgekommen*. Das war selbstverständlich Irrsinn, er lag auf dem Meeresgrund, aber ...

Sie hatte den Kopf auf eine Seite gelegt und hielt das Strickzeug reglos in den Händen. Ein kleiner rosa Schuh. Ein Paar blaue hatte sie schon gestrickt. Und mit einem Mal war ihr, als könnte sie den Wind hören. Das leise Rauschen der

Brandung am Cricket Ledge. Das leise Stöhnen des Hauses, wie eine ältere Frau, die es sich im Bett bequem macht. Das Ticken der Uhr in der Diele.

»Jack?« fragte sie die stumme Nacht, die nicht mehr stumm war. »Bist du es, Liebling?« Dann zerbarst das Wohnzimmerfenster, und was hereinkam, war nicht Jack, sondern ein Skelett, an dem noch einige verweste Fetzen Fleisch hingen.

Den Kompaß trug er immer noch um den Hals. Er hatte einen Bart aus Moos angesetzt.

Der Wind bauschte die Vorhänge über ihm zu einer Wolke, als er stürzte und sich dann auf Hände und Knie aufrichtete und sie aus schwarzen Augenhöhlen ansah, in denen Muscheln gewachsen waren.

Er gab Grunzlaute von sich. Dann klappte er den abgefaulten Mund auf und knirschte mit den Zähnen. Er war hungrig – aber dieses Mal würde Nudelsuppe mit Huhn nicht ausreichen. Nicht einmal die, die man in der Dose bekam.

Hinter diesen dunklen, muschelverkrusteten Löchern schwappte eine graue Masse, und ihr wurde klar, sie sah die Überreste von Jacks Gehirn. Sie blieb wie erstarrt sitzen, wo sie war, während er aufstand, mit krallenden Fingern auf sie zukam und dabei schwarze Tangflecken auf dem Teppich hinterließ. Er stank nach Salz und Tiefe. Er streckte die Hände aus. Seine Zähne mampften mechanisch auf und ab. Maddie sah, daß er die zerfetzten Überreste des schwarzrot karierten Hemdes trug, das sie ihm letzte Weihnachtszeit bei L. L. Beans gekauft hatte. Es hatte ein Vermögen gekostet, aber er sagte immer wieder, wie warm es war; und nun sah man, wie lange es gehalten hatte, wieviel davon selbst nach der langen Zeit unter Wasser noch da war.

Die kalten Spinnweben der Knochen, die von seinen Fingern übriggeblieben waren, berührten schon ihren Hals, als das Baby in ihr strampelte – zum ersten Mal –, und da verschwand ihr erschrockenes Grauen, das sie für Ruhe gehalten hatte, und sie bohrte dem Ding eine der Stricknadeln ins Auge.

Mit gräßlichen, erstickten Geräuschen, die sich wie das Ansaugen einer Wasserpumpe anhörten, stolperte er rückwärts und krallte nach der Nadel, während der halbfertige rosa Babyschuh vor dem Loch baumelte, wo einmal seine Nase gewesen war. Sie sah, wie eine Meerschnecke aus der Nasenhöhle auf den Schuh kroch und dabei eine Schleimspur hinterließ.

Jack fiel über das Ende des Tischs, den sie kurz nach ihrer Hochzeit auf einem Flohmarkt gekauft hatten – sie hatte sich nicht entscheiden können, hatte Qualen ausgestanden, bis Jack schließlich gesagt hatte, entweder kaufte sie ihn für ihr Wohnzimmer, oder er würde der Frau, die ihn verkaufen wollte, das Doppelte des Nennpreises geben und ihn dann zu Feuerholz zerkleinern mit ...

... mit der ...

Er stürzte zu Boden. Dann ertönte ein sprödes, brechendes Geräusch, als seine fiebrige, mürbe Gestalt in zwei Hälften zerbrach. Die rechte Hand zog die von verwester Gehirnmasse glitschige Stricknadel aus der Augenhöhle und warf sie beiseite. Der Oberkörper kroch weiter auf sie zu. Er knirschte unablässig mit den Zähnen.

Sie glaubte, daß er zu grinsen versuchte; doch dann strampelte das Baby wieder, und sie erinnerte sich, wie ungewöhnlich müde und verdrossen seine Stimme sich an jenem Tag beim Flohmarkt angehört hatte: *Kauf ihn, Maddie, um Himmelswillen! Ich bin müde! Möchte nach Hause, was essen! Wenn du dich nicht entscheidest, geb ich der alten Vogelscheuche das Doppelte ihres Preises und mach persönlich Kleinholz aus dem Ding mit meiner ...*

Eine kalte, klamme Hand umfaßte ihren Knöchel; vergiftete Zähne machten sich zum Biß bereit. Um sie und das Baby zu töten. Sie riß sich los und ließ ihm nur den Hausschuh. Er kaute darauf herum und spie ihn dann aus.

Als sie vom Eingang zurückkam, kroch er hirnlos in die Küche – jedenfalls seine obere Hälfte – und der Kompaß schleifte auf den Fliesen. Er sah auf, als er sie hörte, und in seinen schwarzen Augenhöhlen schien eine idiotische Frage zu lauern. Und dann ließ sie die Axt niedersausen und spaltete ihm den Schädel, so wie er das Kaffeetischchen hatte spalten wollen.

Sein Kopf zerplatzte, Gehirn tropfte auf die Fliesen wie verdorbener Haferschleim; Gehirn, in dem sich Maden und glibbrige Meereswürmer tummelten; Gehirn, stinkend wie ein totes Waldmurmeltier, das im Hochsommer auf einer Wiese durch den Druck der Fäulnisgase zerplatzt ist.

Aber immer noch kratzten und schabten seine Hände auf den Küchenfliesen und erzeugten ein Geräusch wie Insekten.

Sie schlug zu ... schlug zu ... schlug zu.

Schließlich bewegte sich nichts mehr.

Stechender Schmerz fraß sich durch ihre Leibesmitte, und einen Augenblick ergriff sie eine schreckliche Panik: *Ist es eine Fehlgeburt? Habe ich eine Fehlgeburt?* Aber die Schmerzen ließen nach, und das Baby strampelte wieder, kräftiger als vorher.

Sie ging ins Wohnzimmer zurück und nahm die Axt mit sich, die inzwischen nach verfaultem Eingeweide roch.

Irgendwie war es seinen Beinen gelungen, aufzustehen.

»Jack, ich habe dich so sehr geliebt«, sagte sie, »aber das bist nicht mehr du.« Sie ließ die Axt in einem pfeifenden Bogen niedersausen. Die Klinge durchtrennte sein Becken und den Teppich und blieb im Holz des soliden Eichenbodens stecken.

Die abgetrennten Beine zuckten fast fünf Minuten lang hektisch, dann beruhigten sie sich. Schließlich hörten auch die Zehen auf zu zittern.

Sie trug ihn Stück für Stück in den Keller, wobei sie die Topflappenhandschuhe trug, und wickelte jedes Stück in die Isolierplanen ein, die Jack im Schuppen aufbewahrte und die sie nie weggeworfen hatte – er und die Männer warfen sie an kalten Tragen über die Reusen, damit die Hummer nicht erfroren.

Einmal umklammerte eine abgehackte Hand ihr Handgelenk. Sie stand still und wartete mit klopfendem Herzen, und schließlich ließ die Hand sie wieder los. Und das war das Ende. *Sein* Ende.

Unter dem Haus lag eine unbenutzte Zisterne – Jack hatte sie schon immer zuschütten wollen. Maddie schob den schweren Betondeckel beiseite, so daß sein Schatten auf den Sandboden fiel wie eine partielle Sonnenfinsternis, dann warf sie die Stücke von ihm hinunter und hörte jedes einzelne Platschen. Als alle unten waren, schob sie den schweren Deckel wieder darüber.

»Ruhe in Frieden«, flüsterte sie. Dann erinnerte eine innere Stimme sie daran, daß ihr Mann *zerstückelt* in Frieden ruhte, und da fing sie an zu weinen, ihr Weinen wurde zu hysterischem Schluchzen, und sie raufte sich das Haar und zerkratzte ihre Brüste, bis sie bluteten, und sie dachte. *Ich bin wahnsinnig, ich bin wahnsinnig, so ist es, wenn man wahnsinnig ist ...*

Doch ehe sie den Gedanken zu Ende denken konnte, war sie ohnmächtig geworden, die Ohnmacht wurde zu tiefem Schlaf, und am nächsten Morgen ging es ihr wieder gut.

Aber sie würde es nie jemandem erzählen.

Niemals.

»Ich kann es ertragen«, sagte sie wieder zu Dave Eamons und verdrängte das Bild der Stricknadel mit dem baumelnden Babyschuh, die aus der verkrusteten, zugewucherten Augenhöhle des Dinges ragte, das einmal ihr Ehemann und der Erzeuger des Kindes in ihrem Schoß gewesen war. »Wirklich.«

Und so erzählte er ihr alles, weil er es wahrscheinlich entweder jemandem erzählen mußte oder verrückt werden würde, aber er verschwieg die schlimmsten Stellen. Er sagte ihr, daß sie die Kadaver, die sich beharrlich weigerten, ins Reich der Toten zurückzukehren, mit Motorsägen zerstückelt hatten, erzählte ihr aber nicht, daß manche Teile weiter gezuckt hatten – Hände ohne Arme, die hirnlos um sich griffen; Füße ohne Beine, die in der von Kugeln durchbohrten Erde des Friedhofs strampelten, als wollten sie weglaufen –, und daß diese Teile mit Diesel übergossen und verbrannt worden waren. Das brauchte er Maddie nicht zu erzählen. Sie hatte den Scheiterhaufen vom Haus aus gesehen.

Später hatte der einzige Feuerwehrwagen von Gennesault Island den Schlauch auf die erlöschende Glut gerichtet, obwohl kaum Gefahr bestand, daß sich das Feuer ausbreiten würde, weil ein steifer Ostwind die Funken von Jennys Küste aufs Meer hinaustrug. Als nur noch ein stinkender, verkohlter Haufen übrig war (in dem immer noch vereinzelte Zuckungen auszumachen waren wie unwillkürliche Muskelkrämpfe), ließ Matt Arsenault seinen alten D-9-Caterpillar an – Matts Gesicht über der Stahlschaufel und unter seiner verblichenen Maschinistenmütze war kalkweiß – und pflügte die ganze schreckliche Schweinerei unter die Erde.

Der Mond ging auf, als Frank Bob Daggett, Dave Eamons und Cal Partridge beiseite nahm. Er wandte sich an Dave.

»Ich wußte daß es dazu kommen würde, und jetzt haben wir es«, sagte er.

»Was meinst du, Onkel Frank?« fragte Bob.

»Mein Herz«, sagte Frank. »Das verdammte Ding hat einen Motorschaden.«

»Aber Onkel Frank ...«

»Hör auf mit Onkel Frank dies und Onkel Frank das«, sagte der alte Mann. »Ich hab keine Zeit mehr, mir anzuhören, wie du dein Mundwerk spazierenführst. Ich hab gesehen wie die Hälfte meiner Freunde auf dieselbe Weise gegangen sind. Ist nicht gerade ein Tag auf dem Rennplatz, könnte aber auch schlimmer sein; jedenfalls besser, als an Krebs einzugehen.

Aber jetzt müssen wir uns auch noch um diese traurige Angelegenheit Gedanken machen, und ich kann dazu nur sagen, daß ich *unten* bleiben will. Cal, halt mir dein Gewehr ins linke Ohr. Dave, wenn ich den linken Arm hebe, stemmst du deins unter meine Achselhöhle. Und Bobby, du richtest deins auf mein Herz. Ich werde das Vaterunser aufsagen, und wenn ich bei Amen angelangt bin, werdet ihr drei gleichzeitig abdrücken.«

»Onkel Frank ...« brachte Bob heraus. Er wirbelte auf den Absätzen herum.

»Ich hab dir gesagt, daß du nicht mitzureden hast«, sagte Frank. »Und untersteh dich, ohnmächtig zu werden, du elende Memme. Los, setz deinen Bauernarsch in Bewegung und komm her.«

Bob gehorchte.

Frank sah die drei Männer an, deren Gesichter so weiß waren wie das von Matt Arsenault, als er mit der Planierraupe über Männer und Frauen gefahren war, die er schon als Junge in kurzen Hosen gekannt hatte.

»Versaut es nicht, Jungs«, sagte Frank. Er wandte sich an alle, aber sein Blick hätte besonders auf seinen Großneffen gerichtet sein können.« Und wenn ihr es euch noch anders überlegen wollt, vergeßt nicht, ich hätte dasselbe für euch getan.«

»Halt keine Volksreden«, sagte Bob heiser. »Ich hab dich sehr lieb, Onkel Frank.«

»Du bist nicht der Mann, der dein Vater war, Bobby Daggett, aber ich hab dich auch lieb«, sagte Frank ruhig, und dann riß er mit einem Schmerzensschrei die linke Hand über den Kopf wie ein Mann in New York, der in aller Eile ein Taxi rufen will, und fing mit seinem letzten Gebet an. »Vater unser, der du bist im Himmel – *Herrgott*, tut das weh – geheiligt werde Dein Name – oh *verflucht*! – Dein Reich komme, Dein Wille geschehe, wie im Himmel also auch auf ... auf ...«

Franks erhobener Arm zitterte heftig. Dave Eamons, der den Lauf des Gewehrs in die Achselhöhle des alten Mannes drückte, beobachtete den Arm so argwöhnisch wie ein Holzfäller einen großen Baum, der Böses im Schilde führt und in die falsche Richtung fallen will. Alle Männer auf der Insel sahen zu. Große Schweißperlen hatten sich auf dem bleichen Gesicht des alten Mannes gebildet. Die Lippen waren von seinen ebenmäßigen, gelblichweißen Zähnen zurückgezogen, und Dave konnte das Polident-Mundwasser in seinem Atem riechen.

»... auf Erden!« stieß der alte Mann hervor. »Und führe uns nicht in Versuchung, sondernerlöseunsvondembösenvonnunanbisinewigkeit-AMEN!«

Alle drei feuerten, und Cal Partridge wie auch Bob Daggett kippten um, aber Frank versuchte nie, wieder aufzustehen und zu wandeln.

Frank Daggett hatte tot *bleiben* wollen, und genau das tat er.

Nachdem Dave mit der Geschichte angefangen hatte, mußte er sie auch zu Ende erzählen, und daher verfluchte er sich, weil er überhaupt damit angefangen hatte. Er hatte von Anfang an recht gehabt; es war keine Geschichte für eine schwangere Frau.

Aber Maddie gab ihm einen Kuß und versicherte ihm, daß er seine Sache prächtig gemacht hatte, ebenso wie Frank Daggett. Dave ging ein wenig schwindlig hinaus, als wäre er gerade von einer Frau auf die Wange geküßt worden, die er noch nie gesehen hatte.

Was in einem sehr realen Sinne durchaus zutraf.

Sie sah ihm nach, wie er den Pfad hinab zum Feldweg ging, der eine der beiden Straßen von Jenny bildete, und sich nach links wandte. Er winkte zaghaft im Mondlicht, winkte müde, dachte sie, aber gleichzeitig vom Schock aufgeputscht. Sie schloß ihn in ihr Herz – wie alle da draußen. Sie hatte Dave sagen wollen, daß sie ihn liebte, und ihm einen Kuß direkt auf den Mund geben wollen, statt nur seine Wange zu streifen, aber daraus hätte er falsche Schlüsse ziehen können, obwohl er hundemüde und sie fast im fünften Monat schwanger war.

Aber sie liebte ihn *wirklich*, liebte sie *alle*, weil sie durch die Hölle gegangen waren, um dieses kleine Fleckchen Insel vierzig Meilen draußen im Atlantik sicher für sie zu machen.

Und sicher für ihr Baby.

»Es wird eine Hausentbindung«, sagte sie leise, als Dave hinter dem dunklen Umriß der Satellitenschüssel der Pulsifers verschwand. Sie sah zum Mond hinauf. »Es wird eine Hausentbindung – und es wird alles gut gehen.«

Anmerkungen

Nicht lange nachdem ich *Skeleton Crew* veröffentlicht hatte, meinen letzten Erzählungenband, sprach ich mit einer Leserin, die mir versicherte, wie gut er ihr gefallen hätte. Es war ihr gelungen, die Geschichten einzuteilen, sagte sie – jeden Abend eine, etwa drei Wochen lang. »Aber die Anmerkungen am Ende habe ich ausgelassen«, sagte sie und behielt mich dabei scharf im Auge (ich glaube, sie hielt es für möglich, daß ich mich dieses schrecklichen Affronts wegen auf sie stürzen würde). »Ich gehöre zu den Leuten, die nicht wissen wollen, wie der Zauberer seine Tricks bewerkstelligt.«

Ich hatte Besorgungen zu erledigen und wollte mich nicht auf eine lange, hitzige Diskussion einlassen; deshalb nickte ich nur und versicherte ihr, das wäre durchaus in Ordnung. Aber heute morgen habe ich keine Besorgungen zu machen und will zwei Dinge ein für allemal klarstellen, wie unser alter Freund aus San Clemente immer zu sagen pflegte. Erstens: Es ist mir gleich, ob Sie die nachfolgenen Anmerkungen lesen oder nicht. Es ist Ihr Buch, und meinetwegen können Sie es beim Pferderennen auf dem Kopf tragen. Zweitens: Ich bin *kein* Zauberer, und dies sind *keine* Tricks.

Das soll nicht heißen, daß beim Schreiben keine Magie im Spiel wäre; ich glaube in der Tat, daß es so ist, und daß sie sich besonders üppig um erzählende Literatur rankt. Paradox ist nur dies: Zauberer haben nicht das geringste mit Magie zu tun, wie die meisten bereitwillig zugeben werden. Ihre unbestreitbaren Wunder – Tauben aus Taschentüchern, Münzen aus leeren Gläsern, Seidenschals aus leeren Händen – bewerkstelligen sie durch ständige Übung, geschickte Ablenkungsmanöver und Taschenspielertricks. Ihr Gerede von den »uralten Geheimnissen des Orients« und »den vergessenen Legenden von Atlantis« ist nur Beiwerk. Ich vermute, im großen und ganzen werden sich Bühnenzauberer mit dem alten Witz über den Ortsfremden identifizieren können, der einen New Yorker Beatnik fragt, wie er zur Carnegie Hall kommt. »Üben, Mann, üben«, antwortet der Beatnik.

Dasselbe gilt auch für Schriftsteller. Nachdem ich seit zwanzig Jahren Unterhaltungsliteratur schreibe und von den intellektuellen Kritikern als Schundschreiber abgetan werde (die Intellektuellen scheinen Schundschreiber zu definieren als »Schriftsteller, dessen Werk von zu vielen Leuten geschätzt wird«) kann ich nur bestätigen, daß handwerkliches Können dazugehört, daß der häufig nervtötende Vorgang von Niederschreiben, Umschreiben und nochmaligem Umschreiben erforderlich ist, um gute Arbeit hervorzubringen, und daß harte Arbeit das einzige akzeptable Training für diejenigen unter uns ist, die ein gewisses Talent besitzen, aber wenig oder gar kein Genie.

Dennoch hat der Job seine Magie. Sie macht sich am häufigsten bemerkbar, wenn dem Schriftsteller eine Story einfällt, für gewöhnlich als Bruchstück, aber manchmal auch im ganzen (wenn das passiert, ist es ein bißchen so, als würde man von einer taktischen Atombombe getroffen). Der Schriftsteller kann hinterher schildern, wo er sich befand, als das passierte, und welche Elemente dazu beigetragen haben, daß ihm die Geschichte eingefallen ist, aber der *Einfall selbst* ist etwas Neues, eine Summe, die größer ist als ihre Teile, etwas, das aus dem Nichts entstanden ist. Es ist, um Marianne Moore zu zitieren, eine echte Kröte in einem imaginären Garten. Sie brauchen also keine Angst davor zu haben, die nachfolgenden Anmerkungen zu lesen, weil Sie denken, ich würde die Magie zerstören, indem ich Ihnen verrate, wie der Trick funktioniert. Echte Magie kennt keine Tricks; wenn es um echte Magie geht, gibt es nur Geschichte.

Natürlich ist es möglich, eine Geschichte zu verderben, bevor man sie gelesen hat. Wenn Sie also zu den Leuten gehören (zu den *gräßlichen* Leuten), die den Zwang verspüren, die letzten Seiten eines Buches zuerst zu lesen – wie ein eigensinniges Kind, das seinen Schokoladenpudding vor dem falschen Hasen essen will –, dann fordere ich Sie an dieser Stelle auf, sofort damit aufzuhören. Sonst werden Sie den schlimmsten aller Flüche erleben: Entzauberung. Für alle anderen nun eine kurze Schilderung, wie einige der Geschichten in *Alpträume* zustandegekommen sind.

»Dolans Cadillac«: Ich glaube, die Gedankengänge, die zu dieser Geschichte geführt haben, sind ziemlich eindeutig. Ich tuckerte an einer dieser scheinbar endlosen Baustellen vorbei, an denen man eine Menge Staub, Teer und Abgas einatmet, dasitzt und schätzungsweise neun Jahre lang das Heck desselben Kombi mit demselben Stoßstangenaufkleber ICH BREMSE AUCH FÜR TIERE vor sich sehen muß. Nur war das Auto vor mir in diesem Fall ein großer grüner Cadillac Sedan DeVille. Als wir uns im Schrittempo an einem gewaltigen Loch vorbeibewegten, in dem riesige Abwasserrohre verlegt wurden, dachte ich mir, das weiß ich noch: *Da würde selbst ein Cadillac reinpassen*. Einen Augenblick später hatte ich den Einfall zu »Dolans Cadillac« festgehalten und ausgearbeitet, und kein Element der Erzählung wurde auch nur um ein Jota verändert.

Was nicht heißen soll, daß die Geschichte eine leichte Geburt war; das war sie eindeutig nicht. Ich bin noch nie so sehr von technischen Einzelheiten eingeschüchtert – sogar fast erdrückt – worden. Um Ihnen einen, wie es in *Das Beste* immer heißt, »persönlichen Einblick« zu geben: ich betrachte mich gerne als literarische Version von James Brown (dem selbsternannten »schwerstarbeitenden Mann im Showbusiness«), bin aber ein ausgesprochen fauler Strick, wenn es um Recherchen und technische Einzelheiten geht. Ich bin immer wieder von Lesern und Kritikern wegen meiner diesbezüglichen Schwächen angeschossen worden (am zutreffendsten und demütigendsten von Avram Davidson, der für die *Chicago Tribune* und das *Magazine of Fantasy & Sciene Fiction* schrieb). Als ich »Dolans Cadillac« schrieb, wurde mir klar, daß ich mich diesmal nicht einfach durchmogeln konnte, weil der gesamte Aufbau der Geschichte auf wissenschaftlichen Einzelheiten, mathematischen Formeln und physikalischen Gesetzen beruht.

Hätte ich diese niederschmetternde Erkenntnis früher gehabt – und nicht erst, nachdem schon 15 000 Worte der Geschichte von Dolan, Elizabeth und ihrem Mann zu Papier gebracht waren –, dann hätte ich »Dolans Cadillac« zweifellos in die Schublade für unvollendete Geschichten gesteckt. Aber ich fand es *nicht* früher heraus, und ich wollte *nicht* aufhören, und daher tat ich das einzige, was mir einfiel: ich rief meinen großen Bruder an und bat um Hilfe.

Dave King ist das, was man selbst in Neuengland als ein Wunderkind bezeichnet, mit einem nachgewiesenen IQ von über 150 (Spuren von Dave werden Sie in Bow-Wow Fornoys genialem Bruder in »Das Ende des ganzen Schlamassels« finden), der wie eine Rakete durch die Schule fegte, das College mit achtzehn abschloß und gleich danach als Mathelehrer an der Brunswick High anfing. Viele seiner Algebrastudenten waren älter als er. Dave war der jüngste Mann, der je im Bundesstaat Maine in den Stadtrat gewählt wurde, und er hatte es mit fünfundzwanzig oder so schon zum Town Manager gebracht. Er ist ein echtes Allroundtalent, ein Mann, der über alles etwas weiß.

Ich schilderte meinem Bruder am Telefon meine Probleme. Eine Woche später bekam ich einen Brief von ihm und öffnete ihn niedergeschlagen. Ich war sicher, daß er mir die Informationen geschickt hatte, die ich brauchte, aber ich war gleichermaßen sicher, daß sie mir nichts nützen würden; die Handschrift meines Bruders ist absolut unlesbar.

Zu meinem Entzücken fand ich eine Videocassette. Als ich sie einlegte sah ich Dave an einem Tisch voller Sand sitzen. Unter Zuhilfenahme mehrerer Matchbox-Autos erklärte er mir alles, was ich wissen mußte, einschließlich der wunderbar geheimnisvollen Dinge über die Flugbahn. Außerdem wies Dave mich darauf hin, daß mein Protagonist schwere Maschinen benutzen mußte, um Dolans Cadillac zu begraben (in der ursprünglichen Version hatte er es von Hand gemacht), und erklärte mir genau, wie man diese großen Fahrzeuge kurzschließt, die unser Straßenbauamt immer an verschiedenen Baustellen herumstehen läßt. Diese Information war überaus nützlich – sogar ein bißchen *zu* nützlich. Ich habe sie gerade so abgeändert, daß absolut nichts passieren wird, sollte jemand das in der Story geschilderte Rezept ausprobieren wollen.

Eine letzte Anmerkung zur Geschichte: als sie fertig war, gefiel sie mir nicht. Ich *verabscheute* sie. Sie wurde nie in einer Zeitschrift veröffentlicht, sie verschwand in einem Karton mit »Schlechten alten Sachen«, den ich im Flur hinter meinem Arbeitszimmer stehen habe. Ein paar Jahre später schrieb mir Herb Yelling, der als Chef von Lord John Press wunderschöne limitierte Ausgaben auf den Markt bringt, ob er nicht eine limitierte Ausgabe einer Geschichte von mir machen könnte, im Idealfall einer unveröffentlichten. Weil ich seine Bücher liebe, die klein, prächtig ausgestattet und nicht selten ziemlich exzentrisch sind, begab ich mich in den »Flur des Untergangs«, wie ich ihn nenne, und kramte in meinen Kisten, um etwas Geeignetes zu finden.

Ich stieß auf »Dolans Cadillac«. Und wieder einmal hatte die Zeit ihr Werk getan – sie las sich viel besser, als ich sie in Erinnerung hatte, und als ich sie Herb schickte, stimmte er begeistert zu. Ich nahm einige geringfügige Veränderungen vor, und sie erschien bei Lord John Press in einer Auflage von etwa fünfhundert Exemplaren. Für die vorliegende Ausgabe habe ich sie noch einmal überarbeitet und meiner Meinung nach so gut hinbekommen, daß sie hier den Auftakt bilden kann. Wenn überhaupt, handelt es sich um eine Art archetypische Horrorstory mit einem verrückten Erzähler und jemandem, der bei lebendigem Leib in der Wüste begraben wird. Aber diese spezielle Geschichte ist eigentlich gar nicht mehr meine; sie gehört Dave King und Herb Yellin. Danke, Freunde.

»Kinderschreck«: Diese Geschichte stammt aus der gleichen Zeit wie die meisten meiner Geschichten in *Nachtschicht* und wurde erstmals in *Cavalier* veröffentlicht, wie fast alle Stories in dieser Sammlung aus dem Jahre 1978. Sie wurde damals nicht aufgenommen, weil Bill Thompson, mein Lektor, der

Meinung war, das Buch würde »unhandlich« werden; das ist ein Ausdruck, mit dem Lektoren ihren Autoren manchmal sagen, daß sie etwas kürzen müssen, weil der Preis für das Buch sonst in den Himmel steigt. Ich entschied mich dafür, eine Story mit dem Titel »Graue Masse« aus *Nachtschicht* herauszunehmen. Bill entschied sich für »Kinderschreck«. Ich füge mich seiner Entscheidung und habe die Geschichte noch einmal gründlich gelesen, bevor ich sie hier aufgenommen habe. Sie gefällt mir sehr gut – irgendwie erinnert sie an den Bradbury der späten vierziger und frühen fünfziger Jahre, den schlimmen Bradbury, der über Killerbabies, aufsässige Leichenbestatter und andere Dinge schrieb, die nur ein Gruftwächter lieben kann. Anders ausgedrückt, »Kinderschreck« ist ein grimmiger, böser Witz ohne jeden sozialen Wert. Das gefällt mir an einer Geschichte.

»Der Nachtflieger«: Manchmal kommt es vor, daß eine Nebenrolle in einem Roman die Aufmerksamkeit des Schriftstellers auf sich zieht und nicht mehr loslassen will, weil sie darauf besteht, daß sie noch mehr zu sagen und zu tun hat. Richard Dees, der Protagonist von »Der Nachtflieger«, ist eine solche Nebenrolle. Er tauchte erstmals in *Dead Zone – Das Attentat* (1979) auf, wo er Johnny Smith, dem übersinnlich begabten Helden des Romans, einen Job als Hellseher bei seiner gräßlichen Zeitschrift anbietet, dem Regenbogenblatt *Inside View*. Johnny warf ihn von der Veranda seines Vaterhauses, und das sollte eigentlich sein Ende sein. Aber hier ist er wieder.

Wie viele meiner Geschichten fing auch »Der Nachtflieger« als bloßer Gag an – ein Vampir mit einem Pilotenschein, wie amüsant *modern* –, aber sie wuchs so, wie Dees wuchs. Ich verstehe meine Figuren ebenso wenig, wie ich Leben und Herzen der Menschen verstehe, die mir tagtäglich begegnen, aber manchmal stelle ich fest, daß man sie *entwerfen* kann, wie ein Kartograph seine Karten entwirft. Als ich an »Der Nachtflieger« arbeitete, sah ich einen vollkommen entfremdeten Mann vor mir, einen Mann, der irgendwie die schrecklichsten und verwirrendsten Züge unserer angeblich freiheitlichen Gesellschaft im letzten Viertel des Jahrhunderts zu verkörpern schien. Dees ist der essentielle Ungläubige, und seine Begegnung mit dem Nachtflieger am Ende der Geschichte ruft uns die Zeile von Giorgios Seferis ins Gedächtnis, die ich in *Brennen muß Salem!* verwendet habe – die mit der Säule der Wahrheit, die ein Loch hat. In diesen letzten Jahren des zwanzigsten Jahrhunderts scheint das nur allzu wahr zu sein, und »Der Nachtflieger« handelt weitgehend davon, wie ein Mann dieses Loch entdeckt.

»Popsy«: Ist der Großvater des kleinen Jungen dieselbe Kreatur, die am Ende von »Der Nachtflieger« von Dees verlangt, daß er seine Kamera öffnet und den Film vernichtet? Wissen Sie, irgendwie glaube ich, daß er es ist.

»Es wächst einem über den Kopf«: Eine Version dieser Geschichte erschien Anfang der siebziger Jahre in einer Literaturzeitschrift der Universität von Maine unter dem Titel »Marshroots«, aber die Version in diesem Buch ist erheblich verändert. Als ich die Erstfassung las, wurde mir klar, daß die alten Männer in Wirklichkeit die Überlebenden des Debakels waren, das am Ende von *In einer kleinen Stadt* geschildert wird. Der Roman ist eine schwarze Komödie über Habgier und Besessenheit; hier handelt es sich um eine etwas ernstere Geschichte um Geheimnisse und Krankheit. Sie scheint mit ein passender Epilog zu dem Roman zu sein. Außerdem war es schön, einigen meiner Freunde in Castle Rock zum letzen Mal wiederzubegegnen.

»Zueignung«: Seit ich vor Jahren einen inzwischen verstorbenen berühmten Schriftsteller kennenlernte, dessen Namen ich hier nicht nennen möchte, und von ihm angewidert war, plagt mich die Frage, weshalb manche überaus begabten Menschen persönlich solche Arschlöcher sind – busengrapschende Sexisten, Rassisten, arrogante Eigenbrötler oder einfach grausame Streichespieler. Ich will nicht sagen, daß die *meisten* begabten Menschen so sind, aber ich habe genügend kennengelernt, die es sind – einschließlich dieses zweifellos großen Schriftstellers –, daß ich mich frage, warum. Diese Geschichte wurde als Versuch geschrieben, mir die Frage teilweise selbst zu beantworten. Der Versuch ging schief, aber wenigstens gelang es mir, mein eigenes Unbehagen zu formulieren, und in diesem Fall schien mir das ausreichend zu sein.

Es ist keine besonders politisch korrekte Story, und ich glaube, viele Leser – die von denselben verläßlichen alten Schreckgespenstern und Geisterbahndämonen in Angst versetzt werden wollen – werden erbost darüber sein. Ich hoffe es; ich betreibe diesen Job jetzt schon eine ganze Weile, aber ich denke, daß ich noch nicht reif bin für den alten Schaukelstuhl. Bei den Erzählungen in *Alpträume* handelt es sich überwiegend um Geschichten, die Kritiker gerne als »Horrorstories« bezeichnen (und damit abtun), und die Horrorstory soll eine Art böser Kettenhund sein, der beißt, wenn man ihm zu nahe kommt. Ich glaube, dieser beißt. Soll ich mich dafür entschuldigen? Glauben Sie, daß ich es sollte? Ist nicht das – die Möglichkeit, daß Sie gebissen werden – einer der Gründe, aus denen Sie sich überhaupt für dieses Buch entschieden haben? Ich glaube schon. Und wenn Sie mich als Ihren lieben Onkel Stevie betrachten, eine Art Rod Serling für das Jahrhundertende, dann werde ich mich noch mehr bemühen, Sie zu beißen. Anders gesagt, ich möchte, daß Sie jedesmal ein bißchen Angst bekommen, wenn Sie meinen Salon betreten. Ich möchte, daß Sie unsicher sind, wie weit ich gehe oder was ich als nächstes tun werde.

Nachdem ich das nun alles gesagt habe, möchte ich noch eines hinzufügen: wäre ich wirklich der Meinung, »Zueignung« müßte verteidigt werden, dann hätte ich es gar nicht zur Veröffentlichung angeboten. Eine Geschichte, die nicht imstande ist, sich selbst zu rechtfertigen, *verdient* es nicht, veröffentlicht zu werden. Martha Rosewell, das bescheidene Zimmermädchen, gewinnt die Schlacht, nicht Peter Jefferies, der große Schriftsteller, und das sollte dem Leser eigentlich ausreichend klarmachen, wem meine Sympathien gelten.

Oh, noch etwas. Heute glaube ich, daß diese Geschichte, die ursprünglich 1988 veröffentlicht wurde, eine Vorstudie für den Roman *Dolores* (1992) ist.

»Der rasende Finger«: Zu meinen liebsten Geschichten haben immer diejenigen gehört, in denen etwas passiert, weil es eben passiert. In Romanen und Filmen (abgesehen von Filmen, in denen Typen wie Arnold Schwarzenegger oder Sylvester Stallone auftreten) muß man immer erklären, *warum* etwas passiert. Ich will Ihnen etwas verraten, Freunde und Nachbarn: Ich *hasse* es zu erklären, warum etwas passiert, und meine diesbezüglichen Versuche (beispielsweise die dürftige Theorie von LSD und daraus resultierenden Veränderungen der DNS, die Charlie McGees pyrokinetische Fähigkeiten in *Feuerkind* erklärt) sind nicht besonders gut. Im wirklichen Leben hat nur weniges das, was Filmproduzenten einen »roten Motivationsfaden« nennen – ist Ihnen das auch schon aufgefallen? Ich weiß nicht, wie es bei Ihnen ist, aber mir hat nie jemand eine Gebrauchsanweisung für das Leben gegeben; ich wurstle mich einfach durch, so gut ich kann, und weiß, daß ich nicht lebend herauskommen werde, versuche aber, bis dahin keine allzu große Scheiße zu bauen.

In Kurzgeschichten kann es sich der Autor manchmal noch leisten, zu sagen: »So ist es passiert. Frag nicht warum.« Die Geschichte des armen Howard Mitla ist so eine, und ich finde, seine Bemühungen, mit dem Finger fertig zu werden, der während einer Quizsendung aus dem Waschbecken seines Badezimmers auftaucht, sind eine durchaus zutreffende Metapher dafür, wie wir mit den bösen Überraschungen fertigwerden, die das Leben für uns alle bereithält: Tumoren, Unfällen, gelegentlichen alptraumhaften Zufällen, Es ist nun einmal das Privileg der Fantasy-Story, die Frage zu stellen: »Warum stoßen guten Menschen böse Dinge zu?« Die Antwort lautet: »Frag nicht.« In einer Fantasy-Story scheint uns diese düstere Antwort sogar zufriedenzustellen. Das könnte letzten Endes der wichtigste moralische Aktivposten des Genres sein: im besten Fall kann es ein Fenster (oder ein Beichtstuhlgitter) zu den existentiellen Aspekten unseres sterblichen Daseins öffnen. Das ist nicht gerade das Perpetuum mobile – aber es ist auch nicht schlecht.

»Verdammt gute Band haben die hier«: Mindestens zwei Geschichten in diesem Buch handeln von einem Ort, den die Protagonisten als »seltsame kleine Stadt« bezeichnen. Dies ist eine; »Regenzeit« ist die andere. Manche Leser werden glauben, daß ich die »seltsame kleine Stadt« ein- oder zweimal zu oft besucht habe, und manche werden Ähnlichkeiten zwischen diesen beiden Stories und einer früheren Geschichte bemerken, »Kinder des Mais«. Es *gibt* Ähnlichkeiten, aber heißt das, daß »Band« und »Regenzeit« Anfälle von Selbstimitation sind? Das ist eine schwierige Frage, die jeder Leser und jede Leserin für sich selbst beantworten muß. Meine Antwort lautet nein (*logisch*, was sollte ich sonst sagen?).

Für mich ist es ein großer Unterschied, in traditioneller Form zu arbeiten oder sich selbst zu imitieren. Nehmen Sie zum Beispiel den Blues. Es gibt tatsächlich nur zwei klassische Gitarrenläufe für den Blues, und diese beiden Läufe sind im Grunde gleich. Und jetzt beantworten Sie mir folgendes: John Lee Hooker spielt fast alles, das er je geschrieben hat, in der Tonart E oder der Tonart A, aber heißt das, daß er mit Autopilot fliegt und immer und immer wieder dasselbe macht? Viele Fans von John Lee Hooker (ganz zu schweigen von Bo Diddley, Muddy Waters, Furry Lewis und anderen Größen) würden das verneinen. Es kommt nicht auf die *Tonart* an, in der man *spielt*, würden diese Blues*aficionados* sagen; es kommt auf die Seele an, mit der man *singt*.

Hier ist es genauso. Es gibt bestimmte Archetypen der Horror-Geschichte vom Spukhaus; die Rückkehr aus dem Grab; die seltsame kleine Stadt. Dabei geht es eigentlich gar nicht darum, um was es geht, wenn Sie das verstehen; wir haben es hier im weitesten Sinne mit einer Literatur der Nervenenden und Muskelrezeptoren zu tun, und deshalb geht es im Grunde nur um das, was Sie fühlen. Hier dachte ich mir – das war der Aufhänger der Geschichte –, wie unheimlich es doch ist, daß so viele Rocker jung oder unter wüsten Umständen gestorben sind; das ist der Alptraum eines Statistikers. Viele jüngere Fans betrachten die hohe Sterblichkeitsrate als romantisch, aber wenn man wie ich die Sache von den Platters bis zu Ice-T mitverfolgt hat, dann sieht man die dunklere Seite, die Seite der kriechenden Schlange. Das wollte ich hier ausdrücken, auch wenn ich der Meinung bin, daß die Geschichte erst auf den letzten acht Seiten so richtig rockt und rollt und swingt und tanzt.

»Hausentbindung«: Das ist wahrscheinlich die einzige Geschichte in diesem Band, die als Auftragsarbeit geschrieben wurde. John Skipp und Craig Spector (*Das Licht im Abgrund*, *The Bridge* plus mehrere andere ausgezeichnete Romane) hatten die Idee, eine Anthologie von Geschichten zusammenzustellen, die der Frage nachgehen, wie die Welt aussehen würde, wenn die Zombies aus George Romeros *Zombie*-Trilogie sie regierten. Dieses Konzept brannte in meinem Kopf ab wie eine Wunderkerze, und diese Geschichte, die vor der Küste von Maine spielt, ist das Ergebnis.

Okay; stellen Sie das Buch ins Regal und geben Sie auf sich acht, bis wir uns wiedersehen. Lesen Sie ein paar gute Bücher, und wenn einer Ihrer Brüder oder eine ihrer Schwestern fällt, und Sie sehen es, helfen Sie ihm oder ihr auf. Schließlich könnten *Sie* nächstes Mal derjenige sein, der Hilfe braucht – oder ein bißchen Hilfe, um den dreisten Finger aus dem Abfluß zu verjagen, was das betrifft.

16. September 1992   Bangor, Maine

Dean Koontz

»Er bringt die Leser dazu, die ganze Nacht lang weiterzulesen... das Zimmer hell erleuchtet und sämtliche Türen verriegelt.«

Eine Auswahl:

Die Augen der Dunkelheit
01/7707

Schattenfeuer
01/7810

Schwarzer Mond
01/7903

Tür ins Dunkel
01/7992

Todesdämmerung
01/8041

Brandzeichen
01/8063

Schutzengel
01/8340

Mitternacht
01/8444

Ort des Grauens
01/8627

Vision
01/8736

Zwielicht
01/8853

Die Kälte des Feuers
01/9080

Die Spuren
01/9353

Nachtstimmen
01/9354

Das Versteck
01/9422

Schlüssel der Dunkelheit
01/9554

Die zweite Haut
01/9680

Chase
01/9926

Highway ins Dunkel
Stories
01/10039

Drachentränen
01/10263

Heyne-Taschenbücher

Stephen King

»Stephen King kultiviert den Schrecken… ein pures, blankes, ein atemloses Entsetzen.«

Eine Auswahl:

Im Morgengrauen
01/6553

Der Gesang der Toten
01/6705

Die Augen des Drachen
01/6824

Der Fornit
01/6888

Dead Zone - das Attentat
01/6953

Friedhof der Kuscheltiere
01/7627

Das Monstrum - Tommyknockers
01/7995

Stark »The Dark Half«
01/8269

Christine
01/8325

Frühling, Sommer, Herbst und Tod
Vier Kurzromane
01/8403

In einer kleinen Stadt »Needful Things«
01/8653

Dolores
01/9047

Alpträume
Nightmares and Dreamscapes
01/9369

Das Spiel
01/9518

Abgrund
Nightmares and Dreamscapes
01/9572

»es«
01/9903

Das Bild – Rose Madder
01/10020

schlaflos – Insomnia
01/10280

Brennen muß Salem
(in Neuübersetzung)
01/10356

Desperation
01/10446

Heyne-Taschenbücher